作者简介

皇甫修文　河南商丘人，文化学、文艺学学者，在高校执教数十年，北华大学教授、北京交通大学客座教授，长期从事文艺学、历史和文化学研究，著有《理性的极限及其突破断想》等百余万字论文，出版《美学与艺术构思》等著作。

学术之光文库
XUESHUZHIGUANGWENKU

文体诗学

皇甫修文◎著

光明日报出版社

图书在版编目（CIP）数据

文体诗学 / 皇甫修文著. -- 北京：光明日报出版社，2015.2

ISBN 978-7-5112-7701-5

Ⅰ.①文… Ⅱ.①皇… Ⅲ.①文学理论—文体论 Ⅳ.①I0

中国版本图书馆 CIP 数据核字（2014）第 311674 号

文体诗学

著　　者：皇甫修文

责任编辑：焦春华　　责任校对：张明明

封面设计：中联学林　　责任印制：曹　净

出版发行：光明日报出版社

地　　址：北京市东城区珠市口东大街 5 号，100062

电　　话：010-67078248（咨询），67078870（发行），67078235（邮购）

传　　真：010-67078227，67078255

网　　址：http：//book.gmw.cn

E - mail：gmcbs@gmw.cn　jiaochunhua@gmw.cn

法律顾问：北京天驰洪范律师事务所徐波律师

印　　刷：北京彩虹伟业印刷有限公司

装　　订：北京彩虹伟业印刷有限公司

本书如有破损、缺页、装订错误，请与本社联系调换

开　　本：710×1000 毫米　1/16

字　　数：448 千字　　印　　张：25

版　　次：2015 年 4 月第 1 版　　印　　次：2015 年 4 月第 1 次印刷

书　　号：ISBN 978-7-5112-7701-5

定　　价：88.00 元

初版序

读皇甫修文同志的《美学与艺术构思》，我的兴致一直很浓，这本论文集使我有所思，有所悟，有所学，于是乘兴边撷华边谈点感想作为序。我不十分清楚序的体式，想可以不必拘于一格。

美学研究中有许多难点，是知难而进，还是知难而退？看来退不得。因为难点往往是问题的实质得以揭示的突破口。本书著者勇于拓新，面对一些难题、难点锲而不舍，提出鲜明的观点，有些见解言他人所未言。

艺术直觉是使艺术笼罩上神秘色彩的一个令人困惑的难题。它是下意识还是意识的，或者是两者的结合？它与形象思维、艺术想象、艺术灵感之间的关系如何？它在艺术创作中的价值何在？等等，历来其说不一。对于这个直接关乎审美心理过程和规律，又涉及艺术实质的问题，著者不限于在与一般的直觉对比中描叙它的表现特征，而是结合创作过程由外入内阐明它的诸多特质。如：艺术直觉可在构思的起点——触发时发生，也可在构思深化的过程中相继出现，它是在对作品涵义所在，即"对画面中心，结构焦点的寻求，是典型形象塑造的质变和飞跃"，是"对完成着的臆想'客体'全面地把握和理解"，故艺术直觉虽以感知为其形式，实质上，"艺术家的审美理想、情感体验、整个世界观都渗透于对作品整体布局、形象意蕴的直觉顿悟中"；"艺术直觉是下意识与意识的交融转化，辩证统一"，它与"形象思维相辅相成，在感知、想象与理解的综合作用中捕捉'动人的不落俗套'的构思"，它促成艺术创作的独创性，决定艺术创作是一种"精神自由活动"，就这一意义，艺术直觉应居于艺术创作的核心地位。

中国古代山水田园诗文的美学价值，也是个复杂问题。著者探本溯源，认为，先秦哲学孕育了山水田园诗文；至魏晋玄学勃兴，礼教崩溃，玄理的辩论和人物品藻，"自然美和人格美的统一"，形成一代的审美理想，这些是山水田园诗文应运而生的具体条件；而按照美的法则创造艺术是山水田园诗文发展的内在的自身规律。由此确认,“山水田园诗文的价值在于它的产生,是一定历史阶段人的本质、人的价值、人的自由精神的外化;它的生产也一定通由种种迂回曲折的途径弹奏出社会历史变迁的音响”。

这篇文章本来不是直接论述中国美学特色的,却道出了中国美学的一个重要特色,即中国古代艺术蕴发于伟大人格的自由精神。诗品乎?人品乎!古代鉴赏诗、文、书、画,若不见艺术家的人格的自由精神,便不列为上品。就创作过程说,诗品与人品有先后、内外之分,就艺术成品说,二者实融合为一。著者认为中国美学的这一特点与先秦哲学密切关联。先秦时期儒道两家学说虽有不少实质性的差异,但在“追求道德完善,强调精神的自由”上是共同的。中国古代许多知识分子接受儒道影响集于一身,他们吸取佛理常是与儒、道学说相融化。他们无论隐居田园,或徜徉山水,不忘赏景、养性、悟道,他们无论处于顺境还是遭遇逆境,都保持内在的完善道德、自由精神之美。因此,所谓自由精神,其实质即指儒道的精神铸成的人性美的汇流、融合,“‘兼济天下’与‘独善其身’,悲歌慷慨与愤世疾俗,‘身在江湖’而‘心在魏阙’,积淀为一种传统的文化心理结构,成为历代有为、有识之士相辅相成、矛盾统一的性格特征与艺术意念”。

著者的另一篇文章《无之美》,也涉及了中国古代美学的特色问题。无之美集中表现在象外说。象外说是意境说的一部分。著者认为象外是意境的最高层次,是“一派朴朔迷离的理想景象”。客观世界经过艺术家的心灵,化实境为虚境,返虚才能入浑。艺术上的“浑”就是象外、象外之旨,就是艺术的理想化的形象化的深层的精微意蕴。在中国古代艺术创作的内容和形式中,在完成艺术的现实性的欣赏中,都是虚实相生,虚中有实,实中有虚,虚实相互转化的。伟大的人格的自由精神的艺术外化和象外的无之美,分而言之,可谓中国古代美学的两个特色,但两者何尝不可合而为一,人格的自由精神与理想,在艺术创作中又如何分得开!

中国古代的艺术家和文艺理论家经常谈到法与理的关系,说法自理中来,法也是理。这有一定的道理。人们在实践中认识客观规律,总结出理,由理生发出法,方法和观点的相互作用不也就是理与法的关系的一种表现吗?我感到著者研究美学问题,总是从它的始发、发展与演变中把握其重要方法、重要联系和中介,避免论述上的臆断和简单庸俗化。前面谈到的有关直觉和山水田园诗文的几篇论文,以及《小说的第六要素——物象和审美意义》等文,都具有用法得宜、析理透辟的长处。

克　地

1987年12月底于北大中关园

再版增订序

本书是从先生20余年中所写关于诗歌、小说、散文文本叙事的研究文字中精选30余篇集结而成。

先生是位耐得住寂寞的人,大器晚成,学术建树多多。本书所论理性极限、直觉思维规律及其在艺术创作中的作用、散文潜结构及其"原发性"背景、意象在诗歌、小说等诸种文体创作中的作用等等,都言他人所未言。先生的这些创见存有某种内在关联,换言之,正由于先生的哲学研究已站在当今世界哲学研究的前沿,摆脱了理性思维的枷锁,突破了主观、客观、主客观统一、个性、共性、一般、个别、中介等等思维模式,进入了更为宽广的文化哲学视域之中,故能发现直觉思维规律、散文潜结构及其"N"个叙述项,等等。所以美国哈佛大学罗伯特(Yukio Lippit)教授,在海德堡大学东亚艺术中心讲学时曾用将近一堂课的时间向学生介绍《理性极限及其突破断想》这篇文章的论点。

这个集子的另一特点是:先生在阐释自己的哲学、文学观点时,对中外哲学、美学、文体学的发展、演变作了诸多厘清工作。例如《理性极限及其突破断想》在阐述人类思维历史——理性的产生和发展形成及以人为中心的人本主义导致理性牢结、理性疯狂、理性悲剧——环境污染、能源枯竭、温室效应、不断出现的新的疾病,在社会生活层面上导致集权主义与权力桎梏使人类遭受前所未有的苦痛的过程中,一方面梳理了从海德格尔、维特根斯坦到福柯、德里达、哈贝马斯打破理性的单一性、封闭性,批评真理的虚妄、人文主义的狂妄,试图虚置理想梦想所作的努力,另一方面从人类思维历史、中西方文化交流、对应、互补的宏观视野中,看到了海德格尔对"道"的兴趣,是一试图打破理性的牢结,"借助东方传统哲学建立新哲学的努力"。这些梳理顺理成章地导致了一个精警的论点:"理性极限处,正是东西方哲学的衡接点"。这些见解都是异常精辟的。

从梁漱溟、熊十力、唐君毅、牟宗三到成中英、傅伟勋、杜维明沟通中西方文化、重建儒学形而上学的努力，深刻而切中肯綮地指出他们的局限是以理释儒，其失误在于“中国传统文化中深嵌着许多原始思维的信息，它可能具有当代思想所渴求的多维与互动的特征，但它直接反映的是远离当代的原始散离的人类生活”，“我们可以从中国传统文化中获得灵感与启发，以反思和建设我们的当代文化，但它却很难像拾荒者那样，在传统中不费力地直接拣到我们的‘现代’”。

这些梳理——理性极限的，西方哲学史和哲学家的，中国近现代哲学学者的，都确定地指向一个哲学意向：当下生活的自律自在。这一主题导向是先生研究美学和文艺现象如《红楼梦》的成书过程乃至中国当代社会和历史的叙述起点和哲学思想基石。

本书的第二个梳理是在《车尔尼雪夫斯基对美学发展的贡献》一文中对车氏“美是生活”的命题所表达的美学思想以及中国当代美学界对车氏美学思想所作评论之厘析。厘析是从当代中国美学家对车氏美学思想研究的困境开始的，即：“车尔尼雪夫斯基的美学思想‘代表了马克思主义美学产生以前唯物主义美学的最高成就’，这一总体性评语，在中国当代美学界，似乎无人提出异议”，但一涉及车氏学位论文(《生活和美学》即《艺术与现实的美学关系》)的著名论点“美是生活”以及车氏本人对这一基本论点的“两点说明”的评议，一些美学家却“几乎异口同声地认为，车氏关于美的定义是‘不完全’、‘不周到’的，‘包含着他本人所无法解决的一些矛盾’，‘不可克服的缺点’，‘实质是不能成立的’，是‘唯心主义美论的最普遍公式’，等等。这位代表马克思主义美学产生以前‘唯物主义美学最高成就’，对当代中国美学思想的发展‘有难以测量的功绩’的美学家的基本美学观点又如此这般地充满着‘矛盾’、‘破绽’和‘错误’……中国当代美学家们对车氏美学思想的评论陷入了难以自圆其说的困境。”作者同时指出“一个引人注目的现象，即对车氏美学思想的评论是与几十年来关于美的本质的唯物与唯心之争伴生的，而奇怪的是，对车氏这位‘唯物主义’美学家的美学思想批评最有力、否定最多的，又多是一些‘地道’的唯物主义美学研究家，这不能不令人深思。”

于是作者开门见山，一针见血地指出“其实，中国当代一些美学学者认为车氏美学观点矛盾、破绽、缺点、错误之处，正是车氏美学思想生辉之处和他对美学发展作出贡献之所在。”

论述车尔尼雪夫斯基美学思想光辉之所在是从西方美学史中的美学家对美的本质的追寻开始的，而传统美学对美的本质的探讨又是以哲学探讨为基础的。“传统的唯物主义哲学和唯心主义哲学分别从对立的两极去思考自然界与精神的关系，始终僵持于‘本原’问题的自然本体与精神本体的抽象对立，并以还原论的思维方式去说明二者的统一。”“传统美学对美的探索也大体经历了与传统哲学相似的从两极到中介的历程”。以康德、黑格尔为代表的德国古典美学理论家科学地总结了西方美学史上对美探索的积极成果，打破了“理念论”和“经验论”的形而上学桎梏，另辟了感性与理性统一的崭新的研究道路。康德在其力作《判断力批判》中提出了一著名命题：“美在无目的性的合目的性的形式”。这是人类于“美在感性”和“美在理性”两命题之间寻找新的命题的初步尝试。所以，黑格尔说，“康德说出了关于美的第一句合理的话”。黑格尔以康德的理性与感性统一的美学思想为基本出发点，给美下了一个新的定义：美是“理念的感性显现”。他并独具慧眼地“首次以实践的观点来理解美的本质，以实践作为美的创造中理性与感性、主观与客观联系的纽带”。但他说的“这种统一是以理性为出发点而又统一于理性的统一”，“他说的实践始终是一种精神的实践”。

作者继续梳理道：“车尔尼雪夫斯基继承了康德、黑格尔关于美统一于理性与感性实践中的美学研究成果，但这种统一不是在理性的人的精神实践中实现，而存在于现实生活实践中。生活丰富多采，无限广阔。它不是确定的‘概念’，而是现实的社会存在，它既是客观的对象和事物，又是人的主观的内心生活；既发生于现在，又曾存在于过去，无限展现于未来。”“这是因为人的社会活动既不同于动物的求生本能，又不同于自然界的物理运动：一方面，人的活动是一种有意识、有目的的活动；另一方面，人的社会生活活动是一个历史的实践过程。实践是主观见之于客观的东西。理想、愿望和追求付诸实践，就成为历史，正在实现，就是现实；没有实现的，就具有主观因素。”“在某种程度和某一时间内，理想，甚至幻想，具有客观意义，而客观的社会生活又是充满着情感、憧憬和想象成份的。车尔尼雪夫斯基的慧眼表现于，他在生活的纵横交叉轴上（历史和社会的、主观内心和社会现实的）寻找美；车氏的天才卓见就表现在：他不仅看到美具有主客观二重性质，同时又看到它的丰富多采，无所不在。”“车尔尼雪夫斯基对美的理解，远比在他以前的美学家（包括康德、黑格尔）对美的抽象本质的哲学思辨更逼近美学之门，所以普列汉诺夫称车尔尼雪夫斯基‘美是生活’的定义是一个‘天才的发现’。美在主客观统一，既非统一于物，亦非统一于心，而是二者相互渗透，你中有我，我中有你，物质的东西沉淀着精神的内容，精神的东西具有某种客观现实意义；美是一个流动过程，它既流动于心物之间，又流动于过去、现在和未来的时间长河里。车尔尼雪夫斯基的伟大正如普列汉诺夫所说，他的美学理论‘在阐明生活现象时，并不满足于确认既有的东西，而且还指出——这甚至是主要的——应当怎样’。”“生活不仅是物质的，而且是精神的，不仅是既有的，为现实所肯定的事物和现象，而且包括未来的憧憬和理想。”笔者认为：“对车氏美学观点评价的矛盾和困惑情况，无论肯定他是唯物的，或者批判他是唯心的，均因从两极找美的某种知性思维在作怪。从上述人类对美的探索历程简介中可知,这种从两极找美的知性思维方式,虽然历经两千余年,但却是近两个世纪以前的'往事'了。用这种落后的美的探索的思维方式评价车尔尼雪夫斯基的美学观点,自然难以窥见其'庐山真面目',……正确评价它的历史贡献,认识它对当代美学发展的意义了。"于是作者便顺理成章地梳理出了这样的一个结论性的评语:"车尔尼雪夫斯基'美是生活'命题的历史价值在于:它继承了德国古典美学特别是黑格尔对美的研究的思想成果,而又走出了黑格尔所构造的思维哲学、历史哲学和艺术哲学的整体框架,转换了自上而下的思考方式,自下而上地去发掘美的可能性与潜在性,从而把美的研究焦点置于现代哲学的逻辑起点上来,为现代美学的发展寻找到了丰富的思考对象和生命矿藏,从而拓展了美学研究的领域。"

车氏这篇美学论文又题为《艺术与现实的美学关系》,有的理论家据此认为这篇学位论文的主旨是谈"艺术与现实的根本关系"问题,从而论定车氏美学思想的"基本之点是建立在直观唯物主义基础上的。"作者认为这是对这篇论文的又一大误读:"这篇论文的主旨是针对黑格尔的美学观点而辨诘美是大量地存在于艺术之中,还是存在于现实之中,亦即艺术与现实究竟哪一个具有更丰富的美学内容,以及艺术美与现实美究竟谁决定谁,谁高于谁的问题。车氏认为辨清这两个问题是关涉一场'美学革命',让美出现'一番新面目'的大是大非问题。""这'另有一番新面目'表现于车氏把对美的思考从思辨哲学的天国拉向现实生活,从'最多种多样的对象','彼此毫不相似的事物'、'最一般性的'生活中发现了美,而且认为生活中的美包罗万有,变化多端,'能够采取最多种多样的形式'。""车尔尼雪夫斯基不再寻找、规定'美是什么',而是更换命题'什么是美'——'生活就是美的本质','生活本身就是美'"。车氏"是一位从千姿百态、生生不息的大千世界的个性形态中寻找美的先行者。"车尔尼雪夫斯基既然为现实辩护,肯定生活中的原生美、自然美,所以对黑格尔个别"重新上升到一般"的典型化过程持否定态度。"针对黑格尔的典型论,他把'个性化'视为艺术创作应该追求的一种目标和努力方向",认为"真正的典型人物就在现实中","作家的创作只要'再现'现实中的典型人物就可以了。""车尔尼雪夫斯基'美是生活'的命题是对黑格尔以来从而对整个思辨哲学的历史挑战,是对诸种美的形而上学规定和唯心论理论的超越。""'什么样的生活是美的'这个命题的提出将关于美的研究焦点置于现代哲学的逻辑起点上来,为现代美学的发展寻找到了丰富的思辨对象。车尔尼雪夫斯基对美的隐蔽性的历史性发现已接近现代文化哲学综合视野,同时又与20世纪以来的现代史学理论(例如法国年鉴学派)、马克思主义——结构主义的历史隐蔽性的发现有其一致性之处,它的伟大贡献在于以超人的胆识接近一个新世纪的智慧光芒。”

关于自然美，笔者辨析，在“美是生活”中，它有两个内涵：第一，相对于僵固的，在表现上千篇一律的艺术美，生活中的自然美“与时更始，新陈代谢”，以其“多样性而令人神往”，所以人们永远看不厌它的活生生的美，正因为车氏“肯定生活的‘原态美’”，所以他把“自然美置于艺术美之上”。第二，自然美是人类社会生活的象征，森林、原野、植物、鲜花之所以美是因为那里充满着生活的诗意，“显示着力量横溢的蓬勃的生命”。“车氏曾经说过，人的生活，不但包括现实生活，内心生活（幻想生活），情感生活，而且还包括‘人与自然’关系的生活”。车氏“在复杂的宇宙关系网中，见出‘人、自然、社会’三者的本质关系”，“从人与自然的本质关系出发，认为世上其他各级存在物只有在暗示和提高到人的时候，才具有美的意义，而且这种美是由暗示和提示达到什么程度而决定的”。于此认为：“人的个性”是世界上最高的美，美的“最高范畴”是“人类社会”。作者进而厘析：前一内涵是批判黑格尔思辨哲学获得的成果，后一内涵是批判地继承费尔巴哈人本主义的结果。

凡此等等，足见先生对车尔尼雪夫斯基在“美是生活”这一命题中所表现的美学思想的梳理、辨析是精辟的，独到的。所以，当年《黄河学刊》（1991 年第 4 期、1992 年第 1 期）连载先生的文章时，有一“编者按”，说道：“本文从历史与现实的结合上对车氏‘美是生活’的命题作了科学的分析，并指出中国现代美学家以一种直观唯物主义为指导，在政治学和社会学层面上，固执地寻求某种永恒的超时代的绝对美的偏颇。读后耳目一新。”在上世纪八九十年代美学热中，先生此文可视为当时美学理论研究水平的一个标志。

第三个梳理是关于诗歌、小说、散文等文艺美学——文体学的，占据本书大半篇幅。

小说以世界小说的现代发展为对象，研究叙述技巧的演进是如何引发小说结构的质变的。文中诸多事例皆可作为叙事学研究的范例。

散文则以中国散文的现代发展为对象，站在当代哲学发展的制高点上，抓住散文的特质——潜结构、“N”个叙述项，诗情与意境的营造，等等，揭示诗歌、小说、戏剧散文化的奥秘。这亦是叙事学研究的一个重要课题。

诗歌抓住诗结构的关键性问题——意象及其组合，透析了诗歌研究与创作的一系列根本性的和本质性的问题，如古典诗歌与现代诗歌的区别、现代诗歌创作的成就和问题、意象的生发转化与古体诗词的现代写作，等等。

本书最后的一个特点，就是：前人提出的一些批评概念，但本人并未或未能作出解释，后人或茫然，或争论不已，褒贬不一，莫衷一是，作者运用现代文艺批评理论，站在当代哲学——文化学高度作出科学的创造性的阐释，读后令人耳目一新，疑窦顿释。例如布罗斯基凭诗人的敏感在一封信中提到曼杰施塔姆“彼得堡式诗结构”这一批评概念，但并未对此作出阐释，甚或这只是一个朦胧的感觉，他自己并不能也没打算作出清晰的阐释。作者却在《曼杰施塔姆“彼得堡诗结构”》一文中对这一批评概念内涵及其艺术表现作出了精辟的文化解读。

再如对吴文英词的评价，历来毁誉参半，贬扬不一。誉者如其友人尹焕云：“求词于吾宋者，前有清真（周帮彦字），后有梦窗（吴文英字）。此非焕之言，四海之公言也”（《梦窗词叙》）。清人吴梅云：“近世学梦窗者，几半天下”（《乐府指迷笺释序》）。贬者如南宋人张炎云：“吴梦窗词如七宝楼台，眩人眼目，碎拆下来，不成片断。”（《词源》）。“五四”以后，胡适、胡云翼、薛励若等人对梦窗词大加贬抑。胡适谓梦窗词：“几无一首不是靠古典与套语堆砌起来的”（《词选》）。但这些多是感兴式的批评，缺少翔实的论证。先生在《意象的生发转化与古体诗词的当代写作》一文中，援引梦窗《风入松·听风听雨过清明》和《高阳台·落梅》两词，与庞德《地铁站上》和艾略特《荒原》作对照，用现代批评理论剖析吴文英词承清真词风，在章法结构上时空倒错，回环穿插，又用意象叠加手法，“频繁地、大量的运用神话传说、典故隐喻”，酿成意蕴的丰实，从而论证梦窗词的超时代性，当代人写作古体诗词亦可借鉴现代诗的写作手法，创作出抒写时代思想和当下社会生活、意蕴丰实的优秀诗篇。总上，先生对梦窗词的评析充分展示了阐释的创造性。

又如端木蕻良曾提出《红楼梦》的艺术表现是意象手法，但未作论述。先生在《意象组合与其表现功能——〈红楼梦〉叙事结构解读》一文对“红楼”、“石头”、“花”三意象的内涵及其在全书结构中的地位与作用作了精湛的论述。在《〈红楼梦〉中的叙述学问题》一书中对这一意象手法的表现功能又作了更为深入、透彻的论述，读者若对照阅读，想会收益多多。本书关于文体学的论述，亦可视为先生关于叙述学研究的另一别开生面的著述。

李明之　2013年10月于吉林江南

目　录
CONTENTS

理性极限及其突破断想

面对日益丰富、多元的世界生活，当今的哲学的尴尬与无奈也是多重的。首先，无论是西方的理性哲学传统还是东方体悟性的哲学传统，都难以全面、系统地解释当下的多元生活。虽然自十九世纪末逐渐兴起的西方现代、后现代哲学以及20世纪对重建东方新哲学的多次尝试，也力图解决这一问题，但到目前为止，哲学与现代生活的对应性仍未得到令人信服的说明，这使得哲学作为有效社会学科存在的合理性受到置疑；其次，百余年现代与后现代哲学的探索，恰以反理性的形式延续了理性思想的内在精神，其结果是将理性哲学已有的体系、学说甚至是语言成果都悬置了起来，在指明了语言、逻辑、体系脱离生活的自律性、真理的偏执性的同时，也将人们对东、西文明大冲撞后被二十世纪普遍接受的理性哲学的信心彻底摧毁，换句话说，是理性自己将自己夷为废墟。这就使现有的哲学叙述方式：即“语言的特定使用——概念——体系——真理推演”的逻辑叙述方式同样被置疑起来；再次，在失去了与生活的对应性、叙述的可靠性的同时，当下哲学也没能提供出人的存在的实践性方案。

如何解决当下哲学的问题？几十年来，不少学者把希望寄托在从东方传统哲学中吸取有益成分的尝试中，但问题是，这些致力于新儒学与后新儒学建设的学者，仍然摆脱不了理性哲学形而上学的理想，将建立圆教体系和普遍万能的新学说视为己任，力图寻找到传统理性视为哲学必要课题的宇宙论、发生论、认识论、存在论、实践论、结果论、真理观等诸问题的新解释。这其实又陷入了理性传统的牢结中，只不过是在温和地、部分地重建被现代、后现代理性哲学砸碎的理性建筑。其结果是每一次尝试，都难以形成理论结果，或者是停步在设想阶段，或者是陷于阐释的封闭乐趣中（阐释方法的产生本来是为了解决体系的封闭性的，但当把阐释视为学说建设，它自身的封闭性就不能回避了）。

如何突破理性的单向思维、寻找到哲学与人类历史、现实生活可靠的对应；如何把哲学、哲学家从思想的自大中解放出来,使之成为朴素的时代精神的书写者;并把哲学叙述从被动于语言、逻辑的建设“真理”大厦的虚妄理想中解放出来,使之真正成为语言的驾御者;使理性、逻辑、体系成为实现思想表述的手段,而不是叙述思想的目的?这些问题的解决,当然不会是一促而就的,它需要等待文化发展的合适契机,和当下的多元社会生活相对应。这一问题的解决途径,也不会是唯一的。

笔者拟从人类文化历史的视点出发,寻找对理性思维更为广泛的认识,在这样的基础上,探讨理性哲学的极限。而也只有对理性思维—理性哲学极限的清晰认识,才可能走出理性的精神壁垒,寻找更为丰富的精神与生活的对应性,以重新审视人作为自然存在的完整性。

一、哲学与思维历史的对应性及理性哲学的历史极限

如今已经少有学者再坚持用语言回答“什么是哲学”的问题了。哲学史上,很多人给哲学下过无数定义,而很多种定义又一一被时间流逝和文化环境的迁移所遗忘。时至今日,我们不得不承认哲学无法用理性语言定义,或者说,至少在当下人类普遍的理性思维中,一语言概念无法对应哲学存在的流变的、丰富的内容。

哲学虽然无法用理性语言去框定,然而几千年来人类对思想的探索和无数次书写的努力,却实实在在地证明着哲学作为一个学科的存在。回顾历史,提醒我们从另一个角度去看哲学,那就是作为思维存在证明与解决精神生活空间的哲学。作为地球上高等动物的人类,与其他动物的重要区别就在于人是思维的动物,思维功能的实现是人类生存必不可少的内容,而在思维不断展开的过程中,对人类自身存在的思考就成为一种必然,哲学正是在这种必然上存在并发展的。具体地说,特定的哲学是特定思维方式的结果,它的学说书写与叙述也必定由其所特定的思维方式所对应的特定语言来完成。

但理性思维却并不是人类历史上唯一存在过的思维方式。无论它是否是人类思维最高最后的形式,从理性思维产生前的漫长的原始思维阶段的存在到今天对理性的怀疑,都证明理性思维只是人类思维历史的一个阶段。

与思维形式的迁演对应的是人类与其赖以生存的大自然的关系的变迁。在漫长的史前文明阶段,人类的生存能力低下,无力与大自然抗衡。原始思维的特点是混沌性与巫仪性的。我们今天认为,史前人类的遗留的传说与故事都带有明显的神话色彩,根本的原因就是原始思维具有这些特点。原始人用今天看来的神

话形式真实地记录着他们的所见所闻及他们经历的历史,只是由于现代人习惯于理性的思维,与原始思维几乎隔绝,才无法破译原始神话中所蕴涵的历史真相。

文字的出现使得记录有了更大的可能,也为理性思维的出现奠定了基础。我们甚至可以说,文字从约定俗成的符号中不断成熟,渐渐摆脱描绘性而日益抽象,这个过程的本身就是理性思维的大演练,是人类把自己从自然中提炼出来,使自身与自然对立起来的过程。字母文字的出现证明了人类抽象理性发展的高度。事实证明,把理性视为思想最高准则的历史也发生在字母文字的文明中。而理性思维的特点就是单向的精确性、数理性,它必定在语言上形成逻辑矩阵,并且有意无意地将逻辑视为语言叙述的标准。而这些正是我们今天视之为"哲学"学科的无形准则,即:清晰的单向数理性、严密的逻辑性。历史地看,"哲学"这个词就产生在理性逐步被视为思维(思想)标准的古希腊时期。严格地说,传统的"哲学"学科就是在亚里士多德以来的理性标准下,对世界与人类自身展开的思考,因此传统的"哲学"本身就是理性思想范畴内的。

而理性思维所对应的人类历史正是人类抗争于自然,逐步掌握、驾御自然的过程史,简单地说,就是一部科技的历史。从亚里士多德时代对知识的分科式分类,到今天我们的各种高科技的实现,这两千余年,虽然只是人类数百万年存在的一个短暂瞬间,却完成了人与自然对立中一个根本性的关系转变,那就是人由被动于自然、束缚于自然逐渐变为主动于自然,驾御自然。这是理性思维交给人类最好的成绩单。

但理性毕竟把人与自然对立开来。它把"人定胜天"视为理想的同时,也就把无限攫取自然视为人类行为的重要方向,使"人本主义"被无限放大为人对自然的疯狂自大与漠视。在科技高速发展的今天,理性疯狂的恶果已显露无遗:环境污染、能源枯竭、温室效应、不断出现的新的疾病……一句话,理性思维在战胜了自设的"敌人"——人类赖以生存的大自然,也破坏了人与自然作为整体世界的和谐,最终使人类孤独地败给自己。而在社会生活的层次上,理性所导致的集权主义与权力桎梏同样使人类遭受精神与生活的痛苦。

19 世纪末以来,一波高于一波的反理性主义、现代哲学与后现代哲学的思潮以及这些思潮渐次平息后,从西方向东方不断弥散的虚无情绪,对应的就是人类对理性思维的怀疑与反思。同时,它们也提出了一个问题,即理性思维的极限。事实证明,数理理性并不能解决人类生存的所有问题,在它完成了其主要的促进人类对抗自然的生存课题的同时,它也成了人类精神乃至社会生活的新的障碍。就像原始思维在其极限处结束一样,理性思维是否也会成为人类的过去?

面对今天的生存现状,人类不得不去寻求一种新的和谐、总体的思维方式,并以其对应人与自然共存的新的人类存在的历史阶段。

总之,从人类思维方式曾经的变迁和新的要求上看,人类思维方式是分历史阶段的。原始思维对应的是人类的初醒和人类对自己与自然懵懂认识的历史阶段;理性思维对应的是人类在对抗自然中争取自我生存的历史阶段。严格地说,现在通常意义上所说的"哲学"正是理性阶段的产物。那么,当人类与自然和谐共处的阶段到来,理性的单向性、封闭性不再适应这种人类历史的时候,必定会有新的思维方式来满足人类头脑的生命力,哲学,作为人类存在的重要需要,也必定会得到扩展和更新。

二、理性反思的理性牢结与虚无主义的的虚无虚置

虽然自19世纪70年代兴起的实用主义的最初组织以"形而上学俱乐部"命名①,但实用主义的实证实践论却使得理性形而上学的终极真理的认识理想悬置了起来。可以说,实用主义在将宗教的彼岸世界化为疑问的同时,也将在欧洲古典理性哲学手中逐步完善的形而上学的各种精致的体系置于尴尬境地。显然,这些体系的建设原点(本源、本真、零点)与终点(作为最高真理的世界规律)都难以获得实证;虽然很少有史料表明,实用主义者曾对这些无法实证的体系原点与重点进行过强烈批判(事实上,实用主义对此多半是悬而不论的),但其不得证即可疑的实践准则,已使得理性的形而上推演不再神圣。虽然实用主义也有自己认为永恒的真理,即:实用即真理。但实用主义却告诉你,对于这一真理的确信,并不是通过严密的理性推演,而是通过实证和经验来完成的。事实上,从那个时候起,人类对于形而上学的理性根基(无论是有意还是无意)已经产生置疑。

此后,西方陆续出现的各种哲学学说,从现象学、存在主义到结构主义都试图从自己的角度打破理性思维的单向性,建立立体的多层次、多维度的新理性体系。但无疑,他们的努力都没能实现(或完成)其最初的雄心,无论是现象学、存在主义还是结构主义,作为理性体系都是不完备的。事实上,以向度有限的理性去对应无限丰富的生活本来就是一种虚妄。在经过多番尝试之后,人们终于把追究责任的目光盯上了语言本身。海德格尔即明确提出了对语言本身的质问②。维特跟

① 全增嘏主编,《西方哲学史》下册(P543),上海,上海人民出版社,1985年。

② 1959年,海德格尔出版了《行进在语言的途中》一书,对语言问题进行了讨论。

斯坦用后半生的经历去反思自己前半生的论述，期间也表现出对理性精神结构及语言本身深刻而痛苦的反思。福柯直接把理性体系与社会文化霸权联系在一起，强烈批评真理的虚妄和人文主义以来的人的狂妄，甚至宣告“人的死亡”。以德里达为代表的解构主义干脆放弃了结构主义等学派对理性的现代努力，更彻底地打破了人们寄予理性的梦想。

一如理性大厦的建立者一样，最初诸流派的非（反）理性精神领袖们也对贡献世界新的精神局面充满雄心。他们认为打破理性传统给现代生活造成的种种桎梏，就可以建立真正平等的、“和而不同”的新的精神秩序。事实却并没有那么美好，非（反）理性主义在“沟通”、“共识”的确立上遭遇瓶颈。由于无法在精神世界建立“沟通”与“共识”的途径，非理性主义在把传统理性夷为废墟的同时，留给世界的是混乱的虚无状态。虽然其间也有人想摆脱这种现代虚无，力图以恢复理性来重建普遍的精神秩序，如法兰克福的哈贝玛斯等人重拾对语言的信心，并认为通过语言的模式就可以改造社会。语言可以使人们加强人与人之间的接触，增加人与人之间的交往，这样就可以增加人们之间的互相了解，从而形成人与人之间的崭新关系。但法兰克福学派在20世纪60年代后的没落，无疑证明了其改造社会方案的破产。传统观念里那种可以普遍解释世界的完美体系已彻底成为哲学学科的过去。

非理性没能解决理性传统遗留的种种问题，最重要的原因就是因为无论其如何标榜对理性的反叛，最终它都不能摆脱理性既定的思维模式和语言展开方法，即不能摆脱理性对世界认识与实践理念的单向性与封闭性。从这个角度来说，非理性是理性另一极端的表达方式，它的自律伸延必定使哲学陷入更为自闭的形而上学的牢结——思维与语言的自我游戏，后期存在主义学说已经表现出了这种倾向。如果我们还记得海德格尔、维特根斯坦等人学说的高度思辩性，记得他们艰涩的语言、大量使用的新的词汇、对某些概念不厌其烦的注解、对语言叙述间可能产生的逻辑矛盾的斤斤计较，我们就会切实地感受到这种高度理性的游戏本色。甚至我们可以说，有些哲学论述是不可翻译的，因为它赋予语言的理性思维的工具功能远远大于语言作为传播工具的功能。当语言彻底成为理性逻辑建筑（不论是否是有精神目的）的砖块，在语言叙述中完成的哲学学说，当然也只能隔绝于人类生存现实之外，被搁置于少数哲学家头脑中的象牙塔中。

意欲彻底摆脱理性思维的封闭性的努力，在西方也不乏人在，阐释学就是其中的代表。它力图以开放的阐释代替体系的建设。但阐释无法摆脱这样一个事实，即理性语言对应现实的效力是有限的，一个人在说（使用）语言的同时，也在被语言叙说（使用），阐释最终完成的结果未必是阐释的目的或能带来实践方案的对现实世界的现实认识，而极有可能又是一场理性概念的理性远游，说穿了是一场理性思维模式中语言的阴谋。更为重要的是，阐释学“本体—阐释”的原则，依然固守着传统理性的“本体”观念和本、客对立的视点，它必定把对世界的认识重新拉回到传统理性不可破读的牢结中去。

即使是虚无主义，依然无法摆脱权力理性的控制，甚至成为理性主义最后的、也是最安全的避难所。当虚无主义者大叫“虚无”、“悖论”“荒谬”、“痛苦”的同时，我们发现他们的“虚无”是对理性无法建立世界普遍秩序的慨叹。他们的“悖论”、“荒谬”是感到一条理性路线与另一条理性路线或者同一理性路线的不同起点方向交结而不能容通后狭隘的、概念化的悲哀。虚无正是理性者固执于理性的结果，对于世界现实来说，虚无本身就是虚置的概念。

完结理性权力的正是理性自己。

三、东方迷信与东方性的局限

借助东方传统哲学建立新哲学的努力，似乎正在成为哲学界的一种潮流。事实上，这种尝试从上世纪上半叶即已开始。无论海德格尔等人和道学的关系到底如何，无论他们是主动地探讨“道”与新哲学的可能性，还是被迫躲进“道”的理念里以回避理性对自家学说的苛刻检验，他们至少把目光转向了东方。

而此后，易学在北美等地受到关注。一时间，易学与现代数学、科学的关系成为热门话题。在《易》的混沌的语言叙述中，学者们似乎还看到了认识世界的思维新途径与使用语言的新的方案，看到了解决理性单向性的可能性。

东方尤其是汉文化圈内对于儒学的改造发端于中国传统文化对西方现代化的回应。面对着百余年来，彼强我弱、国力凋敝的现实，儒学的最初改造甚至带有被动的，在西方世界面前表明自己与之平等性的色彩，其所对应的是西方理性传统。五四以降，梁漱溟率先论述了“东西文化及其哲学”的论题，在普遍的批判传统的潮流中，第一个将东西文化平等地并列起来，并探讨了东方文化的独特性。熊十力提出“新唯识论”，用唯识的细密知识论来对应西方的理性系统，而后又在批判唯识论的基础上，讨论大易生生本体的儒学本体论，以图重建儒学的形而上学。20世纪50年代后，港台学界掀起的新一轮新儒浪潮继续秉承以理释儒的思想。唐君毅以黑格尔的“精神现象”解释人生的体验，在此基础上，严密地论证中国良知与道德心的本体性；牟宗三则依据康德的知识论，建立知性主体，但他反对康德的道德神学，而特别放大了中国哲学中人的无限性的观念，据此开出实践方案,即通过践旅修养工夫,把人的无限性心(道德)呈现出来。

这些努力的共同点是借西方哲学已有成果,力图将儒学纳入到理性哲学框架中。在争取文化间的平等交流的可能性上,他们的成果是显著的。同时,他们使中国传统哲学思想瞬间体验了西方哲学数千年的理性历程,对于建设中国新哲学观,这种历练无疑是有益的。但显然,要达到理性所要求的圆教体系,这些努力都没能做到。唐君毅在其著作《生命存在与心灵境界》中,提出了"性情形而上学",并希望一切哲学在人心的性灵层次上达到相互通融,以确立世界多元的可能,但问题是"性情"本身并非理性,不具备营建形而上体系的自身动力(力量)和途径,因之如何借用外在的理性建筑非理性的"性情"的形而上结构并使之符合理性的严密要求就成为问题,故此如何解决这些问题,唐先生没能给出答案。而牟宗三学说中儒家的道德论与理性的连结也显得牵强甚至多余,这种连结自身就难以得到理性的认同。正如梁燕城先生对其学说的评价:

> 这是从实践修养中使本真直觉起现,并不须预设牟宗三所谓的"智的直觉",也不须预设所谓"人是有限而可无限"这类非中国哲学原典所有之吊诡概念,更不须预设一个形而上的"无限心"。这一切预设既无根据,又不能实践证成,因为根本就无任何实践途径指示,可证成所谓无限心,这只是一些空概念,其功能引发人自我无限化的情识,却无解决实践上如何发而皆中节的问题。①

事实上,中国传统哲学并非没有理性化的经历与尝试。以儒学为代表的中国思想发展史同时也是一部中国学术自觉走向理性的历史。儒学从最初的具有浓郁自然伦理与贵族政治色彩的学说,经孟子、荀子强化其人本精神,并与先秦诸家融会,再经董仲舒、洗礼魏晋以降的理性玄思,到朱熹已基本完成了"仁"学的形而上体系。与之相互呼应的是中国古典思维的理性进程。中国历史上,每当学术以及与之相联系的文学形成模式桎梏的时候,往往会出现一场所谓的"古文运动",正是这重复出现的"古文运动",推动了古典语言向现代语言演化的进程,并标志了中国古典思维的理性发展。有了这样思维以及语言的发展成果,五四的"白话文运动"就顺理成章地得有基础并获得成果,最终完成了汉文化思维及语言的现代化,使汉文化有了可以与西方思想学术相沟通的思维与语言的可能。

综上所述,五四以来的新儒学探索并没有超出中国历史上儒学理性化发展的

① 梁燕城《破晓年代》(P106),上海,东方出版中心,1999。

范畴。只不过,历史上的儒学形上化是汉文化内部的一种自觉,是一种文化成长的生命需求,而五四以来的儒学改造则是外力作用的一种结果。与其说它是一种学术创造,还不如说是一种文化间相互沟通的努力。

但无论是儒学自觉的理性发展,还是借助外力的理性重构,都没能使以儒学为代表的中国哲学完成真正意义上的理性体系。中国文化(或曰汉文化思维)永远不能剔除“道”、“道德”等本体概念的人情色彩,使之彻底抽象为理性建筑合适的基材,以之为起点或终点的中国文化的理性建设,也自然无法形成精密的体系和可获证的本源存在。这是中国文化性格所决定的。我们从历史上的儒学理性自觉到今天的新儒学对西方哲学的主动融通中,可以看到,儒学的理性建设方向也是多种的。董仲舒以感应建构的“天人”宇宙、社会体系,朱熹归于“仁”的宇宙本体论,谭嗣同的“仁本”实践论,五四以来唯识论、精神现象学、知识论等西方学说对儒学的渗透等等,无不在表明中国传统文化包含着无法彻底理性化的文化基因,同时也包含着理性体系多种可能的起点。从传统的西方理性来看,前者正是中国文化无可救药的弊病。但当理性的精美体系再也无法适应现代世界生活的多元性与开放性的时候,这一点又被视为中国文化有着收拾理性废墟,重建世界秩序的可能性。有人甚至对此达乎执迷的程度。

当西方的现代与后现代思潮在中国得到回应后,新儒学的建设者也开始反思以西方理性再建儒学的局限。第三代新儒学学者显然要努力回避传统理性模式对儒学的桎梏。借助西方的阐释学成果,这一阶段的儒学建设主要从阐释方法出发。成中英提出的“本体—诠释论”,傅伟勋的“创造诠释学”,杜维明提出的“天人哲学”等等努力都志在以中国传统文化为起点,建设一种开放、多元的能适应当代世界文化生活的新的哲学,同时这种哲学应具有本体与方法的互动及自醒能力,以杜绝新的独断的形而上学出现。

但与西方诸家阐释学说命运相似,儒学在阐释学中的展开同样遭遇了以下两个问题:1. 阐释方法在表面上打破了理性体系的封闭性,但由于阐释的方向性,它必定在学说叙述中造成新的阐释封闭;2. 由于阐释起点与方向的多元性同阐释路线间沟通机制的缺失性并存,在阐释不断丰富的同时,必定造成阐释与阐释间新的隔绝,从这一角度看,阐释是在把世界存在(生活)无限打碎、分割,而不是在融纳沟通。

梁燕城先生对牟宗三哲学的另一段评价,似乎总结出了新儒学的普遍困境,即:

> 既失去了中国哲学的实践特质,又不能沟通西方后现代的哲学问题,其成就的恐怕只是一新的“意府牢结”。①

事实上,在当下备受关注的东方传统思想及其现代发展的努力,仍然是在理性思维下实现的精神历程,或者说东方传统思想所对应的仍然是理性思维的历史。这就是我们为什么难以从东方文化中找出突破理性密码钥匙的原因。

这种认识也为我们打破现阶段对东方传统的迷信,寻求到可能。中国传统思想(这里,我总是尽量回避用“中国传统哲学”一词,因为“哲学”是在以理性思维探索人类存在的意义上产生,而中国传统文化的思维方式不具备纯粹理性的特点,中国传统思想学说与西方理性意义上的哲学所对应的人类思维历史阶段并不完全一致。就西方理性哲学范畴而论,中国传统思想学说大部分不能称之为“哲学”)所对应的人类思维历史并不是现代历史,而是已逝的历史。与中国传统文化的混沌与总体性互为因果的是汉民族原始生存,以理性为方向的古代生存,连同近、现代生存及当下生存的连通一脉的曼延性。也就是说,中国传统文化中深嵌着许多原始思维的信息,它可能具有当代思想所渴求的多维与互动的特征,但它直接反映的是远离当代生活的原始散离的人类生活,它的相互融通更像是一种对互相认识的无知无求状态,而非当代及未来生活的多元文化在“知”的层次上的沟通与交融。我们可以从中国传统文化中获得灵感与启发,以反思和建设我们的当代文化,但它却很难像拾荒者那样,在传统里不费力气地直接拾拣我们的“现代”。

四、理性悲剧外当下生活的自律自在

哲学所映射的是其所在的社会生活。作为人类生存的需要与证明,哲学所要解决的首要问题,就是人类存在的精神活动与自然生命之间关系的问题。单向度的理性哲学为人类开出了唯物与唯心的药方,同时也就设定了与理性哲学历史相伴始终的唯心与唯物之争,这是理性思维自我的挣扎与斗争,也是理性思维——理性哲学不可能解决的问题。与理性思维单向度有关的还有理性哲学不可或缺的终极问题与诸种悖论问题。本原、本体的讨论与真理、普遍规律的追索一样,是终极探讨的两个极端点。无论理性哲学家们对这个问题开出怎样的答案,对这两个问题的彻底回答的决心都必然导致理性的极端,或曰在理性思维中回答这两个

① 梁燕城《破晓年代》(P107),上海,东方出版中心,1999。

问题，必然导致人的精神生命对理性的依赖，人的精神生命在理性中的丧失，从这个意义上说，理性思维直接对应的是宗教。真理的追求直接得证神的存在。在西方两千年的科技史上，从牛顿到爱因斯坦，诸多对科学做出突出贡献的人，最终在精神上都归依了上帝。之所以如此，就是人类在利用理性思维探索自然的同时，在有限的自然认识中，也被理性思维牵引着精神生活的能量，被其利用并依据已知自然推演出神（上帝）与彼岸的存在。被唯心者设定的既存上帝和被人本主义者大力宣扬的人本中的“人”在本质上并没有多少区别，都是理性思维对人的极端设想，是对现实生活的人的否定。

至于诸种悖论，更是理性思维单向性特质的产物。当从不同的起点讨论同一问题时，当然会在理性里产生不可调和的不同答案。可以说，“悖论”本身就是理性思维特质的概念，是理性展开后，理性自身不可解决的固疾，它直接产生人类精神生活的荒谬感。

“人定胜天”的英雄主义野心和与之伴随的人与自然对立的设定、彼岸的推演及无处不在的悖论的荒谬感，传统理性哲学就这样否定了人的现实存在并为人类精神预置了挥之不去的悲剧格局。现代主义、后现代主义对传统的叛逆，并没有取消这种悲剧感，习惯于理性思维的人们没有感到解放于理性桎梏的快乐，相反，理性大厦夷废（上帝之死）之后，留给人们的是无可寄托的空虚感。百余年来，理性精神正是挣扎于这种后死亡的世纪末的痛苦中。甚至对于后理性主义来说，人类生活的继续都是对理性痛苦的嘲弄。习惯于理性思维的人们同样也习惯于理性营造的悲剧享受，并自觉地视悲剧为思想的深刻和审美中美的标准。这也正是理性对人类最后最紧固的束缚，它让人们于无意识间打消了跳出理性桎梏的愿望。

对理性哲学史与时尚辨证语言的熟悉、营建新的哲学体系的“哲学家”们英雄式的雄心，都与突破理性惯性阐述新思想没有直接的关系。而东方传统的现代化也并非是以理性框架重组或阐释它并使东方古老的文明具有合乎理性要求的体系。与现有的理性成果一样，东方古代文明也不可能是当下思想的直接来源。在哲学学科之外，现实的世界生活已为当下思想提出了要求与叙述可能。从这个意义上讲，一如罗兰·巴特宣布“作家之死”一样，作为思想创造者与承负者的思想家与“哲学家”也是不存在的。思想（精神）与自然生命在作为人的存在方式的层面上是不可分割并相互平等的。更准确地说，思想家（哲学家）只是时代精神的记录者，他是找到时代精神可传播的表述语言的人——当下思想也在当下的生活中。

当理性把今天的世界解释为隔绝、散乱、并无法为多元存在开出沟通渠道或方案的时候；当东方传统的现代诠释者力图重塑道德却难以阐明道德何以为人需求的动力而沦于否定人生的“圣人”理想的时候，当下的现实生活却多元而丰富地存在着，它拒绝做雄心不已的“哲学家”们上帝式悲天悯人的绝望呼声的注解，它自在地律动着，把象牙塔中的理性冥思远远抛在身后。

> 生活是这样具体实在，一切抽象都结束了。我们的哲学探索最终找着的不是哲学理论，而是一个哲学家在进行哲学活动，一个思想者在进行思想活动，一个人在生活。……哲学活动跟他的其他生活活动错杂在一起，理论活动成了一种生命活动。①

从更广泛的思维历史来看，非但理性的理论活动是生命活动的一部分，与思维相关联的哲学活动本身就是人存在的方式和途径之一（这里的哲学是广义的，它泛指人类运用思维对世界和自身存在的思考及其成果，它不仅包括理性哲学，也包括从巫性思维、非理性思维等其他思维方式出发，对世界与人类自身的思考）。因此，无论是巫性思维的巫咒化、神秘化还是理性思维的绝对抽象和逻辑化，都将是人类哲思的死亡。哲学只能来源于生活并存在于生活中。

五、余论

总之，突破理性极限的前提是要把理性思维放回到思维历史中，把理性哲学放回到人类哲思的历史中，并接受它们作为历史阶段产物的结果，打破对它们的迷信。具体落实到哲学叙述上，如何打破理性哲学与当下生活的隔绝，建立新的哲学信心或可从下几个理论层次去考虑：

一、哲学与人类存在的历史性的对应关系。

二、哲学与人类存在的现实性对应关系。这一点有几个层次：

1. 哲学自身理解的层次。就目前的哲学成果来看，无论是承继理性传统的新理性哲学还是反叛理性传统的反理性哲学，抑或是力图综合逻辑理性与体悟经验的新东方哲学，都还在自觉不自觉地把抽象世界的普遍规律视之为目的和学科动力，即使今天，语言建筑的自律性或曰对应世界存在的有限性已被认识，建设“真理”大厦的野心仍横亘在新哲学发展的前路上。只有彻底放弃这种虚妄，对哲学的理解才可能在文化现代化的层面上从对“真理”探求的固执中解放出来，实现解释世界的任务。

---

① （西）何·奥·加塞尔著，商梓书等译《什么是哲学》（P111－112），北京，商务印书馆，1999。

2. 哲学的形式层次。并非只有以概念建立命题,再以诸种命题建立体系的理性理论叙述,才是哲学学科的存在形式。哲学精神散在于社会生活的方方面面,因此哲学的表达也有多种形式。从日常生活到社会生活、艺术与宗教的传播等等人类活动中都蕴涵着哲思(哲学)的表述。这样说,并非是要取消哲学作为学科的存在,而是要求哲学深切地意识到它作为人类存在方式与人类生活的天然的不可割裂的联系。

3. 哲学的叙述层次。因为囿于对世界存在的抽象,即使在语言与存在对应的有限性及体系的封闭性已成为普遍共识的当代文化环境中,当代哲学学说的叙述,仍然无法摆脱绝对理性的色彩。从其最基础语言概念开始,我们就只理解其概念所指的绝对状态,而忽视或者说不屑认可概念作为一种现实存在描述的现实性。比如我们当下所说的“本源”、“自由”、“认同”、“沟通”、“存在”等等概念还依然是抽空生活对应后的理性概念。在这一基础上,诸种当代哲学学说更热衷于对心灵零点、发生零点等“零点状态”的设想,这使得哲学不仅不能改变理性传统与当下世界生活的隔绝,还进一步加深了这种矛盾,使哲学彻底成为被搁置于象牙塔中的逻辑智力游戏,而失去了鲜活的、诗性的精神内容。

新的哲学叙述只有在社会现实及生活存在的层次上使用哲学叙述的基础概念,才有可能寻找到一种可能对应散在生活的而不是对应逻辑体系结构要求的哲学叙述方式。在这一层次上,我们重新理解“认识”、“认同”、“理解”、“沟通”等精神需求的目的和方向,剔除过去对这些精神需求理解的形而上化色彩,使它们尽可能还原为能链接生活实在的思想的载体。

三、哲学的叙述总是滞后于人类生活和与之相关的思想萌发的。未来哲学的新发展也不是一两个或者一群哲学叙述者(哲学家)通过自身努力可以达到的结果,它需要等待生活或曰历史的契机,在生活和历史的要求下出现。哲学叙述中的“英雄情结”最直接的成果是哲学学科中的党派之争,它不仅对人类思想无益,在丰富的社会生活面前也会因苍白无力而显荒诞。

在世界全球化、人类追求更广泛的理解与沟通的今天,我们已经听到了新哲学的脚步声。

和思维一样,道德也是有历史的①。道德的历史也是和人类的生存史直接相关联。道德并非只是理性的命题。无论理性哲学史上有过多少完善道德的学说和关于道德完人的记录,道德的生命是依附于人的生命存在的,当理性的逻辑推演和东方式的玄思设定把道德提升为人类生存的理想和模范的时候,道德的生命

---

① (西)何·奥·加塞尔著,商梓书等译《什么是哲学》,北京,商务印书馆,1999。

也就被人为地结束了。

从保护生命的禁忌开始的道德,在当下更是一种人际和谐的快乐知识。就像人从保护种族生命力的要求而禁忌乱伦和性混乱一样。今天的人们也从相处和睦的要求中升发了关于诚信、宽容、勇敢、忠诚等等的道德感。正是这样的道德感使人的生活回避了可能遇到的人际报复、怨恨、社会法律惩罚等等当下社会生活的危险,使人们得以安宁地享受生命历程的快乐。经过理性洗礼的现代人不再需要"得天报"、"下地狱"等的玄论和宗教式的威吓来维持道德的实现,快乐生命的理性理解真正使道德成为生命的必须并得到实施的保证。

而人际的沟通正是因为人们在实现了道德的生命历程后,在体验生之快意上的共鸣。它与理性推演出的绝对的认同无关。正是人们在道德的左右间实现了人生个体与群体、人与自然的和谐并在其中得到生命快乐的体验,人与人、人群与人群之间才有了真正平等沟通的平台。在道德与快乐的双向互成中,人际间、人群间不存在社会各种力量的评价。而实用的原则正是在这样的基础上才有更为普遍的意义和可能。从这个角度上说,所谓社会、人群的制度、家国共同体的社会层次的实施都是在个体平等后的实用原则上进行的。每当政治制度超越于实用而成为观念的、精神斗争的手段,人类就会出现荒诞的甚至带有破坏性的异教(义)对峙的不良遭遇。

当然这里所说的道德,有着特定的含义与要求,它不再是某种理性演绎后从理性理想出发的,对人的理性要求。而是从生命快乐的基点上建立的人际快乐、和谐的知识,他是消除英雄主义的理性狂妄后,平等地对待生命后的快乐生活的自然要求。

这里的快乐也有特定的含义,与理性视实现征服与获得为快乐不同,这里的快乐指的是人与自然、人与人的和谐,是彻底放弃理想的虚妄后,现实地对待生命后的人生体验。

实现这样的道德,澄心,即平等看待一切生命的、视生命快乐为价值实现并剔除理性精神建筑之偏见的心灵倾向是基础。这里的"澄心"指的是一种心灵的现实态度,与理性推演的绝对概念化的空澈心灵无关。学习人际道理、体验生命自然、自在是途径。在这里,道德是打开人的存在价值(快乐)的钥匙,是人存在于人群、自然的方式。

由快乐而至道德,由道德而护佑快乐。在人际平等、共鸣于生命快乐的基础上,承认制度的实用性,取消"主义"、"教义"等观念体系的人为隔膜,并在制度里实现个人、人群、社会团体的多元共存,这大概就是孔子所谓的"君子和而不同"的境界吧。

直觉思维规律探析

一、问题的提出

直觉是以感知为主综合多种心理因素、心理功能的统一多样的创造性思维。它与逻辑思维,形象思维同为人的思维基本类型之一。

直觉思维在文艺创作、科学研究、人才培养以及各项实际工作中,均有不可估量的意义。郭沫若在谈到直觉在诗歌创作中的作用时,列了一个简明的公式:"诗=(直觉+情调+想象)+(适当的文字)"。① 物理学家福克说:"伟大的,以及不仅是伟大的发现,都不是按逻辑的法则发现的,而都是由猜想得来的;换句话说,大都是凭创造性的直觉得来的。"②奥地利科学哲学家卡尔·波普尔认为,在科学发明创造、科学理论建树中,起重要作用的,是直觉和想象。③ 意大利美学家克罗齐认为,在人的意识中,直觉最重要:没有直觉认识,便无逻辑认识;没有逻辑认识,却照样有直觉认识。④ 美国心理学家、哈佛大学"知识研究中心"创设者布鲁诺在《教育过程》一书中甚至主张从中小学开始,就要重视发展学生的直觉思维能力,作为培养人才的重要手段。苏联的 A·马兹马尼扬曾经对六十名杰出的歌剧和话剧演员、音乐指挥、导演和戏剧家的创作进行了调查研究,这些人全都说到直觉对他们创作的重要性。

---

① 郭沫若《文艺论集》,人民文学出版社 1979 年版,第 210 页。

② 王梓坤《科学发明纵横谈》,上海人民出版社 1978 年版,第 106 页。

③ 见邱仁宗《世界 1.2.3——介绍卡尔·波普尔的科学哲学》,《新华文摘》1981 年,第 9 期。

④ 见《文艺研究》1981 年第 6 期,第 120 页。

直觉的事实曾被某些唯心主义哲学家用于论证其哲学理论,否定它和理智、和逻辑思维的联系,把它看成是一种超自然力量控制的"迷狂",一种超乎人类理智、超乎整个客观世界的内心体验,如柏拉图、柏格森等;而另一些唯理论者又否定直觉同感官感知活动的联系,把它看成是一种单纯的理智能力,如笛卡儿、斯宾诺莎、莱布尼茨等。国内一些"唯物主义"美学家把直觉看成是"自觉的、有意识的""感性认识,"西方一些人从弗洛伊德的思想出发,又把直觉看作是"黑暗的下意识"活动的结果。上述理论的共同点是把直觉看成是一种单一的思维形式或心理活动,对这种思维规律多样统一的特点缺少正确认识。在对直觉思维规律进行哲学的、心理学、生理学的综合研究、全面把握之前,有的心理学家如布鲁纳就从理论的探讨转向教育实践的运用。由于他只注意了直觉思维越级、跃进的捷径式的特点,在教学中倡导"发现法",鼓励学生"推测答案",但不重视知识体系的掌握和知识结构的完善,忽略有步骤有中介的分析思维,他的实践并不十分成功。因此,他慨叹:"在教育文献中关于这个课题的研究,实际上处于真空状态。""的确,连直觉理解究竟由什么构成还不了然。"①

由于对直觉思维规律缺乏认真地实事求是的研究,由于多年来"左倾"教条主义的影响,国内一些理论家对直觉思维这一有着重要的实际意义的问题,或回避,或漠视,或未经缜密思考就匆忙下断语,因而难免失之浮泛、片面。相当长时期以来,我们在文艺、科学、教育领域里是不重视这个问题的研究的。在各种美学、文艺学、文学概论、心理学、教育学和科研专著中,均无论述直觉思维的专章,甚至几乎都不大谈及这个问题。这就难保机械唯物论、庸俗社会学的观点不乘虚而入了。理论的贫乏,在科学研究、文艺创作、人才培养的实践上,就起不到它应起的作用。斯诺夫人访华时谈到我国文艺创作的落后时,她认为原因之一是对文艺创作心理缺少研究,这是颇有见地的。至于我国教育,从小学到中学、大学,先生讲,学生听,教师满堂灌,学生被动接受,司空见惯,已经习以为常了。

因此,探讨直觉思维的规律,对开发智能,培养人才,繁荣我国科学文化事业,具有迫切意义。钱学森教授说得对,"作为基础科学,作为'思维学'也只有逻辑学部分比较成熟",其余部分"还有待创立;但一旦有了这些学问,对科学技术的进展,影响将是巨大的"。②

---

① 杰罗姆·S·布鲁纳:《教育过程》,上海人民出版社 1973 年版,第 16、38 页。

② 钱学森:《系统科学、思维科学与人体科学》,《新华文摘》1981 年 3 期。

二、直觉的特征

探讨直觉思维的规律,首先要弄清的是:直觉是一种什么性质的思维?它是由什么构成,又是怎样产生的?在文艺创作、科学研究以及各项实际工作中又是如何发挥作用的?它有哪些特点,它的本质属性是怎样的?

特性是一事物区别于它事物的标志,是本质的外化。直觉思维的事实,如直接性,没有推理过程;感知性、具体性,即直觉是从对客观事物的感知开始,具体地呈现在意识之前;理智性,即迅速识别,快速判断,以及对直觉结果正确性的坚信,使它有别于冲动性行动;瞬间顿悟性,不存在某种努力和困难,过程是在无意中进行的,在一些特殊情况下,作家艺术家想建立某种形象时,他却仿佛违背自己的意志得到另一种形象;如此等等,是所有创作者都多少经验过的。直觉思维的这种种外在特征,使它如云中龙,雾中花,藏头露尾,变幻莫测,呈现一派迷离的色彩。过去以及现代的某些哲学家、美学家们,常常只见现象,不见本质,或者误把局部视作全貌,抓住它的某一侧面,引申发挥,借以论证其哲学、美学观点;因此,对它的特点和属性的分析、评论,也往往各取所需,抓住一点,不及其余,因而常常得出截然不同的结论。凡此种种,说明对直觉思维的观察,不能只从一种角度,只看它的某一侧面,否则就会见树不见林;对直觉思维的研究,不能局限于一个领域,而要从认识论、心理学、生理学几方面作综合研究,才能把握它的本质和全貌,否则就难免以偏概全,难识其庐山真面目。这一切都因为直觉思维不是一种单一的思维,而是一种统一多样的思维,不是一般性质的思维,而是一种创造性思维。

直觉思维多样统一的特点表现在:

1. 直接顿悟性与逻辑性统一

直觉思维的直接顿悟性表现在思维步骤上,是越级跃进的;在方式上,是顿悟理解,触类旁通;在时间上,是突然出现,瞬息照亮艺术家、科学家的思路。

逻辑思维包含着逐步的分析、综合、归纳、演绎的过程,步骤明显,以一次前进一步为其特征。直觉思维则迥然不同,它常常以感性经验为出发点,以熟悉的知识结构为依据,采取越级跃进的形式,迅速做出识别、判断,萌发新的思想,提出新的方案,“直觉的形式很快产生假设,且在知道观念的价值之前,便发生观念的组合。”①

① 杰罗姆·S·布鲁纳:《教育过程》,上海人民出版社1973年版,第41页。

但是，直觉思维的飞跃性、突发性、顿悟性并不排斥名理思考、逻辑推理成分。构思、提出一个科学假设、科学理论，是一个心理过程，又是一个逻辑推理、名理思考过程。它要运用各种逻辑推理形式，包括运用辩证逻辑和形式逻辑的推理形式。例如阿基米德发现浮力定律，在他入池时直觉显示的一刹那，就进行了金银比重缜密的推理。不仅科学思维要运用各种推理形式，即使在艺术思维的诗意直觉中，也同样离不开思想分析和名理思考。不过这种分析、思考是渗透于形象思维中，在暗中进行的。无论文艺思维或科学思维，直觉的逻辑推理、名理思考都不是“以一次前进一步”为其特征，而是一种内隐的感知活动，一种伴随着心理体验的内心求索。

2. 感知性与辩证性统一

直觉思维从感知开始，“生活中的直觉是对一个实体的直接感应”。但直觉思维的直接感知，不是如克罗齐所谓心理活动最底层的形式，也不是“感性认识最初的起点”；因为，它不是停留于对事物现象和外部联系的认识，也不只是按形式逻辑思维规律进行推理的“以有限和有条件的事物为对象”的“知性”思维①，而是一种在实践的基础上由形式逻辑上升为辩证逻辑的“亦此亦彼”、对立统一的辩证思维。

辩证思维的根本特性与客观存在的根本特性相一致。客观世界有一个对立统一、量变质变的否定变化，直觉，作为反映物质运动过程的思想意识，它的思维形式自然充满着对立统一、量变质变的否定运动。从现象看，它是以直接感知形式出现的个人体验或启示，实质上，它经历着一个“将知识的规定消解为无”②，亦即“有限的概念扬弃它自身，并且过渡到它的反面”的“内在超越历程”③。

直觉思维这种否定有限，追求无限，否定“非此即彼”（“A 是 A”），包容“亦此亦彼”即正反双方对立统一、互相转化的特点，普遍地并且是鲜明地表现在科学创造和文学创作中。科学发明需要“原型启发”，同时又必须把原型“消解为无”，如飞鸟启发飞机的发明，木梳启发播种机的发明，鲁班从茅草割破手获得启发而发明锯子等等，这些事物同时是它自身，又是别的。在文艺创作中，这种质变和扬弃的表现，爱尔兰作家乔衷斯·卡莱在他的《艺术与实在》一书中提出了很好的例证。他说，我们每个人都可能有这样的直觉经验：在一个春光明媚的日子里，我们在林间漫步，猛一抬头，突然在我们眼前显现出一件神奇之物，形态美妙，意趣横

① 黑格尔：《小逻辑》，三联书店 1957 年版，第 171 页。

② 黑格尔：《大逻辑》，《黑格尔全集》格洛光纳德文本第 4 卷，第 17 页。

③ 黑格尔：《小逻辑》三联书店 1957 年版，第 137 页。

生；可是当我们再定睛一看，却发现它原来只不过是一棵樱桃树，既是樱，桃树，我们可就见得多也叫得熟了，所以先前那点神奇之感（即直觉的美感经验）随即被我们抛诸脑后，于是美妙的形态不见了，新颖的意趣消失了。由此可见，没有扬弃和质变，没有“不似似之”、“亦此亦彼”、对立统一的思想转化，便不会有艺术直觉。这是因为文艺创作反映生活不是录像，不是记流水账，而是化实为虚，扬弃外在的偶然因素，以虚幻的形式，夸张的手法，表现生活的本质内容。正如别林斯基所说：“诗歌并不依样画葫芦地描写花园里含苞待放的玫瑰花，却舍去它的粗俗的实体，仅仅取其芬芳馥郁的香味，奇谲变幻的色彩，用这些东西来做成一朵自己的玫瑰花，比实物的更好，更华美。”①列宁在《哲学笔记》中说：“同一事物既是它自身又是某种别的东西，因为它在不同的联系和关系系统中表现出来。”②直觉就是把对象放在“不同的联系和关系系统中”否定原型，发现新质的。飞鸟之所以能够启发飞机的发明，是因为它们之间有一种同构关系。鲁迅如果不把从西北归来得了精神病的表兄放在“五四”前后新的时代关系中发现他发狂的社会新质，是创造不出“狂人”这个形象来的。直觉就是以感知形式呈现的辩证思维的质变。这种感知形式呈现的思维质变，在科学发现的理性直觉中表现为“智力图像”，在文艺创作的诗意直觉中，呈现为“洞庭波涌连天雪”般的诗的意境，或鲜明生动的形象，如那鲁迅笔下的狂人，如那棵意趣横生的樱桃树。

3. 具体性与概括性统一

直觉思维不是混杂无状、浑沦无形的，而是一种清晰而明确的认知。这种清晰而明白的认知常常伴随着生动的直观。直觉启示“总是从一般转向具体，总是发现可触知的细枝末节比高度的抽象来得称心些”。③ 杨振宁博士谈他在美国学习的一个重要收获是“学会了物理的直觉”，他称赞斯坦福大学费尔巴克教授发现磁通量的量子变化的过程时说，“他把这一物理概念想象得非常具体，好像清楚地看到了它一场一场的变化，这就是物理的直觉。”④

直觉的直观是以对客观对象的整体把握为前提的。世界上各种事物、过程，不是孤立的、杂乱无章的偶然堆积，而是一个合乎规律的，由各要素组成的有机整体。“不全则无”，克罗齐在其名著《美学纲要》中说，“直觉活动的作用，乃是将杂多的印象融为一个有机的整体。”杂多的印象、资料，没有形成总体感觉，是产生不

① 别林斯基《莱蒙托夫诗集》，见沈奇编《西方诗论精华》，花城出版社 1991 年 11 月出版。

② 列宁：《〈黑格尔逻辑学〉一书摘要》，《列宁全集》第 38 卷，人民出版社 1959 年版。

③ 莱昂内尔·特里林：《弗洛伊德与文学》，《文艺理论研究》1981 年 3 期。

④ 《人才》1981 年 11 月号。

了生动的直觉的。我们的心灵把杂多导致统一，从而显示出了对象的意义。直觉是对整个形势的综合判断，迅速识别，直接理解。

因此，基于整体把握的新质总是形象地呈现于意识之前，生动的直观又是以主体对客体对象的整体把握、理解和概括为基础的。直觉认知不是超理智、超感觉、超乎整个客观世界的认识，直觉的境界是一种概括性与具体性统一、思想与形象溶一、物我同一的无差别境界。

4. 深刻性和或然性统一

直觉的理智思考没有明显的逻辑推理步骤，是一种内隐的感知活动。但在潜意识中却有一个由片面、贫乏、肤浅到全面、丰富、深刻的矛盾发展运动。所以，直觉创造的形象可以达到哲理的高度，列夫·托尔斯泰会超过车尔尼雪夫斯基，"直觉思维者甚至可以发明或发现分析家所不能发现的问题"①。因为"规律的王国是现存世界或现象世界的平静的反映"。列宁对黑格尔的这句话极为赞赏，他说："这是极其唯物主义的、极其确切的（从'平静的'这个词来看）的规定。"列宁在肯定黑格尔这一思想的同时，又进一步指出了规律的局限性，他说，"规律、任何规律都是狭隘的、不完全的、近似的"，现象是整体、总体，"规律 = 部分"②。规律所以会有局限性，是由于它不包括现象的一切联系，它适用的范围有确定的界限，因此，逻辑思维反映庞大、复杂、多层次的客观世界及其信息系统，就受到一定条件的限制。直觉思维否定有限、追求无限，缺少形式逻辑思维成分，充满着对立统一的辩证思维因素，是一种多方面、多层次的思维，所以，它能从有限的事实中"发现分析家所不能发现的问题"，表现出异常的深刻性和预见性。

正是在这个意义上，爱因斯坦说："达到这些定律（指物理学中的普遍定律）并没有逻辑的途径，只有通过基于对经验的理解的直觉。"③数理逻辑和数学基础研究中的直觉主义学派创始人荷兰的布劳威和海丁等人认为，"数的认识不依赖于逻辑的经验，它的唯一来源是数学中所固有的带有构造性的一种直觉，数学的前提是心智的构造"，④有其合理因素。因为直觉是对问题作长期观察和探索的产物，其逻辑推理过程多在直觉萌发前就早已完成了。所以，斯宾诺莎认为，直觉是"高于推理并完成推理知识的理智能力"。⑤

正因为直觉思维缺少逻辑推理成分。所以，它能敏锐地提出问题，却不能完

---

① 杰罗姆·S·布鲁纳：《教育过程》，上海人民出版社 1973 年版，第 40 页。

② 《列宁全集》第 38 卷，人民出版社 1959 年版，第 159－160 页。

③ 《爱因斯坦文集》第 1 卷，商务印书馆 1976 年版，第 102 页。

④ 《〈逻辑学辞典〉试写词条试登》"直觉主义"条，《社会科学战线》1980 年第 2 期。

⑤ 《辞海》，上海辞书出版社 1979 年版，第 131 页。

满地解决问题;它高于推理,却有待于实践的检验,逻辑的证明。它具有或然性,有时会把偶然巧合的事物当做必然联系看待,作出错误的判断。深刻性、预见性与或然性统一,是直觉思维多样统一矛盾运动的又一表现形态。

5. 主动性和不自觉性统一

直觉思维多样统一的特点还表现在:它在思维对象上,不关注已知,而着重探讨未知,即斯宾诺莎所谓"无限的实体或自然的本质"①。但它对其自身却无所认识。常常是:思维者得到了答案,但对其间的过程,却一无所知。"直觉本身产生对一类知识的试验性的组织,它可以酿成一种感觉,即那些事实如此组织是不言自明的"。② 巴甫洛夫在谈到自己创造过程中的直觉时说,"我正确地理解并回答了结果,但是所有早些的思维途径本身全忘记了",③或者说思维过程根本就没进入思维者的记忆之中。

诱因比目的较少被意识到,这是由于"意识到它们没有像意识到行动的目的那样的必要性"④;还由于直觉思维高度集中于对象的新质,特别强的核心抑制着其自身发生形成的根据。

综上所述,直觉思维不是单一的思维,而是一种多方、多层次对立统一的多样思维。从哲学认识论看,它是感性与理性的统一,从心理学看,它又是感知、想象与理解的结合,因此,它是认识的内容和心理体验形式的统一。它从对客观事物的直接感知开始,但又不停于感性认识;它的理性认识是内隐的,但却有一个从形式逻辑到辩证思维的"内心超越历程"。它是以感知形式呈现的辩证思维的质变,它的抽象概括总是伴随着对事物的直接感受,因此,直觉状态是一种直观感受中渗透着理智和理解的物我同一状态。在物我感应中,思想关注的对象是社会和自然的本质,宇宙的无限实体。直觉思维的触角总是朝着尚未察明的新事物前进,因此,它具有预见性、洞察力,同时伴生的就是推测性、或然性。或然性和预见性,推测性和深刻性,是直觉思维多方多层次统一的两对矛盾统一体。从唯物辩证法看,或然性与预见性,推测性与深刻性,感知与理解,感性与理性,无不是矛盾而又互相依存的统一体。任何思想,即使最活跃、最深邃的思想,都始终保持着与感性认识即感觉、知觉和表象的联系;任何思维进程,即使在极小程度上,也都伴随着对尚未揭示和尚未达到结果的推测。直觉思维的这种多方面、多层次、多样统一

---

① 《辞海》,上海辞书出版社 1979 年版,第 131 页。

② 杰罗姆·S·布罗纳:《教育过程》,上海人民出版社 1973 版,第 41 页。

③ 周义澄:《论科学直觉思维》,《复旦学报》1981 年,第 6 期。

④ 谢·列·鲁宾斯坦:《存在与意识》,三联书店 1980 年版第 344 页。

的“一”，是可能性转化为现实性，是发现、是创造、是认识和体验的飞跃，是思维过程的质变，是长期艰苦的积累，于刹那间偶然中“得之”。它于有限中含无限，刹那间见永恒。正因为直觉思维不是单一的思维形式，而是多方面、多层次、多样统一的思维，所以它才具有深刻性、预见性、创造性，而它之所以具有创造性，又与它综合多种心理因素、心理功能有关。

三、直觉的创造作用

本节拟在上节陈列和分析直觉思维多样统一形态特点的基础上，进一步探讨这一思维在各种心理因素、心理功能的综合作用下的创造性，同时，从它的创造过程中进一步观察它与逻辑思维，形象思维的区别与联系。

1. 直觉思维多样统一的创造性在科学研究和工作实践中表现为提出有待证明和检验的问题。

爱因斯坦说，“提出一个问题往往比解决一个问题更重要，因为解决问题也许仅仅是一个数学或实验上的技能而已。而提出新的问题、新的可能性，从新的角度去看旧的问题，却需要有创造性的想象力，而且标志着科学的真正进步；”①海森堡说，“提出正确的问题，往往等于解决问题的大半。”②沃特海默说，“在一些伟大的发现中，最重要的事情常常是发现某个问题。”③格特鲁德·斯坦说，“假定谁也没有提出问题，这答案又从何说起呢?”答案来自问题，“创造性解决办法之核心力是富于成效的问题”，所以，美国芝加哥大学教育和行为科学系功勋教授 R·哈里森说，“人与动物、机器的区别在于不仅能意识到阻碍前进道路的问题，而且可以超越自身的活动范围去发现问题。”“在某个特定领域里，把有创造性的人与其他人区别开来的东西，正是发现问题和创造问题，而不是渊博的知识、熟练的技能技巧，或技艺。”④

发现和创造问题，不能依靠逻辑思维，而主要是直觉思维的功能。

然而直觉思维是怎样发现和提出问题的呢？它为什么能发现问题呢？它比逻辑思维有哪些优越性呢？这是一个有待研究的有趣的课题。

---

① 狄枚：《磨利创造性思维的利剑》，《人才》1981 年 8 月号。

② 同上。

③ J·W·盖策尔斯：《发现问题和人类思维》，《外国教育资料》1981 年第 2,3 期。

④ 同上。

巴甫洛夫曾指出，所有的逻辑思维都是通过把现实分剖开，切成片断后去把握的。不但一个片断的逻辑思维，而且，即使把所有逻辑思维集合起来，也还是不能还原为活生生的生活整体。列宁指出过，逻辑思维中的概念，总是对不断运动着的现实事物的一种僵化、宰割。而直觉思维是以周围事物与之相互关联而被意识到的知识的总和为前提。它的思维内容是对客观事物深层关系的猜测，是对事物的序列、组合关系的新认识，而"思维工作的最本质的方面恰恰在于，要把事物列入新的联系中，来达到在它们的新的，不寻常的质中来意识到它们"，"导致技术发现往往正在于事物以自己的新的质展现在意识面前。"①

其次，直觉思维比之逻辑思维，更为优越的是：它是一个思维过程，又是一个心理过程；它不仅理解，而且综合着感知和想象。它在对客观世界的认识过程中，知觉不断地转化为思维，思维又不断地转化为知觉、想象，所以它容易觉察、发现、认识客观世界多方面的、多层次的关系。

心理逻辑是不同于思想逻辑的。它不承认什么"因为"、"所以"、"但是"，可以离开句法连词活动，而句法连词恰恰是逻辑的根本。心理过程，就其具体完整性说，它不只是认识过程，而且是感知过程、情绪和意志显露的过程；它不只表现着关于现象的认识，而且也表现着对现象的关系。它包括两个对立的组成部分——知识和关系，理智和感知的统一，时而这个，时而那个占优势，这是一。其二，心理过程是同时一下子在几种水平上、多方面地进行着、完成着的，"低级"的和"高级"的，理智的和感性、想象、感知的，随意的和有意的。在心理过程中，任何看来似乎完全抽象的思维活动中，都潜在地包含着感知的、感性的成分；任何感知、感性的活动中又渗透着理性的因素，积淀着人类历史的成果。例如"当我们舒舒服服地坐着听音乐的时候，我们的思想全在音乐，在享受着旋律的美，并不在理解和记忆上特别用力"。其实，"大量的生理和心理过程就是这个时候，在我们身上展开。精神状态在形成，自由联想在翩翻，观念，情绪在起伏。创造力在活跃"。② 这就说明了：为什么"运用了概念、判断，推理（思维），也不一定就能获得理性认识，达到对事物本质规律的把握"，"有些人苦苦思索甚至著书立说，却始终如迷途的羔羊，不得要领"，而"有些政治家、科学家、军事家……凭以大量经验为基础的直觉能力，在好些场合下可以不假思索地立刻（或极快）发现、察觉或把握到事物、对象的本质规律？"③

---

① 谢·利·鲁宾斯坦：《存在与意识》，三联书店 1980 年版，第 348 页。

② 霜鶑：《暗示学的理论根据和它的原则》，《外国教育资料》1981 年 2、3 期。

③ 《美学论集》，上海文艺出版社 1980 年版，第 561 页。

2. 直觉思维多样统一的创造功能表现在文艺创作中，与形象思维相辅相成，在感知、想象与理解的综合作用中捕捉住“动人的不落常套的构思”①。

创作构思是一个“化自然景象为思想，化思想为自然景象”②的过程，在这个过程中，经由从客观到主观然后还复客观的多次质变，如情景契合，意境的形成与开拓，形象的发展成长，情节、细节的选择、提炼，乃至布局谋篇，等等，其中的每一质变都有直觉的参与，都是直觉思维的结果。

量变和质变是贯穿整个事物（包括思维）发展变化过程的两个方面，量变中含有部分质变，质变是量变的突变和飞跃。形象思维也是感知、想象、情感、理解等多种心理因素的有机综合，它的思维活动也是个性化与本质化同时进行的，如此，直觉思维与形象思维不是二而一的吗？

但是，这些共同特征并不能淹没两种思维的个性差异而使它们混同、合一。

在创作构思中，形象思维饱和着感情，驰骋想象，忽而云霞明灭，湖月照影，忽而迷花倚石，熊咆虎吟，“情曈曈而弥鲜，物昭晰而互进，”③意象由万涂竞萌，纷呈迭出，逐渐趋于明朗，成熟，最后集中到塑造特定形象、熔铸深层的意境上，可是在兴象万千、思绪奔涌的时候，有时却有思维的停顿；这发展中的中断，正是质变的征兆。就在形象思维受阻搁浅的紧要关头，直觉便从潜意识浮起，使中断了的思想“在一定的关节点上引起质的飞跃”④。

托尔斯泰由田野中一株虽遭摧折，但却顽强挺立的牛蒡花激起写高加索英雄哈吉·穆拉特的灵感⑤，八年中间，十易其稿，由为穆拉特写传记小说的计划，改为只写主人公最后五个月的生活，以哈吉·穆拉特归降为契机展开故事，突出其山民首领纯朴天然的本性和悲壮的结局，用以和“文明社会”对比，增加小说暴露的基调。其中，最大的修改是：把已写好了的十章传记性手稿压缩为两个短章，插入故事中间，由穆拉特自述生平，随着构思的深入，作者由对穆拉特的蔑视转为同情，最后一稿删去了主人公对主教沙米里权势的“妒忌”、恼恨，对金钱的“贪婪”、

① 何其芳：《诗歌欣赏》，作家出版社1962年版，第6页。

② 安旗：《探海集》，陕西人民出版社1978年版，第104页。

③ 陆机：《文赋》。

④ 恩格斯：《反杜林论》，人民出版社1971年版，第42页。

⑤ 直觉和灵感，同是一种突然出现的短暂思维过程，同是思维的一种顿悟，一种质变。但灵感是一种情绪亢奋、思想活跃的心理状态，直觉具有更多的感知成分，是人脑对客观事物及其关系的一种迅速感应，综合判断，它比灵感的心理过程更复杂，含有更多的信息内容。直觉是一种比灵感概念更大、内容更丰富的思维形式。因此，钱学森同志把这一新兴的思维科学命名为“灵感学”，其实不如命名为“直觉思维学”更确切，更有实际意义。

“自私”和对宗教的狂热等的描写。① 每次修改,即是构思的一次质变,直觉的启示和判断终于使作家找到了最完美地体现思想意图的构思。

在创作构思中,形象思维与直觉思维互相渗透、互为表里,把科学和诗、情感与认识、想象与感知融为一体而又各司其职。形象思维以情感为动力,以想象为主要活动形态,使形象由此及彼,推移、转换,直觉思维以感知为中介,以想象为桥梁,寻求新质;形象思维关注意境的熔冶,形象的塑造,直觉思维关注思想的深邃、构思的新颖独创;形象思维呈现于思维的活跃状态,直觉思维是一种感知的内隐活动。当形象思维浮想联翩,“得意忘形”的时候,直觉会从旁审视:你的“表演”是“最佳”的吗?但它并不旁观,相反,有时它又会“狂热的工作”使中断的思想发生奇异的飞跃、质变,它又怀疑、阻挠活跃奔涌的思绪,“破坏”思想的渐进。费特用诗的语言对直觉、灵感在创作中的活动作过如下描述:

从那为落潮涤平的沙洲上,
一个波浪翻到另一种生活里,
能够嗅到从百花缭乱的岸上吹来的风。
一个声音打断了凄凉的梦,
忽然沉醉于奇异而亲切的心境。
给予生活以意义,给予隐秘的痛苦以甜蜜。
陌生的忽而亲切……

康·巴乌斯托夫斯基说:“灵感是严肃的工作状态,但灵感自有它的诗的色彩,我要说一声,自有它的诗的暗示。”②它是理智的,又是感情的;判断的,又是感知的;旁观的,又是积极参与的;有意识的,又是下意识即无意识的。它是一种内隐的感知的心理活动,有时却又呈现精神昂扬、清新敏锐的思维状态。所以,它是一种综合多种心理因素、心理功能的多样统一的创造思维。

综上所述,直觉思维与逻辑思维的区别不仅在于表现形式上,一是以瞬间顿悟、越级跃进为特征,一是有明显推理步骤,以一步前进一步为特征,而且还在于:一为单一的解决问题的理性思维,一为综合多种心理因素、心理功能的统一多样的创造性思维。

综合多种心理因素、心理功能,是直觉思维与形象思维的共同特点。但在创造性的思维过程中,直觉以感知为中介,综合判断,迅速识别,寻求新质;形象思维

① 《托尔斯泰全集》第 35 卷,第 297、373 页。

② [俄]康·帕乌斯托夫斯基《金蔷薇》,第 41、42 页,上海译文出版社。

以情感为动力,熔铸形象。直觉呈现为突发状态,形象思维沉浸在诗一般的意境里。

逻辑思维、形象思维都是一种有意识的活动,直觉思维则是一种以感知为主的潜意识活动。也就是说,直觉思维既包括意识活动,又包括下意识即无意识活动。

四、直觉的发生

对于直觉的发生,有两种对立的观点。苏联心理学家捷普洛夫认为直觉是有意识的动作,П·В·西蒙诺夫则把它看成无意识的过程。这两种观点都没有从意识和无意识相互制约、相互作用中考察直觉,都是一种形而上学的片面看法。

"兴在有意无意之间",直觉发生在意识与无意识对立统一、相互转化之中。

无意识是直觉发生的基础和源泉。无意识,并非无认识无体验,它是一种主体自身没有意识到的认识、体验,是在个体身上发生但个体知觉不到的所有心理过程或心理状态。无意识分先天和后天两种。先天无意识包括性欲等生物本能及集体无意识等社会性本能在内,它是人的心理状态和气质、禀赋形成的所有原始根源。后期精神分析学派的荣格认为,人的大脑在历史发展中不断进化,长期的社会(主要是种族)的经验经过无数代人、无数次的重复,在脑结构中留下了生理的痕迹,形成各种无意识原型,它们不断地向下代遗传,成为人生而具有的"集体无意识"。他把集体无意识中的先天倾向称为原始意象,把它们看作是心理经验的先在的决定因素。在某一特定的社会里,集体的无意识包括许多的社会传统象征或原型,它们在组织思想和动作时就像一副副构架或印模。现代科学已经证明,不仅某些生物性本能可以遗传,而且,通过实践积淀起来的社会本能,经过无数代积累起来的经验模式也会在脑生理结构中产生某些先天的原型而遗传下去。先天无意识对后天无意识起着整理与组织作用,与后天无意识相混合,成为人的一种潜在的生命力和创造动力。先天无意识作为一种构架和类型,可以暗中影响意识,但不能成为意识的内容,所以很难加以描述。后天无意识是人的知识结构和经验体系在意识深处的积淀。人脑不仅对感知过的事物、学过的知识能保持记忆,而且,接触事物时体验的情绪,经过练习做过的动作,思考过的问题,都可记忆。记忆就是意识的沉淀,它包括有意识和无意识的识记、知觉、体验、注意、认知,等等。平时把自己的和超越时空的他人的体验和知识,保存在无意识(即深层意识)的仓库里,一旦需要,就可以把它取出作为情报利用。直觉思维总是以熟悉的知识领域及其结构为根据,学者、专家或作家在其所专长的学科范围内,在其所熟悉的生活领域里,总有一些思想、观点、人物、图景或设想,在有意无意之中,直接呈现在眼前,凯库勒在半睡眠的直觉顿悟中发现了碳链和苯环结构式,这与他作为一位化学家长期沉浸于分子结构的思索中有关。但有一点不能不注意到:他1847年于吉森大学学习的是建筑,建筑学的空间结构美感,显然在这里起了作用。所以里布特把直觉定义为"由充裕的材料所积累起来的一种经验和知识"①;普希金在《秋》这首抒情诗中描绘他的灵感的到来时说:"一群无形的客人朝我涌来,是往日的相识(着重点为引者所加),是我幻想的果实。"这就是所谓"胸有十万竹,一时飞作淋漓墨"。这正如拉法格在回忆马克思时所写的:"马克思的头脑是用多得令人难以相信的历史、自然科学的事实和哲学理论武装起来的……他的头脑就像停在军港里生火待发的一艘军舰,准备一接到通知就开向任何思想的海洋。"无意识作为直觉发生的基础和原始动力,正如清人叶燮在《原诗》中所描述的:"当其所触而兴起也,其意、其辞、其句劈空而起,皆自无而有,随在取之于心,出而为情、为景、为事。"

考察人的直觉的发生具体情境,起决定作用的,是他的心理趋向。直觉不受逻辑的制约,但它受目的的指引和意向的控制,所以黑格尔说,灵感"就是完全沉浸在主题里,不到把它表现为完满的艺术形象时决不肯罢休的那种情况"。② 因此,直觉的发生,不是过去知识和经验的简单再现。它的发生,是神经活动围绕一定的注意中心,动员全部有关的心理活动(注意着什么就是感觉、知觉、想象、思索着什么),把过去有关的知识,经验经过"筛选",找到事物之间的"异质同构"关系(在科学发现上),情景之间的契合关系(在文艺创作上),在旧有联系的基础上建立新的结构关系。它是在意识指导下的一种潜意识的信息调整。无意识在各种心里因素相互制约,相互作用中,经过信息调整,重新组合,产生质变,再现为意识,发生直觉。对问题和资料进行长时间的考虑,直至达到思想的饱和,是直觉产生的前提。直觉是思维的一种类型,思维是有目的、有方向的精神活动。思维的必要性首先产生于生活、生产实践过程中在人面前出现新的目的,新的问题;人只有在实践中碰到了问题,而且由于实践的要求感到有解决问题的必要时,才会开动脑筋来积极地进行思维。"灵感跟创造动机和对解决任务的方法的不断寻觅联系着"。③

---

① 里布特:《论创造性的想象》,芝加哥,1906年,第58页。

② 黑格尔:《美学》第1卷,商务印书馆1979年版,第365页。

③ 曹日昌主编:《普通心理学》上册,人民教育出版社1980年版,第312-313页。

直觉是在意识指引，意向控制下的意识沉淀的浮起，然而有时，某种固定的心理趋向反而会形成一种习惯性的思维程序而使思路闭塞，过分的专注、不旁顾，反会忽略客观事物新的序列关系的变化；自觉的思考在不断活动中过分疲劳，有关部位进入保护性抑制状态，会收不到无意识“推理”传递的信息。这时，伴之以解决问题的渴望，暂将问题搁置，突然有一天，或早上醒来，或傍晚散步，或作其他事情的时候，新的思想、形象，会戏剧般地呈现脑际。“在此期间，虽然解决问题的人，从外表看，将问题搁置，但他的内心却仍在此前对问题钻研的基础上继续工作着。这正如鸡在孵卵时的情况那样，从外表看，鸡静孵不动，而实际在它所孵的卵内，却正进行着育化的演变——鸡雏正在形成。”①赫尔姆霍茨认为这种内心的工作是一种“无意识的推理”。“这种推理初本为意识的，后因联想及反复演习而转化为无意识推理。”这种推理不同于思维中的推理，是“大脑在知觉中迅速而自动地进行的”②。事实证明，有很多重大课题，都是在知觉推理中突然得到解决的。之所以会出现这样的情况，乃是因为人们在有意识的推理活动中，往往使自己固着于某些已有的图式，而在这些图式中又恰恰不包含能解决想要解决的那个问题的种种联系和差别，也就是说，大脑结构式样中与外部图形表现不具有同态关系，但在潜意识中，一些先前固有的图式在意识阈限之下就开始放松和溶解，因而，就使得所要解决的问题中所含有的诸因素之间发生了自由的吸引和排斥，从而，突然地组合成一个能够解决问题的新图式或新步骤。

近代著名教育学家和心理学家赫尔巴特提出了一个“意识阈”的观念。他认为，人们只能意识一定的对象或注意一定的范围，不能同时注意两个观念，除非它们联成一个复杂的观念；任何时候，占意识中心的观念只容许与它自己和谐的观念出现于意识上，而将与它不和谐的观念抑制下去。他说：“一个概念若要由一个完全被抑制的状态进入一个现实观念的状态，便须跨过一道界线，这些界线便为意识阈。”③他指出，在一定条件下，没有被主体意识的观念是存在的，意识不是全部心理生活。在意识阈以下，称为无意识活动。他还认为，意识阈并不是固定不变的，而是可以转化的。例如，意识阈限上新发生了与意识阈限下某些观念相和谐的观念，就可以退居于意识限下或进入无意识的状态，而被抑制的观念，在意识阈下继续活动，遇到意识中心的观念与它相和谐时，又会被吸引进入意识阈限之中。

---

① 杨清：《心理学概论》，吉林人民出版社 1981 年版，第 363 页。

② 波林：《实验心理学史》，商务印书馆 1981 年版，第 349 页。

③ 同上，第 351 页。

赫尔巴特关于意识阈限的观点符合大脑皮层优势法则和相互诱导规律，具有辩证因素。人在同一时间内不能感知周围的一切对象，只能感知其中少数对象。一个人注意到某一些对象，他同时便离开了其他对象。集中注意的对象是注意的中心，其余的对象有的处于“注意的边缘”，多数处于注意范围之外。注意中心与注意边缘经常变化着，新的对象不断地变为注意中心，原来注意中心的对象退到注意的边缘，甚至完全不被注意了。巴甫洛夫描述这种情况说：“如果能够透过头盖骨来看，如果大脑两半球具有优势兴奋性的地方能够发光，那么，我们思考着的有意识的人的脑中就会看见一个发光的斑点是如何的沿着他的大脑两半球转移着；这个斑点奇妙而不规则的轮廓，无论在形式上或大小上都经常在变化着。”①

直觉的发生，便是由于注意的转移，“意识阈”上下两个观念产生新的和谐，沉淀的知识、经验从下意识浮起。

这种“意识阈”上下两种观念形态的和谐产生直觉的具体情景，它的心理过程和生理机制，格式塔（完形）心理学家们提出了同形论即大脑张力结构式样与外部图形具有同态关系的假说，作为解开这一问题的钥匙。按照这种力的样式的同态关系，我们可知：如果某一特定的外部事物与另一外部事物在大脑中激起的力的式样在结构上相似，即使这两种事物的外表和种类都不相同，它们引起的情感经验也会相同；如果某种外部事物在大脑中激起的力的式样与某种情感生活所具有的力的式样同形，那么就可以用这种可见的外部事物去再现或表现那种内在的、不可见的情感生活。这样，人和非人、社会和自然、低级运动形式（物理力）和高级运动形式（思想、愿望、认识活动中的变化）之间就不存在什么决然界线了。“一块陡峭的岩石，一棵婀娜多姿的垂柳、落日的余晖，……甚至一条线段、一片色彩……都具有和人体一样的表现力”；②新月、香蕉、海湾、镰刀和蛾眉，鸟儿和飞机，鱼类和潜水艇，这些看起来毫不相干的事物，都可以在想象中相互产生关系，因为它们在大脑中可以激起某种共同的力的式样。这个力的样式事实上已成了处于相互对立的外部物质事物（包括艺术形式）和精神事物（情感生活）之间亦此亦彼的中介物。“意识阈”上下的“和谐”实际上是通过自由地排斥和吸引，在无意识中展开的寻找共同的力的式样或组合新的力的式样的过程。

世界万事万物以及主体与客体之间均有一种相映衬、相呼应的同态关系和感染作用。直觉产生的内在根据是五官感受在意向的支配下而导致的意识与无意识的转化，亦即大脑信息存储的重新组合而产生的新质；外在条件是环境的暗示、

① 巴甫络夫：《条件反射讲演集》，人民卫生出版社 1954 年版，第 166 页。

② 转引自《美学》第 4 辑，上海文艺出版社 1982 版，第 167 页。

事物的特点与变化的诱发。我们心灵中所发生的一切,外间世界都有与之相对应的事物,不是在这种机遇下与这些事物对应,就是在另一种机遇下与另一些事物对应。颜色、声音、语言乃至某种暗示而与心理趋向相契合,把间接知识转化为直接的体验或感知。“见丹井而如逢羽客,望浮屠而知隐高僧”;“物色之动,心亦摇焉”;即刻的现实感受,唤起已往知识、经验的回忆,在联想与幻想中发现事物的新质及其同态关系,付以形象、形式的表现。人接连不断地把所接触的一切归于非存在,又不停地把思想转化为物质:自然和社会环境的发展、变异、更新,启迪人的心智,产生新的思想;合规律的思想形象化,人的本质力量对象化。这就是直觉的本质,直觉产生的秘密,直觉思维反映和作用客观世界的规律性的表现。

直觉的启示取决于两方面:客观环境和对象的特点;主体的意念和五官感受能力。在主体与客体、主观与客观的相互作用中,人是主动的方面,环境、对象是被动的方面,主体对客体起着主导作用。直觉的发生,有一个客体的主体化过程。这个过程的中介,就是由人的感知引起的表象自由组合而形成的新的力的样式、模型、图景或步骤。表象是客观事物在大脑中留下的记忆痕迹,是五官对现实世界感知的结果,是外部对象的替身,是我的精神产物。人是“感情存在”的自然物。感知本身就是人这种具有意识的特殊物质实体的精神活动,它对直觉的发生起某种契机作用。“五官感觉的形成是以往全部世界历史的产物”。[①] 这个历史,既包括生物进化过程,又包括人类历史本身,还包括个人接受教育、专业训练和环境熏陶的历史。感知接受和作用客观事物产生直觉的过程,是在意念引导下,在想象,理解和感情的综合作用中,在有意无意之间酝酿、孵化的。感觉敏锐的作家、艺术家摄取外物融化到心灵里,随时随地都会使思想对象化、外物人格化。这正如叶燮在《原诗》中评杜甫:“其诗随所遇之人之境之事之物,无处不发其思君王、忧祸乱、悲时日、念友朋、吊古人、怀远道,凡欢愉、幽思、离合、今昔之感,一一触类而起;因遇得题,因题达情,因情敷句。”别林斯基说,普希金的“每个感觉,每种情绪,每个思想,每种情景都充满着诗”,[②]就由于这位俄罗斯伟大诗人随时随地有意无意之间,都能触发诗兴。波·弗阿萨费也夫在《格林卡的听觉》中,曾细致地分析过音乐家格林卡把现实的感觉转化成音乐的音调,“把对大自然和日常生活的知觉变成音乐”,形成他的听觉的“音乐结构”的过程,以及他的创作自然地成为他的音乐能力的表现和产物的情形。刹那的直觉积淀着个人一生积累和整个人类历

① 马克思:《1844 年经济学——哲学手稿》,人民出版社 1979 年版,第 79 页。

② 《别林斯基论普希金的抒情诗》,见《普希金抒情诗集》(查良铮译)附录,人民文学出版社 1964 年版。

史的成果，是知识、经验积累的感性呈现，是复杂的心理功能和深层心理结构的表现。

意念是直觉发生的动力。意念潜伏于心胸深处，由无意识的生命力和有意识的意志力所组成。它是一种非概念的“无表象思维”，是“一些无物质、无内容的形式，它们没有独立的存在，不能被孤立地认识和思维。它们只是模子——在智力和情感状态上留下自己的印记”。只有“极低的意识率，处于无意识的边缘”。①意念处于认知的中介阶段，具有巨大的认知扩张。它与理智融合，化为动机、愿望、意向等等，与情感融合，化为情绪、心境。爱迪生出于赚钱动机，一生发明创造一千余项；南宋爱国诗人陆游沉浸在收复山河的心境里，一种强烈的爱国情绪在心中时时跃动，他出门遇风雨，枕上闻秋声，外出观猎，静夜读书，仰首望山河，俯视案头佩剑，乃至梦中惊起……无不触发诗情，一生写诗三万余首，旁世无匹。

意念作为直觉发生的动力，它的伏采潜发，放在直觉发生的过程中加以考察，就更其显然了。

客观世界和人的精神生活都是一个不间断的连续过程。直觉是以获得知识的感知形式出现，似乎没有任何酝酿过程。实际上，没有任何准备，没有任何信息，没有任何酝酿，根本就不可能有直接获得知识这种事情发生。直觉产生是有酝酿过程的。直觉“始终具有两种有意识成分：创作的任务（这一过程的开端）和有意识的解决（这一过程的终结）”。② 从近因看，直觉的发生大致经历意识与无意识相互转化、更替的三个阶段：第一个阶段，根据社会实践提出的任务，集中注意力于某些特殊的领域，并积累某些适合这个领域的材料的阶段，这是有意识的理智阶段；第二阶段，将积累起来的材料沉入自我的下意识里，化为一种意念、意向和心境，这时理智巧妙地暗中控制着潜意识活动；第三阶段，在意念的驱使下，在特定的心境中，受某种客观环境、事物的暗示或启示，以感知、表象为中介，新的思想、知识、图景或步骤，从潜意识浮起，呈现于意识前，下意识转化为意识，产生直觉。而直觉的最高境界，物我同一的无差别状态，又是无意识的。席勒在1801年3月27日写给歌德的信中说：“诗歌恰恰在于表现和传达这一无意识，亦即把它体现于一个对象中”。就是指的这种物我同一的无差别境界。因此，从近因和短过程看，直觉的产生经由意识——无意识——意识的转化与更迭；从远因，长过程、直觉的源泉和最高境界看，直觉又是从无意识酝酿开始，经由“意识——无意识——意识”三个阶段而达其凌境“物我融一”的无意识境界的。因为直觉的最初

---

① 特·里波：《无意识生活和运动》，巴黎，法文版，第35－38页。

② ［苏］O·M·尼季伏洛娃：《文学创作心理学研究》，上海心理学会编译，1981年版。

观念实则是一种时代的思潮(包括伦理道德的、科技文化的等等)从个体"无意识心理的底里涌出来的东西"①。时代思潮是一种历史现象。它受社会存在、社会历史发展阶段的制约。存在决定意识,是理性溶在感性中、社会溶在个体中、历史溶在心理中,"深层历史学"积淀为"深层心理学"②,历史发展的成果荟萃于血肉之躯,化为某种无意识的感性状态,社会、经济、历史、文化等客观外在因素转化为个人的生活经验、文化修养、知识体系以极其凝练浓缩的形式储存在记忆中。"在这里,深层心理学恰恰是颠倒过来的弗洛伊德心理分析理论,不是动物性的欲求本能,而是历史积淀着'人的本性'。"③社会存在决定社会意识,它的中介过程,就是社会、历史积淀于个人深层心理结构中的无意识活动。这种无意识活动产生的动机、欲望、意念等等,便是直觉发生的最初和原始的根源。因此,一个真正的伟大的科学家、艺术家,就是善于发现那种通向自己心灵深层道路的人。动机、欲望、意念等等是一种无目的的目的性的心理,状态,它们发源于社会实践,积存予心中,凝聚为创造的生命力和动力。它们既含有先天性的成分,又具有后天经验的性质。在尚未达到意识水平的意念和阈下经验与某些模糊和原始的性格类型、禀赋、情感之间,并没有鲜明的界线。它们既具有意识的性质,又是无意识的;自觉的,又是非自觉的。这种自觉与非自觉的辩证统一,意识与无意识的自由转化,使直觉的创造性呈现为一种"天机启则律吕自调","高言妙句,音韵天成,皆暗与理合,匪由思致"(沈约语)的"自动化"状态。由于理智暗中控制着潜意识活动,所以,直觉过程虽然按着人的意志、愿望在酝酿、孵化,但人自身很少能意识到它的状态和进程。这一方面是因为,它在意识与无意识的转化、更迭中,如云中龙,沙漠中的河流,时断时续,时隐时现;另一方面因为,在大脑两半球之间,约有两亿条排列规则的神经纤维联系着,大脑力场电——化学能的信息传递,如果每条神经纤维每秒钟传导二十个冲动,那么在一秒钟内就会有四十亿个神经冲动在两个半球之间往来。像这样高速度、高频率的神经冲动,人们自身是无论如何也觉察不出来的。

总上论证可知,直觉是对关系的感觉。本节从三种关系和联系中论证了直觉的构成:1. 从主体精神活动中意识与无意识的相互作用、相互转化,探讨到直觉发生的生理机制。2. 从主客体关系看直觉发生的基础、条件与中介。直觉发生的基础是客观事物的运动形态刻印在人脑中的模式或力的样式,即先天性的原型、构架或原始意象和后天掌握的知识、经验体系;直觉产生的条件是物我感应,其中,

① 《鲁迅全集》第13卷,人民文学出版社1973年版,第61页。
② 《美学》第3期,上海文艺出版社。
③ 同上。

客观事物特点与环境的暗示是外在条件，主体意念所指是内在根据；直觉产生的中介，是主体对客体的感知所引起的表象运动，亦即大脑力场运动中力的式样的自由组合所产生的客观事物之间、主客观关系之间的同态契合。3. 从意识与无意识转换、更迭的时间关系即直觉发生的过程看社会存在如何通过无意识而决定社会意识。总之，直觉的本质是人对现实的联系和关系的感性反映，是人在社会实践中发展起来的本质力量的对象化；直觉的发生是以感知为主综合多种心理因素、心理功能的思维质变，是认识运动的飞跃和升华。

五、结束语

在我们从哲学和心理学两方面对直觉思维作了探讨之后，便可看出，直觉是一种复杂的心理现象，是深层心理结构的表现。它在迅捷的顿悟中含有深刻的辩证内容，从事实到理论，从旧理论到新理论，从“原型启发”到科学发现、形象创造，无不经历着深刻的质变和否定运动；它在看来似乎是感性的、感知的活动中渗透着理性的理解的因素，刹那的直觉积淀着人类历史的成果和个人的知识、经验的储存；它产生在意识与无意识的对立转化中，表面看来，它是一种偶然的机遇，实际上蛛丝马迹，有轨可循：如此等等，它的矛盾性质不仅是一种单一的初级形式的“对立统一”，而是一种“多方位多层次统一”的心理功能。无论意识或无意识，都综合着感知、理解，情绪体验和想象，而感知、理解、情绪体验和想象等等又都处于意识和无意识的对立统一转化、消逝的环节中。它们交叉、组合，构成一种深层的心理结构。它杂“多”于“一”，于有限中含无限，刹那中见永恒。这种“多”与“一”，如印度吠擅多哲学所举的水晶石，看上去有千百个图像，实际上只反映了同一存在物。当我们从一个侧面或一种角度观察它的时候，往往各执一端，争论不已。看法的分歧，正是它的矛盾性质在人们头脑中正常、自然的反映。这说明，我们对事物和思维规律的研究，要把握它的“一切方面、一切联系”和“中介”，①不可失之简单和武断。遗憾的是，这种简单和武断，却是我们理论研究中的常见病。比如有人在著述中一面说，“唯物主义美学并不简单地否定“直觉”，另一面却宣称“把‘直觉’看成感性认识最初的起点，看成是人的知觉的素材”，看成是“自觉的，有意识的”，才是唯物主义的；有的美学家在谈灵感的长篇论文中甚至以讽刺的口吻说：“无意识理论的支持者认为艺术家最好的作品应该在无意识的情况下进

① 《列宁选集》第4卷，人民出版社1960年版，第453页。

行”,“在某些人那里,今天对创造性的想象的探索已经和梦、神话、幻想、错觉以及其他类型的奇想研究联系在一起”。① 如果谁要把直觉、无意识、梦幻、错觉“联系在一起”,那就扣你个唯心主义、神秘主义或弗洛伊德主义的帽子。

这倒使我想起了马克思对待人类遗产的态度。如果马克思当年也这样对待黑格尔、傅立叶、圣西门……恐怕也就不能产生马克思主义,世界也许是另一种样子了。

事物以及思维规律是客观存在的。客观存在的东西,并不因人的漠视、蔑视而自行消失。有时候,它甚至会顽皮地扣你的门扉。比如有的美学家一面讥讽把灵感与无意识、梦、幻想等等联系在一起是“奇想”怪论,另一方面又宣称灵感之谜揭晓在“通往心理学的道路上”,这就费解了。既然直觉、灵感是一种心理功能,而心理活动正是由意识和无意识所构成,人在清醒着的时候,一方面每一瞬间都在有意无意地注意着某些事物,另方面,工作、生活的大部分,又是在无意中度过的,那么,研究直觉、灵感这种以感知为主的多种心理因素、心理功能的综合活动,离开“无意识”,岂不要在概念上兜圈子、做“理论”概念的游戏吗?

究直觉思维的实质,从哲学上看,它的运动及其付诸实践,是人的本质力量的展现过程,这是它和逻辑思维、形象思维的共性;从心理活动看,它是一种马克思在《经济学——哲学手稿》中提到的“精神感觉”活动,其实就是一种以感知为主综合多种心理因素的潜意识活动,是意识与无意识的相互转化而酿成的思维质变,这是它与其他思维尤其逻辑思维的主要区别。巴甫洛夫说:“我们清楚地知道,精神生活、心理生活是多么形形色色地由有意识的东西和无意识的东西构成的。”他认为心理研究的薄弱原因之一是只局限于有意识的现象。所以心理学家在进行他的研究的时候,也就像一个人在黑暗中行走,手中提着一只灯笼,只能照亮极为有限的地段。“依靠这样的灯笼要看清整个地形,是很困难的”。② 这是巴甫洛夫积二十年研究经验的肺腑之谈。那么,研究直觉、灵感的思维规律,撇开下意识,岂不是瞎子摸象,隔靴搔痒?直觉与无意识的联系,实非人的“奇想”,而是思维的客观规律使然!

直觉既然是一种综合多种心理因素的内隐的精神感知活动,它就似乎难免有点神秘的意味。爱因斯坦说:“人类的一切经验和感受中,以神秘感最为美妙;这

---

① 朱狄:《灵感的概念的历史演变及其他》,《美学》第1期,上海文艺出版社1980年版。

② 巴甫洛夫:《动物高级神经活动(行为)客观研究的二十年经验》,《巴甫洛夫全集》第3卷第1册,人民卫生出版社,1959年出版,孙华等译。

是一切真正艺术创作及科学发明的灵感源泉。"①美学、暗示学、心理学、神经病理学，人才学以及思维科学等等都在从不同角度不同领域揭示这种神秘感的秘密，恐怕也都难以完全揭开这一层神秘的面纱，因此，摹拟人的智能的机器人，也永远难以达到人的思维的高妙！

① 《天下之奇》(一)《写在前面》，上海科技出版社1982年版。

直觉在艺术创作中的作用

艺术直觉的作用表现于艺术创作构思中和艺术鉴赏的审美观照中。限于篇幅，本文只讨论直觉在艺术构思中对艺术品的营造作用。

一、直觉与艺术触发

艺术构思是一个综合多种心理因素、心理功能的思维过程，是一个无限展开的心理图景。这种思维过程、心理图景有它的起点。触发是艺术构思的起点，触发是“一切创作之母”。①

艺术创作是一个主体与客体、主观与客观、精神与物质、人和自然的动态联系过程。触发是精神沉入物质、意识介入现实、情与景合、意与象通的同气相求，同声相应。从艺术品的孕育和产生过程看，触发是生活形象及其意蕴的融合，是艺术品萌生的开始。艺术品是艺术思维的外化，是艺术构思的成果，是艺术家的头脑对社会生活、客观事物的加工、改造的结果。这种加工和改造，不经逻辑的分析、归纳、推理和演绎，而是直接感觉到对象的内在意义，是对真理的直感的观照，是直觉作用的结果。“直觉在这里是指对情况的一种突如其来的颖悟或理解”，②它“在感性直接观照里同时了解到本质和概念”（黑格尔）。是直觉发掘客观事物的本质意蕴，把客观外象升华为诗的意象。所以，艺术触发即直觉的表现。艺术直觉的过程就是对事物特征的潜在内涵直接把握的过程，它在瞬间的顿悟中浓缩着漫长的理性认识的时间进程。因此，直觉对艺术创作——艺术构思的作用，首

① 高晓声：《创作谈》，花城出版社 1981 年版，第 24 页。

② 贝弗里奇：《科学研究的艺术》，科学出版社 1981 年版，第 72 页。

先和重要的不是“摄取那些飞驰即过的生活现象”,“感受和捕捉形象”,①而是艺术触发,是对事物内在意义的透视,是对形象内部和形象之间真实联系和关系的感受,是“意”对“象”的渗透之力和造化之功。触发鲁迅写作《狂人日记》,表面看来,是鲁迅对从西北幕游归来患了精神病的表弟这一生活原型“迅速而准确”的捕捉,实际上却是鲁迅对这个精神病患者可能包孕的“暴露家族制度和礼教的弊害”的透视,是生活原型与其意蕴的融合;促使老托尔斯泰写作《复活》的欲望,是“柯尼的故事”里充满着哲学和社会问题,“不合理的社会生活使托尔斯泰激动不安”②。高尔基说过,作家在创作之前,总是要从生活中得到某种暗示才能进入构思。这种暗示,就是生活的内在意义,表现为直觉的颖悟和触发。

王蒙说:“一篇短篇小说的诞生,触发是非常重要的”(一切文学艺术创作均如是,笔者),“生活往往能给人以触发”。但他又说:“并不是每个人都听得到生活的这种声音,并不是每个人都听得懂生活的这种暗示。”③这除了人们的艺术敏感——直觉透视力各不相同外,还由于:审美主体往往是在特定的心境中,从特定的视点去发现生活的特定的感性形式的。因此,直觉触发有极强的选择性。客观物象的刺激是直觉触发的外部条件,主体审美注意所指,才是直觉触发的内在原因。艺术家的审美意念——审美理想引领着、左右着艺术家对生活的感知。在日常生活中,只要我们稍稍留意凝神,就会听到各种纷杂的声音,看到无数的物象,它们会同时钻进我们的耳朵,呈现在我们的眼前,而我们却不能同时,全部、平等地接受这些刺激而为其吸引。艺术直觉并非是对事物的外在形式面面俱到的观照,只有与艺术家内在的思想情感——审美意念具有同形态的物象,景与情会、象与意通,才会产生艺术触发。

艺术触发的“客体”,不一定都是物质形象,它也可以是一部著作、一位友人的一席谈话,甚至可以是一条信息或者一种社会气氛。正如黑格尔所说,艺术家“从外来材料中抓到真正有意义的东西”,可以“通过一种外缘,一个事件,或是像莎士比亚那样,通过古老的民歌、故事和史传”④等等获得。罗曼·罗兰在《内心旅程》第二章,以“三道闪电”为题,叙述对他早期思想和创作产生巨大影响的三次灵感触发。第一道闪电是作者年轻时第一次接触大自然时的心神震荡,第二和第三道闪电分别是:斯宾诺莎的哲学著作和列夫·托尔斯泰的长信。张弦写《被爱情遗

① 肖荣:《艺术直觉盼特点和作用》,《文艺报》1984 年第 10 期。
② [苏]符·日丹诺夫:《〈复活〉的创作过程》,内蒙古人民出版社,1982 年版,第 10 页。
③ 王蒙:《漫话小说》(三),《小说林》1982 年第 12 期。
④ 黑格尔:《美学》第 1 卷,商务印书馆 1982 年版,第 365 页。

忘的角落》,是因为他看了一些粉饰农村生活的牧歌式的作品,他不平,他不满足,他有话要告诉读者。“意与象通”的“象”,也不一定都是来自外部的客观物象,它也可以是一个心中的“意象”。“五四”运动时郭沫若远在日本,触发他创作《凤凰涅槃》的“意”,是对“五四”运动的种种消息的感受,与意通的“象”,竟是心中升起的家乡乐山的奇山异水和凤凰集香自焚、从死灰中更生的神话传说。以上种种足以明证:直觉在艺术构思中的作用,主要地不是摄取、捕捉生活现象,而是诗意的触发。

没有触发,便没有艺术构思。每位作家被生活触发的原因、状况和触发点各不相同;同一作家,每次受触发的状况也不雷同;“同样一种声音,同样一种暗示,经过不同的作家的手,会成为面貌不同的小说”。① 因此,触发这一创作之母又会生发成风格、风貌迥异的千姿百态的作品。正是在这种意义上,别林斯基说:“每一个艺术作品都是艺术家的灵感努力的结果……灵感是一切创造的源泉。”②

二、直觉与构思的深化

艺术触发是物与我、情与景、意与象的同一或同化。迁想,方能妙得;神与物游,方能把握对象的精神特点;了然于心,成竹在胸,才能表现于手。但艺术思维和艺术对象又是不能混同的。克罗齐“直觉即表现,表现即艺术,艺术即直觉”公式的错误,除了出于唯心主义美学和哲学观点,否定艺术传达的必要外,还由于他混淆了艺术思维和艺术对象的界限。艺术思维借助一定的“物质”材料——“物质”对象而运行,但思维并不能随意改变艺术“客体”的运行规律;艺术思维虽不能任意改变艺术“客体”的运行规律,却可以赋予艺术材料——艺术对象以活的生命。在艺术构思中,思维的运行和艺术的运行互为因果。艺术思维深藏于艺术构思之内,艺术构思的成效又随时影响着艺术思维的运行;艺术思维指导着、左右着艺术构思,又服务于艺术构思。正如黑格尔所说:“按照艺术的概念,这两方面——心理的构思与作品的完成(或传达)是携手并进的。”③不仅作品的完成与思维的运行互为因果、携手并进,而且艺术思维中的形象思维也与直觉思维相辅相成,各司其职。在艺术构思熔铸意境、典型的过程中,“形象思维以情感为动力,

① 黑格尔:《美学》第1卷,商务印书馆1982年版,第365页。

② 《别林斯基选集》第2卷,第473页。

③ 同①,第363页。

以想象为主要活动形态，使形象由此及彼，推移、转换，直觉思维以感知为中介，以想象为桥梁，寻求新质；形象思维关注意境的熔冶、形象的塑造，直觉思维关注思想的深邃、构思的新颖独创”。① 形象思维呈现为鲜明、活跃的意识状态；直觉思维在潜意识中辅助、检查形象思维的运行。当形象思维遇到阻碍，构思难以进行的时候，直觉从潜意识浮起，使中断的思维发生异化和质变。任何一个优秀的作品的完成，都离不开艺术直觉所标志的形象思维由量变到质变的飞跃。艺术构思从生活触发，到意象——形象——典型形象或意境的飞跃，即意境或典型从萌生、孕育到完成的全过程，都有直觉的参与，都是在灵感爆发中完成的。所以，黑格尔说："灵感就是这种活跃地进行构造形象的情况本身（这一方面是就主体的内在的创造活动来说，另一方面也是就客观的完成作品的活动来说，因为这两种活动都必须有灵感）。"②

艺术构思是一个错综复杂、千变万化的活动系统。系统内各因素——艺术的各因素和艺术思维的各因素互相交织、互相渗透，组成一有机活动整体。它们各自独立，又往返流动，相互制约和转化。由于彼此有制约关系，所以，系统内某一构成的变化，必然引起其他各部分的变化。艺术直觉在感性直观中洞察事物的内在意义，它在艺术构思中的主要作用，是追求形象的内在联系和意蕴。作品意蕴的深化又会使人物形象、形象之间的关系以及作品的布局谋篇发生一系列质变。托尔斯泰的《战争与和平》原名《皆大欢喜》，因为在这时期，他坚信贵族在国家命运中起着决定作用，所以他描绘几个贵族家庭在 21 世纪初期的生活史，作品中主人公经历了一系列痛苦的考验，各种各样的苦楚，最后都得到了很好的结局，历史、哲学的主题在这里几乎不易觉察。随着构思的深入和扩大，作者意识到，人民在卫国战争中所起的广泛作用，随着作品意蕴的深化，作者重新审定了小说里写成的各部分，修改了全部主要人物的发展线索，引进了新人物，丢弃了原来的题名，给作品最后定名为《战争与和平》。由于作品思想意蕴的丰富充实，这部家庭历史小说一变而成为具有宏大历史规模的长篇史诗。托尔斯泰的另一部长篇小说《安娜·卡列尼娜》，最初的构思带有"私生活"色彩。女主人公的外表和行动中充满着感官成分，她的整个精神气质含有某种品行不端的因素。在小说的一种稿本里，书名定为《两段婚姻》，渥伦斯奇跟已获丈夫同意离弃的安娜，结了婚。但当托尔斯泰在这部小说中注入了深刻的社会内容，人物的思想性格立刻变了颜色，女主人公开始具有了非凡的魔力；而渥伦斯奇和卡列宁则在安娜精神和肉体

---

① 见本书 24 页。

② 黑格尔《美学》第 1 卷，364 页。

两方面美的鲜明耀眼的光芒照射下,显得黯然失色:卡列宁成为一个麻木不仁的"部里面的机器",冷酷无情的官僚;渥伦斯奇则成了彼得堡的"花花公子",无论在精神上、智力上都比安娜贫乏。与此同时,作者修改了原来的结局,大团圆变成了悲剧,有力地批判了沙皇专制统治的暴政,小说具有了尖锐的暴露色彩,成了激动人心的不朽之作。托翁上述两部作品由于意蕴的深化而引起构思的深化,似乎是由于理性认识所致,其实,它不是一种"纯粹理性认识",而是一种超越一般理性认识的直觉启示。因为它不是一种结束了对感性材料的整理和思索之后,舍弃感性材料,用准确、明晰的概念来织成的概念运动,而是在可感材料之间进行选择,是一种理性和感性、和情感交融渗透的把握现实的特殊方式。在艺术构思中,直觉以艺术的敏感捕捉素材,在形象中悟到本质,从个别中把握一般,在偶然中揭示必然,但它的抽象定性又从抽象上升到具体,在思维行程中导致具体的再现。它是毛泽东所说的理解了之后的感觉,是对艺术对象形象观照与理性把握的统一。随着直觉的飞跃、想象的升腾,在形象和意蕴、象征者和被象征者、形式和内容之间,呈现错综复杂的关系;客观外物从不同角度、以不同心境观察、体验,就会赋予它不同的意义。因此,作品的意蕴,特别是中心意蕴的改变、丰富和深化,必然引起形象塑造、形象之间关系乃至情节线索、谋篇布局合规律的变化。

在艺术构思中,直觉的领悟是旧结构的豁然改组,新结构的豁然接通。所以,对作品意蕴的直接领悟,不是关于主题概念的演绎,而是对画面中心、结构焦点的寻求,是典型形象塑造的质变和飞跃。因此,直觉在艺术创作中的功用,是对完成着的臆想"客体"全局的把握和理解,并不是只在某个局部,某个环节中发挥有限的作用。无论在一个静态结构或一个活动系统中,"其中部分(成分)之间的相互依赖,是以它们对全体(整体)的关系为特征的"。[①] 在构思中,有些看似一个局部的枝节问题,但作为整体的有机组成部分,它们对整体的构成都有其不可或缺甚至"举足轻重"的作用。在创作《复活》的过程中,列夫·托尔斯泰曾两次修改它的开头。第一稿开头,按照事件发展顺序安排情节结构,写聂赫留朵夫到姑妈家,在那儿认识了玛丝洛娃。托尔斯泰写完回头一看,感到"平庸、恶劣",非常失望。于是大师重新拿起艺术雕刻刀,打乱原来结构,一开头就写聂赫留朵夫在法庭看到玛丝洛娃受审,增强了开端的戏剧性。但艺术家的敏感仍然使托尔斯泰焦灼不安:新的开头好像还是不对劲。探索的艰苦是出于意料之外的,从 1889 年到 1899 年,整整写了十年,时作时辍,到了第六稿定稿,仿佛经历了母亲临产前的阵痛,最后将结构的支撑点转移到玛丝洛娃身上,直接从她写起:一个春天的上午,阳光温

---

① M·布洛克曼:《结构主义:莫斯科——布拉格——巴黎》,商务印书馆 1981 年版,第 15 页。

暖,空气清香,玛丝洛娃从臭气熏天的牢房里走出来,被押送到法庭上去……开端不从忏悔的贵族聂赫留朵夫写起,而从受审的妓女写起,局部的改变乃是结构焦点——画面中心的转移而引起的;画面中心的转移是对作品全局把握的结果,中心就是这幅画的含义所在,这幅画的思想所在。越来越逼近的革命风暴气息,推动托尔斯泰思考,促使他抛弃俄国上层地主贵族的传统观点,转到宗法农民的观点上来。对现实的敏锐感受,觉察到原来结构的不合理,领悟到突出玛丝洛娃形象,把一个贫贱的妇女推到前台,放在小说结构的中心,凌驾于忏悔贵族之上的重要性。"一部非常出色的艺术作品在头脑已经和正在浮现出来,"①艺术家的审美理想、情感体验、整个世界观都渗透于对作品整体布局、形象意蕴的直觉颖悟中。

在艺术构思活动中,艺术对象——艺术品遵循着一定的艺术规律"客观"地完成着、完善着,例如诗歌创作不同于绘画,小说不同于戏剧;艺术思维在创造艺术品的过程中,也各有其自身演化的规律:形象思维不同于逻辑思维,艺术的直觉思维——诗意直觉,在营造艺术品中也有其发挥作用的规律在!艺术直觉,作为形象思维的凝聚点和质变点,它以迅速颖悟、综合理解的透视力,在形象思维按照艺术家的审美思想,遵循一特定的艺术规律营造形象、意境的过程中,追踪着艺术品的生长"足迹",使艺术思维和艺术形象体系同时发生质变,在"主体内在的创造活动"和"客观的完成作品的活动"这两种力同时质变中,使艺术的形象、意境趋向典型化,艺术品的布局、谋篇趋向完美化。由此看来,不仅艺术创作和艺术构思表现为持续一定时间的心理过程,艺术直觉也有一个酝酿——爆发的心理过程。朱光潜先生说:所谓灵感,不过是作者在下意识中长久酝酿而突然爆发到意识里,这种突然爆发有赖于事出有因而人尚不知其因的偶然机缘。"艺术结构中的优化,确实受到外部的刺激,但这些冲击被感觉和发展的性质和方向,都只取决于内在的美学前提。"②艺术直觉的过程一般表现为艺术家追求一种美学理想,百思不得其解,于不经意中,新的人物、图景或艺术方案倏然从潜意识浮起,闪现于意识面前。在这一过程中,不同的艺术对象表现为不同的形态。一首抒情小诗,艺术"客体"的质变与思维的飞跃在刹那间艺术触发中是同时、同步完成的。而鸿篇巨制,如托翁写《复活》,历时十一年,六易其稿,就不会是在一次性的触发或顿悟中完成的。其时直觉过程表现为围绕、追踪着艺术"客体"间歇而又连续式的质变形态。它时而潜伏于下意识,时而闪现在意识里,形成一股绵延不断的心理潜流。每次直觉的爆发,都在克服形象思维的某些障碍或困难,使艺术"客体"向完成、完善、

---

① 托尔斯泰 1981 年 3 月 25 日日记。

② 《法国结构主义批评·叙述与作品分析》,转引自《文艺理论研究》1984 年 3 期 11 页。

完美方向飞跃,把艺术构思导向深化;而艺术“客体”的飞跃、构思的深化,又反作用于艺术思维,提高、催化着直觉颖悟的质量。直觉这种与形象思维相辅相成把艺术构思导向深化的功能源于它自身的矛盾性质,即:一方面,它“总是从一般转向具体,总是发现可触知的细枝末节比高度的抽象来得称心些”;①另一方面,它又是一种高于推理并完成推理的理智能力,它的触角总是伸向无限的实体或事物的本质,探求着、创造着。一句话,它是一种“在自己的实践中直接成为理论家”的“精神感觉”(马克思),是一种“趋于具体的思想,而不太乐意于关心形象轮廓的”、“精神的直接视觉”(柏格森)。

艺术构思活动是持续一定时间的相当复杂的心理过程。在整个构思活动中,直觉的出现,毕竟是十分短暂的时刻,它不能导致一部作品的全部完成。艺术创作活动绝不是转瞬即逝的直觉所能涵盖的。艺术的创作——构思活动是直觉、形象思维与逻辑思维相互统一、互相渗透的完整过程。在艺术构思和表达过程中,逻辑思维的作用表现于:创作前要有对材料的选择和整理;创作活动的间歇里,有时需要使自己冷静下来进行正常的思索;创作结束时,需要得出新的逻辑结论,修改、增删、重新调整某些章节,等等。即使一首抒情小诗,触发也来自对生活的体验和时代的思考而形成的特定的心理趋势和指向中;触发之后,借助语言表达的时候,也需要对表达效果诸如节奏、韵律等等作反复推敲。“心理活动是由有意识和无意识的过程不断相互作用构成的”(卢卡契)。艺术直觉的产生总要伴随着情感的迸发和创造想象的奔涌而从潜意识涌现于意识,但是前此逻辑的理智思考沉潜于下意识是悟性直觉产生的原因和基础。直觉思维和逻辑思维在艺术创作——构思中,常常处于相互矛盾而又相互依存的对立统一状态。它们的相互依存表现为:直觉凝聚和结晶着长期的逻辑理智考虑;理智并常常巧妙地暗中控制着灵感和潜意识活动,使它不致成为梦魇和迷狂。它们的矛盾斗争表现为:艺术直觉常常于不自觉中起而纠正逻辑思维违反生活逻辑和艺术规律的主观随意性。典型的例子如契诃夫创作《宝贝儿》,他原想对他笔下的人物进行鞭挞,不料后来却违反初衷,对她流露了同情和怜悯;如普希金那句以诙谐的语调说出来的名句:“我的达吉亚娜居然结婚了”!对于直觉这种超越逻辑思维的奇异作用,巴尔扎克曾深有体会地说:“在真正是思想家的诗人或作家身上出现一种不可解释的、非常的,连科学也难以明辨的精神现象,这是一种透视力,它帮助他们在任何可能出现的情况中测知真相;或者更确切点,是一种难以明言的、将他们送到他们应去或想

① 莱昂内尔·特里林:《弗洛伊德与文学》,《文艺理论研究》1981年3期。

去的地方的力量。”①巴尔扎克的这一创作体会在中外文学史中有大量的史实可资佐证。在艺术构思中,艺术直觉之所以具有超越逻辑思维的“连科学也难以明辨”的功能,乃是因为:艺术掌握世界的方式不同于科学,艺术的认识不同于科学认识。艺术创作的过程,是一个复杂的心理过程,它非逻辑思维所能范围和单独承担。直觉思维渗透着理智,积淀着逻辑思维的因素,而又溶解着情感体验,包容着艺术技巧出神入化等非理性的下意识成分。所以,它不仅能促使形象思维质变,而且能使艺术认识升华,表现出巨大的能动性和创造性。这正如海涅在论述塞万提斯的《堂吉诃德》时所说的那样:“一个天才的笔向来是比他本人伟大的,它要远远扩张到它的暂时目的以外去。”

三、直觉与艺术的独创

艺术家是艺术的上帝,艺术的独创性源于艺术思维特别是艺术直觉的创造性。艺术直觉的创造性对艺术独创性的造化功能,从直觉的特点与艺术创作——艺术掌握世界方式的特点的对应关系以及直觉对作家个性和风格形成的作用诸方面考察,便可略知一二。

艺术创作——艺术掌握世界的方式的第一个特点,正如别林斯基所说,“是无目的而又有目的,不自觉而又自觉,不依存而又依存:这便是它的基本法则”。创作不可以没有目的,动机和意图,目的、动机和意图是形成特定的心理定势和创作心境的决定因素。但“艺术虽因意图性而有所增益,同时却也因它而有所丧失,……艺术家专心致志于美,却常常反而于美一无所成”。② 这是因为:虽然“每一个真正的诗人,其正确辩理与抽象思维的能力,比一般人所想象的要强得多”。③ 但诗人的理智不指向确定的概念,不表现为概念认识,不具体、机械地规定想象与情感的活动。在艺术创造的过程中,理智、理解、目的、意图渗透在感觉、知觉、表象里,沉潜于下意识里,表现为无目的性,暗中控制着情感与想象活动。所以,杜勃罗留波夫说,很难把艺术家的世界观简化成为一些明确的逻辑的信念,用抽象的公式把它表达出来。艺术的感觉一开始就同艺术家的世界观融合在一

---

① 巴尔扎克:《〈驴皮记〉初版序言》,《古典文艺理论译丛》1965 年第 10 辑。

② 车尔尼雪夫斯基:《艺术与现实的审美关系》,人民文学出版社 1979 年版,第 56 页。

③ [法]瓦莱利:《诗与抽象思维》,但蠡甫主编《现代西方文论选》,上海译文出版社 1983 年版,第 37 页。

起的,它是感性与理性的统一,非概念性与普遍性的融会,是任何明确的概念、意义所不能自觉规范的。这种创作家的目的、意图、理想和愿望渗透于感性知觉、表象里,沉潜在“智性之非概念的生命深处”①,自然地表现为“一种心灵的境况”,“对印象的最生动领会”(普希金)的过程,就是直觉发生和发挥创造性作用的过程。因此,克莱斯特说:“所有不知不觉的东西,都是美的”。② 别林斯基在论述直觉、灵感的特点及其创造功能时精辟地指出:“艺术家的灵感是这样自由,他自己不能命令它,却只能听命于它,因为它包含在他里面,但却不受他支配。他不能为自己的作品选定题目;因为深奥莫测的现象不知不觉地在他的灵魂产生了,他后来才以惊人之笔把这些现象描绘出来。他不是在他愿意的时候,而是在他能够的时候进行创作。”③这就不难理解,为什么在创作过程中,有时呕心沥血,其作平平,而兴之所至,挥笔而就,却写出了传世之珍品了。

直觉这种感性与理性融会渗透在一起把握现实的特殊方式,使想象、感情与知性(理智)处在一种非确定的关系中,处在自由谐调的运动中,仿佛触动纵横交错的知识链条的一个环节,许多有关环节便会悄然跃动起来。它在非概念、非功利的个体美感里,积淀着历史的、民族的、时代的、社会的审美经验和功利目的;它是联结主体其他因素的纽结,发动主体其他因素的触机,是人的全部心理功能的自由和谐运动,是人的本质力量的全面而自由地发挥。它的发生,往往使其他因素迅速活动起来,如情感的引发,思维的展开,才能的发挥,等等。直觉的这种把感性与理性、理解力与想象力、情感与意志互相渗透的自由协调的运动,这种直接性(非自觉性)与自觉性辩证统一、意识与潜意识交融转化的特性,决定了艺术创作活动的其次的一个特点,即:艺术创造是一种精神自由活动,它是不能预见,不可重复,不可能完全按照事先规定的某些规则和方法就能生产出作品来的。所以,苏轼说:“作诗必此诗,定知非诗人。”因为在艺术的创作活动中,“每一瞬间都是一种创造”④,而优秀的艺术品都具有这样一种突出的审美特质,它在某种程度上是独一无二的;正因此,最好的艺术创造是难以重复的,“在最后完成的形象中,原始规划已不存在了”。⑤ 艺术创造不能像工匠那样,按照一个固定的模式,千篇一律地在那里进行制作,这样,“一种直觉的因素就成为不可缺少的了”⑥。就是

---

① 雅克·马中丹:《艺术和诗中的创造性直觉》,见上书,第186页。

② 转引自《外国文艺思潮》第1集,陕西人民出版社1981年版,第91页。

③ 《别林斯基选集》第2卷,上海译文出版社1963年版,第60页。

④ 柏格森:《心力》,见伍蠡甫主编:《现代西方文论选》,上海译文出版社,1983年出版。

⑤ 同上。

⑥ 奥斯本:《论灵感》,《外国文艺思潮》第1集。

在这种意义上,《英国美学杂志》主编H·奥斯本把直觉视为"居于艺术创作核心"①的地位。

艺术创作是一种遵循规律而又超脱规律的出神入化活动,它自由而又不自由,时刻处在"从必然的王国向自由的王国飞跃"中。遵循规律、依存规律,不自由;掌握了必然,超脱规律,出神入化,就自由了。艺术创造是一种"须其自来,不以力构"、"从容率情,优柔适合"的有机创造。这正如严羽所说:"诗之极致有一:曰入神。诗而入神,至矣尽矣,蔑以加矣。"(《沧浪诗话·诗辨》)艺术创作的这一特点,也与直觉发挥作用有密切关联。直觉处于意识的边缘,它的表现形态有二;它的触发,是从潜意识上升为意识;它的出神入化,是对艺术规律、技巧的自如掌握,从有意识上升为物我同一、同化的忘我的无意识的自由境界。前一形态如狄德罗所说:"胚种在他不觉察的时候进了他的胸腑……时机一到,它们就产生惊人的效果,连他本人也相信受到了启示。"②后一形态如黑格尔所说:"真正的艺术家都有一种天生自然的推动力,一种直接的需要,非把自己的情感思想马上表现为艺术形象不可。这种形象表现的方式正是他的感受和知觉的方式,它毫不费力地在自己身上找到这种方式,好像它就是特别适合他的器官一样。例如一位音乐家只能用乐曲来表现他胸中鼓动的最深刻的东西,凡是他所感到的,他马上就把它变成一个曲调,正如画家把他的情感马上就变成形状和颜色,诗人把他情感马上变成诗的表象,用和谐的字句把他创作的意思表达出来。"③黑格尔所说的"天生自然的推动力",实际上就是由于掌握、运用艺术技巧、媒介、材料的熟练而达到的得之于心而应之于手的自如和自由的境界。两种形态有一共同特点,即在特定的心理趋势下,以其熟谙于心的天生自然能力所产生的"惊人效果",把艺术构思推向"至矣尽矣,渺以加矣"的出神入化境界。

最后,直觉是一种介于知觉和思维之间的认识功能,艺术直觉的认识始终信守在知觉形式之中,以情感和知觉形式为中介而深化到理性的精神境界。"绿杨烟外晓寒轻,红杏枝头春意闹;浮生长恨欢娱少,肯爱千金轻一笑?"(宋祁)艺术感知开始的刹那间就是渗透了作者的情意和个性的。艺术直觉的这一特点,是它区别于科学直觉的根本所在。别林斯基是这样说明艺术直觉的个人情意特点的:"灵感也有不同的程度,在每一个诗人身上都具有独特的特点:在一个人身上,它灿烂发光,像香槟酒般冒泡沫,像香槟酒般立刻就能使人沉入一阵子就过去的微

① 奥斯本:《论灵感》,《外国文艺思潮》第1集。
② 狄德罗:《论天才》,《古典文艺理论译丛》第6集。
③ 黑格尔:《美学》第1卷,商务印书馆1982年版,第363页。

醺;在另外一个人身上,它像一条清澈的、透明的河,在微笑着的绿色的两岸中间缓缓地流着;在第三个人身上,它像尼亚瓜拉瀑布一样,隆隆发响,泡沫直冒,水花四溅,汹涌澎湃地一泻千里;在第四个人身上,它像广阔无边、深不见底的海洋一样,反映出苍穹、太阳、月亮、星辰、险恶的乌云,云层间一片昏茫和闪电……"①直觉感知的独特性决定作品艺术风格的独特性,艺术的独创性;因之,爱国志士陆游笔下的梅不同于隐士林和靖;刘继卣笔下的老虎是勇猛、暴戾的,何香凝笔下的老虎是威武雄壮、气吞山河的,而在韩美林笔下,老虎就变成了一种可爱、调皮,甚至是天真活泼的小东西了。"一切对象对他来说就成为他自身的对象化,成为确证和实现他的个性的对象,成为他的对象,而这就是说,对象成了他自身"。② 直觉在艺术创造活动中创造了艺术品,艺术的风格和个性,艺术的审美活动和艺术品也在创造着、优化着艺术的直觉思维。"生产不仅为主体生产对象,而且也为对象生产主体"。③

综上所述可知,直觉的艺术独创性源于它的综合性和转化性。创造的奥秘重在综合;转化即处于"亦此亦彼"的中介环节、连续过程中。直觉的综合和转化性特点表现形态千姿百态。从主体的心理因素、心理功能看,它,既保持了感性认识直接感知对象的形式特点,又有超感性认识的巨大的能动作用——不经逻辑推理,直接把握对象的内在意义,刹那间的直觉凝结着人类历史的逻辑思考;社会的功利目的、伦理观念经过千万次转化,作为历史成果积淀在个体审美心理结构里,表现于感性知觉形式中。从主体与客体、艺术与生活、人和自然的关系看,直觉作为"有形世界与高级世界的环带"(巴尔扎克),它以感知为中介,将生活实体点化为"观念地存在着"(马克思)的艺术客体,与形象思维、逻辑思维交叉融合,经过一次思维质变,将胸中的意象演化为典型形象或意境。从意识与非意识关系看,它流转在意识和下意识之间,将艺术家的创作意图、意志转化为特定的心理趋势和情感体验,将客观的艺术技巧转化为精神感觉、文化器官、高度自如的无意识,以奏其出神入化之功。直觉这种综合和转化的特点,决定着艺术的独创性,是艺术风格、流派形成的重要的主观因素,同时给艺术构思染上了某些变幻莫测的神秘色彩。因此,有人用形象的语言描写说:"'灵感'的'独创性'使人变成神,艺术家只手开辟了艺术天地的神秘力量,与

---

① 《别林斯基选集》第2卷,上海译文出版社1963年版,第474页。

② 《马克思恩格斯全集》第42卷,人民出版社1979年版,第125页。

③ 马克思:《〈政治经济学批判〉导言》,《马克思恩格斯全集》46卷(上),人民出版社1979年版,第29页。

《圣经》中上帝创造宇宙的能力等量齐观。”①

四、直觉与艺术的模糊性

艺术的单纯与含蓄、明晰与模糊总是辩证地统一着的。马茂元先生评“古诗十九首”中的艺术形象说:“‘十九首’的形象是丰富多样,变化无穷的,但相同的是:无论它的内涵是如何的复杂而深广,可是它所给予我们的感觉则是异常的单纯与清新。”德国著名美学家鲍姆嘉通在其美学著作《关于诗的哲学与默想》中说:“如果某一观念比其他观念所包含的东西多,尽管这些东西只是朦胧地意识到,那个观念比其他观念就有周延的明晰性。”单纯、明晰,才有有机整体美;含蓄蕴藉、意在言外,方能发人深思,耐人寻味;朦胧、模糊,方能把欣赏者引向高远空阔的华严境界,激起人的强烈美感。“词意浅露,略无余蕴”的作品往往为人们所诟病,一览无余之作,总是使人扫兴的。因此,清人叶燮在《原诗》中说:“诗之至处,妙在含蓄无垠,思致微渺,其寄托在可言不可言之间,其指归在可解不可解之会,言在此而意在彼,泯端倪而离形象,绝议论而穷思维,引入于冥漠恍惚之境,所以为至也。”康德说:“模糊观念要比明晰观念更富有表现力。……美应当是不可言传的东西。我们并不总是能够用语言表达我们所想的东西。”②

含蓄、模糊都有一个言不尽意的问题。艺术的含蓄主要是技巧、方法和语言运用所致,即古人所谓“浅深聚散,万取一收”、“用意十分,下笔三分”、“损之又损而玄之又玄”、“不著一字,尽得风流”是也,艺术的模糊也有技巧和语言运用成分,但从根本上说,是由于人的思维具有模糊性。控制论的创始人维纳在强调人脑胜过任何最完善的机器时指出,人有运用模糊概念的能力。现代分子生物学和心理学的实验也表明:人的大脑具有与精确思维相对称的运用模糊概念和实行模糊控制的能力。大脑这种运用模糊概念和实行模糊控制的特点,具体表现为那种高度的随遇而迁的伸缩性和灵活性,使它能够根据需要对客观世界及其复杂的现象,运用最少量的模糊信息,进行处理和判别。在艺术创作中,这种思惟特点相当显著。艺术形象塑造一方面需要精雕细琢,另一方面,也需要用最少量的模糊信息,对形象的某些侧面做出近似程度的概括,以达“形似”与“神似”的高度结合。这种思维状态,必然把它的模糊性带进艺术品,使作品成为新的模糊信息的载体,从

① 邵耀武:《试论刘勰二层次的创作论》,《古代文艺理论研究》第五辑。

② 转引自阿尔森·古留加:《康德传》,商务印书馆 1981 年版,第 115 页。

而形成它特有的审美属性。运用最少量的模糊信息对客观世界及其复杂现象作近似程度的概括,正是直觉思维的突出特点。对艺术直觉模糊朦胧、邈渺恍惚的情状,清人况周颐曾作过具体的描述,他在《蕙风词话》中说:“吾苍然独立于寂寞无人之区,忽有匪夷所思之一念,自沉冥杳霭中来,吾于是乎有词。洎乎词成,则于倾者之一念若相属若不相属也,而此一念,方绵邈引演于吾词之处,而吾词不能殚陈,斯为不尽之妙。”表面看来,这好像说的是言不及义的问题,其实,这“匪夷所思之一念”本身就是朦胧恍惚,难以捉摸,难以表述的。“此中有真意,欲辩已忘言”(陶潜),因而“吾词不能殚陈”。直觉思维的突出特点就是它的模糊性。如果说,逻辑的抽象思维主要作用于艺术的明晰和确定,形象思维主要作用于艺术形象的鲜明和生动的话,那么,直觉思维的外化,就是艺术模糊性了。艺术的魅力,形象、意境扣人心弦的力量,恰恰就寓于这种模糊性中。这种诗意的模糊和朦胧,常常使创作主体陶醉、激动、情不自禁地向着美的世界展开遐想的翅膀;这种诗意朦胧的不确定性,也给欣赏者带来感受的丰富性和多样性,提供想象和审美再造的广阔空间。

直觉的模糊性,首先是由对象的模糊性和直觉指向的无限性决定的。客观事物既有着“非此即彼”的明晰性一面,又有着“亦此亦彼”的模糊性一面。直觉的触角总是伸向“无限的实体或自然界的本质”(斯宾诺沙),而“无限的东西既可以认识,又不可以认识”(恩格斯),这是直觉“含糊于心”的朦胧性的根本原因所在。自然界和人类社会生活中的模糊朦胧状态决定了人们只能用模糊思维——直觉来把握。文学的描写对象主要是人、人的生活,特别是人的精神世界。人的精神世界是十分丰富、复杂的,它既有明晰的、可以精确表述的一面,又有模糊的、难以用语言表述清楚的一面,蒙娜丽莎神秘、诱人的微笑就是“只可意会,不可言传”的。艺术的精神生产特点,更加重了艺术直觉的模糊性。

直觉的模糊性,还由于直觉本身的特点,特别是艺术直觉的本质特点决定的。直觉思维的综合、整体、空间性能最突出,它是一种最高层的思维形式,它的创造功能的突破作用,是在与抽象思维和形象思维的综合作用、相互渗透中进行的。这是直觉思维区别于其他思维形式的本质特征。艺术直觉的颖悟是感性与理性交融渗透的把握现实的特殊方式。直觉领悟既高于感性,又高于“一级理性”,是一种最高层次的思维形式。直觉的感知、领悟,理解,既不等同于哲学认识论所讲的感性认识、理性认识,也不等同于心理学所讲的感觉、知觉、表象。这里的感知不复是单纯的感觉、知觉、表象,这里的理解不复是脱离感知、形象的纯抽象的理解,也不是先来一个感知阶段再来一个理解阶段,而是感知与理解融会贯通,感知中包含、渗透着理智、理解,理智、理解不脱离感知感性形式。它同时把握感性形式与理性意蕴两个方面,“在有限形象(感性)里展示无限(理性),而非任何确定的概念所能表达或穷尽”,①因此,它的外化,就带给我们丰富的审美感受。“艺术家在感觉的范围内带给我们的观念越丰富,孕育的感情和感受越多,这样表现出来的美就越深刻、越高尚。”②唯其丰富、深刻、无限,可意会而难以言传,“终不许一语道破”,自然朦胧、模糊,“此中有真意,欲辨已忘言”(陶潜)了。

直觉的模糊性更由于:直觉的发生常常伴随着强烈的情感因素,充满着饱满的情绪色彩。它“虽然具有一种情绪成分,但是并不能发展成为可清楚地意识到的情绪”,③而“情感和激情的网是既精微而又繁复的,连最谨严的思辨也很难能从中很清楚地理出一条线索来,把它从错综复杂的牵连中一直理到底”,(莱辛《拉奥孔》),即谓“千念集日夜,万感盈朝昏”(谢灵云《入彭蠡湖口》);“隆思乱心曲……心乱谁为理”(陆机《为顾先彦赠妇》)……种种喜怒哀乐相互联系而又相互冲突,奇妙地交织在一起,千思万绪,纠结难分,怎么能不使艺术情思陷入朦胧、模糊状态之中?灵感的浪头伴随着情感的激动,其程度越强烈,就使艺术家的精神活动越兴奋活跃,越难以把握,因而引起的反应也越朦胧,越艺术。因此,苏姗朗格在《艺术问题》一书中说:“主观情感的亿万形式,生命的无限的复杂感觉,是不能用语言所能陈述的。但是他们却正是艺术品所能显现得很清楚的。”

那么,这种模糊朦胧、邈绵恍惚的主体意念又如何外化为“客体”作品的模糊性呢?

是作家、艺术家自觉而独特的审美追求,主观的思维形式“物化”为作品的艺境状态,原因转化为结果所致。

直觉作为一种思维和意识活动,像其他思维和意识活动一样,也是人对客观世界的一种认识和反映。人的认识发源于社会实践,开始于感性直观,具有二重性质。即是说,人的认识活动,不仅是外向的,同时也是内向的,不仅指向外界对象,同时也指向正在从事认识活动的人(主体)自己,意识到自己的内心活动。人具有对意识的意识。费尔巴哈就说过:“感觉对象不只是外在的事物,而且有内在的事物”,“不只是事物,而且还有‘自我’……人的最主要的、最基本的感觉对象乃是人本身。”④作家艺术家更具有特别敏锐、特别发达的内心透视能力——对自我内心的审美体验能力。例如司汤达就有把自己内心所经历的思想和情感变化

① 《美学》第1期,第50页,上海文艺出版社。
② 柏格森:《时间与自由意志》,《现代西方文论选》,上海译文出版社1983年版,第93页。
③ 孙非:《艺术创作的心理条件》,《美学》第4期,第193页。
④ 《十八世纪末——十九世纪初德国哲学》,第522页,北京大学编译,商务印书馆,1975年版。

重新拿出来咀嚼、回味的习惯，在他的日记、笔记和书信中，常常发现他对自我的内心世界所做的细致分析。当作家、艺术家把自我内心的模糊思维当作审美对象来咀嚼、回味和欣赏的时候，即所谓“幽渺以为理，想象以为事，惝恍以为情”（叶燮），此时动力即转化为结果，主体的思维形式即转化为“客体”的“作品”内容，直觉的模糊性即外化为“作品”的模糊性了。这就是庄周直觉体悟哲学转化为美学，对唐诗宋词以及宋元山水画的艺术境界产生深远影响的秘密所在！所谓“羚羊挂角，无迹可求，故其妙处，透彻玲珑，不可凑泊”（严羽），“不即不离，是相菲相”，“令人仿佛中如灯镜传影，了然目中，却捉摸不得，方是妙手”（王骥得），“画之天趣，在笔墨之外，不可以言传”（邵梅臣），等等，就是对这种“惟恍惟惚”的思维——艺术的模糊性所作的美学理论概括。

直觉思维模糊性之因，结出艺术模糊性之果，在古今中外艺术创作中不胜枚举。诗歌、音乐、绘画自不必说，就是某些叙事文学创作，也不乏例证。但这一事实不能解释为模糊性是“文艺家创作心理的普遍基本特征”①，更不能理解为创作主体从审美上反映客体还不准确和不深的表现。艺术直觉的模糊性是艺术创作“不知我为草虫耶，草虫为我耶”（罗大纲）、物我同一的梦幻神游境界，是于有限中无限展开的“情曈昽而弥鲜，物昭晰而互进”（陆机）的意境状态，是“以美启真”（李泽厚），“模糊地感到的‘美’向‘真’和‘善’的发展”（门德尔松）。它确定又不确定，因为它于有限情境中向着真和善无限展开，无限发展，所以难以描述，难以把握，难以传达。“可以言论者，物之粗也；可以意致者，物之精也；言之所不能论，意之所不能察致者，不期精粗焉”（《庄子·秋水》）。作家、艺术家把自我的这种“不期精粗”、难以描述、不可表达的“精神的实在”（贝姆尔）当作审美对象来体验，是追求丰富、追求无限的审美思想深刻的表现。艺术创作中物我同一境界的呈现，是从动态的主体思维运动形式转化为静态的“客体”作品存在形式的条件和契机，作家、艺术家自觉而独特的审美追求，是直觉的模糊性转化为艺术的模糊性的内因和动力。当文艺家将自我直觉的意境状态作为审美对象欣赏的顷刻，对意识的“意识”——对自我内心的审美体验，同时就成为新的直觉产生的原因了。恩格斯在《自然辩证法》中分析“人的活动”（包括意识活动）因果观念的辩证关系时说：“这个观念是：一个运动是另一个运动的原因。”由此看来，艺术直觉并不一味的朦胧模糊，它本质上是理性阶段的一种特别活跃的思维活动，正如别林基斯指出的：“真正的灵感永远是平静地进行观察的：它充分占有着对象，但却不让对象控制自己，虽然它是看到并感到对象的。”这就是为什么曹禺创作《雷雨》时，他当

① 见董学文：《文艺创作心理规律和反映论》，《文艺报》1984 年第 5 期。

时虽然没有明确地认识到“要匡正,讽刺或攻击什么,”只是被一些极其熟悉的活生生的形象和“一种复杂而不可言喻的情绪”催动着,但剧中每个人物的性格却那么鲜明,准确,人物内心和社会本质揭示得如此清晰、如此鞭辟入里了。

综上所述,直觉不仅是从生活到艺术的媒介,还是作品创造性的重要构成因素。直觉的优化,直接影响作品的深度和艺术质量。除此,直觉还与艺术创造者的创作心境和文思有密切关系,限于篇幅,这一问题只好另文探讨了。

车尔尼雪夫斯基对美学发展的贡献

——兼析中国当代美学界对“美是生活”的评议

《黄河学刊》编者按：本书从历史与现实的结合上对车氏“美是生活”的命题作了科学的分析，并指出中国现代美学家以一种直观唯物主义哲学为指导，在政治学和社会学层面上，固执地寻求某种永恒的超时代的绝对美的偏颇。读后颇觉耳目一新。

车尔尼雪夫斯基的美学思想“代表了马克思主义美学产生以前唯物主义美学的最高成就”，这一总体性评语，在中国当代美学界，似乎无人提出异议。表述车氏美学思想的代表作是他的学位论文《生活与美学》（即《艺术与现实的美学关系》）。这本书于20世纪40年代周扬把它译过来之后，在中国，其影响之深远，是有目共睹的。正如朱光潜先生在《西方美学史》中所述：“车尔尼雪夫斯基的《艺术与现实的美学关系》在新中国成立前是最早的也几乎是唯一的翻译过来的一部完整的西方美学专著，在美学界已成为一部家喻户晓的书。它的影响是广泛而深刻的，很多人都是通过这部书才对美学发生兴趣，并且形成他们的美学观点，所以它对我国美学思想的发展有难以测量的功绩。”朱先生的叙述是确确凿凿客观证明了的历史事实。但耐人寻味的是，涉及车氏学位论文的著名观点“美是生活”以及车氏本人对这一基本论点的“两点说明”的评议，一些美学家，特别是那些唯物主义美学家，又几乎异口同声地认为，车氏关于美的定义是“不完全”、“不周到的”，“本人所无法解决的一些矛盾”，“不可克服的缺点”，“实质上是不能成立的”，甚至说，车氏的定义“总的说来是错误的”，是“地地道道的唯心主义”，是“唯心主义美论的最普遍公式”，于是有人更进而剖析车氏的错误有“思想方法上的错误”,有“美学中的人本主义哲学基础的错误”,等等①。这位代表马克思主义美学产生以前“唯物主义美学最高成就”、对当代中国美学思想的发展“有难以测量的功绩”的美学家的基本美学观点又如此这般地充满着“矛盾”、破绽和“错误”,岂不滑稽?! 中国当代美学家们对车氏美学思想的评论陷入了难以自圆其说的困境。还有一个引人注目的现象,即对车氏美学思想的评议是与几十年来关于美的本质的唯物与唯心之争伴生的,而奇怪的是,对车氏这位“唯物主义”美学家的美学思想批判最有力、否定最多的,又多是一些“地道”的唯物主义美学研究家,这不能不令人深思。

其实,中国当代一些美学学者认为车氏美学观点矛盾、破绽、缺点、错误之处,正是车氏美学思想生辉之处和他对美学发展做出贡献之所在。

剖析清楚车氏的美学贡献和我们的困惑,是不容易的。这需要弄清:一、人类对美的认识和探索经历了哪些阶段,车氏“美是生活”的命题提供了哪些新鲜的东西? 二、车氏“美是生活”的命题是针对黑格尔的思辨美学体系提出的,他对黑格尔有哪些批判,又有何继承? 这一继承性的批判意义何在? 三、车氏自认是费尔巴哈的学生,他师承了费尔巴哈什么,又有哪些创造? 四、车氏美学思想对马克思以来当代美学的发展有何意义? 五、当代国内学者对车氏美学思想的评析是从哪一层次或角度提出的,为什么会陷入难以自圆其说的悖论中?

传统美学对美的本质探讨是以哲学为基础的。传统的唯物主义哲学和唯心主义哲学分别从对立的两极去思考自然界与精神的关系,始终僵持于“本原”问题的自然本体与精神本体的抽象对立,并以还原论的思维方式去说明二者的统一。旧唯物论以自然界为精神的本原,力图把精神还原为自然,用自然来解释人类的精神活动,从而把物的尺度当作人类全部行为的根据;旧唯心论则以精神为自然界的本原,试图把自然还原为精神,用人类的精神活动来解释自然,从而把精神的尺度当作人的全部行为的根据。马克思在《关于费尔巴哈的提纲》中对全部旧哲学的批评,正是精辟地揭露了这种两极对立的哲学的根本缺陷,指出了在其原有的思维方式内无法解决的内在矛盾。德国古典哲学曾试图克服本原问题上的自然本体与精神本体的抽象对立,扬弃思维方式上的客体性原则与主体性原则的互不相容,以新的思维方式去开拓新的哲学道路。康德充分意识到,与人无关的自

① 见汝信、夏森《西方美学史论丛》237 页,上海人民,1963 年;李泽厚《美学论集》105 页,上海文艺出报社 1980 年;刘纲纪《关于美的本质问题》,《美学与艺术讲演录》86 页,上海人民,1983 年;曾繁仁《西方美学简论》243 页,山东人民,1983 年;蔡仪《论车尔尼雪夫斯基的美学思想》,《美学论丛》第 2 辑;彭修良《试评中国当代美学界对“美是生活”的几种不同看法》,《美学研究与应用》1987 年 2 期;黄继国《“美是生活”试析》、《美育》1983 年 3 期。

然,对人来说只能是一种“有之非有”、“存在着的无”,因而他把与人无关的自然设定为“自在之物”或“物自体”。康德哲学的真实意义在于他证明了:不仅两极对立的本体都是不可或缺的,而且它们之间是不能简单还原的,人的认识只能成立于两极的统一;统一的结果是使自在的世界变成自为的世界即属人的世界,属人的世界是实践理性领域。康德把实践理性作为人类全部行为的根据而确立为哲学的新出发点。黑格尔认为,消解自然本体.与精神本体的抽象对立,克服客体性原则与主体性原则的互不相容,必须诉诸把它们统一起来的中介环节——概念的世界。概念是自在的客观世界对自为的主观世界的生成,即外部世界转化成思维规定;同时,概念又是自为的主观世界对自在的客观世界的生成,即以观念形态构成思维中的客观世界。于是黑格尔逻辑地归结为:自在的自然与自为的精神、单纯的客观与单纯的主观性统一于自为的概念世界之中。黑格尔这一天才猜测使他的哲学成为“聪明的”辩证唯心主义理论,从此开启了传统哲学向现代哲学的转化。

传统美学对美的探索也大体经历了一与传统哲学相似的从两极到中介的历程。在人类童年时期,由于客观的美的形态和主观智力都极不发达,因而对美的认识仅局限于具体的美的事物。公元前五至四世纪,苏格拉底和柏拉图第一次将“美”作为一个独立的概念提出来,这就是他们所谓的“美本身”。柏拉图在《大希庇阿斯篇》中认为:不能把“美本身”与美的东西相混淆,也不能把“美本身”同美的具体品质相混淆,这已是对美的本质的理论探索了。自此以后,“一个美的事物为什么会美”,亦即“美的本质到底是什么”的问题,两千多年来,一直成为人类反复探讨的课题。在古希腊罗马时期,美学同哲学一样,都还处于朴素唯物论和朴素辩证法状态,虽思想活跃,建树颇多,但系统性、科学性较差。从近代欧洲资本主义兴起开始,由于实验科学和机械力学的影响,形而上学在哲学中占了上风,形成唯理派与经验派的长期斗争,美学亦如此。这就是黑格尔所蜕的理念观点与经验观点的斗争。所谓理念的观点就是一种将美归结为先验的理念的唯心主义观点。柏拉图就是这种观点的最早代表人物,他早年提出的“美本身”的概念已具理念的端倪;在他看来,这“美本身”是完全游离于具体的美的事物之外、决定其是否为美的。这种“理念论”对欧洲美学史有极深远的影响,发展到后来就是17、18世纪的大陆理性主义的“美即完善”的美学思想,主要以德国的莱布尼茨、沃尔夫等为代表。这种美学中的“理念论”有两个可取之处:一是充分注意到了美的共同性的特点,认识到美不是一种个人的感受或偏爱,而是人类的一种共同感受,初步涉及了美的社会性特性;二是他们充分注意到了美同人的活动紧密相关,没有人也就没有美。“理念论”的致命弱点是将美完全归结为精神的产物,完全否定了美的客观性,脱离了美的个体性、独特性以及唤起情感愉悦等感性特质,仍然没有抓住美的根本特性。所谓经验的观点是一种朴素的或形而上学的唯物主义观点。这种观点将美的本质归结为自然物的属性,强调美的事物所能给予人们的快感。早在古希腊时期,德谟克利特学派就提出了著名的原子论,认为物体本身能直接影响人的感官。后来亚里士多德在《诗学》和《形而上学》中继承了这一观点,认为美就是"体积与安排","秩序、匀称与明确"所构成的"整一性"。他认为,具有这种"整一性"的自然物之所以会美是因为它能"给我们一种它特别能给的快感"。到了17、18世纪的英国"经验派",由于当时自然科学的蓬勃发展,特别是实验科学和机械力学的发展,就给这种"经验论"注入了新的内容。英国著名的经验主义的美学家柏克就明确地把美的本质局限于事物的感性性质。他在《论崇高与美两种观点的根源》中指出:"我所谓美,是指物体中能引起爱或类似爱的情欲的某一性质或某些性质。我把这个定义只局限于事物的纯然感性的性质。"他并进而把这种"纯然感性的性质"归之为"小"、"光滑"、"纤细"、"明快"、"柔和"、"变化"、"多样统一"等要素。在"经验派"看来,美就是客观事物的自然属性,美感即快感。不论是自然美还是社会美,都是自然现象和社会现象的美,是客观的,不以人的意志为转移的。"经验论"正确地揭示了美感的生理和心理基础,坚持了客观的唯物主义前提,它的最重要的弱点则是抹杀了美的社会性,未能将美感与生理快感区别清楚。普列汉诺夫就曾雄辩地举出狩猎时期的人类,即使在鲜花盛开、万紫千红的环境中也决不欣赏花团锦簇的花朵。这就说明,单纯的自然属性本身并不能成为美。综上所述,尽管"理念论"和"经验论"在对美的本质的思考上都做出了自己的历史贡献,但它们都还停留在美的大门之外,未能真正地把握美的本质,不能科学地解释现实生活中万千繁复的美的现象。其原因盖由于它们或单纯地从精神理念出发,或单纯从客观的个性对象出发,都是一种片面的、形而上学的美学理论,结果连真正的美的研究的出发点都没有找到,因而只能徘徊于美的大门之外。从上述人类对美的探讨的简况中可知,要取得美的研究的真正突破,必须摆脱"理念论"与"经验论"的桎梏,开辟新的研究途径,才能真正地把握住美的研究的科学起点。这是历史向美学研究者提出的艰难而繁重的任务。这个历史重担首先由以康德、黑格尔为代表的德国古典美学理论家担当了起来。他们科学地总结了历史上对美探讨的积极成果,打破了"理念论"与"经验论"的形而上学桎梏,另辟了感性与理性统一的崭新的研究道路。他们的成果充分显示了人的思维把握世界的伟大能力,为实践辩证的马克思主义美学的建立提供了极其丰富的思想资料。

康德是在西方美学史上第一个试图打破形而上学美学研究的理论家。他于

1790 年发表的美学论著《判断力批判》是一部极其重要的美学论著。康德想通过这本书使历来美学中的理性派和经验派的长期争论取得最后解决,以调和理性主义和经验主义的矛盾。他在这部美学论著里提出了一个著名的命题:“美在无目的性的合目的性的形式”。这个命题含有极其丰富深刻的内容,是人类“美在感性”和“美在理性”两个命题之间寻找一种新的命题的初步尝试。所以,黑格尔在《哲学史讲演录》第3 卷中说,康德“说出了关于美的第一句合理的话”。命题中的“无目的性”,是针对“理念论”说的;因为“理念论”断言,美的“完善”、“和谐”等属性完全由某种精神性的“理念”、“目的”决定。康德则认为,这样势必涉及各种概念,成为逻辑判断,如此美则必然混同于道德伦理,其特性就将丧失殆尽。他因此断言,美的对象只是某种“形式”,而没有任何实在,因而不涉及任何“概念”、无任何明确的伦理道德的目的。而“合目的性”则是针对“经验派”说的,因为:“经验派”认为美在事物韵某种自然属性,同主体无关。康德则认为,美的对象的“形式”并非同主体完全无关,而是要符合主体的想象力与知性力自由协调的心理机能,这样才能引起审美愉快。这种审美愉快是一种具有“共通性”的、全社会的人都会感到的愉快;如果对象的“形式”不是“合目的性”的,那就只能是一种个人生理“偏爱”的快感。康德的《判断力批判》实际上是把他以前美学史上关于美的各种说法重新组织起来,加以改造,归纳到自己的体系里。康德美学思想的最大特点是充分地揭示了美学领域的各种矛盾,并且试图解决美学领域中感性与理性、主观与客观、自由与自然、无目的与合目的、个别与一般等等矛盾达到统一。可惜由于历史的局限,他在实际上,又把这些矛盾看成各自合理而互相对立的二律背反。

黑格尔说:“康德的学说确实是一个出发点,但是只有把康德的缺点克服了,我们才能凭借这种概念去对必然与自由、特殊与普遍、感性与理性等对立面的真正统一,得到更高的了解。”①德国古典美学一系列大家都在这方面做出了自己的贡献,其中贡献最大的应首推德国古典美学的集大成者黑格尔。他以康德的理性与感性统一的美学思想为基本的出发点,给美下了这样的定义:“美就是理念的感性显现”。这个定义与柏拉图的“理念说”不同。黑格尔的理念不是抽象概念,而是具体概念,即概念与概念实在性的统一,是实现了的、展开了的概念。“美是理念,即概念和体现概念的实在二者的直接的统一,但这种统一须直接在感性的实在的显现中存在着。”②黑格尔不仅明确地将理性与感性的“自由的统一”确定为

---

① 黑格尔《美学》第1 卷76 页。

② 同上。

美的属性,而且还以其深邃的辩证法思想,将人类对美的本质的探讨提到了以对立统一的辩证法为理论基础的完全崭新的哲学高度。他第一个全面地有意识地叙述了辩证法的一般运动形式,并且创造性地将其运用于许多领域,其中包括美的研究领域。尤其可贵的是,他独具慧眼地首次以实践的观点来理解美的本质,以实践作为美的创造中理性与感性、主观与客观联结的纽带。这无疑对马克思美学思想的精髓——实践观的形成具有重要的启示作用。黑格尔认为,"人有一种冲动,要在直接呈现于他面前的外在事物之中实现自己,而且就在这实践过程中认识他自己。人通过改变外在事物来达到这个目的,在这些外在事物上面刻下他自己内心生活的烙印,而且发现他自己的性格在这些外在事物中复发了。人这样做,目的在于要以自由人的身份,去消除外在世界的那种顽强的疏远性,在事物的形状中他欣赏的只是他自己的外在现实。"①这段话内容极其丰富深刻。在这里,黑格尔不仅科学地将实践作为理性的人与纯感性的动物的根本区别,深刻地说明了美产生的理性需要的社会根源,而且揭示了实践的主观见之于客观的主客观统一的特点,指出:只有通过实践,才能产生供人欣赏的感性与理性统一的美——"它自己的外在现实"。不仅如此,黑格尔在他的巨著《美学》中,还进一步论证了通过实践使"环境人化",从而创造美的过程。黑格尔辩证法的核心是通过否定(即矛盾斗争)促进矛盾的解决和事物的发展,而矛盾得以统一的中介就是实践。黑格尔所说的使"环境人化",即指通过实践,改造了对象,在对象之上实现自己的目的,因而在对象之上就凝结了人的筋力、双手的灵巧、心灵的智慧。这一思想,萌生于康德哲学中,为黑格尔所明确提出,后为费尔巴哈和马克思所继承和发展。但他的这种统一是以理性为出发点而又统一于理性的统一,甚至他所说的实践也始终是一种精神的实践。正如马克思和恩格斯所断言,黑格尔的整个哲学都是"头足倒置"的,他的美学当然也不例外。但到了黑格尔,人类已经迈入了美学的大门,虽然所看到的,仍然是一个迷雾缭绕的"太虚幻境"。

车尔尼雪夫斯基继承了康德、黑格尔关于美统一于理性与感性实践中的美学研究成果,但这种统一不是在理性的人的精神实践中实现,而存在于现实生活实践中。生活丰富多彩,无限广阔。它不是确定的"概念",而是现实的社会存在。它既是客观的对象和事物,又是人的主观的内心生活;既发生于现在,又曾存在于过去,无限展现于未来。所以车尔尼雪夫斯基一再明确地说:"我们所理解的现实

① 黑格尔《美学》第1卷76页。

生活不单是人对客观世界中的对象和事物的关系，而且也是人的内心生活。”①这是因为人的社会活动既不同于动物的求生本能，又不同于自然的物理运动：一方面，人的活动是一种有意志、有目的的活动；另一方面，人的社会生活活动是一个历史的实践过程。实践是主观见之于客观的东西。理想、愿望和追求付诸实践，就成为历史，正在实现，就是现实；没有实现的，就具有主观因素。而理想又具有历史本身发展前进的必然的客观性质，特别是先进的阶级，人物的理想、追求，更具有客观必然的趋向或前景的性质。因此，在某种程度和某个时间内，理想，甚至幻想，具有客观意义，而客观的社会生活又是充满着情感、憧憬和想象成分的。车尔尼雪夫斯基的慧眼表现于，他在生活的纵横交叉轴上（历史和社会的、主观内心和客观现实的）寻找美；车氏的天才卓见就表现在：他不仅看到美具有主客观二重性质，同时又看到它的丰富多彩，无所不在。无疑，车尔尼雪夫斯基对美的理解，远比在他以前的美学家（包括康德、黑格尔）对美的抽象本质的哲学思辨更逼近美学之门，所以普列汉诺夫称誉车尔尼雪夫斯基“美是生活”的定义是一个“天才的发现”。美在主客观统一，既非统一于物，亦非统一于心，而是二者相互渗透，你中有我，我中有你，物质的东西中沉淀着精神的内容，精神的东西具有某种客观现实意义；美是一个流动过程，它既流动于心物之间，又流动于过去、现在和未来的时间长河里。车尔尼雪夫斯基的伟大正如普列汉诺夫所说，他的美学理论在阐明生活现象时，并不满足于确认既有的东西，而且还指出——这甚至是主要的——应当怎样。②“‘应当如此的生活’，就正是客观社会现实中实际上存在着的或要出现的那些美好的、新生的、推动社会前进的生活，包括生活中的美好事物、形象和东西，即使这些生活和东西暂时还是极不显著的、幼弱的萌芽、趋势或倾向，但社会发展行程却规定了它们的必然的胜利或出现”。③ 车尔尼雪夫斯基美学思想的光辉之处正在于：他继承和发展了费尔巴哈的美学理论，认为美在不以人的意识而转移的客观现实生活中，但这种客观的社会生活又渗透着人的主观感受、情感和想象成分；生活不仅是物质的，而且是精神的，不仅是既有的，为现实所肯定的事物和现象，而且包括未来的憧憬和理想。“‘美是生活’的定义并没有排斥美的理想性，这就在一定的程度上同低劣的自然主义划清了界限。”④我们的一些美学家认为车氏美学观点矛盾的地方，正是它闪烁着智慧之所在。在车尔尼雪夫斯基

① 见周扬译车尔尼雪夫斯基《生活与美学》101 页，人民文学出版社 1957 年，以后凡引该书不再注。

② 见《车尔尼雪夫斯基的美学理论》，《哲学译丛》1957 年 6 期。

③ 李泽《美学论集》107 页，上海文艺出版社 1980 年。

④ 曾繁仁《西方美学简论》255 页，山东人民出版社 1983 年。

看来,他的美学观点并不存在矛盾。一些学者之所以会认为车氏“美是生活”的命题存在着矛盾、破绽和错误,究其原因,盖由于在一种“唯物 = 革命”、“唯心 = 反动”的时代哲学思潮支配下,车尔尼雪夫斯基这位俄国革命民主主义者的美学观点自然应该划归唯物主义美学家的行列。但经把美归于“物自体”的地道的唯物主义美学家对车氏“美是生活”及其“两点说明”“认真”研究之后,又“发现”他的美学观点,“总的说来是错误的”,甚至是“地地道道的唯心主义”的了。笔者认为,这种对车氏美学观点评价的矛盾和困惑情况,无论肯定他是唯物的或者批判他是唯心的,均因从两极找美的某种知性思维在作怪。从上述人类对美的探索历程简介中可知,这种从两极找美的知性思维方式,虽然历经两千余年,但却是近两个世纪以前的“往事”了。用这种落后的美的探索的思维方式评价车尔尼雪夫斯基的美学观点,自然难以窥视其“庐山真面目”,揭示其美学思想的革命意义,从而正确评价它的历史贡献、认识它对当代美学发展的意义了。

车尔尼雪夫斯基“美是生活”命题的历史价值在于:它继承了德国古典美学特别是黑格尔对美的研究的思想成果,而又走出了黑格尔所构造的思维哲学、历史哲学和艺术哲学的整体框架,转换了自上而下的思考方式,自下而上地去发掘美的可能性和潜在性,从而把美的研究焦点置于现代哲学的逻辑起点上来,为现代美学的发展寻找到了丰富的思考对象和生命矿藏,从而拓展了美学研究的领域。

黑格尔的美学是一种艺术哲学,他研究美学的一个重要目的是为了完成自己的哲学体系。黑格尔认为,绝对理念是世界的本原,世界是绝对理念自我发展、自我认识的结果。世界上一切的物质现象、精神现象都是处于绝对理念发展的不同阶段中,美只是绝对理念在艺术阶段的表现。在黑格尔看来,绝对理念的自我发展经历了逻辑、自然、精神三大阶段。在逻辑阶段,绝对理念是纯理念的发展;到自然阶段,它就异化为外在的自然物;到了精神阶段,绝对理念重又回到意识、思维的状态。在这个阶段,绝对理念又经历了主观精神(个人意识)、客观精神(社会意识)和绝对精神三个阶段,而绝对精神发展又经历了艺术、宗教和哲学三个具体阶段。所以,美在黑格尔包罗万象的哲学体系中,只是理念发展的无数阶段的一个阶段,无数环节中的一个环节;“美是理念的感性显现”这一定义,其实质是“绝对精神”自我逻辑的展开,是绝对精神达到顶点的显现阶段。在黑格尔看来,自然物只为审美意识而美;自然美如果有的话,也是一种不完善的依赖美,其根本缺陷在于理念被物质材料束缚着。因此,在黑格尔的定义里,所谓“美”,就是指艺术美,美只存在艺术中。在现代美学看来,特别是从文化美学的视野看,黑格尔关于美的本质的玄学思辨,不仅是神秘荒谬的,而且有悖于美的常识。因为从历史——文化视野看,美是一个流动不居的发展范畴,一方面,从人的日常生活到人的各种劳动创造，无不流动着美的神光异彩；另一方面，在看似静态的自然景观背后，无不深隐着一个历史发展的文化丛结、烙印着某种社会民俗的审美历程。"一山一石、一花一木，在这文化行程和文明积累中都有其特定的对应方式和情感旨趣而获得人的主体品格的生命内涵"。① 从特定的自然环境基质到瞬息即逝的社会审美现象背后潜流着普通人日常生活不断重复运行的社会结构与社会心态的历史流体。因之，"任何一个单一层次都不能穷尽美的奥秘和过程，都无以涵盖其丰富的文化内涵"。② 自然美中积淀着人的社会历史的独特的文化风貌，"社会美是在自然规定基础上文化审美发展的一个重要环节和历史范畴。一方面，它在一定程度上改变、影响了自然的形态而更多地呈现为人类历史景观；另一方面，在最终的文化意义或缘由上，它也正是(或只能是)自然环境基质的发展或'物化过程'的审美表现"。③ 这种美学观点启示我们，对象性客体与存在性客体是有着本质区别的。对象性客体已不再是个静态的"自在之物"，而是一种被纳入社会历史范畴的特定文化发展阶段、环节上的物化形态；其中的每一发展阶段或环节，都有与之对应的具有独特文化内涵的美学形态，心灵观照了的"作品"。"在地形景观的种种特征背后，在工具和机器的背后，在最正式的书写文件背后，'以及在看来几乎完全同它的创制者分离的制度'的背后，都站着人，历史所力图把握的正是这人。"④我国美学界关于美的本质主、客观问题的争论持续了几十年，其中的哲学症结就在于论争双方没有辨识对象性客体与存在性客体的区别，缺乏一个起码的逻辑前提。其实，这一问题在康德哲学中是早已提出并解决了的。除此，还由于双方没有一个更宽宏的历史——文化的视域来凝聚其哲学思考，他们在"地形景观"、"工具和机器"以及"制度"等"种种特征背后"看不见历史地站着的人，或其所凝结的人的文化行为；在人的心理图景中也看不见其与自然、社会多层次人文景观的历史契合。这一争论在文化系统观念中根本就没有存在的理论前提。现代历史——文化美学观为我们提供了一个新的思考线索，使我们不致再陷入虚构的玄学思辨中，而能够从千姿百态、生生不息的大千世界的个性形态开始，发掘隐藏其后的文化结构及其深层历史内涵，这对认识美的本质，无疑有着十分重要的借鉴意义。车尔尼雪夫斯基就是一位从千姿百态、生生不息的大千世界的个性形态中寻找美的先行者。他写于 19 世纪 50 年代初的《生活与美学》，立意于宏伟的

---

① 皇甫晓涛《美的文化系统与空间景观》，《社会科学战线》1989 年第 2 期。
② 同上。
③ 同上。
④ 罗米柯达米柯《马克思和文化哲学》，人民出版社 1987 年，254 页。

志趣，进行了一场“美学革命”，使美学“另有一番新面目”。这“另有一番新面目”表现于车氏把对美的思考从思辨哲学的玄学天国拉向现实生活，从“最多种多样的对象”、“彼此毫不相似的事物”、“最有一般性的”生活中发现了美，而且认为生活中的美包罗万象，变化多端，“能够采取最多种多样的形式。”车尔尼雪夫斯基的美学研究方法及其美学理论都是以现实生活为出发点，而不像黑格尔美学那样，以抽象的“绝对精神”作为出发点。“美是生活”的定义和“美即理念”的定义分别从其不同的出发点构成完全不同的美学体系，形成对美的本质的不同理解。

根据黑格尔的看法，美既然是理念的感性显现，因此美实际上是理念加于现实的一种幻象，在现实中没有真正的美，客观现实世界，只是理念借以表现其自身美的一种感性手段。而在车尔尼雪夫斯基看来，所谓美的理念根本就不存在，真正最高的美在人的现实世界中。车尔尼雪夫斯基“美是生活”的历史贡献正在于它沉重地打击了当时占统治地位的黑格尔美学体系，使美学理论摆脱了传统的抽象的哲学思辨，而回复到生动的现实生活的基础上来。所以，车尔尼雪夫斯基说：“应该说，关于美的本质的新的概念——那是从和以前科学界流行的观点完全不同的、对现实世界和想象世界的关系的一般观点中得出的结论，——会达到一个也和近代流行的体系（即黑格尔派的美学思想——引者）根本不同的美学体系，并且它本身和以前关于美的本质的概念根本不同”。这不同，他在《现代美学概念批判》中作了这样的解释：“在通常的概念中，最主要的是观念，而在我们的概念中，最主要的却是生活。”这即是说，“美即理念”的定义将观念作为美的本质，而“美是生活”的定义则认为“生活却是美的本质。”（《现代美学概念批判》）此其一。其二、“我们认为，自然美的确是美的，而且彻头彻尾都是美的；通常的概念认为，自然美并非真正是美的，完全是美的，它只不过是依靠我们的幻想才使我们觉得它是十分美的而已。”（同上）车尔尼雪夫斯基在其学位论文中就是从批驳黑格尔派艺术美高于现实美的观点入手而建立自己的美学的“生活体系”的。

黑格尔派对现实美进行多方面的责难，其一是“现实中的美是少见的，而艺术中的美则是常见的。”车氏批驳说，不仅美丽的风景随处可见，就是人生中美丽动人的瞬间也到处都是；相反，他认为艺术中的美倒是并不常见，这由于伟大艺术天才生长和顺利发展的有利机会极少，因而真正美的悲剧或戏剧在整个欧洲文学中仅有三、四十篇，而在俄国只不过有普希金的一、两篇。其次，车氏驳斥了“现实中的美是瞬息即逝的，而艺术中的美则常常是永久的”，认为这种瞬息万变的特点正是现实美能葆其美的重要因素。因为随着时间的进展，新的要求不断出现，倘若现实的美固定不变，反而会使我们厌倦。为此，他提出了美是发展的、具有时代性的重要观点，认为“每一时代的美都是而且也应该是为那一时代而存在”，“再下一代就将会有它自己的美、新的美。”正因此，现实美不会陈腐，它“与时更始、新陈代谢，”“以它们的多样性而令人神往。”所以人们永远看不厌它的活生生的美。“艺术却没有这种再生更新的能力，而岁月又不免要在艺术作品中留下印迹”。由于时代趣味和风尚的变化，使得任何一种艺术品在一百多年以后都会使人觉得老旧、可笑，从而失去美的魅力。再次，车氏驳斥了“自然中的美是无意图的，而艺术中的美则是有意图的”，指出：“艺术虽因意图性而有所增益，同时却也因它而有所丧失”，“艺术家专心致志于美，却常常反而于美一无所成。”在学位论文里，他列举了大量的事例说明意图性、人工雕饰所造成的公式化、概念化对艺术美的损害：

英雄和伟大人物的结局都是悲剧性的；几乎所有的青年人都恋爱，所有的年纪较大的人都喜欢发议论，所有的祖母都爱她们的孙儿，……诸如此类，“他们给我们写的不是活生生的人，而是缺德的怪物和石头般的英雄姿态出现的英勇与邪恶的精华。”

幸福的爱情的场面总是被灿烂的阳光照耀着，出现在可爱的青草地上，而且总是在“整个自然都弥漫着爱情的气氛”的春天里，而罪恶的场面总是被闪电照耀着，出现在荒野的悬崖绝壁中，车氏不禁反问道：“这种表现法不是太千篇一律了吗？而且，现实中所常见的那种环境与事件性质之间的不甚协调，不正足以加强事件本身给人的印象吗？”

车氏因而说，人为的痕迹常常使艺术带有某种“虚假的价值”，“使它们从‘艺术’的领域贬到‘矫饰’的领域”，损伤艺术之美，例如狄更新的小说几乎总是感伤得发腻，萨克莱的小说因经常恶意嘲讽的直率而令人不快，荷马的诗缺少连贯性，埃斯库罗斯和索福克勒太枯燥和拘谨，欧里庇得斯流于悲伤，莎士比亚失之华丽和夸大，贝多芬难于理解而且常常粗野，新作曲家们的作品嗓音和喧声太多。

黑格尔认为自然美的基本缺陷是缺少“观念性的主观性”，正由于自然美的这一基本缺陷才使我们去研究“理想”，即艺术美，而“理想”是在自然界找不到的。只有在真正符合理念的形式里，理念才能把它的内容的真实整体全都表现出来。在黑格尔看来，在自然美和艺术美这两种形式里，“艺术美才是符合美的理念的实在”，自然美只是它的附庸。

如此等等。车尔尼雪夫斯基一方面批驳黑格尔派对现实美的种种责难，另一方面则论证现实中的美不管有多大缺点，它总是真正的美并高于艺术创造。车氏说，并不像“流行的”美学观点所认为的，艺术美比现实美“更富于诗意”。恰恰相反，在现实中每分钟都有富于诗意的事件，这些事件就是从严格的诗的观点来看，也找不出艺术方面的任何缺陷，而且它们都具有艺术作品所不可缺少的“一般”，甚至不加任何改变就可以在“艺术”的名目下加以重述。比之永远多样化、永远新鲜的现实生活,任何艺术作品都是苍白无力的。雕塑和绘画有一个共同的缺点,就是死的、不动的、"这两种艺术作品在许多最重要的因素方面(如轮廓的美、制作的绝对的完善、表情的丰富等等),都远不及自然和生活。"人工歌唱与生活相比,难以补偿真挚情感的欠缺。"在音乐中,艺术只是生活现象的可怜的再现。"诗"无非是对现实的一种苍白的、一般的、不明确的暗示,"而且"在诗歌作品中,人却常常碰到重复",诗的形象和现实生活形象相比,"显然是无力的、不完全的、不明确的。"

车尔尼雪夫斯基得出现实美高于艺术美的结论,理论根据就是认为现实高于想象,想象只是现实生活贫乏的产物,"现实生活的贫困是幻想中的生活的根源"。车氏之所以认为想象的产物不如现实,是因为他认为,想象只能对对象进行量的增加而不能进行质的改造,而量的增加只能使其离开原型,质的改造才能使其提高。他肯定生活的"原态美",所以把自然美置于艺术美之上。

由于艺术的典型是通过想象来实现的,因此,车尔尼雪夫斯基否定艺术想象必将导致对艺术典型化的否定。在黑格尔哲学中,典型化是以绝对理念为其根源和出发点的,所以在整个典型化的过程中绝对理念和共性则占据了统治地位。艺术典型问题集中于"一般"与"个别"的关系问题,黑格尔派认为,艺术典型同现实生活相比更多地体现了一般,艺术的典型化就是清洗不体现一般的"个别"使之重新升到一般的过程。车氏既然为现实辩护,肯定生活中的自然美、原生美,所以对这种"重新上升到一般"的过程是否定的。他认为,"对于人来说,一般不过是个别的一种苍白的、僵死的抽象。"针对黑格尔派的典型论,他把"个性化"视为艺术创作应该追求的一种目标和努力方向,认为在艺术创作中无论如何都不可能达到真正个性化的,只能稍稍地接近它,"诗的形象的价值就取决于这种接近的程度如何。"正因为车氏认为个别能充分地表现一股,而一般只不过是个别的苍白的抽象,所以,他必然地得出真正的典型只有在现实中才能找到的结论。由于真正的典型人物就在现实中,因而他认为作家的创作只要"再现"现实中的典型人物就可以了。循此逻辑,车尔尼雪夫斯基对艺术与生活的关系做出了再现生活、说明生活、判断生活的论断。这个论断有一个理论观点支撑着,就是:车氏认为艺术形象是通过具体生动的图画表现现实生活的本质;"诗的范围是全部的生活和自然;""艺术的范围并不限于美和所谓美的因素,而是包括现实(自然和生活)中一切能使人——不是作为科学家,而只是作为一个人——发生兴趣的事物;生活中普遍引人兴趣的事物就是艺术的内容。"车氏认为流行的美学观之所以把艺术的内容归结为美,"那真正的原因就在于:没有把作为艺术对象的美和那确实构成一切艺术作品的必要属性的美的形式明确区别开来。"他由此得出美学史上第一次出现的一个新的关于艺术的论断:"文艺是生活的教科书。"

车尔尼雪夫斯基于上述关于艺术和美的一系列论断是对黑格尔以抽象的绝对精神为出发点而推导出来美只存在于艺术中的论点的深刻批判。车氏的论断和当代自然主义美学家G·J·杜卡斯在其力作《艺术哲学新论》中提出的关手艺术和美的一系列新论,"艺术并非是事物的一种特征,而是人类的一项活动","艺术并非是一项旨在创造美的活动,""有目的地创造美并非就是艺术","有些美的东西并非是艺术品,而有些东西是艺术品但却不美,""无论美与艺术这项活动之间的关系在现实中多么密切,两者之间并不存在本质的关联;即使存在某种关联,也完全是出于自然",等等,已经很接近了。

还要说及的是,车尔尼雪夫斯基的学位论文《生活和美学》又题为"艺术与现实的美学关系",有的理论家据此认为这篇学位论文的主旨是谈"艺术与现实的根本关系"问题,从而论定车氏美学思想的"基本之点是建立在直观唯物主义基础之上的,"这是对这篇论文的曲解。其实,这篇论文的主旨是针对黑格尔的美学观点而辩诘美是大量地存在于艺术之中还是存在于现实之中,亦即艺术与现实究竟哪一个具有更丰富的美学内容,以及艺术美与现实美究竟谁决定谁、谁高于谁的问题。车氏认为辨清这两个问题是关涉一场"美学革命",让美出现"一番新面目"的大是大非问题。远在一百年前,尚在黑格尔理念世界浓重阴影笼罩下徘徊的车尔尼雪夫斯基,当年响亮地提出:"美是生活"的理论命题,是需有何等的魄力与勇气。

黑格尔是德国古典美学的集大成者,他对美学和艺术发表了一系列精辟的见解,为美学研究的发展做出了前无古人的贡献,为马克思主义美学的诞生准备了丰富的思想材料。但是,黑格尔这位在西方美学史上第一次建立了一整套严密而完备的艺术理论体系的声名赫赫的德国教授,在形成人类思想的硕大历史界碑的同时,也成了人类认识活动(包括对美和艺术的认识及其感受)进一步发展的历史屏障。在美学研究上,他从其客观唯心主义哲学体系出发,抹杀自然美的存在及其丰富性、生动性,否定它是艺术美之源,把美的研究圈定在一个狭小的领域之内:"美即理念"的观点盛行泛滥,充斥于文学艺术的各个领域,致使文艺长期脱离现实生活,成为各种消极颓废、为艺术而艺术的文艺理论的有力支柱之一;他的典型论也与文艺创作的公式化、概念化有着某种渊源关系,因为在黑格尔的辩证法中理性与感性对立统一,理性最终占据了统治地位,典型化既然以绝对理念为其根源和出发点,在典型化过程中,抽象的共性占据统治地位,必然忽视或抹杀艺术原型的多质规定性,任凭作者的主观意念浸染艺术形象,无限拔高,势必产生千篇一律的作品。所以,美国当代哲学家莫尔顿、怀特在他们《分析的时代·绝对理念之衰微与没落》一章的开头说:"几乎二十世纪的每一种重要的哲学运动都是从攻击那位庞杂而声名赫赫的十九世纪的德国教授的观点开始的。"迄今为止,黑格尔客观唯心主义哲学体系已被无数现代学者声讨过,他的"理念"神学早已被人们扬弃。然而随着科学认识对思考方式的深化,人们逐渐意识到,阻碍着人们思考活力的还不只是黑格尔的古典思辨哲学所建构的理念世界的玄学大厦,而是这座思想大厦的历史阴影,即整个古典思辨哲学的范畴。"它潜藏于近代各种思辨哲学的后面,规定着人们的思考方式,总是从理念、感性、思维、存在、主观,客观、现象、本质、个别、一般、偶然,必然等'一而二'、'二而一'的辩证范畴去推演、概括一切,从而忽略事物差异性构成的各种关系、特征及其具体形态,和由此形成的结构、序列和网络系统。几十年来,国内美学界关于美的本质属性(主观、客观、主客观统一)的争执,关于艺术典型审美本质的探讨(个性、共性、一般、个别、中介等)和前一阶段关于主体论哲学的反思(主体、客体)仍是在这一思考背景下展开的,还没有进入更为宽宏的文化哲学视域之中。正因如此,它难以令人信服地诠释含着无限生机的艺术现象而成为时代审美情绪的理论概括。"①

车尔尼雪夫斯基不再寻找、规定"美是什么",而是更换命题"什么是美"——"生活就是美的本质","生活本身就是美。"他对黑格尔派美学的批判主要不是从理论的角度,而是从事实的角度。他表示要离开"体系"独立地来看黑格尔派美学思想是否正确。车氏以丰富的生活事实和朴素通俗的语言来阐述其全新的美学观点,因此,有的学者认为他的学位论文"缺乏归纳,重复烦琐之处甚多",这种感受是真实的。但"美是生活"这一命题的价值,它的深刻性,恰在其"不周延性"(从思辨哲学看来)。一种哲学评价的突破性进展在于评论者以另一种哲学形式述之,哲学革命的结构在于哲学范畴的变更。车尔尼雪夫斯基"美是生活"的命题是对黑格尔以来从而对整个思辨哲学的历史挑战,是对诸种美的形而上学规定和唯心论理论的超越,为马克思主义实践论美学的产生和发展做出了一定的理论准备(马克思主义美学不是马克思一人完成的)。"什么样的生活是美的?"这个命题的提出将关于美的研究焦点置于现代哲学的逻辑起点上来,为现代美学的发展寻找到了丰富的思辨对象。车尔尼雪夫斯基对美的隐蔽性的历史发现已接近现代文化哲学的综合视野,同时又与二十世纪以来的现代史学理论(例如法国年鉴派)、马克思主义——结构主义对历史隐蔽性的发现有其一致之处。它的伟大贡献在于以超人的胆识接近一个世纪的智慧光芒。

我们说车尔尼雪夫斯基"美是生活"的命题开了现代美学的先声,还由于他的

① 皇甫修文《散文潜结构及其泛化的现代哲学倾向》,《文学评论》1990 年 2 期。

美学命题中“生活”的涵义及其对命题的阐发具有现代生命美学的意味。

俄语 шизнь 一词有“生活”、“生命”、“生机蓬勃”等多种含义。统观车氏的全部美学论著,他给“жизнь”这一概念所规定的基本含义是“生命”。在《艺术与现实的美学关系》中,他将“жизнь”含义归结为“活着”,也就是“吃得饱、住得好、睡眠充足”等生命的基本要求。基于这种对生命的基本要求,车氏认为不同阶级的人们对“理想”的生活的理解才有共同之处,那就是“健康”。他说:“不错,健康在人的心目中永远不会失去它的价值,因为如果不健康,就是大富大贵,穷奢极侈,也生活得不好受,——所以红润的脸色和饱满的精神对于上流社会的人仍旧是有魅力的。”他于是慨叹:“没有健康和活泼的气息的生活,算得是什么生活呢?”车氏认为,这种“旺盛健康”,充满着生命力的生活更多更普遍地存在于劳动人民中间,“丰衣足食而又辛勤劳动”,“使青年农民或农家少女都有非常鲜嫩红润的面色——这照普通人民的理解,就是美的第一个条件”(着重号为引者所加,下同)。在《现代美学概念批判》一文中,车尔尼雪夫斯基表述得更明白:“凡是我们可以找到使人想起生活的一切,尤其是我们可以看到生命表现的一切,都使我们感到惊叹,把我们引入一种欢乐的,充满无私享受的精神境界,这种境界我们就叫做审美享受。”显然,车氏在这里是把“生活”界定为“生活表现”的,而且,他认为,美是一种生命力的表现和对这种生命力表现的观照,是由生命力的引导而产生的一种精神愉悦。

美存在于对生机蓬勃的活生生存在着的生命表现的观照中,在这里车氏提出一个全新的生命美学纲领,与黑格尔“美即理念”从而也是与整个思辨哲学相对抗。

生命美学崛起于现代,是因为伴随着人类文明的进程,生态环境遭到越来越大的破坏,生命和人类的生存面临着可能被彻底毁灭的威胁。人类的进化以人类自身作为生物族类的生命存在作抵押为代价,到了二十世纪达到无以复加的地步。一个巨大的死亡阴影笼罩在整个生命族类的上空,一种源于生命底蕴的无以名状的焦灼感不仅普遍地存在于现代社会的生命现象之中,而且上升为时代的哲学意识,从叔本华开始,现代哲学如尼采、胡塞尔、萨特、卡西尔等人的哲学思想,无不贯穿和包容这样一种忧患意识。哲学正是在这样的意义上显示出了生命意识的最高体现。这种焦灼感更大量、更现实的是由社会日常生活结构的新变化引起的。在充分理性化的社会中,人独特的精神情感无所依附,源于生命底蕴的欲望的冲动相当程度地减失,人失却了他的血性之气和鲜亮的原生色泽。启蒙主义时代的思想家狄德罗在那时就指出:“在魄力旺盛方面,野蛮人比文明人强,希伯莱人比希腊人强,希腊人比罗马人强……每逢哲学的精神愈发达,魄力和诗也就愈衰落。”①这位百科全书派的哲人渴望恢复强壮的、血气聚就的原初的生命魄力。人类现代文明病中最核心的病症就是这种生命力度的递减，于是现代生命美学基于一种历史使命感而崛起。

生命美学不同于西方的在非理性主义哲学思潮下产生的非理性主义美学。非理性主义美学在抵御理性的独占时具有价值，它虽也舍弃“自上而下”的哲学思辨，但正如海德格尔所说：“非理性主义——它是理性主义的对立面——只是片面地谈论理性主义所看不见的东西”。② 生命美学不再偏于感性与理性任何一方，而是强调二者在更本源处融合一致，它“建筑在生命本源的感性与理性合一的基础上，应具有一种由人类生命意识而引起的生命向力；而且在这种向力中应能见出人类种族生命的历史积淀与独特个性生命的现实经验，并能体现宇宙中的最高理性——生命理性。”③因此，表现生命、观照生命、强化生命的美，便是“当代最高形态的美”，因为这种美“源于一种比单独的理性、感性、直觉更本源、更炽烈、更强有力的那种生命存在而触发”；④它不是让人向后倒退到蒙昧的原始状态，而是基于意识到生命发展的无限可能性和生命沉重的历史责任感而唤醒、激扬生命的创造力量。从世界本体论高度看，宇宙间最伟大神圣的力量是生命与生命的向力。生命向力是生命物质存在与精神发展的总和体现。生命的美是一种纯然的美，因为它在鲜活生命存在的本源处，在更深隐、更内在的生命力中，自然性与社会性、感性与理性、个性与时代社会、历时性与共时性、生命特征与类性，都达到了高度的融和统一，因而具有永恒的魅力和极高的审美价值。

我们之所以认为车尔尼雪夫斯基“美是生活”的命题与现代生命美学有某种内在联系，不仅因为他把俄语“жизнь”一词的基本含义界定为“生命”、把对“生命表现”的观赏视为最好的“审美享受”，而且他把自然美与社会美、自然和人视为一个互为对象的存在，最后统一融合在一种蓬勃横溢的生命力中。车氏认为“构成自然界的美的是使我们想起人来（或者预示人格）的东西，自然界美的事物，只有作为人的一种暗示才有美的意义”；他给自然美下的定义是“凡是显示出生活或使我们想起生活的，那就是美的。”在车氏看来，人们对于植物喜欢其色彩的新鲜、枝叶的茂盛和形状的多样，“因为那显示着力量横溢的蓬勃的生命。”他举例说，人们喜欢森林，因为森林中有更多的生活，其中不但植物长得茂盛蓬勃，而且树木的喧

① 见朱光潜《西方美学史》上卷273页，人民文学出版社，1979年出版。

② 海德格尔《存在与时间》第136页，生活·读书·新知三联书店出版，陈嘉映、王庆节译。

③ 宋耀良《美，在于生命》，《文艺理论研究》88年2期。

④ 同上。

闹也使人想到人类生活中的喧闹以及人的絮语，而鸟儿的叽叽喳喳就更是比较接近我们的生活了。至于远方打猎的喧闹则进一步使整幅画面充满了生气。“于是森林和它的所有居民对我们来说变成图画的框子；而图画则是人。”车氏所描绘的这幅自然图景充满着浓郁的社会生活气息，是一幅人与自然环境和谐统一、展示生命力量的自然生态图。车尔尼雪夫斯基的美学可以说是一种“前现代美学”，它位居于由古典思辨美学转化为生命美学、文化哲学美学、马克思主义实践美学诸现代多元美学综合形式的中间环节。

车尔尼雪夫斯基的生命美学源于费尔巴哈的人本主义。费氏的人本主义是从生物学观点来确定人的本质的哲学原理。他的哲学意味着德国古典哲学的终结，恩格斯曾予以高度评价。但费尔巴哈并没有真正把握现实的“人”，他的目光仍停留在人体上，而忽视人的历史发展；他只强调人的精神不能脱离物质大脑与神经官能而独立存在，却没有认识到人体官能一旦经过社会实践，就会为“自由自觉”的特性所制约，成为认识和改造世界的伟力。马克思在《费尔巴哈论纲》中指出：“人的本质并不是单个人所固有的抽象物。在其现实性上，它是一切社会关系的总和。”马克思所说的“现实性”是相对于“可能性”而言的。把“可能性”变成可以直接感受的社会现实，一定要经过实践；是实践，将自然的人变成社会的人。在这个意义上，实践就是社会现实；因为人的天然素质是在社会实践过程中发育、成熟，具体实现，并升华成一种“人的本质力量”，又反过来推动社会发展的。可惜费尔巴哈不懂这一点，老爱撇开历史进程孤立地考察人类个体，“所以，他只能把人的本质理解为‘类’，理解为一种内在的、无声的，把许多人纯粹自然地联系起来的共同性。”①正因此，费尔巴哈的“人”是一个抽象存在。然而要辨析费氏所谓的“人”，既是一个“类”存在，他和动物就有着本质的区别。其中一个最大区别就是人有动物所没有的审美感受。请看费氏在《未来哲学原理》论释中的这段名言：

> 只有人，对星星的无目的仰望能够给人以上天的喜悦，只有人，当看到宝石的光辉，如镜的水面、花朵和蝴蝶时，沉醉于单纯视觉的欢乐；只有人的耳朵听到鸟儿的啭声、金属的铿锵声、溪流的潺潺声、风的飒飒声，感到狂喜；只有人把“多余的”嗅觉当作神的本质来焚香献礼；只有人才能够从“曼妙地伴随着那甜蜜情话”的手一触之中，吸收无限的享受。因此，人之所以为人，就因为他的感情的对象不限于这一种或那一种可感觉的东西，而是包括一切现象，整个世界，无限的空间；而且他们所以常常追求这些，又仅仅是为了这些

① 《马克思恩格斯选集》第1卷，人民出版社1979年，18页。

现象本身,为了美的享受。

(《费尔巴哈著作选集》上卷 212—213 页)

在这里,费尔巴哈指出,尽管动物和人都有共同的感官,但动物没有人的感觉的普遍性,没有人的精神性,没有人的美的享受的感觉。人类能够使感官从相对的、从属于较低的生活目的变为绝对的本质,自我目的,自我享受。费尔巴哈把生活的高尚目的引入人类的美感享受中。但是,费氏还不能解释人类何以会具有这种审美感觉。只有马克思在关于“人化的自然”的论点中所论及的“社会的人的感觉不同于非社会的人的感觉”,“五官感觉的形成是以往全部世界历史的产物”①,才真正科学地阐释了人的感觉不同于动物的感觉的根本原因。“感觉的人性”,是人区别予动物的审美现象,还没有触及美的根本问题;只有从实践的主客观关系,阐明人类美感享受形成和发展的动因,亦即在“自然人化”的过程中说明形成美感享受的客观对象性存在,从而论证这种“感觉的人性”形成的社会历史原因,才会触及美的根本问题。普列汉诺夫在《没有地址的信》中曾形象地把达尔文生物学的“终点”喻为唯物史观的“起点”,费尔巴哈确有一度超越生物学“终点”而接近唯物史观“起点”的出色表现,但可惜他又立即退回了。车尔尼雪夫斯基在费尔巴啥美学的直观唯物主义基础上,又往前迈进了一大步。车氏的生活论是二元的,但社会性多于生物性。他一手高擎革命民主主义的旗帜,一手又接过人本主义的衣钵,这就构成了车尔尼雪夫斯基美学思想的复杂性。它既有费尔巴哈的人本主义,也有他那个时代的伟大精神,更有俄罗斯文坛上的现实主义气息。车氏美学思想既有深刻的历史渊源,又时时闪现着现代美学一一从生命美学到社会学美学的思想光芒。这就形成了车尔尼雪夫斯基的“生活体系”,它终于以“另一番新面目”对立于旧的理论体系。

车氏曾经说过,人的生活,不但包括现实生活、内心生活(幻想生活)、情感生活,而且还包括“人与自然”关系的生活。因为按照人本主义观点,人是自然界的一部分,自然界中就包括了人。因此,人对自然的本质关系,也就必然包括人对自然的审美关系。所以,自然美可以“显示”出人的生活,也可以使人“想起”生活。作者最有力、最为著名的例证,就是太阳和光明对于人类的审美关系。人对自然界的审美关系,实质上是形象地显现了人对自然界的现实关系;自然美就其本质而言,不是一种与人的自然属性,而是一种与人的社会属性相连的社会现象。这是车氏美学思想的精湛之处。车氏继续论道:“在整个可感的世界中,人是最高的

① 《马克思恩格斯全集》42 卷,人民出版社 1971 年版,126 页。

实体,所以人的个性是我们的感觉所能感受的、世界上最高的美,而世界上其他各级的存在物只有在其暗示到和提高到人的时候,才具有美的意义,而这种美是由那种暗示和提示达到什么程度而决定的。许多个别的人结合成整体——构成社会。因此,美的最高范围是人类社会。"这段话可以看作车尔尼雪夫斯基全部美论的简要缩影。作者一方面从哲学高度和审美特性出发,认为"人的个性"是世界上最高的美,美的"最高范围"是"人类社会";另一方面,则从人与自然的本质关系出发,认为"世上其他各级的存在物只有在暗示到和提高到人的时候,才具有美的意义,而且这种美是由那种暗示和提示达到什么程度而决定的"。这一思想已经接近马克思"自然是人的非有机体"的观点。按马克思的观点,自然界是人与人、人与社会联系的"纽带",车尔尼雪夫斯基在复杂的宇宙关系网中,见出"人、自然、社会"三者的本质关系,这不能不是一种卓越见解。人与自然、自然与社会、自然美与社会美在历史过程中是相互生成、相互延续和相互转化的。作者曾庄严地说过:"人生才是图画","没有人的自然生活对于我们未免太软弱太暗淡了。"①如果说,马克思的美学是一种人类社会学美学向思辨的哲学美学的挑战,它在对整个德国古典美学(从黑格尔的客观唯心主义到费尔巴哈的直观唯物主义)的批判和创造性转化中揭开了现代美学的序幕的话,那么,车尔尼雪夫斯基的卓见距马克思《手稿》的见解,仅仅是一步,而且是很小的一步。当然,车氏所谓的"暗示到和提高到人"的活动,还仅仅是一种"感性的直观",他还没有明确、自觉地把它当作一种"感性活动"。然而,这里的"人"已不是费尔巴哈的"抽象物",因为作者虽然没有说得很具体、很清楚,但却分明地说"人"是"社会"的,是由"许多个别人结合成的整体"。而且,车尔尼雪夫斯基的"人类社会"并不是一个伊甸园,而是一幅由"上流社会"和"商贾"、"农民"所组成的"斗争图"。且看作者为我们描绘的这幅风景画:

> 我们觉得怎样的风景才美呢?我们站在山岗上,两旁丘陵绵亘,旁边一弯小溪曲曲折折流过,溪外是行将黄熟的田畴和一片浓绿的草地。远处群山起伏,树木葱茏,山麓有个村庄,磨坊和谷垛历历在目,那里还有一座雪白的小教堂,屋上的十字架金光灿烂;落日的金晖,透过绛红色的云团,洒落在这一切的上面(叫人愁绪满怀,却又怡然神往,可不是吗?),就只缺少牧人、牛羊和忠实的狗了——可是呵,远远地出现了一群牲口,踯躅归来,散漫零乱,如入图画;牛哞哞地叫着,牧童在呼唤,斥责着郡些落后的或者走得太快的牲口,忽然,一辆三

① 车尔尼雪夫斯基《美学论文选》第63页,人民文学出版社,1959年出版。

匹马架的车，急驰而过，铃声当当，是地主老爷下乡收谷来啦……

——《美学论文选》

这就是车尔尼雪夫斯基笔下的“人类社会生活”，安静、恬适而又充溢着“对立的情绪、观念”，这是一幅具体的历史的社会生活画，而不是费尔巴哈式的社会抽象。这幅画为什么吸引人呢？作者自己剖析有两点：第一，“这里有无数的多样，多样性是生活的妙谛。”“单调是乏味的，在人生如此，在自然界也如此。”第二，“你也会同意：没有村庄和田畦，没有畜群和牧子，我们的风景画就未免美中不足：我们需要人，最低限度需要提及人的一点什么。”这里的“人”，不是游手好闲之徒，也不是饱食终日的贵妇人，而是以“畜群牧子”为象征的劳动生活及其劳动者；这里的生活，是发展到一定历史阶段的人类社会生活。由此我们可以理解，作者的所谓“暗示到和提高到人的时候，才算美”的真正含义了。自然美是美学的一个难题，又是触及美的本质的一个关键性问题，从柏拉图、亚里士多德到黑格尔、费尔巴哈，都不能正确解释这个问题。只有运用马克思“自然向人生成”和“人化自然”的思想去理解“人与自然的关系”，人们真正揭开了自然美的秘密。马克思第一个科学地阐释了美是人类发展到一定历史阶段的产物，它是一种以人为尺度、以人的社会实践为中介的关系范畴，它必然受一定的社会历史条件制约。用马克思主义的美学观去对照车尔尼雪夫斯基关于自然美的理论，不难发现：他已经走到了马克思主义的跟前。虽然车氏对自然美的看法不甚彻底，尚有美在自然物“自身”的看法，但统观他的“美是生活”的总体思想，他是立足于自然与社会、理想与现实、主观与客观的对待、转化关系中来论证美的。

在现代美学看来，美是“一种关系性的价值”，①这个“关系性的价值”是个历史范畴。这一历史范畴是一个具体规定，而非抽象规定；它是时代性的，而非超时代的抽象物。车尔尼雪夫斯基认为“美的最高范围是人类社会”，这个“人类社会”是充满对立斗争图景的发展到一定历史阶段的社会：“世界上最高的美”是“人的个性”，这一具有“个性”的人也是一定历史阶段的人类社会的活生生的人。他所谓的“人”，自然不能排斥生物学的一面，但“人到底不是蜗牛，他不能只为了饱腹而生活。理智生活和精神生活——这才是使人真正乐意而十分醉心的生活”，因为“人的活动总有一个目的，这目的就构成了活动的本质。”车氏把“人的活动”视为“人的本质”，这见解是很深刻的。循此逻辑，车氏认为美的生活是由人的活动本质构成的理想生活，战斗的劳动生活，而不是“无聊的梦想”。一部《怎么

---

① 伊戈尔顿语，转引自（英）沃尔夫《社会学向美学挑战》一文，见《批评家》第3卷第5期。

办》,特别其中的第四个梦,就是他这一美学理论的印证,而他自己的“两点说明”更是对“美是生活”的具体、明确规定。“任何事物,我们在那里面看得见依照我们的理解应当如此的生活,那就是美的”。作者在中心词“生活”前用了两个定语:“依照我们的理解”和“应当如此”。研究者多是只抓住后者而忽视前者,孤立推论,自由发挥。其实,早在四十多年前,周扬在译后评析中早已注意到了这些问题,“当车尔尼雪夫斯基说,美是生活的时候,他关于生活的概念常常是他所讲的‘应当如此’的生活,……他特别强调了‘我们’两个字。”“我们”是一个特称判断,而非全称。其所指的是以作者为代表的人们,即 19 世纪俄国平民知识分子、革命民主主义者,说得具体点,就是象小说《怎么办》中罗普霍夫、薇拉、吉尔沙诺夫和拉赫美托夫一类人物。这两个定语的关系是:后者表达审美理想,前者是对这一审美理想作出具体的历史规定。

美是一个历史范畴,有它的时代性,所以在现代美学看来,它不是一种固定不移的客观事物,也不是一种终极的绝对观念,而是一种审美客体满足审美主体需要的价值属性、关系范畴。所以,美是随时代价值观念的变化而变化的。用这一现代美学观审视车尔尼雪夫斯基的学位论文,则卓见迭出,不胜例举:

> 哪里有生活,哪里就有诗。
>
> 我们只能在现实的活生生的事物中看到生活,而抽象、一般的思想并不包括在生活领域之内。
>
> 绝对(观念)的准则是在美的领域以外的。
>
> 每一时代的美都是而且也应该是为那一代而存在,它毫不破坏和谐,毫不违反那一时代的美的要求;当美与那一代一同消逝的时候,再下一代就将会有它自己的美、新的美,谁也不会有所抱怨的。
>
> 活着的人不喜欢生活中固定不移的东西……所以他永远看不厌活生生的美。

生活之所以是“活生生”的,就是因为它是运动、发展,复杂多变的,流溢于“活生生”的生活中的美,当然也就是一个有特定含义而又流动发展的历史范畴。这就是“美是生活”的历史规定和它的审美特性。

综上所述,就是车尔尼雪夫斯基美学观远远超越费尔巴哈人本主义所在。故此,有人把车氏“美是生活”视为马克思主义美学产生以前关于美的定义的最高成就,我们称他的美学观是一种“前现代美学”,并不言过其辞。车尔尼雪夫斯基的美学不是对黑格尔客观唯心主义美学的简单倒置。他的生活美学对立于黑格尔的艺术哲学美学所开始的“美学革命”,实则是社会学美学对以假说的思辨循环和抽象命题的自园自足为特征的古典哲学美学的批判,报了现代美学行将来临的一声春雷。车氏不是从两极中某一极找美的一位美学家,所以现代中国的一些美学家对他难以理解。封他为唯物主义美学家吧,他又每每谈起生活的理想、想象、理解成分。这使我们的美学家左右为难。

车氏从生命表现,从个人的个性,从多彩的生活,从自然与社会、主观与客观、理想与现实的相互转变、对置关系中寻找美,而放弃对绝对、终极、抽象的美的本质的追求,实开现代美学的先声。

对美的本质追求,源于古希腊从现象后面追求本质的精神,认为只要获得了美的本质,就能理解一切审美对象,所以,从柏拉图《大希庇阿斯》开始,人们源源不断地追究着美的本质问题。这种对美的本质追求,到了黑格尔达到顶点。现代美学,从维特根斯坦到分析美学、解释学美学、解构主义,认为柏拉图想从众多的美的事物中归纳出美的本质并未成功,其失败在于根本的观点、方法的错误,是一种美学体系在根基上的迷误;因为美,没有一个固定的本质,不是一个实体范畴,不能给它下一个适应一切的定义;它是一个开放性的定义,一种主体对对象的价值关系,一个特殊的"此在",换言之,它是一种受时代、社会乃至一定语境制约的现象形态,历史的流动过程。因而对美的规定只能是一定时期的一定规定。"每一时代的美都是而且也应该是为那一代而存在","当美与那一代一同消逝的时候,再下一代就将会有它自己的美、新的美",车尔尼雪夫斯基的这些话正道出了现代美学家的心声。从马克思"人化自然"的观点看,美是在自然人化的历史过程中不断丰富、不断更新的;从解释学的观点看,审美是历史审美与现实审美的溶合,解释者与被解释者、审美主体与审美对象,都是一种历史的关系;从解构主义的观点看,解构就是否定结构的永恒性,指出结构的建构性,人在实践中不断地建设、结构、肯定自己,又不断地修正、革新、解构、除旧布新,才从一座高峰奔向另一座高峰。故此中国现代美学家以一种直观的唯物主义哲学为指导,在政治学和社会学层面上,固执地寻求某种永恒的超时代的绝对美,看不到车尔尼雪夫斯基美学思想丰富性与其革命意义,取其一端,不及其余,从而陷入难于自圆其说的抽象肯定"马克思美学产生以前的最高成就"、具体否定"地道的唯心主义"的悖论中,就不足为奇了。不然,人的生活包括精神生活,这是人与动物的根本区别,类似这样的常识问题,我们的美学家何以不明白呢? 还要指出的是:中国当代美学界所谓车尔尼雪夫斯基"美是生活"的定义的"矛盾"、"不周到"、"不完备"不是指车氏为克服对于美的本原问题上的自然本体与精神本体的抽象对立,扬弃思维方式上的客体性原则与主体性原则的互不相容,看到了美具有主客观二重性质而俱来的"二律背反"(中国美学家或强调美的客体性,或强调主体的能动性,是视而不见美的主客观二重性的)，更不是指一个理论体系或一种思想在其核心往往存在着矛盾或悖论，而且思想越丰富、深邃，越难避免理论上的不周延、不完备，而是认为车尔尼雪夫斯基"美是生活"的定义及其两点说明犯有违反形式逻辑的错误。而且这种违反形式逻辑的"矛盾"、"不周到"、"不完备"，不是由于车尔尼雪夫斯基为了走出黑格尔思辨哲学的整体框架，回避构造抽象体系，着意描述生活中的美丰富多彩、无所不在所致，而是由于他的美学的"人本主义哲学基础的错误"造成的，甚而判定他的美学观点"是不能成立的"。思想的僵化和极端，着实令人吃惊。从中国当代美学界对车尔尼雪夫斯基美学思想的评议返照我们的美学思维，不仅落后于车尔雪夫斯基，而且落后于康德、黑格尔。这种从心、物两极寻找美的本质的思维模式不是现代的、马克思主义的，而是一种源于柏拉图、亚里士多德以来的传统的思维模式、思想定势在作祟。一种理论体系为了自身的周延、完备往往会拒斥与自己相抵牾的观点，否定体系以外的真理；历史经验表明，对美的本质追求，当其进一步阐明自身的时候，往往会被自己的阐述所颠覆。中国当代美学界对车尔尼雪夫斯基美学思想的评述陷入难以自圆其说的困境中，就是一明证。车尔尼雪夫斯基现象表明，我们的美学思维急待更新。

无中之美

——艺术辩证法漫笔

一

提出“无中之美”，有人会感到惊异，费解，因为“美是包含或体现社会生活的本质、规律，能够引起人们特定性反映的具体形象（包括社会形象，自然形象和艺术形象）”①。无能美吗？

清代诗人、学者沈得潜对白居易《琵琶行》中“别有幽愁暗恨生，此时无声胜有声”就不大理解。他在《唐诗别裁集》中把“此时无声胜有声”改为“此时无声复有声”，并说：“既无声矣，下二语（银瓶乍破水浆迸，铁骑突出刀枪鸣）如何接出？”

人们的不理解，是由于不了解艺术中有无相生、虚实包容和转化的辩证关系，不了解“无”的本质和无生有，虚生实的道理。

艺术作品中的有、实，是通过艺术语言等媒介传达出来的可感的意象，直接呈现的画内的实境；无、虚，既包含画内虚境，即作品中出现或暗示的实中之虚，隐蔽、残缺，空白、间歇、无声、无言部分，又包含由形象体系所生发的无限的画外虚境，即在联想、幻想和想象中由言外象，象外意统一所生成的艺术境界。

艺术中的有生无，实生虚可以表现为“真境逼而神境生”，②“实者逼肖，虚者自出，故画北风图则生凉，画云汉则生热，画水于壁，则夜闻水声。”③也可表现为以实托虚，如王昌龄的《初日》：

---

① 王朝闻主编：《美学概论》，人民文学出版社1981年版，第29页。

② 笪重光：《画鉴》。

③ 邹一桂：《小山画谱》。

初日净金闺，
先照床前暖；
斜光入罗幕，
稍稍亲丝管；
云发不能梳，
杨花更吹满。

灿烂的晨光撞进了深闺少女的卧室，它在这幅诗中画境里是活跃的主角。晨光从窗门跳进来，跑到少女的床前，散发着温馨，接着穿进了罗帐，轻轻地抚摩着榻上的乐器，试图梳弄那枕上散开的如云的美发，但杨花早已随着晨风、春日偷偷飘了进来，满粘在美发之上……晨风沁人，朝日温熙，“太阳的光，洗着她早起的灵魂；天边的月，犹似她昨夜的残梦”。① 诗并没有直接描绘这金闺少女，然而一切的美都是归于她、烘托她的。她的存在，除了“云发”二字暗示着，其余的一切，都留待读者去想象了。她是一个“无之美”，但却光辉诱人、光彩照人！

这种以有生无的美，有以言外象胜，有以言外意胜。后者如王昌龄另一首小诗《春宫怨》：

昨夜风开露井桃，
未央殿前月轮高。
平阳歌舞新承宠，
帘外春寒赐锦袍。

桃得春风而开，喻新人承宠。桃开则夜暖，月高则夜深，宫中宴乐既欢且久，隐约可见。三句粘出“新”字，看似写新承欢者，实则虚处藏神，暗喻旧人的“怨”：眼前实无春寒，但仍恐其寒而赐锦袍；不寒而恐其寒，所赐非人。对新宠者眷爱愈切愈隆，则旧人（失宠者）的幽恨愈益惊心；宫中宴乐场面越欢腾，则旧人的孤寂神态越鲜明可见。诗中无一字道及“愁怨”，但却幽怨满眼。实者虚、虚者实，虚实相生，艺术辩证运动之功也。

石涛《苦瓜和尚画语录》论皴法虚实说：“善运操者，内实而外空……亦有内空而外实者。”艺术的辩证运动，有可以生无，实可以生虚，然虚亦能生实，无亦可生有。范玑《过云庐画论》云：“画有虚实处，虚处明，实处无不明矣。人知无笔墨处为虚，不知实处亦不离虚。”

---

① 宗白华：《流云小诗》，见《美学散步》，上海人民出版社，1981 年版，第 10 页。

在虚实相生的艺术辩证运动中无生有、虚生实的具体例证如马远、夏珪以及南宋那许许多多的山水小品《柳溪归牧》、《寒江独钓》、《风雨归舟》、《秋江暝泊》、《云关雪栈》、《青江帆饱》,等等,画面大部分是空白或远水平野,只一角有一点点画。但观之却辽阔无垠而心旷神怡。这以少胜多、以虚代实、计白当黑所造成的艺术效果就是"此时无声胜有声","无画处均成妙境"。

但艺术中虚生实所造成的"无中之美"更多、更本质的表现,却是由言外象、象外意统一触发于欣赏者想象中的生动完整的实,无限展开的流动的美,无穷的意趣,深蕴的哲理内涵。王之涣《鹳雀楼》"白日依山尽,黄河入海流,欲穷千里目,更上一层楼,"前两句通过白日与山、黄河与海的关系变化写了登临鹳鹊楼所见的落日时刻的绚丽景象,是为言内之象;后两句写作者黄昏时刻登高望远,极目骋怀的兴致,是为言内之意。这是诗中的实。由实生虚,构成一幅苍茫壮阔的黄昏画面和雄浑的气象,这是言外之象;象外之意是作者登临时的种种心情和感想,如作家在盛唐时代环境中积极向上的人生观和对未来所抱的雄心壮志等等,这都有赖读者去联想。所以是"虚"。但这种由言外象、象外意统一所构成的"虚"又能生"实"。这个"实",就是这首小诗所反映的盛唐时代民族兴盛的景象和诗人们乐观进取的时代精神,以及每个时代的读者结合自己的生活体验和感受所能领悟到的无穷意趣和深刻哲理。

意大利美学家克罗齐在《美学原理》中说:"艺术家的全部技巧,就是创造引起读者审美再造的刺激物。"艺术不能用概念演绎来说教。艺术"生变之诀,虚虚实实,实实虚虚,八字尽矣!"①艺术作品中实者虚,虚者实,虚实相生,虚,实相映、相衬,都是为了创造一种"无之美"的境界,创造"人们可以长久玩味不舍的那种内在的丰满和自由,那种永恒无限的东西"(黑格尔语)。

它是"无"之美,因为这美的境界是在人们想象中展开的间接形象,是不断呈现于想象中的特定艺术情趣、艺术气氛。它又是由虚生成的"实",因为这美的境界所反射的时代环境、时代精神,时代感受都是真实的。它有具体的物质载体,这物质载体就是物态化的艺术作品。载体具有视觉、听觉的可触性。载体把审美感受导向确定的方向,"山虽一阜,其间环绕无穷;树虽一林,此中掩映不尽"。② 所以,它虽然是呈现于想象中的艺术之虚,却是真且实的。

艺术的审美对象不是物质,也不是观念,而是艺术境界。艺术境界具有清晰明确、含蕴无穷的特质,它是一种"无中之美"。它以物质为载体,流动在艺术创

① 笪重光:《画筌》。
② 郑绩:《梦幻居画学简明》。

作——艺术作品——艺术欣赏这种客观的艺术活动的系列、系统中。因之,“无中之美”,不仅存在于各类艺术作品中,而且广泛地存在于艺术创作、艺术欣赏的客观实践中。

艺术创作是艺术活动的第一个环节。艺术创作必须“入乎其内”才能“出乎其外”,“超乎其上”。入乎其内,就是要设身处地,化已为物,揣摩、体会对象的精神状态,使自己的思想感情对象化,从而妙得其神。妙得其神,就是“神遇而迹化”的境界,就是“不知我之为草虫耶? 草虫之为我耶”①的物我两忘的境界,就是庄周梦蝶的无我境界。创作活动的过程,就是追逐和创造“无中之美”的过程。

艺术活动的第二个环节,就是把追逐捕捉到的“无中之美”物化、凝定,于是艺术品得以产生。艺术作品是作家审美心理的对应物。在这一物质载体中,精神信息得以保存,“无中之美”由流动状态变为静止的凝定形态。

艺术欣赏(艺术感知、艺术审美判断)是艺术活动的第三个环节。艺术欣赏吸取包含在艺术作品中的思想信息,艺术境界——无中之美,又开始从静止的凝定状态活跃起来。艺术欣赏也是一个物我两忘的境界。此时,欣赏对象夺去了欣赏者的全部注意力,除了对象以外的一切,在欣赏者的思维中都不复存在了。在凝动的境界中,我们不但忘却欣赏对象以外的世界,并且忘记我们自己的存在。甚至进而连欣赏对象——艺术品的物质材料、物质载体,也都在淘汰之列,因为艺术欣赏是“得意忘象,得象忘言”②的。杜甫题画诗云:“障子松林静杳冥,凭轩忽若无丹青”(《题李尊师画松树障子歌》)。笪重光说对山水画的欣赏是:“纯见丘壑而忘其为图画”③。那么,此时占据欣赏者的整个意识的,就只有艺术境界——“无中之美”了。

因此,“无中之美”是以艺术作品为中介,在创作者和欣赏者、古人和今人、今人和未来人的想象中无限展开的美的意境。艺术中虚实相生就是为了创造这种“无中之美”的境界,因为“单纯的历史的外在事物”“是可消逝的”,而“作品的长存的基础却是心灵中人类所共有的东西,是真正有力量的东西”(黑格尔语)。

“无中之美”是作家创作梦寐以求的,是欣赏者沿波讨源,努力追寻的。

---

① 王弼:《周易略例·明象》。

② 罗大经:《鹤林王露》。

③ 笪重光:《画筌》。

二

无中之美是一种深文隐秀的美，一种深情包孕理想的美。这种美，可以含蓄的手法传达，也可以率直之语出之。前者如王昌龄《宫怨》，后者如王之涣《鹳雀楼》。

作家、艺术家追求它是因为艺术活动是一个特殊信息的制造、保存和传达的整体延续性过程，创作和欣赏存在着反馈联系。“志隐而味深”，“味之者而无极，闻之者动心”。① 艺术欣赏是一个再创造过程。作品具有“无中之美”，方能给读者的思想遨游以广阔的天地，作品浅显直陋，不耐咀嚼，欣赏者便得不到领悟的喜悦。艺术欣赏是在感受基础上的想象活动和体验活动。作品没有“内在的丰满和自由”，不能把欣赏者导向渺无边际的美的思绪中体味生活的悲欢，探寻人生的哲理，是无从获取审美愉悦的。艺术欣赏是一种精神享受，无享受的愉快，便不能把人的思想导向至善至美的精神境界。

作家、艺术家追求“无中之美”，还因为艺术传达生活具有又尽又不尽的两重性。客观世界是一个具有多方联系、无限展开的过程。任何作品只能再现客观事物、客观生活的个别、部分、侧面、发展阶段、发展过程中的某一时刻，客观事物整体的多方面、多层次关系以及发展的全过程，只能留在言外、象外，等待欣赏者结合自己的生活经历和体验去补充。司空图讲“浅深聚散，万取一收”，这“一”即作品所描述，所刻画的言内象、象内意的统一。这“万”即客观的社会生活，作品中有无、虚实相生的无限的艺术境界。“有”即作品表现、再现的有代表性的“一”，“无”即包孕于作品中而没有明写的生活信息，由“一”所生发的无涯画外虚境，留待欣赏者想象的“无中之美”。因此，艺术中的虚生实，乃是源于而又是归复于生活中的“实”。

作家艺术家追求“无中之美”更在于：艺术不同于科学、伦理认识的是，它情动于中而形于外；艺术家“形象表现的方式正是他的感受和知觉的方式”。② 但我人情深似海，忧愤深广，语言以及一切艺术媒介仅能表达感情于万一。因此，在艺术中有时千言万语尽在不言中，反而能取得“秘响旁通，伏采潜发”的艺术效果，休止、停顿，反倒“此时无声胜有声”。匈牙利电影理论家贝拉·巴拉兹在《电影美

① 刘勰：《文心雕龙》。

② 黑格尔：《美学》第1卷，商务印书馆1982年版，第362页。

学》中说:“在影片里,沉默可以成为非常动人的效果,可以起多种多样的作用……一个无声的眼色可以传达无限深情;无声的人象反而更有表现力。”欲哭无泪,反而是悲痛至极的表现。辛弃疾《书博山道中壁》词云:“少年不识愁滋味……为赋新诗强说愁。而今识尽愁滋味,欲说还休。欲说还休,却道‘天凉好个秋’”!李煜“剪不断,理还乱”的离愁别恨,只以“无言独上西楼,月如钩”出之。鲁迅在《故乡》中写“我”回到了阔别二十年的家乡,见到了儿时的朋友闰土,“很兴奋,但不知怎么说才好,”“有许多话,想要连珠一般涌出……”但终于“吐不出口外去”。闰土“站住了,脸上现出欢喜和凄凉的神情;动着嘴唇……”本有千言万语,但“他大约只觉得苦,却又形容不出,沉默了片时,便拿起烟管来默默地吸烟了”。这种又喜又悲,百感交集,一言难尽的内心世界,启发着读者细心挖掘;欲说还休的后面,大有逼人三思的深意。

“无”是感情的深沉积蓄,是蓄满的弓,待发的箭,是风雨欲来、大战即临的沉寂,是转折和突变的征兆。

刘大櫆《论文偶记》云:“管弦繁奏中,必有希声窈渺处。”艺术间歇,不是行动的中止,而是另一种行动的继续。白居易《琵琶行》于“大珠小珠落玉盘”之后,“凝绝不通声暂歇”,此时的“别有幽愁怨恨生”是于“管弦繁奏”之后,由外在的行动转向内心世界幽深杳茫处。高山流水有知音,弹者、听者、作者乃至千年后的读者,结合自己的身世遭遇展开无限的联想时,在类似境况中,也都会如“江州司马青衫湿”韵。此情此景就是司空表圣所谓“不著一字,尽得风流,语不涉难,已不堪忧”①了。

因此,艺术中睿智的沉默,往往胜过千言万语,诗篇中的空行或虚点,有时能比文字传达出更多的意念;绘画中的残缺,空白,往往会生发无穷的意趣;音乐中的停频,有时能比音调表达出更多的情感……空白,省笔、休止、沉默,正是为欣赏者留下的高华空阔,茫无边际的美的思绪以再创化之地!

“弦凝指咽声停处,别有深情一万重。”(白居易《夜筝》)人世间有一种语言和概念无能为力,只能凭感情去领悟,去完善的精神境界。艺术形象、艺术意境非概念所能传达,非语言所能穷尽。所以,艺术有一种深文隐秀,余味包曲、“含不尽之意见于言外”的无限美。诗的女神是“满蕴着温柔,微带着忧愁,欲语又停留”(冰心诗)的。美以艺术为主要对象。但美的对象不等于美。对象的性状和形态也不等于美,只是美借以表现的形式。“美的对象也不是物自身,而是以物为原型所造

① 司空图。《诗品》。

之物象(包括艺术典型)。”①这种物象由自在之物转化为为我之物,从有限转化为无限,从实际本质转化为神圣本质,才是美的。艺术的无中之美是一种有限融入无限,感情升华为崇高的思想,思想自由地遨游于至善至美的境界的无我之美。艺术的“无中之美”把欣赏者的思绪高飞远引,导向光辉的理想境界,忘却平凡和卑屑,获得内在精神的丰满和完善,给人们的思想遨游和人生哲理的探索创造出一扇通向至善至美的精神宇宙之门。艺术欣赏了解艺术构思溶多于一,以少胜多,化有限为无限的辩证运动,了解虚实相生,化实际本质为神圣本质的辩证过程,才能徜徉于艺术的宫殿,饱餐秀色,领悟求索之美,精神游弋之美,沉浸于无我、忘我的境地里,尽情享受怡情荡性、净化思想的欢愉。

三

无中之美的“无”不是空无一片,不是物理学意义上的死的空间间架。

老子云:“大象无形,大音希声。”

“无”,在老子哲学里,就是道。无、道,在老子看来,就是万物的总源和根本规律。老子认为:天下万物生于有,有生于无。庄子说:“唯道集虚”,“虚室生白”。老庄哲学启迪中国诗人、艺术家于空虚中创现生命的流行、细缊的气韵。王船山说:“唯此窅窅摇摇之中,有一切真情在内,可兴可观,可群可怨,是以有取于诗。”

老子说:

> 道之为物,惟恍惟惚。惚兮恍兮,其中有象。恍兮惚兮,其中有物。窈兮冥兮,其中有精。其精甚真,其中有信。(《老子二十一章》)

这不就是唐诗、宋词、宋元山水画所表现的境界吗?李白诗句:“地形连海尽,天影落江虚。”有限的地形接连无涯的大海,有尽融入无尽;天影虽高,而俯落于江面,实象化为虚象,点化为一片空灵。苏轼诗云:“静故了群动,空故纳万境。”这纳万境与群动的空即是道,即是老子所说的无。因之,艺术的无之美既充盈而又空灵,既鲜明而又混茫。它充盈,是因为它静中含动,虚里生实,容纳万象,融解理性,充塞着理想;它鲜明,是因为有尽融入无尽,实际本质转化为神圣本质的过程是在思幻中无限展开的五色缤纷的绚丽图景;它空灵,是因为“诗家之景,如蓝田

① 潘家森:《马克思的〈1844 年哲学经济学手稿〉对美学的启示》,《中国社会科学》1983 年第 2 期。

日暖,良玉生烟,可望而不可置于眉睫之前"(戴叙伦语);它混茫,是因为它恍惚幽冥,意无穷,象无限。

无中之美要求艺术创作和欣赏"超以象外","返虚入浑"①。

"超以象外"要求艺术创作笼天地于宇内,挫万物于笔端,"以追光摄影之笔,写通天尽人之怀"(王船山语),创造惟恍惟惚之境,"在这一片虚白上幻现的一花一鸟、一树一石、一山一水,都负荷着无限的深意、无边的深情。"②这其中,有一个化景物为情思、卑微升华为崇高的诗化过程。一株生长于道旁的小草、几朵横遭践踏的野花,当她是英雄精神的写照、伟大人格的象征时,在特定的艺术境界里,与大千世界相通,墨气所射,光辉四溢,就风光无限、耀人眼目了。

运用"超以象外"的艺术法则经营艺术品,"用意十分,下笔三分"、"损之又损而玄之又玄","无字处皆其意也"。一沙一世界,一花一天国,艺术品包含的整体信息越多,给欣赏者联想、生发的余地就越广阔、深远;作家描写的部分越小,未描写的部分越大,言内之意越少而言外之意越多,则供欣赏者联想、生发的余地就越多、越大。元稹《行宫》("寥落古行宫,宫花寂寞红;白头宫女在,闲坐说玄宗")短短二十字,包蕴着多少今昔之变,盛衰之感!一个"在"字,旨在说明多少繁华盛景这时都"不在"了!作家艺术家刻苦经营的是"有",目的却是为了"无";无是艺术创作的主体、目的和重点。优秀的作家艺术家娴于驾驭有无、虚实相生、相尅的艺术辩证法,竭力将本事、本意隐藏,创造"视之不见,听之不闻,搏之不得"的幽深杳渺之境,留待观者去探其"精",寻其"真",求其"信"。

创造这种窈冥恍惚之境,有一个返虚入浑的过程。

明代画家李日华说:"绘画必以微茫惨淡为妙境,非性灵廓彻者未易证入,以虚淡中含意多耳!"清人布颜图在他的《画学心法问答》中说得好:"制大物必用大器。故学者当心期于大,必先一段海阔天空之见存于有迹之内,而求于无迹之先。"文艺创作的心理过程是:先将所学所见所感所思积存于心底,然后"课虚无以责有,扣寂寞而求音"(陆机):"当其有所触而兴起也,其意、其辞、其句劈空而起,皆自无而有,随在取之于心,出而为情,为景,为事"(叶燮)。作家创作实即时代的感受积存于心底,遇到现实的刺激,从心灵深处喷发出来,从"无意识心理的底里涌出来的东西",③亦即弗洛伊德所谓"即刻的际遇",唤起了对旧有生活的回忆,

---

① 司空图:《诗品》。

② 宗白华:《美学散步》,上海人民出版社 1981 年版,第 71 页。

③ 见《鲁迅全集》第 13 卷,人民文学出版社 1980 年版,第 91 页。

“在以往的模式上，勾画出未来的景象”。① 将所学所感积存心底，以至形成某种心境，是为“返虚”；有所触而从心底流出，酿成一派扑朔迷离的景象，即老子所谓“窈兮冥兮，其中有精”，是为“入浑”。

返虚入浑运用于艺术传达，创造“无中之美”所应遵循的规律是：理性溶解在感性形象中，摒却概念性语言，寓目理自陈，在有限形象中包孕着无限理性内容。杜甫自夸他的诗“篇终接混茫”，其实，非唯杜甫，一切不朽诗篇都具有这种混茫无尽、耐人寻味、发人深思的特点。

艺术欣赏正是要追求这种忘我的，无思无念的、没入自在人性的无限美。正因此，苏轼认为柳宗元《渔翁》诗（渔翁夜傍西岩宿，晓汲清湘燃楚竹。烟销日出不见人，欸乃一声山水绿。回看天际下中流，岩上无心云相逐）末二句可删，沈得潜在《唐诗别裁》中批曰：“东坡谓删去末二语，余情不尽，信然。”这两位学者说对了，末二句赞渔翁无悔无竞有如白云，与世推移有如乘流（渔翁正是作者自我写照），把话说尽了，读者反而没有想象发挥的余地了。删去末二句，在一派烟消日出的清丽景象中，欺乃一声，渔翁融入一片青山绿水中，读者可以纵情想象那一片天地，纵情想象那一个渔翁，眼前呈现一个无限展开的美的境界，心中涌出一种陶然忘机的幽远情愫，该有多美！

王维诗云：“君问穷通理？渔歌入浦深。”艺术贵在“味在咸酸之外”、“言有尽而意无穷”、“羚羊挂角，无迹可求”、“非确定概念所能穷尽”；画境恍如：“一片云，因日成彩，光不在内，亦不在外，既无轮廓，亦无丝理，可以生无穷之情，而情了无寄”（王船山语）。艺术贵有“无中之美”。无中之美在于它的实际意义并不表现在表面文字上，它透过文字表面，还有另外的意思，那话外话、味外味的别裁、别趣，才是真正重要的。无中之美还在于它超旷空灵，抟虚成实，不求助于概念演绎，不表现为外在的强制。真与美从无意识深处自然流出。这诚如宋人陈涧上赞美觉心的画所说：“虚静师所造者道也。放乎诗，游戏乎画，如烟云水月，出没太虚，所谓风行水上，自成文理者也。”②

艺术中的“无中之美”，是一种真力弥漫、沛然浩大、幽深浑茫的思幻美，是一种天地䌷缊、万物化醇、物我两化的出神入化之美。它存在于数千年的艺术实践中，依附于物态化的艺术作品中。它的存在，有其哲学渊源；它是心灵辩证法的外化，是艺术“按照美的规律造型”的生动表现。了解无中之美的哲学本质及其艺术表现规律，欣赏艺术，方能把握作品的精髓。

---

① 见《文艺理论研究》1981 年第 3 期，第 152 页。

② 见邓椿：《画继》。

论疏密的艺术和美学内涵及其悖论表现

一

疏密是文章写作实践和理论研究中的一个重要问题,又是一个很难把握的问题。说它重要,因为它是文章结构(谋篇、布局)的一个基本问题。围绕作品结构或者说以作品结构为中心,它广泛地涉及语言、风格等一系列问题。疏密是语言——结构——风格关系的表现。因此清人刘熙载说:"'疏密'二字,其用不可胜穷。"①说它难于把握,因为"疏密"二字词义内涵丰富,外延又非常广泛。作为一种结构因素,它的表层和深层含义常常悖逆;作为一种艺术表现手段,它由结构质素上升为风格质素时,又常常经历"二律背反"的辩证演变。疏与密在对立统一中相互依存,相互为用,而又常常自我悖逆,自我否定。疏密相间,充满着丰富的艺术辩证法内容。

从语义上看,密有细密、紧密、严密诸义,疏有疏略、疏朴、疏荡、疏放、疏落、疏逸诸义。从文章的表现层次看,所谓疏,是指叙事、描写、抒情、论理的疏朗、轻松,行文的舒缓、散落;所谓密,是指叙事、描写、抒情、论理的严密、紧凑,行文的严整、稠密。但细密、稠密往往被某些研究者理解为描述的详细,疏略、散落往往被理解为描述的简略。所以,疏密很容易与表达的详略、繁简混同。疏密虽与文章的繁简详略有关,但其结构作品的功能主要不在此。刘熙载《艺概·文概》云:"言内毕足者,密也。"林纾《春觉斋论文》云:"文之疏处,正其精神之贯彻处。"因此,疏密主要不表现于叙述的繁简详略。"用精巧的笔触,详尽地状物写照,严密细腻地书

① 刘熙载:《艺概·文概》。

写、描述，反映出对象的形状、线条、过程、内涵，使被描写的对象纤发毕露、精细入微”，①是密的表面现象，甚至是研究者的错觉或误解。换句话说，密，不只表现为语密、事密，而情密、意密，才是密的重要内涵。“语疏而情密，天之全也。”②语言表达，无论疏密，都是“繁者不可减之使少，犹之简者不可使之增多”③的。故此，刘熙载“言内毕足”四字最得密之要领。言无论繁简，其中象、情、意毕足，就是密的。疏，亦不宜只释为“用疏放的笔触，约略地勾勒、涂抹、点染出对象的轮廓、神态、概貌，”④它“意到处言不到，言尽处意不尽，”“说出者少，不说出者多，”“微情妙旨，寄之笔墨蹊径之外。”⑤总之，疏如天外数峰，略有笔墨，意在笔墨之外，密则象与意密集于言内；疏是言外象与意的统一，密是言内象与意的统一。无论疏或者密都关乎情，这因为，艺术是情感的形式，象与意只有在作者笔下化作情感的时候，才成为真正的艺术；凡艺术，都是语不及情而情自无限的。

二

密实而疏虚，密关联“有”，疏关乎“无”。“无”依赖于“有”，有形的描述、刻画，是幻化虚无境界的基础；境生象外，又在深邃茂密中。所以，密是疏的基础。增大密度的传统的结构方式是几条线索交织组成巨幅社会生活图景，造成多主题结构，以丰富作品的内涵。司马迁《魏其武安侯列传》写窦婴、田蚡与灌夫三人传记，“以魏其、武安为经，以灌夫为纬，以窦、王太后为眼目，以宾客为线索，以梁王、淮南王、条候……许多人为点染，以鬼报为收束，”⑥上至文帝、景帝、武帝三帝王，下及平民百姓三十余人，关涉五十年间十几个重大事件，既生动地写了窦、田、灌三人不同的经历，又再现了他们之间复杂、微妙的斗争，“各以其势盛衰相次言之”，⑦“分合联络，错综周密，使恩怨相结，权势相倾，杯酒相争，情形宛然在目。”⑧这篇传记以人物关系为纽带绾联全文，平行交错，珠联璧合，深刻地暴露了封建贵族骄横残暴、营私舞弊、相互倾轧的种种社会丑相。密是作品结构的基本

---

① 赵增锴、刘彦钊：《艺术辩证法枝谈》，花城出版社 1984 年版，第 61 页。

② 刘熙载：《艺概 · 文概》。

③ 钱大昕：《与友人书》，《潜研堂文集》卷三十三。

④ 同①。

⑤ 刘大櫆：《论文偶记》。

⑥ 李景星：《史记评议》，岳麓出版社 1986 年版，第 98 页。

⑦ 郭嵩焘：《史记札记》，商务印书馆 1957 年版，第 362 页。

⑧ 同⑥。

要素,也是构造作品的一个重要手段。《魏其武安侯列传》以窦婴为主,按照人物性格发展的逻辑,严密紧凑地把窦婴与田蚡、田蚡与灌夫的矛盾冲突推向顶点。在田蚡会饮宾客、东朝廷辩这两个复杂而紧张的场面里,不仅窦、田、灌三人的矛盾达到白热化程度,直至灌夫灭族、窦婴弃市、田蚡神经错乱,而且把武帝登位初各种矛盾、封建王朝高层的种种世相作一集中展示。随着窦、田、灌三人矛盾的白热化,还涉及灌夫与灌贤、程不识、籍福的矛盾,主爵都尉汲黯、内史郑当时与田蚡的矛盾,武帝与田蚡、王太后的矛盾,田蚡与御史大夫韩安国的矛盾,等等,种种矛盾交织,相互推演,极大地渲染了会饮、廷辩的紧张激烈气氛。在一触即发的紧张气氛中,不仅斗争的情形宛然在目,而且各个人物神情、性格毕现。托尔斯泰在1908年的一次谈话中说"紧凑常常能使叙述显得更精彩"①。司马迁在这篇传记中以细针密线编织成一种紧凑的多线索结构,使叙述显得无比精彩。

作为一种结构因素,密既起积极作用,也有消极作用。它的积极作用是使文章结构严密、紧凑,内蕴丰厚,其消极作用是密得不当,会出现拥挤、堆砌、拖沓、闭塞等等毛病。因此,刘大櫆《论文偶记》云:"密则拘"、"密则劳"、"密则死"。过分的绵密而缺少深刻的意蕴,反而会造成极大的空疏。密由语密、象密、情密、意密四个层次构成,但其间非但没有必然的因果关联,而且运用起来甚或相互抵牾。语密未必事密,语密、事密更不一定情密、意密。语疏而情密、意密,更具有韵外之致、妙远之趣;"繁采寡情(这里的'情'包含'意'),味之必厌"(刘勰)。由于文学是表象的符号,加之人们对密有种种误解,误以为语密、象密就是密的极致,仅在作品表层表现结构上下功夫,而忽略深层情意结构的经营,其后果自然会使文章表层表现结构越绵密,深层意蕴(包括言内和言外)越空疏。鉴于此,近代以来,有经验的作者写文章,布局谋篇时,常常内外两种线索并行,象征、比喻、暗示并用,言在此而意在彼,以加强对深层情意系统密度的经营。华盛顿·欧文的《见闻录·作者自叙》(见高健编译《英美散文六十家》)就是一篇代表性的作品。它以"记游"为外在叙述线索,以"漂泊的热望"为内在情绪线索,一路写去,触处成趣,引出无数事物,造成事象的绵密;作者的爱憎、癖嗜、襟怀,寄托融化在趣味盎然的叙述中,以热烈情怀的表达为中心情调,在中心情调之外,或者说,与这一中心情调相平行,交替地夹杂着怨、慕、誉、讽等等复杂的情绪,以此形成本文庄谐杂出的风格基调,情与意具有极大的浓度。在一篇中文译文不到两千字的短序里,语、象、情、意均有最大密度,而又以简驭繁、情调曲折,手法多变,不显局促,不见臃肿,委实不可多得。

---

① [苏]布罗茨基主编:《俄国文学史》中册,人民文学出版社版,第1047页。

形貌虽疏，内蕴却密，“形式结构自身具有表现力，接受者从与之对应中所获得或激起的：情感大于由具象内容、故事、情节所获得或激起的”①，斯为上品。为此，就要少呈现，多暗示。《史记·项羽本纪》中有这么一段描写刘邦的文字：

汉王乃得与数十骑遁去。……汉王道逢孝惠、鲁元，乃载行，楚骑追汉王，汉王急，推堕孝惠，鲁元下车，滕公尝下收载之，如是者三。……

就这么一个镜头，可是暗示的东西，留给人们体验的东西，却很丰富：人们一定会从中想象出刘邦兵败落荒而逃，惶惶然如丧家之犬的丑态；人们也一定会从中看出刘邦的残忍；对亲生子女如此下毒手的泼皮无赖的流氓嘴脸；人们还会自然地联想到，刘邦在危难之中，对自己亲人尚且如此，那么对其他人的态度也可想而知了，……这么一个镜头使人们的心头掀起大波，久久难平。如此几笔，在有限中展示无限，它所暗示的东西可以称得上是丰富的了。现代派的某些作品把用有限“去展示那看不见摸不着（即超出感知）的超越的本质、实体”，发挥到极致，“由古典规则的完整性（如情节）走向日益模糊、多义（包括有意无意之间）、非完整（如无情节，只有气氛、情绪），由诉诸情感的感染走向诉诸非概念的理知领会”②，也就把形疏意密发展到无以复加的地步。

但是，作品中形貌事象过于稀疏、残缺，暗示、隐喻过多，思想跳跃太大，又往往流于晦涩，所以，疏密相间，才能收到表情达意的最佳效果，疏密得宜，自有神行。

三

在疏密的言、象、情、意四个层次及其变化关系中，从物化形态的作品看，可归并为语言表现结构和深层意蕴结构两大层次。前者主要由意象或叙述的疏密相间所构成，后者主要由内蕴和韵外的情意关系所构成。

疏与密在作品表层表现层次中各有其用，各得其所；有疏有密，才有章法变化，生活素材方能被容纳在特定的形式里转化为作品题材，成为文章内容的组成要素而不是死物一堆。疏常常起发端、引绪、铺垫、过渡、映衬作用，密常为文章的高潮、焦点、文眼所在，疏密相间，才能成文。高潮、焦点、文眼一般多安排在文章

① 《文艺理论研究》1986年第3期。

② 同上。

的后半部,所以马卡连柯说:"最好把密度最大的地方放在一章的末尾"①。中国古代文论家亦谓:"古人之作,其法虽多端,大抵前疏者后必密,半阔者半必细,一实者必一虚,叠景者意必二。"②朱自清的《背影》在"我与父亲不相见已二年有余了,我最不能忘记的是他的背影"这句破题话之后,却把笔荡开,淡淡叙述在徐州与父亲见面,回老家奔祖母丧、父亲的失业、家中的亏空……由远而近,四次重复祖母的丧事,反复提及父亲的失业,和家中的亏空,把"背影"出现的凄惨背景在读者心头皴染得深重起来,水到渠成地把情节推向高潮——父亲在开车前给"我"买橘子。高潮部分以父亲往返铁道、攀爬月台买橘子的形象为焦点,细针密线刻画父亲富有典型意义的背影动态,以揭示他对儿子爱怜、依恋的复杂的内心活动,再现了人伦之中深邃幽微的生活情趣。与此同时,密中有疏,又通过对"我"的"泪眼"的两次记叙,将儿子对父亲的感激、哀怜以及儿子的内疚、自责的千头万绪交织在对父亲"背影"的深切感受之中。"背影"和"泪眼"交相辉映,疏与密相得益彰,父子眷恋之情一层深似一层。疏密相间不仅表现于言、象表层结构,而且亦表现于深层情意结构中。《背影》在写父子纯真圣洁的骨肉至情的过程中,就有两次变调:一在高潮前,一在高潮后。高潮前,儿子心中以父亲到车站送行为多余,且又嫌父亲"土气",而父亲却毫无察觉,托人陪送不放心,搁下找职业的事亲赴车站送行。到了车站又忙着照护行李,和脚夫讲价钱,亲自为"我"选定座位,嘱托茶房照顾"我"……在父子心情两相对照中,反衬出老父的爱;爱而得不到应有的回报,搅得读者怜悯的心波荡漾起来。在一次比一次强烈的反衬中,父亲慈祥、敦厚、朴实的形象便于不知不觉中凸现在我们眼前。高潮之后,作者又降低了调门,用疏笔以凄凉的声调交代了他们父子这几年各为生计奔波的情况。父亲老境"颓唐",性情一反既往,"家庭琐屑便往往触他之怒",而且"待我渐渐不同往日"。这个变调,和前面父亲的心境形成鲜明的对照。但是老父毕竟还是那个老父,"最近两年的不见,他终于忘却我的不好,只是惦记着我",且还"记着我的儿子"。情境倏地一反,全文的基调又在新的基础上,在变调的反衬的推动下高奏起来,重又推向又一个抒情的峰巅:"在晶莹的泪光中,又看见那肥胖的,青布棉袍,黑布马褂的背影。""背影"的再度出现,不是简单的重复,它包含了更深重、更浓烈的感激、自咎与思念的复杂情绪,留下了耐人咀嚼的无穷韵味!疏密相间、疏中有密、密处求疏,把一些普通平常的生活琐事,精心结构为一件百读不厌的艺术珍品。

在疏密相间、布局谋篇、创造作品的过程中,疏不仅在语言表现层次起结构作

① 《文学理论学习参考资料》,高等教育出版社1956版,第502页。

② 李梦阳:《再与何氏书》,《李空同全集》卷六十一。

品的作用，而且它也是作品深层情意系统的构成因素。“太史公文……发端便见出奇……引绪乃觇入妙。”①在大手笔的笔下，即使三言两语的交代、过渡，也往往意生言外；“虽一溪一壑，皆与长江、大河相若”②。《苏秦以连横说秦》(《战国策》)写纵横家苏秦十次上书秦惠王，要他采纳以武力兼并诸侯吞灭天下的建议，文中只用了“说秦王，书十上而说不行”十个字，但联系苏秦在秦国落魄之后的困顿不堪的情景以及归家后又遭家人冷遇与发愤夜读的状况，则可推想苏秦十次上书间那种穷愁焦灼的情态了。《背影》开始两段交代父子因祖母的丧事、父亲的失业和家庭的亏空而奔波于徐州——扬州——南京之间，结尾一段又以“近几年来，父亲和我都是东奔西走，家中光景是一日不如一日”作为照应和过渡，虽寥寥几笔，却于有意无意中勾勒了旧中国知识分子穷愁潦倒的情态，从一个方面反映了当时社会的动荡不安。

[比]J·M·布洛克曼在《结构主义：莫斯科——布拉格——巴黎》一书说：“结构就是一种关系的组合，其中部分(成分)之间的相互依赖，是以它们对全体(对整体)的关系为特征的。”又说，“在一个作为整体(即作为一个结构)来看的系统里，空间的，时间的，持续的和瞬时的秩序现象，经常互相转换。”疏与密无论在表层表现结构或深层情意系统中，作为作品整体的一种构成因素，均以“它们对全体(对整体)的关系为特征”而相互映衬，“互相转换”；疏衬托密，密亦映照疏，疏与密相互映衬、对照，彼此相得益彰。在表层表现结构，“密”聚集文章的焦点、文眼，而形成高潮，“疏”亦可成为文章焦点，文眼、高潮的构成因素；在深层情意系统，“密”聚集文内意，“疏”生发言外象，象外意。疏密相互为用，文章言内情意浃足而又“文外无穷”。袁宏道《晚游六桥待月记》开篇以“西湖最盛，为春为月；一日之盛，为朝烟，为夕岚”概括西湖美景特征之后，即以梅花为桃花的陪衬，密写西湖春之盛：“湖上由断桥至苏堤一带，绿烟红雾，弥漫二十余里。歌吹为风，粉汗为雨，罗纨之盛，多于堤畔之草，艳冶极矣。”接着笔锋一转，又开出另一个浓中有淡、妩媚动人的境界：“然杭人游湖，止午，未、申三时，其实湖光染翠之工，山岚设色之妙，皆在朝日始出，夕舂未下，始极其浓媚。”至于湖月之美，则只疏疏几笔，留在言外，让读者发挥想象能力去再创造：

> 月景尤不可言，花态柳情，山容水意，别是一种趣味。此乐留与山僧、游客受用，安可与俗士道哉！

---

① 刘熙载：《艺概·文概》。

② 同上。

前文密写春景之盛,表面是主,实际是宾;这里疏写月景之美,虽寥寥几笔,一带而过,却墨气四射,超旷空灵。题为《晚游六桥待月记》,却始终没有正面写待月的情景。它的高妙处在于以层翻浪迭之笔,依次写出梅花、桃花之美,朝烟、夕岚之美,一景胜似一景,逐层衬染,从而造成读者强烈的"待月"心理;待到"千呼万唤始出来",却又匆匆一面,飘然而去,余韵悠然,情味无穷。这篇山水游记扣住"西湖之盛,为春为月"的"春","月"二字,由浓而淡,密写"为春"之盛,疏写"为月"之美,层层铺垫,逐次把言内的情意导向言外,展开了一个月色朦胧的境界,酿就一种只可意会,难以言传的极致的美。"即之愈稀,味之无穷",因此,"月景尤不可言"一句便成了凝聚言内和言外情意的通篇的焦点。

从《背影》和《晚游六桥待月记》这两种类型的文章(此两类型例证不胜枚举)来看,疏与密相互依存、映衬,在作品结构系统中,以整体关系为中心,"经常互相转换","在系统内不停地改变"①自己的地位。这种转换从文章的表层表现结构一直深入到深层意蕴。所以,马卡连柯说:"我所了解的密度(实即疏密关系——笔者)是在一定篇幅里,比方说一页或是一章里所包括的内容。"②在作品内容即深层意蕴中,疏密相间,实质上是以整体关系为中心,言内和言外情意的凝聚和比例分配,而又表现于表层语言结构的布局谋篇中。表层语言结构和深层意蕴间疏密关系的变化所形成的言内和言外象、情、意的凝聚和分配比例,会酿就不同等级、种类和秩序的艺术意味或韵味,其中的规律与创作甘苦,则"无定而有定"——"妙运从心,随手多变"(东方树语)。

有的美学家在谈论艺术表现层次的问题时认为艺术意味是艺术的最高层次,是艺术与非艺术区别的标准之一,而"意味层也有好些不同的等级、种类和秩序"。自古以来,无数美学家曾预言:美在数的比例关系中。疏密相间及其关系转换所形成的作品言、象、情、意的凝聚和比例分配之美,以及由它所创造的艺术意味的等级、种类和秩序,是文艺美学应该深入探讨的课题。

四

当作家长于疏或密而形成一种艺术风格的时候,疏密就由语言运用的技巧、

---

① [比]J·M·布洛克曼:《结构主义:莫斯科—布拉格—巴黎》,商务印书馆1981年版,第19页。

② 《文艺理论学习参考资料》,高等教育出版社1956年版,第501页。

结构的艺术上升为美学范畴而注入了作者的才情，禀赋成分。“凡文力大则疏，气疏则纵”（刘大櫆）。“孟坚雅懿，故裁密而思靡”（刘勰）；“太史公行天下，周览四海名山大川，与燕、赵间豪俊交游，故其文疏荡，颇有奇气”（苏辙《上枢密韩太尉书》）。风格是由作家的生活和性格造成的，又是作家艺术成熟的标志。因此，当疏或密由作家长期构思和用笔的习惯而形成一种艺术风格的时候，它在一个平庸的作者手中容易出现的缺陷、纰漏，到了一个成熟的作者韵笔下由于取得了艺术创造的自由，往往会升华为一种美的显现，疏或密在创作实践中又会经历一个“二律背反”。例如疏的贬义有疏陋、疏略、疏散、浮荡、不严密、无法度且兼有漏失的意思。但归有光的《项脊轩志》却以疏松见长，将疏略、疏散转化为一种枝叶扶疏、神余象外的风格之美。《项》文开笔从轩的修葺写到庭中的景物、轩中的生活，提出“然余居于此，多可喜，亦多可悲，”但接下来不叙可喜可悲的事，而却写起庭中的变化来了。周振甫先生在《文章例话》中说：“既提出可喜可悲，应该先讲喜，后讲悲。可是接下来先讲轩前的庭，讲了庭再讲故事，讲了故事又讲轩。按照谨严的写法，应该把讲轩和庭的事汇集在一起，讲故事列后，前面讲喜和悲，后面只讲悲，不讲喜，也显得疏放。最后发议论，应在结束处。可是在发议论后又讲妻的事，更显得疏放。”周先生接着问：“作者为什么不把这篇重新组织一下，把讲庭和轩的集中在一起，讲故事的先讲一件喜事，把讲妻的故事提到议论前，让议论放在最后呢？”周先生问得有理，然本文的好处和“匠心”却正在这“疏放”上！

《项》文以“悲”为基调或内在线索，所以，在提出可喜可悲之后先写悲。然而从何写起？亦即先写景物，还是先写人事？轩连于庭，故顺手“先讲轩前的庭”。从内容上看，先写庭，客观上反映了家道衰落的必然趋势，其中“东犬西吠，客逾庖而宴，鸡栖于厅。庭中始为篱，已为墙，凡再变矣”，寥寥几笔，有如电影蒙太奇，把封建大家庭忽喇喇似大厦倾的悲剧写得淋漓尽致。下面讲可悲的事，在这个大家庭衰落崩溃的背景中，更显悲凉；而作者老于败屋，恒兀兀以穷年，汇入这个大家庭的败落中，尤见凄恻。面对这老屋，这萧索庭院，百年兴亡，半生坎坷，母慈妻贤，物是人非，多少悲喜事涌上心头，所以，写完轩与庭，笔之所致，心之所指，自然想到居于此，活动于其中的人和事。人事讲了两个，真情饱满，各具典型意义：一个通过老妪之口写母亲对子女的一片至情，与大家族衰零的象征——“墙往往而是”相对照，写了封建家庭温情脉脉的一面；另一个写祖母对自己的担忧与鼓励、关怀与期望，是骨肉亲情的延续，又是家道衰微的照应。两个故事贯以“睹物怀人”的追悼之情，有力地浓化、渲染了本文悲凉的基调。紧承之的一段议论，在自我嘲解中委婉含蓄地表达奇才、壮志无从伸展的感慨，是全文情意的凝聚和升华，同时又把浓重的悲凉情调稍作缓解，为补记写夫妻琴瑟相谐作了准备。补记按人事自然顺序随手写来，看似漫不经心，实则颇具匠心。思想内容上，它继亲子之情写夫妻之情，仍以睹物怀人的追记贯通，似断而实续；情调韵味上，悲喜交织，“一唱三叹，无意于感人，而欢愉惨恻之思溢于言外”（王锡爵《归有光墓志铭》），余韵远响，具有化平庸为神奇的艺术功力。归有光这篇文章似疏而实密，它东一句，西一句，写的是一些记忆的碎片，忽说轩又说庭，忽说人又说轩和庭，左抽右拈，旋写旋放，似无一处相关，又无一处不相关，正如姚鼐所说，它“于不要紧之题说不要紧之语，却自风流疏淡。”

恽敬《与舒白香》书曰：“观古今之文，越天成越有法度。……至所谓疏古，乃通身枝叶扶疏，气象浑雅，非不检之谓也。”归氏的《项脊轩记》就是一篇入于法而又出于法，疏古而非不检，达乎自然天成的文章。它似疏而实密。它似疏，如周振甫先生指出的那些地方；它实密，除如上所述有似断实续的情意、悲凉的基调贯通外，还表现在章法结构上以轩为线索，“将人事变迁，家道坎凛，皆归入此轩”（林纾《春觉斋论文》），用“睹物怀人”的方法，把一些记忆的碎片串联起来，形散而神凝。文章起于轩，中间叙述亲子、夫妻之情时又穿插写轩，补记夫妻缠绵缱绻之情又结于轩，章法谨严而错落有致，风韵高淡。周先生认为应该先集中写轩与庭，然后叙事，议论亦应放在最后，是用一般文章的结构模式墨绳它，而不了解疏密“熟于规矩而生变化”（魏际瑞《伯子论文》）的缘故。马卡连柯在创作实践中虽然感到了“在结构中最使我感到困难的是故事的密度”，但对疏密相间的艺术辩证法内涵，对疏密“二律背反”的辩证性质，亦缺少深刻的把握、明晰的理解。他知其然而并没有道清其所以然。

五

综上所述，疏密在本体概念上充满亦此亦彼，二律背反的矛盾。本体概念的二律背反导致运用中常常出现规律性的悖论：密既可使“言内毕足”而情深意密，又会造成语言繁冗、情节壅塞、过程堆砌，内涵空疏；疏既可以生发无穷、无限的言外象、象外意，又会造成晦涩难懂、疏散残缺。“二律背反的真正解决，只能在于两种规定在各自的片面性都不能有效，而只是在它们被扬弃了，在它们的概念的统一中才有真理。”①疏密相间有助于扬弃它们各自的片面性而摆脱困境，变局限为无限。它的哲学含义是疏密在对立统一中相互补充、相互依存和转化而导致文章

① 黑格尔：《逻辑学》上卷，商务印书馆 1982 年版，第 201 页。

整体构思和结构的质变。它作用于语言媒介和传达系统，是言、象、情、意理想组合方式的选择；表现于文章的表层表现结构，是布局谋篇的匀称得体，整体与部分的和谐统一；表现于文章的深层情意结构，则因疏密相间、相衬、相互转化形成言内和言外意象凝聚与分布的多种形态而韵味纷呈。疏密在对立统一中克服自悖，相间，相衬、相互转化，优化作品结构的过程，就是它们作为题材和素材、内容和形式、表层结构和深层结构的中介而实现自我超越的过程。

疏密相间是文章结构的一个很重要的美学原理。古人论文曾说："诗要处处有意，处处有结构，固矣。然有刻意之意，有随意之意；有结构之结构，有不结构之结构。譬如造一大园亭，然亭台楼阁全要人工结构矣，而疏密相间中，其空处不尽结构也。"①疏密相间结构文章在疾徐缓急，开合收放中自有其为文的客观法则存在，然"文有大法，无定法"（郝经《答友人论文法书》语），运起斤来，各具慧心；"文之佳者，随其平奇浓淡，短长高下，而无不佳"②。疏密相间结构作品，无论作用于文章的表层表现结构抑或深层情意系统，都会因作者才情禀赋的差异，构思运笔习惯的不同而呈现种种复杂的情状：或密中存疏，或疏中藏密；或象、情、意密集言内，或疏散于言外；……无定而有定，各师其心，各异其面，因而形成千姿百态的个人风格。因之，疏密由结构作品的技巧上升为美学的范畴，由艺术因素而升华为风格质素，尚须在客观的规律、法则中注入创作主体的能动性，那就是作者掌握了必然而获得创作自由的时候。疏密的种种自悖，它在体、用中所表现的有规律的二律背反，正为作者掌握必然、获得自由提供了客观的有利契机。任何现成的技巧、法则和规律，在一个平庸作者的手里，只能制造劣等产品；而困境、矛盾或悖论，对一个掌握了必然、获得创造自由的作者，正是变有限为无限、创作上乘的艺术品的用武之地。掌握了必然的自由既是人的对象性属性，又是人从其作为对象属性出发所作出的选择。疏密的种种悖论表现，正有助于打破艺术创作中的僵化现象对艺术作品的种种规范，例如疏一定胜于密，抑或密一定胜于疏，高潮、焦点必须密，抑或必须疏；文眼必须叙述、描写，抑或必须用警策议论性的语言画龙点睛；疏密在描述中应繁，抑或应简，等等。当作者选择疏或密，扬弃了它们各自的片面性或消极因素，克服了表达的局限或矛盾（二律背反），相间、相补、相互映衬地结构作品，超越了平庸，达到表现的自由，刻上自我的印记，创造了成功的作品，那么，他的创造，就是美的，他所创造的艺术品，也就具有审美观照的价值。

---

① 陈衍：《石遗室诗话》，卷上。

② 冯桂芬：《复庄卫生书》，《显志堂集》卷五。

艺术曲折与审美心灵的同态对应

一

金圣叹说:“文章之妙,无过曲折,诚得千曲万曲,百折千折万折之文,我纵心寻其起尽,以自容身其间,斯真天下之至乐也。”①曲折竟有如此神奇的审美效果,它具有什么样的美学特性?它的艺术魅力从何而来,它是由哪些艺术和美学的素质构成的?

曲折是结构作品的艺术法则之一,一切有成就的作家在创作中都力避平直、板滞,而着力在曲折翻腾上下功夫。毛宗岗评《三国演义》说:“玄德等三番访孔明,已无阻隔,然使一去便见,一见便允,又径直无趣矣。妙在诸葛均不肯引见,待玄德自去,于此作一曲;及令童子通报,正值先生昼眠,则又一曲;玄德不敢惊动,待其自醒,而先生只是不醒,则又一曲;及半晌方醒,只不起身,却自吟诗,则又一曲;童子不即传言,直待先生问有俗客来否,然后说知,则又一曲;及既知之,却不即见,直待入内更衣,然后出迎,则又一曲;此未见以前之曲折也。及初见时,玄德称誉再三,孔明谦让再三,只不肯赐教,于此作一曲;及玄德又恳,方问明其志若何,直待玄德促坐,细陈衷悃,然后为之画策,则又一曲;及孔明既画策,而玄德不忍取二刘,孔明复决言之,而后玄德始谢教,则又一曲;孔明虽为画策,却不肯出山,直待玄德涕泣以请,然后许诺,则又一曲;既已许诺,却复固辞聘物,直待玄德殷勤致意,然后肯受,则又一曲;及既受聘,却不即行,直待留宿一宵,然后同归新野,则又一曲;此既见以后之曲折也。文之曲折至此,虽九曲武夷不足拟之。”文章

---

① 《西厢记笔法》。

的曲笔造成了一种重峦叠嶂的胜境，待到山穷水尽处，忽又峰回路转，别有洞天，使人应接不暇，给读者以无尽的审美愉悦。古代作家、文论家对此多有论述："文如山水，未有直遂而能佳者。"①"文须错综见意，曲折生姿。""贵直者人也，贵曲者文也。"（袁枚）司空图在《诗品》中提出："登彼太行，翠绕羊肠。"崔念陵诗云："有磨皆好事，无曲不文星。"脂砚斋在《红楼梦》第五回夹批中说："惯于擅起波澜，又惯于故为曲折，最是行文秘诀。"所有这些，都道尽了曲笔之妙。

不仅文学作品，几乎所有的文艺样式都十分讲究曲笔的运用。我国园林建筑就讲究用"连隔"使园林景色富有变化，不致一览无余，建廊宜曲宜长，"或蟠山肠，或穷水际"，"依势而曲，蜿然无尽。"②由此造成艺术和美学的效果是：移步换形，俯仰有景；"奇亭巧榭，构分红紫之丛；层阁重楼，迥出云霄之上。隐现无穷之态，招摇不尽之春。"③《红楼梦》中对大观园"曲径通幽"的描写可以说是体现了我国园林建筑由连和隔而形成的曲折之美的典型的艺术妙笔：一进大门只见一带翠嶂挡在面前，白石峻嶒，藤萝掩映，正疑无路，其中微露羊肠小径，由此进入山口，过了幽美的山洞，但见飞檐插空，清溪泻玉，别是一番天地。这种曲径通到"幽"处的笔法，恰到好处地概括了大观园幽深宛转，一步一重天的胜境。

曲笔较之直露的描写可以增强作品的表达效果，产生引人入胜、耐人寻味的艺术魅力，使人流连忘返，陶醉于美的境界中。

二

作品的曲折及其艺术效果的构成，从章法上看，正如傅庚生先生所说："纵收之法，复叠交错以用之，则为曲折。篇中多有曲折，如云霓来去，波澜起伏，阑干隐现，萤火梳织，自成佳构。"④但曲折而成佳构还有许多惨淡经营的艺术匠心在内。曲笔勾魂摄魄的引诱力在于善于运用渲染、烘托、虚实相生等艺术手法造成一种使人捉摸不透、难以意料的艺术气氛，把作者的意图，作品的寓意，描述的对象，隐藏在深层"景观"背后，缥缈若浮云，绰约似处子，欲隐又现，虚中见实，以逗引读者的好奇心和探求欲望。这种由烘托、渲染、虚实相生所造成的曲笔的奥秘，正如清

① 杨振纲：《诗品解》。

② 计成：《园冶》。

③ 同上。

④ 傅庚生：《中国文学欣赏举隅》，陕西人民出版社 1983 年版，第 70 页。

人刘熙载《艺概》所言："取径贵深曲，盖意不可尽，以不尽尽之。正面不写写反面，本面不写写对面、旁面，须如睹影知竿乃妙。"睹影知竿者，以"虚"见"实"，就曲避直也。台湾作家李乐薇的散文《我的空中楼阁》①就是一篇曲尽其妙的佳作。一座普普通通的山上一幢平平常常的小屋，如果从正面直接去写，本无文章可作。但是，由于作家善于用曲笔烘托、渲染，普通的山，平常的小屋，在他的笔下，却幻化出清幽深远的意境，透露着无穷的情韵。第一曲，作者将笔由写小屋挪移到写山，收笔合拢时小屋就虚化了："山上有小屋，好比一望无际的水面飘过一片风帆，辽阔无边的天空掠过一只飞雁，是单纯的底色上一点灵动的色彩，是山川美景中的一点生气，一点情调。"第二曲，作者再将笔由写小屋挪移到写树，把树与花作比，又把花和树与人作比，说"树的美在于姿势的轻健或挺拔、苗条和婀娜，在于活力，在于精神！"似乎离题了，然而作者笔锋一转，说："有了这许多树，小屋就有了许多特点。树总是轻轻摇动着。树的动，显出小屋的静；树的高大，显出小屋的小巧；而小屋的别致出色，乃是由于满山皆树，为小屋布置了一个美妙的绿的背景。"原来写树还是为了写小屋。更为奇妙的是，作者换个角度从山下仰视小屋，这一侧笔烘托，用了一个远镜头便把小屋推向空中："我的小屋在树与树之间若隐若现，凌空而起，姿态翩然。本然上，它是一幢小屋；形式上，却像鸟一样、蝶一样，憩于枝头，轻灵而自由！"联想奇瑰，"阑干隐现"，两曲之间把小屋"凌空"的姿态写活了，字里行间已暗暗蕴含着题目"空中"二字。第三曲，萤火梳织，用小屋"领土"的有限与"领空"的无限作对比，用"有形的围墙围住一些花"与"无形的围墙"（"天地相连的那一道弧线"）"围住的一些花"（云或霞）作对比，写小屋在早晚光照的变化中，"在山的怀抱中，犹如在花蕊中一般"。经过如此这般的烘托渲柴，小屋成了一座飘浮于空中的仙山楼阁。三曲之后，"我的小屋"实即"我的理想"的象征，题目《我的空中楼阁》因而具有一语双关的意义：既指作家建于山上的小屋，——在烟雾迷濛中，犹如耸入天际的楼阁；又指幻景中、梦想中的"空中楼阁"——在那纸醉金迷的社会里，能过上的"独立的、安静的"生活。文章的后一部分进一步由寓体深入到寓意，作者把山坡和山路比做楼阁的"阶梯"和"走廊"，山高路远，安步当车，"往返于快乐与幸福之间"，其乐无穷："我出外，小屋是我快乐的起点；我归来，小屋是我幸福的终点。""我替山坡起了个名字，叫幸福的阶梯，山路被我唤做空中走廊！"走廊既在"空中"，楼在何处，读者自可想见。几经曲笔烘托，小屋在一派迷离恍惚中，依稀朦胧，"空中楼阁"虚无缥缈的特点十分鲜明，遗世而独立的情态也格外亲切。行文至此，作者进一步把"楼阁"置于如烟如雾的夜

① 载《名作欣赏》1983 年第 3 期。

色笼罩之下,“空中”的气氛烘托够了,便把笔端直指变异了的“小屋”——“小屋迷于雾失楼台的情景中,它不再是清晰的小屋,而是烟雾之中,星点之下,月影之侧的空中楼阁!”抽象的理想上升为具体可见之“物”,艺术的客体乃是体现了主体本质丰富性的第二“存在”。文章结构沿着“二律背反”的艺术辩证规律演化着,合即是离,离即为合,每一曲折,每一收纵,每一离合,都在酿造一种“文章之圣境”(金圣叹语)。这种“文章之圣境”酿造的艺术手段正如金圣叹评点《水浒传》所说:“用正墨不现换反墨,用反墨不现换正墨,心所至手亦至焉,心之所不至手一至焉。”所谓曲折,就是不直接描写对象,不直白地表达情思,而是以此物写彼物,或者通过这一对象所产生的影响的描述来达到表现对象的意图和目的,它工于托物寄情,善于借对方透露自我的感情、思想和性格。曲笔产生的艺术效果是化平淡为神奇,使作品具有一唱三叹的艺术情致,令人在自然平淡中感受无限的风光。

三

组成曲折的基本质素是阻延和转折的对立统一。阻延造成欣赏的期待、焦灼和疑虑,转折带给欣赏者的是对立面转化后的惊奇和喜悦;阻延铺垫蓄势,引而不发,转折则绝处逢生,别具幽情。二者在对立统一中发展变化,显示着不尽的曲意,酿就一种抑扬顿挫、纡徐往复的美。阻延是量变,转折则是跌宕——质变。如果说,阻延是一种“保守”的质素,转折则是一种积极活跃的质素;因为曲折主要体现在情节、情景、情理的“突转”上。所以,明人董其昌说:“文章之妙,全在转处,转则不穷,转则不板。如游名山,至山穷水尽处,以为观止矣,俄而悬崖穿径,忽又别出境界,则眼目大快。武夷九曲,遇绝则生,若千里江陵,直下奔迅,便无转势矣。”谢枋得评韩愈《获麟解》“仅一百八十余字,有许多转换,往复变化,议论不穷。”转折有种种变化,最根本的是,它能婉约地表达作者的情意,穷原竟委地表现作者深入的思索,使原来写的画面来一个无限的延伸,让读者在更新的天地里“得于心而会以意”。贾平凹的《云雀》①写隔壁一老者养了一只云雀。这鸟初关进笼里,左撞右碰,很不安宁,叫声充满忧郁,向往蓝天,“我”很同情它。一次,乘老人不在,“我”偷偷开了笼门,放走了云雀。文章接着又一转,写道,过了几天,云雀出乎意料,竟又飞回鸟笼,养鸟老人得意地说:“我已经喂它两年了,这笼里多舒服啊!”这一转,出其不意,发人深思,把人们带到了这样一个境地:冲出了拘禁躯体的牢笼,

① 载《长安》1981 年第 10 期。

还得冲破思想的牢笼。

由延阻和转折的对立统一所形成的艺术效果是:它在跌宕起伏,螺旋回环的动势中深化主题,在曲尽其妙的语言表现层、情节结构层的背后流动着婉转的情韵,其艺术魅力来自于这样的一种阅读的心态感受,即:它让读者在期待的喜悦,惊奇的沉思中寻味哲理,领会出眷永的情趣。

四

曲折所遵循的艺术辩证法是反常合道。所谓"反常",就是在内容上违反人们习以为常的常情、常理、常事,依其对立面转化的意外性来显现曲折性,在艺术表现上言反合正,"以乐景写哀,以哀景写乐,一倍增其哀乐"(王夫之语)。所谓"合道",就是这种反常的艺术表现,绝非毫无生活和感情依据的想入非非,它表达了作者对生活新鲜独特的感受,它表现着艺术创造的辩证法则,有助于更深刻,更动人地表达作者的感情和揭示生活的本质。合道而不反常,作品平板乏味;反常而不合道,就失去了艺术的真实性。曲折渗透着反常合道的辩证法,作品构思脱俗不凡,警策奇出,往往能获得一般化的作品所没的有强烈的艺术效果,把读者引进一个新奇隽永的艺术境界。

正常与反常是一种对立的统一,没有正常也就没有反常,反常是正常走向极端以后的转折状态,是一种深化了的正常,丰富了的正常。正常的基调是统一,而反常是矛盾的对立:它充满着人与环境的矛盾,本质与现象的矛盾,真相与假象的矛盾。当一个人处于和他自己的思想情绪、性格完全相反的场合中,他的内在情绪与外部言行发生对立,要强求统一而又难于一致,就不得不显露出精神上的矛盾和性格上的异常,造成欲喜还悲、欲勇还怯等反常状态;当人的主观情绪动荡起伏,喜怒哀乐达于极点,却又置身于和感情完全相异的环境之中时,情与景就构成了尖锐的对立,对立而又求得统一,移情于景,表现在艺术上就是"以乐景写哀,以哀景写乐"了。"小楼昨夜又东风,故国不堪回首月明中。"(李煜)"明月楼高休独倚,酒入愁肠,化作相思泪。"(范仲淹),作为团圆美满,光明欢乐的象征的明月,不断冲击诗人的记忆,提醒他们昔日的欢乐,因而也就强烈映衬出今宵的愁苦。反常如不能揭示更深刻的正常,反常也就失去了存在的价值。

艺术中的反常状态并不是猝然发生的,它必须经历一定的发展,有一个从量变到质变的过程。反常状态的获得,需要有大量的正常状态作准备,没有大量的正常活动和一系列正常情节,反常境界是不会达到的。"客舍并州已十霜,归心日夜忆咸阳。无端更渡桑乾水，却望并州是故乡。”贾岛这首《渡桑乾》从三、四句透出的作者的心情，是一种反常情绪，他把不是故乡的并州，当成了故乡。想回故乡的情绪与去到更遥远的地方的背景形成了尖锐的对立。但正因为前面一、二句诉说了客居之久和归心似箭，才使后面的情绪抒发有了牢固的基础。所以，通向反常的道路要用正常来铺设，反常的现象中透露出更加深刻的正常。如果说，正常中的反常是一般中的特殊，那么，反常中的正常就是偶然中的必然。反常和正常辩证结合，相互转换，曲笔达意，在抒情议论的文字里，情景，情理，“情文相生，个个呈艳，光怪陆离，不可端倪”①，会创造一种幻化无穷，令人惊赞不已的艺术胜境；在叙述性的作品里，复杂事变的曲折描写和反常情绪的迂回穿插，使作品结构呈现腾挪跌宕、生动多姿的复杂状态，这深密曲致所造成的艺术效果恰如金圣叹所称赞的，反常见“曲”能“唬吓死人，快活死人”，“文章至此，能事毕也。”

艺术上的反常以生活中的反常为依据，又是生活中反常现象的提炼、升华和凝聚。有了“出嫁闺女哭是笑，落第举子笑是哭”的反常生活现象，才有作品中反常现象的描绘和反常手法的运用。生活是纷繁复杂的。表面冷淡很可能是出于满腔热情；话语甜蜜，也许是虚情假意。布莱克说：“真正的快乐不笑，真正的悲哀不哭”(《布莱克诗选》)。多柳宗元说：“嘻笑之怒，甚于裂眦；长歌之哀，过于恸哭”(《对贺者》)。这些现象看似反常，但它正是生活形式多样性的表现。不把生活简单化，是避免艺术一般化的重要条件。但是生活现象提炼成艺术品，必须获有思想和艺术价值。思想和艺术价值的获得，要运用艺术手段使生活素材得到升华和凝聚，具有深邃的意蕴，并使内容消融在形式中，使形式成为所表现对象的具体形式。正反相形、曲笔达意，正是表现这类生活反常现象的有效的艺术手段。

五

“艺术积淀是形式，生活积淀是艺术。”②探本溯源，可以知道所谓艺术的曲笔，乃是由生活和创作的实践积淀而成的。

列宁说：“历史通常是循着曲折的道路发展的”，“发展是按所谓螺旋式而不是按直线式进行的”。③

---

① 王尧衢：《唐诗合解》卷三。

② 《美学杂谈》，《丑小鸭》1984 年第 12 期。

③ 《列宁选集》第 2 卷，人民出版社 1960 年版，第 584 页。

中国女作家叶文玲说:“生活几多艰难,道路坎坷曲折,却自有不甘沉沦者在勇敢地抗争、奋击,为了今天和明天,他们在用诚实的劳动继续谱写美的旋律”①。

不仅历史和社会生活,“曲”,也是自然界与万物生长、变化、发展的客观规律,自然界无不以“曲”呈现其美与存在。

技巧与思想是互为表里的。历史的发展,现实生活与客观事物的曲折性、复杂性,决定了把社会历史作为反映对象的语言的艺术作品的表现形式的曲折多姿。特别是社会生活的矛盾冲突,有时常常以偶然、意外的曲折途径与形式表现出来,运用曲笔更能鲜明、生动地揭示生活中的某些本质与内在规律。

正如原始彩陶的曲线所体现的原始母系社会的母性价值,商周钟鼎彝器沉雄浑穆的直线所体现的贪婪饕餮的奴隶主气质,是一代生命情绪在抽象形式上的体现一样。曲笔作为作品要素的表现形式,它与历史、社会生活的同态对应关系,是它积淀为艺术形式美的前提。艺术创作就是通过艺术作品把现实生活的美“熔化在优美的形式里”(别林斯基),形式就是内容诸要素的结构和表现方式,形式美就是美的内容的内部结构和外部表现形态,是内容的存在方式。英国当代文艺理论家特里·伊格尔顿在《马克思主义与文学批评》一书中谈到艺术形式问题时说:“形式通常至少是三种因素的复杂统一体:它部分地由一种‘相对独立的’文学形式的历史所形成;它是某种占统治地位的意识形态结构的结晶”;“它体现了一系列作家和读者之间的特殊关系”。曲折、丰富的历史、社会生活要求表达,积淀了曲笔达意这一艺术表现手段的成熟和发展,它一旦确立起来,就走着“自己独立的发展道路”(恩格斯),艺术形式的抽象性又使它对各种坎坷曲折的社会生活具有宽泛的包容和适应性,成为作家和读者之间心灵交流的一种特殊“中介”,成为表现时代意识的一种有效手段。这就是它的艺术价值所在。

但是作品的艺术价值不等同于作品的审美价值。这是因为:作品的艺术价值是由艺术上有价值的诸要素集合而成,作品的审美价值是由审美上有价值的诸要素集合而成,形式组合规律并不等同于形式美的规律。在每一具体作品里,要使艺术形式成为美的,必须通过作家创造性的劳动达到表现的自由;也就是说,要使艺术形式成为美的,必须使形式能淋漓尽致地抒发作者的情感意趣,成为被表现对象的本质的表现,成为所表现对象的“美的存在”。因此,形式美的本质不在形式规律本身,而在于运用规律表现情感达到“化境”,使内容消融在形式之中。黑格尔在《美学》中说,“美的要素可以分为两种:一种是内在的,即内容;另一种是外在的,即内容借以现出意蕴和特性的东西”,也就是形式。这种“借以现出意蕴和

① 叶文玲:《丝丝缕缕话〈心香〉》。

特性”的形式，以其直观形态与其所深藏的社会内容达到了对立的统一，形式似乎扬弃了社会内容，形式中既自含着社会内容，又不使人直接看到它们，因而意在象外；社会内容已不是外在于形式了，而是消融在形式之内了，因而耐人寻味。这种与内容或表现对象的感情意趣默契应合，达到了表现自由的形式，也就是美的；因为它造就的艺术“逸品”，将实际本质上升到了神圣本质，在有限中表现了无限，具有“我们称为美的一切存在物所共有的性质”（狄德罗语）。达乎妙境的曲笔，就具有达到了表现自由的形式美的“共有性质”。这种形式美“最后与最深的作用，就是它不只是化实相为空灵，引人精神飞越，超入美境；而尤在它能进一步引入‘由美入真’，深入生命节奏的核心”。①

六

艺术曲折之妙在于它和人的艺术鉴赏和审美心灵存在着同态对应关系。

艺术审美乃一过程，这个过程由感性的愉悦导向理性判断；它“不是被动的静观，而是一种主动的活动，是人的心理诸功能、因素自由活动的结果。任何事物或艺术作品要使人获得美感愉快，就必须能够调动起人们的这种心理功能、因素的主动活动。”②艺术的曲折，无论是情境性的，抑或情节性的，它的胜境迭出所产生的艺术魅力都在导向一种深刻的哲理和深邃的意蕴；它与审美心理的默契对应，正是“调动”人们审美心理功能、因素主动活动的最好的客体刺激物。

艺术审美判断是非概念的。它“止之于无穷，流之于无止。予欲虑之而不能知也，望之而不能见也，逐之而不能及也”③。它是感知、想象、理解、情感多种心理因素的交错熔合，在期待中交织着兴奋、压抑、哀怨，惊叹、新奇等种种情绪感受。获得了表现自由的艺术曲笔，在反常的心态描写中所造成的“文章之圣境”就是充满着新奇、惊叹、哀怨、兴奋和期待的窈冥恍惚之境。审美心理排斥单调、平淡、重复和混杂，而“在一件艺术品中，同样的一个式样是不能出现两次的”④。艺术的曲折以其多样统一的回旋多姿，为人的审美心理提供了理想的憩息场，使其摆脱为有限的功利目的所控制的日常意识。欧洲中世纪的布依修斯（480－525）

① 宗白华：《美学散步》，上海人民出版社 1981 年版，第 100 页。

② 《美学》第 3 期，上海文艺出版社。

③ 《庄子·天运篇》。

④ 阿思海姆：《艺术与视知觉》，中国社会科学出版社 1979 年版，第 189 页。

曾以音乐欣赏为例说:“我们之所以能欣赏声音的美,那是因为我们自身以同样的方式构造着。”艺术是人的审美心理结构的对应品。人的鉴赏力不是天生的,而是多次实践的产物,是在千百万次的鉴赏活动中获得的内在财富。艺术培育审美心理结构,审美心理结构又反过来生产艺术。艺术的曲折和人的审美心理结构的同态对应是艺术——审美心理结构相互产生和转化的前提和基础。“对象如何对他说来成为他的对象,这取决于对象的性质以及与其相适应的本质力量的性质;因为正是这种关系的规定性造成了一种特殊的、现实的肯定方式。”①艺术的曲折以其审美的主客体同态对应关系为契机,一方面引导读者的感知、理解、情感和想象活动朝一个既定方向演进,另一方面又为读者的审美思维提供了自由驰骋的广阔天地,把读者思想引向一种高华空阔的华严境界,洗涤着灵魂,体验着美,并改造、丰富、提高着人的审美心理结构。无怪金圣叹“容与其间”,“纵心寻其起尽”,有“斯真天下之至乐”之感了。

七

正像一切艺术形式、艺术表现手段都有它的局限一样,曲折也有它的局限,这就是:它适于表现含蓄温婉的柔情,而不宜于表达酣畅淋漓的豪情。它的艺术格调是婉约,它的美学性质属于阴柔之美。但艺术的局限到了艺术大师手中往往转化为无限,激情如火通过艺术的冷却和净化,以迂徐委曲的形式表达出来,会凝聚一种特异的风格、情调。辛稼轩一方面“继东坡、高唱大江东去”(郭沫若语),一方面寓雄心壮志于传统婉约词风中,别成“悲凉”的格调,鲁迅把炽热的感情寄寓在委婉深曲的嬉笑怒骂中,因情取势,就事谋篇,他的杂文便成就了一种独特的幽默感。

① 马克思:《1844 年经济学——哲学手稿》,人民出版社 1983 年版,第 79 页。

写诗构思要新

文艺创作，贵在创新，诗尤贵独创。诗的独创，表现在构思上，就要奇异精巧，不落俗套。构思平庸，落入窠臼，诗之大忌，创新，是诗人梦寐以求的。凡是诗，必须是新颖独创的，是不可重复的“这一个”。陆机说：“虽杼轴于予怀，怵他人之我先。”①写诗的人，在构思上应当有这种唯恐拾人牙慧的警惕性。

一

“诗清立意新”，构思新，首先立意要新。“意犹帅也，无帅之兵，谓之乌合。”②所以，有些古人，常把创意不足，创辞有余的东西列为下品。

立意新颖，贵乎自得，“道前人之所未道者”③。匈牙利革命诗人裴多菲的政治抒情诗《这在我是可怕的思想……》脍炙人口，就是因为它立意新颖，不同凡响。庸人、市侩们希冀的是终老天年，忧虑的是生命的夭折和财产的丧失，而于诗人，“可怕的思想”是命中注定要安安稳稳地“死在床上”，因为他决心为人民和民族的解放血洒疆场。寿终正寝，无所事事，对于他，“像一朵花，慢慢地凋谢，有小虫在它心头咬啮；像一支烛，久久地燃烧，在教堂之内，寂寞无聊”，那是多么痛苦而恐怖的啊！这一立意发人思考，耐人寻味，比法国资产阶级革命时期“不自由，毋宁死”这个政治口号蕴藉深远而富于创造性；因为它是这位匈牙利民族英雄、人民诗人深思熟虑的思想结晶。闻一多高度评价张若虚的《春江花月夜》，是因为它立

① 陆机：《文赋》。

② 王夫之：《夕堂永日绪编》。

③ 欧阳修：《六一诗话》。

意清新,爱情诗而富于哲理,一洗百年来宫廷诗的靡靡之音,“有的是强烈的宇宙意识,被宇宙意识升华过的纯洁的爱情,又由爱情辐射出来的同情心”,“和另一个顶峰陈子昂分工合作,清除了盛唐的路”①。

立意新颖,贵乎独创。独创,就要对生活有深刻的发现,提出一代人普遍关心的问题。毛主席写于1936年的《沁园春·雪》,于1946年在重庆出版的《新华日报》上发表时轰动山城乃至整个国民党统治区,就因为它俯视古今、放眼山河,在中国革命的两个历史转变关头,提出并回答了一代人普遍关心的问题:谁是抗日的中坚,究竟由谁主宰中国的命运?骆耕野的《不满》、张学梦的《现代化和我们自己》广为传诵,深深地打动读者,也因为这些篇什对生活有新颖而深刻的发现、解释和评价,提出并回答了在向四个现代化进军的历史新时期广大人民群众普遍关注的问题,传达了一代人的心声。安史之乱前三年,杜甫与高适、岑参、储光羲等同登长安南郊的慈恩寺塔(即大雁塔),先后多有题咏。杜甫的《同诸公登慈恩寺塔》立意超拔,压倒群贤,是因为诸公或抒写怀才不遇,放游江湖的感慨,或低吟宦海浮沉、出世求仙之意,或寄寓居高思危的隐忧,杜甫登高骋目,看到秦山“破碎”,昆仑“日晏”,发出“回首叫虞舜,苍梧云正愁”的深沉浩叹,预见变乱即将发生,以其他篇什所未曾有的新意,洋溢着强烈的时代感。

立意的新颖独创来自广大人民群众的生活,而又不是为一般人所领悟。但当它一经为群众过目,就觉顿开茅塞,为之叹赏。这就要求作家以诗人的锐眼能在看来平凡的事物中看到它的不平凡,能在看来似乎相同的人物、事件中发现它们的差异。只有探索到生活的底蕴,人们心灵的深处,才能见人之所未见,言人之所未言。春去秋来,人们习以为常,但郭小川却从中发掘出深刻的主题,《春歌》三首、《秋歌》四首各以其独特的构思分呈异彩,《团泊洼的秋天》更以其清新的构思、精湛的艺术表现,透过宁静的田园诗式的秋景,刻画出一个典型的环境:四害横行,万马齐喑,但烈火正在地下运行,人民群众充满着愤怒,正准备着酝酿着一场大决战。在这典型的环境中,作者淋漓尽致地揭露了“四人帮”对革命战士无所不用其极的打击迫害,深刻地表现了革命战士的高尚情操,坚贞不渝,坚持斗争的宝贵性格,预示了“四人帮”必然覆灭,一场“四五”运动式的阶级大搏斗必将来临的客观趋势。这正是“四人帮”倒台前夕中国社会的生动写照。作者只写了一个地方的秋景,却把人们朦胧感觉到而没有清晰领悟的、人人想说而笔下尚无的,全部鲜明而深刻地表达出来了。构思的新颖,立意的深邃、独创,不同凡响,令人击节叹赏!郭小川真不愧为开一代诗风的人民的代言人,时代的号角!

---

① 闻一多:《唐诗杂论》,古籍出版社1956年版,第21页。

构思新既体现在主题的独创性上，又表现在主题的个性化上。主题的个性化是诗歌创作构思中的一条重要规律，但却往往容易被忽略，因而产生一些因袭雷同之作。诗的特征是抒情性。诗人的思想、经历、学识、气质各异。注意主题的个性化，能在普遍性的主题中，表现出诗人的不可重复的“这一个”。某些千百年来人们一再咏唱的主题，如爱国主义，优秀诗人往往能匠心独运，以其新颖独创的构思，做出全新的个性化的表现。其中一些诗篇，由于具有强烈的艺术感染力，不但深深地打动了当代人，而且深深激励着后来人，永葆艺术的生命力。

主题的个性化主要决定于诗人对生活感受的差异。诗人感情的基调不同，感情的表达方式也各异。有的诗人婉转细腻，娓娓而谈；有的诗人粗犷豪迈，慷慨陈词。有的深沉，有的热烈，“各师成心，其异如面。”①同是抒写爱国热情，岳飞壮怀激烈，张孝祥悲壮抑郁，陈亮气概昂扬，辛弃疾气势磅礴，陆游“铁马横戈”，气吞残虏。杜甫与李白，由于感情的基调和倾向不同，一个沉郁顿挫，一个壮大奔放。同是抒写对唐王朝腐败政治的不满，杜甫情有所感，发而为诗：“朱门酒肉臭，路有冻死骨。”“高马达官厌酒肉，此辈杼轴茅茨空。”对不平现实的愤懑之情溢于言表。但当感情的潮水就要喷涌而出时，闸门没有启开，愤懑却被节制住了，经过折旋回流，转成“惆怅难再述”，“此曲哀怨何时终”？悲愤转成辛酸，怒火变成泪水，热烈降为抑郁。李白一肚不平，满腹牢骚，就像火山喷发，烈焰腾腾：“吟诗作赋北窗里，万言不直一杯水。世人闻此皆掉头，有如东风射马耳。鱼目亦笑我，谓与明月同。骅骝拳跼不能食，蹇驴得志鸣春风……巴人谁肯和《阳春》，楚地由来贱奇璞。”他的感情的波澜“又如长河，浩浩奔放，万里一泻，末势犹壮”②。诗的构思是诗人思想感情孕育的结果。诗人是用自己的整个心灵给他的创作以生命，以感人的力量的。构思诗篇的过程，就是诗人提炼他对生活的认识、提炼他自己的思想感情的过程。作品的倾向决定于诗人感情的波澜朝哪个方向、以怎样的方式奔涌。感情又总是受思想的约束、受世界观指导的。构思的新颖，立意的独创，主题的个性化，受作者在生活实践中所形成的独特的思想感情的制约。

二

写诗构思新，必须有从思想到艺术的新的探索和追求。诗的创新，在构思上，

---

① 刘勰：《文心雕龙》。

② 曾巩：《代人祭李白文》。

除了立意新,还包括与独创性的内容相适应的新颖的角度、形象和手法。

优秀的诗篇证明:不同诗人抒写同一题材,能够另辟蹊径,同一诗人抒写同一题材,也能别开生面。

同是写送别。王维《观别者》说:“车徒望不见,时见起行尘。”去的人坐着的车子已经走得望不见了,送行的还不走,还在望,只看见车子走时扬起的尘土。欧阳詹《初发太原途中寄太原所思》则换个角度,别具匠心地从行人眼中写:“驱马觉渐远,回头长路尘。高城已不见,况复城中人。”苏轼写与其弟子由(即苏辙)分别:“登高回首坡垄隔,但见乌帽出复没。”苏轼与苏辙分别,两人向不同方向走去,苏轼登高回头望,只见苏辙的乌帽忽隐忽现,恋恋不舍之情跃然纸上,与前两人比,苏轼写得最为鲜明生动了。但“唯见乌帽出复没”若与李白《黄鹤楼送孟浩然之广陵》后两句“孤帆远影碧空尽,惟见长江天际流”相比,虽然形象同样鲜明,但李白却比苏轼诗意境优美,情思隽永。

同是描写音乐。白居易《琵琶行》先描写弹奏者的动作、心理:“转轴拨弦三两声,未成曲调先有情。弦弦掩抑声声思,似诉平生不得志。低眉信手续续弹,说尽心中无限事。”然后抓住描写对象琵琶的特点,用一连串的明喻,“大弦嘈嘈如急雨,小弦切切如私语。嘈嘈切切错杂弹,大珠小珠落玉盘”来形容音响的变化。最后结合弹奏者的身世叙述来写听者的感想:“凄凄不似向前声,满座重闻皆掩泣,座中泣下谁最多,江州司马青衫湿。”韩愈在《听颖师弹琴》中也用一系列的比喻写音响的变化:“呢呢儿女语,恩怨相尔汝。划然变轩昂,勇士赴敌场。浮云柳絮无根蒂,天地阔远随飞扬。喧啾百鸟群,忽见孤凤凰。跻攀分寸不可上,失势一落千丈强。”但却把听觉的感受转化为具体的视觉形象,使人读后如闻其声,如临其境,收到“听声类形”“心思形状如此”的艺术效果。李贺在《李凭箜篌引》中也用多种比喻描写变化万端的乐声:“昆山玉碎凤凰叫,芙蓉泣露香兰笑。”也把听觉形象转化为视觉形象,甚至也用凤凰叫作比,但两人构思不同,写法各异,形象和意境迥别。韩愈写声音由低到高,把凤凰的叫声从百鸟中突显出来,情趣横生,“不同流俗下俚声”。① 李贺把凤凰叫同富有神话色彩的昆山玉碎结合起来,写音乐不但使人感动,也使花感动,芙蓉感泣香兰笑,又使长安的十二门前的冷光变得融和再配合天上的紫皇,女娲炼石补天的神话,又用“江娥啼竹素女愁”来衬托,呈现出一种奇幻的浪漫主义色彩。全诗构思新巧,想象奇特,比喻奇妙,音乐形象鲜明,极富诗情画意。清人王琦评此诗“摹声之精妙,虽幽若神鬼,顽若异类,亦能见

---

① 《西清诗话》。

赏”①。在同类题材中,李白的《听蜀僧濬弹琴》以其表现方法的新颖、意境的优美开拓了另一个新天地。他没有用很多的比喻去形容琴声,而是着重表现自己听琴时的感受,表现弹者、听者之间的感情交流:“客心洗流水,余响入霜钟。不觉碧山暮,秋云暗几重。”清脆嘹亮的琴声渐远渐弱,和薄暮的钟声共鸣着。一个时辰,两个时辰,不知不觉地过去了。听完蜀僧弹琴,举目四望,不知什么时候开始,青山已罩上一层暮色,暗灰色的秋云重重叠叠,布满天空。时间过得真快啊!诗的意境美与李贺的《李凭箜篌引》的最后两句“吴质不眠依桂树,露脚斜飞湿寒兔”有异曲同工之妙,比白居易以“满座重闻皆掩泣”直抒听众感受,情思隽永多了。

尤其可贵的是,李白还有一首描写音乐的诗同是从听者的感受着笔,却能别开生面:“谁家吹笛暗飞声,散入春风满洛城。此夜曲中闻折柳,何人不起故园情”(《春夜洛城闻笛》)。在一个春风骀荡的夜晚,不知从谁家飞出缕缕笛声,凄清婉转的曲调随着春风飞遍了整个洛城。那未曾露面的吹笛人只管自吹自听,却不期然而然地打动了许许多多的听众。这时有一个远离家乡的诗人还未入睡,他倚窗独立,眼望白玉盘似的明月,耳听着远处的笛声,陷入了沉思。“何人不起故园情”,即境孕情,犹如神来之笔,天外飞来。这首诗写的是闻笛,但它的意义却不限于描写音乐,它表达了对故乡的思念,境随意高,短短四句刻画了两个思乡者的鲜明形象,概括了千千万万撩动着的思乡之情!艺术表现的精湛,构思的不同凡响,想象的丰富,意境的优美,情思的隽永,令人吃惊!

同一诗人抒写同一题材,能别开生面,再如林逋。他的咏梅诗,一首写梅的神态,“疏影横斜水清浅,暗香浮动月黄昏”;一首写梅的风格,“雪后园林才半树,水边篱落忽横枝”。因其各具风姿,欧阳修赞赏“疏影横斜”,黄庭坚认为“雪后园林”一联“似胜前句”,一时成为诗坛佳话。别林斯基认为,真正的诗人的每一首诗都是一个自成一体的独特世界,他的作品尽管如何多种多样,但在任何一部作品或任何一笔线条上都不会重复自己。

即使同一主题,如爱情、友谊、鞭挞黑暗腐败、歌颂光明进步、赞美高尚情操、抒写爱国热情等等,也由于构思不同——表达主题的角度不同、形象不同、表现方法不同,千百年间产生了,还将继续产生着无数优秀的诗篇。

且以爱情这一所谓永恒的主题为例:

一个人从初恋入笔:

杨柳青青江水平,闻郎江上踏歌声。

---

① 王琦:《李长吉歌诗汇解》。

东边日出西边雨，道是无情却有情。

——刘禹锡《竹枝词》

一个诗人从热恋写起：

枕前发尽千般愿，要休且待青山烂，
水面上秤锤浮，直待黄河彻底枯。
白日参辰现，北斗回南面——休即未能休，且待三更日头见。

——敦煌曲子词《菩萨蛮》

另一个诗人换个角度，写相思、离恨：

换我心，为侬心，始知相忆深。

写相思，有人直抒胸臆，有人用一连串精警的比喻，刻画相思者的心理活动，表达想与所爱的人团圞成双的愿望：

新月曲如眉，未有团栾意。
红豆不堪看，满眼相思泪。
终日劈桃穰，人在心儿里。
两朵隔墙花，早晚成连理？

——《花间集·生查子》

又一诗人独辟蹊径，写因相思而梦中相见，刻画了一个感情热烈而又满含娇羞之态的中国式少妇形象：

昨夜夜半，枕上分明梦见。
语多时，依旧桃花面。
频低柳叶眉，半羞还半喜，欲去又依依。
觉来知是梦，不胜悲。

——韦庄《女冠子》下片

更有个诗人大笔濡染，层层推展，用多种手法表现相思：

碧云天，黄叶地。
秋色连波，波上寒烟翠。
山映斜阳天接水，
芳草无情，更在斜阳外。

黯乡魂,追旅思。
夜夜除非,好梦留人睡。
明月楼高休独倚。
酒入愁肠,化作相思泪。

——范仲淹《苏幕遮》

词的上片写秋景,从天、地、波、烟,写到烟外的山,山上斜阳,斜阳外的天接水。这层层景色之外,还有那“无情”的芳草。作者通过层层推展的手法,逐渐打开一幅画卷,最后才从景点到情,点出这层层景色是从怀人者的眼中写的,是怀人者“追旅思”时登高远望展现的。原来写景正是为了写离情,而作者却以“芳草无情”反衬相思之苦。下片写情,首句承“芳草无情”说明怀人者无时不在相思之中。接着在写情中着一景语,“明月楼高休独倚”,运用正反相形的艺术描写方法,以明月、高楼这一美好境界反衬离人的孤寂心情,由此引出“酒入愁肠,化作相思泪”,酒原可以消愁,而如今酒化作泪,则“举杯消愁愁更愁”了。

即便是同一主题,同一题目,相似的形象,优秀的诗人也能以其写法的新颖而别开生面,不与人雷同。

在唐诗中有两首描写采玉者的诗篇。一是韦应物的《采玉行》:

官府征白丁,言采兰溪玉。
绝岑夜无人,深榛雨中宿。
独妇饷粮还,哀哀舍南哭。

一是李贺的《老夫采玉歌》:

采玉采玉须水碧,琢成步摇徒好色。
老夫饥寒龙为愁,兰溪水气无清白。
夜雨冈头食榛子,杜鹃口血老夫泪。
兰溪之水厌生人,身死千年恨溪水。
斜山柏风雨如啸,泉脚挂绳青袅袅。
村寒白屋念娇婴,古台石磴断肠草。

这两首诗同是通过采玉者的艰苦、沉重的劳动,表达人民的怨恨,讽刺统治集团生活的腐朽、荒淫。主题相同、题目相似、形象类似。

韦应物的《采玉行》受乐府民歌的影响,语言朴实,纯用赋体白描的手法,渲染采玉者的艰苦劳动:日间下溪采玉,夜晚露宿山顶,遇雨只得钻进杂树丛生的深林里。最后以采玉人留在家中孤独的妻子送饭归来“哀哀舍南哭”突出其“怨”，余音绕梁，不绝于耳。

李贺的《老夫采玉行》的基调则是“恨”。它不是事件的客观记录，而是运用比兴手法对素材进行必要的艺术概括和加工，使诗的形象更加鲜明、生动，主题思想更加深化和美化。它以奇特的艺术构思，丰富的想象力，多方面地描写环境气氛，突出采玉老夫形象的心理活动。诗的开头叠用“采玉”点明水碧这种名玉产于深水，十分难采，同时表示采之不已的憎恨情绪。第二句由无休止的采玉想象到贵妇人头上的步摇，“徒好色”三字起了点题的作用：水碧琢成步摇，徒然有美好的色泽，只能作为装饰品，供统治者享乐。这首诗开章明意，同时描写了社会环境，渲染了情绪、气氛，比韦诗的开头，艺术感染力强多了。接下去描写自然环境，突出采玉老夫无休止劳动的沉重。“龙为愁”这一奇想上承“老夫饥寒”，下贯“水气无清白”，均系同一原因而产生的后果：由于官府不断地驱使民夫在蓝田采玉，蓝溪的水搅成一团混浊，不但繁重的徭役使得老夫饥寒，连深潭里的龙也因不能安身而发愁。紧接一句“夜雨冈头食榛子”，又把“老夫饥寒”形象化了。王琦注：“冈头夜雨，则寒可知；所食者惟榛子，则饥可知。”在这种环境气氛的烘托下，“笔补造化”，用一倒装句正面刻画采玉老夫的形象：“杜鹃口血老夫泪”，老夫眼里流出的泪，就是杜鹃口中的血！杜鹃的啼声，似乎在说“不如归去”，这更触发了采玉老人欲归不得的悲哀。意犹未尽，在形象描写的基础上，蕴蓄于诗人胸中的热烈爱憎喷涌而出：“蓝溪之水厌生人，身死千年恨溪水。”这点睛之笔，如飞瀑震天，响遏行云。“‘厌生人’者，因采玉而溺死者甚众，故溪水亦若厌之。‘身死千年恨溪水’谓身死之后，虽千祀之久，其怨犹抱恨不释。”（王琦注）由于作者炼意的成功，于是境随意高，诗的情理神形达到了和谐的统一，采玉老人的怨恨得到了充分的宣泄，诗的意与境，客观事物与主观心情，一律加以深化和美化。这真是“水之迢迢，不足以为其情也”；“风樯阵马，不足以为其勇也”（杜牧《李长吉歌诗叙》）。因之，同是写环境艰苦，贺诗比韦诗想象奇特；同是写怨恨，贺诗比韦诗意蕴深刻。然而贺诗在深化、美化主题之后，又通过一连串的令人惊骇、使人喜悦的不平凡的形象的组合，即境以孕情，缘情而造境，使主题得到更为鲜明、形象化的表现。在“斜山柏风雨如啸”的自然环境中，在深山绝涧的险恶条件下，泉脚挂绳，绳上系着采玉的老人，远望只能看见一点袅袅的青色。这个特写镜头给人的印象太鲜明深刻了。在这样艰苦危险的境地作业，等于是驱之死地。老人本无生的希望了，可是就在这当儿瞥见了古台石磴上的断肠草，因草名而思念到贫屋中还没有成长的娇儿，是如何的挂肚牵肠啊！诗的形象刻画由远景拉到近景，深入到人物的精神世界作结，余味无穷。掩卷深思，把这一组一组的鲜明形象，结合那些点睛之笔

“徒好色”、“身死千年恨溪水”细心品味，那插在贵妇头上用银丝穿宝玉的步摇，不浸透着劳动人民斑斑血泪吗？作者深刻奇异的构思，震撼着读者的心灵。这只能用“石破天惊逗秋雨”来形容其艺术魅力了。

总之，写诗构思新颖，大量表现在抒写同类题材、普遍性主题，能从新的角度，运用独特的形象描写方法，以其独特的想象方式，做出全新的艺术表现。

歌德说：“独创性一个最好的标志就在于选择题材之后，能把它加以充分的发挥，从而使得大家承认压根儿想不到会在这个题材里发现那么多的东西。”

没有主题的普遍性，不易被广大读者所理解，所接受，没有艺术的特殊性，构思平淡无奇，人云亦云，就不能使人感动。主题的普遍性，艺术表现的特殊性，就能给人以新奇的感觉，而又表达一代人所普遍关心的问题而震撼读者的心灵。南宋抗金将领宗泽歌吟“出师未捷身先死，长使英雄泪满襟”（杜甫《蜀相》）而溘然长逝；南宋女词人李清照晚年赋《永遇乐》词，追怀“中州盛日”，寄托眷念故国之情；刘辰翁“诵李易安《永遇乐》，为之涕下”①，都是明证。诗言志，歌咏情。诗是共振器，普遍性的主题启人心志，引起广泛的共鸣；新颖独创的构思清人耳目，艺术瑰宝往往令人玩赏不已，流连忘返！古今优秀的诗作者深解此味，他们因而处于追求新颖的构思，从新的角度、运用新的艺术手法表达普遍性的主题的竞技状态中。

三

郭小川说：“诗是创作，一切要新。”②提炼语言，让它闪烁出清新的光彩，一直是诗人在构思诗篇时刻意经营的。因为诗是一种语言艺术，构思要靠语言来表达；诗的意境只有通过锤炼了的诗的语言，才能展现。正如马雅可夫斯基所说，诗歌的遣词造句，就像开采镭一样，要从几千吨语言中，去寻找和锻炼他所需要的那一个字。构思奇特，想象丰富，色彩鲜明，是李贺诗歌最成功的表现。这都是由于诗人精于炼字炼句，善于运用怪诞、华美的材料和词汇，杂用神话传说，驱遣风云鬼怪，别出心裁地创造出从来没有被人说过的话语，加上奇异变幻的气氛渲染，把人们的精神吸引进他所创造的另一个世界。优秀的诗人们在艺术的构思过程中，驾驭丰富的语言素材，根据作品的要求，总要反复地找寻和择取最能鲜明而又恰

---

① 见《须溪词·永遇乐》题序。

② 郭小川著《谈诗书简》，见《文艺论丛》第5期，第52页。

当地表现诗的意境的语言，增强诗歌的艺术感染力量。“七星在户北，河汉声西流。”（杜甫《同诸公登慈恩寺塔》）一个“声”字，巧妙地把银河比拟为流水潺潺的长河，变静态为动态，变无声为有声，化视觉形象为听觉形象，烘托了慈恩寺塔的高峻。“大漠孤烟直，长河落日圆”（王维《使之塞上》）一个“直”，一个“圆”，西北旷原傍晚的景象活脱脱地跳入眼帘，一条与地平线相垂直的烟柱，和一轮通红的圆日，构成了一个诗中有画的境界，引起读者强烈的美感享受。

熔铸新词，不一定选取那些生冷的动词、形容词。高明的作者往往把一些很平常的词语，放在特定的艺术构思中，精确地写出客观事物在特殊情况上给人的特殊感受。李贺就是这样的一个诗人。他既“刻于撰语”，善于运用华美的词汇，“状难写之景，如在目前”；又巧譬善喻，往往把一些很平常的词语，通过一连串令人赞叹、使人惊异的不平凡的形象组合，造成一种瑰丽多彩的艺术境界，“含不尽之意，见于言外”。人们经常引用的他的一些名句，如“天若有情天亦老”、“雄鸡一唱天下白”、“黑云压城城欲摧”、“飞香走红满天春”等等均属这种情况。

写诗能熔铸新词，当然更好，即使运用现成的词语、熟知的比喻，也要努力推陈出新，赋予新意。鸿雁，是历来诗人喜用的词，多用来抒发对亲人的怀念。但在毛主席《清平乐》里“天高云淡，望断南飞雁”，却赋予全新的革命内容，抒发了对南方根据地人民和战友的情同骨肉的怀念。“春蚕到死丝方尽”，是爱情名句，可是“春蚕到死丝不断，留与他人御风寒”，略改数字，就赋予全新的含意，深刻地表现了为人民献身的英勇战士的崇高的内心世界。

同一个词，同一个事例，按照不同的主题需要，放在不同的语言环境，运用不同的表现方法，赋予不同的感情色彩，可以造出不同的意境。例如用纸花、花圈来表现对死者的悼念，是常见的。在悼念周总理的诗作里，也常常见到这些个词语。但是，不少诗人以不同的构思，把它熔铸在自己的诗篇中，却给人以不同的感受。

“松柏枝头花如雪，白玉栏杆泪千行。”完全白描的手法，如实地再现了天安门广场树树是白花、人人泪滂沱的场面。明白如画，却把“举国老幼尽哀伤”的情景凝练地表现了出来。

同样是松树、白花，在朔望的笔下，却有了全然不同的表现：

“摘我心头花，依依松上挂，酸目回望处，朵朵俱是它。”

写了个人摘花、挂花和回望的动作和表情，却十分真挚地表现了每个人对周总理难分难舍的怀念。

韩瀚的诗，也写了“天安门前的每一棵松柏，都用白花缀满了衣襟”，但他进一步写出：

花圈的山河啊，泪水的海，
高山大海，
把英雄纪念碑顶天立地拥上云层。

通过浪漫主义的想象与夸张，既写了群众悼念总理的浩大场面，又表现了总理在人们心中顶天立地的伟大形象，并使人联想到中国人民定将化悲痛为力量，继承先烈遗志，推动革命大业，奋勇前进：这正是在亿万群众心中竖起的丰碑。

诗贵创新，没有新颖的立意、鲜明的形象构成的完美意境，就不会有感人肺腑的好诗。而熔冶完美的意境，重要的不在用什么词语，而在于如何运用。

构思是一个发现和表现生活诗意美的过程。生活是丰富多彩、日新月异的，事物是千姿百态、各具特色的，人的思想感情是复杂的。所以从缤纷多姿的生活中发现诗的素材，以独特的诗的语言，独特的观察事物的角度和感情表达方式，进行艺术概括，构思诗篇，也永远是新颖的，具有创造性的。“浪汹涛翻忽渺漫，须臾风定见平宽；此间有句无人得，赤手长蛇试捕看。”（史尧弼《湖上》）写诗的人，在构思上，应有这种努力捕捉生活，写旁人未写的艺术境界的顽强劲。只要我们在生活的基地上深耕细作，在艺术上勤于探索，就一定会撷取到馨香扑鼻的诗的花朵，构思出不与人雷同也不重复自己的优秀诗篇的。

试论诗的构思过程

一

当你受生活的触发，有了创作的冲动，无数熟悉的形象纷纷浮现脑际，各种复杂的意念一齐涌现心头，激动不已，热情难耐，但一时又感到无法措辞时，如何办？“执术驭篇”，①把这些杂乱无章的东西，组织成一个统一的整体，酿成诗章，靠构思。构思就是产生创作冲动之后，提炼素材，选择角度、组织材料、刻画形象，表现主题的过程。诗的构思，就是作者深化生活认识的过程和艺术表现的酝酿过程，就是诗歌的孕育过程。

生活是构思诗的基础。只要我们在生活的基地上深耕细作，就会撷取到馨香扑鼻的诗的花朵，构思出新颖奇异的诗章的。但很多人有丰富的生活经历而写不出诗，原因何在？这是因为他们没有艺术地认识生活的习惯，思想的火花有时如彗星闪现，倏忽而逝；或者他们缺少艺术地认识生活的劳动锻炼，不具有构思诗篇的能力。从激动人心的生活，到激动人心的诗，必须进行认真的艺术构思，才能有惊人的创作。

王国维说：“大家之作，其言也必沁人心脾，其写景也必豁人耳目，其辞脱口而出，无矫揉拘束之态，以其所见者真，所知者深也。”②这话完全正确，但他探索得还不够深刻。读者不免要问：人们对于同自己长期生活在一起的人，总可以说是“所见者真，所知者深”了吧？但如果让一位具有一定的语言素养的人以自己最熟

---

① 刘勰：《文心雕龙》。

② 《人间词话》。

悉、最了解的人为素材,写一首诗,多数人却写不出。所以不能泛泛地讲“所见者真,所知者深”。因为诗人的“见”,是用艺术的眼光去见;诗人的“知”,是用艺术的思维去知。诗的构思是一个发现和表现生活诗意美的过程。发现和表现生活的诗意美,诗有不同于其他文学样式的独特的思维规律。

二

诗歌典型化的方法不同于小说、剧本等文学样式的是:不但所描写的人物、事件、环境,可以是典型的,而且所描写的某种生活场面、某种生活情景,甚至自然界的某种景物,经过作者的选择、提炼,饱和了感情,也可以反映社会的某种典型性。所以,中国古典诗论中曾有“诗家不出情景二字”的说法。研究诗歌写作的人总结诗歌构思的规律有“触景生情”和“缘情造景”之别。刘勰在《文心雕龙·物色》中说:“情以物迁,辞以情发,物色之动,心亦摇焉。”诗人的创作冲动是由社会生活激发的,诗的构思是由具体事物的感召开始的。因此,对生活画面——客观景物,精细观察,是构思的起点。“触景生情”,“缘情造境”,都要求对所描写的“景”有个确切的了解、准确的把握。不认真观察,是难以对生活做出真实的描写的。“细雨鱼儿出,微风燕子斜。”“穿花蛱蝶深深见,点水蜻蜓款款飞。”这样自然工巧的诗,不细微观察,是写不出的。再看杜甫的《春夜喜雨》:

好雨知时节,当春乃发生。
随风潜入夜,润物细无声。
野径云俱黑,江船火独明。
晓看红湿处,花重锦官城。

诗人观察到春雨不同于夏天的暴雨,它的特点是:细。蒙蒙细雨,如烟如纱,所以说,是“潜”,是“润”,是“无声”。春雨之夜,是一番什么景象呢?作者当时住在成都郊区,所以呈现于眼前的是“野径云俱黑”。“云俱黑”,见出雨意之浓,更显得“江船火独明”。成都地区的春雨,主要在夜里下,一到早上就停了,所以“晓看红湿处”;“红湿”,所以“花重”。这首被纪昀誉为“通体精妙”的“名篇”①,就是这样细致观察所得的。同样写雨后的花,杜甫作“红湿”、“花重”,而王勃的《郊

① 见方回:《瀛奎律髓》卷十七。

兴》作“雨去花光湿，风归叶影疏”。杜甫写的是下了一夜的细雨，所以雨止以后，看到“红湿”、“花重”。王勃写的也是春雨。雨下得时间短，雨后日出，花上已经没有雨水，在日光照耀下更见滋润，所以说“花光湿”。这个“光”字显得花有精神，所以钟惺批：“‘光’字有情。”①风停了，在日光照耀下，叶影清疏，一个“疏”字，又点出“花光湿”的日光是从叶影中透出的，于是花的光泽、色彩被惟妙惟肖地描绘出来了。两种雨后的花，按照生活的样子写出，完全不同。这需要诗人用艺术眼光对描写对象作锐敏细微的观察，才能缘情体物，写出“造化发生之机”②，“天然工巧而不见其刻削之痕”③。

优秀诗人在用艺术眼光观察生活，构思诗篇的时候，特别注意磨锐自己独特的艺术感受力。试看：

> 停车坐爱枫林晚，霜叶红于二月花。
>
> ——杜牧《山行》

> 羌笛何须怨杨柳，春风不度玉门关。
>
> ——王之涣《出塞》

> 玉颜不及寒鸦色，犹带昭阳日影来。
>
> ——王昌龄《长信怨》

> 感时花贱泪，恨别鸟惊心。
> 烽火连三月，家书抵万金。
>
> ——杜甫《春望》

这些诗眼所在、意境的凸出和集中之点，就是作者以诗人的锐眼（不同于常人，也不同于小说家、剧作家）观察生活景象时，物我融一所形成的艺术感受。如果说，观察发现了生活的诗意美的话，那么，艺术感受便由发现之门进入创作之境。没有艺术感受，激动人心的生活，永远也转化不成激动人心的诗。浦起龙说：杜甫《春夜喜雨》“起有悟境”④。这“悟”，就是作者的艺术感受。诗人从细细的春雨随风润物，悟出“好雨知时节”。“知时”二字把无知的雨写成了有知，于是

---

① 《唐诗归》卷一。

② 《读杜心解》卷三。

③ 叶梦得《石林诗话》卷下。

④ 《读杜心解》。

“潜入夜”、“细无声”、“红湿”、“花重”等听觉和视觉形象立刻被照亮，有了神采，作者“喜雨”的感情也从中透露出来。从诗的章法说，这是诗眼，但从诗的构思过程看，这是情与景相撞而爆发出来的思想火花。如果说，观察是诗歌构思的起点的话，那么，艺术感受，便是构思诗篇的触发点。

诗人用艺术眼光观察生活，抒写此时、此地、此情、此境的独特感受，写景状物无不染上强烈的个人色彩。

同是写唐王朝的对外战争，陈陶的感受是：

可怜无定河边骨，犹是春闺梦里人。

——《陇西行》

王维的感受是：

熟知不向边庭苦？纵死犹闻侠骨香。

——《少年行》

王昌龄的感受是：

但使龙城飞将在，不教胡马度阴山！

——《出塞》

不同诗人的不同感受，从不同角度反映了唐王朝对外战争的不同侧面。外界的物象是缤纷多姿的，人们的感情是复杂的，人们的思想和文化素养不一。因此，诗人以不同的思想感情从不同角度观察生活所形成的艺术感受，就是独特的不可重复的“这一个”。艺术感受力的敏钝、深浅，又规定和影响着诗的意境的高下。因此，艺术感受力不仅是构思的触发点，也是构思新颖独创的保证。构思雷同，诗之大忌；凡诗，必须是新颖独创的。

诗人用艺术眼光体察（观察，感受）描写对象，非但不同于常人，也不同于小说家、散文家、剧作家。因为诗反映生活较之其他文学样式更集中，它要求构思精湛，“句中有余味，篇中有余意；”“言有尽而意无穷”；“若句中无余字，篇中无长语，非善之善者也”。[1] 为此，优秀诗作者在体察事物、构思诗篇起始，就在揭示事物特征和启发读者想象上狠下功夫。因为只有通过精心体察，用尽可能准确的语

---

① 《白石道人诗说》。

言，艺术地揭示事物的形象特征，才能“状难写之景如在目前”①，以鲜明的形象启人心智，以新颖独创的构思震撼读者的心灵；只有善于诱导读者自觉地发挥想象力，才能使其体会到象外象，景外景、言外意，充分感受到“言有尽而意无穷”的诗味，启发读者“把作者诗句中只透露一星半点的东西拿到自己心中去发展”②，达到“作者得于心，览者会以意”③的效果。

寥落古行宫，宫花寂寞红。
白头宫女在，闲坐说玄宗。

——元稹《行宫》

寥寥二十个字，只是安详平静地素描着行宫里一个角落的画面，却概括了安史之乱前后多少沧桑之变，倾吐着诗人多少凭吊今昔的感慨！这首诗之所以能“含不尽之意见于言外”④，就是因为作者紧扣昔盛今衰这一艺术感受，抓住了“寥落”和“行宫”、“寂寞”和“红”、“白头”和“宫女”这些看似矛盾却又无比和谐的形象，用正反相形的艺术反衬手法，“状难写之景如在目前”。一个“在”字旨在说明多少繁华荣盛这时都“不在”了！文在此，义在彼，象外有象，景外有景，发人想象，启人心智。两三宫女闲坐着，回忆着，讲说着当年明皇的风流韵事……而这一切，早已风流云散！作者不尽讽喻之意见于言外。诗要有余味，在于诗人要给读者留下驰骋想象的天地。元稹这首《行宫》虽只二十字，整个画面却“光彩炜炜而欲然，声貌岌岌其将动”⑤，其内涵的丰富牵动读者的想象，各人可以尽自己的联想，结合自己的历史知识和现实生活体验，拿到自己心中去发展。

诗人观察、感受事物，不同于小说、剧作家的是：一般地说，他不在编织故事、塑造人物形象上下功夫。他是把生活场景或自然景象放在一定的时代背景中精细体察，经过概括提炼，以一斑而窥全豹，以准确的语言，揭示它的形象特点，抒发作者的独特感受。这个“景”，是内情和外境的水乳交融，情、理、神、形的和谐统一。它渗透着作者的感情，寄托着作者的理想，传达着时代的心曲，蕴含着“生活的本质，它的所谓最美的醇精，高度精汁，精髓”⑥。

---

① 《六一诗话》。
② 巴尔扎克：《幻灭》。
③ 《六一诗话》。
④ 《六一诗话》。
⑤ 刘勰：《文心雕龙》。
⑥ 别林斯基《莱蒙托夫诗集》，载沈奇编选《西方诗论精华》，花城出版社 1991 年 11 月出版。

三

诗要意境深邃,言尽而意无穷,还须在抓住特点体察事物的基础上开展大胆的想象。“无定河边骨”与“春闺梦里人”,在现实生活中不见得真的就同时同地出现在同一个人的眼前。它们之所以会紧紧地联系在一起,组合成一幅震撼人心的画面,是出于诗人的想象对现实生活所做的艺术概括。甘蔗林和青纱帐,一在天之涯,一处地之北,远隔千里,表面看来,似乎毫无联系,但诗人郭小川飞起想象的彩翼,从香甜而严峻的甘蔗林、遥远又亲近的青纱帐,联想到我们的生活和事业,我们经历过的和要走下去的革命路程,用思想感情的纽带把它们有机地联系在一起,通过精巧的艺术构思,汇成一幅壮丽的历史画卷。

想象是构思诗章的基本手段。“所谓灵感,就是诗人在想象中捕捉住了动人的不落常套的构思。”①想象力,“这个十分强烈地促进人类发展的伟大天赋”②,这一“最杰出的艺术本领”③,不只为诗人所独有,也应为诗人所特有。诗篇在艺术上的成功与否,或高下有别,在很大程度上表现在想象的强弱上。所以,恩格斯在评论德国诗人普拉顿时指出:由于普拉顿的“幻想”“不够”,虽然他“特别讲究辞藻”,注重“修辞的内容”,但是,诗篇仍然“缺少浓郁的诗的气息”,“使人感到烦腻”,“他想用一篇杰出的作品来结束自己生涯的愿望没有实现”④。

诗的想象在目的和方式上不同于其他文学样式,有其独特的规律。

“诗的特征是抒情性。”⑤“诗者,志之所之也。”⑥诗言志,言志,就是抒情。它对人物、景物不做具体、完整的描绘,是为了转化为抒情因素。诗人上天入地驰骋想象,是为了更好地抒情。

在有的诗篇中,诗人驰骋想象刻画了生动的人物形象,但刻画形象,仍是为了抒情。试看杜甫的《月夜》:

今夜鄜州月,闺中只独看;

---

① 何其芳:《诗歌欣赏》,作家出版社 1962 年版,第 6 页。

② 《马克思恩格斯论艺术》第 2 卷,人民文学出版社 1963 年版,第 5 页。

③ 黑格尔:《美学》第 1 卷,商务印书馆 1979 年版,第 357 页。

④ 《马克思恩格斯论艺术·普拉顿斯》。

⑤ 郭小川:《谈诗书简》,《文艺论丛》第五辑。

⑥ 《毛诗序》。

遥怜小儿女，未解忆长安！
香雾云鬟湿，清辉玉臂寒；
何时倚虚幌，双照泪痕干？

诗人于至德元年八月身陷长安，为安禄山胡兵所俘，仲秋感怀，怀念身在鄜州的妻子儿女，不从自身痛苦说起，偏以妻子那边悬想，然而写妻子正是为了写自己难以形容的内心痛苦。这个“从对面飞来”（浦起龙评此诗语），“在想象中捕捉住了动人的不落常套的构思”，把诗人回环不已，缠绵悱恻的国破家亡之恸，淋漓酣畅地表达出来了。

诗的想象，在方式上不同于小说乃至散文的，是它的飞跃性。杜甫的《月夜》从悬想妻子见月忆己着笔，有千言万语正待要说时，但笔锋一转，却从鄜州妻子那面的“独看”，跳到长安这面的“遥怜”，用儿女的无知，反衬双方忆念之深。接下去承“只独看”，镜头一摇，拍了一个特写，极写想象中的妻子望月之久、忆夫之深，以至夜深不眠，鬟湿臂寒。“云鬟湿”、“玉臂寒”，绘的是妻子望夫神态，实则是写丈夫这面忆妻之真之切。当感情的潮水如黄河的激流正要奔泻而出时，镜头忽地移到了画外音，又拍摄了一个重逢时双方热泪纵流的特写。想象“双照泪痕干”，正反衬现在双方异地月下泪不干。

想象的运用，造成了诗的构思的跳跃性的特点，是由于诗的高度集中性，不可能细微地描绘事物的矛盾发展过程，而只能写出最关键的片断。但“语欲止而能续，意似断而实连”。感情一泻千里，想象瞬息万变，感情的抒发与想象的展开同时进行，想象是受感情支配、串联的。《月夜》中的一个个特写镜头，全由作者怀念妻子的真挚感情出发，统一在对妻子的形象描写中，而以“独看”串联全诗，语意玲珑，章法绵密。诗歌想象的运用，不求对事物外在关联的具体描写，而是要突出其内在的，本质的联系。那些失落的环节，是可以靠读者的体会和想象补充上去的。这种跳跃性，正是造成诗歌“言尽而意无穷”的因素。

诗的构思过程，是一个极其生动活泼的充满声音、色彩、图像的形象思维过程，“吟咏之间，吐纳珠玉之声；眉睫之前，卷舒风云之色”①。诗的构思，总是从现实生活中的具体事物的感召开始，继而以无穷的联想、幻想活动，发现生活现象的内在联系，组合生活画面。在凝神结想、“神与物游”的联想、幻想中，作者文思泉涌，情感波澜起伏，画面升退显隐；随着思维的深入，画面越来越鲜明生动。最后胸有成竹，一挥而就。这种形象思维的过程，也就是艺术想象的过程。

---

① 刘勰：《文心雕龙》。

四

“诗无杰思知才尽。”(陆游诗语)新颖深刻的艺术构思,不但要最大限度地运用想象,而且要对时代的本质、生活的内涵作苦心孤诣地思考,才能从生活的平川攀登上诗意的高峰,收“言尽而意无穷”之效。“诗歌创作的问题,从根本上说,还是作者的生活基础,思想高度、理解能力的问题。”①1961 年 11 月郭小川在昆明构思《乡村大道》这首诗的最初感召,许是积蕴于诗人胸中对生活、对人生、对革命的见解从“乡村大道”中找到了形象,也许是漫步在乡村大道上,倏地认识了它含蕴的本质,从中洞察出人生的哲理,但作者避开了“千条万条,通向阳关道”的一般化的构思,跳出了“踏满了几辈人的足迹,如今是平川道”的今昔对比的司空见惯的描写,抛开了一般人走的和容易走的路子,把读者带到了长远艰苦的历史年代,带进了生活真理的海洋,是作者对时代本质的思考,是三年暂时困难时期人民战胜困难的精神,使诗人感奋至极;革命道路上“突起的风波”,又促使作者思索革命的险峻,生活的内涵。郭小川给新疆友人写信谈到他在构思问题上的甘苦时曾说:“为了提高质量,……每天,我都在思索中,想构思出一点高水平的东西来,但总是一个个地被否定。”思考,特别是结合时代本质思考描写对象的生活内涵,是构思出含有“高度精汁,精髓”的诗篇的关键。

新颖深刻的构思,一方面要求诗人的思考像一把钻探机,抓住生活中个别的具有特征的物象,由表及里向纵深开掘,从中提取光灿灿的晶体;另一方面要纵情发挥想象,由此及彼,从开阔而深远的“面”来加深那个由表及里的“点”。这样,形象性和深刻性、开掘力和概括力,就有机地结合了起来。郭小川的《甘蔗林——青纱帐》一方面驰骋想象,以甘蔗林和青纱帐的象征意义为媒介,用两个时代的不同色彩,汇合成一幅巨大的历史画卷,这里既有“繁华的夏日”、“鸣奏嘹亮的琴音”的现实生活场景的描写,又有“肃杀的秋天”一样充满艰辛、然而又是如此亲近的往昔战斗生活的回顾;另一方面又以诗人的锐眼告诉我们:严峻而艰辛的革命战争年代离开我们是遥远了,但无产阶级的战斗青春却永远不能消逝;香甜与芬芳的社会主义时期虽然已经来临了,但就在幸福的当今仍然会有如同昔日的风云。诗人将把握时代本质的深刻思考熔铸在典型的生活图景、优美的意境中,“香甜”与“严峻”、“遥远”与“亲近”、历史与现实之间发展的联系的辩证观点虹贯全

---

① 郭小川:《关于诗歌创作的一封信》。

诗,五彩缤纷,熠熠闪辉。

由此可见,诗的构想过程是一个想象与思考、形象思维与逻辑思维交错进行、互相渗透的过程。它们对立统一,在构思过程中是你中有我,我中有你,互相对立,互相转化,互相推动,而又各自深化的。诗人之所以要千方百计地发挥他的想象力,就在于要从客观事物上面发掘出隐藏着的本质特点,加以夸张。但是客观事物是缤纷复杂的,它的本质特点是不易发现也不易道破的,所以要借助于逻辑思维,理性思考。然而要把握事物的本质,决不能离开事物的现象,只有通过事物的外在表现,才能把握事物的本质,只有把事物当作一个活的整体来感知和认识的人,才能通过精湛的艺术构思,把激动人心的生活转化为激动人心的诗。这就是艺术思维不同于科学思维的地方,这就是诗的构思要把想象与思考、形象思维与逻辑思维结合起来的原因。

五

观察,感受,想象,思考,熔铸生活,构思诗篇,需要动力。这个动力,就是创作激情。

发现捕捉生活的诗意,想象的飞腾,思考的运转,必须打开心灵之门。心灵之门紧锁着,生活的诗意展现在面前,你无动于衷,也会失诸交臂。优秀的诗篇具有感人的力量,是诗人感情孕育的结果。心中有火,笔下才能生花。没有激情,决构思不出完美的诗章。诗人的创作冲动来自社会现实在他内心所激起的感情的波澜上。感情的波澜激动着诗人,逼着他拿起笔来。作品的倾向取决于感情的波澜是朝哪个方向、以怎样的方式奔涌。所以,生活是诗的构思的基础,激情,是诗人构思诗章的动力。

但并非所有人的感情,都能转化为诗。事实上,多数人的激情,并没有转化为诗。进入诗的创作领域,必须遵循和运用诗歌构思规律,用诗人的艺术眼光,观察、感受、认识客观事物,用诗的艺术手段表现客观事物。

用诗的艺术手段表现客观事物,首先思想情感要找到适当的表达形式。这就是中国诗歌传统中所说的以形传神,托物言志,借景抒情,把思想感情寓于深刻、动人的意境之中,做到事、景、情、理溶而为一。

因此,诗歌描写形象“并不依样画葫芦地描写花园里含苞待放的玫瑰花,却舍弃它的粗俗的实体,仅仅取其芬芳馥郁的香味,奇谲变幻的色彩,用这些东西来做成一朵自己的玫瑰花,比实物的玫瑰花更好,更华美”(别林斯基语)。诗歌描写形象，是抓住形象特征的要点，用精练的笔墨点化出来，高度概括地表现物象的精神特征。明代于慎行说："近代之诗如写照，毛发耳目，无一不合，而神气索然。"①诗歌是借物象以抒情言志，如果像照相那样来写物，就会愈是写得"无一不合"，愈不成其为诗。

诗歌表现思想感情的艺术手段是化实为虚，化景物为情思，把具有特征性的生活场面和景物变为抒发典型思想感情的诗的因素。郭小川笔下的乡村大道"好像一座无始无终的长桥"，"像一根根金光四射的丝绦"，又像"一条条险峻的黄河"，"一道道干涸的沟壑"。诗人之所以要从各个角度点化乡村大道的形象特点，是为了突出其矛盾统一的精神特点——既长远、宽阔、明亮、丰沃，又险峻、曲折、坎坷和充满突起的风波，从而淋漓酣畅地抒发诗人那风发的意气，开拓的乐趣，投入生活波涛的豪情壮志……郭小川的诗作几乎每首都是写什么而又不只是写什么：写乡村大道，又不只是写乡村大道；写甘蔗林——青纱帐，又不只是写甘蔗林——青纱帐；写秋，又不只是写秋日风光。他总是从眼前景物写起，渐渐引申开去，写出自己的感情和情怀，文字之外别有一种寄托，别有一番境界。

以形传神、化实为虚，是我们诗歌创作的民族特色。在构思的过程中，二者相辅相成，对立统一。一方面，思想感情要借外物来表达，"真境逼而神境生"②。神不仅不能离开形，且必须在准确、真实地描形的基础上，才能传其神；另一方面，又不单纯地追求形似，而是以虚带实，抓住形象特点，简练地表现神的精神。表现方法是抓住喻体与本体的相似点，夸张、比拟、引类联想，以便"状难写之景如在目前"，把要表现的事物表现得穷形尽相，把要抒发的感情抒发得淋漓尽致，把高度的真实与极度的夸张融为一体。

以形传神、化实为虚的极致，是想象与夸张结合，准确地描写错觉，造成精美的诗的意境。

例如李白的《早发白帝城》：

> 朝辞白帝彩云间，千里江陵一日还。
> 两岸猿声啼不住，轻舟已过万重山。

实际上猿声并非不间断，而是由于上下游地势高低悬绝，顺流行舟非常迅疾，当这儿猿声还在耳中响着的时候，轻舟已一泻千里，又听到了那儿的猿啼。这首诗构思之妙，就在于作者利用听觉上的错觉，来加深读者对舟行快速的感受。

---

① 《谷山笔尘》卷八。

② 《画论丛刊》，第17页。

再如“江流天地外，山色有无中。郡邑浮前浦，波澜动远空”（王维《汉江临眺》），利用视觉上的错觉，前两句写了一个广袤无垠的画面，后两句渲染了水势的浩瀚，四句诗，有无、远近、疏密、浓淡相间，构成了一个阔大的意境，则汉江的浩瀚，读者可以想象，作者眼界的阔大，读者可以体会。诗题“临眺”二字，被发挥殆尽。所以，准确地描写错觉，不是为了歪曲客观事物，而是有意识地利用错觉，突出事物的形象特点，淋漓酣畅地抒发作者的情怀，给读者以想象思考的余地。

有些评论家不了解诗歌构思中以形传神，化实为虚的规律，用读文章的眼光，指摘它失实，就未免执着了。如喻守真指摘杜甫的《登岳阳楼》“吴楚东南坼，乾坤日夜浮”二句“夸大形容”、“牵强失真”时就说：“照地理上讲，洞庭湖四周，均为楚地，哪能说是与吴分界之处。乾坤日夜浮，倘用来咏大海，那还相当，若咏洞庭，未免不称。”①杜甫这两句诗是写登临远眺所感，若从感觉说，则洞庭湖的宏阔在诗人的视野中造成的错觉，这两句是写得鲜明、准确的；若从科学讲，则“乾坤日夜浮”，用来咏大海，也是“与事理未当”的，更不用说“黄河之水天上来”了。细品杜甫这两句诗在全诗中的作用：以洞庭的壮阔反衬自身的孤寂，由湖山的雄伟想到万方多难的现实，触景生情，悲喜骤转。一“坼”，一“浮”，奇警生动，造成一种开阔的意境，作者的家国之恸，所见者大、所思者深的精神境界，“穷年忧黎元，叹息肠内热”的博大胸怀，全由这两句诗的烘托而得到逼真的展示。这两句诗写洞庭湖的壮阔气象，是夸大的，又是真实的，是极度夸大与高度真实的统一。所以，准确地描写错觉，化实为虚，从根本上说，是为了高度真实地写形、传神、表情、达意，深刻地表现生活的本质。

六

西欧19世纪有一个诗人曾经发现：“化自然景物为思想，化思想为自然景物——这是艺术天才的秘密。”化自然景物为思想，必须遵循诗的构思规律，用诗人的锐眼观察、感受客观景物，用诗人心中的烈火熔铸客观景物，达到“思与境偕”的境地。“思与境偕”②，须有对客观景物——生活，进行一番熔冶、锤炼的功夫。熔冶生活，须有动力、原料、熔炉、与引火点。生活是构思的原料、构思的基础；体察是构思的契机、构思的触发点；想象、思考，形象思维与逻辑思维交替运转，是陶

① 《唐诗三百首详析》，中华书局1957年版，第182页。

② 司空图：《与王驾评诗书》。

冶生活的熔炉;创作激情,是它的动力。但是,“思与境偕”,并非构思的终点,用诗的艺术手段表达构思的成果,“化思想为自然景物”,把精神的东西转化为物质的东西,才算完成了构思的过程。通过这么一个“物质——精神——物质”的孕育过程,激动人心的生活,才能转化为激动人心的诗。

由此可见,艺术创作的过程,是一种复杂的精神活动,并不像某些评论家所说,只要“把现实当作和自己一样的有生命有情意的东西来对待”,只要对某一客观事物,例如一张桌子,有了感情,这“一张普通的单有实用价值的桌子”,就立刻“作为一种艺术对象而出现”,“进入艺术的领域”了①。

① 钱谷融:《文艺创作的生命与动力》,《文艺报》1979 年 6 月号。

诗意象随想

意象是诗歌的最小材料单元,又是诗的基本构成要素。这是由于:在所有文体中,诗是一种最为浓缩凝练的语言艺术作品,而意象是直接与语言词汇系统相联系的,质言之,意象本身就是词。所以,托马斯·芒罗在将同一题材的多种艺术形式进行比较后指出:"诗的价值并不存在于表现抽象观念的诗行或散文诗中,而在于通过意象的美妙编织,能唤起情趣和沉思。"①叶嘉莹则从另一角度,即创作主体必须将抽象的情致化为具体可感的东西,才能成为诗这一角度,言及意象在诗的创作中的重要作用,她说:"诗歌之贵在能有可感的意象……写景的诗固然以'如在目前'的描写为好,而抒情述志的抒情则更贵在能将其抽象的情义概念,化为可即感的意象。"②所以无论诗的创作或批评,都不能对意象这一诗的基本构成要素置若罔闻,故此,一位台湾学者才说:"在诗学研究的范域,意象研究是具有独特地位且是相当重要的一个部门,它是直接指向诗的内在本质所做的探索。"③

意象是诗歌最细小的元件,但细审起来,它本身又是一复杂的结构体系。

通常,意象被作为二元划分,即主体的"意"与客体的"象"。既为意象中的"象",就不再是独立于现实的客体,而是带有先在与不断汇入的主体情致在其中。每个(或每类)意象一经前人使用,成为佳篇名句的亮点,也就具有了浓缩化的文化能量,从而有可能连同作品的文本结构、神韵以及作者彼时彼地的情感、哲思乃至该意象系统的有机整体,而惠及后世,在不同时代、不同文本中反复出现。所以,看似孤立悬置在个别文本情境中的意象,实则在其背后是一个蕴涵丰富的文化实体。每一意象内蕴在历代每位创作主体的笔下,不断增殖,后续之作不断层

① [美]托马斯·门罗《走向科学的美学》,北京:中国文联出版公司1985年版,第346页。

② [加]叶嘉莹《迦陵论诗丛稿》,台北:中华书局1984年版,第240页。

③ 李瑞腾《诗的诠释》,台北:台湾时报出版公司1982年版,第143页。

积，繁衍派生，又会日渐引发为一个庞大的具有相似结构的意象群落。诗人对传统文化了解的程度有多深，运用语言的能力有多高，对意象群体系统、内涵及源流的熟悉程度就有多广、多厚重。

进而细审，从历史性的发生学意义上看，某些意象常常同神话思维有联系，带有民族的原始心态孑遗，这种孑遗从人类学、美学建构整合的角度说，有时会构成一些神话因子较明显的诗的创作契机，而更多的个体意象，虽与神话原形无关，但由于历代诗人、作家的审美建构，其意义功能绝不限于较单纯直接的字面含义。在这里，神话思维与艺术、美学思维难分难解，神话、民俗、诗歌史上名篇佳句以及连带的典实掌故杂糅交织，就像包含众多信息的储存器，等待着接受主体选择脉冲的触发。从共时性看，在一些具体的诗的文本里，虽则象因意迁，但有限的象往往难以统摄变换多端的“意”，所以人们可以见仁见智，“诗无达诂”。这种接受过程中的“燕书郢说”，又往往使诗的遗传基因发生染色体的变化，从而构成诗的创造契机。

意象仓库的异宝奇珍琳琅满目。正因为意象的诸多个体有着各自不同的多层多重意义，这才造成诗的主体在运用意象构造诗篇的选择范围极其宽广。时代、地域、禀赋、情趣、际遇的不同，对意象及其具体层面的偏爱认同亦有别，于是，形成诗人各自的独特风格，以及诗文本的独特风貌。

意象是诗人情致和性格的对应物，“诗人的独特的观察事物的角度，独特的情趣和性格，构成意境的个性。陶渊明笔下的菊，简直就是诗人自己的化身，以至一提起陶就想起菊，一提起菊就想起陶，陶和菊已融为一体。李白笔下的月，陆游笔下的梅，也莫不如此”①。意象在某一时代的状貌同时代心理相联系，往往会形成民族共有的审美心理。这由于“回忆是一种特殊的经验，因为它是由经过有选择的印象组成……记忆筛选了所有的材料，再把这些材料用一种有特色的事件构成的形式再现出来”②。某些意象的潮动既反映了时代的好尚，又激发强化了人们的从众心理，这些具有表现力的意象与趋众从俗的情感模式的不断认同，彼此又形成了主体内心的“正反馈”机制；意象的层积增升与诗人的情感需求之间，存在着某种“马太效应”。于是，一大批各具特色的、与文人心态意绪某些特定层次联系的意象，成为创作的酵母，在一定的社会思潮催促下，往往会有一批新诗人与诗章涌现。优秀诗人绝不满足于因袭旧有意象，他们或者扩大审美范畴，创造新的意象；或者在依傍前代意象的同时，赋予它所借重的艺术符号以新的内涵、新的情

---

① 袁行霈《诗歌艺术研究》，北京大学出版社 1987 年版，第 64 页。

② ［美］苏珊·朗格《情感与形式》，中国社会科学出版社 1986 年版，第 305 页。

味;或者改变前人意象中的“象”,使其变形、增值。在优秀诗人对传统意象进行选择、改造或创造新意象以酿制诗章的过程中,往往会因之有新的诗歌文体、诗歌流派的诞生。波德莱尔把以前生活中普遍认为的是丑的、不能入诗的场景发展为美的意象,从而造成了对传统美学思想的一次冲击,使诗的意象美得到新的诠释。波氏作为一个伟大诗人的确立,不仅仅是对象征主义风格的完善,而且在诗歌发展史上,拓展了诗的审美范畴,他的独立的意象体系,为诗歌意象库增添了一批迥异于传统的新族群。

现代诗歌意象不仅化丑为美,而且是经过心灵重组的变形的感情对应物。其组合方式也不再像古典诗歌那样,通过眼前景色的有序排列而导向含义不尽的艺术境界。在现代诗中,意境退居幕后,甚至销声匿迹,它由意象叠加、推演、组接和奇特的观念联络而在字里行间包涵着一团团具有张力效应的意义,甚或相互抵牾、矛盾着的思想。现代诗歌不仅意在言外,而且很大一部分“象”也留在言外;古典诗歌“出象尽意”的定律被打破,“象”成了神龙见首不见尾之物,“明喻已被隐喻取代了,而隐喻又常常化为形象或象征符号”①。加之,暗示、套语、典故的大量使用,这就加重了阅读现代诗的困难。一个个残缺的变了形的意象摆在读者面前,乍读现代诗,犹如拆碎了的七宝楼台,不成片段,但当你漫步现代诗歌画廊,细心体味,就会惊异地发现,呈现在你面前的,乃是一座五光十色的艺术大厦,闪耀飞动的暗示,鲜明的细节,若断若续的手法,瞬间美丽意象的扑着,美不胜收,但当众多意象一起出现时,又呈现种种有序的组合,其间的组合连接方式是精益求精的,但你若认为所有的现代诗人都在相同的基础上,以极为相似的方式进行创作,那就大错特错了。他们秉性各异,每人都是独特的这一个。“有些人是天生的抒情诗人,有些人除拥有基本的抒情天才外,还拥有沉思和幻想。比如 W·C·威廉斯和 W·史蒂芬就是这样。有些是沉思型的,有些是讽刺型的,有些是机智型的。像叶芝和艾略特这些人,就明显地拥有多种卓越的天赋;而年轻的 W·H·奥登就是最佳意义上的艺术能手。实际上,现代诗歌创作所涉及的各种各样的才赋,是诗歌的深度和广度的一种明证。”②

是的,无论在深度和广度上现代诗歌都大大地超越古典诗歌。这是因为现代诗歌几乎每一意象都荟萃了一种文化观念而又新奇隐晦。现代诗歌“意象除了提

---

① [美]路易斯·波根《怎样读当代诗》,载彭燕郊主编《现代世界诗坛》第一辑,长沙:湖南人民出版社 1988 年版。

② 同上。

供视听效果外,最重要的是它所潜藏包括的意义功能"①。现代诗人往往用一种探究的目光来查究他们自己的本质以及他周围世界的本质。因为掌握了多种技巧方法,诗人们现在不仅能够描绘他们周围的世界,而且能描绘出他们的内心世界,并且能够用最精巧的方式来说明这些世界的事件。正因为意象潜藏包含着"意义功能",所以在诗文本中不少重要的意象能超出作品本身个别性意义;它们出现于某些作品中时,虽然仅是辅助性的,却因其系统本身的强大凝聚力而使作品主题变得富有多重性,至少会成为接受主体超越作品主题探究题外之旨的导引。正由于现代诗歌意象新奇隐晦,所以,它除具有一种朦胧的神秘美外,当它呈现在读者感觉的时候,与"仿佛得之"中,往往会顿悟出另一层"意义"来。

古典诗歌完成向现代诗歌演化的一些重要标记,是在表现手法上,从淡化抒情意味到注重理性气质的完成;在题材上,则从田园牧歌的抒写到对城市生活的大量描写,从暴露城市的罪恶到认知城市,理解城市,再现城市生活面貌。"整整一代人(是一个多世纪——笔者)的试验,被用来完成一项任务——使诗歌显得更自然,也因此更适合描写日常生活,并且使诗歌更口语化。从W·B·叶芝的作品里,我们几乎可以看到这种试验的全部范围,因为他将自己从青年时代浪漫主义诗人转变成后半生的现代诗人,而且他能像处理现实细节那样轻易地对待抽象的思想。"②现代诗的成长使城市生活——工业社会得到了诗的表现。意境是田园生活——农业社会的诗意表现。城市的拥挤、嘈杂、罪恶、奋斗、成功、危机、高频率生活难以在诗人心中升腾起高华空阔的意境美来,这是在现代诗中抒情的意境美被淡化的重要原因。俄国意象派诗人叶赛宁的自杀,除了难以承受斯大林时代的政治压力和迫害,还有一重要原因,是他目睹工业社会对农业社会田园牧歌生活,即他心中诗的意境美的破坏而产生的绝望情绪。严格说,叶赛宁仍然是一个写古典诗的田园诗人。

放在历史发展的背景中,写现代城市生活,现代诗别具一种社会历史内涵。这是现代诗的"意义内涵"超越古典诗歌的根本原因。

由于当代人的社会生活和思想比古代丰富、复杂,所以今人所作优秀律诗的叙述结构、表现手法,特别是思想意蕴,均比古典诗词丰富多彩。同是写月夜,杜甫的五律《月夜》写道:

今夜鄜州月,闺中只独看。

---

① [美]路易斯·波根《怎样读当代诗》,载彭燕郊主编《现代世界诗坛》第一辑,长沙:湖南人民出版社1988年版。

② 同上。

遥怜小儿女，未解忆长安。
香雾云鬟湿，清辉玉臂寒。
何时倚虚幌，双照泪痕干。

这首诗显然在思想层次上是较单一的，只是思亲，而鲁迅的七律：

惯于长夜过春时，挈妇将雏鬓有丝。
梦里依稀慈母泪，城头变幻大王旗。
忍看朋辈成新鬼，怒向刀丛觅小诗。
吟罢低眉无写处，月光如水照缁衣。

内涵要丰富复杂得多：这里有对慈母的思念，所用手法与杜甫相同，都是从对方对自己的思念写起，而鲁迅诗中的"我"是从梦中"依稀"看到"慈母泪"的，思亲之情表现得更为深切。然而鲁迅诗的思想所指，更多更深重的是国家、社会的安危，人生理想的坚持，以及个人和朋友的际遇，从中我们可以看到作者对20世纪30年代时局（漫漫长夜、山河飘零、江山易主、"国将不国"）的忧思，眼见"朋辈成新鬼"的愤懑与无奈，在长夜漫漫、刀丛弹雨中，坚守信念的决心与韧性战斗意志，弃家逃亡的艰险与苍凉，等等，一团团的思想与感情滚动着，簇拥而来。短短五十六个字，竟包容这么丰富的意义内涵，堪与美国意象派大师庞德的经典之作《地铁站》媲美。《地铁站》全诗仅两句话："一个个美丽面庞幽灵般地显现/湿漉漉的黑色枝条上几朵花瓣。"它之所以成为经典，就在于这两句诗用意象叠加的手法简约而深刻地概括了繁华都市与幽静乡野、工业文化和农业文化乃至东方文明和西方文明的迥异特征以及作者对此的评价。其实，庞德这首诗用的乃是中国古典诗词中一个人人熟知的旧比喻——"人面桃花"，然而作者赋予这两意象以新的内涵，放在不同的地域、文化、文明背景中重新组合，于是就成就了非同凡响的思想与艺术效应。

周彦文的七律《酒祭》（其一）则对上世纪的欧亚两洲的社会变迁作了历史——哲学的诗意概括：

弹冠相庆虎狼声，冤狱当年遍野横。
盖世元勋成罪戾，周邦小国起峥嵘。
伤痕累累无哀痛，谬论条条尽畅行。
老鼠钟情猫老大，小鱼反倒恋长鲸。

这首诗用一系列意象集中展现了专制政治所造成的社会灾难：这里人权丧失

(“冤狱遍野”),人性殆尽(诬陷者“弹冠相庆”,步步高升,用人血染遍“红顶戴”),因而造成了社会停滞、倒退;“周邦小国起峥嵘”,成长为发达的经济文化强国;革命在变易,在专制体制运转中,“盖世元勋”沦为历史罪人。于是进而导致在思想文化领域、在世俗民风中,“谬论条条”成为“真理”,畅行无阻;广大民众“伤痕累累”,麻木不仁(“无哀痛”);受害者、被吃者反而对施虐者感激涕零,三呼万岁。思想统治深入骨髓,触目惊心。这是一个异化了的世界。诗的思想光芒,借助诗的韵律敲击着读者的心灵。一组组意象叠印着,既作用于视觉,又震撼心灵。这首诗无论理性高度或思想深度都是古人难以企及的。

闻一多先生说,他写现代格律诗犹如“带着镣铐跳舞”,但他跳得优美自如。一位有诗的文化素养和创作经验的人写诗,犹如“庖丁解牛”,得之心而应于手,即使写严格的古代格律诗,合乎韵律的诗句,也会自然天成地涌现脑际;因为这时,他沉浸于诗的境界中,在用诗的语言思维。中国古典诗存在着一个取之不尽、用之不竭的庞大的意象库,等待着今人发掘、改造、汲取和创造性地使用。英美意象派之父庞德就是一位对中国古典诗歌意象有浓厚兴趣的外国诗作大家,他的许多意象理论和创作灵感得益于唐诗,上举《地铁站》是否受唐诗“人面桃花相映红”启发,还有待专家追踪研究。

朦胧是一种诗的风格,又是一种诗意追求。朦胧与意蕴丰富相关,但二者并不等同。朦胧主要指一首诗的内涵可以作多种解读,意韵丰富是指一首诗的内涵可以作多层次阐释,二者共同构成了诗的言外之意。上举鲁迅、周彦文的诗都意韵丰富,但都不是朦胧诗。

诗的朦胧,由意义的含混或模糊营造。英美新批评——意象派的理论家燕卜逊所谓含混十二型,仅只道出了诗文本艺术表现的表层现象,意象的选择和组合,才是为构思中的一首诗寻找到诗人对社会历史哲学思考的对象化,表现人生际遇的象征物。这个象征物往往是该诗的中心意象,所以作者刻意经营之。庞德的《地铁站》的中心意象“人面桃花”是由两个意象叠加而成,是个复合意象,所以意蕴特别丰富。诗写作犹如下棋,中心意象固然要刻意经营,辅助意象也不容忽视,因为每一棋子均有一子俱活或者全盘皆输的不可替代的作用。《地铁站》的“幽灵”,与阴暗、死亡相联系,在诗中它有没落的寓意,与“黑色枝条”相对应,寄寓着诗人这样的评价:西方社会虽然先进,但它已不可挽回地走向没落,东方社会虽然相对落后,大多处在前资本主义的历史阶段,但它已报告了春天的信息,前途无量。有了这两个表达诗人对东西文明评价的意象,全诗立即活了起来。现代诗走向晦涩、难懂,甚乃如同天书,在于:诗人在运用隐喻、象征、歧义、暗示营造诗篇时,往往有意违反最基本的修辞常识,即“意与象通”,或者为求歧义、意义含混,意象(词语)选择过于冷僻,令人难以理解其寓意,或者诗人任意为意象灌注意义,令诗成为概念演绎,破坏了诗的形象感染性。造成诗意朦胧的,主要的不是意象意蕴的含糊、多义或词语的冷僻、陌生化,而是意象的巧妙组合。“沧海月明珠有泪,蓝田日暖玉生烟”,这两句诗中的每一意象都为大家所熟知,但它们组合起来所生的朦胧意蕴,却在千百年中没人能完全揭晓。

诗意的朦胧可以避免直白,令人思而得之,这就大大增加了阅读的兴味。所以,千百年中为众多诗人所追寻,形成各自的诗风。意象的选择和组合,在一首诗的构思和写作中,是一个选择——组合——再选择——再组合的循环往复的过程,词语的选择是在组合关系中被驱遣的。

小说的散文化,即诗化,亦即抒情化、意象化、象征化,说到底,实即意象化,因为意象兼具抒情和象征的性质。

意识流实即意象流。小说叙事从古典转为现代,一个根本性的标志,是叙述对象由客观世界的物质生活转向人的主观精神生活。完成这一转变的一个关键性的艺术手段,是将诗的意象引入小说叙述。意象的诗意组合,思想的直觉化,将意识和潜意识融为一体(在意识屏幕中,意识与潜意识是无从区分的),时空交错,打破了古典叙述的线性结构,历史、现实、神话、梦幻、追忆熔为一炉,多层次结构和多角度叙述使现代小说的叙事结构发生了“革命性”的变革,从而开辟了一个“散文体小说”的伟大“时代”①。

意象,“作为创作过程中的第一因素”②,它在意识屏幕——心理的内在现实中,比在客观外在现实中,更流动易变,模糊多义,它“总是在朝一个方向或另一方向运动,处在不断形成与变化”,“凝聚与融合”③中,“有多少种感觉方式,也就有多少种意象方式”④。意象的这些特征决定现代小说比古典小说在叙事上更多隐喻和更可作多种解读,这启示小说家将诗的朦胧性引入现代小说叙述。昆德拉说:“小说拒绝答案,拒绝结论”,小说不描写世界的确定性,“小说之所以存在的理由就在呈示世界本来的模糊性和不确定性”;“小说家发现人们这种或那种可能,画出‘存在的图’”⑤。

---

① [英]伍尔芙《考察现代小说》,载《文学大师创作随笔——窥见魔桶内的秘密》,广东经济出版社 1999 年版。

② [美]希尔瓦诺·阿雷蒂《意象》,载天津艺术研究所编《艺术研究》1990 年冬季刊(总第 25 期)。

③ 同上。

④ 同上。

⑤ 吴晓东《记忆的神话》,北京:新世界出版社 2001 年版,第 19 页。

基于此,当代作家在追寻小说的诗意(散文化),“以小说家的方式(象征、隐喻——笔者)进行哲学思考”①时,常常把寻找既能隐喻作品主题、表现其对社会——历史的哲学思索,又能“从内部去‘照亮一个人物’”的“具象”②,即“由抽象上升为具象”(马克思语)的意象(“存在的图”),诸如卡夫卡的“城堡”,博尔赫斯的“交叉小径的花园”,等等,视为构思的关键。在这方面做得最为极端和极致的是法国新小说家,他们往往把隐喻主题的意象放在刻画人物之上。新小说派著名作家西蒙说:“对我来说,小说不是时间的故事,而是从某一点、从一个图像出发,由这个图像引起的插曲所构成的无主题故事。”③“这个图象”或“存在的图”即意象组合或某一意象的扩展。

不仅小说在散文化,当代戏剧也在散文化。由诗的意象的介入,发挥其表现功能——抒情性和象征性,一幕短剧往往有寻绎不尽的意味。限于篇幅,本文不再赘述。于此可见,诗的意象及其表现功能对整个文学发展的深远影响。

---

① 吴晓东《记忆的神话》,北京:新世界出版社 2001 年版,第 19 页。

② 董强《昆德拉的欧洲视野》,载《中国随笔年选》,广州:花城出版社 2004 年版。

③ [法]西蒙《小说:无主题的故事》,载《文学大师创作随笔——窥见魔桶内的秘密》。

意象的生发转化与古体诗词的现代写作

意象是诗歌最小的材料单元，诗的基本构成要素。托马斯·芒罗说："诗的价值并不存在于表现抽象观念的诗行或散文诗中，而在于通过意象的美妙编织，能唤起情趣和沉思。"①一位台湾学者说："在诗学研究的范域，意象研究是具有独特地位且是相当重要的一个部门，它是直接指向诗的内在本质所做的探索"。② 故此，美国著名诗人庞德有句名言："诗人，一生中能描述出一个成功的意象，要比写出成篇累牍的作品好。"③

意象具有时代、社会和个人的风格特征，每一成熟的诗人均有自己的意象群或意象库以及个人常用的和熟练运用的、标志自我风格的意象。同时，意象又具有历史的承继性和生发性。每一意象的产生、延续和充盈，无不积淀着民族历史的文化内容。现代人写作古体诗词，格律而外，必然要借用大量的古典意象表达诗思，然而今人的古体诗要有生命力，就不能不表现思想、抒写时下的现代生活。因而古典意象的生发转化便理所当然地成为当代古体诗词写作的一个关键性环节，诗学研究的重要和重大的课题。

伍尔夫在随笔《电影》一文中论及意象时说："一个诗人的意象不能用青铜铸造出来或用铅笔勾勒出来，它们是千百万意蕴的合约，而人们所见的仅仅是其最明显和最上层的部分。"④每一文学意象在漫长的文化历史发展中，均逐步一一确立其特有的思想情感内涵，含有特定的人文内容。如"坝桥柳"、"长亭短亭"寓送别，"秋扇"寓离奇，"冷香"、"暗香"指梅花，"杜鹃"含有啼血或归家之意；"大雁"

① 托马斯·芒罗《走向科学的美学》，中国文联出版公司，1985年，P346，北京。

② 李瑞腾《诗的诠释》，台湾时报出版公司，1982年，P143。

③ 彼得·琼斯《意象派诗选·导论》，23页，裘小龙译，漓江出版社，1986年，桂林。

④ 杜扬生《名家的手稿》，载《广州日报》2002年10月6日，36版"理论·品书"栏目。

多用来借代对故地的思念，而“雁字”则为故人的来函。“松”、“竹”、“梅”、“兰”等花卉植物可代喻坚贞、淡泊、高洁、冷傲的气节品格，“秋声”含有肃杀、悲凉之气，刘彻在《秋风辞》中则进一步将“秋”与对生命的思考联系起来：“秋风起兮白云飞，草木黄落兮雁南归……欢乐极兮哀情多，少壮几时兮奈老何！”在此后源远流长的中国文化中，逐渐沉淀出“悲秋”的情结，“秋声”作为包含生命意识的特定意象，在诗词散文中，不断被历代文人所书写。欧阳修的《秋声赋》便渲染了秋山之寂寥，秋草之零落，秋色之惨淡。每一文学意象都是我中华民族在不同时代的共同、特定的思想情感的结晶，历代文化积淀的成果。

意象的生发、转化的一种便捷方式是将诗的古典意象注入当下生活内容，染上“当今”社会——时代色彩。古代诗词名家在这方面做的很成功，很到位。诗如杜甫的《秋兴》八首：玉露、枫林、孤舟、故园、北斗、京华、山楼、粉堞、王侯第宅、文武衣冠、关山金鼓、征西车马、蓬莱宫阙、金茎霄汉、竹帘绣柱、锦缆牙樯、昆明池水、武帝旌旗、波漂菰米、露冷莲房、香稻、碧梧、鹦鹉粒、凤凰枝……无不一一染上时代——社会的沧桑感。这里既有历史的沉思，又有盛世的忆念、国家民族安危的担心、慨叹以及个人孤独漂泊的种种感受，抚今追昔，沉郁顿挫的诗风跃然纸上。词如辛弃疾的《摸鱼儿》：“更能消几番风雨，匆匆春又归去。惜长春怕花开早，何况落红无数。春且住，见说道天涯芳草无归路。怨春不语，算只有殷勤，画檐蛛网，尽日惹飞絮。长门事，准拟佳期又误，蛾眉曾有人妒。千金纵买相如赋，脉脉此情谁诉。君莫舞，君不见玉环飞燕皆尘土。闲愁最苦。休去倚危栏，斜阳正在，烟柳断肠处。”在一般词作中，“春”多意指季节、青春年华、美好时光，等等，辛词的前两个“春”字，有这等等含义。但从“春且住”肇始，作者又赋予“春”最高（对金）决策、当权者（最高统治者）等等含义。这种种意指的注入，使这首词伏潜生发，充满暗示性，同时又使意脉婉转曲折，结构富于层次性。就在这种一波三折、回肠荡气的反复咏叹中，准确又淋漓酣畅的写尽了南宋的政治形势、国家安危以及诗人个人的际遇、感受和历史浩叹！它的不朽，历代被人反复吟诵的奥秘，即在于此。

意象的现代转化，更重要、更奇妙的艺术手段是意象组合所生发的幽微、深邃的诗意，所蕴含的时代——社会信息，所散发的诗的思想光芒。一些看似平常的意象，一经诗人妙笔生发，便意蕴无穷。“沧海桑田珠有泪，蓝田日暖玉生烟”，沧海、桑田、蓝田、日暖、珠、泪、玉、烟，这都是一些人人熟知的平常意象，但经李商隐巧妙组合，其意蕴千百年来虽经无数大家解读，但至今仍未能完全揭示出其真实底蕴。这盖由于诗的“意象不是独立自足的”，“意象之间”存在着一个“交流网”，

"一首诗中的意象就像一系列放置在不同角度的镜子",它会"从各种角度反映主题(即诗的意蕴——笔者)的各个不同侧面",从而"具有惊人的魔力"。① 现代诗人写作古体诗词,掌握意象的组合规律,关注当下现实生活,对国家命运、民族前途具有责任感,是不难写出成功之作的。

意象组合,古体诗与现代诗的一个显著区别是:古体诗词组合意象多为营造或明丽优美或幽微朦胧或高华空阔的诗的意境,现代诗意境则退居幕后,诗人组合意象则直接表达思想感情。如舒婷的《思念》:

一幅色彩缤纷但缺乏线条的挂图,
一题清纯然而无解的代数,
一具独弦琴,拨动檐雨的念珠,
一双达不到彼岸的桨橹。

蓓蕾一般默默的等待,
夕阳一般遥遥的注目,
也许藏有一个重洋,
但流出来,只是两珠泪珠。

呵,在新的远景里,
在灵魂深处。

意象组合,直接表达"思念"。再如多多的《青春》:

虚无,从接过吻的唇上
溜出来了,带有一股
不曾觉察的清醒:

在我疯狂的追逐女人的那条街上
今天,戴着白手套的工人
正在镇静地喷射杀虫剂。

意象组合,写眼前的现实生活,直接表达思想。

诗是时代思想的艺术结晶。现代生活和现代人的思想丰富复杂、多姿多变,

---

① [英]辛·刘易斯《意象的定式》,载汪耀进编《意象批评》,P71、87、96,四川文艺出版社,1989年5月第一版,成都。

为了表达和表现这复杂、多变的生活、思想，英美意象派诗人们提出意象叠加的理论，以突破意蕴的单一性，使诗的意蕴有一团团思想在滚动，作品的主题具有多重性。意象叠加的名著是庞德的《地铁站》，经典著述是艾略特的《荒原》。以此评诗，舒婷的《思念》就不是上乘之作了，因为它的意蕴太单一了。

庞德的《地铁站》仅两句话："一个个美丽的面孔幽灵般地显现/湿漉漉的黑色枝条上几朵花瓣"。前句写都市生活，代表西方文明；后句写乡野景象，意指东方文明。美丽面孔、幽灵、黑色枝条、花瓣叠加，表达了这样的意蕴：西方文明虽然目前繁荣昌盛，繁华无比，然而无可挽回地在日趋没落；东方文明虽然原始落后，但却生机勃勃，前途无量。这首诗在意象叠加中有个中心意象：人面桃花。庞德是否读过唐朝诗人崔护的《题都城南庄》（"去年今日此门中，人面桃花相映红；人面不知何处去，桃花依旧笑春风"），尚待考证。但庞德是中国文化的粉丝，是众所周知的。他对中国诗，特别是唐诗有独特的领悟；他的《中国诗集》，给中国古体诗的写作和翻译以无穷的启迪。

《荒原》不是叙事诗，也不是古典抒情诗。它于意象叠加之中夹有叙事，使一个个神话传说镶嵌于叙事之中。它的叙事又是时空错置的，就连人称也是不断转换的，加之大量运用典故、象征、隐喻，如此，这首诗便具有了巨大的思想和艺术容量。艾略特说："任何诗人，任何艺术家，都不能单独有自己的完全的意义。他的意义，他的评价，就是他与已故诗人和艺术家关系的评价"。"正是历史感使得一个作家能够最敏锐的意识到他在时间中的地位，意识到他自己的时代"。① 这说的是作家的成功，也可理解为艺术作品成功的缘由，同时又可理解为评价写作过程，包括中国古体诗词的写作：它都是历史和时代、思想和艺术结合的文化产物。"《荒原》把纷繁复杂的现代生活安放在远古神话提供的框架里，神话学给这首诗提供了整套的象征语言"，②斐迪南王子、骑士、腓尼基水手、渔王、荒原人等等角色的错综集合构成全诗的总线索，为诗中一些关键性意象提供了多重相反相成的意蕴。"荒原"是这首诗的主题意象。相对于现代文明，"大荒山青埂峰无稽崖"乃至古代农业社会，是一片荒原，然而社会的每一发展，现代文明的每一进步，"它带来的每一利益，都要人类付出对他们仍有价值的其他东西作为代价"；③相对于古代的质朴，人与自然的和谐相处，人与人之

---

① 见《外国诗》第一期，P356，外国文学出版社，1983 年，北京。

② 赵毅衡《〈荒原〉解》，《外国诗》第一期，外国文学出版社，1983 年，北京。

③ [美]艾凯（Guy. S. Alitto）《论文化守成主义——世界范围内的反现代化思潮》封二语，贵州人民出版社，1991 年，贵阳。

间的温厚情意,人之有所向往,现代社会乃是一个无家可归的精神的荒原。荒原是一次世界大战后,西方文明的道德荒芜,战后西方知识界弥漫着的失望情绪——精神危机的象征,是一代人思想苦闷的投影。本诗另一关键性意象——“水”,亦具有多重象征意义。雨水的丰盛是土地肥沃、农业丰收的根本保证,水又是以性欲为代表的人类各种欲望的象征。性能力原是繁殖神崇拜中的关键象征,但在现代社会,人欲横流反而使人毁灭。人沉浸在自己的欲望里,雨水变成了淹死人的海水。春归大地,雨水充沛对“小老头”——荒原人来说反而成了可怕的事。现代社会已陷入干枯荒芜的境地;现代文明苦于干旱,但又害怕雨水的灌注,不思自赎。现代人已太堕落,再生的希望已被绝望所压倒。诗人将两个意象叠加进而融为一体,从历史——哲学高度深刻地揭示了现代社会堕落、现代文明精神贫瘠的原由——人性与伦理道德的缺失。艾略特用散文化的笔法组合诗的意象,从创作实践中印证和发挥了英美意象派诗歌理论,使诗的意蕴极其充盈,结构宏大,且臻于完美。

在群星灿烂的中国古典诗人中,李商隐、周邦彦、吴文英在艺术表现上,是超时代的。李商隐善于运用隐喻组合意象,他的诗作充满暗示性。周邦彦则长于多线索叙事写抒情诗——宋词。吴文英承继清真(周邦彦字)词风,在以叙事手法写作抒情诗时,擅于回环穿插表现多重意识流错综交替,以时空变换打破单线索叙事的时间顺序和空间界限,将叙事和抒情融为一体,幽深密丽,空灵变幻,拓展和丰富了词的思想境界。张炎评梦窗(吴文英字)词“如七宝楼台,眩人眼目,碎拆下来,不成片断”(《词源》),是因为吴词的艺术表现手法的超前性不被理解所致。正是这种不被理解,致使梦窗词在元明两代流传不广,几近湮没。现将其《风入松》和《高阳台·落梅》略作解读以窥其词风的一斑。

> 听风听雨过清明,愁草瘗(yi,埋葬也)花铭。楼前绿暗分携路,一丝柳、一寸柔情。料峭春寒中酒,交加晓梦啼莺。　　西园日日扫林亭,依旧赏新晴。黄蜂频扑秋千索,有当时、纤手香凝。惆怅双鸳不到,幽阶一夜苔生。

这首《风如松》所写的空间——西园是不变的,而时间则是流变的。空间不变、时间流变构成了时空错置,诗人用“分携”一词,把这一时空交错关系分割为三个层面:“‘分携’前:浓荫婆娑中两情的喁喁丝语,形影相随;‘分携’时:执手相看,无语凝噎;'分携'后:形单影只,孤身一人"。① 而作者着意书写的是"分携"后的思念与重逢的期待。为渲染这忆念,诗人叠加副词"依旧"、"当时",使思绪循环往复地来往于现在、未来和过往之间,并用各种艺术手段使一团团思绪翻腾滚动,回肠荡气。这里有借用节令、景象的变化对抒情主体"愁思"的精细描绘和烘托渲染("听风听雨过清明,愁草瘗花铭。楼前绿暗分携路,一丝柳、一寸柔情"),有梦境("料峭春寒中酒,交加晓梦啼莺"),有幻想("黄蜂频扑秋千索,有当时、纤手香凝"),缠绵悱恻,迷离惝恍:情有伤春伤别、愁思怅绪、柔情痴想,思有陶醉、沉沦、解脱、寻觅,特别是,明知其无,却望其有,"往事一潸然,莫过西园"(《浪淘沙》),但却不采取"回避政策",而则"西园日日扫林亭,依旧赏新晴",本是自欺,却望自慰。作者把抒情主体的这种矛盾心态刻画得淋漓尽致,活灵活现。现代叙事文本(诗乃至散文、小说)的种种艺术表现因素在吴文英这首小令里已露端倪,且运作园熟。梦窗的创作切切实实的印证了艾略特千年后的上述论断:"任何诗人,任何艺术家,都不能单独有自己的意义……"。

频繁地、大量的运用神话传说、典故隐喻,是现代诗写作的一大特色。《荒原》意象之间、各个片段之间相当重要的联系方式是典故的交叉重叠。在中国古典诗词名家中,辛弃疾和吴文英是出色、熟练地用典高手。且看梦窗这首《高阳台·落梅》:

> 宫粉雕痕,仙云堕影,无人野水荒湾。古石埋香,金沙销骨连环。南楼不恨吹横笛,恨晓风,千里关山。半飘零,庭上黄昏,月冷栏杆。　　寿阳空理愁鸾。问谁调玉髓,暗补香瘢。细雨归鸿,孤山无限春寒。离魂难倩招清些,梦缟衣、解佩溪边。最愁人,啼鸟晴明,叶底青园。

这简直是一中华神话传说、文化典实的荟萃。意象、形象、传说故事叠加,诗的意义功能直入中国历史——文化深处,意蕴特丰实。但这首词的意义中心则是悼亡,表现这一中心意义的意象是"落梅"。梦窗这首词大量用典,词语——意象密集,却无堆砌之感,其中一个重要原因是,这些典故、意象是围绕中心意象——落梅而展开,聚集的。在中国传统文化中,"梅"比喻高洁,本诗所用林逋的两处典故,仍是这一含义。但在"古石埋香,金沙销骨连环","寿阳空理愁鸾","问谁调

① 吴战垒主编《吴文英词欣赏》,P97、98,巴蜀书社,1999年8月第一版,成都。

玉髓,暗补香瘢”,“离魂难倩招清些,梦缟衣、解佩溪边”①等诗句中,则象喻圣洁、珍贵、高雅、高贵、痴情、诗意生活以及遐思、梦想等等。“落”在诗文本中有“死亡”、“埋没”、“速朽”、“往而不返”等等涵义,“落梅”则意指“梅”的上述一切等等象喻统统毁灭、弃置、消失。这是一个包容极大、辐射性极强的意象,吴文英以其写作实践验证了千年后伍尔夫上述论断:一个成功的意象是“千百万意蕴的合约”;吴文英创作的“落梅”意象把现代英美意象派意象叠加理论发挥得淋漓尽致。论者认为姜白石咏梅词《暗香》、《疏影》抒发的是徽、钦二帝蒙尘之恨,周密《献仙音·吊雪香亭梅》是悼宋室之亡,梦窗这首《高阳台·落梅》的意蕴要比前二首幽怨深广得多。它抒写的是家国之恨和民族危亡的忧思,其思想价值更在于它透露和葆有的时代、社会与历史文化信息以及在这一切之上的哲学沉思,即结篇诗人用诗的意象以诗的语言抒写的:“最愁人,啼鸟晴明,叶底青园!”

戈载在《七家词选》中评吴文英的词:“貌视之,雕绘满眼,而实有灵气行乎其间”。意象叠加,词语秾丽,所以“雕绘满眼”;一个又一个梅花飘落的意象,使思想高飞远举,读梦窗词如读《庄子》,所以“实有灵气行乎其间”。陈廷焯在《白雨斋词话》中赞梦窗《高阳台·落梅》“既幽怨,又清虚”,并推为“集中最高之作”。幽怨是评这首词的基调;清虚是评其境界。南宋的时局和诗人对民族危亡的忧思决定了这首词的基调;思想的远举高飞和诗人不平凡的构思(外化为诗的结构)营造了这首词的清空境界。词的上片喻徽钦被虏和北宋之亡;开篇三句统摄全篇,写徽钦被虏前后冰火两重天的生活状态。下片写昔日的繁华不再,危亡的局势难以逆转。结篇的哲学沉思可以作各种解读(不同时代的人可以作不同的读解),并把

---

① “古石埋香”句用《玉溪编事》所载:王承检筑防蕃城,掘得瓦棺,其石铭中有“深深葬玉,郁郁埋香”等语。“金沙锁骨连环”句用《续玄怪录》卷五所载:昔延州有美女,歿后葬于道左。后有胡僧见其墓,敬礼赞叹。人问其故,僧曰:“斯乃大圣,慈悲喜舍,……即锁骨菩萨。”众人开墓,视遍身之骨,钩结皆如锁状。《释氏稽古略》卷三引《观世音菩萨感应传》言观世音化为一美女,后于马氏子具礼成婚,客未散而死。数日后有老僧来拨开墓穴,尸已化,唯余黄金锁子骨。《传灯录》则有“金沙滩头马郎妇”语。“寿阳空理愁鸾”句中的“寿阳”,系用《岁华记丽·人日》所载:南朝宋武帝女寿阳公主日卧于含章殿檐下,梅花落于额上,成五彩之花,拂之不去;句中的“愁鸾”,用《异苑》卷三所载:罽宾国王买得一鸾,三年不鸣。悬镜照之。鸾睹影,悲鸣冲霄,一奋而绝。戴叔伦《宫词》有“春风鸾镜愁中影”句。“问谁调玉髓”二句用《拾遗记》卷八所载:孙和于月下舞水精如意,误伤邓夫人颊。医曰:“得白獭髓杂玉与琥珀屑,当灭此痕。”“离魂难倩招清些”合用《离魂记》载倩娘形与魂离及《楚辞·招魂》“魂兮归来哀江南”句。“梦缟衣、解佩溪边”句用《龙城录》所载:赵师雄迁罗浮,一日天寒日暮,于松林间酒肆旁见一女子,淡妆素服出迓。与之语,芳香袭人,因扣酒家门共饮,醉寝至东方已白。起视,乃在大梅树下。句中的“解佩”,点化《楚辞·九歌·湘君》“遗余佩兮醴浦”句及《洛神赋》“解玉佩以要之”句。

思想推进一个新的境界：身处民族危亡之秋，目睹繁茂昌盛的景象，抚今追昔，感慨万千；可怕的，是在危急四伏之际，居然会有一群群、一拨拨的人在讴歌盛世、高速度，一遍又一遍、歇斯底里的喊万岁万万岁！如此等等，这一团团、一层层的思想，乃是通过一个辽阔而悲凉、以笛声助哀怨、以关山为背景，落梅辞枝远去，随风飘扬之境，与另一光影朦胧，景色凄清，一树梅花业已飘零之境相互转换而营造的。这种转换是由于诗中有一抒情主人公的视点，是它"空际转身"（陈洵《海绡说词》评语）形成时空交错——时间：从晓风中转到夜月下；空间：从关山千里回到庭院之内——意象、典故、代词、隐喻才得以流转自如，清空无际。这个抒情主人公站立在"南楼""庭上"，思接千载，心游八方，但眼睛则紧紧地盯着社会现实和时代变迁，隐居的林逋、招魂的屈原、解佩的洛神等等既是自喻，又是他指。意象组合不是为了酿造意境，而直指思想。梦窗词为古体诗词乃至现代新诗的写作提供了范本性的启示。

无论从艺术表现（包括韵律）或诗的意蕴看，在现当代，鲁迅的古体诗写作都是无人企及的。七律五首写尽了上世纪二、三十年代中国社会世态人情的方方面面。

用古体诗词写当下社会生活，特别是知识分子的人生际遇，最为出色的，是聂绀弩。他的《散宜生诗集》中的很多篇章，都可以为丁聪画的《聂绀弩速写》并读。如《出狱给周颖》"愿君越活越年轻，路越崎岖越坦平。膝下全虚空母爱，心中不痛岂人情。方今世面多风雨，何止一家损罐瓮。稀古妪翁相慰乐，非鳏非寡且同行。"这是临汾出狱归京知女自杀，写给妻子的，在自宽自慰中，隐含无尽的社会忧愤。是作者一家，也是文革中千千万万相同家庭的写照。再如《杂诗其一》"欲揩老泪望山川，卷地西风漠漠天。久饭伊蒲思煮鹤，终披瑶草悔耕烟。穷途痛哭知何故，绝塞生还遂偶然。一树秃柯窗外立，向人高耸华嵩肩"，这是自1958年反右至文革以来数以数千万计被迫害的人及其家庭际遇以及他们铮铮铁骨的写照。更如《拾穗同祖光》"不用镰锄铲镢锹，无须掘割捆抬挑。一丘田有几遗穗，五合米需千折腰。俯仰雍容君遗少，屈伸艰拙仆曹交。才因拾得抬身起，忽见身边又一条。"吴祖光，聂绀弩，这两位大才子、大知识分子、中国当代文化的精英和良知，被打成右派后竟然丢弃写作，在漫长的岁月中，干这类"五合米需千折腰"的事，不禁令人扼腕喟叹！还有《背草赠李泽传王海宸》"如何堆起如何捆，更倩何人送上肩？九月罡风吹草死，三山鳌背与天连。茅庐自走吾方骇，大野无边尔正便。小李中王齐大笑，我将背草一千年。"从上世纪中叶以来，中国知识分子的艰难际遇、绝望和乐观，刻画得淋漓尽致，今天读来不禁唏嘘潸然。

古体诗词写作的诗人们，只要不粉饰现实，勇于抒写历史沧桑，熟练掌握古体和现代诗的写作技巧，是不难写出优秀诗作乃至不朽作品的。

从诗作的表层结构看，意境是意象流动环节一定时空背景中的产物，意象是意境归结的生态品格与审美形式；然而从作品深层意蕴看，意象“是一种浓缩着一定历史时期民族整体美学信息的类化结构，一个民族审美情感方式的文明积累过程。”①

这是现代诗意境退居背景地位的根本原因。梦窗的《高阳台·落梅》即是一个样本。同理，“从作品的表层情节或艺术情景看，意象是形象（典型）的构成因素，然而从形象得以产生的历史和文化哲学看，意象是形象的审美归结，它对形象具有统摄作用。其对形象的审美归结超越情节结构所构成的实体关系，形成相应文化意蕴的逻辑记忆、情感症结、叙述结构等等的隐喻性的功能和符号系统”。②

美国著名文学理论家韦勒克·沃伦研究：意象具有基本母题、潜沉、扩张等等特性，而且这些特性往往与文学的内在性、比喻等等艺术表现“浑然融合”为“一体”。③ 诗人善用象征、隐喻，往往会使诗的意蕴在意象根基（母题）上伏潜生发、扩张叠加，汇合为一意群，诗本文自然就会“含不尽之意在言外”——意蕴无穷了。苏轼的《卜算子》“惊鸿”意象就是具有这种功能和特点的优秀诗作：

缺月挂疏桐，漏断人初静。谁见幽人独往来，飘渺孤鸿影。　惊起却回头，有恨无人省。拣尽寒枝不肯栖，寂寞沙洲冷。

这首小令的独特之处首先在于：它本咏夜景（“缺月挂疏桐，漏断人初静”），然而正如胡仔在《苕溪渔隐丛话》中所说，“至换头但只说鸿”。这就是说，此词并不着意营造意境，而是着力刻画“惊鸿”的形象，而这一形象则是高度概括的。它的艺术表现手段是连用比喻（将幽人比喻为“惊鸿”，又用“惊鸿”形象暗喻幽人的不安、惊恐、孤寂等等），酿成无尽的“潜在意义或隐喻能力”，形成“扩张方式”的“象征意义”④，从而完成了意象对形象的“统摄”。

法国著名画家欧仁·德拉克罗瓦有句名言：“画家所画，永远是他自己，所谓

---

① 引自《意象组合与其表现功能——〈红楼梦〉叙事结构解读（一）》，见本书 342 页。

② 同上。

③ ［美］韦勒克·沃伦《意象·隐喻·象征·神话》，引文见汪耀进编《意象批评》，P34－35，四川文艺出版社，1989 年 5 月，成都。

④ ［美］罗·海尔曼《总体意象模式与整体意义》，引文见上书 P170－171。

题材主题,仅仅是表现他内心感受的媒介而已"①。画画如此,写诗亦然。古代诗评家云:"鸿雁未尝栖树枝,唯在田野苇丛间"②。大诗人苏轼则不管这些,选择"孤鸿"意象是因为它能充分展现自己被贬黄州的内心感受。这首词的成功更在于:它不仅展现了苏轼个人被贬黄州内心之孤寂,它还充分展示了入仕、被贬和出仕的中国历代士人的内心感受和生活际遇,它形象而又概括地浓缩着中国士人的情感方式。不仅总体意象"惊鸿",即使局部意象乃至每一细节,都语意双关,充满象征意味。鲖阳居士云:"缺月,刺明微也;漏断,暗时也;幽人,不得志也;独往来,无助也;惊鸿,贤人不安也"③,如此等等。所以,黄庭坚赞曰:"语意高妙","非胸中有万卷书","熟能至此"(《山谷题跋》)!

意象的总体象征升华到一定思想高度,诗人便会写出含有某种哲学意味的象征形象来,蔡世平的《忆旧游·暗影横斜》便是这样的作品:

是霜花开到,野兔唇须,山雀眉毛。剪水裁云去,向天涯行动,尘满征袍。孤村半户松火,正好煮寒宵。渐暗影横斜,黄昏冷落,雪又飘飘。

迢迢。独行客,把柴门深掩,温个乡谣。土屋泥炉暖,映窗前红果,枝上燃烧。还见那弯新月,摇到外婆桥。但梦醒西园,薇荒菊老,风又萧萧。

这首词通过独行客的象征形象,用温暖的语言写在冷酷的社会中,孤独前行的人生际遇。对于这样的际遇,他并不绝望,而是满怀生命的欣喜、乐观地前行。在"雪又飘飘"、"风又萧萧"的环境中,他志在天涯,潇洒地将路边的寒冷欣赏成风景,却又沉沉地抱着满怀乡愁。这样的独行客,不是历史过客,而是现实生活中存在的、百折不挠的活生生的人。这是一个有哲学意味,又有现实意义的诗意化的人物、意象。在这一人物——意象上殷切地寄托着作者的人格和人生理想。耐品味!这首词的成功创作,又一次证明古体诗词写作能创作出既继承传统(思想和艺术),又抒写当下现实生活的优秀作品。

古体诗词的现代写作,有几个根本性问题,即是诗人的知识、思想和职责。

诗人有深厚渊博的知识,才能汇通古今,轻易地为古典意象注入现代生活内容,驾轻就熟地活用典实、神话故事、民俗俚语。"有学问的诗跟无学问的诗,是完全不同的。有学问的诗,味道深远,有学问衬底,故深。""学问的积累如何,决定了

① 转引自许淇《19世纪,一群巴黎艺术家》,载《光明日报》2012年2月10日13版,"光明文化周末"。

② 胡仔《苕溪渔隐丛话》。

③ 见《类编草堂诗余》引《复雅歌词》。

诗的基本面貌”①。

诗是时代思想集中的艺术展现。诗人对自己生活的时代有深刻的认识和准确的把握，方能抒写出足以启迪今人、流传后世的佳作。新诗的写作如此，古体诗词的写作也不例外。

我们正生活在一个平民化的、和谐宽容的时代。英雄崇拜将成为历史过客，因为它是专制政治意识形态的产物。所以，普希金的《纪念碑》、《青铜骑士》是他生活的那个时代的代表作品。布罗斯基的《青铜像》要拆掉、打碎一切偶像，则传达了我们这一时代亿万人的呼声，所以它们都是流芳后世的不朽作品。

我们这个时代的另一大特色是：社会、政局、政党、理论、人和事物都处在急剧的变化之中，“理想会蜕变，革命会变异，理性亦疯狂，真善美在某一历史瞬间迅即转化为假恶丑，或在某一历史时期钦定为假恶丑的，到了另一历史时期即转化为真善美，在舆论中，在普世人们的心目中”②。社会发展到今天，有人写现代版的古体应制诗，颂扬“盛世”，呼喊“革命大于天”，自然甫一出炉，即会遭唾弃，意欲流传后世，更属妄想，因为这一口号，在当今时代，已是一逆历史潮流而动的“反动”口号了。正如一位法国学者在研讨上世纪社会变迁时所说的一句带有哲理性的名言：“革命是社会旧秩序看似颠覆的继续！”这位学者还有一句与此相关、更为深刻的预言：人类将毁灭于对真理和正确的执着追求中！

写作古体诗词的当代作家，更应清醒地认识到：诗人与政治家各自负有不同的社会责任，诗人与政府官员所担负的角色更其南辕北辙！政治家策划、制定、改变乃至用革命的手段推翻现存社会秩序，政府官员是现存秩序的铁杆捍卫者，诗人的历史使命、天赋职责是现存社会秩序的批判者。例如对待“拆”这一意象，官员们会说，“没有拆迁，就没有发展！”所以，在当今中国，由于人权缺失，民生不到位，因为强制拆迁而出人命的官员，非但不被问责，反而升迁，因为在上级眼里，他有魄力！可在诗人看来，这种因强制拆迁而出人命的现象，是在草菅人命，是在拆共和国大厦的根基，是在……倘若有“诗人”，跟在官员屁股后面，歌功颂德，那他就自动把自己从诗人的行列中开除了。然而，在古体诗词写作的人群中，这一类“诗人”，却大量存在，且相当活跃。

写到这里，笔者耳旁倏地回响起鲁迅“救救孩子”的呼唤，而伴奏曰：救救古体诗词写作！

---

① 刘梦溪《国学与诗学》，见 2011 年《中国随笔精选》，P81，长江文艺出版社，2012 年 1 月，武汉。

② 见《诗的思想光芒——追寻埃利蒂斯〈疯狂的石榴树〉的艺术表现轨迹》，见本书 144 页。

诗的思想光芒

——追寻埃利蒂斯《疯狂的石榴树》的艺术表现轨迹

哲学对时代思潮和社会问题作形而上思考，诗是时代思想、人的心理意绪和社会现象集中的艺术展现。我们这个时代，当今社会（可上溯至上一世纪）尖锐而备受人们关注的思想和社会历史问题是：理想会蜕变，革命会变异，理性亦疯狂，真善美在某一历史瞬间迅即转化为假恶丑，或在某一历史时期钦定为假恶丑的，到了另一历史时期即转化为真善美，在舆论中，在普世人们的心目中。希腊诗人、诺贝尔文学奖获得者埃利蒂斯《疯狂的石榴树》即是对我们这个时代从思想家到普通百姓经历和感受到的社会—历史—哲学问题作生动的诗的展示的优秀作品。副题“清晨疑问重重”中的“疑问重重”表明这首诗的写作动因是出于对社会、历史的一些重大而不敢轻易触及但又必须触及的问题的思考，例如信仰的轰然倒塌，长期以来视为圣洁、神圣而顶礼膜拜之物（个人的、政党的或理论的、主义的），现在发现，它竟然是种种不公平、不公正甚至罪恶之源、之因或之主，等等，这一切令人难以置信而又不得不正视，所以才“疑问重重”；“清晨”表现对这些问题的思考是竟夜的。

伊夫·博纳富瓦说：“诗在话语的空间相互追逐”。[①] 里尔克在《关于艺术的札记》中说：“艺术家应该将事物从常规习俗的沉重而无意义的各种关系里，提升到其本质的巨大联系之中”。石榴在中国世俗观念里，是多子多福的象征，在西方绘画和诗歌中，石榴意象象征头颅、权威和丰收，它往往使人联想到理性的重量和思想的结晶。正如瓦雷里在《石榴》一诗中所抒写的：“坚硬而绽开的石榴/经不起结子太多/我想见丰硕的成果/爆开了权威的额头”。（卞之林　译）

石榴树是《疯狂》一诗的中心意象。它是思想丰收、革命权威和理性重量的象

① 见王家新、沈睿编《二十世纪外国重要诗人如是说》112 页。

征。在这首诗中,为石榴树提供光源和热力,使之焕然生辉的,是太阳。在诗的语境中,它是光明和理想的象征;这颗太阳是形而上的太阳,具有超自然的力量。在抒写中,诗人又以石榴树的象征意义——思想丰收、领袖权威、理性重量等等与太阳互为隐喻,于是石榴树也就具有太阳的特点和功能:光彼四域,恩泽万物。石榴树与太阳时而能指所指、主体客体,相互转换,时而融为一体,“渗透于诗的组织结构中”,“构成诗细胞的核心”(埃利蒂斯语),产生一种神秘的关系,并由这种关系引发出无尽的思想(意义)张力。在诗中,虽然“石榴树”被置于众多场景的中心,是行为的发送者,诗的主体意象,太阳只是出现在围绕其展开的不同场境中,然而石榴树之所以光芒四射,充满希望,能够“召唤四方”……除了得益太阳在不同场景、从各个角度的照射,还由于在它的内部也有一颗太阳,一颗秘密燃烧的有生命的太阳。它的嬉戏,它的诱惑,它的发怒,它的超自然的力量,乃至它的疯狂,只是这颗太阳在不同方向、角度的折光。石榴树与太阳这种主客体相互转化以至合二而一的神秘关系,乃是基于这样的一种历史文本的哲学现象学事实,即:石榴树——丰收的思想、权威的头颅,屡屡以太阳自喻、自居,就像一首陕北民歌所唱的:“东方红,太阳升,中国出了一个毛泽东,他是人民的大救星”。在兴盛时期,它造福一方民众,其中有的(例如科技、科学哲学)会在数十世纪里,成为社会历史发展的一种推动力量。埃利蒂斯在诗中为之作了这样的诗意概括:“当一丝不挂的少女在草原上苏醒/从睡梦的尽头走来/用金色的双手采撷着三叶草,告诉我/莫非是疯狂的石榴树/把光明毫不迟疑地掷入她绿色的草篮/把她的芳名用歌声倾吐,告诉我/莫非是疯狂的石榴树/在与世界的阴云搏击?”裸体少女是真与美的化身,她纯静、幸福的生活是革命者“与世界的阴云搏击”的结果,革命的权威由是确立:它是社会理想的策划者、描绘者和实施者,正义的体现者,真、善、美的唯一正确的阐释者。于是乎,它的救世主情结、英雄史观无限膨胀。对此,诗中亦有生动描绘,诗意地展示:它以太阳自喻发展为嫉妒太阳的光辉遮蔽了自己,进而“为自己插上七种(太阳光彩的)翅膀”神化自己,并“用数千面刺目的棱镜捆住永恒的太阳”,依自我的意愿阐释社会理想,以为这样自己就无所不能了,于是涌身而起,跨上一匹奔驰的骏马,“呐喊着冉冉升起新的希望”。在不断革命中,在把太阳的光辉洒遍四方、恩泽环宇的过程中,由光明的使者蜕化为无所不能的“疯狂”,它繁茂的枝叶如“熊熊火光”,以至它“摇着多叶的手帕”可以被说成在“摇着一个即将诞生千百艘船只的海洋”,“在透明的高空中叫桅杆嘎吱作响”;以至它“不可一世,充满危险”的“用光明在世界正中斩断精怪的恶劣气候,将白昼绣满飞扬歌曲的黄色领口”,甚而敢于“匆忙解开白昼丝衣的纽扣”;以致它最终把自己上升到神性的高度,“精神失常”的状态,“惊恐地抛掉丑陋的黑色装束,”“把醉人的鸟儿洒向太阳怀抱。”至此,这颗石榴树已“疯狂”到了和太阳轩轾不分的程度,也成了一种形而上的超自然的存在,甚而它可以“在万物的胸膛,在我们深沉睡梦的胸膛张开双翅”似的君临一切,统驭一切,从实体到思想。至此,随着理性疯狂到无以复加的地步,理想也因之蜕变;暴虐的统治无孔不入,从社会生活一直深入到人们的“梦寐之上”。这一系列意象组合逐次展现了“疯狂”的寓意,产生了无尽的诗的意蕴——思想的张力,诗意地展示了理想的蜕变过程,思想由思辩理性的内在矛盾走向疯狂的非理性过程。与此同时,真、善、美也就逻辑地转化为假(伪)、恶、丑,正义的体现者、真理的化身衍化为诸多灾难乃至罪恶之源。

在这一理想蜕变、思想由理性演化为非理性、真善美转化为假恶丑的过程中,诗人的态度也随着由对光明、理想、理性的赞扬逐次转为揶揄。这首诗是一阕对光明、理想、理性的赞誉中夹带讽谕的交响曲。而且,随着理想的蜕变,思想由理性转为疯狂,诗人揶揄的分量越来越加重。

《疯狂》一诗是一首完满体现埃利蒂斯的艺术风格、出色完成其艺术意念的成功之作。

凡诗,无不含有某种朦胧神秘的成分,从意象到意境到诗的意蕴和气氛。

在艺术表现手法上,诗人多用黑暗来营造神秘,著名的有如斯蒂文森的《黑色的统治》,布罗斯基的《黑马》、《盲音乐师的诗》、《你就是那个……》等等。这因为黑暗和神秘是天然相通的,由于这神秘来自那遮蔽一切的幽冥,它使万物无形并取消人们经验的明晰性,其深层因由则为那些未知的、活跃于经验阈限之外的因素造成。它仿佛是生命的黑洞,使人不自主地向它坠落、靠拢。它的魅力来自向莫测的未知世界探险的冲动,因而具有莫大的吸引力和诱惑性。而在光天化日之下、朗朗乾坤之中,存有一种光明的神秘,这在已往的诗评家看来,是不可思议的。埃利蒂斯则认为,“光明的神秘”较之黑暗的神秘更深不可测,更激动人心,它不遮蔽什么,只是暗示万物在朗朗乾坤之中不再孤立自守,而是通过生命的密码彼此呼应,暗中沟通,并且呈现出拔地而起、扶摇直上的维度,向其敞开通天之途,使天地人神融溶为一。它的魅力是自身的魅力,圣洁的魅力。他在《公开信》中说:“欧洲人及西方总是在黑暗和夜色中发现神秘,而我们希腊人则在永恒的光明中找到它。”

为了表白他所谓“光明的神秘”,埃利蒂斯在《光明的对称》中绘出了三个画面:

——一条蜥蜴爬上一块石头,在烈日当头之际,以一连贯难以置信的可爱小动作跳起了真正的舞蹈。

——一群海豚从远处游来并超过航船，它们跳出海面，足有甲板那么高。

——一个少女在晌午时分走向大海，袒露的乳房上傍落一只蝴蝶，空气中充满了蝉鸣。

上引本诗所写裸体“少女在草原上苏醒/从睡梦的尽头走来”，在清晨阳光的照射中，“用金色的双手采撷着三叶草”，是诗人表现“光明的神秘”的又一成功事例。体认并认同这种“光明的神秘”，从而“从源远流长的希腊传统中汲取营养，以强烈的情感和敏锐的智力，展示现代人为争取自由和从事创造性活动而进行的斗争”（诺贝尔文学评奖语），是他诗歌创作的一重要特色和重大秘密。《疯狂的石榴树》一诗在我们眼中仪态万千，绰约生姿，正是由于它表现了这种“光明的神秘”。试想在“南风”的“吹荡”中，“石榴树”用新生的嫩叶摇动着黎明，“在光亮中跳跃，撒下丰收的欢笑”，然而忽而“精神失常”，变为穿着“黑色装束”、“丑陋”不堪之物；正义倏地转化为非正义，真善美转身之间成为假恶丑，原本圣洁、为人们膜拜的东西会是灾难之端，罪恶之源，这一切对于惯于按照形式逻辑思维、相信科学万能、“革命是历史前进的火车头”、真诚的喊过“万岁万岁万万岁”的人们，不神密莫测、难以接受，从而引发探索的冲动吗？

埃利蒂斯认为，“光明的神秘”在艺术表现上具有某种透明性，他进一步解释说：“我讲的透明的意思是在某个具体事物后面能够透出其他事物，而在其之后又有其他，如此延伸，以至无穷。这样一种穿透力正是我努力追求的。”①《疯狂的石榴》正是埃利蒂斯所说的具有“这样一种穿透力”的透明性的代表作品。

埃氏所谓“在某个具体事物后面能够透出其他事物，而在其后又有其他，如此延伸，以至无穷”，在诗的叙述结构中实则是指意象、意象组合及其艺术表现功能。优秀诗人无不工于此道，埃利蒂斯尤其出色，并从中锤炼出自己的艺术风格。

伍尔芙说：“一个诗人的意象不能用青铜铸造出来或用铅笔勾勒出来，它们是千百万意蕴的合约，而人们所见的仅仅是其最为明显和最上层的部分”。② 所以营造诗的无穷意蕴，意象选择至关重要。

埃利蒂斯展示“光明的神秘”，常常选用“太阳”，因此，埃氏被誉为“饮日诗人”。这盖由于在太阳的光和热中积淀着历史过程中形成和叠加的千百意蕴的合约，可以让诗人从不同角度，在不同情境中表现“光明的神秘”这一旨意。然而，完成诗的华章，见出其表现功力的，最终最关键的，是意象组合。这因为：“意义在关

① 见王家新、沈睿编《二十世纪外国重要诗人如是说》163 页，河南人民出版社，1992 年。

② 伍尔芙随笔《电影》，见杜扬生《名家的手稿》，刊于《广州日报》2002 年 10 月 6 日，B6 版。

系之中，而不在关系所结合的各项中。”①在《疯狂》一诗中，石榴树背后隐藏的是太阳，而“在其之后又有”人类的社会理想，科学的政治的各种各样的权威，五花八门的理论和主义，等等，这一切所带来的是历史的进步、社会的发展以及人类的福祉……，然而这种种还仅仅是“最为明显和最上层的部分”，作者着力表现的则是“疯狂”，即这一切给人类带来的危险和危机。是思想创造了人类的辉煌，它同时又制造了人类形形色色的罪恶。他创造了人类社会，不久的将来，很可能又是它，毁灭了人类社会，乃至人类。思想中的一枝独秀——理性，在西欧，自文艺复兴以来，被尊至至高无上的地位，它被一些哲学家和科学家描绘成无所不能。其哲学要旨是真善美统一的价值一元论，用于社会政治，则是“人的全面发展”的“大同”社会的实现，是人类社会发展的必然。在中国，这个被《礼记·礼运》明细化了的“大同”理想，是千百年来士子们梦寐以求的。到了近代，这一大同理想经科学论证，中国知识分子更奉为至善至美的瑰宝，对其实现，更加深信不疑。从鸦片战争以来，为这一社会理想的实现，中国人奉献了千百万，不，是上亿人的生命。到了文革，他已经发展到了疯狂的排斥异说，把任何认为有违实现这一真善美的社会理想的思想观念以至生活情趣统统视为对人类美好价值的危害，于是全力挞伐之，彻底消灭之，于是在建立“地上天国”，步向“大同理想”的过程中，制造了有史以来闻所未闻的人间悲剧与苦难。

埃利蒂斯是位非(议)理性的超现实主义诗人。它所谓的“透明性”绝非纯理性。从他投身诗歌创作伊始，他就与同代诗人一起，致力于“摧毁意大利文艺复兴”以来一直强加在“希腊文化身上”，“并成为西方世界沉重负担的那个理性主义传统”。② 但他同时又崇尚诗的透明性，认为“透明的东西同时又完全可能是无理性的”，反复强调：“甚至是最无理性的诗都有可能是透明的”。③ 这因为在某些情景中潜意识状态下的非理性创作，比理性思维更深刻更具穿透力。正如让·贝罗尔所说，诗“有两扇一直敞开的门。一扇通向理性，一扇通向非理性，一扇通向意识，一扇通向前意识”。他强调：“诗的语言历来是一扇多少向无意识开放的门。”④埃利蒂斯的艺术意念是把理性和非理性完美地融为一体，以致“梦，自动写作，潜意识的解放，全能的想象，所有这些”，“能够以实际生活中全部的神圣乐趣，

---

① ［法］米盖尔·杜夫海纳《美学与哲学》，孙非译，中国社会科学出版社 1985 年 5 月第一版，141 页，北京。

② 转引自唐晓渡《中外现代诗名篇细读》67 页，重庆出版社 1998 年。

③ 见王家新、沈睿编《二十世纪外国重要诗人如是说》115 页。

④ 同上，158 页。

同时以真正的诗之瞬间的‘震颤’来描绘世界的美景。”①此即埃氏所谓的“光明的神秘”在艺术表现上的真义。实现这一艺术意念，在《疯狂的石榴树》中，埃利蒂斯并用象征、隐喻、暗示，使意象之间相互映射、相互衬托激发，从而形成无穷的诗的意蕴。在意象的选择和运用上，现代诗不同于古典诗的，它的意象往往不只是一种思想，而是“一团思想”（庞德语），例如“疯狂”，它既具象，又抽象，既指一种超常的“革命”行为，又可指高速的科技发展，甚至它也可指一种社会经济的失控发展，等等，加之，现代诗在艺术表现手法上，常常用意象叠加表现复杂丰富的思想意蕴，在本诗中，“疯狂”、“石榴树”、“太阳”相互叠加，它的“穿透力”自然是“无穷”的，它所产生的诗的意蕴自是难以穷尽的。

说《疯狂的石榴树》是埃利蒂斯诗作中具有穿透力的代表作品，是因为它成功地诗意地表现了自二十世纪二三十年代以来流行于西方的一种哲学思想：自由选择和价值多元论哲学。价值多元论哲学和价值一元论是对立的。一元论的思想家力图找出一个唯一的绝对真理，并将之贯通于万事万物之中；多元论的思想家体察世间事物之复杂微妙，不强求圆融一统之理。价值一元论之“一元”，并不是说它只要一种价值而不要其它价值，而是说，只要实现了某一价值，其他价值也就迟早都会实现，换言之，所谓价值一元论，就是相信所有美好价值最终都是能够“统一”的。而价值多元论的基本前提和令人扫兴之处在于，它不像人们以为和期望的那样，允诺人们能够并行不悖地同时实现多个价值，恰恰相反，它强调的重点是：各种价值之间是彼此冲突，相互抵牾，难以调和，因此，实现某一价值几乎总是会有损于其它价值。正如韦伯 1919 年在其讲演中所说：人类诸价值领域之间处于无可调和的冲突对立之中，根本无法达到最终的“统一”。

于此可知，价值一元论对人的吸引力远远超过价值多元论，因为前者更符合人类的愿望和理想，用英国当代思想宗师伯林的话说，它满足了人类内心“至深无比，无药根治的一种形而上的冲动”（《自由四讲》），这就是对尽善尽美的追求。所谓真善美的统一，意味着人类能够达到尽善尽美的理想境界：一切美好价值均未失落而都得到充分实现，一切不和谐不美好的东西都被彻底灭绝。人类，尤其思想家和作家们梦寐以求的就是这种理想境界。所谓“人所具有的我都具有”、“人的全面和谐发展”，所谓“大同理想”、“地上天国”，无不表达了人类对尽善尽美的人生与社会的向往之情。

然而人类历史的最大诡吊就在于：价值一元论越是追求真善美的统一，实则

① 转引自唐晓渡《中外现代诗名篇细读》67 页，重庆出版社 1998 年。

却常常造成越来越多的假恶丑；越是坚信它能够实现一切价值，却反到连最基本的价值都遭践踏；越是宣称他正在建立“地上天国”，步向“大同理想”，往往越是造成人间无数的悲剧与苦难。反之，价值多元论虽然强调各种价值的不能相容性，在实际上反倒能够实现较多的价值；虽然认定“人有我有”不可能，在实际上却反倒造就了较丰富的个性；虽然宣称人类生活的不可完善性，反到促进了社会的进步和福祉。

显然，价值一元论的行事原则是“不容异说”，价值多元论的行事原则是“宽容谅解”。因为价值一元论既然深信一切美好价值都能统一在一个目标之中，他必然要把与这一目标不和谐（更不必说相冲突）的东西看成是对人类美好价值的危害，必欲消灭之而后快。它的逻辑是：真理只有一个，就看在谁手里；既然我已拥有真理，那么任何违背这一真理的思想观念、生活情趣都必然是荒谬，必须彻底清除，以免贻害人类。所以，价值一元论是专制暴政的理论基础。与之相反，价值多元论既然承认人类的目标是多样的，他必然承认各种目标都有同样发展的权利，人人有平等竞争的机会。正是在这种每个个人自由选择的基础上，各种互不相同乃至彼此冲突的价值和目标才形成了一种相互补充、相互制约的格局，从而避免了社会流于“单一化”，保证了人类社会生活的丰富性和多样性。所谓市场经济，所谓民主政治，其基础即建筑于此。①

在西方，自从柏拉图从他的“正义”、“神圣”的绝对理念出发，建立他的价值一元论的“理想国”以来，到了文艺复兴所形成的理性主义传统，“真善美统一”“人的全面和谐发展”的“大同理想”被描绘成人类社会的归宿，理性被抬高到万能的无所不包的神灵境地。价值多元论萌生于20世纪初叶，50年代以后，由卡尔·波普的《开放社会及其敌人》、哈耶克的《自由宪章》和伯林的《自由四讲》形成理论形态。埃利蒂斯以诗人的异乎寻常的敏感，在他这篇《疯狂的石榴树》中以一种非凡的“穿透力”，诗意地展现了在价值一元论观念的诱惑下，理性的疯狂，理想的蜕变这一代表当代思想成就的哲学和社会学命题。

所谓“诗意地展现”，即诗人运用诗的艺术表现功能——诗的结构、诗的语言、诗的艺术手段、诗的特质即诗的朦胧性等等，将自己对时代和社会的感受转化为无穷的诗的意蕴。

《疯狂》一诗之所以难以追寻其真实意蕴，其中一个重要原因，是他的中心意象“石榴树”的内涵在诗中是不断地充盈递进的。诗的起始一节所描绘的石榴树

---

① 本文所绍介的价值一元论和价值多元论参考了甘阳发于《读书》1989年6期《自由的敌人：真善美统一说》一文，特致谢意。

是光明、理想和丰收的象征（“在光亮中跳跃，撒下丰收的欢笑”/“用新生的嫩叶摇动着黎明”/“用凯旋的颤抖从高处敞开所有的颜色”），但却骚动不安，是“疯狂”的初轫。接下的一节写石榴树为实现其理想而把自然的生命（“一丝不挂的少女”）赋予理性的人为色彩（“把光明毫不迟疑地掷入她们绿色的草篮”，“把她的芳名用歌声倾吐”），并于设想的敌人（“世界的阴云”）搏斗，是“疯狂”初露。这节写理性主义形成初期把一切自然的东西都涂抹上理想和光明的色彩，把世界的一切用用理性来规范。第三、四节写石榴树为“理想”酣战，心灵扭曲，“疯狂”尽展，它刻意要把一切不可能的，统统变为现实的：他要“用数千面刺目的棱镜困住永恒的太阳”，它“抖动着一条清新火焰织成的叶巾”就以为可以“掀起孕育着一千零二艘航船的大海”，如此等等，它非但不气馁，“从不悲哀也不抱怨”，相反却信心十足地“呐喊着，冉冉升起的新的希望”，并把虚无当作真实，“在透明的高空中叫桅杆咯吱作响”。这两节写人类理性青春兴盛时期，认为理性是万能的；从另一角度看，当然即是疯狂的和病态的了。最后两节写理性主义后期在人类社会建立了绝对的权威，它高踞世界中央统驭万物，直至每个人“深沉睡梦”的精神世界，此时的它（石榴树），“不可一世”，同时又“充满危险”；善的，同时又是恶的（“用光明在世界正中斩断精怪的恶劣气候”，“匆忙解开白昼丝衣的纽扣”，“惊恐地抛掉丑陋的黑色装束”……）；理智的、理想的，同时又是病态的、“精神失常的”……。从始至终，这理性是一步步在蜕变的，和世间的众多事物一样，在不可逆转地走向其反面。

在半世纪之前，乃至现今，在很大一部分人的心目中，理性——“真善美统一”的“世界大同”理想，是神圣而不容置疑的。诗人为了突出和强调本诗主题，除了正题用“疯狂”醒目、加副题“清晨疑向重重”以强调外，诗的行文则用 - 基本句式——吁请式的询问句将全诗纷至沓来的众多意象凝聚在主题意象中，形成一种磅礴紧凑的意象节奏，把读者的注意凝聚起来，唤醒其人生经验，无需回答，而答案尽在不言中。读者的注意力越是集中于“疯狂的石榴树”，它的主题形象越鲜明，有关它的询向就越变得没有意义，对其否定就愈加强烈。试将诗中所有的“莫非”和“告诉我”尽行删去，语意的完整性虽然不会因此受到影响，可诗味则将荡然无几了。这正如诗作者所说，“真正的诗歌永远是语言内部而不是其外部运动的产物”。①

《疯狂的石榴树》是埃利蒂斯青年时代所写的一首超现实主义非理性诗的代表作。它的超现实主义来自他自身的艺术魅力：它像是一个梦，一个自动写作的

① 见王家新、沈睿编《二十世纪外国重要诗人如是说》158 页，河南人民出版社，1992 年。

奇迹，而不是现实的石榴树的拟态或变形；它以密集紧凑的意象节奏横空出世般地突现在我们眼前，带来“真正的诗之瞬间的震颤”和振聋发聩的思想启示。急促的韵律携带着朦胧无尽的诗意，缭梁三日，不绝于耳。如同李商隐的《锦瑟》，即使单独欣赏它的音韵节奏，也能获得无尽的美的享受。

《疯狂的石榴树》是一首非理性的代表作，除了它是一次“自动写作，潜意识的解放”所产生的奇迹，还表现在由“光明的神秘”所营造的诗的意义的朦胧性。这朦胧性主要表现在诗的意蕴可以做多方面的各种各样的理解和阐释。我们说这首诗是作者站在当代思想成就的制高点对人类思想发展的现代成果——理性的诗意批判，艺术地展现了人类理性从诞生、兴盛到衰落的历程，仅是对此诗意蕴的一种阐释。即连其副题法语“a′gerdre haleihe”亦可以作多种解释：它的直译是气喘吁吁，可以理解为作者对理性重压下的人们生存状态的逼真描写和幽默批判；现在的译文是诗人经过长夜思考于清晨对传统理性的发难，副题与贯穿于诗文本的吁请询问句式相互呼应，相互照亮。

本诗的结构以叙述始，以询问终，以石榴树和太阳为核心，在“疯狂”的名义下在连续转换的场景和越来越强烈的情绪中向着一个越来越敞亮、清澈的境界飞升，圆满地完成“光明的神秘”这一至高至深的诗意追求。

感应现实世界，诗人往往比思想家更敏感。

被当代史学家奉为治思想史的楷模，当代自由思想家的宗师，俄籍英国人伊赛亚·伯林于20世纪50年代末在《自由四讲》中提出“自由的敌人——真善美统一论”这一著名论点，论证“人有我有”不可能，“人的全面发展”、“大同理想”的虚妄性，以为“人类所有不同目标都能和谐无争的实现是十足的荒谬”，因而他深信人与社会的“易犯过失性”；由于人与社会永远易犯过失，所以它“永无可能完善”。此即价值多元论的一些重要论点。

伯林的这些思想在罗尔斯《正义论》于1971年出版之后，即更具理论形态，更系统了。相比价值多元论，萨特哲学对存在虚无性的论述，是对真善美统一的价值观的否定，他是一种从价值一元论到价值多元论过度的哲学。

几乎与萨特哲学产生的同时或更早一些时间，在伯林价值多元论诞生的20年以前，埃利蒂斯在《疯狂的石榴树》中即艺术地展示了真善美统一的价值一元论的虚妄与荒谬，实令人惊叹！而在上世纪六七十年代，在埃氏写作《疯狂》一诗的30年以后，我们还在举国卷入文革的“疯狂”中，着实令人汗颜。

闻一多先生在《宫廷诗的自渎》中认为，只《春江花月夜》这一首诗足可奠定张若虚在中国诗歌史上的崇高地位，我们同样可以说，只凭《疯狂的石榴树》这一首诗，埃利蒂斯获诺贝尔文学奖，即受之无愧矣！

附原诗汉译

疯狂的石榴树 埃利蒂斯

清晨疑问重重

a'gerdre huleie

南风在这些雪白的院落里吹荡
在弧形的拱门中发出尖利的叫声，告诉我
莫非是疯狂的石榴树
在光亮中跳跃，撒下丰收的欢笑
夹着风的固执和细雨，告诉我
莫非是疯狂的石榴树
用新生的嫩叶摇动着黎明
用凯旋的颤抖从高处敞开所有的颜色？

当一丝不挂的少女在草原上苏醒
从睡梦的尽头走来
用金色的双手采撷着三叶草，告诉我
莫非是疯狂的石榴树
把光明毫不迟疑地掷入他们绿色的草篮
把她的芳名用歌声轻吐，告诉我
莫非是疯狂的石榴树
在与世界的阴云搏击？

那一天它嫉妒得为自己插上七种翅膀
用数千面刺目的棱镜捆住永恒的太阳，告诉我
莫非是疯狂的石榴树
在奔驰中用一百次足踢夺下一把鬃毛
从不悲哀，也不抱怨，告诉我
莫非是疯狂的石榴树
呐喊着，冉冉升起的新的希望？

告诉我，莫非是疯狂的石榴树在召唤四方

抖动着一条清新火焰织成的叶巾
掀起孕育着一千零二艘航船的大海
它满载着一千零二次翻腾向前的波浪
冲向气味难闻的海滩,告诉我
莫非是疯狂的石榴树
在透明的高空中叫桅杆嘎吱作响?

高高地携着一串燃烧狂欢的蓝色葡萄
不可一世,充满危险,告诉我
莫非是疯狂的石榴树
用光亮在世界正中斩断精怪的恶劣气候
将白昼绣满飞扬歌曲的黄色领口
不停地伸向前方,告诉我
莫非是疯狂的石榴树
匆忙解开白昼丝衣的纽扣?

在四月一日的衬裙里
在八月十五的蝉鸣中
告诉我,那个顽皮的,那个激怒的,
那个精神失常的
那个惊恐地抛掉丑陋的黑色装束
把醉人的鸟儿撒向太阳怀抱的
告诉我,那个在万物的胸膛
在我们深沉睡梦的胸膛张开翅膀的
莫非是疯狂的石榴树?

(刘瑞洪　译)

时代喧嚣的回响，现代文化的象征

——曼杰施塔姆“彼得堡式”诗结构文化诗学解读

阅读苏联二、三十年代的作品，在为其思想和艺术魅力深深吸引的同时，往往为作家独立的人格、顽强的生命力和对艺术的追求精神深深感动。苏联作家在那个独特的年代创造的不朽之作，星河灿烂，其思想和艺术的成就，远远超过，至少不逊于俄国19世纪艺术大师们的经典作品。在这灿烂的星群中，有一颗发射着独特异彩之星，那就是奥·曼杰施塔姆。

曼杰施塔姆是一位死而复生的诗人。在他的祖国，由于政治原因，他和他的作品自三十年代末期便长期被打入冷宫。几十年后，被学者们小心地发掘出来，为隔一代的读者们惊讶地阅读。于是，在他死后半世纪，如同一个在社会上没有消失的影子，他复又获得了生命。

曼氏一生坎坷，命运多舛。有学者不无喟叹地写道：“诗人曼杰施塔姆的形象常常浮现在我的梦中，他赤着脚，走在西伯利亚流放路上，身穿他喜欢的红军战士的长襟大衣……他的诗，他的命运，他的照片，他妻子的回忆录，都引起我巨大的兴趣。从来还没有一个作家诗人令我这样长久地倾心。我常在孤独的时候与他对话，像他的同代人一样。”①然而笔者以为，曼杰施塔姆之被当代读者倾心阅读，他的不幸际遇固然令人扼腕叹息，但主要的还是由于他的诗文化异彩迷人，他的美学取向诱人，他的穿越历史、俯视现世的深邃思想和精神自治程度折服人。

现在所知的曼杰施塔姆的最初诗作，作于1907年。在巴黎留学时，曼氏受法国象征主义的影响，他最初的诗作有着鲜明的象征主义色彩，然而后来回国，他却以一位阿克梅派诗人的身份崛起于诗坛。1910年，十九岁的曼杰施塔姆与古米廖夫、戈罗杰茨基、阿赫玛托娃等人共同组成了“诗人行会”，展开了阿克梅诗派的活动，向20世纪俄罗斯文学的象征主义发起进攻。他的第一批诗作在《阿波罗》杂

① 苟红军《不死的诗人》，《读书》1988年11期。

志上发表,即出手不凡,“以其完美性和无人为师的现象令人折服。”①1913 年,曼杰施塔姆出版了第一本诗集《石头集》(该诗集曾多次再版),奠定了他的诗人地位。《贝壳》一诗即是这一诗集的主题作。

曼杰施塔姆曾很推崇法国诗人戈蒂埃《艺术》一诗中的两句话:所选取的材料愈无奇,以它所完成的创作便愈美。他的《贝壳》就是在实践戈氏的教导。诗人以贝壳自喻,把夜与大海重叠在一起,在三意象的微妙关系中,艺术地营造了一个扑塑迷离的意义结构:它既是写诗人对艺术和美的追求,又在写诗人与时代和社会环境的关系,同时也是诗人一生命运的写照。意义的多重性使诗若似笼罩着一缕轻烟,一层薄雾,引人探究,诱人品味。从诗人对艺术和美的追求这一主题看,它意在显示:艺术和美的追求是艰辛的,可望而不可即;她关爱而又冷酷地摈弃美与艺术爱好者;她苛刻地评判而又全力滋润着美与艺术家及其产品;她不需要艺术垃圾,但又百般呵护、无比珍视每一艺术珍品……从诗人与时代社会的关系看,它似在暗示:诗人若一无助的贝壳,被“世界的深渊”抛向岸边,又将被其吞没,世事无情,但时代和社会又每时每刻在哺育、陶冶每一成员……至于诗人和他的命运这一主题,则意在表现:诗人乃一介草民,他被命运无情地抛在时代、社会的海岸——一个二十岁的少年对人生的全部恐惧皆隐含其中。如此,随着主导意象意蕴的转变,辅助意象的意蕴亦随之转换。意蕴丰实是现代诗的一大特点,但在一首小诗中,内在容量如此之大,即在现代诗中,也是少见的。

追求雕塑式的艺术形象是阿克梅派的一贯风格。但艺术形象的雕塑性不应只是艺术技巧问题,它理应包括诗的内涵。意蕴丰实,使得曼杰施塔姆的一首首诗如同一颗颗晶莹的宝石,放射着耀眼的光芒。

完成诗的艺术形象的雕塑性,曼杰施塔姆最常用最娴熟的艺术的手法是重构时间,曼氏认为,死亡是时间的终结,时间的终结就是遗忘,诗作为词的最佳最严密的组合,可以强化人的记忆并最终战胜死亡。时间,于是成了曼杰施塔姆最崇拜的概念,他将时间视为空间三维之外的“第四维”。在曼氏的诗中,“时间的存在是既作为实体又作为主题的存在。”②他对时间的处理,或以某种简洁的句法跳过不言自明的东西,或把现实和历史、现在和过去重叠,放大焦点,使诗歌具有一种超载的容量。献给女诗人茨维塔耶娃的莫斯科组诗之一《在铺满麦秸的雪橇上》将历史与现实重叠,其中写到了德米特里王子在乌格里奇的遇害、阿列克塞王子

① 安·阿赫玛托娃《曼杰施塔姆——日记片段》,《世界文学》1988 年第 1 期。
② 布罗茨基《文明的孩子》,《世界文学》1996 年第 1 期。

被从莫斯科押往彼得堡,复又将莫斯科与罗马重叠,从俄国东正教教会关于莫斯科是继罗马和拜占廷之后的“第三罗马”学说中引申出诗人关于莫斯科的种种的感受:表面平静、庸懒,“它的缓慢的爬行,它的病态的安宁,它的深重的土气”(《时代的喧嚣》开篇语),然而烈火却在地下运行。两诗人坐在铺满麦秸的雪橇上,半遮着不祥的蒲席,像幽灵,又似王子的化身,前途渺茫,神秘莫测;诗将莫斯科的历史、现实、未来梦幻地聚焦在一起,从一个城市感受一个时代、一个国家以及诗人自我的命运,内在容量很大。曼氏这种“不甚规则的诗所具的超载的内容”,构成他的诗的独异风格,使他成为“俄国诗歌史中一个极其独特的人物,而他的独特之处正在于他的焦点的密实。”①

时间作为“实体的存在”,在曼杰施塔姆的诗中,既表现在文体上,又表现在诗的节奏中。在文体上,曼氏常采用一种密实、凝重的诗体,既呼应人的记忆节奏,又以它与混乱的日常口语相区别,刺激人的记忆神经;在诗的节奏上,时间在曼氏诗中的“处所”就是停顿,他总是采用一种颇多停顿的诗体,使诗的每一字母几乎都成为可以触摸得到的时间的“容器”。所以,曼氏的诗几乎句句内蕴丰实,耐人寻味。

受立体派绘画的启示,现代诗人往往从声音、色彩、触觉、嗅觉等各个角度,扑捉意象、塑造形象。曼杰施塔姆为了使形象具有雕塑性,除了重构时间外,他还常常在诗中频繁地更换叙述主体,以便立体地从各个角度刻画对象,表现情思。《贝壳》一诗开篇叙述主体是第一人称“我”与第二人称“夜”对话,以拉近我与夜的距离,增强对话的亲近感。待我被夜无情地抛弃到岸边之后,第二节开始,“我”便从贝壳中走出来,于是舞台由两人幻化成三人,诗人成了冷眼旁观者,即“我”成了海与贝壳之外的第三者,与此同时,夜幻化成海,第一人称的贝壳转换成第三人称的“它”,其艺术效果是把原来的“我”分裂为二,诗人便可一方面审视自我的命运,一方面评论贝壳的对立面(时代、社会以及一切他物)对贝壳的爱、评判、填充……。这一叙述主体的转换是此诗之所以能够生发出主体多意性的关键性艺术手段,同时在节奏上亦如意外的变调和升调,产生一种婉转愉悦的音乐效果,像一只鸟雀在歌唱。

曼杰施塔姆的不寻常处还表现在,他善于把“重构的时间”和暗中转换的叙述主体这两种艺术手段融为一体,营造一种扑塑迷离的艺术效果。前举《无题·在铺满麦秸的雪橇上》从第二节起叙述主体即由第一人称复数“我们”暗中转换成“我”,而这个“我”,既是诗人,又是“王子”,跟随地点的转移,“王子”时而指代德

① 布罗茨基《文明的孩子》,《世界文学》1996 年第 1 期。

米特里王子,时而又指代阿里克塞王子。如此这般,历史和现实、幻觉和真实随着叙述主体的不断转换,而不停地转换、重叠,时间于是重组,整个诗篇便如漂浮着一层薄雾一般扑塑迷离。

曼杰施塔姆的诗大多数不是主题诗。也就是说,曼氏的诗不是在逻辑地导向于明晰的主题,所以他的诗多为无题诗。在构思诗篇时,象征主义诗人在努力寻找象征的喻体、心灵的对应物,例如波德莱尔的《信天翁》一诗以信天翁这巨大的飞鸟、以异域的海洋,暗示流亡的命运,鲜明的对比,贴切的比喻,直接展示诗人的厄运,尤其是"诗人就像这位云中之君……"这样的明喻,明白无误地揭示出诗的主旨;意象派诗人则在努力寻找思想的"客体",清晰、集中的意象,一个"辐射束":他们都是理性的诗人。曼杰施塔姆则是一个感性的诗人,他在用情绪构思诗章。确切地说,曼氏写诗是从感性出发,指向一种哲理性的意义结构。换言之,曼氏努力建筑的是一个包含许多对应关系的哲理性情绪——意义结构,而不再表达一个明确的思想;他的诗所表现的,是一种思想和情绪的混合。所以,曼氏的诗内在容量大,包容性强:他既包容许多思想,又包容许多情绪;既含有许多明确的内容,又含有诸多朦胧的可以作多种解释的意义。读曼氏的诗,不只可以得到思想智慧的启迪、哲理的顿悟,而且还同诗人一起经历着一个情感涤荡的历程,且又留给你一些有待思索、探讨的问题,令你不忍释卷。勃洛克评论曼氏早期创作时说:"他的诗来自梦境,以其独特的姿态飞翔在艺术的领空。古米廖夫将他的途径定义为:从非理性向理性。"①同时代人的这些评论从不同角度感观地道出了曼氏的诗独具的艺术特色,它诱人、迷人的奥妙所在,也是曼氏作为阿克梅诗派的"首席小提琴"反象征主义诗歌所取得的不容质疑的艺术成就。

阿赫玛托娃认为,曼杰施塔姆作为一位诗人的出现,是一个"了不起的事件"。他的诗越写越好。"甚至在沃罗涅什流放年代仍然继续写作具有非凡之美与力的作品。"②

这"越写越好"的诗章既指其艺术成就,又指其思想内涵。

随着阅历的增加、思想的成熟,曼杰施塔姆的诗也从探讨生存的本质、心灵和肉体的关系、生命和死亡等命题转向对时代、社会和历史的关注。巨大的历史感、对时代和社会的深刻洞察力使曼氏的诗具有一种惊人心魄的力量。这种非凡的美和力的魅力,在十月革命前他的早期诗作中就已透露了端倪。例如他写于1916

① 《勃洛克八卷集》第七卷,苏联国家文学社,莫斯科,1963年,第371页。

② 安·阿赫玛托娃《曼杰施塔姆——日记片段》,《世界文学》1988年第1期。

年献给茨维塔耶娃的另一组诗——克里米亚组诗之一的《我们不相信复活的奇迹……》,表面看来是写一次爱情的死亡历程,但若放在历史长河的某些特定社会环境中解读,那么这首诗既是对愚昧、畸形的旧社会毁灭美好爱情的鞭挞,又是对斯大林时代个人崇拜乃至类似中国文化大革命这样的非常历史时期所造成的种种社会悲剧的预言式的揭露。之所以会产生这种奇异的艺术效果,不能不说与曼氏诗中存在的情绪——意义结构有关。本来个人崇拜就与封建家长制存在着历史的渊源关系,所以它们对自由婚姻、个人的美好追求以至人性、人权的摧残,对宗教狂热和个人权威的倡导,是一脉相承的。故而凡与曼杰施塔姆诗的情绪——意义结构中的意象有对应关系的思想、事物,都能从他的诗中寻得回响与共鸣,因此曼杰施塔姆在他死后半个世纪又奇迹般地复活起来,他的诗读者队伍越来越多,并日益壮大,因为人们要从中获得一种异样的美的享受,以重读历史,认识社会和人生。

布罗茨基认为曼杰施塔姆"是(苏俄)唯一对那些震撼世界的事件保持清醒态度的人。"①唯其如此,诗人能以冷静的头脑、客观的态度观察社会、体验人生,在其诗中为后世描绘了一幅幅时代的画卷并从中展示出一个真实的自我来。为阿赫玛托娃最后朗读的《我不知是谁家的婆娘》②一诗揭露的是内战时期红军报复性的杀戮、破坏所造成的鬼域世界,曼氏以其理性的光辉照射这幅混乱、变异的图画,在谴责暴力的盲目性的破坏和在动乱局势冲击下人性的荒芜上,可与帕斯捷尔纳克的《日瓦戈医生》媲美。追求预言式的诗歌语言是阿克梅派企图革新美学和象征诗学的尝试,曼杰施塔姆在《致楚科夫斯基》的信中说,"我在一切之中找到了历史的意义。"③此诗的预言性和历史洞见,可以说是在为红色高棉所制造的金边事件的预言式写照,或者说,只有在金边事件后,生于斯世的当代读者才能真正读懂曼氏的这首诗。短短十余行,就其历史真实性和思想的深邃而言胜过巴金先生几十万字的《随想录》。须知,曼氏这首诗是写于 1937 年斯大林统治时期他的流放地沃罗涅什。此种情况决定这首诗只能采取冷眼旁观的态度,客观地描述这场悲剧,然而却写得凄惨感人。

堪可作为《我不知是谁家的婆娘》姐妹篇的,是写于 1931 年的《为了今后响当当的骁勇……》。此诗写苏俄社会的另一侧面:为了某种信仰或政治目的而同类

---

① 布罗茨基《文明的孩子》,《世界文学》1996 年第 1 期。

② 阿氏在《曼杰施塔姆——日记片段》中称此诗题为《鬼域基辅》,中译者参考苏、美两种曼氏诗文集将该首列为无题诗,以第一句诗句名之。

③ 见曼氏《书信十封》,《世界文学》1997 年 5 期。

相残,诗人的命运注定只能在这场自相残杀中充当牺牲者。值得注意的是诗中所表现的诗人的伦理态度和审美情趣:他居然欣赏起那班狐狸般狡黠、用野蛮手段残害同类的势力和人物"原始的俊美"来。这一伦理态度、美学取向是从他清醒地意识到苏联半世纪来发生的一系列政治迫害事件是"同类相残"这一逻辑命题推导而来的。持这种伦理态度的不只是曼杰施塔姆一人,它是苏联一代知识分子的痛苦思索和选择。例如帕斯捷尔纳克在《日瓦戈医生》中通过他的精神寄托者日瓦戈医生赞叹道:革命是"一下子就把千百年来顶礼膜拜、奉若神明的不合理制度判了死刑"的"了不起的手术,巧妙的一刀"(第六章)。他对革命本身毫无抵触,但使主人公格格不入的,是革命带来的社会机制对人性的扭曲(这扭曲包括恣意践踏人的人和被践踏者)。革命本应带来人的尊严,人的自由意志的发扬,人的自我价值的确认。现在这宝贵的一切反而被摧毁了,丢弃了,这是作者无法接受的。但他并不反抗,因为他知道自己无力反抗,他只是抵制这种社会机制对自己精神的侵蚀。日瓦戈医生即猝死在这种自我折磨的精神抵御战中,但他依然阿Q式地自我宽慰道:"他们一个个把我征服了/但这是我的胜利"(第十七章日瓦戈医生的诗:《黎明》)。曼杰施塔姆则有另一番遭遇,另一种认知:他认为自己的一切——生活的权力、"欢乐和名声",都已被人以革命的名誉剥夺殆尽,这是他与日瓦戈共通之处;更为甚者,在这种"同类相残"的游戏中,命中注定,他只能被人从精神到肉体一同被毁灭掉。面对这一惨状,他只有视死如归了;这都由于,他不能被塑造成一个"人类崇高的后生"、"响当当的骁勇"(革命后继人或者"造反派")。他甘愿以自己的牺牲作祭品,警醒后人,所以对他,归路是美丽的,是返回自然,返回家园,"那儿松树抚摩星星,那儿流着叶尼塞河水。"

但曼杰施塔姆绝对不是一个自暴自弃的悲观主义宿命论者。"革命对他来说是件大事",他"是以公民题材写诗的头一批人中间的一个。"①直到生命的最后时刻,重病在身,被剥夺了"生活的权力,劳动的权力,治疗的权力","只有死亡的权力"时,他仍渴望工作,强烈地要求工作。② 在生与死之间,曼氏的最终选择是生。所以,他希望(有时是沉浸在诗意般的幻景中以自慰),苏联社会能通过某种奇妙的魔术般的方式从冰封走向开放,从政治高压、独裁统治走向政治民主。这在他写于1930年的著名组诗《亚美尼亚》十二首中的第八首《雪中玫瑰寒冷……》中,有较充分的展现。

布罗茨基还认为,曼杰施塔姆的世界是"高度自治的,难以兼并",他的"世界

① 安·阿赫玛托娃《曼杰施塔姆——日记片段》,《世界文学》1988年第1期。

② 见曼氏《书信十封》,《世界文学》1997年5期。

大得足以招来这一切袭击”,他又说,“我并不认为,若俄国选择了一条不同的历史道路,他的命运便会有什么不同。”“如果认为正是那首针对斯大林的诗导致了曼杰施塔姆的毁灭,那就将事情简单化了。”他受到警告,本可以像其他人那样从中汲取教训,但他没有这样做,“因为他的自我保存的本能早已屈从于他的美学了。”“对于诗人来说,他的伦理态度,乃至于他的气质,都是由他的美学所确定、所定型的。”以至他“在整个联盟范围内无家可归”,丧生于“从彼得堡出发能达到的最远的地方”①。作为一个通常的人,曼杰施塔姆不幸生活于苏联二、三十年代那个兼有高度的政治热情和可怕的悲剧的时代,经历了常人难以忍受的苦难,遭遇着常人难以承受的打击,以至精神失常,英年早逝。作为一位有成就的诗人,曼杰施塔姆又有幸生活在那个多灾多难导致连连悲剧的时代;忧愤出诗人,如斯时代孕育了他篇篇不朽的诗作。

曼杰施塔姆以《时代的喧嚣》命名于 1925 年写成的自传,他的诗可以说是时代喧嚣的回响;因为它不仅为我们描绘了一幅幅时代的画卷,而且为我们记录了对那个喧嚣的时代的思考历程以及这思考的代价,从生命到人的一切宝贵的东西。曼氏无愧“一个重造历史时代色彩的巨匠。”②

曼杰施塔姆的诗是文明的奇葩,文化积累的成果。

阿赫玛托娃说普希金和勃洛克都有诗歌源头,惟独曼杰施塔姆“没有师承”,并且慨叹:“谁能指出这新的神奇的和谐是从何处传到我们耳际的?”③

曼氏之所以看似没有师承,是由于他转益多师。他“可以整页整页地用意大利文背诵《神曲》”④,他熟知俄国和欧洲的古典和近代的哲学、文学和音乐著述。他将古典抒情诗、象征主义乃至超现实主义的诗歌融为一炉,把日常平凡的意象、非理性的诗歌语言、超现实主义的艺术手法结交在一起,建筑诗歌的意义结构,他的诗作往往在社会生活图景、诗人心灵图象中隐约闪烁着某种朦胧而寓意深远的心绪和哲理。曼氏的诗又多以欧洲神话、远古诗人的母题和智慧哲人的思想为对象,这其实是在对诗的文化储备进行又一次提炼,又一次“精加工”。所以,有人称他的诗为“诗的诗”,“潜在的文化金字塔”⑤别雷则称他是“所有诗人中最诗人化

① 布罗茨基《文明的孩子》,《世界文学》1996 年第 1 期。
② 苟红军《不死的诗人》,《读书》1988 年 11 期。
③ 安·阿赫玛托娃《曼杰施塔姆——日记片段》,《世界文学》1988 年第 1 期。
④ 同上。
⑤ 见尼古拉耶夫编《俄国作家传记词典》第 2 卷 14 页,苏联教育出版社,莫斯科,1990 年。

的一位。”①曼氏诗作的这些艺术特征在前举六首中均有或多或少的表现，在其写给叶·波波娃的《无题》中展现得更为集中、充分。赏析这首诗，我们同时还可以真切地感受到诗人精神世界的痛苦情状。

诗的启始就以迎战者的态度展示诗人内心世界激烈的矛盾冲突，所以他呼唤伏尔加河涌上斜坡，呼唤雷霆击向那新筑起的精神防线（薄板）、呼唤大颗的冰雹砸向那隔离人的玻璃窗，以便让人的一切——爱、欲望、自由意志等等自然地裸露，呈现出来，而在莫斯科，黑眉毛的您，也请更高地仰起你的头颅，以显示人的尊严不可侮，人们的价值理应得到确认。这呼唤显示了诗人对自己，对这狼的世界的怀疑。所以下节一转，诗人写在这是非颠倒的世界里，人的尊严不可能得到尊重、人的价值根本无从确认。

一种无名的力量，时代社会的魔术师“将黑色的紫色的玫瑰/秘密地和牛奶拌在一起，/他用粉扑儿和珍珠粉/唤出了冰冷的狗雨，/用絮语唤出了嘴唇……”致使美丑扭结，黑白颠倒，真假难辨，可是这些恶人、恶势力却往往得逞，他们用甜言蜜语唤得赏识、爱情及一切所需，他们处处粉饰呼唤同类，恣意横行，冰冷地践踏一切……②。“凡是存在的都是合理的”（黑格尔），但是合理的却非正义的，而正义的、美的一切，从人的正常欲望、个人生存的权力到人的尊严、人的价值，都被不屑地屏弃在一边……

诗人百思不得其解，于是连连绝望地呼唤，阿历克塞·米哈雷奇，请你告诉我，你是怎样把不祥的邪恶的变成美的，“从印度贵族那儿，获得了那种寒鸦的美丽”的；伏尔加河，请你帮我“弄懂、说清”！

可是，现实却是这样地残酷，恶的、丑的不会转为善的、美的。而那些丑恶的“合理的”势力是如此强大，善的、美的又如此弱小，双方力量悬殊，如同“不平等的

---

① 见苏联科学院俄罗斯文学研究所编《俄国诗歌史》第 2 卷，387 页，苏联科学出版社，列宁格勒，1969 年。

② 十月革命后不久，1918 年，在一次聚会上，曼杰施塔姆遇到一个叫勃柳姆金的契卡，他当时喝醉了酒，正用铅笔在一份名单上随意勾出他准备逮捕枪毙的人，他的做法使曼杰施塔姆感到吃惊和愤怒。他冲过去撕碎了勃柳姆金的名单，然后逃开了。当夜，应曼氏的要求，加米涅夫的夫人给捷尔任斯基打了电话，捷尔任斯基听了曼氏的汇报后，当即决定逮捕并枪决勃柳姆金。然而几天后，勃柳姆金却被放了出来，他满城寻找曼杰施塔姆。为躲避勃柳姆金，曼氏不得不离开莫斯科，去了高加索和克里米亚地区达数年之久。此后，曼氏便长期受到有关方面的监视。1937 年 5 月，曼氏夫妇从流放地回到莫斯科纳肖金胡同“自己的住所”，两间房子，一间已被专门弄假材料告发他们的人占用，弄得他们居无定所，到处流浪。有时到莫斯科，只好坐在街心公园中。这时，曼氏曾对妻子娜佳说：“我们现在是乞丐”，而“乞丐们到了夏天日子就好过些”。他们这样混了一年，奥西普已病重。在精神病院，他又第二次被捕，送往西伯利亚。

两岸相对而立。”这使伤痕斑斑的理想如同“那些血液沉重的鹰”,只能“飞过山头木屋的屋顶。”

诗人已完全陷于绝望中,前途茫茫。他一再呼喊“我看不见,看不见/灰蒙蒙的绿色河岸”;眼睛所见的世界是一个疯狂地灭绝人性的世界,这种疯狂地对人的一切有价值的东西的摧毁致使整个世界都变了形。一种如此锥心的悲恸,我们似乎听到了一个受伤的心灵的颤抖。

这首诗蕴涵着丰富的思想情感,既有对女友波波娃的怀念,又有对时代、社会的质疑、诗人自我痛苦的思考。按题意,此诗应为怀念女友之作,但在诗中,怀念主题仅仅是借题发挥的引子,对时代社会的质疑和思考,才是这首无题诗的“正题”,而在这一正题之上,又隐含着一种形而上的哲学寓意。对这一哲学寓意,不同时代的读者可以“仁者见仁”,作出自己的领悟。令人惊奇的是,这么丰富深刻的思想内容竟用一种类似民歌式的文体抒写出来。作者将深邃的思想、浓烈的情感、热烈变化的情绪通过这种几乎歌谣式的题材,用一种自然流畅的语言,毫不雕琢地流淌出来。自然天成,如一曲霓裳羽衣,宛转地从云端飘来。

我们之所以有如此感受,还因为这首抒情小诗中蕴涵的深刻的思想、痛苦的思考被一种起伏跌宕的情绪贯穿着,先是热烈渴望,继而则幽默嘲弄,倏而转为积极进取伴着绝望的呼唤,最后在沉郁喟叹伴着无奈的叹息中结束全诗。情绪起伏跌宕、语言音韵的抑扬顿挫所形成的歌唱性的节奏与词语的复沓相辅相成,形成了一种绕梁三日不绝于耳的功效。于是此诗便代表曼氏晚年诗作的最高境地,在许多英美选本中均列为压轴之作。

圈内朋友戏称曼杰施塔姆的诗是彼得堡式的。当有人问曼氏什么是“阿克梅主义”时,他回答说:“就是对世界文化的眷念。”这两几话精确地概括了曼杰施塔姆诗的艺术特色与其形成因素。

曼杰施塔姆一直对彼得堡怀有一种倾慕之情。他曾在许多诗篇中栩栩如生地描绘彼得堡这座由彼得大帝所建造的“北方的雅典”。彼得堡是俄国诗歌的摇篮,更是它的诗体论的发源地。曼杰施塔姆其人其诗的出现是以彼得堡为中心的俄罗斯文化哺育的结果。曼氏在其《第四篇散文》中说:“在俄国我独自一人依照声音写作,而周围纯然的污物在胡涂乱写。”从他的第一本诗歌集《石头》到这首《无题》,其使用的严格的韵律,明显地使人想起普希金。曼杰施塔姆是一个典型的讲求形式的诗人。对他来说,一首诗是一种声音,如他自己所说,是以“一个响亮的定型的形式”开始的,他的诗歌韵律是任何东西都不能代替的种种心灵的音量。他对诗的形式要素的贡献是在杰尔查文、普希金、莱蒙托夫这些前辈诗歌大师的艺术回廊中建起一新的圆柱,即无主题的声音——情绪结构。即连这一无主题结构,也与俄语诗歌传统及其修辞特点有着深刻的内在联系:俄语诗歌不像英语诗歌那样对主题进行清晰明快的处理;在俄语诗歌中,主题通常只出现在这一行或那一行中,随后,诗人便转而言他了,清晰的主题很少贯穿一首诗的始终。俄语诗的基本技巧是旁敲侧击,从不同角度接近主题。曼杰施塔姆的诗把这一传统技巧发挥到极致,他的众多寄女友的无题诗就是这种发挥淋漓尽致的表现。让我们再次赏析《无题·致波波娃》开始一节,从曼杰施塔姆诗的形式结构(声音——情绪结构)深入到其诗的意义结构,进一步体味曼氏诗的"声音——情绪——意义结构"的不同凡响。

涌上斜坡,伏尔加河,请涌上斜坡,
雷霆啊,请击向那新的薄板,
大颗的冰雹,请砸向、砸向玻璃窗户,
而在莫斯科,黑眉毛的你,
请更高地仰起你的头颅。

旁敲侧击,重构时间,把对女友的期望和诗人的社会理想重叠,营造一个全新的意义世界。高尔基在他的意义世界里呼喊:"让暴雨来得更猛烈吧!"曼杰施塔姆则在他的理想世界里呼唤:让人们坦诚相对,"更高地仰起你的头颅"!为了这一理想的实现,他呼唤伏尔加河水、雷霆、冰雹冲决、击响、砸向由种种精神控制物所造成的人的虚伪、人与人之间的隔离。这首诗的意义世界由"一个响亮的定型的形式"开始,依照声律把词语的复沓和种种激荡心灵的音量奇妙地结交、组合在一起,形成一种情绪——意义的张力,震撼着读者心灵。曼杰施塔姆的诗,不能作为一种贫乏的叙述来看待;他的极为个人化的抒情诗大都不是直抒胸臆而是以严格的韵律、明快的节奏和复杂的情绪相结交从而形成一种深刻的哲理——意义结构。"对于诗人,语言是净化和积累文化传统的总和,而新语言的创造与新世界的创造密切相关。曼氏的创作丰富了由普希金所创造的俄罗斯语言的表现性"①和由杰尔查文以来的俄国抒情诗的内涵的深刻性。他的诗歌的不朽价值,"既缘于它的抒情性,又缘于它的深刻"②,而这种深刻的抒情性是由其诗的独特的"声音——情绪——意义结构"作为载体表达的。这是我们对曼杰施塔姆彼得堡式诗体的初步巡视。

曼杰施塔姆彼得堡式的诗体还有其更为深邃的文化内涵。

---

① 荀红军《不死的诗人》,《读书》1988 年 11 期。

② 《现代世界诗坛》第一辑 53 - 61 页,湖南人民,1988 年。

圣彼得堡这座“北方的雅典”,既是俄国式希腊古风的聚集地,又曾被启蒙主义时期的开明绅士称为“一扇开向欧洲的窗口”,后又被陀斯妥耶夫斯基定义为“一座最具创造性的城市”,它不仅是帝国的行政首都,也是它的思想文化中心。在20世纪初,各种精神潮流在这里汇合,各种文艺思潮此起彼伏,在这里登台表演,曼杰施塔姆的诗即是这种思想文化汇流的创造性成果。曼杰施塔姆和象征主义的关系犹如中国的儒与道,既相互诘难,又互补互生。曼氏的诗,早期深受法国象征主义的影响,而当他以反象征主义的姿态崛起于诗坛时,他诗中蕴涵的那若有若无的哲学寓意,又得益于象征主义诗学。曼杰施塔姆具有很高的音乐素养,阿赫玛托娃回忆说:“听音乐时,奥西普如鱼得水,这是极少有的特质。”20世纪初,原始派音乐在俄国盛极一时,曼杰施塔姆诗自然质朴的特质即深受这派音乐家返归自然、模拟自然理论及其实践的影响。而他那屈子式的质疑现存秩序的诗歌美学又或多或少地深受浪漫主义诗学的影响,因为批评现实、向暴君挑战是古今浪漫主义诗人们固有的抒情伦理。曼杰施塔姆的源头是世界文明,反过来,“他又对赐予他灵感的东西做出了贡献”;他源于文明,是文明的爱惠者,同时,他又是文明的创造者。因此,“在本世纪(20世纪),他或许比任何人都更有资格被称为属于文明的诗人。”曼杰施塔姆为阿克梅主义所下的定义——“对世界文明的眷念”,同时也是他关于诗的定义,甚至是关于他本人的定义。曼杰施塔姆的创作充盈着文化韵味,曼氏的诗被称为彼得堡式意即他的诗是文化积累的成果,这积累是以俄罗斯文化为基础,囊括世界文化的。从他的独立人格、难以兼并的思想,到他的诗的艺术特色和风格,无一不是文化积累、文明发展的成果。因之,他不是一个一般意义上的“文明人”,“他更是一个献身文明、属于文明”、“由文明所产生的诗人”。即连他的悲剧性遭遇,也似是世界文明当代命运的一种象征,诗与政治、文学与现代社会、文明与所谓“现代文明”的冲突,在曼杰施塔姆身上得到了典型的表现,作为文明的牺牲,他的悲剧是不可避免的。曼杰施塔姆其人其诗凝聚着、“重复了我们文明的发展”,“他的生和他的死均是这一文明的结果”①。这也许就是曼杰施塔姆和他的诗像漂流瓶中的书信一样给我们以及我们后代读者不断地带来意外惊喜的缘故吧!

附:曼杰施塔姆诗七首

贝壳

也许,你并不需要我,/夜;自世界的深渊,/像只没有珍珠的贝壳,/我被抛在

① 《现代世界诗坛》第一辑53-61页,湖南人民,1988年。

了你的岸边。

你冷漠地泛起了波浪,/你在固执己见地歌唱;/但你将爱上、你将评判/无用的贝壳所撒的谎。

你与它将并排躺在沙滩,/你穿上自己的衣裳,/你将把波浪的巨钟,/牢牢系在它的身上;

就像无人居住的心室,/这易碎贝壳的四壁,/你会充满它,用涛声,/用雾,用风,用雨……

1911 年(刘文飞译)

无题*

在铺满麦秸的雪橇上,/不祥的蒲席半遮着身,/从麻雀山到熟悉的小教堂,/我们走遍了巨大的莫斯科城。

在乌格里奇,孩子们在游戏,/烤炉中的面包在散发着芳香。/没戴帽子的我在街上疾行,/三只蜡烛在教堂里泛着微光。

不是三只蜡烛,是三次相见,/其中一次是上帝本人的祝福,/没有第四次,罗马还很远,/他从来没有将罗马爱过。

雪橇潜入了黑色的坎坷,/归家的人们离开了娱乐场地。/瘦削的男人和凶狠的女人,/在大门的旁边踱来晃去。

鸟群涂黑了潮湿的远方,/被缚的手臂失去了知觉;/王子被押走,躯体全麻木,/有人点燃了火红的麦秸。

1916 年(刘文飞 译)

"我们不相信复活的奇迹……"

我们不相信复活的奇迹,/在墓园里悠悠漫步。/"听我说,各地的土地都让我/想起丘陵无数/……/……/在那里,在茫茫深沉的大海之滨,/俄罗斯的疆土骤然结束。

一片辽阔的大草原/从修道院的山坡向前伸延,/我真不想到南方去,/舍不得离开弗拉基米尔的广阔幅员。/可是留在这木屋层层的集镇,/跟愚昧、畸形为伴,/和这么一个糊涂的修女在一起/岂不等于生活于灾难。

我亲吻晒得黝黑的臂肘,/还有那蜡色的额头。/我知道,在棕色的发丝下/白

* 一次曼杰施塔姆到莫斯科看望茨维塔耶娃,她领他游览了莫斯科城,游览之后,曼氏写了此诗。

嫩的肤色得以保留。/我亲吻手腕,手镯在腕上/留下一道道白色的印痕,/塔甫里达①炎热的夏天/创造的奇迹如此迷人。

你很快就变成了黑姑娘,/走到可怜的圣像面前,/你不停地吻了又吻,/可是你在莫斯科时是那么盛气凌人。"/我们只剩下了人的名字——/奇异的声响久久不会忘记。/请接受我用双手的手心/撒落的沙粒。

1916 年(野婴　译)

"我不知是谁家的婆娘……"

我不知是谁家的婆娘/在鬼域基辅满街寻夫,/她那蜡黄的脸颊上/没有流下一粒泪珠。

茨冈少女不再用纸牌算卦,/商人公园里不再有人拉琴,/马匠在克列夏吉克大街倒毙,/里普吉老爷的驱体意味着死的来临。

红军战士们乘着最后一趟电车/离开市区直奔郊外,/潮湿的军大衣喊了一句:/"你们放明白点,我们还会回来!"

1937 年(野婴　译)

"为了今后响当当的骁勇……"

为了今后响当当的骁勇,/为了人类崇高的后生,/在父老们的宴会上我丧失了/酒杯,还有欢乐和名声。

世纪像只捕狼犬扑向我的肩头,/可是按血液我不属于狼种,/最好把我当作一顶帽子,塞进/西伯利亚草原上暖烘烘的皮大衣袖筒——

为了看不见时轮上血淋淋的骨头,/看不见胆小鬼和窝囊废,/为了一只只青狐整夜地为我熠熠闪闪,/显示出它们那原始的俊美,

把我带进黑夜里去吧,那儿松树/抚摩星星,那儿流着叶尼塞河水,/正因为按血液我并不属于豺狼,/所以毁灭我的只能是同类。

1931 年 3 月 17 – 28 日(野婴　译)

"雪中玫瑰寒冷……"**

雪中玫瑰寒冷。/谢万湖上积雪足有三俄尺厚……/山里渔夫拖出蓝花雪

① 即克里米亚半岛。此即克里米亚组诗之一,是写给茨维塔耶娃的。"他的克里米亚组诗和莫斯科组诗都是为她写的"(安·阿赫玛托娃)。

** 这是曼杰施塔姆写成的《亚美尼亚》十二首中的第八首。

橇。/吃得饱饱的鲑鱼蓄着胡须/在石灰岩湖底/执行着警察的职务。

高山①在埃里温和艾契米阿金②/把空气全给吞没,/应当用陶笛把它迷惑,/或是用短笛把它驯服,/好让它嘴里的积雪消融。

白纸上是雪呀,雪呀,雪。/山向海湾飘去。/我冷。我欢乐……

1930 年 11 月(野婴 译)

无题***

涌山斜坡,伏尔加河,请涌上斜坡,/雷霆啊,请击向那新的薄板,/大颗的冰雹,请砸向、砸向玻璃窗户,/而在莫斯科,黑眉毛的你,/请更高地仰起你的头颅。

魔术师将黑色的紫色的玫瑰/秘密地和牛奶拌在一起,/他用粉扑儿和珍珠粉/唤出了冰冷的狗鱼,/用絮语唤出了嘴唇……

解开这个谜,请解开这个谜,/阿列克塞。米哈雷奇,/怎样从印度贵族那儿/获得了那种寒鸦的美丽,/伏尔加河,请你弄懂,说清。

不平等的两岸相对而立,/真是罪过,真是罪过,/那些血液沉重的鹰,/在群峰之上飞翔、飞翔,/飞过山头木屋的屋顶。

啊,我看不见,看不见/灰蒙蒙的绿色河岸,/似乎有些疯狂的割草人,/在草场上走,在草场上走,/暴雨使草场变成了弧形。

1937 年 7 月 4 日(刘文飞 译)

---

① 高山:指阿拉拉特山。

② 艾契米阿金:埃里温市郊区一座古老的教堂。此组诗发表在 1931 年第三期《新世界》上。

*** 此诗是写给诗人的朋友叶·波波娃的。

一幅寓意深远的现代拼贴画

——读阿赫马托娃史诗性抒情诗《沃罗涅什》

有论者认为苏俄著名女诗人阿赫马托娃20世纪30年代所写的诗歌，有的晦涩难懂，例如《沃罗涅什》忽而历史，忽而现实，东一句、西一句、不知所云。对于这位女诗人的诗歌总体，笔者缺乏深入研究，然而其《沃罗涅什》，细读之后，却惊喜地发现，这是一首由多种意象组成的寓意深远的现代派诗歌。非但不零乱，而且结构精美、严谨，是一首难得的史诗性的现代抒情诗。人们之所以感到零乱、难懂，主要是由于在这首小诗中，深刻、丰富的思想，作者的难言之隐，皆蕴含于一些平白的意象及其背后未讲述的故事中；人们感到零乱、难懂，还由于对现代诗歌可不经营诗的意境，而用意象叠加表达情思这一艺术特征不熟悉、不习惯，有直接关系。

英美现代派诗歌发轫者庞德曾说："诗人，一生中能描述出一个意象，要比写出成篇累牍的作品好。"①这因为成功的诗歌意象一方面有质的充实、凝聚，另一方面又有量的广阔伸展，意义的无限延申。庞德的《地铁站》仅两句话，由于意象具有上述品格而成为英美现代诗中不朽之作。阿赫马托娃的《沃罗涅什》由于创造了一系列成熟的意象，由于这些意象的成功叠加而使这首小诗成为史诗性的抒情典范作品。

九叶派诗人郑敏教授曾谈及，她在1985年开始讲授美国当代诗，可是怎么也看不懂美国诗人们的作品，觉得它"一点也没有逻辑，乱七八糟的。"②后来她结合研究德里达哲学，重点研究威廉姆斯的作品，熟悉了现代派诗歌的某些艺术特点，之后每读懂一首好诗，总是令人兴奋地感到认识的提高，和伴随着提高而来的感情冲击波，"以及"心灵的突然豁亮，或智慧的突然爆发。"③可见了解和掌握现代派诗歌的艺术及其结构特点，对于鉴赏当代诗，是至关重要的。

---

① 彼德·琼斯《意象派诗选》，导论，23页，裘小龙译，漓江出版社，1986年。

② 郑敏《诗歌与哲学是近邻》433页，4页，北大出版社，1999年。

③ 同上。

诗的副题受赠者 O·M 即奥西普·曼杰斯塔姆。曼氏 1891 年 1 月 15 日生于华沙一犹太商人家庭，早年就读于彼得堡大学和德国海德堡大学，研究法国文学。这个体弱多病、神经过敏的青年具有杰出的诗歌天赋，18 岁，他的第一批诗作在《阿波罗》杂志上发表，立即就引起文学界的反响。一位评论家写道："读了这位年轻诗人漂浮着一层薄雾的诗篇，心灵为之震动，不禁自语道：'这为什么不是我写的'"。法国的俄罗斯文学专家艾曼诺斯在回答谁是本世纪最伟大的俄罗斯诗人时，毫不犹豫的选择了"奥西普·曼杰施塔姆"！

然而诗人的命运却充满艰辛和不幸，他的诗也由于某种社会原因被埋没半个多世纪。苏联诗人在 20 世纪 30 年代遭遇到许多不幸，这是那个特定时代造成的，曼杰施塔姆也未能幸免。他于 20 世纪 30 年代初因一首讽谕斯大林的诗而被捕，关进卢比扬卡监狱，他的朋友，当时著名诗人帕斯捷尔纳克、阿赫马托娃为他向高层领导人辩护和通融，均未获宽恕。先是被流放在卡玛河上一个小城，继而于 1934 年又被流放距莫斯科 500 公里的沃罗涅什城。在这三年流放生活中，曼氏和妻子娜杰日达住在没有暖气设备的木屋里，因为不许他们工作，常处于饥饿状态，生活极为艰苦。就在这极端艰苦的生活中，曼氏却写出了他一生中最好的作品。他几乎每天都处在诗的状态中，有时隔天一首，有时一天写许多首。这些诗后来结为一集，提名为《沃罗涅什笔记》。曼杰施塔姆是一个时代和历史感极强的诗人。十月革命前，他已经预感到俄国社会即将来临的革命风暴，预感到旧世界的死亡。对于自己所生活的时代，他一直有十分清醒的认识，他预言时代的悲剧，并发出绝望的呼声："在洁净的彼得堡，我们死去"。"我的世纪，我的野兽，谁能够窥见你的瞳孔，谁能用自己的血粘合两个世纪的椎骨？"曼氏夫妇在沃罗涅什困厄、悲伤的生活，娜杰日达在其著名的《回忆录》中有生动的记叙。1937 年秋，诗人结束了三年流放生活，喜获自由。但好景不长，1938 年 5 月再次被捕，以"反革命罪"被判有期徒刑 5 年，送往西伯利亚集中营。一路上，由于受残酷迫害，已近半疯状态，终于死在海参威附近一个叫卡卢马的小镇上，时为 1938 年 12 月 27 日。至于他的死因，有说是枪毙的，有说是被冻饿或折磨死的(隆冬看管人令其脱光罚站，诗人一头栽地，再也没有站起来)。可他妻子却一直等他归来，在漫长的等待中，她可一字不差地背诵他的全部诗作。今天我们能读到这份珍贵的文学遗产，应感谢娜杰日达惊人的记忆力。娜杰日达的两本回忆录《没有希望仍抱希望》和《希望被遗弃》被译成多种语言在西方出版。

曼杰施塔姆的一生是诗的一生。他的悲剧不同于叶赛宁或马雅轲夫斯基，曼氏悲剧比后两人的悲剧，具有更深远的社会历史意义。

有人认为"曼杰施塔姆的作品的发现和认识，如同奥地利作家卡夫卡的研究一样,对世界文化意义重大”。①

诗的副题是对正题的限制。然而如上所述,本诗副题实则是诗作者阿赫玛托娃在为自己出了一道难题:她把这一重量级人物作为这首小诗的副题,将如何着笔?写诗人的生平际遇?创作历程?诗作的艺术特色或成就?仰或写两人的终生友谊?

作者选择了曼氏一生中创作最旺盛,诗作最成熟和最具特色的时期:在沃罗涅什。

曼氏的遭遇是个敏感问题,弄不好就引火烧身。何况作者的第一个丈夫古米廖夫早在1921年即以同类罪名被枪决,儿子列夫·古米廖夫和第三个丈夫、艺术史家尼古拉·普宁亦被捕,后者不久即死于狱中。不诽不发,诗是诗人情感的喷发;同病相怜,最容冲动。

阿赫玛托娃毕竟是“俄罗斯的萨福”,“俄罗斯诗歌的月亮”②,她既发幽愤,又避开尖锐的感情冲突,敏感的政治问题。诗人以沃罗涅什为抒情契机,让它象征俄罗斯社会,以对这一小城的知觉感受表现诗人的情思和对社会历史的观察体悟,用意象叠加的手法完成这首史诗性的抒情诗的艺术构思。在诗中,意象原本就是“纯感官的,意象是具体化了的感觉”(艾青《诗论》)。

既然以沃罗涅什象征俄罗斯社会,作者就不从它的一景一物着笔,而以整体鸟瞰的方式写俄国这个“半亚细亚的”(马克思)集权社会给人的感觉:“整个城市封在冰里”。一个“封”字突现了被寒冷幽闭的感觉,同时又指涉受赠者的切身境遇。第二句转换了一个角度,进而把这一寒冷幽闭的感觉具体化:“树木、城墙、雪地,好像罩上了一层玻璃”。这就把第一句中的那种刺骨寒意变成了看得见摸得着的阻绝感,并拉开了诗人旁观这个世界的距离。这句中的“罩”字,呼应前句中的“封”字,进一步强化这一冷闭感觉:它自上而下地把整个城市——俄罗斯社会“罩”了起来,从有生命的“树木”,到无生命的“城墙、雪地”。

在前两句中,诗人是站在这个城市社会之上、之外鸟瞰、旁观这一世界;从第三句起,诗人开始进入那幽闭的世界内部。“我战战兢兢地穿过这水晶宫”,“战战兢兢”突现了诗人在这一寒冷幽闭的世界中如履深渊、如履薄冰的内心惊惶感;既云“穿”,即不拟久驻。然诗人早在1917年写的《我听见一个声音……》一诗中即表示她绝不会背弃祖国,离开这片土地,但这里,在“穿过”之后又接着说“我”乘着“布满冰花的雪橇”在其间“歪歪斜斜”地“飞奔”,而她又能奔向何方呢?这里

---

① 荀红军《不死的诗人》,《读书》1988年11期。

② 萨福,公元前六世纪希腊女诗人,最早的抒情大师。阿赫玛托娃从1914年起即已在俄国诗坛享有“俄罗斯萨福”之誉,后一称誉是诗人叶甫申科在1966年悼念阿赫玛托娃时把她与普希金相提并论,说普希金是俄罗斯诗歌的太阳,而阿赫玛托娃是俄罗斯的月亮。

显示的是诗人思想的矛盾和困惑。“布满冰花”暗喻当时的政治气候，进一步加重了“战战兢兢”的寒冷感和惊惶感；“飞奔”显示诗人人生态度的积极和写作的勤奋；“歪歪斜斜”则形象的概括了诗人当时的社会处境：从20世纪20年代初，到第二次世界大战，整整十五年，她一直生活在斯大林肃反扩大化所带来的文化恐怖的巨大阴影中，亲朋连遭不幸。

就在写作此诗之后的十年，在人们对阿赫玛托娃于卫国战争期间创作的大量爱国诗篇记忆犹新的情况下，1946年8月14日，联共(布)中央通过一项特别决议，撤销《列宁格勒》杂志，撤换《星》杂志的编辑人员，罪名之一就是“为阿赫玛托娃空洞的和不问政治的诗提供篇幅”。决议称：“阿赫玛托娃是与我国人民背道而驰的，无思想性的诗歌的代表”，阿赫玛托娃的诗停滞于“资产阶级贵族的唯美主义和颓废主义——‘为艺术而艺术’的立场，不愿和本国人民同步前进”。在这一决议影响下，见诸报端的令人发指的人身攻击接踵而来，她被从各级作协开除。阿赫玛托娃不愧是一位“诗歌语言艺术的光辉大师”(讣告语)，在这短短的四行诗句中，她以意象叠加的方式对苏俄社会种种特征诸如高压、集权、封闭等等作了高度抽象又极其具象的概括；在这种社会背景下，诗人内心的忧愤、孤独、惶恐、困惑，一一神情毕现！

这首小诗巨大的思想容量蕴含在诗本文的复式结构中。作者的诗思纵横往返地飞跃在历史和社会现实之间。在诗人以语言艺术的巨笔对苏俄社会现实作了高度抽象极其具象的概括之后，她忽而笔锋一转，把思想引向以彼得大帝雕像为象征的俄国历史深处：彼得大帝是在俄国历史上开创一代伟业的君主，普希金在其名著《青铜雕像》中曾大加赞誉，曼杰施塔姆在《彼得堡诗章》、《十二月党人》等诗中也曾栩栩如生地描绘过彼得堡这座由彼得大帝所缔造的“北方的雅典”。彼得大帝几乎成了“俄国”的同义语。在本诗中，彼得大帝是俄国历史的象征，“一群乌鸦”“盘旋”其上，则寓意其时俄国历史投下了一片不祥的阴影。乌鸦意象在阿赫玛托娃诗中曾反复出现，其作为邪恶势力象征的含义是一眼可辩的。诗人不是哲学家、历史学家或社会学家，她不会也不可能在诗中探讨苏俄社会是否是俄国历史发展的一段曲折这类问题，但优秀诗篇应是各自时代哲学思潮和社会思想的艺术凝聚，阿赫玛托娃作为一代文学大师，是不乏历史洞见和哲学睿智的，“一群乌鸦，盘旋在沃罗涅什的彼得大帝雕像上头”这一叠加意象形象地表达了诗人深重的历史忧患意识，其言外之意是在暗示：现时的冰封社会不过是俄国社会历史发展的一片云翳或一种邪恶势力得逞于一时。

仿佛意识到这冒险游戏(对主流社会的批判)的某种危险结局，诗人继而笔锋又一转，把思绪拉回现实社会，给出了一个主观化的暖色镜头：“白杨树和淡绿色的苍穹”的意象。它们是生命、春意、挺直不屈等等的象征,是诗人基于其生命和美的信念而着意点染的一点亮色。没有这种信念的维系,她早已在现实社会苦难的压榨下化为齑粉了;尤其是“淡绿色的苍穹”这一意象,若从语境的客观性分析,它几乎是不可能有的。那么,这“淡绿”只能来自诗人的内心了。换言之,它只能是诗人的幻觉,但在当下,它却是一种必要的幻觉;毕竟,诗人笔下的沃罗涅什,是她的挚友曼杰施塔姆夫妇的驻足之所啊!借用杜甫一句思念李白的诗,“渭北春天树,江东日暮云”比拟,云和树,在这里是思念友人的媒介,诗人情思的客观对应物。

追求典雅、精致是“阿克梅”①诗派的一贯风格,阿赫玛托娃是这一诗派的代表人物和擎梁柱。如果说,乌鸦的意象在色彩上仿佛猝然间给那水晶宫的全白洒上一片黑点的话,那么,这白杨树在春天吐出的嫩芽掩映、辐射到天空中,使苍穹也染上淡淡的绿意,则不仅在色彩上有了变化和对比,而是给那冰封的世界在心灵上平添了些许暖意。但在诗中,仅有的这点春意又是极不稳定的,它倏尔又“好像被水冲刷,浑浑浊浊,在阳光的尘雾中沉浮”。当阳光也浊如尘雾时,还有什么能是清澈的呢!透过这表面不动声色的象喻,我们看到的是,诗人心境的急剧变化,心中的郁闷和悲愤简直到了极点!然而诗人并没有因此堕入绝望和虚无,因为“白杨树和淡绿色的苍穹”,毕竟是一心中的“存在”。在阳光的尘雾中沉浮的白杨树和淡绿色的苍穹这组叠加意象可以说是对苏联20世纪30年代备受政治迫害的诗人、文艺家们的麻木、无奈及其顽强的生命意志和不竭的创造力的写照,从而使这首诗作具有了史诗性质。

这首抒情诗的史诗性,更表现于诗人在下面两组反讽意象中,对冰封种种社会现象所作的历史根源和意识形态的追寻。于是,诗人的思绪又从现实社会飞越到当年的历史情境中。库里科沃战役发生于1380年9月8日,以德米特里·顿斯基为统帅的俄军与蒙古金帐汗军在库里科沃展开激战,结果蒙军被粉碎,这次战役遂成为俄罗斯从蒙古压迫下获得独立解放的开始。原来在那般施害者的意识里,禁止发表、出版非社会主义现实主义作品,整肃这些诗人、作家、艺术家,乃至监禁、流放、甚至枪决,正如库里科沃战役,是对贵族、资产阶级的污泥浊水进行一番摧枯拉好的涤荡,是无产阶级革命在意识形态领域里占领阵地所必需、所当然。“强大的战无不胜的土地,/处处山坡好像都在进行库里科沃战役。”“强大”寓双方力量悬殊,在集权社会里,权力决定一切,自然“战无不胜”了;“处处山坡”喻范围之广、无可逃脱;“好

① 阿克梅派于脱胎俄国象征主义,是20世纪初在俄罗斯形成的一个现代诗歌流派。阿克梅源出希腊语,意为“极端”,“顶峰”,“事物发展的最高阶段”,可见这派诗人自视甚高,其创始人即古米廖夫。

像"一语故用明喻,反讽味十足。这两句反讽对包括诗人本身在内的一部分保持独立人格的知识分子的迫害,对其不义性的揭露,酣畅之至,巧妙之极。

接下几句充满欢乐的喻象是反讽的进一步深化。由于库里科沃战役的胜利,亦即由于"强大的战无不胜的土地"的主人——无产阶级对一切贵族、资产阶级文艺"垃圾"的扫荡的彻底胜利而举杯祝贺,在诗人的感觉和想象里,这时"白杨树(也)好像许多大酒杯凑到了一起,/立刻,'我们'头上的响声更加铿锵有力",于是诗人把这种荒诞的庆典进而推向极端:"好像(看见)万千客人,围着婚礼的宴席举杯祝贺,我们尽情狂喜。"欢庆的筵席越隆重、热烈,受迫害而遭受厄运的人会越多。这一残酷至极的荒诞场景,读之令人泣血、心碎,阿赫玛托娃真不愧一位哀哭的缪斯(苏俄文坛对其称誉)。

如上所述,作者的思绪纵横飞跃,四次两番地往复于历史和社会现实之间,前番的纵横飞跃尚可捕捉到诗意发展的轨迹,后番(即上节结束的两组反讽意象)的纵横往复几近无迹可循,显得难以解读。所以,有论者认为在这首诗中,这一"毫无来由的欢乐场面恰恰是那被压抑回去的呼声寻求再度爆发时无逻辑的转换形式,一如人在极度悲愤中时会突然发出大笑一样","显得如此不合理,以致我们感到诗人是在故意制造一个感情断层","它必导致上下文意的中断,"这是没有读懂这首诗的内在逻辑发展所致。这两组反讽联系紧密,根本不存在感情断层和上下文意中断问题。相反,它正是"阿克梅"典雅、和谐、含蓄、精美诗风的集中表现。正是这两组反讽,承上照应本诗开篇"整个城市封在冰里",启下则顺接结篇"夜在行进,/它不懂得黎明。"前一组反讽揭示现实的冰封社会种种思想行为的历史承继关系,后一组反讽则揭示这些思想行为的荒诞;前组反讽明写历史暗喻社会现实,后组反讽则揭示这种社会现实的异化现象,从而把这首史诗式的抒情诗作联缀得天衣无缝、文脉贯通而寓意深远。试想:这般"不懂得黎明",把摧残祖国文化瑰宝视为库里科沃战役似的壮举而像参加婚礼喜宴一样举杯祝贺的人,怎会停息对有独立人格的文艺家的迫害呢?所以诗人说:"夜在行进"。而这种由权力至上酿成的是非颠倒的思想体制是有其深刻的历史根源的(它是奴隶制亚细亚社会中央集权制的滥觞——这虽是诗人不一定明确意识到的鉴赏者语,但却不无根据。约·布罗斯基认为苏联三十年是俄国历史上最黑暗的时期,阿赫玛托娃之所以幸免于难,是因为她"思想深刻","自己巧妙地超越了它"①。阿赫玛托娃和美国著名记者安娜·斯特朗是同时代人,二人都生于19世纪80年代,卒于20世纪60年代,且二人是友人。安娜的俄国丈夫亦因斯大林肃反扩大化而被杀,她写于20世

① 见艺辛编《邂逅缪斯——文学与人生》55页,东方出版社,1996年。

纪50年代的《斯大林时代》一书，虽然替斯大林说了不少好话，但却认为斯大林肃反扩大化而杀戮无辜，实则是沙俄帝国专制的历史继续）。这两组反讽位居第一节结束的全诗腹部，它在诗的结构中起汇聚思想、勾联全篇的机枢作用。

正是有了前节结束的这两组反讽，下节开篇“失宠的诗人”的阴郁场面的描写才是有来由的。它既与前节荒诞的欢乐场面形成鲜明的对照，又在对照中把诗的意象从社会普遍性和历史深层中拉回现实社会具体情境中来，紧扣诗的题意：给O·M。像阿赫玛托娃这样的诗歌大师，在结构诗章时不会任马由缰，只放不收的。第二节首句的“房间”显然呼应第一节首句“整个城市封在冰里”，“失宠”喻曼氏此时此地、此情此景的际遇（失却自由）。“恐惧和缪斯正在轮流值班”，既揭示当时的社会政治形势对诗人的心理压力，又突现诗人之为诗人的执着与其奋斗不息。曼氏作为一代优秀诗人的代表，也于是光辉灿烂起来。然而诗人种种努力，他的执着，他的不息奋斗，却又是徒劳的，因为“夜在行进，它不懂黎明”！这是多么沉痛的喟叹、悲愤和无奈啊！“夜在行进”的“夜”所象征的正是这样一种铺天盖地、漫漫无期的黑暗和苦难。“行进”一词用得相当有力，我们放佛能听到那令人震怖的杂沓脚步声；更令人震怖的是：“它不懂黎明”！“黎明”意象具有很大包容性，他可指涉人性、人权、人情、文化、文明等一系列内容；这“夜”当然是一种更原初、更迹近本能、更盲目因而更凶残的“夜”了。诗人写至此戛然收笔，令眼前一片漆黑。“失宠的诗人”的命运将如何，是可想而知的了！

以意象结构诗篇是一切诗歌共同的艺术特征，也是诗与散文、小说的最大区别。现代诗与古典诗在艺术上的显著区别之一，是它不把注意力放在意境营造上，它往往以意象叠加的方式表现感性与知性，即感觉与理智的结合。阿赫玛托娃的《沃罗涅什》是一首成功的现代诗，因为它具有现代派诗歌的诸多基本艺术特征。

虽然，这首诗的意境退居背景地位，但它的每一意象都是自足的，有无尽的言外之意。一个个意象叠加起来，象一团团思想在滚动。三两意象叠加成一组或一结构单元，组组意象相互联接、呼应，形成意义张力，辐射到四面八方。一首小诗竟然折射出整整一个时代社会历史的方方面面，从占据统治地位的思想意识到这种意识所酿造的政治局面，到这一政治局面对人的人格、人性、生命以及文学艺术的摧残，再到这种摧残所造成的社会心理压力，被摧残者的挣扎、奋进与其顽强的生命力，都有含蓄、微妙的展现。谁说阿赫玛托娃的诗“无思想性”？

由于本诗大量地使用隐喻、反讽、暗示，于是造成了它的多层结构。结构的底层是所描写的具体物象，其高层则是一些抽象的象征含义。而那象征的高层又是时隐时现的，犹如一个飘来的声音，它影响着诗的内涵和情调，但又仁者见仁，可作多种解释,难以捕捉,又耐人寻译。这首诗的多层结构从全篇整体结构一直贯穿于每一意象,不仅冰封、沉浮、阳光、尘雾、白杨树、彼得大帝雕像、库里科沃战役等意象具有多重涵义,即连“失宠的诗人”“恐惧和缪斯正在轮流值班”,也不仅仅是专写曼杰施塔姆的。既写曼杰施塔姆,也是写给诗人自己的,又是写给一切经历过类似命运的诗人的。阿赫玛托娃的一生又何尝不是恐惧和缪斯轮流值班的一生？她何尝不是一直“战战兢兢”、“在阳光的尘雾里沉浮”？这首小诗之所以能有如此巨大的张力和思想容量,其多层结构尽了它的一份职责。

古典诗歌注重意境营造,也讲“言在此而在彼”,“含不尽之意见于言外”。但他往往有一主题意象把涵义导向一固定方向,换之,古典诗歌的“不尽之意”往深远引申,而现代派诗歌的象征意义则既往高远引申,又往四面八方扩展。

古典诗歌立象尽意,现代诗歌的“象”也神龙见首不见尾。它一般不描写全象或整体过程,往往仅抓住物象的一两个突出特点,点到即止。这就造成了诗的意脉的间隔和思想的飞跃,也造成了歧义、费解、难读,但在这种间隔飞跃中又有大量的思想意蕴含蓄其间,而在一个个看似独立的意象中,则有一种诗意发展的内在逻辑贯穿着。《沃罗涅什》一诗忽而历史,忽而现实,忽而感官,忽而心灵,忽而忧,忽而喜,其中有的意象并具有双重象征意义,例如白杨树既是不屈的人们的象征,又是屈从而沦为统治工具的象征,这就更增加了诗的朦胧、费解和歧义。然而这首小诗无论诗意怎样纵横拓展,它从开篇第一句起都在确定地导向“夜在行进,它不懂得黎明”这个诗眼上来,而一种忧愤几至绝望的情绪贯穿其间,则是显而易见的(虽然这种情绪经过作者的冷处理)。无论战战兢兢或失宠的诗人,抑或在祖国“战无不胜的土地”、“处处山坡上”大获全胜、举杯庆祝的狂饮者们,都不过是在这“封在冰里”的城市(社会)中活跃的人与事而已。

回首往事,应该庆幸现代诗歌的朦胧而令当年的一些人们没有读懂,否则阿赫玛托娃也难幸免于难而就不能在六十岁高龄看到“黎明”终于来临,亲友们一一获得昭雪,而自己则满载盛誉,于七十八岁高龄欣慰地告别人世。

约·布罗斯基在《哀哭的缪斯》一文中谈到阿赫玛托娃诗歌的艺术技巧时说:“她经常在一个诗节中,似乎掩盖了一件未讲述的事物”,“他的做法借助了形形色色的类似于抽象派拼贴画的内容”。① 这评语一语中的。读完这首小诗,掩卷默思,在我们眼前清晰地呈现了这么一幅现代派抽象拼贴画:在一座好像罩了一层玻璃的冰封的城市里,高高的白杨树,蜿蜒的城墙,隐约可见。远景:画的一角,一

① 见艺辛编《邂逅缪斯——文学与人生》55 页,东方出版社,1996 年。

场发生于14世纪的激烈的古代战争正在拼杀;另一角,千万客人正在举杯祝贺,尽情狂欢,似是婚礼,又似是在庆祝胜利。居中则是一座彼得大帝雕像,有乌鸦一群盘旋其上。太阳浑浊无光,深远处,有人在布满冰花的雪橇上歪歪斜斜的飞奔,有人赤脚行走在西伯利亚的流放路上,佩带红袖标的契卡在行动,似能听见皮鞋的杂沓声音……近景:画面中央,隆冬,在一简陋的木屋里,处于饥饿状态的失宠诗人冻得瑟悚作抖,却仍在构思着诗篇……。

世界竟如此惨酷,生命力竟如此顽强!哀哭的缪斯用她那如椽的巨笔为吾人留下的竟是如此美妙,如此珍贵的时代巨幅画卷——不朽之诗章,

附　原诗汉译

沃罗涅什——给O. M

阿赫玛托娃

整个城市封在冰里
树木、城墙、雪地,好像罩上了一层玻璃
我战战兢兢地穿过这水晶宫
乘着布满冰花的雪橇,歪歪斜斜地飞奔
一群乌鸦盘旋在沃罗涅什的彼得大帝雕像上头
白杨树和淡绿色的苍穹
好像被水冲刷,浑浑浊浊在阳光的尘雾中沉浮
强大的战无不胜的土地
处处山坡好象都在进行库里科沃战役
白杨树好象许多大酒杯凑到一起
立刻,"我们"头上的响声更加铿锵有力
好象万千客人,围着婚礼的宴席举杯祝贺
我们尽情狂喜

在失宠诗人的房间里
恐惧和缪斯正在轮流值班
夜在行进
它不懂得黎明

我听你听到彻夜失眠……

——从三首组诗看茨维塔耶娃的艺术信念与其“亡殁”

英国天才诗人狄兰·托马斯说，诗是“带着被文字感动的神秘返回”，法国当代诗人让·贝罗尔认为诗是一种“具有个人信息”的“精确语言”，它表现的是一种“紧张的、强化的生活，它反抗一种无处不在的狂妄的秩序。”法国另一当代诗人勒内·夏尔认为诗追求格言式的简洁，它用一种“迷人的缩略法”，极度凝练及至隐晦。① 诗人与诗人“心有灵犀一点通”，茨维塔耶娃《致勃洛克》诗三首《你的名——手中的鸟》、《温柔的幻影》、《你随太阳向西边走去》即是这些诗论的明证。这三首诗富含着密集的个人信息：诗人的艺术信念、诗作的艺术风格、构思特点乃至诗人一生命运及其人生归宿。

一、背景絮语

玛丽娜·茨维塔耶娃（1892～1941），俄国白银时代杰出女诗人。出生学者家庭，父亲是莫斯科大学教授，母亲是音乐家。在这样的家庭教育和熏陶中，她6岁即能用俄、法、德三种语言写诗，18岁出版第一本诗集《黄昏集》，20岁时，她写下这样自信的诗句：“我的诗覆满灰尘摆在书肆里，/从前和现在都不曾有人问津！/我那像琼浆玉液醉人的诗啊，/总有一天会交上好运。”1917年完成诗集《里程》（1920年出版），奠定了她在白银时代诗坛的地位。一生创作长诗十七部，其中有十一部是在1922年侨居东西欧以后写成的。

茨维塔耶娃一生中经历了过多的坎坷、悲痛和孤苦。父母的逝世，个人的经

① 王家新、沈睿编《二十世纪外国重要诗人如是说》43页、112页、120页，河南人民出版社，1992年。

历,特别是与埃夫伦的婚姻及流亡国外,使她蒙受了种种不幸。1922年,她出国寻找流亡国外的丈夫,从此在德国、法国、捷克漂泊了十七年。1939年,茨维塔耶娃怀着莫大希望返回俄罗斯,但回国后,丈夫、女儿和妹妹相继被捕入狱,苏德战争爆发,她带着儿子疏散到后方,1941年在极端痛苦和孤独中自缢身亡。"文章憎命运",苦旅思乡的人生激越了她的诗才。她的诗感情深沉,富有自身际遇的悲剧性内涵。而她的内心世界则坦荡无尘,充满着炽烈的爱,她爱这个世界,爱俄罗斯,她爱艺术,爱诗,爱周围她所有的亲朋挚友。她在孤独中写诗,却在艺术形式上刻意求新,无论在音韵、节奏、意象和句法上,都别具一格。

布罗茨基站在诺贝尔奖颁奖台上,深感窘迫和不安,因为在那一时刻他忆起了几个比他更有资格站在那里的诗人:曼杰施塔姆、茨维塔耶娃、弗罗斯特、阿赫玛托娃和奥登。布罗茨基心怀感激地提起这五位诗人,认为自己"同他们中的任何人相比",都"自愧弗如",没有他们,他无论是作为一个人,还是作为一位作家,都是无足轻重是的,但他们都被诺贝尔奖忽视了,他们共同的沉默在鼓励他代表他们说话。这里的导师名单,不是随意列出的,这五位诗人分别在不同方面给了布罗茨基以很大影响。布罗茨基的整个创作,也许就是他们的声音之回响。限于笔墨,这里只谈茨维塔耶娃。

在上一世纪之初,在俄国诗坛上,当时有许多娇慵的女诗人以其甜腻的作品充斥着期刊版面,亦如当下充斥中国报刊的小女人散文。茨维塔耶娃的早期诗作中就已经有一种俄罗斯女性诗歌中至今不曾有过的刚烈粗犷,而且即使在男性诗歌中也是罕见的。受到茨维塔耶娃百般赞赏的阿赫玛托娃的诗歌,不管怎么说,是更富于阴柔气质,线条柔和,而茨维塔耶娃,正像苏联当代诗人叶夫图什科所说,她"是一颗坚硬的核桃——它的里面是咄咄逼人的好战性,是挑逗的,胆大妄为的进攻性。"她以这种好战性抵消了那般娇慵的女诗人的感伤悲郁,为俄罗斯诗歌开展了一片崭新天地,"为女人性格这一概念本身恢复了名誉,以自身的实例证明在这一性格中不仅有勾人魂魄的脆弱,富于魅力的依顺,而且还有刚毅的精神,匠师的魄力。"①

茨维塔耶娃是俄罗斯白银世纪一位卓越的职业诗人,她同帕斯捷尔纳克、曼杰施塔姆一起超前许多年改革了俄罗斯诗律学。像阿赫玛托娃这样杰出的诗人,只是传统诗歌的光大者,而不是传统的革新者,就这个意义上说,茨维塔耶娃是高于阿赫玛托娃的。这里仅就茨维塔耶娃1916年致勃洛克的组诗中的三首,个案

① 叶·叶夫图什科《天才并非偶然的奇迹》,见艺辛编《邂逅缪斯——文学与人生》52页,东方出版社,1996年。

式地解读她对俄罗斯诗律学的革新意义以及她的艺术信念,人生归宿。

勃洛克是当时俄罗斯的青年诗歌的偶像。但他的诗风与茨维塔耶娃截然不同。勃洛克以创作“美妇人”的形象著称,他亦是一位传统诗歌的维护者。茨维塔耶娃则是一个叛逆者。这组诗围绕勃洛克的姓名、性格、作诗、为人等等多方位地作了诗和哲理的表达,表现了茨维塔耶娃一贯的思想倾向,也体现了她已形成的多种风格。从表层看,是对勃洛克的赞誉;从深层体味,则是作者对诗神的顶礼膜拜,从中流淌的是作者内心的孤寂以及她视诗为生命的执着。

二、第一首《你的名——手中的鸟》:赞美诗歌偶像

这首诗从感觉入手赞美勃洛克。诗人风格的确立,个性化的意象占有很大的成分,因为它是诗人用自己的眼睛、感觉对客观世界独特的观察和体验。冰冷的温存——“舌尖的冰”,“雪上的吻”,“冰凉浅蓝色的泉水”等等,是茨维塔耶娃诗的独特意象。它不同于阿赫玛托娃的东方女性式的温柔,勃洛克的外逸内刚。茨维塔耶娃在政治上特立独行,性格上桀骜不驯,艺术风格上独树一帜,她这“冷的温存”的一系列诗歌意象是她作为一位女性诗人的思想性格的艺术意识外化的结果。

茨维塔耶娃的诗,在构思上截然不同于里尔克。里尔克的诗构造精巧,多是深思熟虑的产物。茨维塔耶娃写诗往往先被一个意象摄住,然后随情绪铺渲,写了开篇甚或尚不知结局,所以她的诗多无标题,只是一种情绪经历,这与曼杰施塔姆有些类似。但它并非漫无边际,而是凭着她的才情、诗情,越铺渲越精彩,诗的结构于是自然天成。这首《手中的鸟》开篇直白了些,但却极具个性化。一个个出人意料的意象连珠炮般的迭出,目不暇接,使你把五官感觉全部调动起来,同作者一起膜拜诗人。接着第二节的三个隐喻,诗便由直白转含蓄深沉,意蕴立刻丰富起来:

第一个隐喻赞扬勃洛克的诗对于当时俄国诗坛犹如在沉静池塘里投下一大石块,水声四溅,振聋发聩,具有打破沉默、惊世骇俗的意义;第二个隐喻进而写勃氏诗的冲决力量并未终止,它仍在行动,使人在无边的黑夜中看到光明和希望,如听马蹄声声;第三个隐喻更进而揭示,勃氏诗之所以具有如此巨大的社会意义是因为它如丘比特之箭,具有勾魂摄魂的神奇魅力,能够扳机一勾令一个个读者应声倒地。

第三节是第一节的复踏,但不重复;因为前者侧重描写心灵的回荡,回味以至

潜沉，后者则侧重于对客体的感觉、感受。“不能说”者乃由于阅读、欣赏的感受复杂，说不清楚，甚而言说乃是一种亵渎；“梦亦深沉”，余音绕梁，回味无穷。

三、第三首《你随太阳向西走去》：膜拜诗神

茨维塔耶娃这三首《致勃洛克》浑然一体。第一首《你的名》写对献诗的对象——青年诗人偶像勃洛克的赞美，第三首《你随太阳向西边走去》则写对诗神的顶礼膜拜，由眼前对象向艺术理想升华。

这首诗共六节，可分为三个段落。前两节为第一段。第一节写诗神对于我，是望尘莫及的。开篇写诗神行色匆匆，随着诗神西行脚步的移动，带走的是我心中的光明；我追随不上，留下的则是无尽的怅惘。不仅如此，诗神，“你随太阳向西边走去，/风雪会把你的脚印掩埋”，终而踪迹全无，连脚印也追寻不到；诗神之于“我”，是那样的神秘莫测，不可亲近！

更遗憾的是，你——诗神，曾经“穿过默默无声的雪障，”“从我窗前走过，”我却毫无觉察，失之交臂！然而你是我心中一束“幽静的光”，失去你，我将坠入黑暗的深渊。救救我吧，“上帝的使者”，“我的好人儿哟”！这一节是前节情感的推进，又是怅惘情绪的加强。

苏联著名诗人勃留索夫在《俄罗斯思想》杂志 1911 年第 2 期写文章说：“茨维塔耶娃与爱伦堡截然不同。爱伦堡经常周旋在自己创造的假想世界中，流连在骑士、宫廷神父以及骑士比武的世界之中（有点类似于时下的武侠小说——笔者），他最喜欢讲的，不是实际体验过的感情，而是他想要体验的感情。茨维塔耶娃恰恰相反，总是从某些实际情况出发，从某些实际体验出发。她不害怕把日常生活引进诗里，她直接掇取生活的面貌，因而她的诗便具有一种可怕的亲切感。当你读她的书，有时会觉得很难为情，像是不害臊地从半掩的窗户窥视别人的住宅，偷看旁人不应看到的场面。”这首诗的第二段即中间两节从实际的生活体验出发，从另一侧面膜拜诗神。“我不会觊觎你的灵魂”，即我不会由崇敬而爱恋，冀图你的灵魂；你是神圣的，我对你的膜拜亦是圣洁的，纯净的。这种圣洁的感情又区别于那般俗人——圣徒们对耶苏基督的顶礼膜拜：他们把耶苏钉在十字架上，消弭了他的肉体又对他膜拜不已，日日不停地吻他那“苍白的手窝”，时不时地呼唤他的名字，为着各自的图谋而“伸出双臂抒怀”；我则只是为了艺术的崇高、圣洁，对你“蜡黄的圣颜，远远地朝你顶礼膜拜”。这里耶苏钉在十字架上的意象是这首诗的主题意象，它意在显示对诗神的顶礼膜拜不带任何世俗的宗教崇拜的功利目的，

“诗是一种精神”,写诗是心灵同自我之外的一个冥冥中的上帝或主宰者的对话,是聆听圣乐,是领悟,是净化,是里尔克和瓦莱里式的最终启示,是对人类生存意义和个体生命终极价值的关怀与探索。

诗是一项伟大而神圣的事业,诗神是可望而不可即的,美是难以接近的,所以,作者在这首诗的最后两节写道:我只能在诗神——你“大步走过的地带”,漫天飞舞着雪花的雪地上跪下来,“亲吻那儿傍晚的雪埃”,膜拜“我灵魂的主宰”。

诗是茨维塔耶娃灵魂的主宰,她对诗神的崇拜已近狂热的宗教崇拜的程度。只要有写作机遇,它就会引破爆发。这种对艺术——诗的顶礼膜拜不仅表现在这十余首她写了五年的《致勃洛克》组诗中,更表现在她的自传——《我的普希金》中。在这篇诗体散文里,诗人详细而生动地讲述了儿时接受普希金作品的过程。从中可以看出,普希金对作者的影响是深刻的。这影响不仅体现在诗歌艺术的方方面面,而且体现在对人生的种种感悟中。在茨维塔耶娃母亲的卧室里挂着一幅描绘普希金决斗的油画,“我所知道的普希金的第一件事,就是他被人杀害了……丹台斯仇视普希金,因为他自己不会写诗……(他)把他骗到雪地里,在那里用手枪射穿肚子把他杀害了。因此我从 3 岁起就确定无疑地知道,诗人有肚子……‘肚子’这个词对我有一种神圣的东西,甚至一句普普通通的‘肚子疼’都会使我产生一阵颤栗的同情感,这种同情感排除一切幽默。这一枪击伤了我们大家的肚子。”

从打看到纳乌莫夫油画《决斗》的那时起,“我的幼年、我的童年、我的少年便每日每时被伤害”,从打那时起,我便“把世界分为诗人的和众人的,并选中诗人,把诗人比为我的保护对象”,顶礼膜拜;打从那时起,在“我”家附近屹立在莫斯科特维尔林荫道上亚·奥别库申的普希金纪念像便是“我”“每天散步必去的地方。”“在我的童年里,它扮演的角色与钢琴或者窗外的警士伊格纳季耶夫一样”,每天傍晚,“我向他奔过去,再绕他走一周,抬起头看着那黑脸黑手的伟人。”

“普希金纪念像还使我第一次分清黑与白:……因为黑的是巨人,白的是可笑的小玩意(指白瓷娃娃玩具),”我必须从中“选择其一,于是我便立即并永远地选择了黑而不是白:……黑思想,黑命运,黑生活。”“从普希金的纪念像那儿我爱上了黑色。我对黑色的狂爱贯穿一生,至今看到黑色的东西便觉得愉快,哪怕是在电车里或是其他什么地方,只要身边有黑色就高兴。白色的平凡和黑色的神圣在我身上并存。从每个黑人身上,我都能感受出对普希金的爱,并认出普希金的特征,”“在普希金纪念像下长大的孩子不会认为白种人优越。”“我喜欢他”,“无论是大雪纷飞,落叶飘零,无论是晨曦微露,黑幕蔽地,还是寒冬天气如奶般浑白,他都永远站在那里!”

儿时的生活环境及其阅读活动造就了茨维塔耶娃不同流俗的个性及其对艺术的献身精神，自觉地选择了“黑”——一条忧伤的诗人和思想者的生活道路。这种个性，这对艺术的忠诚，对诗神的崇拜左右着她的人生。于此不难理解，她那为艺术而生，为艺术而死，在诗神的“温柔的幻影”中，自觉地步入人生归途走向“亡殁”的心态。同时也不难理解，她膜拜勃洛克又超越勃洛克对俄罗斯和世界诗坛做出卓越贡献的艺术秘密所在。

四、第二首《温柔的幻影》：烛照一生命运

由艺术理想向人生理想升华：

“温柔的幻影”这一意象意在显明：诗人对艺术的献身不同于宗教世俗的盲目崇拜。这种献身是自觉的，审美的，是诗人生命价值的最大限度的确证和实现。因此，它具有巨大的诱惑力。这首诗即在“诱惑——抗拒诱惑——最终无可逃遁”的矛盾中展现诗人听信诗神召唤自觉他走向“亡殁”、“羽化登仙”的心灵历程。抒情诗的主人公越是拼命抗拒，则越难禁诱惑；明知“门后——是亡殁”，则又在一种悠长的遥远的如铃声荡漾像天鹅呼叫的召唤中，踏着纷纷扬扬的天鹅绒般的雪的羽毛无反顾地“向门口走去。”

狄兰·托马斯说，具备“优良技术的好诗总是在诗的构件中留有空隙，以便诗外的什么能够爬进来、溜进来、闪进来、闯进来。”①茨维塔耶娃这首诗“爬进来、溜进来、闪进来、闯进来”的是她一生的命运，人生的理想和最后的归宿。

叶夫图什科在论茨维塔耶娃时说：“诗人可以没有家，诗歌却决不能没有家。”②在经历了 17 年的流亡生活，参加国际反法西斯工作后，茨维塔耶娃返回家园，正如她自缢前 5 年在《乡愁》中所预示的：

> 思念祖国啊！早已
> 被戳穿的纠缠不清的事情！
> 对我来说全然一样——
> 在哪儿都是孤苦伶仃！

---

① 叶·叶夫图什科《天才并非偶然的奇迹》，见艺辛编《邂逅缪斯——文学与人生》52 页，东方出版社，1996 年。

② 同上。

提着粗糙的篮子回家，
在什么样的石头路上踽踽独行，
而且不知道，我的家——
已经成了军医院或者兵营。

令茨维塔耶娃难以忍受的更大折磨是精神的，即她作为一个诗人的生存权利被剥夺。

“诗人何为?”海德格尔曾如此拷问过诗人，并回答说，在整个世界陷于(思想)贫困的危机境地之际，唯有真正的诗人在思考着生存的本质、生命的意义。诗人用自己对于生存的形而上感知，以自己诗的追寻蕴涵着整个人类的终极关怀，并且在这个危难的时代把对终极关怀的沉思与眷顾，注入每一个体生命之中；而当自身面临着生存的无法解脱的终极意义的虚无荒诞之时，他便以身殉道，用自己的生命去烛照生存的空虚。

茨维塔耶娃便是这样的一位真正的职业诗人。作一个献身于艺术的诗人，是她孩提时代就倾心向往的，这从自传《我的普希金》中可以充分感受到。

当她还是一个穿着镶花边裙子的女中学生时，她便闯进了“诗人之家”。从此，她就像膜拜普希金那样膜拜诗神，“我爱你爱到彻夜不能合眼，/我听你倾听到彻底失眠。//当你漫步在自己的涅瓦河畔，殊不知我正在莫斯科河的岸边/垂首伫立，一盏盏路灯/已在眨眼灭熄。”流亡国外时，茨维塔耶娃就像吉卜赛人那样，边流浪边写作，以四海为家的心态战胜了对家园的眷恋。但是当她回到眷恋已久的家园时，她却不能作为一个诗人存在了；然而她心中的神圣戒律则是：“我就是在临终咽气时也依然是一个诗人!”这正像诗人刻在墓碑上的遗书中的最后一句话：“能再写一首诗，该多好!”对于茨维塔耶娃这样的诗人，能够写诗，“我足能活过1亿5000万条生命”；不能以诗把自己对世界的沉思与眷顾注入每一个体生命中，活着等于死亡。且听她那撕心裂肺的呐喊：“我身上的所有标志，所有的特征，所有的岁月——顿时消失”/“一切家园我都感到陌生，一切神殿对我都无足轻重”//“一切我都无所谓，而比什么都无所谓的，或许，莫过于最亲切的往事。”面临着这种无法解脱的终极意义的虚无和荒诞，她只有听信诗神的召唤，向“门后——亡殁”走去。

诗人的自杀是震撼人的心灵的。在本质上，它标志着诗人对生存的终极原因的眷顾程度，标志着诗人对“现存在”方式的最富有力度和震撼的拷问与否定。所以，在西方的许多诗人，从里尔克到荷尔德林到黑塞，都笼罩着死亡的亘久的巨大阴影。对于这些诗人，沉思死亡即是沉思存在，即是沉思人的本性。苏俄的叶赛宁和马雅可夫斯基，在茨维塔耶娃之前，即以“死”完成永恒的解脱，确证对“生”的真正自觉。当得知马雅可夫斯基自杀的消息时，批评家卢那察尔斯基说，“把自杀的念头与这么一个人联系起来几乎是不可思议的。”；作家杰·别德内依更为不解地说：“不可思议。他还有什么不满足的呢？”然而爱他而又深深地了解他的女友丽莉则觉得：既出乎意料，又在情理之中。沃尔夫冈曾这样评价里尔克：“正当那把人引向生活的高峰的东西刚刚显露出意义时，死却在那里出现了。这死指的不是‘一般的死’……而是‘巨大的死’，是不可重复的个体所完成和做出的一项无法规避的特殊功业。”①

茨维塔耶娃是里尔克通信多年的挚友，她长期流亡国外，她的作品大部分是在流亡期间完成的，在19—20世纪之交，欧美诗人的世纪末情结不能不感染她。在《我的普希金》这部自传里，作者所阐释的普希金是一个带有接受者鲜明个性的普希金。这部作品在诗人对诗人的理解中，在情感与情感的碰撞中，凸显着的，是作者桀骜不驯的个性。茨维塔耶娃和曼杰施塔姆是好友，她的世界和曼氏一样，是“高度自治的，难以兼并”，②她的这首《温柔的幻影》，写诗人在诗神的召唤中为艺术献身以至“亡殁”，是那样自觉，优美，不可抗拒，难以抑制，直至25年后，诗人以自缢完成其最后的诗人形象，其间的心灵历程，历历可见。

五、茨维塔耶娃的意义

茨维塔耶娃的一生，是苏俄白银时代又一曲悲歌。对于现今的雅皮士群落，茨维塔耶娃、马雅可夫斯基乃至川端康成，是一群难以理解的“傻X”。因为在他们看来，人生的追求，就是活得快活；人能活着，这本来就是无限美好的。从浅层看，茨维塔耶娃与当今的商品社会无缘，甚而是格格不入的。

海德格尔引证荷尔德林的话说，在人类社会的各种各样的创造中，“唯有诗人的创造，是永存的”，正如尼采所说，“诗，是将现实引向新的早晨。”③茨维塔耶娃其诗其人的意义在于，它对后工业社会之后的社会有重重的启迪意义。那时，物质和精神文明高度发达，人们反回自然，艺术地审视生活，诗，对于人，就是不可或缺的了。即使在现时，茨维塔耶娃仍是不死的，因为随着社会的发展，繁荣文化艺

① 转引自吴晓《阳光与苦难》235页，文汇出版社，1999年。

② 布罗斯基《文明的孩子》，《世界文学》1996年第1期。

③ 见注①121页、119页。

术，需有一些为艺术而献身者，前仆后继，挣脱物质的诱惑，“将现实引向新的早晨。”

［附］茨维塔耶娃《致勃洛克》诗三首　乌兰汗译

你的名——手中的鸟

你的名——手中的鸟，
你的名——舌尖的冰。
双唇只需一碰就行。
你的名——五个字母组成。
凌空抓住的飞球，
嘴里衔着的银铃。

抛进沉静池塘的石——
溅起的水声如同你的姓名。
黑夜马蹄声碎——
踏出的是你的名。
扳机对着太阳穴一勾——
响声就是你的姓名，
你的名——啊，不能说！——
你的名——眸上的吻，
留在眼脸上的冷的温存。
你的名——雪上的吻。
想着你的名字——如同啜饮
冰凉浅蓝色的泉水——梦亦深沉。

1916 年 4 月 15 日

温柔的幻影

温柔的幻影，
潇洒的侠客，
你在我青春的生命中
充当什么角色？

身披雪的衣衫
你在蒙蒙中伫立着
雾霭稀薄。

不是风儿吹我
满城东藏西躲。
唉，已经三个夜晚
我总觉得冤家在追迫。

天蓝的眼睛，
雪一般的歌手——
你给我招来灾祸。

雪的天鹅
在我的脚下将羽毛铺开。
羽毛纷纷扬扬
慢慢地在雪地上飘落。
我踏着羽毛
向门口走去，
门后——是亡殁。

他在蓝色的窗外
为我歌唱
他的歌声
像遥远的铃声荡漾，

像天鹅的呼叫，
把我召唤——
唤声悠长悠长。

可爱的幻影！
我知道，我梦中万物繁纷。

恳求你,施以慈恩:
消逝吧!阿门,阿门,
阿门。

1916年5月1日

你随太阳向西边走去

你随太阳向西边走去,
你会窥见茫茫的暮霭。
你随太阳向西边走去,
风雪会把你的脚印掩埋。

穿过默默无声的雪障,
冷漠的你,从我窗前走过,
你是我心中幽静的光亮,
我的好人儿哟,你是上帝的使者。

我不会觊觎你的灵魂!
你的路程畅通不折。
我不会把自己的钉子钉入
你那被吻得苍白的手窝。

我不会呼唤你的名字,
也不会伸出双臂抒怀。
我只是面对蜡黄的圣颜
远远地朝你顶礼膜拜。

雪花漫天徐徐飞舞,
我会在雪地上跪下来,
那儿是你在雪的寂静中
大步走过的地带——

为了你那神圣的名字,
我要亲吻那儿傍晚的雪埃,
幽静的光亮,神圣的荣耀——
我灵魂的主宰。

1916年5月2日

形象·意境·别趣

——散文构思诗意美浅探

高尔基曾批评一位青年作家说:"您没有像诗一样地写散文,您的散文不大有特色。"杨朔说:"好的散文就是一首诗。"他在《〈东风第一枝〉小跋》一文中解答他的散文的"特点"时,又说:"我在写每篇文章时,总是拿着当诗一样写。……常常在寻找诗的意境。"但袁忠岳在《意境问题质疑》一文中认为"意境是诗所独有的艺术特征,而不是任何形式的优秀文学作品所共有的"。① 那么,意境是否是"诗所独有的艺术特征",散文创作是否也有个意境创构问题?如果有,它和诗有什么共同特征,又有哪些特异的规律?怎样"象诗一样地写散文",使散文富有特色?本文拟就散文的诗意、散文意境的创构作些肤浅的探索,以就教于作家、批评家、理论家。

一

散文的构思过程是一个浓缩和扩展、选取和生发的过程。

感情要浓缩,思想要集中、明确,材料要博观约取。这个浓缩、凝聚、约取的过程,司空图概括为"万取一收",刘勰叫作"乘一总万"。作家构思作品,必须从广阔的浩如烟海的生活事件中选定一个突破口,一个下手的部位,才便于生发、引申、扩展、深化。

这个"一",在散文构思中,集中体现在作家所描绘的特定的形象、画面中。这个特定的形象,画面,就是偶然与必然、有限与无限的统一,少而精与丰富、深广的结合。散文的诗意美,首先表现在形象的鲜明生动及其内含的丰富。

---

① 载《诗刊》1980年第11期。

文无定法，散文的形象描写方法千变万化。但，变有变的规矩。万变不离其宗，形象描写总要传情达志，因事明理。意深则旨远，情至而文生，“文无论奇正，皆取明理”①。

散文描写形象传情、达志、明理，有不同于诗词，小说的独特方式。

散文言近旨远，描写形象大处着眼，小处落笔。“笔下所写的，尽管还是局部，但我们心中所蕴蓄的、眼光所射及的，却是愈广阔愈好，愈深厚愈好。”②

在旧中国，乞丐、饿殍遍及闹市、穷乡。何其芳在《星火集·饥饿》里几笔就勾勒了一个路遇的贫困女孩的速写，描绘出一幅惊心动魄的图景：

> ……一个糖糕掉了一小块到地上去了。使我很惊讶的是刚好有一个小女孩子走过，她突然弯下腰去，从地上把它拾起来放进嘴里，又很快地走过去了。
>
> 她瘦瘦的，不过十岁左右那样，穿着一件洗得很旧，然而相当清洁的浅蓝色的布衣服，左手提着一个旧得颜色发黑的空空竹篮子。她走得那样快，而且没有回头望我们，仿佛羞涩于做了这样一件事情。那一小块白色的糖糕是很小很小的，比一颗米饭都大不了多少。
>
> 我仿佛第一次看见了饥饿，它以一个这样的可爱的小女孩的形象出现，反而使我感到战栗。……
>
> 和平的城，有着和平居民的城呵，在这早晨静寂的白色的光辉中你睡得很好，你不知道我已经窥见了你的一个可怕的秘密。

这“可怕的秘密”，是旧社会残酷的剥削压迫所造成的普遍的贫困，和平宁静的背后满布待燃的干柴烈火。散文作家善于从一个特别的角度捕捉表现思想、概括生活本质的独特形象。

散文的形象描写不同于诗词。

诗贵清空，它可以完全摆脱真实空间感觉的束缚：“日月笼中鸟，乾坤水上萍”（杜甫）；“闲来垂钓坐溪上，忽复乘舟梦日边”（李白）。诗的形象描写是隐约的、跳跃的，“语不接而意接”。③ 散文的形象描写却必须是具体、清晰的，而且形象的展现层次分明。何其芳《饥饿》里那个饥饿的可爱的小女孩的形象是鲜明具体的，她的行动乃至羞涩心理的展现，都层次分明，就连作者思想感受的脉络，也都清晰

---

① 刘熙载：《艺概·文概》。

② 茅盾：《关于反映工人生活的作品》，《人民文学》第二卷第一期。

③ 方东树：《昭昧詹言》。

可见。

但散文形象描写的具体、清晰,又不同于小说。二者的区别,一是精细,一是粗疏。如果小说的形象描写是一幅工笔画,那么,散文就是一幅写意画。《饥饿》里那个可爱的小女孩留给我们的,只是一个匆匆的行动剪影,读者甚至没有来得及看到她那羞涩、惨白的面影。

虽则疏疏几笔,但却神形毕现。

散文的形象描写又是粗中有细的。粗与细,是个辩证的统一。粗,才能放肆笔墨,浮想联翩,容纳大的密度;粗,才可以不需要完整的故事情节,不必全面展现人物性格形成发展的过程;粗,才能腾出笔墨,精细刻画主体形象。细,在某一关键部分,把人物,事件、景象的本质特征展现出来,渲染浓郁的生活气氛,酿就诗一般的意境,也才可以少写甚至不写其他次要的东西,做到不写须眉而须眉毕现。

散文细在:抓住事物特征,在形象的内涵和感人的地方精雕细刻,明理、达志,抒写性灵。

刘白羽的《长江三日》,以作者江行三日的见闻,给我们展现了一幅幅千姿万态、色彩绚丽的图画。但第一日,作者紧扣一个"雾"字,从雾里写到日出,从白天写到黑夜,水天、云雾,浑然一体,写出了变幻莫测、绰约多姿的长江风貌;第二日,紧扣住"险"和"美"这两个侧面,展现了各具特色的三峡山水画卷;第三日,抓住苏轼"楚地阔无边,苍茫万顷连"的诗句,以作者的种种感受和思考为线索,展示船出三峡后长江另一番辽阔,娴静的风貌。三日来,心潮逐浪,见、闻、忆、想,把"所经历的大时代突然一下集中地体现在这奔腾的长江之上",江轮便成为我们整个革命事业的诗意象征。作者以生花之笔,把"战斗、航进、穿过黑夜走向黎明"这一哲理思索,写得璀璨夺目。

林觉民的《与妻书》,在生死离别之际,却写了这么一个细节"初婚三四个月,适冬之望日前后",在"窗外疏梅筛月影,依稀掩映"的环境中,在"入门穿廊,过前后厅,又三四折,有小厅,厅旁一屋"这一夫妻"双栖之所",两人"并肩携手,低低切切,何事不语,何情不诉?"细写这一段新婚夫妻的儿女情,在作者,是为了达志:在"遍地腥云,满街狼犬,称心快意,几家能够"的社会中,"吾充吾爱汝之心,助天下人爱其所爱";对妻子,是为让其"体吾此心,于啼泣之余,亦以天下人为念"。"悲其志,想见其为人"①,散文的形象描写能传达自己的"志"和为人,才能见作者崇高的风格。巴金说:"我的任何一篇散文里面都有我自己"。刘熙载说:"周秦间诸子之文","皆有个自家在内,后之为文者,于彼于此,左顾右盼,以求当众人之

① 司马迁:《屈原列传》。

意,宜亦诸子所深耻欤?”

生活的“理”,作者的“志”,是伴随着富有个性特征的形象描绘中“情”的展现而表露的。散文不同于小说的又一特点是:它描绘景象事物,不是为了塑造典型形象,而是为了表达作者自己的思想感情。

散文作品所描绘的形象实际上是经作者感情净化了的一种“人化的自然”。朱自清笔下仙岩梅雨亭的神态——“仿佛一只苍鹰展着翼翅浮在天宇中一般”;梅雨瀑“溅着的水花”轻、柔、细、滑的质感——“像一朵朵小小的白梅,微雨似的纷落着”,“像杨花,……点点随风飘散”;梅雨潭“仿佛一张极大的荷叶铺着”的“奇异的绿”——“松松皱缬着,像少妇拖着的裙幅”,“轻轻的摆弄着,像跳动的初恋的处女的心”,“滑滑的明亮着,……那样嫩,令人想着所曾触过的最嫩的皮肤”,凡此种种,无一不是作者轻柔明快心境的写照。山光水色的神韵,实乃作者思想感情的形体存在。这里的草、石、瀑、潭,都渗透着作者强烈的个人色彩,自然山水与作家的性格、感情契合无间,呈现着一种和谐,统一的美。这种美,一方面,借助作家对大自然色彩、声音、形状的洞察入微的精细刻画而生动展示出来;另一方面,是作家在对大自然观察、感受的过程中,驰骋想象,移情于景的结果。从这种意义上说,黑格尔在《美学》中谈到“寂静的月夜”、“平静的山谷”那一类自然美的“意蕴并不属于对象本身,而是在于所唤醒的心情”,是有道理的。这种主观移情的作用,在《绿》中,当作者在形象刻画的基础上,发挥联想和想象,进一步刻画“绿”的神韵时,就更其显见了。作者写道:北京什刹海拂地的绿杨太淡,杭州虎跑的“绿壁”太浓,西湖的波太明,秦淮河的又太暗,这“仿佛蔚蓝的天融了一块在里面似的”,“醉人的绿”,“我若能裁你以为带,我将赠给那轻盈的舞女;她必能临风飘举了。我若能把你以为眼,我将赠给那善歌的盲妹;她必明眸善睐了。”作者感情柔美到了极点,甚至把梅雨潭的“绿”想象为“如同一个十二三岁的小姑娘”,想拍她、抚她、亲她。那明艳多姿的画面、逸趣横生的情怀,形成了一种情景交融、引人入胜的“化境”,我们指肤之间仿佛感触到了那闪着光亮的绿波的跳动,一种生机勃勃、积极向上的感情从心头漾起。欣赏者“以形逆情”,悠然心会,作者的构思则是“吾写此纸时,心入春江水。江花随我开,江月随我起……一啸水云低,图开幻神髓”(石涛诗句)。

神愈足而情愈切,散文形象的刻画,从真境到神韵的获得,由“形”而“神”的过程,就是“性灵”的抒发过程,作者主观情绪表达的过程。

由写形而飞跃到传神,感情上升至理想,也就产生了从量变到质变的飞跃:“恍听田家妇三三五五,于平原绣野,风和日丽中,群歌互答,余音袅袅,若远若近,忽断忽续,不知其情之何以怡,而神之何以旷?”意境生也。

典型意境的创作过程,既是形象、画面的舍取、提炼、集中、夸大的过程,又是感情的净化、凝聚、升华的过程。

散文的诗意美就表现在:由形象体系所创构的意境优美,所表达的情志高洁,不仅“震动我们的心”,而且安静“我们的心”(墨雷语),陶冶性灵,“而眼识为之迷漾,而脑筋为之摇飏,而神经为之营注”(梁启超语)。

二

意境是经由作家艺术构思、由形象体系造成的反映现实境界的一种独特的艺术天地。一方面,它是客观生活中人物、事件、社会环境、自然景物、时代气氛,生活条件,风尚习惯等等各种特定因素的总和;另一方面,它是形、神、情、理和谐统一的一种艺术化的意识形态。它是经由作家的头脑对客体进行能动改造了的艺术世界。

意境的构成是基于诸种因素虚实相生的结果。散文意境的生成,需要一定的条件。

杜勃罗留波夫曾慨叹说;把最高尚的思维自由地转化为生动的形象,同时,在人生的一切最特殊最偶然的事实中,完全认识它的崇高而普遍的意义——这就是一种到现在为止,还没有什么人能够达到的、使科学和诗完全交融在一起的理想。

在散文创作中,达到把“科学和诗”融合在一起的理想程度,其关键是“识”——作家对社会生活的认识和知识储备。有识,才能通万物之理,有崇高的情志,站在时代的高度,把握历史发展的动向。所以刘熙载说:“文以识为主,认题立意,非识之高卓精审,无以中要。”因此,他说,“贾生谋虑之文,非策士所能道,经制之文,非经生所能道”①。其次,还须把“识”转化为活生生的感受,自由地转化为鲜明生动的形象。如果说,“艺术开始于一个人在自己心里重新唤起他在周围现实的影响下所体验过的感情和思想,并且给予它们以一定的形象的表现”②的话,那么,“思与境偕”③、“境与意会”④,便是诗文意境创构的基本要求。

“思与境偕”的中介,是感受。是艺术感受把物色、景象与神思、心情交融契合

① 刘熙载:《艺概·文概》。

② 普列汉诺夫:《没有地址的信》,人民文学出版社 1962 年版,第 4-5 页。

③ 司空图:《与王驾评诗书》。

④ 《东坡志林》。

而形成融切的意境。所以渥滋华斯说:“走到事物的光辉里来,只带一颗能观察,能感受的心。”王昌龄在《诗格》中很强调由“感会”所形成的“意象”和“境象”的契合。

艺术感受敏锐,善于发现事物之间隐蔽、中肯的内在联系,抓住形象、事物之间的神似、质同,借助想象、夸张,强化胸中的意,写照之外还有一个传神的世界,于传神写照中寄寓着作者的理想,反映着事物的发展规律。现实境界经过升华、质变,熔铸成深远的意境,作者的独特感受和发现也就概括、融化在这富有独创性的意境之中。

在散文意境创构、生成的过程中,情为胚、景为媒,景象出神入化,情感上升为理性、理想,经过质变,化合为意境。在意境这对特殊矛盾中,意是统帅、是主导。意是情化的理,蕴理的情。“意得神传,笔精形似”①,“意之所到,则笔力曲折,无不尽意”②。这,只要把朱自清的《荷塘月色》与《绿》并读,就一目了然。《荷塘月色》写于1927年大革命失败后,现实的黑暗使作者陷入彷徨苦闷之中,所以,他在文章中用“静”——小路的“静”、踽踽独行的“静”、荷塘的“静”、月色朦胧的“静”,反衬自己“心里颇不宁静”,静到了“路上阴森森的”,月光“落下参差的斑驳的黑影,峭愣愣如鬼一般”,则内心可怕的孤寂可见,而自己曾经向往的革命如同现在“惦着”的江南采莲的盛景一般,去而不复了。理想的破灭使《荷塘月色》的山光水色笼罩着一层淡淡的哀愁,再也见不到《绿》中那种柔美、明快的感情,生机勃发的精神了。

“文章唯能立意,方能造境。境者,意中之境也。”③寓意深远,方有含蓄、蕴藉的境界。但“理不可直指,情不可显出(刘大櫆)”,“作者的见解愈隐蔽,对艺术作品来说就愈好”(恩格斯)。台湾作家李乐薇的《我的空中楼阁》④就是一篇“蓄意为工”的佳作。作者以山、树、花作背景,作衬托,远观、近看、俯瞰、仰视,从各个角度,虚实相生地写他的小屋。小屋似鸟如蝶,扑朔迷离,出神入化,隐现于树影之间、迷蒙于雾失楼台的情景之中,犹如耸入天际的仙山楼阁。而这“烟雾之中、星点之下、月影之侧的空中楼阁”,与那浑浊的、纸醉金迷的社会,是个对立物。作者倾慕大自然,厌弃“物质文明”,梦想超脱世俗,过独立、安静的幸福生活的愿望,溢于言外。掩卷遐想,作者笔下那眉黛似的远山、苍翠欲滴的山林、万紫千红的亚热

① 张九龄:《宋练君写真图赞并序》。

② 林纾:《春诸纪闻》引。

③ 林纾:《春觉斋论文》。

④ 载《语文学习》1981年第11期。

带花蕊、虚无缥缈的小屋、破晓入暮的云霞变幻以及断续的山间小路，构成一幅淡雅静谧的山水画，清晰地呈现在眼前。作者真正做到了“意在笔先，神余言外，……若隐若观，欲露不露，反复缠绵，终不许以语道破”①。

理大于景，则空泛；景多于情，则浅薄。意境两浑，妙合无垠，是上品。由于“左”的影响，今天的散文作家，常常不善于把“理”通过“情”而溶化在“神似”的形象中，创造含蓄、优美的意境，而习惯于“以理胜”，结果常常是思想内容压倒了表现形式，作品成了公式化、概念化的说教。

散文的艺术构思是伴随着感性形象和浓烈激情的一种思考，是对生活中蕴涵着的诗意的追求。包孕情、理的意，是凭借形象传达的。主体形象经作者的精雕细刻，联想生发，栩栩如生，形成浓郁的艺术气氛，闪烁着思想的光辉，引入遐想，发人深思，才可谓有意境。散文的诗意美就美在：景清意浓而又浑然一体，从内容到形式都给人以无尽的美的享受；它美，就美在内容与形式有机统一的诗情画意中。

联想、想象，是散文刻画形象、创造意境的主要手段。

秦牧就是一位依靠联想、想象营造意境的能手。秦牧的散文不着眼于主体形象的精雕细刻，以形传神。他对形象的描绘是速写、素描式的。形象只是他触发联想的契机或线索。他的散文意境的营造是把知识、经验化为活生生的感受，通过联想和想象，把一个个感受化为一簇簇特写式的形象，而这些形象如颗颗珍珠，一旦被探寻事物幽微(即事物的本质及其规律)的思想串联起来，立刻熠熠生辉，炫人眼目。读杨朔散文，如游苏州园林，读朱自清散文，如行走在山阴道上，读刘白羽的散文，如乘江轮过三峡，那么，读秦牧的散文，则如追随哥伦布发现新大陆，跟随一支考古队发掘古人类的遗址，偕同宇宙航行员探寻太空的秘密。同是应接不暇，胜境迭出，而秦牧自有一番新、奇、险、美的味道。秦牧的散文以理趣胜，但他想象的羽翼时而把你带到无边无际的太空，让你和太阳会晤，与繁星絮语；时而把你带到波涛汹涌的海洋，让你的灵魂在飞溅的水柱和浪花中受到洗涤；时而把你领进历史的隧洞，让你领略古埃及腓尼基壁画的风采，和古人“烹茶夜谈”；时而又把你带到人间如火如荼的劳动场面，领你徜徉在年宵花市里，让你体会劳动创造的力量、欣赏“花光十里”的气派。秦牧继承并发扬庄子、孟轲、贾谊以及唐宋八大家说理散文的优良传统，在以理趣创造意境方面，为当代散文园地做出了自己的新贡献。

---

①《白雨斋诗话》。

三

“能追无尽景，始见不凡人。”①随着构思的深入，作者运用“识”，发挥联想和想象，在特定的形象、画面的基础上，以意为主导，“追无尽景”，酿成“象外之象”的层深意境。这是散文构思的又一次质的飞跃。

散文有层深的意境，才能于有限中见无限，含蕴深邃，耐人品味。“山虽一阜，其间环绕无穷；树虽一林，此中掩映不尽。”②歌德说：优秀的作品无论你怎样去探测，它都是探不到底的。

散文构造层深的意境，有其不同于诗词的特点。

诗词多采片断的景色，取其一点以传神。散文像展开的画卷，尺素之间，幽谷峻崖，烟波浩渺。例如刘白羽的《长江三日》，水天风雾，浩浩江流，是作者的意触；从沉沉黑夜中冲破惊涛骇浪、昂奋前进的江轮，是作者捕捉的主体形象。在这一主体形象的引发下，一会儿水天极目处，灰蒙蒙的远山展现一幅“清淡的水墨画”；一会儿江风猎猎、云雾漫漫，电光闪闪，展开一幅黑夜搏浪行进的夜航图；一会儿“迷蒙云雾之中，忽然出现一团红雾，”“仿佛进入了神话世界”……千姿百态，境界迭出，作者引领我们一步步领略他创造的意境的深邃。

散文的意境含蕴在特定对象触发、统领的画面或形象的连续中。刘白羽既长于精细雕琢主体形象，又善于发挥联想和想象，以意为帅，用哲理思索，把多幅画面熔铸成意境深远的画卷。他创造意境的方法是多种多样的。有的多幅并列，用次要的来烘托主要的，如《日出》。有的远近叠印，重映交辉，如《平明小札·急流》，描写一幅在闽江风掣电闪般的浓绿急流中，一只木船于惊涛骇浪间勇进的画图。在这幅近景的主体画面中，又插入了战争年代“我们乘一方形巨舟”飞越“波涛翻滚”的黄河和在“涛似连山喷雪来的江涛高处”横渡长江的两个画面，把人们的视线引向历史纵深，重辉叠映，给人以强烈的立体感。有的连环递进，舒展有序，对照辉映，相得益彰。例如在《秋窗偶记》(一)中，作者依先后顺序连续写了有关长城的三个画面。三个画面，分别概括了抗日战争、解放战争和新中国成立十年的三个历史时代；画面的不同色彩映现了不同时代的世态风貌，揭示了历史发展的渊源关系。三个画面以追寻“那旷野荒漠极目之处，雾霭迷茫，给阳光照得

① 陆游：《读巩仲至诗》。
② 郑绩：《梦幻居画学简明》。

像一片红布”的壮丽景色为诱导，开拓意境，以至极境，在井然有序地排列中含蓄着深远的意蕴。宗白华在《中国艺术意境之诞生》中说：“中国艺术家何以不满于纯客观的机械式的摹写？因为艺术意境不是一个单层的平面的自然的再现，而是一个境界层深的创构。”由于刘白羽的散文描写不是单一的画面，而是一个个画面组成的巨幅画卷，因而气势雄浑，景色壮阔，足以蓄积大海一样的激情；随着画卷的舒展，滚滚激情像开了闸门的洪流，奔涌向前，形成感情豪放的抒情特色。扇画小幅，天地开阔，足以容纳数代风云，诗情、画意、哲理完美结合，形成层深的意境。更由于画面的剪接组合不拘一格，变化多端而又浑然一体，在同一抒情基调上，又表现出多样的抒情风姿。

刘白羽和秦牧，在意境创造上，都虚取意浓，富于联想和幻想，但一个工于精雕，一个擅于素描，一个长于哲理思索，一个善于探幽发微，各以自己独特的风格、气派，为当代散文园地平添了许多春色。

散文创造意境，不同于诗词的另一特点是，它可以在画面的描写中插叙人物、事件，旁征博引，联想生发，酿成深邃的意蕴。于敏在《西湖即景》中插叙了船娘柳阿巧的身世；杨朔在《茶花赋》中插叙了养花工人普之仁的形象；峻青在《沧海日出》中插叙了不具姓名的老学者和孙女望日出的神态和感受；方纪在《挥手之间》，中插叙了抗战胜利消息传来后两星期形势发展和人们心情的变化，战士们在毛主席飞往重庆的那天清早，翘首西望的情景；刘白羽在《长江三日》中引用了李杜的诗、袁崧《宜都山川记》、卢森堡《狱中书简》等等，对开拓文章的艺术境界，深化文章的意蕴，都有不可或缺的作用。散文的艺术意境之所以“不是一个单层的平面的自然的再现”，它之所以能在短小的篇幅内概括时代的风貌，插叙和博引，是一个重要因素。

归根结底，散文深层意境的创构是由这一体裁样式反映生活的内部规律决定的。

“横看成岭侧成峰，远近高低各不同。”生活是纷纭、复杂，立体、多变的，散文反映生活是灵活自由，不循常套的。它不受时间、地点、情节、画面的限制。它有多种多样形象化的抒情角度，它的视点可以自由地移动于时空之中，随着感情的流动、想象的飞越，在短小的篇幅内，对生活做出恢宏、深邃的反映。正因为“散”，它可以充分舒展作者的思想，运用知识和艺术经验，放肆笔墨，选取一点，作淋漓尽致的发挥。

散文多用象征、比兴手法托物言志。比兴是仁者见仁，智者见智，深见是深，浅见是浅。即使面对同一景物，由于作者的生活见解不同、美学趣味不同、时代心理不同、个性气质不同、此时此地的心境不同，就会有不同的感受、不同的发现。

象征既可取其质同,又可取其神似,甚至可取其意反或形同。象征的意蕴既有明确的一面,又有丰富的一面;既有准确性的一面,又有多样性的一面。由象征、比兴生发的联想更是五光十色,绚丽多彩,由此形成的意境,自然纷呈迭出,“目力虽穷,情脉不断”。

雪韵的《荷花·荷花》,①从忆起五岁时扛荷小照、四十年后抚摸新荷触发联想,于幻觉中“又似正从那边田埂向我跑来”,引起对女友的回忆。回忆部分详细地描写了女友荷花生日那天赠箫、摘荷、话莲,深夜絮语,梦中、清晨,谛听芙蓉绽开的清响;中间穿插了与荷花结识的经过,以及荷花与作者各自的形象、身世、心境。“夏日消逝”,略写共同洗莲尝藕;“秋雨潇潇”,则挥泪告别。以“从此一别三十年,我没法返回故乡”,结束回忆;以“又买了二支洞箫”,月下吹奏,写对荷花的想念;以“每年花开,我都要守住满池清香,并用心灵感激的手,去抚触这份珍宝的情谊”结束全文,寄兴深远,意在言外。“荷花·荷花”,既实指(花和人),又虚拟,语意双关,象征比喻连用,象下之意与象外之象互相生发。回荡在全文中的主旋律,是对女友的思念,对真挚友情的赞歌;渗透的感情,是对故土、故国的怀恋;含蕴的思想,是对气质美、人格美、情愫美的赞颂,对美好生活的向往和青春易逝的惆怅;象外有象,曲折达意的,还有在“优渥的家境”、“繁复的生活”中,对单纯、率真的人性,自然、洒脱的生活的倾慕。清人蔡宗茂(小石)在《拜石山词抄序》中说:“夫意以曲而善托,调以杳而弥深。”优美的散文往往意境深远,“莫穷其际,不知为几千万里”②。

孟轲说:“充实之谓美,充实而光辉之谓大,大而化之谓之圣,圣而不可知之之谓神。”散文具有诗意美,主要是由于它意境深邃,内含丰富,“举类迩而见义远”。中国是一个散文发达的国度,先秦以来,它和诗歌双峰对峙,源远流长,远比汉赋有更强的生命力,名家名作若群星灿烂,照耀文学史册,主要也因为它在创作实践中体现了“充实之谓美……”、“神乎技矣”的中国古代美学思想的高峰。

四

典型意境的特质是“超以象外”,言有尽而意无穷、象无限,它的极致是“不著

① 见《台湾散文选》,人民文学出版社 1980 年版。

② 费汉源:《山水画式》。

一字,尽得风流”,此时无声胜有声①。苏轼说:“作诗必此时,定知非诗人。”严羽也说:“诗有别材,非关书也,诗有别趣,非关理也。”散文的诗意美,更美在:它于“迁想妙得”中别有一番境界,于“无限江山”中“别是一般滋味在心头”。

“不著一字”,并非无字天书,而是“语不涉难”,无一字直言,但所绘之景、所造之象、所生之意已“尽得风流”,“玩之无穷”。

“不著一字,尽得风流”,是一种超越事物表象之外、深入事物本质之中的返虚入浑的境界,是一种象外有象、象外有意、境生象外的深蔚隐秀的艺术境界。

“此时无声胜有声”,作为艺术的间歇,它是“别有幽愁暗恨生”;作为意境的凌境、极致,它是“深文隐蔚,余味曲包”,②千言万语尽在不言中。

“女亦无所思,女亦无所忆。”正是大有所思,大有所忆。“阿爷无大儿,木兰无长兄。”两个“无”字在艺术上波澜壮阔,无中生有,使诗中人物更具有了、更高涨了替父从军的雄心壮志。

“一个人在这苍茫的月下,什么都可以不想,便觉是个自由的人”;“我也像超出了平常的自己,到了另一世界里”。(《荷塘月色》)这正是现实世界迫使作者什么都须想,“心里颇不宁静”的曲折写照。正言若反,这是苦闷、彷徨,难得解脱的自白。

孙联奎在《诗品臆说》中举例说:“人画山水亭屋,未画山水主人,然知亭屋中之必有主人也,是谓超以象外,得其环中。”他用《诗品》的话解释《诗品》说:“不著一字,即‘超以象外’;尽得风流,即‘得其环中’”,“得其环中者,深得意境创构“超以象外”的方圆、堂奥也。掌握意境创构“迁想妙得”的规律,虚实隐显的艺术辩证关系,“深山藏古寺”,把本事、本意隐藏起来,烘托渲染,别趣横生,远离本题,而又至切至真地表现本体本意广阔深远、耐人咀嚼的内涵,获取“只以意会,难以言传”的艺术效果。

优秀的散文作家,是深得其味的。

他们有的无一字道及本事,而本事淋漓尽致。如陶渊明的《桃花源记》,虽然无一字道及他那个乌托邦的理想之国,但这个乌托邦却被描写、渲染得穷形尽相。

无一字道及题意,而题意满眼。袁宏道《晚游六桥待月记》,既没有详细描写西湖月景之美,又没有放开笔墨写“待月”的急切心情,反而把断桥至苏堤一带花开之盛、游人之炽作了尽情的描写。浓墨重笔,渲染了一番,才徐徐道出作者的审美趣味:“其实湖光染翠之工,山岚设色之妙,皆在朝日始出,夕舂未下,始极其浓

---

① 引文语出司空图:《诗品》。

② 刘勰:《文心雕龙》。

媚。”你以为要写“春江花月夜”了吧？但他只轻轻一笔，便戛然而止：“月景尤不可言，花态柳情，山容水意，别是一种趣味。”若即若离，若隐若现，留下无限的空间。最后一句议论——“此乐留与山僧游客享用，安可为俗士道哉。”言在此而意在彼，留有无尽的想象、思考余地。表面看来，无一句言及“待月”；细细品味，“待月”这一规定情景得到了绘形绘声的展示。作者叙述雪里花发的奇景、形容湖上游人的冶艳，以及自己的“为桃花所恋”，一波三折，一唱三叹，都是为了衬托月景的异情别趣；而这异情别趣，又虚无缥缈，具体情景全留给读者用想象去补充。“余味包曲”，无声处胜过千言万语。

无一字道及意蕴，而意蕴不尽。朱自清在《背景》中反复提及祖母的亡故、家中的亏空、父亲的老境渗淡，一唱三叹的背后牵连着多少人、多少事、多少社会历史及其背景。背景后面隐藏的，是整个近代中国社会的沧海桑田。

无一字道及意象，而胜境无穷。王安石在《游褒禅山记》中，既没有写褒禅山“天地、山川、草木、虫鱼、鸟兽”之盛，又没有具体描写华山洞中“奇伟、瑰丽、非常之观”，但却“逸兴满眼，余音不绝”①。作者避实就虚，用旅游者的行动、神态和感受来烘托、渲染环境气氛，读者即神成形，把文章中暗藏的、潜在的景象化为意中境，一种深邃、幽暗、艰险、奇伟的岩洞“非常之观”，便在脑海中纷呈迭现。王安石很懂得“简于象而不简于意”、“景愈藏，景界愈大”的奥妙。在这篇文章里，他不仅写了遇难而退、未尽野游之乐，从反面做文章，写出另一种境界；而且进一步因事明理，从治学、为事、从政立论，寄意于言外，开拓作品的意蕴；恢宏读者的胸襟，使人联系自己的生活经历，产生无限的联想。如果王安石像一般人写记游文字那样，叙山水之胜，状见闻之奇，纵使“牢笼百态”，形容极致，能产生如许言有尽而意无穷、象无限，乃至“不著一字，尽得风流”的效果吗？

“不著一字，尽得风流。”它是经过一番烘托、渲染、想象、夸张所造成的“此时无声胜有声”；它的静，是一种大战即临蓄满弓、张好箭的平静；它的烟霞变幻，是在读者意想中无限展开的。

它的“语不涉难”，实在是因为意蕴太丰富了，境界太壮阔、绚丽了，说不尽，道不出。

黛玉临终高叫：“宝玉，宝玉，你好……”，便“浑身冷汗，不作声了”。“你好”什么呢？说不尽，也说不出。

同样，朱自清《荷塘月色》中“不宁静”的心情，方纪《挥手之间》毛主席那一“特定的历史性的动作”的意蕴，也是“可想而不可道的”。

---

① 茅坤：《唐宋八大家文钞》总评。

“红树中间飞白云，黄茅槛底界斜曛。此中大有逍遥处处，难说与君画与君。”①

正面画不出，或者不美，就从侧面落笔，曲尽其意。“山之精神写不出，以烟霞写之；春之精神写不出，以草树写之。”②

意境深邃，“以一笔藏万笔”，“味在咸酸之外”，以至“不著一字，尽得风流”的极境，是作家在艺术上成熟的表现。辛弃疾的《书博山道中壁》，形象地表现了这种艺术成熟的过程（当然，这首词意蕴的主导方面不在此）：“少年不识愁滋味，爱上层楼。爱上层楼，为赋新诗强说愁。而今识尽愁滋味，欲说还休。欲说还休，却道‘天凉好个秋’！”“强说愁”，是生活底子薄，艺术表现无力的征兆；意境创造，“欲说还休”，无声有声，才能于有限中见无限，意味深长，百读不厌。

但“超以象外”的象外象，象外意，不是扑朔迷离之物。意境含蓄蕴藉，而又有轨迹可循。

百啭岂能无本意。艺术上千呼百啭，一唱三叹，都是生活“本事”、“本意”的光大。作家由面到点，从丰富多彩的生活中选取特定的形象，提炼主题，运用想象，写形传神，由情及理，虚实相生，高飞远引地创造“超以象外”的意境。读者走一个相反的思维途程：以意境的规定情景、形象明晰的一面为诱导，由外到内，掌握作品的意蕴，窥见作者的用心，再由点到面，寻味丰富的象外象、言外意，联想到更广阔，更深远的社会生活。

五

散文的意境创构，是一个极其复杂的精神现象。它是一个灵感的闪光和不断深化的过程，是一个经由多次质变飞跃的形象思维运动，是一个由客观到主观又还复客观的信息输入、信息处理、信息输出、信息反馈的精神部门的再生产。意触开始，就发生了由客观到主观的飞跃；意触开始，就不是客观世界的直观反映。它包括形象捕捉、主题提炼、情景吻合等一系列能动的改造。意触，表面看，它是一个情景契合问题，实质上，它是新旧感受的触发，包有信息输入、加工、组合等一系列精神意识的流动。从意触到选定特定的形象、画面，这是一个由量变到质变的飞跃。写形传神，凝聚、升华感情，往理想、理性的王国飞跃，艺术开始从母体（意

① 唐寅：《题画》。

② 刘熙载：《艺概・文概》。

念中的自然形象及其思想)飞升,进入高一级的境界,形成意境的雏形。这又是一次质变。意境的生成,必须在生活“本事”、“本意”的基地出发,持续向高处兴建。一方面,它要以“意”为帅,把理、志、情、识凝聚在一个光点上;另一方面,它要人化自然,从写形传神中酿就一个有声有色的美学世界,从意与境更高一级的契合中形成意境浑成的理想境界。散文的意境开拓有别于诗画的,它不仅有个由情及理、传神写照问题,还有个画面、形象的剪辑组接,以及运用插叙联想深化意蕴、开拓艺术境界的问题。在开拓意境的过程中,选取和调动角度,经营篇章,凝聚焦点,等等,散文比诗词更要经心。从初境到意境的开拓,层深意境的形成,以至达到“超以象外”的极境、凌境,“不著一字,尽得风流”的极致,在散文诗意的建筑中,中间又经历了若干质变,由低到高的发展运动。欣赏者品赏的成果,是经过作者复杂的精神劳动改造过的第二客观、主客体统一的“人化自然”。

“用笔不灵看燕舞,行文无序赏花开。”唐代著名书法家张旭看了公孙大娘舞剑器而草书艺术大进,偶见担夫争路、听见鼓吹的音节,都能与行笔往来的轻重疾徐理通神会。詹建俊在画《高原的歌》时,耳边感到有木管乐器在演奏,在这种感受支配下,他“尽量放弱笔触,追求柔和”。而在《狼牙山五壮士》里,感到的是“定音鼓的擂打与整个乐队的鸣奏,所以无论是山形的节奏、明暗的对比和人物形象的塑造,都是本着这种情绪处理”①。文艺和自然、文学艺术的各个部门之间,是互相渗透、触类旁通的。优秀的文艺家深懂艺术创作“理通神会”的内在规律,善于抓住意象的神似、质同,舍弃一切非艺术的繁枝末节,夸大、增华他所要表现的内在精神。古代雕塑《马踏飞燕》的作者,从飞燕轻盈敏捷、掠地飞行、飘忽而过的姿态和骏马雄建豪放、四蹄生风的疾驰中,捕捉到它们之间的神似,雕塑了一匹奔腾的飞马,后蹄却踏在一只展翅飞翔着的小燕的背上。构思的大胆,令人“拍案惊奇”。优秀的诗人和散文作家,都敏于发现事物之间的本质联系,外师造化、万取一收,在本事、本义的基础上踵事增华,高飞远引地造成“超以象外”的艺术意境。

散文意境的创构,是一个外有所师、内有所法的复杂的精神现象。

外有所师,是说艺术的出神入化,是师法自然,返归自然,不能简单地理解为艺术是生活、自然的反映。实际上,客观一旦转化为主观,描写对象就不再是原来的客观存在,它已作为主观精神的组成部分了。否则,雕塑《马踏飞燕》中巨大韵马如何能踏在不知比它小多少倍的小小燕子身上,后者的体积实际上比马蹄还要小得多呢!

内有所法,是说意境创构,作为一种精神生产,自有它内在的活动规律。

① 詹建俊:《形式感的探索》。

从纵的方面看，意境生成，写照传神，由情及理，形成凌境、极境，其间经由无数次量变到质变的飞跃。而各种文学艺术样式，在意境生成的过程中又各具特色，各有规矩。例如绘画，它也讲“理在画中，意在画外”，但由于它是空间艺术，它构造艺术的手段是色彩、线条和构图，所以，它在讲动情、凝意时，特别强调炼形，诗则不然。

意境生成诸因素——观察、感受、想象、思考，在创构意境过程中，有的贯穿始终，有的在某一阶段量变质变中起主要或决定作用。

文学艺术的传统和继承性，在意境生成中，是一种保守的力量，又是一种推动力量。

无论绘画、音乐、诗歌、散文，创构意境，都有一个基调问题。或平畴千里，极目无际；或波起云涌，惊心动魄；或碧波如镜，渔歌唱晚；或深山大壑，丛林叠嶂；或曲径通幽，小亭一角，基调决定意境的主题旋律，它从意境的胚胎——意触开始，就孕育了的。

从横的方面看，各种艺术形式，在创构意境时，有个互相借鉴问题，“诗中有画、画中有诗”，就是诗画的交流、渗透。自然美和艺术美，有个互相作用、相互启示问题。主体与客体，有个反映与能动改造问题。

象征、比兴，在诗文中的运用，也变化中有规律。象征的意蕴明确又丰富，意境深邃，耐人寻味，一个形象，具有多种含义，又容易令人捉摸不定，由含蓄流于晦涩。

意境的创构，既有一个外层的空间，又有一个潜藏的内在世界。这个外层空间，在画，表现为“或林下透见而山脉复出，或巨石遮断而山坳渐露，或隐坡垄以人物点之，或近屋宇以竹树藏之，庶几有不尽之境”；①在诗，是“天光云影”，人间天上，若近若远、若断若续、若有若无的无限风光，在散文，则是由连续性画幅所组成的无尽画卷。这个潜藏的内在世界是“不尽之境”上、无限风光之中，无尽画卷之外掩映、环绕的弦外音、象外意，味外旨，激荡其间的作者感情的波澜。

散文的诗意美表现为：外层空间与潜藏的内在世界的和谐统一，真善美的融合，美的充实、光大，恶的变本加厉，以期“树德务滋，除恶务尽”，“新松恨不高千尺，恶竹直须斩万竿”。

散文的诗意作为心底风云，因时变幻，与世浮沉，笔挟风云，情满山川，有艺术运转的最大能量。散文的艺术境界作为社会关系总和的艺术反映，有如大千世界，风光无限，甚而比大千世界还要瑰丽绚烂。由于作家改造生活的方式——营

---

① 《绘宗十二忌》。

造意境的条件,方法不同,在创作实践中形成的风格,气派,自然异彩纷呈,千姿百态。更由于诗文是语言艺术,作家驾驭语言的功力,格调不一,情与景、意与境的契合交融,便有“浅、深、厚、薄”之别,“有我”、“无我”之分,而作家创造意境、追求诗意美的思想智力也在曲折反复地向创作的高质量上升。罗蒙诺索夫说:“诗是科学中最难表现的科学。”所以,把高尔基的话反面正说,如果“像诗一样地写散文”,那散文就“富有特色了”。

散文潜结构及其泛化中的现代哲学倾向

一

现在我们回到散文的本体中来思考其“泛化”的问题。所谓“泛化”亦即文学的散文化。散文化是现代文学发展的一大艺术倾向。散文究竟有着怎样的魔力，使其如此神秘而又神通广大?

关于散文的“本质”，人们已寻找了几十年，纷争了几十年，以至精疲力竭，只有宣告这个无处不在的幽灵已经“解体”。现在我们换一种思考方式，不妨谨慎地从其外围介入，就算是瞎子摸象吧！我想，如果把各个地方都揣摸透，也就不难把握其整体了。

散文贵在其“散”，我们在探讨这一问题时，多半从文体、结构及语言的角度来谈的，现在我们深入其后，就会感到这不仅只是一个形式的问题，在它的后面定以“原生美”为功能形态的无限延伸的文学“原发性背景”。所谓“原发性背景”，即没有被理性方式所规定而又有着其诸多“期待视界”的生命原生形态或活动结构。散文的多边缘性文学性质，使它具有文学背景的原发性。“原发性”不是“原型”，原型是一种心理积淀的情感模式，原发性是指艺术触发的审美领域和社会背景所赋予艺术形式的生命内涵。这使散文的审美触角能够越过时代理性的屏障，触及其它文体不易触及的潜伏于社会生活底部的诸多文化现象，发掘理性世界下面的诸多原生形态而具有一种审美创造上的“无意识的意识功能”与“理性世界的感性倾向”，更接近于艺术掌握世界的方式。因而它能够最大限度地发挥作家审美创造的自由。所以散文一经形成“模式”，其艺术生命也就中止。这已被历史上散文发展过程所证实。故而我们说，散文的“散”不只是文体上的、文字活动上的，而是其多边缘性文学的文学原发性背景，这使其具有更大的审美创造自由面具备了一种潜在的叙述功能。对此，叶维廉先生曾有较为精当的描述：

> 散文之名"散"，随笔之为"随"，漫谈之曰"漫"，琐言之言"琐"，正好说明了散文特有的力量，那便是较接近真语言的进展和活动的律动……
>
> 假如你现在拿个录音机到菜场、到酒吧、到咖啡馆，把一些人的话录下来，然后你设法一字不漏地抄下来，你有什么发现呢？先是，你觉得怎么这个人说话这么啰嗦？前面话已说过，怎么后面又重复了，只是这次多加了几个字，然后你又发现说话不怎么样按理出牌，很多开义笔，很多即兴似的话，随着话头随时转变，天南地北一阵又回到话题来，再有一点更加难记下来的，是声调的高低和速度的快慢。有些变化是乘着当时的听众的反应而起的，所讲话头很多偶发性，语调里反映出来"当时"的事件性（你听录音时仿佛人被牵入事件里），为直接语言的流动性所拖引、推动，……，听来错乱无章，但正好把住经验的性质，你录下来的是真语言，是一种发生，是真语言的实际行为，是交谈的实体。但这不是我们写下来的语言，在你我写下来的时候，你会删去重复的话，有些即兴的为了在两人分享时一种传达经验下所临时演绎的话，你觉得与主题无关，在记下的过程中你可能把它简化或浓缩了，原是多样的声音，在你记下的过程中统一为一个单一的声音；原是枝节很多的，在你记下的过程中，你把住一个条理而把所谓枝节删去。这样做法，原来的声音便被淡化为一个有个性的声音，但原来的声音，那真的语言，不是"放在那边""与你保持距离"的物体，任你解体去"按理出牌"的拼合，而是来自肉体的，完全属于人的，而且还要通过人因事物的触发之以言的东西，是生命与经验因之而会推展的依凭。①

叶维廉先生在这里所谈更多的是散文语言"真"的意蕴、作用及其背景问题，但我们沿此深入发掘，便会发现这不是一个语言的问题，而是一种背景，"真"的审美深处是其原生美的文学背景和召唤结构，而不是语言形式及品格的问题。我们试想，如果录音机播放的仅只是经过整理而井然有序的按着单一题旨进行的对话，那我们将失缺这一对话的原发性背景，不知其在何处进行的，是在怎样氛围下进行的，以及双方的性格是怎样的，而成为一个平面的叙述。关键在于散文创作要寻找一种凝聚那"最美丽的杂乱无章"的存在秩序或氛围气，但这不是人们通常

① 叶维廉《闲话散文的艺术》，陈幸蕙编《七十四年文学批评选》，台湾尔雅出版社 1986 年。

说的使生活(或艺术对象)更加典型化的主题归纳或概括。艺术意蕴是在氛围气或情调的审美触发中可从无限延伸的生活形态的流动发展或美的律动中形成的,绝不是以知性调控为逻辑前提的集中概括或典型化所能得到的。故而散文的原发性背景亦不是随意拈来,人皆可为的杂乱无章的苍白陈述。“艺术作品本身也是一种包含着张力和张力消除,平衡和非平衡以及节奏活动的模式,它是一种不稳定的然而又是连续不断的统一体。”①散文原发性文学背景的潜在秩序,使其将审美触角最大限度地伸向广袤人生的各个层次、角落的同时,也最大限度地发挥了作家主体感受的审美创造力,从而在对知性成分审美超越的同时,为追踪“现实”的诸多文化层次提供了最大的可能性,形成其潜在的深层结构和审美接收“期待视界”的诸多意义空白或可供读者发挥不尽想象的“未定点”。因而我们说,散文的超规定性使它具有一种发散式的潜在结构,它不是向一个圆点运动,而是向无数个扇面延伸,所以它最忌模式化。因此,散文的画面背后有无数个叙述者。它不是告诉读者一个故事,而是一种模拟性的可能出现的种种人生图景。没有故事的故事是最有意味的故事。我们不妨举一个例子来进一步阐释这一问题。如果我们要描绘一个自幼在深山里成长起来的聪慧的孩童,自稍悟人事便每日焦渴地在村口一个老榆树下对着向村外伸延着的铺满白雪的路上伫望着,不时地张望着一个又一个黑点在这高低不平的起伏山路上出现或消失了,鸡鸣犬吠,周围的树木林梢仍是一片沉默。那么在这原发性的文学背景中,看似随意的描绘,没有什么惨淡经营的故事情节或戏剧因素,平淡之极,平淡得使人震惊、战栗,但它却以最简捷的形式写出了百年孤独般的历史感受,其意义空白的深层意蕴远不是一个被编织的十分巧妙而又完整的故事所能完成的。它的题旨也远不是任何一种倾向所能概括的。在这里,它甚至只给了你一个模糊的背景,没有舞台和走到前台来的角色,但这背景是一个活动的结构,在它后面有无数个故事已经发生或将要发生:这个小男孩在等待谁?他想干什么?后来怎样了?孩子在想些什么?他是期待、焦灼、还是孤寂、失望?在他身后的那些村民们每天都在干什么?孩子是怎样看待他们的?出出入入的人里有什么异样的陌生人可以引起孩子的兴趣吗?他是否最终随着他们其中一个远走高飞了呢?或是永远这样伫望着到鬓发苍白呢?这一没做任何规定的活动背景可以将我们引入任何一个饶有兴致的故事中,然而它却依然只是这样期待着,却什么也没有发生,又道尽了所有故事的故事!这样一个片断,将成为童年与成年、传统与现代、城市与乡村、民俗村社与都市文明种种人生、时代、社会转折的一个衔接点,永铭于人们的心怀,以致成为纷扰的

① 苏珊·朗格《艺术问题》,滕守尧等译,中国社会科学出版社,1983 年出版。

现代都市一个深远背景和遥远的忆念与呼唤,传达出巨大的历史感受和某种时代情绪!我们说过,散文是美的心态外化的功能载体,是美的流动图景的情绪结,是感知方式深化的信息媒介,是审美情感由表层向深层运动的艺术摹写。在这后面,即是其原发性文学背景的"N"个叙述项。这"N"个叙述项使其以最活跃自如的形式接近了艺术的本体特征而成为总领诸种文学形式的一个审美符号,"泛化"本来就是文学自身审美运动本体化的一个美学过程!人们一直把诗歌当作文学创作的最高形式,认为它是情感的最集中表现,最能代表文学的本体特征。音韵、节奏、意象、构造,使其身份倍增,仿佛一个花枝招展的朦胧期待中的少女,若隐若现的面纱掩映下的红颜更使其神秘而又玄惑。其实,这只是从表面形式来看的,从文学本体的内在构造及其潜在的结构功能来说,散文才最适为文学本体的代表和最高艺术范本。它把文学与非文学的界限推到最后的边缘的同时,也把文学自身隐蔽起来的内在构造最大限度地延伸到人的情感领域和想象世界。它潜伏在诗的身后,甚至戏剧、小说的后面,以文学本体的永恒魅力嘲笑着它们的幼稚与矫饰、雍容与拘谨、虚幻与浅薄。如果把诗比作少女,那么散文才是最能体现女人韵味与深度的情人,只有它才能说明"女人"的全部内涵。诗歌、戏剧、小说,带着它们的矫饰与装点,是难以最后解决文学本体问题的。最没形式的形式是最高的形式。初学文学的人也许觉得诗歌最难,散文最易,莫里哀戏剧中有一个人物不是说过连我们说的话都是"散文"吗?但从艺术哲学的更深层来看,最难把握而不易写好的还是散文,没有任何矫饰而能以其"自然"魅力征服人的情感世界,难道不需要更高的艺术感受和表现的能力吗?这是毋庸置疑的。谈到"自然",它不仅仅是艺术的对象性存在或审美活动的背景,或与社会生活相对应的审美参照系,而且已介入整个审美创造活动和文学本体过程,成为凝结人的情感方式、思考方式和艺术活动方式的美学原则而具有了特定的一种行为方式,散文是最能代表文学艺术的这一美学原则和审美构造的。它是以"自然"的形式疏理感觉脉络的,以感觉的方式追踪断续的生活,以情感行为过程介入历史感受的,所以它最能体现文学的本质特征和审美功能。它不像诗歌、小说、戏剧,是以作者情感方式的经纬网络编织艺术的秩序,在这一"编织"过程中,诸种文体都留下作者惨淡经营的痕迹而过于追逐情感过程的"理性"自觉,这使其审美创造中容易疏漏看似杂乱无章的生活底部的潜在性结构,一种可能出现的繁丽无比的审美图景。散文则不然,由于它不是过于集中地思考其艺术过程的完整性和与之对应的情感世界的集中性、秩序性,而是在感觉的律动中追踪人类情感行为方式而切入文化核心环节的人的思考、行为方式的。这使其所见所思,具有更多文化哲学的意味和有待于综合,"疏理"的文化遗踪般的"对象性存在",最终获取一般文体较难把握的一种潜在性的叙述功能,成为“最瑰丽的杂乱无章”和最深刻的无结构的结构。

二

多年来,我们对于散文的界定始终是从最后边缘的消极因素来思考,从“什么不是散文”的命题出发来考察这一文体形式的。这样很难介入其艺术本体的美学实质。似乎什么都是散文,又什么都不是散文。从其潜在结构来说,对散文的认识,我们认为首先要解决文学与非文学、审美感知与一般认识活动的区别空间在哪,亦即关于文学本质的美学命题。在这后面是对于美、美的感知活动认识的整体思考背景。换句话说,散文概念的界定需要对美的认识的解决和对文艺本质的解决的理论背景来超越目前对这一系列问题认识的质的规定。我们寻找到散文概念的界定方式,也就寻找到了时代对美的艺术本质问题认识的历史突破点。原发于典型理论探讨的关于美的本质的论争,主观说、客观说、主客观统一说,始终徘徊在古典思辨哲学的浓重阴影下,我们认为是很难寻找到散文本体特征而对艺术本质做出更为恰当的概括的。这一“司芬克斯”之谜需要在新的文化哲学背景下对东、西方思维形式综合之后的一个划时代的思考方式来解决。感性的顿悟,直觉的超越,发散的延伸,加之科学的逻辑过程和理性王国的森严秩序,从宗白华先生的散步美学生发而来的流动美学,可以说从理论背景上预示着对散文主体功能、艺术生机进行重新认识的一个美学契机。散文的质的规定点必须在美的流动图景中才能寻找其情感方式的艺术位形。

无论情感方式还是理性活动、对现实概括,认识的确定性是古典艺术及其哲学形式坚定不移的智慧信念。这一形而上学的思考背景在17、18世纪开始向古典思辨哲学的顶峰发展。文学的典型理论的绝对原则即是其对审美活动的思辩性概括而成为文学艺术认识、摹写与再现深蕴于人们内心底处千姿百态情感世界的一个巨大理论障碍。美国当代哲学家莫尔顿·怀特在他的《分析的时代·绝对理念之衰微与没落》一章的开头曾说到:“几乎二十世纪的每一种重要哲学运动都是从攻击那位庞杂而声名赫赫的十九世纪的德国教授的观点开始的。”他指的是德国古典思辩哲学的集大成者黑格尔。这位“声名赫赫的十九世纪的德国教授”的观点,在形成人类思想的硕大历史界碑的同时,也成为人类认识活动(包括情感认识)的历史屏障,影响着人们包括艺术感受方式在内的思考方式和方法。迄今为止,黑格尔客观唯心主义哲学体系已被无数个现代学者声讨过,他的“理念”神学早已被人们所扬弃。然而,随着科学认识对思考方式的深化、进展,人们逐渐意识到,阻碍着人们思考活力的并不是黑格尔的古典思辨哲学建构的理念世界的玄学大厦,而是这座思想大厦的历史阴影——即整个古典思辨哲学的范畴。它潜藏于近代各种思辨学说的后面,规定着人们的思考方式,总是从理念、感性、思维、存在、主观、客观、现象、本质、个别、一般、偶然、必然等“一而二”、“二而一”的辩证范畴去推演、概括一切,从而忽略了事物差异性构成的各种关系、特征及其具体形态,和由此形成的结构、序列和网络系统。几十年来,国内美学界关于美的本质的属性(主观、客观、主客观统一)的争执、关于艺术典型审美本质的探讨(个性、共性、一般、个别、中介等)和前一阶段关于主体论哲学的反思(主体、客体)仍是这一总体思考背景下展开的,还没有进入更为宽宏的文化哲学视域之中。正因如此,它难以令人信服地诠释蕴含着无限生机的艺术现象而成为时代审美情绪的理论概括。故而关于美的本质及艺术本质的论争相继陷入理论困境,“纯文学”、“严肃文学”的发展也因思考背景的不足进退维谷。于是以无形蕴“有形”(无序结构的有序本质),在近似于文学最后边缘却深隐着艺术最根本问题的散文,也在一度的冷落之中似乎“隐退”了。然而它的“原发性”背景及其 N 个叙述项的审美功能,却作为文学的最“本质”因素介入小说、戏剧、诗歌等一切文体之中,为其美学发展寻找艺术契机。就是说,“隐退”的散文以其潜在的审美功能在向时代认识的理性王国之外无限地延伸,而试图突破艺术思维的理论背景,寻找文学本身应有的审美天地和情感方式。散文,作为文学的最后边缘和艺术文本的最隐蔽形式,又一次成为文学变革的最活跃因素,以其最接近现实生活的艺术语言和最“自然”的情感活动方式,迈向了由现实主义与现代主义、思辨哲学与文化哲学、“反映论”与“价值观”等 20 世纪以来延续至今的诸多审美文化困惑之中,试图超越由现实主义——典型观——思辨哲学所编织的美学秩序及其理论背景,而不再一味地向文学要求以不可变易的原则演绎出的种种审美图式以及种种假、大、空的知性原则。可以说,“隐退”的散文在为文学寻找新的转机,而将自身的功能沉潜到诸种文学形式中,进行一种新的综合和创造,而诸种文学因散文因素的介入、发展,也在接近一个更为成熟的文学背景,为散文的再次崛起作好诸方面的美学准备。散文不仅不会消亡、没有消亡,它将在人类整个活动的智慧背景中以新的瑰丽姿态出现在文化——历史的屏幕上。散文不会消亡,因为人类的智慧及其相关的艺术活动不会消亡。语言和叙述的摹写对情感世界的生命需求,任何时候都是必要的。问题在于散文潜结构寻找什么样的智慧形式来首先突破文学发展的认识障碍,从而接近一种新的哲学背景。

三

所谓“现代哲学倾向”，亦即超越形而上学整体规定及其直线运动或单向循环的因果形式，超越思辨范畴终极之“道”及其单向选择的逻辑过程，而以思维的全息性、互补性及直觉顿悟性的层深运行和跳跃发展迈向事物的“对象化”过程和构成其各种“位形”的扇面。它给我们展现的是没有舍弃感性表象的层深发展运行的理性认识图景，是全局中的局部，是有限中的无限，是发展中的过程，而不像古典思维那样感性形式与理性精神水火不容，全局就是全局，局部就是局部，永恒之道只能舍弃、牺牲无限丰富的具体环节，规定的逻辑形式和认识图景都只能是一种整体的单向选择或以否定形式出现的辩证过程。“客观世界是多元化的，是由各个部分或各个要素组成的，它们之间的相互作用共同促进了事物的向前发展。……事物或其要素间，不仅存在着对立排斥的关系，而且也存在着彼此联系、取长补短的互补性。”①有人称这一新的认识图景和现代化哲学倾向为“彩色唯物主义”的哲学革命结构。即“以思维问题为中心，以一多互补论为基本方法，以强调创造和审美为显著特点，在马克思实践唯物主义基础上发展起来的哲学新思潮。”②表现在文学创作上，即把审美活动看作一个始终不舍弃现实生活瑰丽表象的美的对象化过程的环节的艺术创造工程，它不但不排斥艺术思维中各种纷繁的表象活动及其所产生的直觉顿悟性，而且以此为起点与终点，在其各个非逻辑行为的跳跃环节中寻找理性精神层深运行向各方延伸及其“原发性背景”的潜在结构，恰是它在向文学本体回归过程中所产生的最活跃审美因素和富于创造力的艺术功能。从这一角度看，散文潜结构及其泛化能够更为敏捷地越过时代诸多观念形式所误解的理性屏障，从而接近“现代”审美倾向无比深宏的智慧背景！

一个有意味的现象是，新时期以来的文学创作，先是以其活跃、繁荣的姿态冲决极左思想控制下的“拉普拉斯决定式”的机械“反映”观，使文学不再是政治的传声筒。然而一度的繁荣之后，便又陷入冷寂与徘徊。我们认为这是因为审美的发展已悄然驶抵“现代观念”前的一次需要长期准备的一个更为艰难的过程。这不再是对某一政治原则的冲决，而是一个民族智慧的“现代”文化准备。在其还没有形成智慧信念或背景的时候，寻求变革的散文暂告“隐退”，而潜身于各种文体

① 见高浩、范海昌《彩色哲学与多元化》，《天津师大学报》，1989 年第二期。

② 刘仲林《哲学革命的结构》，《天津师大学报》1989 年第一期。

之中向一新的智慧背景接近!

多年来,散文创作已习惯于"杨朔模式",结果只能使其审美思考永远向一政治需求或规范的圆点运动。这是实践理性哲学"道"的审美规范的局限,其求全、求美的"中和"美学思想及其中国哲学的历史惰性,以致使散文及文学弃其"真"的原发性背景,而走向虚幻的道德规范的"美"的陶醉之中。其实文学的美不应是道德层次"丑"的对应物,集中、概括的"典型化"过程也不应离开文学情感活动赖以寄身的"原发性"背景。寓教的要求亦不能永远向政治需求及道德规范的圆点运动、而应在"真"的文学背景中寻求"真"的情感领域、艺术方式与个性品格。散文不应囿身于"典型"樊篱之中,也不应醉身于"意境"的古典审美流布图。散文智慧背景的不足,在目前的教学活动中已日益明显地体现出来,严重影响着学生智能的发展。"主题先行"已成习惯性要求,舍弃"原发性背景",向单一的政治需求及道德规范"圆点"运动更是散文习作中的"正常"教学要求。读解作品也是硬性从中按知性过程划段组"意",以致附会。这一点,在我们阅读国外千姿百态、意趣横生的散文作品时会有更深的感触。散文趋向已不是一个单一的文学发展问题,而是涉及民族智慧发展及其文化创造背景的一个理论课题,希望有关专家能一同来关切这一横亘于现代中国人面前的一个历史课题。

抒情结构与反讽框架

——中国现代小说散文化的矛盾趋向及其历史背景试析

在中国现代文学史上，散文化最早是渗透到小说之中去的，它对当代小说创作倾向的影响是非常广泛而又十分深刻的。小说融入散文的表现因素，突破了其单一模式，带来了种种新奇的美学景观。

正像"五四"以来的新文学在现实主义总体趋向下始终存在、徘徊着的反现实主义因素和现代主义艺术一样，中国现代小说在其谨严、整饬的典型理论背景的总体模式中也始终存在着散文化的革命因素。"自五四以来，新小说即有'散'的一派，并且时有佳作，"①创作这些佳作的，有鲁迅、郭沫若、郁达夫、废名、冰心、萧红等等，以至当时辑录《中国新文学大系》时人们很难将郁达夫、废名的作品从小说、散文两种形式上区分开来。"几乎每个较有分量的小说家都有'散文风'的小说。"②小说的散文化与典型化（或按典型理论要求的现实主义倾向）可以说构成了中国现代文学审美抉择中现实主义与现代主义文化困惑的一个美学冲突点，这从中国现代文学奠基人鲁迅小说几种矛盾倾向并存中可以看出端倪。《狂人日记》、《故乡》、《药》、《社戏》、《风波》等都有"散文化"的现代主义倾向，当然也有现实主义艺术形成的基本框架。第二代作家萧红，其作品的散文化倾向亦蕴含着这一时代的困惑和美学内涵。从另一角度来说，也许正是小说创作的非模式化，亦即其突破典型理论框架的反现实主义的现代主义因素，与现实主义文学主潮的交相融合，才使五四以来的新文学内涵如此丰富而产生了如许瑰丽的美学景观。萧红就曾颇具挑战意味地说过："……有一种小说学，小说有一定的写法，一定要具备几种东西，一定写得像巴尔扎克或契诃甫（夫）的作品那样。我不相信这一套，有各式各样的作者，有各式各样的小说，若说一定要怎样才算小说，鲁迅的小

---

① 赵园《关于小说结构的散化——对文学史的一点思考》，《批评家》1986 年 5 期。

② 同上。

说有些就不是小说。”①

中国现代小说反现实主义因素的产生和散文化倾向的发展，是有着深刻的历史背景的。“……产生了伟大文学的时代，在其精神底蕴处，必定属于一个变革深刻的历史时代”。② 20 世纪的文学是人的觉醒的文学，人的价值、尊严、个性自由在全世界被提到从所未有的历史高度来认识。这是人类步入现代社会必要的精神准备，因此有人把20 世纪中国文学概括成“世界文学中的中国文学”、“改造民族灵魂的总主题”、“基调悲凉”、“艺术思维的现代化”几个方面来认识也是不无道理的。③ 更确切地说，它在“人”的觉醒中把人类本身的情感方式和心理世界当作一个客观的外在世界来观察与描述，审视其文化价值与生命意识，同时其艺术触角也由一般的理性选择转向人类灵魂深处的潜意识域，由对社会结构的把握向社会心理深处延伸，这使现代艺术最终从对文化“显行为”的描摹深入到其“内隐”的行为方式、情感方式的神秘领域。人的个性意识的觉醒，伤感情绪的深化，审美“内视点”的形成，使它在艺术表现上不像传统文学那样，侧重于情节和戏剧因素，而是着力于人物隐秘的内在世界、情感深层结构的开掘。这样必然导致情节的淡化和作家主体意识的强化，它把作家的感受、观察凝聚在人物内在情感的波动上，而摒弃外在冲突的大喊大叫。而“散文的创作是一种侧重于表达内心体验和抒发内心情感的文学样式，它对于客观的社会生活或自然图景的再现，也往往反射或融合于对主观情感的表现中间，它主要是以从内心深处迸发出来的真实情感打动读者。”④中国现代文学的散文化倾向，尽管仍是一种潜在性存在而终未居于主导地位，但在 20 世纪世界文学发展的总体背景中，它也是一种历史的必然。

但由于相对于数千年传统文学的历史承传，不到半个世纪的中国现代小说在其审美特质上是难以形成足够的文化力量与其抗衡的。故而在一些看似“现代”的审美行为中，其深层结构或艺术模式的底部仍是有着深厚而浓重的传统形式、意味的。这构成了中国现代文学，确切说是“五四”新小说散文化倾向与正在行进中的当代小说散文泛化的质的不同点。这一点是研究者没有注意到的，或说是被“二十世纪文学”的理论视野漠视了的一个历史进程。漠视了这一点，也就可以说混淆了“现代”文学积累时期的“五四”传统和现代文化延续、发展中的当代文学

① 见聂钳弩《〈萧红选集〉序》，人民文学出版社，1981 年版。

② 见宋耀良《十年文学主潮》，上海文艺出版社，1988 年 7 月版 3 页。

③ 见钱理群等《二十世纪文学三人谈》，北京大学出版社出版，钱理群、陈平原、黄子平著。

④ 林非《散文创作的昨日和明日》，《文学评论》，1987 年 3 期。

这样两个美学时代;换句话说,找到了这一差异,也就找到了隐遁在这一差异后面的两个文化背景和描述这一历史差异的一个整体理论框架。这一点是不容忽视的,否则我们将很难观察到"五四"以来的新文学在近一个世纪的流变和当代小说的发展趋向。

当代青年批评家赵园曾说:"有一些形式因素,稳定地存留下来,由新小说诞生期直到四十年代末,比如现代小说的'散文特征'。这种稳定性,一定程度上正依赖了'传统'的力量"。① 故而较早注意这一倾向的另一位现代文学研究者凌宇,也是从"中国现代抒情小说"的表现模式来认识现代小说散文化问题的。他说"这种小说明显地融入诗歌、散文的因素,具有鲜明的艺术意境,偏重于表现人的情感美、道德美,弥漫着较浓郁的浪漫主义氛围。"②的确,郁达夫"自叙体"小说的情绪结构及其浓重的中国士大夫的"自恋"情绪和悲悯情调、废名小说田园诗般的浪漫情调和幻化色彩及其宁静、超远而又充满着莫名惆怅的诗律节奏和古典意境,还有沈从文小说边域风光掩映着的神话般的诗意境界和古朴憧憬及其在"朴讷的叙述"中舒卷自如的流动意象,艾芜小说的南国情调及其对真、善、美的眷恋和抒写,孙犁笔下的白洋淀风光、人情及其诗意氛围的刻意追求……"中国现代抒情小说是以表现人的情感美、道德美为主要职任的。作家们那样热烈地讴歌着人应该有的美情感、美道德、表达出对这些美情感、美道德在人类中间普遍复归的强烈渴望。他们不仅在人生的每个角落,不断地寻找着、呼唤着,也一直不断地探索着复归的途径。如何实现这复归呢? 作家们通过各自描绘的世界,寄寓着各具特征的思考。"③以至于"即使在现实世界里找不到他们追求的善与美,他们也宁可写'合着情理的不可能'",④写"可能的现实",⑤写"理应如此的生活"。⑥ 为此,"他们想象出一种理想的世界来弥补现实世界的缺陷。因此,抒情小说带着鲜明的理想主义色彩"。⑦ 由此可以看出,中国现代小说散文化的抒情线索,还没有进入现代主义艺术的层面,还缺乏足够的艺术信念来面对严酷的现实,甚至在某种程度上回避现实人生丑恶的一面,这使其难以对内在的自我做更为深入的挖掘,

---

① 赵园《关于小说结构的散化——对文学史的一点思考》。

② 凌宇《中国现代抒情小说的发展轨迹及其人生内容的审美选择》,《中国现代文学研究丛刊》,1983 年 2 期。

③ 同上。

④ 亚里士多德《诗学·诗艺》第 101 页,陈中梅译,商务印书馆出版。

⑤ 《别林斯其论文学》,第 111 页,梁真译,新文艺出版社,1958 年出版。

⑥ 车尔尼雪夫斯基《生活与美学》,第 6 页,人民文学出版社,1957 年出版。

⑦ 凌宇《中国现代抒情小说的发展轨迹及其人生内容的审美选择》,《中国现代文学研究丛刊》,1985 年第 2 期。

从中我们可以看出这种抒情线索在浓重的古典主义艺术氛围下的浪漫情调和幻化色彩。这一历史时期的作家们不惜以逃避现实作为其审美理想的艺术代价，在面对“现代”的历史裂变及其行踪时表现出更多的羞怯和慌乱，故而只有在其艺术理想和审美形式中回归到“传统”的底层去寻找精神支柱和情感依据。这使其在对诗情画意的刻意追求中再次坠入古典艺术的最高美学理想——意境的营造和表现上，而负荷着更多的“道德美”的伦理情感内容及其相关的美学信息。废名、郁达夫、沈从文、艾芜、孙犁都或多或少地表现出这一审美规范的保守倾向，而在更深的美学层次上与“传统”文学及其文化特质连为一体。沈从文就曾谈过他这方面的审美理想和美学追求：“不管是故事还是人生，一切都应当美一些！丑的东西虽不全是罪恶，总不能使人愉快，也无从令人由痛苦见出生命的庄严，产生那个高尚的情操”。① 在《长河·题记》中，他又说：“叙述到地方特权者时，一支笔即再残忍也不能写下去。”可见作家的情感方式是极其纤弱、温和的，有着更多的东方诗人的古典文化气质。他的代表作《边域》可以说就是与喧嚣的现代都市文明相抗衡、对峙的一个具有“原型”结构意味的东方伊甸园。现代作家孙犁也说过：“看到真善美的极致，我写了一些作品。看到邪恶的极致，我不愿意写。”②这一具有中国实践理性精神的审美规范，决定了他们只能在“真”、“善”、“美”与“假”、“恶”、“丑”的哲学思辨及道德评价中展示其美学理想。这种简单的“是”“非”、“美”“丑”的形而上的抽象规定，决定了其只能用幻想的方式回避现实，是不会追索到更深层的理想境界和人性世界的。它在深层结构上规定、限制了中国现代抒情小说的艺术思考，使其很难超越作家自我，触及更为幽深、瑰丽的情感世界，在更为深远的文化背景上局限了其艺术表现的审美“视景”。

在美学上，对艺术对象“美”“丑”两种形态的基本态度和把握方式，可以说有着特定的文化价值观作为其整体背景而成为艺术发展的时代内涵及其审美尺度的。古典思辨大师黑格尔，作为浪漫主义文学的理论基础和哲学准备的奠基人，在这一强调人的尊严和艺术、哲学对美、崇高、自由的执着追求的总体文化背景下，尚浸渍于古典主义美学观的浓重历史氛围中，故其曾反对艺术表现“反面的、坏的、邪恶的力量”，因为他认为“原来内在的丑在它的客观存在中也就不成其为真正的美。”③而处于批判现实主义向现代主义历史转折间的艺术大师罗丹，则在其智慧信念和情感方式中比这位古典思辨哲学的“赫赫有名的教授”勇敢得多，他

① 沈从文《看虹摘星录后记》，一九四五年十二月八日，天津《大公报》。

② 孙犁《文艺和生活的路》，《文艺报》，1980 年 6 期。

③ 黑格尔《美学》第 1 卷 273 页。

特别强调指出,“在自然中越是丑的,在艺术中越是美”,因为它最能表现“内在的真实”,显示“粗暴的哲学上的真理”,①这一艺术掌握“美”、“丑”方式和情感态度的转变,从整体上构成了中国现代文学发展的一个大的历史分野,后者催生着现代主义的诞生,并成为其美学发展的标记;前者仍禁锢在古典主义的氛围中,而成为“传统”的一部分。由此看来,确如赵园所说:“散文化,这不只是一种结构手段或原则,也是一种心态,是作者的审美态度,是创作活动中一种特定的主客体关系。”②从这条线索我们再来看中国现代小说的散文化倾向,可以说它在古典主义、浪漫主义、现实主义、现代主义的繁复交织中始终包蕴着纤丽与粗暴,“美”的编织与“丑”的撕破,回归与反思这样一种“传统”与“反传统”的矛盾内涵。一个时代的艺术,从价值选择到形式过程,可以说它最为矛盾纠结的地方往往也就是在其美学形态流动、发展中盘结而成的最深刻玄妙的地方。中国现代小说“散文化”正触及这一深刻的美学命题。鲁迅、老舍、萧红、路翎等的小说创作“散文化”倾向可以说是代表着与如上所述的“抒情小说”不同的另一条审美线索,其中包括郁达夫“自叙小说”,在士大夫气的道德反思和大胆裸露自我一切矛盾中敢于审“丑”的一面。它们是现代小说散文倾向中一种真正的“现代”情绪及其形式意味的文化积累,为新时期小说散文化的现代主义选择做了历史的开始和诸方面的艺术准备。如鲁迅的《狂人日记》、《阿 Q 正传》等,所谓“表现的深切和格式的特别”,“安特莱夫式的阴冷”,在其“散文化”倾向中不仅是一种最彻底的文体革命,也完成了其情感形式的历史转换,从内容到形式都是一种全新的审美创造。它不再耽于历史的幻想或“温柔敦厚”艺术面纱下的种种“奇妙的逃路”,不再用“瞒”和“骗”的载道之具来自慰或欺骗世人,而是将那深深的疑虑指向这五千年漫夜的同时,也将其犀利的触角伸向“自我”深层的情感世界,来进一步发掘一向傲居于世的“我”与这吃人的荒谬世界最终意义的历史联结。尽管这发现使他战栗不已,焦灼难寐,然而作者没有在这惊人的“发现”面前表现出懦弱或恐慌。于是我们看到中国现代的第一个思想巨人和艺术大师就这样在小说与散文的美学综合中使人感到陌生而又惊异地站了起来。他没有像在他之前或之后的任何人那样,用传统格局的小说艺术网络去编织一个完美的人生秩序或情感形式的“瞒”与“骗”的历史谎言,而是将“丑”的一切(包括其荒诞形式)层层剥开。尽管我们只能像作者一样在那令人窒息的泥土的缝隙中挖开一个小孔来呼吸,只能看到密集的树林枝叶间一点一点的破碎的天,然而我们已知道自己将如何被葬掉、被淹没于无边

---

① 《罗丹艺术论》第 23 - 26 页,傅雷译,天津社会科学出版社。

② 赵园《关于小说结构的散化》,《批评家》1986 年 5 期。

的晦暗之中，只能朝着那一点一点的破碎的天空或泥土的缝隙处的点点亮光去匍匐前进……鲁迅为现代人的哲学反思和文化选择找到了最简捷的艺术形式和情感方式，他的小说“散文化”的后面是一个现代巨人的凝目冥思。老舍小说《月牙儿》的抒情笔调也绝不是一个少女耽于“崇高”理想的憧憬或梦幻。这里没有任何“美”的光环或面纱，而是一种对青春、爱情、道德等等人生内容的反讽或绝望。这一“散文化”倾向与鲁迅小说一样，有着一个古老民族文明自赎的反讽框架。郁达夫的自我迷失和自我追索中亦有这样一个“反讽”的符号系统或情感方式。他的“抒情”和“暴露”的矛盾，恰好体现出中国现代小说散化中的两条逆动的审美线索。

所谓“反讽”，本为新批评派的一个术语。英文“反讽”（irony）一词来自希腊文 eironia，原指希腊戏剧中一种佯作无知者的角色。“eironia 在自以为高明的对手面前说傻话，但最后却证明这些傻话是真理，从而使对手大出洋相”。“反讽的基本性质是假象与真实之间的矛盾以及对这矛盾自身无所知。”①我们在这里所说的现代小说的“反讽框架”，即在其从容不迫的叙述中把被传统文明颠倒了的生活中的真、善、美与假、恶、丑都还原到它们应有的美学位置上去的一种“出现在主题思想人物形象与语言风格等各个层次上”②的艺术情绪，它把主体与客体，历史与现实诸方面的矛盾都凝聚到其独特的艺术语言叙述功能中，在“欲擒故纵”的对比性陈述中展开其美学序列和审美图景。这使其“现代视景”的艺术陈述找到了一种最简洁的形式，同时它以“散文化”的感受方式将作家的情绪活动于艺术图景的后面，使读者与作家一道在这凝重的画面后去寻找被历史扭曲、淹没了的人性荒凉而重新思考现实的一切，从而略去可能浮现在这一深层感受上面的诸多线性因果形式或戏剧性的繁复情节。就是说，现代小说的反讽框架是以散文化的感受方式作为其艺术情绪联结诸方面审美现象的。如鲁迅小说《狂人日记》、《药》等题目本身便是一个足以引起一个整体反讽框架的艺术符号，在其下面将是“无结构的结构”中一连串的反讽陈述而在其独特的感受方式中连贯起还没被容纳到这个框架里的更多的曲折故事以触发你展开不尽的联想，其艺术思维方式可以说是发散式的散文情绪脉络，而不是线性因果形式的小说美学情绪。《狂人日记》作为与中国两千年封建文化的对话，从它的压抑下迸发出的第一声呐喊，以一般的写实笔法或抒情艺术都难以出之，它可以写成一个鲜血淋漓的惨剧，也可以写成一个愚众如何“吃人”又“被吃”的风俗史，或是一部悲婉哀怨的抒情史诗；但这些要

---

① 见鲍昌主编《文学艺术新术语辞典》226 页，百花文艺出版社，1987 年版。

② 见赵毅衡著《新批评》，中国社会科学出版社，1986 年版，192 页。

多长的画面才能倾诉完，表现出来呢？鲁迅没有这样做，他用“反讽框架”凝聚其艺术思考，又以散文化的感受方式作为其联结诸方面的情感活动的潜在线索，把具有最清醒的文化意识而执着追求真理的人赋予一个狂人的面具，以“正常人”难以感受到的敏锐神经接触到整个封建社会的罪恶本质，从而揭去其貌似合理的礼教面纱，让人们重新思索现实中的一切，深切地感受到它的荒诞和危机。又如老舍的小说《月牙儿》，在女主人公历尽艰辛，付出一切努力仍不能自食其力而争得做人权力的时候，作者让她以轻松的自嘲口吻来淡淡地叙述，总结自己凄惨的一生，这一反讽框架及其语体形式尽管已将作者明慧的眼睛掩藏其后，我们还是能够从其散文化的潜在叙述及其情绪活动的感觉方式中“读”出作者要告诉我们的一切：

> 正是这个时候，巡警把我抓去。我们城里的新官非常讲道理，要扫清暗门子。正式的妓女倒还照旧作生意，因为她们纳捐；纳捐的便是名正言顺的、道德的。抓了去，他们把我放在了感化院，有人教给我作工。洗、做、烹调、编织，我都会；要是这些本事能挣饭吃，我早就不干那个苦事了。我跟他们这样讲，他们不信，他们说我没出息，没道德。他们教给我工作，还告诉我必须爱我的工作。假如我爱工作，将来必定能自食其力，或是嫁个人。他们很乐观。我可没这个信心。他们最好的成绩，是已经有十多个女的，经过他们的感化而嫁了人。到这儿来领女人的，只需花两块钱的手续费和找一个妥实的铺保就够了。这是个便宜，从男人方面看；据我想，这是个笑话。我干脆就不受这个感化。当一个大官儿来检阅我们的时候，我唾了他一脸吐沫。他们还不肯放了我，我是带危险性的东西，可是他们也不肯再感化我。我换个地方，到了狱中。

在这段如散文笔致的看似平淡无奇的娓娓叙述中溢满作者所掌握的与读者进行潜在性交流的散文化的情绪过程和感觉方式。这种几乎没有一句不是带有反讽意味的叙述，构成其反讽框架的语体形式。而且在叙述观念中处处都隐含着它反面的东西，所谓“道德”，就是无道的金钱、兽欲，“感化”就是把人训育为更为麻木的奴隶而丧失起码的人的尊严和权益。任何“人”的意识，哪怕还是很朦胧的自卑自怨的忏悔意识在这里都是“危险性的东西”，爱与憎、是与非、美与丑、崇高与滑稽、喜剧与悲剧，都在作品反讽框架中以“悖谬”的形式暗示出来，这已不是平面展开的小说情节的故事功能所能完成的艺术陈述。

在中国现代小说散文化的审美历程中，一个不应被忘记的关键性作家是萧红。作为中国现代文学的第二代作家，她的创作对国民性主题的文化指向在三、四十年代的发展,对于一度中断的“五四”新文学个性主题,人道主义思想及其相应的“向内转”的审美形式的历史衔接,都曾起过极大的作用。尤其是当时整个时代的文艺都由民族化、大众化、通俗化的强化而带有某种程度的回归趋向,又走向对生活外部冲突、纠葛的繁复的情节的艺术编织中,萧红以反讽框架努力拓展其内在情绪的感受世界,以散文化的感受方式再次反思古寂东方的“百年孤独”,将现代小说的发展推向了一个新的质变点。“由于其散文化的审美意识,不必用力寻求,文字即自然、有韵律,见出疏空有致、参差错落的美。”而问题远远不止于此,“‘形式’又反转来‘规定’了内容,使内容纳其中的生活也‘散文化’了。越不用力,越不为预设的目的所局限,她越像自己,任何过分的用力都反伤自然。”①“自然”也不只是艺术的背景或对象,而是在对其环境基质深化过程中形成的一种“对象化”方式。这是小说创作散文化倾向的一种审美功用,它使整个“对象性”世界在情绪的深层波动中“自然”凝聚为一个瑰丽而又整饬的美学图景。因而“她的作品的语言结构不是在模仿生活,而是在模仿情绪,它们是依据作者本人极为深潜极为内在的情绪流来组织的。也因而往往有象是‘随意’的省略,有其明显的有意的不规范性。”②这“不规范性”是由散文感受方式所要求的艺术陈述,“你只有在这种语言结构的整体功能中,在这种语言组织负载的情绪中体验那美。”③因而“‘抒情性’不能准确地概括萧红的小说。萧红作品特有的情绪特征、情绪力量主要不是经由主体的‘发抒’,而是经由她特殊的文字组织实现的。”④这“特殊的文字组织”,不仅仅是语言表述的表层符号问题,也关涉其审美抉择的深层结构,它在“嘲讽性模拟”⑤的情绪结中潜伏着作家的历史反思和文化内省的独特感觉方式,并以此为内在线索来连贯或衔接其跳跃性的艺术画面的。萧红的《生死场》、《呼兰河传》不是那种纵向的因果演绎式的戏剧性的繁复情节的审美构成,而是用一种近似于散文的“横切”结构完成其艺术陈述的。美国作家史蒂文森说:“写小说有三种方法,第一,或者你先把情节定了,再去找人物。第二,或者,你先有了人物,然后去找这人物的性格开展上必要的事件和局面来。第三,或者你先有了一定的氛围气,然后再去找出可以表现或实现这氛围气的行为和人物来。”⑥第三种

---

① 赵园《关于小说结构的散化》。

② 同上。

③ 同上。

④ 同上。

⑤ 语见 Frye:Anatomy of Criticism,P366。转引自叶舒宪编《神话—原型批评》190 页,陕西师大出版社,1987 年版。

⑥ 这段话是史蒂文森对他的传记作者 Graham Balfour 讲的,中文转引自郁达夫《小说论》,见陈平原《中国小说叙述模式的转变》,上海人民出版社,1988 年,106 页。

写法更接近于散文的感受方式。萧红正是基于一种现代文化氛围的审美感受，才向现实要求“别样的人生”，而追逐其笔下的“行为和人物”的病态世界的。她一定要找到这样一个凝聚其“氛围气”的审美焦点，足以将其诸多现代历史感受和美学思考集合为一个具有其“潜在秩序”①的隐喻结构，从而将那“最美丽的杂乱无章”②都编织在一个完整的艺术框架中。正是沿着这条非现实主义的反讽形式的审美线索，新时期小说才找到了它的历史点，在一个全新的文化背景下展示了其现代主义文学的历史图景和美学反思。

通过如上描述，我们可以大致看出，中国现代小说在其传统与反传统，现实主义与现代主义之间徘徊、纠结中发生的“散文化”倾向本身亦是一个充满着深刻矛盾的逆动过程。正是在这一历史过程中，现代小说在宏观上完成了其质的转换或变化（尽管其中仍有许多曲折和不尽如人意的地方），我们基本上可以将它分为“抒情型”与“反讽型”两种内在情绪的感受方式来描述，显然，后者对当代新时期小说散文化倾向的发展影响更大些。

德国早期浪漫派理论家“反讽”理论的奠基人弗里德里希·施莱格尔（Friedrich Schlegel，1772—1829），曾提出“反讽就是对全面的真的追求；我们只是具有个别的部分，只认识一个又一个方面，一个阶段，一个时期，反讽不允许我们满足于此，……在反讽的光里，我们接近全面的真。”③“反讽”追求的“全面的真”，不仅超出一般政治需求而接近历史的真实，而且它将深深地触及“伪者何以为伪”的一个陷于“假”的思维定向中的思考、行为方式而匡正其价值观念，超越主体自身的文化负重和偏执的人生幻想。因之它以其潜在的独特感觉方式使麻木者惊警，骄矜者清醒的一种最好的内省智慧。是诗的内省，也是文化的内省。“任何种类的最高真理都是平淡的呆板的。正因为这样，没有什么比起这更重要的了，即把真理总是表达得新奇，尽可能悖理，以致它们不被人忘却它们的存在，并且根本不能被说出来。”④正是在这个意义上，新时期小说在其“散文化”的审美倾向中从诗的内省到文化内省又一次开始了一个全面的美学反思，从而超越了“只是具有个别的部分，只认识一个方面，一个阶段，一个时期”的线性因果形式演绎而成的艺术思维模式，寻找到具有诸多“悖论”形式的现代艺术的“新奇”的表现方式。使文学艺术突破英雄史诗的审美观再次向“平淡”无奇的生活背景贴近。这一“背

① 语见让·保尔·萨特《为何写作》，见伍蠡甫主编《现代西方文论选》。

② 同上。

③ 贝尔柯夫斯基《论德国浪漫派》德文版，1979 年，第 93 页。

④ 弗·施莱格尔《青年文集》卷二，维也纳，1906 年，第 389 页。

景”愈是显得微不足道和随意性的延伸，文学的触角就愈是深广而超越诸种生活的表象及其诸方面的价值规定而接近于生活的底部，从而全面、真实地开掘出“人”的幽邃世界，使其重放瑰丽的光彩。应该承认，这一审美思考线索作为现代文化的内省意识的艺术表现，自延安文艺座谈会之后，由于政治形势的迫切需要及“传统”形式的最终规定等原因，是被强行中断半个世纪之久才复又甦生的。

如何使小说创作更接近生活真实从而使其艺术内涵逐渐由历史表象向社会深层意蕴运动，新时期小说在经由“伤痕”文学的悲剧性历史反思和改革题材的现实主义的关注之后，在现代主义艺术背景的世界文学趋势中，终于又摒弃对生活外部纠葛、戏剧性因素过于注重的“新古典主义”审美规定，超越其英雄史诗的美学观念，而再次深入到生活的底部去重新发掘那被扭曲的人性世界，在“向内转”的诸多审美表现中去追寻人的价值，寻找更为切近现代艺术的简洁形式。于是又出现了新的文化背景下的小说散文化倾向及其诸多表现形式。通过这两次反思的历史观照，我们便会发现小说散文化不仅是文体渗透的问题，它一定要有文化内省的智慧背景，而且总是以人道主义、个性主义历史深化的文化反思及其审美表现相联结。因之我们是否可以说，“散文化”是文学从散文这一边缘性文体形式的“原发背景”中寻找一种突破常规（亦即时代赋予文学的诸多美学规范和历史局限）的潜在叙述功能，来重新组合艺术思考的文化元素。散文化小说的“反讽框式”及其感觉形式，可以说是一个具有批判意味的历史性开拓。新时期小说由于是在一个全新的世界文学背景下的又一次嬗变，这嬗变是现代主义艺术发展半个多世纪后对中国文学封闭结构的一次根本性动摇。

中国现当代小说散文化结构模式分析

法国现代形式主义文学观的创始人瓦雷里曾说:“最异样的思想以及截然相反的生活和认识原则在一切有常识的人的头脑中自由并存,这就是‘现代’的特征”。[①] 可以说现代作家是充满着这样“最异样的思想”和感觉来面对一个“截然相反的生活和认识原则”的世界的,用他的一句话说,是“我们倒着进入了未来”,[②]这使现代作家进入一种无止境的精神探险之中,“当今的趋势……更恰当地说,是一种改造人的愿望,一场无定限的冒险”。[③] 20 世纪中国文学,尤其是“五四”新文学及新时期文学的现代小说,其“散文化”的总体倾向亦可以说是这样一种“现代综合症”的艺术冒险。从古典有序到现代嬗变的无序状态,之后旋又从无序到有序,这新的“有序”终又崩溃而进入另一个“无序”的探险之中。诚如瓦雷里所说,艺术家“从任意性走向某种必然性,从某种无秩序走向某种秩序;他不能不经常感到这种任意性和无秩序,它们完全不同于在他手中诞生并显得必然和有条理的东西。正是这种对比使他感到自己、感到自己在创造……”[④]小说创作的散文化倾向,亦是在这一“任意性”和“无秩序”的审美活动中形成其“秩序”感的艺术位形的,我们不妨对其做一大致的描述和分析。这样,我们基本上可以将现、当代小说散文化倾向从如下几个结构模式中来认识。

首先是情绪结构,这种结构模式在中国现代作家郁达夫的“自叙小说”中有着较为明显的表现。《沉沦》、《银灰色的死》,还有《春风沉醉的晚上》等,既无完整的情节(或说情节在这里不起“结构”的作用),又不是“典型环境中的典型人物”

---

① 瓦雷里《笔记》第 7 卷 66 页,第 20 卷 31 页,法国科研中心出版社。

② 《保尔·瓦雷里全集》第 1 卷 1040 页,第 2 卷 1267 页,巴黎加里码出版社,1975 年。

③ 同①。

④ 同②。

的艺术行为线索,而是依据作家独特感受中的一种深隐的内在情绪的波动作为艺术画面律动的审美思考线索,形成其作品独特的感受方式和艺术位形的"秩序感"。情披于事,"事"即其"情"的感伤、忧郁色彩,"情"披于景,"景"即成为其心境的点缀而凝结着其个性气质。一堆零乱的生活素材,在"情绪"的流动中盘结为美的秩序和艺术位形,从而形成潜在的结构。我们说过,散文是美的心态外化的功能载体,是美的流动图景的情绪结,同时也是作家感知方式深化的信息媒介。是其审美情感的表层向深层运动的艺术摹写。郁达夫的小说,是潜伏着散文的审美功用而独具一格的,因之他的小说与散文很难区分,正是在"美的流动图景的情绪结上",他以毫无遮掩与羞怯的情感抒写,完成了一种由表面向深层运动的结构过程,从而超越了数千年文明规范的审美情感的历史局限,而成为一代人的历史宣言。柏格森曾说:"某种深刻的心灵状态或内心冲突……是不能够从外面获取的"。① 郁达夫小说的情绪结构,是其与整个时代联为一体的"心灵状态或内心冲突"的艺术摹写。车尔尼雪夫斯基认为:"心理分析可以具有不同的方向:一类作家热衷于刻画性格的轮廓;另一类作家善于描写社会关系与生活冲突对于性格的影响;第三类作家乐于说明感情与行为的联系;第四类作家精于剖析种种激情……"②郁达夫以其散文似的笔触深入到小说创作最隐微、细致的艺术天地,故其"以他强烈的主观色彩、感伤的抒情倾向和清丽、自然的文笔,使自己截然区别于其它现代作家"而以情绪结构的小说特色称著于世,对"伤感情绪深化"中的现代小说散文化倾向有着极深的影响。许子东说其"以抒情为艺术中轴,从抒情出发,他注重心理表现,讲究景色描绘;也是从抒情出发,他忽略结构剪裁,轻视情节事件"。③ 这是切中肯綮的。正是基于此,"在怠慢结构的同时,又伴随着对'故事'、情节的轻视。郁达夫很不善于(也不愿意)在作品中表现尖锐、深刻的矛盾冲突,很不善于(也无能力)制造扣人心弦的戏剧效果。""抒情"这一"艺术中轴","不仅贯穿了他的诗词、散文,而且也支配着他的叙事小说",④"几乎任何性格处理,形象描绘均依据感情的逻辑,几乎所有技巧、手法的运用及细节选择皆服从抒情的需要"。⑤ 所谓"小说的表现,重在感情"(郁达夫《小说论》),"艺术家口下,要紧的是情谊,并不是言语,因为一口气息就是你的诗"(《敝帚集·施笃姆》)。这正是散文家的笔致。

---

① 柏格森《笑之研究》第三章第一节。
② 见伍蠡甫主编《西方文论选》下卷,上海译文出版社,1979 年 426 页。
③ 许子东《郁达夫创作风格论》,《文学评论丛刊》21 辑,中国社会科学出版社,1984 年。
④ 同上。
⑤ 同上。

俄国作家柯罗连科在给一位评论家的信中谈自己的创作体会时说过："我写得不多，主要是，我无论如何不能把我的想象力控制到在需要的时候就能提到笔来写的程度。有时候，这一切在我头脑里打转，——我坐下来，提起笔来就写。后来就把一切都扔开了。仿佛需要写的东西都写光了，但我所写的并不符合我对自己、对对象的要求。我必须使每一个单词，每一个句子都符合作品的调子，用得恰到好处，使每一句个别的句子里，尽可能甚至从其他句子中单独地取出来，也能察觉出主旋律的反映，觉察得出所谓中心情绪。有时候，我立刻就能做到这一点，一挥而就，有时候就很久都等不到那种适当的情绪。那时候，我就搁笔不写了，一直等到主旋律不知怎的在心灵里响了起来为止"。① 如果按传统的小说创作方式去编故事或仅止写人物，那么"情绪"在这里就不会成为事关成败的艺术要件，然而"情绪"一经进入情感角色而规定着艺术感受方式及其过程，那么它就成为联结内容、形式的结构因素而变得至关重要了。因而"情绪结构"并不是任意的抒写，"散文化"也并不是就可以没有艺术结构的随便涂抹。有时候，无结构的结构恰恰是最难"结构"。所以有人说散文最难写。几乎人人都可以写散文，但却极少能称得上艺术品而称著于世。这也就是散文最难界定的原因和奥秘，人们只能说散文不是什么，却很难说它是什么。郁达夫曾说："在散文里似以情韵或情调两字来说，较为妥当，这一种要素，尤其是写抒情或写景的散文时，包含得特别的多"。② 这里的"情韵"、"情调"，亦即柯罗连科所说的寻找"中心情绪"的"调子"。黑格尔在他的《美学》中说："艺术的最重要的一方面从来就是寻找引人入胜的情境，就是寻找可以显现心灵方面的深刻而重要的旨趣和真正意蕴的那种情境"。③ 实际上，这一"可以显现心灵方面的深刻而重要的旨趣和真正意蕴"的"情境"，在散文创作中亦即其："美的心态的外化"的动力支点，也可以说是其"美的流动图景的情绪结"，亦即控制作家情绪过程及其艺术位形的"情韵"与"情调"所形成的审美焦点和诗的魂眼。它是构成文学与非文学的最后界线，同时也可以说是判明散文与一般即景写情文字区别的最高原则和美学尺度。小说的情绪结构，正是在这一"散文化"的美学原则中创造其艺术秩序的。最自由的也就是最深刻的，最随意的也就是最精微的。郁达夫是注意到这一问题的，因而他说："人生的意识，是不断起波浪的……文学并不是描写一个焦点的波浪的。好的真的文学，大抵是集合许多的焦点，用自己的理想去另外组织一个总的焦点，然后将这个新的目标，尽力的描

① 米·赫拉普钦科《作家的创作个性和文学的发展》，上海译文社，1982 年，165 页。

② 郁达夫《中国新文学大系散文二集·导言》。

③ 黑格尔《美学》第一卷，商务印书馆，1982 年，254 页。

写出来。”①郁达夫小说散文化的情绪结构中,每篇都是有着这样的“魂眼”、“情调”或艺术焦点的。《沉沦》中“我”的生与死,爱与欲的矛盾情绪及其与时代生活、社会历史的最终联结,《春风沉醉的晚上》中“我”与女工两个灵魂的撞击所闪露的道德、理想、情谊及其潜在的性爱等人生境界的深层渲染与暗示,都构成了这样的艺术情调与审美焦点,从而将散文的叙述功能赋予了小说结构过程的艺术传达之中。因而有人说,郁达夫的作品“写出了某种特写情境下人的特写情绪,并让这种情绪渗透到景致、人物等一切描写中去,形成充满诗的氛围、情调的艺术境界,酿造出一种情景交融、意境幽远的韵味美。”②

苏联作家法捷耶夫在《论作家的劳动》中曾强调指出:“传达情绪,是艺术最魅惑人的性质之一。但要掌握这个性质,作家也要经过一番苦练才行。必须培养自己善于寻找能够引起读者必要的情绪、必要的心境的节奏、词汇、语句”。郁达夫是经过长期艺术积累实现了这般美学境界的。他的小说的“情绪结构”,不仅表现在作家以“情”为线索对自我内在世界抒写的情节过程中,或对自然景物艺术摹写中的串联和穿插作用,这只是其表层结构;更为重要的是它在“必要的心境的节奏、词汇、语句”的“美的心态外化”中形成其小说言语结构,意象结构及意蕴结构从表层向深层运动的“清”、“真”、“细”的艺术品格。以往的研究者只注意了他的小说语言具有小品文“清”、“真”、“细”的特点,殊不知这是“散文化”倾向的一个结构功能过程。感伤、纤敏的激情,向时代、社会乃至文化历史深处延伸时的美学流动,最后凝聚为这一独特品格的艺术符号;换言之,小品文“清”、“真”、“细”的言语特点和艺术思维方式,也使作家更敏于抒写其内心深处的情绪波纹,而触及“东方情感方式”的深层文化结构,具有更为悠深的韵味。构成“灵魂奥秘的连续自白”。③ 所谓“真切”、“自然”、“酣畅淋漓”、“清新”、“绮丽”、不假雕饰,这是新的时代感受下“真切”的自我情感认同对那被掩饰得过深的道德渊薮的宣战,我们分明感到它那急于拯救被泯灭的人性灵光的历史律动。故而在其强烈的主观色彩、感伤的抒情倾向和清丽,自然的文笔④的“散文化”结构过程中完成了小说难以完成的美学功能,从而在“情绪结构”中凝结着深广的社会历史意蕴和文化形式,描述出作家内在世界与客观现实双向逆动的一个层深的情感过程。

关于小说的情绪结构,还有鲁迅的《狂人日记》、《故乡》及现、当代的许多作

① 《郁达夫全集》第5卷248页,浙江文艺出版社1992年出版。

② 张梦阳《论郁达夫对散文美学的理论探索与艺术实践》,《文学评论丛刊》21辑,中国社会科学出版社,1984年。

③ 同上。

④ 同上。

家作品，在此就不一一赘述了。

传统小说由于注重因果形式演绎而成的情节模式，故其只注意到了艺术发生的时间顺序，而忽略了其空间序列。以致在其封闭的艺术结构中失缺了环境转换与空间秩序的审美功能，只能在现实生活的表层做单向度的纵向运动。现代小说散文化倾向注意到了生活不是由因果循环的善恶演绎及其伦理秩序构成的，而是在广袤的空间序列中断续存在的一个无序结构，正是在这“无序”的千丝万缕的错综结构中，历史将其无尽的触角伸向了现实的底部，构成其潜在文化功能的“有序”环境。这就构成了新的思考背景下的小说艺术的“环境结构”，它是散文化倾向的另一种叙述功能或模式，是在其“原发性背景”上进行的审美组合和艺术深化。此时，“艺术家生活在他的任意性的深处，期待着他的必然。他时时刻刻都在期求这种必然性；而往往是从最出乎意料和最微不足道的情形中得到它，在原因和效果的重要性之间没有任何比例关系和均衡”。① 因为生活本身就不是由因果比例关系组就的秩序网膜，而是一个断续的流体和深壑，在每一个缝隙间都可能闪露一个独到的世界，一个环境组合的功能性现实！“瞬息万变的生活现象，特别是人的精神现象，不是沿着一条或数条情节线的传统叙述方法所能负载，线状结构体想达到真实世界的再现。而情节，永远是靠线连贯，用线维持的。”②这确实不是夸饰之词。

以环境为背景线索，来结构小说整体布局而在散文化倾向中表现得较成功的中国现代作家，当首推萧红。从《生死场》到《呼兰河传》，那跳跃的画面和“背景性格”的艺术组合，以散文的笔致给人展现了“反讽框架”中现代人的内省智慧和文化反思，蕴藉着深刻的美学品格和艺术内涵。《生死场》即以“大片的村庄，生死轮回着，百十年如一日”的环境背景，以人与动物“忙着生、忙着死”的环境视景组合其审美创造，在屠场、村庄与乱坟岗的画面交织中展开作者种种关于“生”与“死”的美学沉思和文化反省。全篇似乎没有完整的情节或占主要画面的人物，作者推给我们的即是一个骚动而又宁静，完整而又破碎的“生死场”，但它并不是一个平面的艺术图画，而是在向现实背景横向拓展的同时，又向社会历史深处延伸，从而在特定的时空网络中完成其环境基质的审美创造，使我们深切地感受到“经

① 《保尔·瓦雷里全集》第1卷1307页，巴黎加里码出版社，1975年。
② 何满子《论情节——关于反情节倾向与叙事文学的时空关系》，《光明日报》1988年3月4日3版。

济网络、政治网络、亲族网络、社会网络等交错”①的诸多自然、历史规定形成的“自然现象之网的网上纠结”②的文化潜流，从而形成其“美的流动图景的情绪结”。《呼兰河传》也是这样，“作者的笔触始终局限于呼兰河城，或浓墨重彩，或居高俯瞰，或近景观察，情感跌宕起伏，褒贬参差其间，把一个呼兰河城写得活灵活现，有血有肉，具有很强的艺术魅力”。③ 因而有人说，“这部小说倒很像一篇有景有情，有深刻思想内涵的优秀散文”。④ 作者没有硬去按其臆想的因果逻辑关系编织一个小城中的完整故事，或是一定让几个贯穿首尾的人物来做结构上的行动线索或艺术衔接。而是来去自如，将“环境”本身当作一个群体性格的行为线索，以“现代”的矜持拉开其审美距离，使诸多的人物、故事只作为这一环境的点缀，大有“相对两不厌，只有敬亭山”的艺术韵味，“作者塑造这样一个小城的形象，意在引起人们注意，希望在二十多年后的今天，这座小城及这座小城以外的一切人都从传统习惯势力的束缚中解放出来，去改革社会人生，去过自由幸福的人的生活，去培育优美健康的心灵”。⑤

环境是一个多维复合体的文化实体，它发生在社会历史发展过程中特定的时空序列上，呈现为种种文化丛体的人文景观。一个环境，亦即一种文化的综合。每种环境都有其特定的功能层次和文化特质。所谓“写景叙事”，优秀的文学作品总能超越环境时空表象的景观层次，对其诸方面的文化机制展开深刻的美学沉思，即使游记散文也是这样。唯其如此，才能达到写山山灵，写水水秀，将山水风貌引到事物的光辉里来，赋予其特定的文化品格，将审美情感由对事物的表层感知导向无限延伸的社会历史深层之中。如柳宗元的《永州八记》、苏轼的《前赤壁赋》及[明]薛瑄的《游龙门记》及当代从风光描述走向史诗式的“政论片”《河殇》的解说词，都从其特定角度超越了艺术对象环境线索的景观层次，而写出了其深刻的文化品格的。“环境结构”的散文化小说的关键不在于其审美景观位移的艺术描述线索，而在作家把握艺术对象内在结构的美学过程，这是其“深层结构”的意蕴所在。正因如此，同一时代的不同作家面对同一艺术对象时，能够写出姿态迥异的文学作品，不同时代的不同作家面对同一艺术对象时，也就更可各抒其胸臆。但需要指明的是，不同环境机制的文学背景，确也规定着其文化品格与艺术

① 胡伟《法国社区分析的发展》，《中山大学学报》1987年2期。

② 同上。

③ 杜秀华《一部以背景为主角的小说——兼谈〈呼兰河传〉对中国现代小说的贡献》。《中国现代文学研究丛刊》1986年第4期。

④ 同上。

⑤ 同上。

方式。所以郁达夫尝曰:“一个时代有一个时代的时代精神。一个地方有一个地方的地方色彩。时代精神和地方色彩,就是构成环境的主要分子。我们人类的生活无论如何,总逃不了环境的熏染,文学作品的内容,也是一样的免不了环境的支配的。这一层意思,法国的孟德斯鸠和 Taine(按即泰纳)已经很切实的说过了”。① 不仅如此,作家和“背景”的特定对应关系,也形成了环境结构独特的美学功能。

环境结构,在中国现代小说散文化倾向中的审美构成,几乎是不胜枚举的。有各种各样的人文景观和文化生态,也就有各种美学景观和艺术表现,废名小说《竹林的故事》、《桂园》、《枣》、《桥》、《洗衣母》等,即是以散文笔致展示的一个绿丛掩映的古朴风光的文化丛体,其人、其事、其景,都颇有中国古典诗词意境的美学氛围,可以说是“一曲曲和谐,恬淡的牧歌。②”在这里,人们的“心境是非常和谐的,环境亦复优雅。”③我们看《竹林的故事》的开头,就是在环境展示的艺术背景中渲染其古朴、宁静的氛围而描绘出一种文化性格的。

> 出城一条河,过河西走,坝脚下有一簇竹林。竹林里露出一重茅屋,茅屋两边都是菜园,十二年前,他们的主人是一个很和气的汉子,大家呼他老程。

《菱荡》的背景描写,简直就是一篇优美的散文。

> 菱叶差池了水面,约半荡,余则是白水,太阳当顶时,林茂无鸟声,过路人不见水地过去。如果熟客,绕到进口的地方进去玩,——眼要上下闪。天与水。停了脚。水里唧唧响。——水仿佛是这一个一个的声音填的！偏头,或者看见一人钓鱼,钓鱼的只看他的一根线。一声不响的你又走出来了。好比是进城去,到了街上,你还是菱荡的过客。
>
> 这样的人,总觉得一个东西是深的,碧的、绿的,又是那么圆。

这里的一切(包括《竹林的故事》)都过于宁静、悠远了,仿佛什么都没有发生过,一切都凝固在一个常绿的“园”点上,然而这过于宁静的图景后面,我们不是分明感到那“现代”喧哗的历史骚扰和作家那颗急于休憩的疲倦的内心及其纤细、脆弱的情感吗？这一环境结构在其美的流动图景中透视给我们的仍是一种面对“现代”文化的历史惶惑或缺乏足够心理准备的“现代人”对其自身文化环境的历史反

① 蔡仪主编《文学概论》21 页,人民文学出版社 1981 页。

② 杨义《废名小说的田园风味》,《中国现代文学研究丛刊》1982 年第 1 期。

③ 同上。

思。沈从文的《边城》亦如斯，在那宁静和骚扰着的湘西风情中，我们看到的是“现代人”的焦灼与矛盾的文化抉择对其自身环境基质的深切关注。

“衡量人类自觉程度的唯一标杆，是人类对自己所处的文化环境的自觉程度和明确程度，”①小说散文化倾向中的环境结构，其深层意蕴是“人类对自己所处的文化环境的自觉”，这一审美自觉愈是明确，作家的艺术陈述就愈是具有从容不迫的“张力结构”，他在这缄默不言般的画面后面和背景深处隐蔽得更深，也就愈有反讽框架的冷峻和犀利。这在当代小说散文化倾向的环境结构中表现得尤为明显。

当代新时期小说中没有情节，没有人物，没有特写“物象”，也没有抒情线索，作为环境结构的代表作，当首推贾平凹的小说系列《商州初录》和《商州又录》，他将沈从文，废名小说中宁静、古朴的一切以其反讽框架的艺术张力推向极端的同时，也将萧红小说的反讽形式发展为更为含蓄、成熟的艺术境地，在这里，我们分明感到现代都城背景的一种历史审视和隐蔽在作品底部的“现代人”的文化自信和足够的智慧背景。田园风光不再是“现代”骚扰的休憩地，相反，都市背景成为隐遁在这古朴、宁静画面后面的现代文化性格，成为审视、“挑剔”与批判、反思这一环境基质的文化基点，而作为“现代”的主体隐遁在舞台的后面，时闪时匿，带着它深深的诱惑和神奇的召唤向这古朴的画面走来。作家不再是这一画面中的情感角色，惶惑、慌恐或拒绝它的到来，而是在历史的自信中与其融为一体。正如批评家吴亮在评论另一部环境结构的“散文化”小说《小鲍庄》时所说，“《小鲍庄》对我难以抵挡的影响恐怕正来自这么一种超然风格——那不偏不倚的、冷峻而不动情的客观主义描述，在记叙农村平淡无奇的生活面貌和偶尔因劫难而引起的心理波澜方面，在刻画农民的忍耐力、亲善感、寡欲、个性压抑、麻木和健忘方面，以及在忠实地记载那些通过日常生活为流速而体现出来的文化潜意识方面，都取得了还其本来面目的效果。”在这里，“《小鲍庄》流露出一种城市人的眼光——尽管它隐匿得很深，惊讶被默默无语盖没，同情心被静观盖没。《小鲍庄》属于局外人，这个局外人虽然不介入‘小鲍庄’的生存状态和生存方式，却把那种生存状态和生存方式原样呈现出来，”“更为内在的乃是他们共有的生态以及共有的文化背景”②贾平凹的“商州系列”在近似平淡、无动于衷的春、夏、秋、冬的“商州”景观描写中，看似散文的“写景”实则在叙“事”、也叙“情”，即对这美的流动的图景后面的民俗风情所潜伏的环境基质的深切关注和历史沉思。他写出了“商州”“共有的生

① 王富仁《鲁迅对古老文化的现代化调整》，《中国》1986年第9期。

② 吴亮《〈小鲍庄〉的形式与涵义——答友人》，《文艺研究》1985年第6期。

态”环境的文化性格，尽管没有情节，没有人物，没有“抒情主人公”提供的明确视角，我们还是在这里“读”出了比任何一个演绎得十分完整的故事都积累得更多的“故事性”，它有一种潜在的“自叙功能”，亦即“故事”的自我挥发。一山一石，一草一木，都是一个古老的传奇和美丽的神话，“神奇”中又有无数个传奇可以无限期地追溯下去……这是环境结构打破小说叙述模式，介入散文写景因素的美学功用后的奇妙变化。它使小说不再是原来意义上的“小说”，但也不是散文，而是审美中介环节的艺术张力所形成的一个倍值，“N”个叙述项进入的极限值——艺术的“全息”倾向，这应该是文字追求的最高境界，尽管“追求”中的作家未必能实现这一美学奢望，文学求解的是“N”个叙述项，而不是一个叙述者。“情节”只是平面线索的一个有限的运行过程，而张力结构则是情节深化与泛化后的综合形式，环境结构在由散文介入小说后具备这一美学功能，故而成为信息时代作家审美选择的一个历史倾向。仍如吴亮评《小鲍庄》时所说，“《小鲍庄》从一个方面的实践拓展了这一更新——首先是结构。《小鲍庄》突出了结构在小说中的地位，情节屈居其次，这种小说构思其实出于对生活的重新解释，生活通常不是情节式地通过我们的眼睛，而是以散乱无序的形态以结构的形态展示于我们面前的。”①在这里，“结构”是内容，也是形式，是内容与形式的中介，其艺术张力正在于此，正是散文的“原发性背景”的“无序形态”，使环境结构的小说产生了“N”个叙述项而开始了对人类所处文化环境的全面反思。

王安忆的《小鲍庄》没有一个贯穿首尾的情节主线或主要人物，而是在“时松时紧的并置型结构”②中描绘一个群体的文化性格（当然这并不是说小说中的人物就没有个性）。在捞渣与鲍五爷、鲍秉德与其“家里的”、文化子与小翠、拾来与二婶、拾来与大姑、小翠与建没子等诸多人物关系形成的“N个叙述项”中，是互为背景而蝉联一体展开其环境线索的，这使作品在“N”个叙述者中可以无限滋生、繁衍的叙述关系和陈述背景构成的叙述项中，可以密集到最大的审美信息量而把诸多层次的“环境”界面也当作一种主体品格来描述。而且使这“N”个叙述项在“环境”功能的美学暗示中联结起来，不再是孤立的片断，如作品在描述拾来与二婶的关系进展时，反复让大姑梦绕魂牵的货郎鼓声不断地以背景方式出现。这是对前者（即拾来与二婶）陈述背景的拓展，延伸，同时前者从另一个时空层次的环境线索中又构成后一个叙述项（即拾来与大姑）的背景，成为它的发展和深化，由此蝉联递生，由“实”到“虚”，化有限到无限，完成了“N”个叙述项的环境结构的美

① 吴亮《〈小鲍庄〉的形式与涵义——答友人》，《文艺研究》1985年第6期。

② 同上。

学功用,又如牛棚里孤老头鲍秉义唱的花鼓戏,也构成了这样一个背景转换的环境功能,在作品结构中起到一个重要作用。其它如小翠与建没子的关系构成文化子与小翠爱情关系的一个沉重的承传背景。而文化子与小翠的关系又构成小翠与建没子不合理婚姻的一个“现代”背景,使其最终失缺了平衡。如果简易地说系统功能就在于 $1+1\neq2$,而等于无穷大的话,那么环境结构介入散文因素后的“N”个叙述项中,有着这一审美系统的信息价值的。它在打破一个常规情节模式及其单一的因果线性演绎关系同时,在其散文化倾向环境结构中由蝉联并结的“N”个叙述项向群体性格的环境线索层深化展开,而具有了超乎时代生活、历史表象的深刻意蕴。

思致绵邈　高华空阔

——先秦散文美学分析

北京大学出版社编《名作欣赏》精华本推荐词

说到古代文化，先秦是极为灿烂辉煌的时期，这一时期诸子百家的著述，构成了中国后世文化思想的总源头。皇甫先生以“先秦散文美学分析”为题，分“哲理和艺术的融合”、“崇高人格的写照”、“审美境界的追寻”三个专题，结合具体文例，对先秦散文做了理论上的研究，分别在三期《名作欣赏》上发表。这里，将这三篇文章集中在一起，以方便读者阅读。

哲理和艺术的融合

散文，在中国文学史上，和诗歌双水并流，绵延数千年。与唐宋是诗词的黄金时代一样，散文也有自己的黄金时代，那就是先秦。

先秦散文对后世有极大的影响，所及不仅是文学的，还有哲学、美学、心理学、逻辑学，甚至科学技术等等方面，可以说，先秦散文几乎是中国文化思想的一个总源头。

一

先秦散文的最大特色是富于哲理，其价值在于对人生、社会和宇宙的思考，对真、善、美的探讨。

春秋战国四百年间，是一个社会动荡、变革和转折的时代，百家争鸣、诸子蜂起，造就了一大批兼及思想家、政治家、哲学家的文学家，所以使得先秦散文具有深刻的思想性和哲理内涵。如《论语》虽是一部语录体的散文著述，但内中不乏令人深思、耐人寻味的理趣：

子曰：岁寒，然后知松柏之后凋也。(《子罕》)

子曰:为政以德,譬如北辰,居其所而众星共(拱)之。(《为政》)

这些语句是经验的总结,哲理的概括,辞约义丰,具有一定的启发意义。

先秦散文作家各自从自己所代表的社会阶级利益和思想体系出发探讨宇宙本源,思考人生意义,描绘理想世界,提出改造社会的蓝图和政治主张,讨论真、善、美的关系。他们的相互诘难,启迪着读者的心智;他们互相补充,又丰富着读者的认识。他们各自以自己对时代、社会、人生、宇宙的探索、思考,为这个理性时代的形成做出他人、他派不能替代的独特贡献。他们的散文作品就是这种时代意识、理性精神的真实记录,准确表现。因此,洋溢着时代的气息,呈现着鲜明的个性特色和独特的艺术风格。

先秦散文内蕴的哲理、自觉意识是时代思想的概括和升华。它促使人的思维冲破狭隘的社会生活圈子,从单纯的直接感受中跃出,把人的思维引向"无限的实体或自然界的本质"(斯宾诺莎语)。面对大千世界、浩渺宇宙、苍茫人生,思考国家兴衰、世事冷暖、民众贫富,探讨日月起浮、万物兴灭、天地永恒,思索真的内涵、善的本质、美的意义。这种思想探索本身就具有长久而动人的魅力,因为它涉及宇宙、人生、社会的根本问题,每个时代都要对这些人类存在的基本价值概念做出自己的重要回答。先秦散文对这些人类基本价值的哲学探索以其特别的广泛、深刻、自觉而震惊后世,给后人崭新的启发,从而深刻地影响和决定了各种艺术作品、流派和风格的形成,影响和决定了中国艺术理论的发展,虽然这种影响和决定可能是间接而曲折的。

例如《孟子》提出"大人不失其赤子之心"、"吾善养吾浩然之气"、"充实之谓美",讲的是人性和个体人格修养问题,具有纯粹理性的内容。但《孟子》的"不失赤子之心"直接影响了明代李贽的"童心"说,清代公安派袁宏道的"性灵"说;从曹丕提出"文以气为主",中经韩愈的"气盛言宜"说,直到清代桐城派文论的"文气"说,都可见出孟子养气说的影响。

再如《老子》二十一章说:"道之为物,惟恍惟惚。惚兮恍兮,其中有象;恍兮惚兮,其中有物;窈兮冥兮,其中有精,其精甚真,其中有信。"幽深杳渺,"空故纳万境"(苏轼),这不就是唐诗宋词、宋元山水画所表现的境界吗? 叶燮《原诗》"幽渺以为理,想象以为事,惝恍以为情",司空图《诗品》"超以象外,得其环中",严羽《沧浪诗话》"羚羊挂角,无迹可求,故其妙处,透彻玲珑,不可凑泊",这些理论的提出,无一不受老子哲学的影响。

老庄以清静无为的眼光观察世界,但在方法论上,并未陷入静观、胶固。在先秦诸子思想中,道家最恢弘广大而又灵活多变,它的朴素辩证法使文艺家们认识了大千世界的仪态万方、倏忽变幻的丰富情态,这就大大开拓了艺术的美学境界:人们可以哀景写乐,或以乐景写哀;可以动写静,或以静写动;可以丑写美,或以美为丑……因此,道家“与时迁移,应物变化”的思想具有不可低估的美学意义。道家这种注意变化、运动的思想铸就了一种常见的艺术风格:奇崛突兀而自然流畅。刘熙载《艺概》说:“《庄》、《列》俱有曲致,而《庄》尤缥缈奇变,乃如风行水上,自然成文也。”《庄子》这种风格与庄子的思想非常和谐,由此便对后来的诗文家产生很大影响。李白的诗奇崛突兀,无端而来,无端而去,出人意料之外,但又顺应神思情理的发展,因势而错落跌宕,凭气而磅礴回旋,自然天成。苏轼亦然。《艺概》说苏诗“出于《庄》者十之八九”。沈德潜《说诗晬语》说:“苏子瞻胸有洪炉,金银铅锡,皆归熔铸,其笔之超旷,等于天马脱羁,飞仙游戏,穷极变幻,而适如意中欲出。”由此看来,道家尤其是庄子的思想方法与文风,对于诗文奇崛而自然这一风格的形成具有美学指导意义。

《老》、《庄》以虚无为本体,以无为为人生观的核心,作为已经衰败的宗法制度和宗法思想的怀疑者出现,对言、意能否把握“道”即逻辑思维能否完全把握宇宙法则问题提出许多责难,大大地开阔了人的视野,给艺术创作以深刻的启迪。《老》、《庄》特别是《庄子》以内容和形式上的统一,成为中国古典浪漫主义的奠基作。

先秦散文的繁荣,先秦散文呈现出的理性精神、所具有的内涵,对民族审美情趣的形成,也有极大影响。如先秦散文所表现的“制天命而用之”(荀子《天论》)的哲学自觉转化为“以天下为己任”的民族意识,把那种人在原始宗教面前由于感到自己的渺小和无能为力而放弃责任的心理,转化为一种自觉而有意识的努力,于是真的探索转化为善的追求,熔冶成一种理想人格:先天下之忧而忧,后天下之乐而乐;穷则独善其身,达则兼济天下。“伟大的艺术作品总是表现出深刻的哲学观念,它不仅是民族性格、时代精神、社会思潮的产物,而且也能动地参与形成民族性格、时代精神和社会理想”(高尔泰《论美》)。

二

先秦诸子散文多有寻绎不尽的意味,是因它具有文艺的某些基本特征,具有审美作用。那么,先秦诸子散文是怎样“按照美的规律进行创造”(马克思语),获得艺术的某些基本特征呢?

章学诚《文史通义·易教下》说:“战国之文,深于比兴,即其深于取象者也。”

即通过某一个别、形象的譬喻，鲜明的物象，来表达深厚的思想内容和丰富的现实意义，使人领会到同这一譬喻相关的带有普遍性的社会人生的道理。这就是我们今天所说的通过个别显示一般，通过有限表现无限。例如前举《论语》“岁寒，然后知松柏之后凋也”，就具有“有限表现无限”、“含蓄无穷”之妙。它寓深刻的哲理于日常习见的事物中，原喻立场坚定、意志坚强的人，才能经得起艰苦危难的严峻考验。但由于取象贴切，立意精警，看似平易晓畅，却有极深的内蕴，因而，后人即由此生发出种种不尽相同的理解与体会：“岁寒无以知松柏；事不难，无以知君子”（《荀子·大略》），“岁寒，然后知松柏之后凋；举世污浊，清士乃见。”（《史记·伯夷列传》），“夫大寒至，霜雪降，然后知松柏之茂也；据难履危利害陈于前，然后知圣人之不失道也。”（《淮南子·淑真训》）……或以岁寒喻难事，喻浊世，喻危难，或以松柏喻君子，喻清士，喻圣人，高度概括而又非确定概念所能穷尽，这是思想和物象的融合，这诗化的哲理，哲理的诗，才具有艺术的审美意义。所谓美，即是物象从有限转化为无限，从实际本质转化为神圣本质所给予人的感情体验。个别的、形象的比喻如果外在于它所要显示的某一普遍性的道理，不过是为了说明某一普遍性的道理而举出的例证，目的只在于诉之于人们的理智，所得的结果，就不是艺术的作品，而只是有助于说理的一种手段。相反，如果个别的、形象的比喻不是说明某一普遍性的道理的例证和手段，而是同思想、哲理不可分割地融为一体，而且通过直观的作用而诉之于个体的社会性情感，作用于人的个性和心理，引人遐想，唤起个体向善的自觉，所得的结果，就是审美的。如《孟子》“鱼，我所欲也”章，开头用“鱼，我所欲也；熊掌，亦我所欲也。二者不可得兼，舍鱼而取熊掌者也”，来比喻“生”和“义”二者不可兼得时，要“舍生而取义”。接下来，文章用排笔，把“欲生”与“恶死”之间的选择对照来写，低回宛转，着实令人感动。在孟子看来，当“生”和“义”发生矛盾时，“舍生取义”是一种悲壮行为，但如果做不到这样，则是可耻的，所以对见利忘义者的斥责是高亢严峻的。文章托物寓情，理精语隽，语调的变化也恰到好处地表达了作者的感情，哲理思辨被“活生生的热情”融化，因物喻志，理性内容消解于感性形象中，真善美和谐统一，读之回肠荡气，思之余味无穷。精于比兴，深于取象，使先秦散文的哲理表达具有浓郁的诗意美。这样的例证，在先秦诸子散文中俯拾皆是，但是其中运用最为圆熟的，还数《庄子》。

《庄子》之文，意境开阔，想象丰富，向来被称为“汪洋恣肆”、“恢恑谲怪”的。这是由于庄周派的哲学思想“宏大而辟，深宏而肆”，“上与造物者游，而下与死生无终始者为友”，在文艺思想上追求一种超乎言意之表、越乎声色之上的表现方法，以天然为最高标准。所以，他们运用比兴，“触蛮可以立国，蕉鹿可以听诉”，天地日月、风云雨雪、鸟兽鱼虫、花草树木无不入言人语，心理言行，皆能跃于笔端纸上。刘熙载《艺概》论及先秦散文特别是《庄子》时说:“此诸书,人鲜不读,读鲜不嗜,往往与之俱化。”比兴源于《诗经》,但真正把它由一种艺术手法发展为一种艺术境界的,是先秦散文,特别是《庄子》。

叶适说:“善为是者,取成于心,寄妍于物,融合一法,涵受万象。”(《水心文集》卷十七)《庄子》一书运用比兴很有“融合一法,涵受万象”的特点。它看似荒诞不经,但却神余象外,在超现实的怪诞幻想中表达着强烈的爱憎,寄寓着深邃的哲理,有寻绎不尽的意味。《齐物论》中的“庄生梦蝶”、《秋水》中的“濠梁知鱼”的辩论,既是“万物齐一”、自由逍遥这一哲学思想的生动表述,又可理解为戏剧表演进入规定情景、文艺创作“神与物游”、艺术欣赏忘我情境的形象写照。“庖丁解牛”、“痀瘘承蜩”、“吕梁丈人游水”等寓言,既是“无己”、“忘物”哲学思想的形象描绘,又可理解为艺术创作,掌握规律而又要出乎规律,方能获得自由,达到自然天成、神机妙化的境地;任何工作从初做到熟练必须经历许多甘苦,熟能生巧,习惯成自然,法则与规律既“有”且“无”,等等。《庄子》一书,充满着神话式的幻想、大胆的夸张、离奇的情节、神妙的人物,是一部运用比兴、寓言等形象手法写成的纯哲学著作。所以,它比一般文学作品更富于意蕴和思辨色彩,比一般哲学著作更富于情韵和诗意,它的形象描写的客观意义往往大于作者的主观思想。因之,“其理不竭,其来不蜕”,读起来总可以从中领悟出许多道理,产生广泛的、无穷无尽的联想。

三

先秦散文的不朽给我们的启示如下。

(一)文艺作品是一种精神产品,决定作品价值的首要因素是思想意蕴。庸俗浅薄的作品也许会风靡于一时,但绝不能传之久远。作品的思想价值,不是一种抽象精神或普遍人性,而是时代的社会意识。哲学是时代意识的精华,是时代的社会的人的自我反思,世界观的自觉理论体系。“对人生的哲学思辨,将永远随时代而更新,人的永恒存在将使人的这种自我反思——哲学永恒存在,将使美的哲学探讨永恒存在。”(李泽厚《美的对象与范围》)每个时代人们对真、善、美的有价值的探索,不论是哲学的、伦理学的,还是美学的、文学的,作为一种社会精神财富,会保存在历史文献(包括不朽的文艺作品)里,积存在国家、民族、人民的文化心理结构中,发生久远影响,甚至会形成一种民族精神、民族性格。作品的题材、情节、结构、手法等是外在的、可变的,是可朽因素,而作品的精神价位,真的探索、善的高扬、美的发现，却是人类心灵中所共有的“长存基础”，是不朽因素。

（二）美以艺术为主要对象，但美的对象并不等于美。艺术成为审美对象，必须力戒浅薄，摒除抽象说教，把理性内容溶解为感性形象，“在读者心灵中激起一种深永的兴趣”（《歌德谈话录》）。哲学散文成为审美对象，必须通过形象化的手段把哲学思辨化为深永的理趣，让读者在反复咀嚼、品味中领悟其中的道理。这样，哲理思辨必须与感情融合，而且善于借助外物传达出来，“是故情深而文明，气盛而化神”（《乐记》），情动于中而形于言，情感充实于内，英华发于外。所以歌德说，艺术创作的关键是“对情境的生动情感加上把它表现出来的本领”（《歌德谈话录》）。先秦散文的魅力，它的不朽价值还在于：哲学思辨与活生生的感情融合，通过生动的艺术情境表现着作者的个性，寄兴言外，有限转化为无限，平凡中渗透着崇高，深邃的哲理中流溢着生活的情趣，读者每每“与之俱化”，思之余味无穷。

（三）先秦散文的审美意义表现在：它的哲理意蕴浸透着激情，凝聚着时代精神，它的哲学思辨艺术地表现在作品中，作为一种长久的普遍的旨趣。

马克思曾称赞古代希腊艺术和史诗是“一种规范和高不可及的范本”。在回答“它们何以仍然能够给我们以艺术享受”时说，是希腊艺术“儿童的天真”，“作为永不复返的阶段而显示出永久的魅力”（《政治经济学批判》导言）。先秦散文也是“一种规范和高不可及的范本”，不过“作为永不复返的阶段而显示出永久的魅力”的，不是“儿童的天真”，而是被情感灌注了的自觉的理性精神，是哲理和艺术融合所产生的“长久的普遍的旨趣”。这种旨趣对我国传统美学和文学的影响可与亚里士多德的“摹仿”说与希腊史诗对西欧美学和文学的影响媲美。希腊史诗和亚氏的“摹仿”说导致西方再现文学的繁荣。要叙事，要摹仿，必然产生相应的创作手法和美学原则。于是“情节”、“结构”、“性格”、“典型”理论应运而生。先秦散文的“普遍旨趣”导致我国抒情文学的发达，表现说的盛行。由抒情言志导致比兴的运用，比兴手法发展为艺术境界，于是“意境”理论得以形成。

先秦散文以其思想和艺术的光辉彪炳于文学、逻辑学、心理学、美学和哲学史册，它永远是我们民族的骄傲！

崇高人格的写照

意大利美学家克罗齐在他的《美学纲要》一书中认为诗具有“灵感的抒情特征”，“是意象的表现，散文则是判断或概念的表现”。他并且以此区别诗与散文、艺术与哲学，把散文逐出艺术宫殿之门。

但中国先秦散文既是哲学著作，却又是优美的文艺作品。那么，中国先秦散文，作为艺术品，它的艺术构成因素是什么，形成原因何在？

先秦散文艺术因素的构成，有其哲学和社会原因。社会原因姑且勿论。哲学原因在于，中西哲学的内在追求不同影响艺术表现的差异。

西方哲学偏于"纯粹理性"，偏重于追求知识；中国哲学偏于"实践理性"，偏重于追求道德的完善。前者重视确立外间世界的认识，多描述自然界的必然；后者是一种内省的智慧，致力于成就一种伟大的人格。孔子说："三军可夺帅也，匹夫不可夺志。"孟子所谓"富贵不能淫，贫贱不能移，威武不能屈"，老子所谓"自知不自见，自爱不自贵"，庄子所谓"举世誉之而不加劝，举世非之而不加沮"，都是对人格理想的追求。"寂兮寥兮，独立而不改！"这是一种自尊自爱的人格力量。说大人则藐之，勿视其巍巍然"，这种自信和无畏，来自"至大至刚"的浩然之气。

由于中国哲学重视内省、致力于成就伟大的人格，所以，中国哲学学派的创立者就是他的哲学思想的模范实践者；在表述其哲学观点时，不侧重于理性的思辨、概念的演绎、逻辑的判断，而侧重于道德实践的描述。后世弟子更把他们先师体现哲学思想的言行——伟大人格的外在表现当做崇高美的审美对象来记述，"仰之弥高，钻之弥坚，瞻之在前，忽焉在后"（《论语·子罕》）。同样，他们表述其哲学思想时，一方面把人、人的尊严、人的内在要求提高到了前所未有的理想高度，另一方面，创造了一系列个性鲜明的文学形象。

《论语》里写孔子的形象，相当鲜明。孔子在伦理道德观念上构成了自己的一套体系，他平日都是按照他的那一套思想体系来行动，显得很端庄，同时有些迂谨。例如有一次，孔子的一个故人原壤蹲坐等待他相见，他认为原壤失礼，当面骂他"幼而不孙弟，长而无述焉，老而不死，是为贼"，并且"以杖叩其胫"（《宪问》）。这种斥责在读者看来，也许会觉得太重，但在当时孔子看来，却认为必须如此，因为从他的哲学思想体系出发，认为失礼最难容忍。正如鲁迅先生所说，这些地方表现了孔子的"迂"，然而却写出了孔子的个性。《论语》通过许多具体事件写孔子在坚持他的政治理想与伦理道德等观念时所表现出来的独特行为，以突现他的性格。孔子在鲁国做司寇，摄行相事，"齐人归(馈)女乐，季桓子受之。三日不朝。孔子行"。简短的几句话，点睛式地写出了孔子坚持政治理想的坚决和果断。

儒家哲学力主有为，但孔子一生不得志。《论语》通过孔子的大量言行写了他作为一位哲学家、政治家一生不能实行其政治理想的种种内心苦闷和矛盾。在愤世心情的促使下，他还产生过迁居异域的念头：

子欲居九夷。

或曰："陋，如之何？"

子曰:“君子居之,何陋之有!”(《子罕》)

这些活透露出他在现实生活中有时感到有一种难堪的寂寞。所以他自甘淡泊:

饭疏食饮水,曲肱而枕之,乐亦在其中矣。不义而富且贵,于我如浮云。(《述而》)

粗茶淡饭,枕臂高眠,把世上的“不义而富且贵”,看做浮云一般,所以他极赞颜回的安贫乐道:

贤哉回也!一箪食,一瓢饮,在陋巷,人不堪忧,回也不改其乐。贤哉回也!(《雍也》)

对颜回一往情深的称许神态跃然纸上。这些描写夹叙夹议,感情强烈,真切动人,突出了孔子及其弟子“穷则独善其身”的崇高形象,很富有抒情意味。

明确地把人的道德精神当做美的欣赏对象,充分地肯定个体具有实现善的伟大力量,极大地强调人格美的意义和价值的是《孟子》。

孟子认为,“理义之悦我心,犹刍豢之悦我口”。人的道德精神能给人以心灵的愉快,就像声、色、味诉之于口、耳、目的愉快一样,明确地把人格精神、道德修养与审美愉快联系起来,这种说法,在中国思想史和美学史上,是前所未有的。

孟子对理想人格所做的美学概括是“充实之为美”。他说:

可欲之谓善,有诸己之谓信,充实之谓美,充实而光辉之谓大,大而化之之谓圣,圣而不可知之之谓神。(《尽心下》)

“大”是一种“充实而有光辉”的辉煌壮观的美,孔子歌颂过的尧的功业“巍巍”、“荡荡”、“焕焕乎,其有文章”的美,即相当于孟子所说的“大”的美。“圣”是“大而化之”,根据孟子对伯夷、柳下惠,特别是对孔子的“圣”的表现的说明,“圣”的美的特点,不但辉煌壮观,而且集前代之大成,做出了划时代的创造,成为百代的楷模,在道德上完美无缺,具有极大的感染育化力量。“神”是“圣而不可知之”的意思,非人力所能做成,是一种超出智巧和规律的最高境界。

为了人的道德精神的充实完善,孟子提出“吾善养吾浩然之气”。所谓“浩然之气”,就是孟子为实现他的仁政理想而要求个体所应具备的一种奋发无畏、积极向上的精神状态。孟子解释“浩然之气”是“配义与道”,“集义所生”,“至大至刚,以直养而无害,则塞于天地之间”(《公孙丑下》)。这就是说,它通体渗透着深刻的理性内容,又正是个体内在的情感要求,并且使个体的精神上升到一种“至大至刚”、至善至美的思想境界。实际上,孟子所描述的,是人的内在精神的崇高美,所谓“浩然之气”,正是个体人格精神美的表现。扬雄在《法言·君子》中论述“君子之所以为美”时,认为“君子言则成文,动则成德”,“以其绷中而彪外也”。李轨注云:“绷,满也;彪,文也。积行内满,文辞外发。”浩然之气溢于言表,孟子的文章表现他“当今之势,舍我其谁”的政治抱负时,有一种常人不可企及的磅礴之势:

孟子曰:“说大人则藐之,勿视其巍巍然。堂高数仞,榱题数尺,我得志,弗为也。食前方丈,侍妾数百人,我得志,弗为也。般乐饮酒,驱骋田猎,后车千乘,我得志,弗为也。在彼者,皆我所不为也;在我者,皆古之制也。吾何畏彼哉?”(《尽心下》)

齐宣王问曰:“汤放桀,武王伐纣,有诸?”孟子对曰:“于传有之。”曰:“臣弑其君,可乎?”曰:“贼仁者谓之贼,贼义者谓之残。残贼之人谓之一夫。闻诛一夫纣矣,未闻弑君也。”(《梁惠王下》)

《孟子》中的文章充满着孟轲为宣扬他所信守的真理而斗争的激情,有一种所向披靡的雄辩力量。孟子还认为伟大人格之所以美,不仅有充实的善的内涵,而且这种充实的善的内在品质又以生动可观的外在形式表现出来。他说:

君子所性,仁义礼智根于心,其声色也,晬然见于面,盎于背,施于四体,四体不言而喻。(《尽心上》)

存乎人者,莫良于眸子,眸子不能掩其恶。胸中正,则眸子瞭焉;胸中不正,则眸子眊焉。(《离娄上》)

这就是说,人的内在的道德精神表现于仪态,能使形体生色,面容润泽和悦,躯体看去宏伟高大。胸中“正”,眼睛清明有光;胸中“不正”,眼光黯淡失色。所有这些说法表明,孟子认为人格精神的美可以从外在的形体、仪态上直观到。宋代哲学家张载在《张子正蒙》中把孟子的这一美学见解简洁地概括为“充内形外之谓美”。孟子把个体人格美了解为内在的精神和外在形体仪态的统一,这个看法是重要的,他抓住了人的善与人格美的重要区别,这是他的伦理学向美学转化的一个标志。充实的内在精神诉之于语言行动,成为审美对象,把它记录下来,就是优美的文学作品。作为崇高人格的形象写照,孟子的政论表现了他的个性,《孟子》一书,从孟轲和一些诸侯、门人弟子以及其他人物的谈论中,从对孟轲的行动描写中，刻画了孟轲这位大思想家的形象，表现了他坚持理想、不肯苟合的性格。例如孟轲为了坚持他的某种思想和信念，行动上常常表现得毫不肯迁就。《公孙丑下》“孟子将朝王”章写孟轲坚持“故将大有为之君，必有所不召之臣，欲有谋焉则就之”的信念，坚持不肯应齐王的召见，典型地表现他的这一性格：

> 孟子将朝王。王使人来曰：“寡人如就见者也，有寒疾，不可以风，朝，将视朝，不识可使寡人得见乎？”对曰：“不幸而有疾，不能造朝。”
>
> 明日出吊于东郭氏。公孙丑曰：“昔者辞以病，今日吊，或者不可乎？”
>
> 曰：“昔者疾，今日愈，如之何不吊？”
>
> 王使人问疾，医来。孟仲子对曰：“昔日有王命，有采薪之忧，不能造朝。今病小愈，趋造于朝，我不识能至否乎？”使数人要于路曰：“请必无归，而造于朝！”
>
> 不得已，而之景丑氏宿焉。

孟轲本来要去见齐王的，但因齐王派人来叫他，就愤而称病不朝，并且还无所顾忌地去东郭氏吊丧，使得他的哥哥孟仲子在一旁着急。孟子性格，在和孟仲子的对照的描写中烘托出来。孟仲子担心他的傲慢会引起齐王的震怒，处处为他周旋，他反而觉得孟仲子的周旋多余。他这样做，正如下文对景丑说的，是以贤君来要求齐王，是对齐王的莫大尊敬。这是他思想上与众不同之处。这不平常的思想见之于行动，表现了孟子的傲骨。《孟子》里的孟轲，就是这样一个有血有肉的“儒者”。《孟子》的文学价值，首先在于它刻画了孟轲这样一个大思想家的形象。《孟子》里面所提到的一些人物，常常抓住性格的某一特征，寥寥几笔，就勾画出了一个人物的清晰的轮廓。孟子的散文生动地体现了他的美学倾向，达到了很高的艺术水平。

从《论语》、《孟子》对孔丘、孟轲这两位伟大的思想家和教育家的形象描写可以看出：由于中国哲学偏重实践，致力于成就伟大的人格，所以，它在表述哲学思想时，往往把实践和体现其哲学思想的伟大人格当做审美对象来欣赏、礼赞，着力刻画其精神境界的高尚，心胸的坦荡，行为的自觉，以求传诸后世。这是先秦散文哲理思考与艺术因素能够水乳交融在一起的根本原因。

中国哲学的实践特点促使先秦散文表述哲学思想时留意于形象刻画，进行哲理思考时于有意无意中遵循艺术的审美规律。所以先秦散文的形象描写不是某种道德的象征，哲学观念的写照，而是活生生的有血有肉的鲜明个性。在这种实践哲学精神指导下创造的文学形象，不着眼于外在特征，而潜心于心理意绪的传达，典型情境的再现。上引《论语》、《孟子》对孔丘、孟轲形象的刻画就具有这种

特点,《庄子》尤为突出。请看《逍遥游》的开篇:

> 北冥有鱼,其名为鲲。鲲之大,不知其几千里也。化而为鸟,其名为鹏。鹏之背,不知其几千里也。怒而飞,其翼若垂天之云。是鸟也,海运则将徙于南冥——南冥者,天池也。齐谐者,老怪者也。谐之言曰:"鹏之徙于南冥也,水击三千里,抟扶摇而上者九万里,去以六月息者也。"

大鹏的起飞惊心动魄,文章开首就向我们展示了一幅开阔、神奇的画卷,表现了作者浩荡的胸怀和向往自由、鄙视庸俗的心理意绪。

《秋水》的开篇和《逍遥游》有异曲同工之妙。作者从黄河之神河伯眼中写黄河到海的境界变化,写得混混茫茫,气象万千:"秋水时至,百川灌河。"包含了多少景象!"泾流之大,两涘渚崖之间,不辨牛马。"顿时在读者面前呈现出一派浩渺的波涛汹涌的世界!通过这一开阔的境界,同样传达了一种鄙视庸俗、藐视传统的心理意绪。河伯在看到黄河在秋天时的浩漫景象而自满起来,他得意地顺流东下,到了大海,看到海水一望无际,才喟然自失,感叹自己过去听到有人"少仲尼之闻而轻伯夷之义"时不肯相信,到此时才如梦初醒。海若抓住他思想改变的契机,进一步对他反复开导,要他不囿于传统之见。

> 北海若曰:"井蛙不可以语于海者,拘于虚也;夏虫不可以语于冰者,笃于时也;曲士不可以语于道者,束于教也。今尔出于崖涘,观于大海,乃知尔丑,尔将可以语大理矣。天下之水,莫大于海。万川归之,不知何时止而不盈;尾闾泄之,不知何时已而不虚;春秋不变,水旱不知。此其过江河之流,不可为量数。而吾未尝以此自多者,自以比形于天地,而受气于阴阳,吾在天地之间,犹小石小木之在大山也。方存乎见少,又奚以自多?计四海之在天地之间也,不似礨空之在大泽乎?计中国之在海内,不似稊米之在太仓乎?号物之数谓之万,人处一焉。人卒九州,谷食之所生,舟车之所通,人处一焉。此其比万物也,不似毫末之在于马体乎?五帝之所连,三王之所争,仁人之所忧,任士之所劳,尽此矣。伯夷辞之以为名,仲尼语之以为博,此其自多也,不似尔向之自多于水乎?"

作者从整个宇宙着眼,把当时人们所崇奉的偶像伯夷和孔子看得十分微小;把"五帝之所连,三王之所争,仁人之所忧,任士之所劳"看得微不足道。《秋水》一篇把"道"这个事物发展一般规律的抽象概念转化为宏大博深,包蕴自然和社会的形象化意境,又把有限的形象借助精神世界带入无边无际的联想之中。

庄周继承《易》“体万物之撰”，涵盖日月天地、江河山川、生灵万物、自然社会的思考范围，“仰则观象于天，俯则观法于地”，把人们的眼界从狭小的社会现实圈子中解脱出来，面向广袤无垠的宇宙。人们不再仅仅思考国家兴衰、生活贫富、精神道德，也去思考宇宙的起源，万物的继绝，天地的永恒。《庄子》散文广阔的背景、开阔的意境正适于表现庄周放眼宇宙的胸襟、眼界，向往自由、蔑视传统的思想意绪。

庄周进一步把老子的怀疑思想明确化。“他认为，在这个时代，‘善人少而不善人多’，多数人是‘决定性命之情而饕富贵’的不仁之人。他又认为，从尧、舜以至当时，是由乱世而至‘人食人’的社会，因此，社会与人类都成了他的怀疑对象”，他“敢与‘造物神游’，对于先王大开玩笑……把孔墨的尧舜是非之论变为陶铸尧舜的理论”（侯外庐等《中国思想通史》卷一），这是人的自我意识初步觉醒的表现。庄周生活在战国中期，当时中原地区宗法社会已经秩序化，思想已经规范化。《庄子》散文通过对偶像尧舜的否定、对儒家所代表的宗法思想的批判、对整个宗法社会秩序和思想规范的怀疑，显示庄周“寂兮寥兮，独立而不改”的伟大人格，这里有早熟者的压抑，觉醒者的孤独，厌世者的超然。《秋水篇》中“惠子相梁”生动地表现了他的这种思想性格：

> 惠子相梁，庄子往见之。或谓惠子曰：“庄子来，欲代子相。”于是惠子恐，搜于国中三日三夜。庄子往见之，曰：“南方有鸟，其名鹓雏，子知之乎？夫鹓雏发于南海，而飞于北海，非梧桐不止，非练食不食，非醴泉不饮。于是鸱得腐鼠，鹓雏过之，仰而视之，曰‘吓’！今子欲以子之梁国而吓我邪？”

这是庄周自尊自爱的崇高人格的形象写照。他好像站在很高的地方，对当时统治者的蝇营狗苟投以冷峻的眼光，而且还看清了他们可能有的下场。从字里行间流露的自我陶醉的情感看，他也是把自己的人格精神当做审美对象来欣赏的。

儒道两家一主有为，一主无为，在哲学思想上是对立的，然而对崇高人格的追求和培养，却是共通的。分歧只是孔孟要在社会伦理关系中来培养理想人格，老庄以为伦理关系只能给人以束缚，人应该回到自然中去。“天地有大美而不言”，人与自然为一，就得到了自由（“逍遥”）。儒道互补，“穷则独善其身，达则兼济天下”，“先天下之忧而忧，后天下之乐而乐”，对华夏民族精神、民族性格、民族共同心理的培养和形成，曾经起过、现在还在起着伟大的历史和现实作用。儒道之所以能够互补，除了哲学思想的对立和转化，都在追求某种理想的人格，是重要原因。理想人格的追求，把人的价值、人的觉醒、人的自尊自爱、人的社会意识和宇宙意识提高到了前所未有的程度。

理想人格的追求,促使先秦散文哲学思考伴随着情感意志,表述哲学思想注意于形象的刻画,心理意绪的传达。形象性和抒情性使先秦哲理散文富有个性,具有诗意,带着鲜明的文学色彩;形象与意蕴的统一,情感与思想的统一,崇高人格的精神美与文学描写的统一,使先秦散文的哲理思考与艺术因素水乳交融,既有内涵,又具有高度的艺术水平。理想人格的追求,促使文学的初步觉醒。文学觉醒的标志,是先秦散文已经形成了各自的独特风格,《论语》的古朴简洁,《孟子》的高亢激烈、汪洋排奡,《庄子》的随时放任、恢宏恣肆,为历代评论家所称道。文学风格的形成是一个国家或一个民族的文学超越了模仿的幼稚阶段而趋向成熟的标志。

德国文艺理论家威廉·威克纳格说:"文学散文的诞生——首先是在一个民族摆脱了自然的纯朴的状态而进入更为自觉的人为的文明生活的时候,在这个时期以前,全部文学都是诗的。"(《文学风格论》)春秋战国特殊的历史条件,使先秦散文既具有理智的历史记述的特点,同时又保留了人类童年"近取诸身,远取诸物"的形象思维的特点,充满诗意和个人感情色彩。

审美境界的追寻

文艺作品的审美境界是作家至善至美的生活理想和人生观念在作品生动感人的艺术情境之中的体现,"山虽一阜,其间环绕无穷;树虽一林,此中掩映不尽"(郑绩《梦幻居画学简明》)。思致绵邈,非概念所能穷尽,"唯有从这个精神王国的圣餐杯里,他的无限性给他翻涌起泡沫"(黑格尔《精神现象学》,下卷)。

先秦散文的审美境界,在具体作品里表现为:先秦思想家表达其哲学观念、政治理想时,不采取抽象思辨的方式,而继承《周易》"立象尽意"、"以象喻理"的形象思维方法,以有限的形象表现无限的思想。高亨先生说:"《周易》的比喻多数没有特定的被比喻的主体事物,当然不出现于文中,仅仅描述取做比喻的客观事物而已,因此,可以应用在许多人事方面。这实有类于象征"(《文史述林》)。《易传·系辞》概括《周易》这一表现特点是:"其言曲而中,其事肆而隐。"意谓《周易》之文往往曲折而中的、事显而理微。先秦散文承继《周易》这种寄微于显、意内言外、类似象征的类比和拟人化特点,往往在一片自然景象的描绘中、一个片断的生活场景里、一两个人物简短的对话里,包含着丰富的意蕴,甚至囊括一个哲学流派的思想精华。读先秦散文,仁者见仁、智者见智,深人所见者亦深、浅人所见者亦浅,甚至所表达的基本哲学观点是唯物的还是唯心的,也成了长期争论的问题。例如《论语》中有一段向为传诵的精彩文字:

子路、曾晰、冉有、公西华侍坐。

子曰:“以吾一日长乎尔,毋吾以也,居则曰:‘不吾知也。’如或知尔,则何以哉?”子路率而对曰:“千乘之国,摄乎大国之间,加之以师旅,因之以饥馑。由也为之,比及三年,可使有勇,且知方也。”夫子哂之。

“求,尔何如?”对曰:“方六七十,如五六十,求也为之,比及三年,可使足民,如其礼乐,以俟君子。”

“赤,尔何如?”对曰:“非曰能之,愿学焉。宗庙之事,如会同,端章甫,愿为小相焉。”

“点,尔如何?”鼓瑟希,铿尔,舍瑟而作。对曰:“异乎三子者之撰。”

子曰:“何伤乎! 亦各言其志也。”

曰:“暮春者,春服既成,冠者五六人,童子六七人,浴乎沂,风乎舞雩,咏而归。”

夫子喟然叹曰:“吾与点也。”

这段文字不仅人物性格鲜明、神情语态活现,而且意蕴无穷。对它的意蕴,历来人们的理解很不同。古人勿论,现代学者中,有人认为这是孔子“向往恬退心情”“自然的流露”;有人认为曾晰(点)的一番话是“用一幅太平无事的景象来表达一种生活理想”,在战乱的年代里,孔子“所梦寐以求的就是这样太平的社会生活”;有人认为“曾晰不愿意求仕的思想,与孔子‘用之则行,舍之则藏’,当时想入仕行道但终不得志的思想正相吻合”;有人认为这段话表现了孔子心情的矛盾,因为孔子本来是问他的弟子们一旦政治上得到信用时怎样施展自己的抱负,曾晰所答非所问,讲了一通投身大自然、身闲自在的乐趣,而力主有为的孔子却称许他。其实这段话还有更深刻的寓意。孔子一生不得志,在其道不得行的苦闷中,他曾有过“乘桴浮于海”、迁居异域等牢骚。但他却明确表示不能与鸟兽同群,做一个遗世远遁的隐士,他的“居九夷”,不是仿隐士的行径,而是为了施展政治抱负,实现仁政理想,用礼乐诗教感化、改造异域。“君子居之,何陋之有!”回答明确而肯定。在孔子的牢骚里,灌注着积极有为的心理意绪。实现仁政理想,在孔子看来,不是靠“齐之以刑”,而是“兴于诗,立于礼,成于乐”、“游于艺”,治国之道在礼乐教化:乐能改变人们的性情,感发人们的心灵,使人自觉地接受仁政。在孔子追求的仁政理想里,“礼治”的实行出于发自内心的自觉要求。“治国平天下”的最高境界,也是其哲学思想的核心——“仁”的最高境界,人的自由天性得以充分发展的境界。这一思想是极其深刻的。曾晰所描绘的景象——“浴乎沂,风乎舞雩,咏而归”,正是孔子这一哲学思想、政治理想的象征,所以他极口称许,而前三子(子路、冉有、公西华)所言,或者缺少远大抱负之"愿为小相",或者仅"使足民",而不能实施礼乐教化"如其礼乐,以俟君子",或者"为国以礼,其言不让",仅仅"各言其志"而已矣,未达"曾点气象"那种理想的审美境界,不足以表达孔子政治见解、哲学思想的精髓,所以或者"哂之",或者不置可否。宋代理学家朱熹说孔子称许曾点乃因他"胸次洒落,直与天地事物上下同流,各得其所之妙,隐然见于言外,与他人气象不侔"(《论语集注》)。朱熹算是把握了孔子思想的精髓,对这段文字的理解略得了其中三昧。

先秦散文的艺术境界,是一个有限形象和无限思想和谐统一的审美境界。这个"无限",在作品的具体艺术情境里,有一个主导的思想意念统驭着。这个主导的思想意念,往往就是各派哲学和美学思想的精华。因此掌握先秦各派哲学的思想精髓,了解中国古代美学思想的核心,是欣赏先秦散文,领略其美学境界的关键。"天人合一",最高的美学境界是人与永恒、无限的自然合为一体的境界,是先秦诸子共同追求的美学理想。但儒家追求的是人的自然天性与社会的和谐统一,道家力图用自然的本来面目解释世界,强调社会发展的特殊规律要服从宇宙发展的一般规律。"道法自然",人生的最大乐趣,最美妙的境界是因循自然之本,与永恒的自然融合,达乎"天地与我并生,万物与我为一"(《庄子·齐物》)的境界。《庄子·秋水》里庄子与惠子的一段对话就是这种美学理想的形象表现:

> 庄子与惠子游于濠梁之上。
>
> 庄子曰:"鯈鱼出游从容,是鱼之乐也!"
>
> 惠子曰:"子非鱼,安之鱼之乐?"
>
> 庄子曰:"子非我,安知我不知鱼之乐?"
>
> 惠子曰:"我非子,固不知子矣;子固非鱼也,子之不知鱼之乐全矣。"
>
> 庄子曰:"请循其本。子曰'汝安知鱼乐'云者,既已知吾知之而问我。我知之濠上也。"

这段历来传诵而意旨纷纭的文字,其旨意并不神秘,即李白诗句所谓"临濠得天和"也,由于先秦散文用类似象征的具体实在的形象表达哲学思想,而"实在"具有无穷多的侧面,所以先秦散文,特别是老、庄散文,形象的意蕴往往大于作者主观的思想。例如《老子》本是一部哲学著作,有人却把它当做兵书来读,有人甚至认为它是一部"气功书"。

典型的例子是对《庄子》中"庄周梦蝶"一段文字的不同理解。

> 昔者,庄周梦为蝴蝶,栩栩然蝴蝶也,不知周也。俄然觉,则蘧蘧然周也。

不知周之梦为蝴蝶与,蝴蝶之梦为周与?周与蝴蝶,则必有分矣。此之谓物化。

庄周这段话在《齐物篇》里是描述由齐物我、齐是非而进入物我同化的境界。哲学史家认为这段话的意思是说“同一主体在不同状态下的认识”,“梦不比觉虚幻,觉不比梦实在,两种状态中的认识有同等价值”,“因此都不是真理”(任继愈主编《中国哲学发展史》)。意为这段文字表达了庄子哲学的相对主义。文学史家认为“庄子不仅极力缩小人生的意义,而且怀疑人生是否是‘真实’的存在”,这个譬喻说明“在作者看来现实生活与梦境是很难分的”,“他正是用自己的幻想,安慰自己的现实悲哀”,“庄子的作品是精神苦闷的象征”(杨公骥《中国文学》第一分册)。古代诗话家从中体会到艺术创作和艺术欣赏物我两忘、妙得其神,“不知我之为草虫耶?草虫之为我耶”的“神遇而迹化”(罗大经《鹤林玉露》)的艺术境界。当代作家认为“庄周之梦为蝴蝶,自是生活的真实,而蝴蝶之梦为庄周,实乃艺术的幻想。庄周并不只是以哲学家的眼光来看世界,至少一半甚至一半以上是以艺术家的眼光来看世界的”①。有限的形象表现无限的思想,先秦散文达乎思致微妙、含蓄无垠的境地,因为随着对意蕴的不同理解,在人们的想象中展现的生活情景、艺术境地也是各异的。“庄生晓梦迷蝴蝶,望帝春心托杜鹃”中的庄生梦蝶,是逝去的青春年华和美好爱情的象征,在李商隐脑际展现的好梦难再的追忆,与罗大经所描绘的艺术创作与艺术欣赏的物我同一境界,是两种情趣各异的审美境界。因此,先秦散文审美境界的“无限性”所翻起的“泡沫”,不仅意蕴无穷,而且情境无限。在具体的物态化的作品中,这种无穷的意蕴是含蓄在有限的形象中的,这风光无限的境界是在规定的艺术情境中展开的。它具有统一多样的美学特点。这“统一多样”的“一”,是有限形象所导向的人生理想;这“多”,是无限的思想意蕴所展现的丰富多彩的生活和艺术境界。

以有形表现无形,以有限表现无限,以少胜多,虚实结合,有限的具体形象和想象中无限丰富的形象统一,实景与它所象征的虚境融为一体,这就是先秦散文审美境界的本质特征。先秦散文审美境界的统一多样,不仅表现在具体篇章艺术情境的言和意、实和虚、形象和意蕴、有限和无限的和谐统一、交织变幻,而且还表现于诸子作品总体的理性美中。先秦散文总体的理性美是在诸子散文具体篇章艺术情境基础上的踵事增华,是理性的“内在丰满和自由”(黑格尔语),是“抽象的规定在思维行程中把具体复制出来”(马克思语)。这种总体的审美境界的丰富

① 张松如(公木)《说蝴蝶梦》,《社会科学战线》1983 年第 2 期。

性、多样性表现为诸子百家从自己所代表的阶级和阶层利益、审美理想出发，在“天人”、“名实”、“古今”、“礼法”之辩中，对“真是什么”、“善是什么”、“美是什么”，各自做出的独到回答。在对立面的斗争中，相互诘难，相互汲取，推动着真、善、美认识的发展。例如“天人”之辩的开展是为了反对传统的天命观，进步的思想家先是把人（初民）和神（天）的主从关系颠倒过来，进而又把“天”解释为自然界，天人关系于是就成了自然和人的关系了。因此，先秦散文总体的“丰满和自由”是以理性精神为内涵，哲学的对立面的斗争辩证地发展为美学的和谐统一。这和谐中的统一，表现为对真理永不停息的探索，对“天人合一”美的境界的热烈向往。先秦思想家相互诘难、相互汲取和转化，谱写了一曲急管繁弦、音韵悠远的时代乐章，启迪思想，开阔眼界，把人的思维带向了一个探索真、追求善、享受美的寥廓而自由的境界。中国人总是不断地回顾先秦，秘密就在这里。先秦思想家哲理思辨的物化形态——先秦散文总体的思幻美、求索美有如一长幅的山水画卷。其间阴晴隐显、朝暮四时，变化无穷、掩映不尽。它所取得的社会效果正如刘熙载在《艺概》中所说：“此诸书，人鲜不读，读鲜不嗜，往往与之俱化。”先秦散文统一多样的美学特点，把读者的思想导向思考人生社会、探索宇宙本源的高华空阔的境界里，既给人以奋发向上的精神力量，又可以俯仰观照，游目骋怀，各取所爱。所以，每人心目中都有他自己的“先秦”。秦汉以后，哲学上的、文艺学上的“有无”、“理气”、“形神”、“心物”之辩，由此导源，魏晋玄学、宋明理学，各取一端；谢赫的“气韵生动”、严羽的“不落言筌”、李贽的“童心”说、王渔洋的“神韵”说、袁枚的“性灵”说，无不受其启发。

先秦散文统一多样的审美境界，是一个真、善、美和谐统一的理想境界，一个在感性的形象、形式中渗透着理性精神的自由和自觉的境界。自由表现为对必然的认识，对事物内部规律的把握，对自然规律的驾驭，自觉表现为对人生理想和历史目标的自觉追求，以及主体即人的自我意识、自我批判的能力。“名实”之辩，实则是逻辑思维能否把握宇宙法则的争辩，“天人”之辩，实则是对理想人格如何培养的探讨，“古今”、“礼法”之辩，实则是对理想的社会蓝图的设计。合规律是真，合目的即善，符合目的和规律，体现着人的自觉自由的活动，表现着人的这种自觉自由能动性心灵，即是美。庄子《庖丁解牛》所描绘的“依乎天理”、“因其固然”，按照客观规律办事，一举一动合乎音乐与舞蹈的节奏，劳动成了自由的审美对象，那种“进乎技矣”的境界，就是人对自己的本质力量进行观照的自由、自觉的审美境界。先秦散文的审美境界，既是一个主体与客体，人与自然合为一体的自由境界，又是一个摆脱了动物性的生存欲望和个人私利束缚的个体与社会和谐统一的高度完善的道德化境界。儒家要做圣人、仁人，道家要做真人、至人。儒家认为伦理道德出于人的自然本性,道德原则的实现是个体内在的社会性心理欲求,不是出于任何外在的强制。道德原则的实现,同时也是个人与社会的和谐统一的实现。道家虽出世、愤世,但它并不否定个人与社会的和谐统一,仁爱同样是它的根本思想。道家提出"道"这个宇宙的本体,其最终目的,也仍然是为了解决社会人生问题。所以,先秦思想家所追求的最高的道德境界,同时也是一种人与无限、永恒的自然合为一体的最高的审美境界。他们的这些哲学、美学思想表现在他们的物态化的作品中,先秦散文的艺术境界就是一个于感性形象中充满着理想、渗透着理性精神的真、善、美融为一体的自由、自觉的审美境界。

先秦理性精神标志着哲学的自觉。与哲学的自觉性伴生,先秦散文对艺术——审美境界的追寻,也具有美学的自觉性。这是因为无论在中国或是西方古代美学史上,美学都是附丽于哲学的。先秦诸子就是从自己的哲学立场谈论美学问题的。与中国哲学不重抽象思辨相应,先秦诸子对美学的探索也不把重点放在对美的本质的诠释,而放在审美经验与审美关系的研究上。中国美学的这一基本特征规定了它对艺术——审美境界的追寻带有自觉性。艺术一一审美境界不是物质的,而是观念、思幻的,是一种艺术创作和欣赏的内心境界,是一个可意会而不可言传的神遇而迹化的心理过程。境生象外,意在言外,是它的基本的美学特征。道家哲学主张天然,否定人为,提倡"有无相生",特别重视"虚"的意义和作用。老子云:"大象无形,大音希声。"庄周认为"道"无法用语言传达,"夫道有情有信,无为无形,可传而不可受,可得而不可见"(《大宗师》)。至人听音,是"无听之以耳,而听之以心"(《人间世》);至人视物,是"以神遇而不以目视"(《养生主》)。"缘情会意"是道家的美学纲领,因为他们认为,言论、辩说都不能及于"道"的本质。"可以言论者,物之粗也;可以意致者,物之精焉。"(《秋水》)著名的《庖丁解牛》的寓言,就是描述意会和神遇的过程。在这种哲学和美学思想指导下,庄周一派的散文著作往往绞尽脑汁,费尽心机,追求一种超于言意之表,越乎声色之上的表现方法,以求传之永年。《秋水》、《逍遥游》就是这种美学见解的成功实践。庄周一派极为欣赏自己的著作,把他们这种意在言外的表达思想的独特方式称为"不言之言"、"不辩之辩"。庄周一派对得意忘言的不言之言的探索,实则是对艺术审美境界的自觉追求。所以郭象注说:"求之于言意之表,而入乎无言无意之域,而后至焉。"然而艺术审美境界意在言外的虚,并非空虚一片,它的意蕴和情境的流动变幻无边无涯,色彩缤纷,光辉灿烂。它是一种有形表现无形,有限展现无限,实际本质上升为神圣本质的"虚室生白"的美。孟子的"充实之美",正好是道家所追求的艺术——审美境界"空无之美"的补充和发挥。

孟子把美分为充实、大、圣、神四个层次。充实之美,是有限展示无限的美,即王船山所谓“唯此窅窅摇摇之中,有一切真情在内,可兴可观,可群可怨”,程伊川所谓“冲漠无朕,而万象昭然已具”;“大”是实际本质上升为神圣本质的辉煌壮观、至大至刚的美;“圣”的美的特点,不但辉煌壮观,而且集前代之大成,成为百代楷模,具有极大的感染育化力量;“神”是一种超出智巧和规律的自然天成的最高境界。艺术的审美境界超以象外,虚里生实,幽深微茫,出神人化,风行水上,自成文理。当“美是理式”、“文艺在摹仿”盛行于欧洲的时候,先秦散文立象尽意、寄微于显、有无相生、虚实结合所形成的思致绵邈、高华空阔的审美境界,直观地捕捉住了艺术和美的真谛,成为中国意境理论和实践的发轫和不竭的源泉。因为美不是理论概念,也不是物自身的性状和形态,而是由物象所呈现的无限的神圣本质。意境的基本特征是:以有形表现无形,以有限表现无限,以实境表现虚境,使有形描写和无形相结合,使有限的具体形象和想象中无限丰富形象相统一,使再现真实实景与它所暗示、象征的虚境融为一体,从而造成强烈的空间美、动态美、传神美,给人以最大的真实感和自然感。

中国古代散文的审美要素

——从王安石《读孟尝君传》说起

对王安石的一篇历代传诵的名作《读孟尝君传》，王子野同志在《名文未必无讹》一文中指摘作者做翻案文章“没有事实根据，推论又不合逻辑”，在那里“妄发议论”，“一点科学精神也没有”，结论是：这不是好作品。① 谢纯昌同志征引史料与《答司马谏议书》，辨析王安石思想观念里“士”的内涵，据理力驳，得出结论：“《读孟尝君传》不愧为名家名篇。其立论的精当，论据的典型，论证的精辟，‘足以为世法’，值得我们学习借鉴。”②谢纯昌同志虽然以充足的理由驳了王子野同志以为“讹”的论据，却未道出“问题的实质所在”，即：王安石这一篇仅四句话、八十八字的短文，何以被清人沈德潜评为“千秋绝调”而传诵不衰？

要明白其中的奥妙，必须弄清三个问题：（一）这是一篇做历史翻案文章的学术论著，还是一篇文学作品？（二）王安石这篇短文的价值何在？（三）作者的立意是什么？他是否完满地完成了自己的写作意图，又是如何完成的？

这是一篇上继庄、孟，下承韩、柳文风的论辩性文章。它不是严格的史论，而是一篇察古论今的时评。表面看来，是议论孟尝君养士，实际上是论国君的用人；正面辨析的是孟尝君“得士”与否，寄寓的却是治国安邦的哲理；乍看是说古，力透纸背的是对时代、社会的思索。作者托物喻志，言在此而意在彼。与刘禹锡八十一字的短文《陋室铭》有异曲同工之妙。《陋室铭》把作者的志趣、清高态度以及傲岸不凡的性格作了淋漓尽致的表达，悠然自得的表面平静中蓄藏着被贬荒远的内心痛苦。它表现的是一种“穷则独善其身”的孤芳自赏。与之相比，王安石的《读孟尝君传》思想境界要开阔得多，作者的处世态度也积极得多。这里没有任何孤芳自赏、顾影自怜的情绪，充塞着的是一种“兼济天下”的雄心壮志。这篇短文

---

① 《名作欣赏》1982 年第 2 期。

② 同上。

可谓寄寓深远,具有巨大的思想、生活容量。但作者这种对时代,国家的哲理思索,自己的观念、抱负和志趣,是通过总结历史经验寄寓言外的,所以,写得精警而不流于空疏;援古证今,击中时弊,极易激起时人的切肤之痛。综上可见,这是一篇抒情言志的散文,而不是一篇学术性的史学论著,所以他不必去发现什么新的史料。象贾谊的《过秦论》,以秦之强而终至迅速崩溃的事实探索秦亡的原因,寄寓讽谕之旨,铺采摛文,极尽夸饰之能事。因为这类论辩性的文章原是以比兴寄托的手法,借他人酒杯,浇自己块垒的。它以理胜,而不拘于个别历史事实,它以情感人,而不锐意于作史实的考证。一句话,它以哲理的警策、见解的独到,意境的深远、构思的新颖取胜。它具有认识和审美价值,而不一定具有严格的史料价值。

王安石这篇短文借史实以述志,八十八字、四句话抵得上一篇汪洋恣肆的长篇奏议,具有深刻的认识价值。但它的审美价值表现在哪里呢?弄清这个问题,需要进一步探析他是怎样利用语言媒介,运用艺术手段表现自己的写作意图的。

在《读孟尝君传》里,作者对时代和社会的思考、治国安邦的宏图、远大的抱负、热切的心情,凝聚为一股充塞天地的浩然正气。“志深而笔长,慷慨而多气”(刘勰《文心雕龙》)。作者运用他驾驭语言的娴熟技巧,把自己的情志外化为抑扬顿挫的音调,疾徐流转的文章气势,一波三折,一唱三叹,迂回往复,喷礴而出。在这种迂回往复、一唱三叹的背后,蕴蓄着巨大的思想容量和生活内涵。作者明论史,暗喻今,含蓄与明朗交织,多层的暗示熔铸成深远的意境,含不尽之意见于言外。耐人深思,而又富有韵味,“咀之而味愈长”,诵之则音调铿然,余音袅袅,不绝于耳。美是人生理想、生活本质的感情显现。这篇短文熔哲理、情志、气势、音韵于一炉,内容与形式完美结合,给人以无限的启迪,无尽的审美享受。它不仅具有认识价值,而且具有很高的审美价值。这就是这篇短文传诵千古的原因。

一花发而知春。《读孟尝君传》这篇“文短气长”之作,是我国古典散文中典范性作品。它的传诵,证明着、揭示着我国文学史发展中的一个规律性问题,即是,铺陈文采,长于写景状物的汉赋反而泯灭,而古典散文,包括以议论为主的散文,反而源远流长的奥秘所在。

孟子说:“充实之谓美”。深刻的哲理映射着时代精神,表现着作者的情志,启迪和感染着后人,是我国散文源远流长的首要因素。但“充实”构成美,是有条件的。在作品里,作者的理想和他对社会的概括必须通过一定的媒介和手段表现为意境,把人的思想导向至善至美的精神境地以后,才是美的。

古人说,“夫象物必在于形似”(张彦远),“未有形不似而反得其神者”(邹一山)。通行的观点,构成意境的基础单位首先就是形象。那么,象庄周《秋水》、贾谊《过秦论》、苏洵《六国论》、王安石《读孟尝君传》这类以议论为主的散文,也会有意境吗?

周谷城先生最近说:“理想在现实生活中实现,就成为历史;在艺术作品中实现,就叫做意境。”①散文营造意境的方式,可以刻划人物、描写景象,如韩愈《张中丞传后叙》、范仲淹的《岳阳楼记》,也可以叙述历史事件或生活琐事,如归有光《项脊轩志》、李清照《金石录后序》,更可以以奏议、赠序、书牍、杂记、碑志,箴铭的形式评古论今;在表现手法上,可以比兴寄托,象征隐喻,也可以白描、渲染,直陈其事,又可以赋比兴综合运用。在艺术领域里,形可以传神,而神却不一定都以艺术形象来表达;只要内容需要,直抒胸臆与比兴象征是可以相反相成的。个中关键是否有一饱满的蓄藏,引人“于寞漠恍惚之境”(叶燮《原诗·内篇》),给读者的思索留下无限的空间。意境是有限与无限、空无与蓄藏的辩证统一,是一种以有限为媒介,展现无限理性、万有自在心灵的境界。至于这“中介”是人物形象,还是自然景物,是叙述描写,还是抒情议论,是比兴寄托、象征隐喻,还是白描渲染、直陈其事,那是无关紧要的。意境的特质是“超以象外”,言有尽而意无穷、象无限。它可以无一字道及本事而本事淋漓,如贾谊的《过秦论》;无一字道及意蕴而意蕴不尽,如陶渊明的《桃花源记》;无一字道及意象而胜境无穷,如王安石的《游褒禅山记》。意境有以情胜,有以理胜。关键在于所论之理是逻辑的推演,还是具有潜在的内涵。《读孟尝君传》不但在论“史”中隐喻着作者安邦济世、膏泽斯民的人生理想,就在他经营诗意的“外层空间”的时候,也还散发着、放射着反传统习俗成见的思想光辉。它潜藏的内涵是充盈的,多层次的,呈现为一种有限与无限、外层空间与内在世界和谐统一的立体美。

明了意境的特性、构成因素、营造方式,文艺创作和欣赏、文学批评、文学发展的一系列问题,便可迎刃而解。

汉赋铺张扬厉、善于状物,本是营构意境的有利条件。但由于它华丽淫侈,把铺叙、夸张推向了极点,只顾经营外层空间,把话说尽了,反而没有内在蕴藏。倒是东汉中期以后以议论为主的抒情小赋,不事铺张描摹,作者愤世嫉俗的思想感情受到压抑,欲言又止,反而有“余香的回味”(闻一多)。汉大赋的泯灭,除了它在内容和创作动机上“润色鸿业”、歌功颂德外,没有诗意、缺乏思想和生活容量,也是其中一个重要因素。而那些对现实有深刻的感受,通过意境的营造,高飞远引地把人的思想引向宇宙和人生哲理的高华空阔境地的作品,无论汪洋恣肆的《秋水》《逍遥游》,言简意赅如《陋室铭》《读孟尝君传》,博得人们喜爱,传诵,是自

① 见《新华文摘》1982 年第 8 期。

然的。因为理想追求、思想探索，是千古共通的；“有境界则自成高格，自有名句”①。

在诗文中，作者心中的境界，是通过语言作为媒介物化的。作者的胸襟、情致，通过语言形式表现为一种抑扬顿挫，疾徐有致的气势和节奏。“隋与气谐”②，情急则语疾，情缓则语慢；理直气壮，义正辞严。文章的气势是客观的理与主观的情相统一，通过语言形式表现出来的气脉、节奏。作者对客观世界的感受升华为艺术意境，不同的情志、意境决定着文章的不同气势，独特的语言气势显示着独特的艺术风格。庄周汪洋恣肆，仪态万千，语言声势浩壮；孟子雄厉，语言连珠喷发，文章气势逼人；《过秦论》气势充畅，如骏马纵坡，莫之能挡；《陋室铭》抒发怡然自得的情致，气势委婉，诗化的语言如小桥流水，清新而有韵味。清人刘大櫆认为，音节的抑扬顿挫产生的文章气势的高低疾徐，是作者的“神气文迹”（《论文偶记》）。因此，通过文章的气势，我们可以感受到、窥察到作者的胸襟情怀、思想气度。从《读孟尝君传》“语语转，笔笔紧”，强劲峭拔、疾转疾收的气势中，我们可以体察到一位政治改革家的精明干练以及那站在时代的高处明察古今的神采、风度。

综上所述，我国古代散文既具有认识意义，又有审美价值，比铺张文采而流于说空话、大话的汉赋有更强的生命力。先秦以来，与诗歌双峰对峙，源远流长，不是偶然的。

《读孟尝君传》是我国古典散文的精品。通过对它的鉴赏，有助于澄清文学欣赏的是非标准。深入思考这些是非标准，如能进一步弄清我国文学发展史中的一两个规律性的问题以及古代文论中有争论的议题，收获将是双倍的。

［附］王安石《读〈孟尝君〉》

世皆称孟尝君能士，士以故归之，而卒赖其力以脱于虎狼之秦。嗟乎！孟尝君特鸡鸣狗盗之雄耳，岂足以言得士？不然，擅齐之强，得一士焉，宜可南面而制秦，尚可取鸡鸣狗盗之力哉？夫鸡鸣狗盗之出其门，此士之所以不至也。

---

① 王国维：《人间诗话》。

② 刘勰：《文心雕龙》。

小说第六要素——物象的审美意义

在常见的论及小说创作的文章和专著里，把语言、人物、细节、环境、情节视为小说的五大要素。其实，小说，特别是中短篇小说，还有一个不可缺少的要素，如鲁迅作品中阿Q头上戴的毡帽，孔乙己吃的茴香豆，莫泊桑《项链》中罗瓦赛尔太太借他人的假项链，契诃夫《变色龙》中那条"咬人的小狗"，王蒙《杂色》中那匹"灰杂色的马"，韩少功《远方的树》中那棵五月杨梅，这些"小零件"在以语言为媒介，通过故事情节、环境或心理意绪的描述展示倾向的小说里，孤立地看，似乎微不足道。但这些自然存在物一旦进入作家的艺术构思，在特定的艺术情境里，却有着非凡的意义和动人心魄的艺术效果。我们把这些"零件"名之曰"物象"。

物象不是客观的自然存在物，而是"天地自然之象"经过"人心营构"（章学诚语）的原物的变形，是恩格斯所说的"精神沉入物质之中"的第二自然，是西方文论家所概括的"意识对现实的介入"，是作家头脑里表象的外化，"意象"的物态化。文学创作是一种人和自然的物质变换，是一个精神和物质的动态联系过程。由客观外界事物的自然形态到一个完整的艺术作品的诞生，是一个千变万化的复杂的心理过程：外物经由人的感官作用于人的大脑，变为一种心理表象；然后渗进作家的心血，注入文艺家的情感，化为一种饱含着文艺家审美理想和审美情趣的意象；最后，作家、艺术家凭借一定的物质媒介和表现手段，把它凝聚为可供人直接观照的，生动具体的艺术形象体系。在小说艺术形象体系创造过程中，纷呈的意象表现为两种特征："一种是深刻的，内在的，先天的，基本的，就是属于元素或材料的特征；另外一种是浮表的，外部的，派生的、交叉在别的特征上面的，就是配合或安排的特征"。① 典型性格创造属于前者；物象属于后者。物象在小说构思中的作用恰恰就在它"交叉在别的特征上面的"艺术组合关系上。一些极其平凡甚至卑

① 丹纳：《艺术哲学》，人民文学出版社1981年版，第349页。

琐的事物,一经进入那些匠心独运的艺术构思,成为作品的有机组成部分,就会显示出非凡的意义,起到撼人心灵的巨大作用。《高山下的花环》里的一个小小的欠账单,《百合花》里的一条普通被子,《班主任》里的一本见惯不经的“黄书”,这些东西作为客观自然物是不会给人什么触动的,它们感染读者、催人泪下的艺术力量是在“关系的规定性”(马克思语)中意识介入现实,精神沉入物质具有了深邃的意蕴,读者在其中感受到了时代风云和人生要义,自己的本质、心灵得以对象化,有限上升为无限,卑微的自然物也就成为审美的了。物象的审美价值也就表现在作品特定艺术情境中的这种组合关系上。

一

物象作为小说的一个要素,它的审美意义首先表现在按照艺术规律组合作品要素,使其成为一个完美的整体,从而使自己也获得艺术生命,具有美学价值。“美在关系”是狄德罗的一句名言;狄得罗所谓“美在关系”中的“实在关系”即是事物内部各部分之间的秩序和安排。美是完善,完善是“把零碎的因素结合为一体”,是“各部分综合成的整体”,是事物内部“对立因素的和谐的统一”,等等,是从古希腊毕达哥拉斯亚里士多德以来的哲学和美学家早就注目的。

塑造人物形象是小说创作的首要任务,物象是塑造人物形象的工具或道具。作为工具或道具,物象对塑造人物形象起映照、衬托或装饰作用。鲁迅笔下的阿 Q,头上戴的是绍兴一带的毡帽,如果换上“一顶瓜皮小帽,就失去了阿 Q 的”(鲁迅语)。在《子夜》里,茅盾用一朵枯萎的白玫瑰和一本破旧的《少年维特的烦恼》揭示吴少奶奶逝去的青春生活和梦幻,而现实的少妇处境又使她对过去“怀念不已”!在物象的衬托下,人物心灵的细微颤动得以和盘托出,这是因为在特定的艺术情境里,物象是一个介入了人的思想意识、生活经历的社会存在。作为一个“精神沉入物质”的物化了的社会存在,在特定的艺术情境里,一个极其平常的物件,往往纠结着人物复杂的社会关系,映照着特定历史时代各类人物不同的思想性格。宋宝琦的愚昧无知、空虚麻木,谢惠敏的单纯、自负、灵魂被诱蚀,张老师的循循善诱、勤于思考,在刘心武《班主任》里,面对《牛虻》这本“黄书”,一下子全被照彻。一朵惨白的小花,一本陈旧的书籍,往往比对人物经历的大段描叙更有表现力,个中原因乃是物象的社会性简洁而清晰地映照着人的面影,人的心灵,人的社会本质。小说创作的艺术性在于:“仅用一个特征,一句话,就能把任你写上十来本书也无法表现的东西生动而充分地表现出来”(别林斯基语)。小说创作的奥秘在善于把握各种构成因素的关系，把看似“浮表的，外部的”材料纳入艺术形象体系，构成艺术作品最有活力的细胞，化为“深刻的、内在的”要素，“把每一个形象的看得见的外表上的每一点都化成眼睛或灵魂的住所”，“人们从这眼睛里就可以认识到内在的无限的自由的心灵”①。

在小说形象体系中，所谓“深刻的，内在”要素和“浮表的，外部”要素，是相对而且辩证地结合在一起的。其组合关系不是恒定的，而是变幻万端的。有时，附庸可以成为大国，主角反而易位。物象本是映照、衬托人物的“道具”，但在形象体系组合、生成的过程中，它又可以由外在因素上升为内在因素，由配搭而成为作品的主要人物。卡夫卡的《变形记》是它极致的表现。其实，这不是现代派作家的独创，在一些古典大师作品中已显露端倪。莫泊桑《在河上》中的塞纳河，就可以作为一个“人物”来看待。在这篇小说里，作者要写的真正“人物”，不是划船爱好者，而是被划船爱好者的感受赋予了人格的塞纳河，她的神秘的恐怖和神秘的美。既然小说是通过人物表达倾向，而人的本质是各种社会关系的总和，那么，能够揭示人的本质，表达思想倾向的人格化了的物象，某种观念化了的形象，自然可以成为作品“内在的，深刻的”因素，成为形象体系中的“主角”。出于表达倾向、揭示社会关系的需要，在形象体系组合、生成的过程中，物象可以性格化、人物化，而人物形象自然也可以观念化、物象化。契诃夫《变色龙》中的那条咬人的小狗，就是旧俄各种社会势力的集中代表，而巡官奥楚洛夫则是一条地地道道的狗。茅盾《子夜》中的吴老太爷，作为一个封建地主的典型，一个人物形象，他和冯云卿、曾沧海等共同构成同一阶级的不同形态，从而显示出事物的千差万别。但是，他的潜在的含意，却使人联想到古老的封建社会的解体，而他手捧的《太上感应篇》显然是作为封建理念的象征而加以强调的。因此，吴老太爷的死，也就会引起封建古老僵尸在“子夜”社会中风化、解体的联想。

如果说，小说不可以没有人物，那么，小说也不可以没有情节，因为情节“即人物之间的联系、矛盾、同情、反感和一般的相互关系——某种性格、典型成长和构成的历史②”。情节和物象，一是“人物之间的相互关系”，“性格、典型成长和构成的历史”，一则“纠结着人物复杂的社会关系，映照着特定历史时代各类人物不同的思想性格”，所以，当作家结构作品时，物象常常、自然地会成为组成情节的线索，以至成为情节的纽结。奥地利著名作家茨威格《一个陌生女人的来信》就是用物象向人物之间深隐的内在关系开掘来组织情节、结构作品的。小说写一位少女

---

① 黑格尔：《美学》第1卷，商务印书馆1982年版，第198页。

② 高尔基：《和青年作家的谈话》，《论文学》，人民文学出版社1981版，第335页。

苦苦地思恋、追踪着一个从小为邻却陌不相识的作家，前后十余年中曾两次和这个作家幽会，而他都是把她当作妓女一样的人应酬的，更不知道第一次幽会时，她是为他献出了处女的童贞的！在读了她临终写给他的信后仍然难以把这两次零碎的记忆构成一个完整的印记，直到又一个生日到来，一束准时出现的玫瑰花猝然消失，才使他确实感到一个与他有过最密切关系的女人永远逝去了。两个发生过人间最亲密关系的人竟始终是一对陌不相识的人！沟通这两个人物内在联系的唯一契机就是每当男主人公生日时必定置于窗台的一束玫瑰花，这束小小的玫瑰花就像孤露在水面遥遥相对的两座岛屿的底座，把现实世界中那些看似零散、陌不相连的一切都沟通起来，把作品各要素组合成为具有艺术和美学价值的有机整体，它一经融入小说的情节结构中，与艺术内容有机结合，就再也不是一个自然存在物，而是作品情节的纽结，人物心灵的映照了。

现代小说丰富的艺术实践提示我们，情节不是结构小说的唯一方式。现代小说结构至少有三种形式：情节结构是其一，心理结构是其二，社会生活风俗画是其三。风俗画放在环境描写中讨论。在当代以人物心理意识的流动为结构脉络的辐射式小说中，物象是展示人物心理情境的契机。王蒙的《春之声》写科学家岳之峰从国外考察归来，坐闷罐车回家探亲，沿途所见所闻引起他对过去的联想和对祖国的恋情。车身的颤抖、摇晃，使他联想起童年的摇篮和孩提生活；车轮有节奏的撞击声，又把他的情绪带到了国外，沉浸在音乐的节拍里；车厢隐隐传来的歌曲，又勾起他的回忆，从德国儿童歌曲想起法兰克福的儿童，由外国孩子又想到自己青年时代的初恋，新中国成立前的北平……小说"通过主人公的联想，突破时间和空间的限制，把笔触伸向过去和现在，外国和中国，城市和乡村。满天开花，放射性的线条，一方面是尽情联想，闪电般地变化，互相切入，无边无际，一方面，却是万变不离其宗，放出去的又都能收回来，所有的射线都有一个共同的端点，那就是……我们的主人公的心灵"①，而引动，促使主人公心理意识流动、变幻的契机，是客观物象与主体心灵的同声相应。物象的先后呈现是人物意识流动的媒介物和触发剂。休谟说："我们如果考察物体的各种作用和原因之产生结果，那我们就会看到，各种特殊的物象是恒常地汇合在一块的，而且人心借习惯性的转移，会在此一物象出现后，相信有另一物象。"②辐射性小说人物心理意绪的变化轨迹是客观事物的组合变化在人的心灵的反映。岳之峰心中层出迭现的画面看似琐碎、错乱，但每组画面的鲜明对比，都隐现着祖国每个角落的生活都在出现"转机"；岳之

① 王蒙：《关于〈春之声〉的通信》，《夜的眼及其他》，花城出版社1979年版，第236页。

② 休谟：《人类理解研究》，商务印书馆1982年版，第83页。

峰感到祖国每个角落都在出现转机，是“生活的旋律”在他心中的映象；而这种到处充满转机的生活旋律又是岳之峰这位敏感的爱国科学家的独特心理感受，是他组合零散、杂乱的表象形成审美意象在自己心中无限展开的心理情境。心理结构小说通过主人公主观的心理情境展示客观的生活情境。流动、跳跃的人物心理意识，在物象的牵引下，经作者的显示、捏合，深刻地揭示了作品的题意。物象是开展心理情境的契机，联系心理情境与生活情境的纽带，连接客观生活真实与主观心理现实的桥梁。它是结构作品的重要因子。

文学作品系一整体，由功能不同的各因素构成，各因素之间的联系形成文学的艺术性和美学价值。物象作为结构的因子，它受结构安排统驭。“因为条理和安排起了作用，使平常的事物能升到辉煌的峰顶”①。由于结构的作用，物象才能够从有限上升为无限，从实际本质上升为神圣本质，具有美学价值。但当物象一旦成为结构的有机组成，它又会积极发挥其美学功能。

有人说：“结构是小说内容的外在表现，是作品的表现形式。”②这与其说是对于结构的研究，不如说是关于结构形式（条理和安排）的定义。结构是内容和形式的有机结合，“内容因形式而组成，形式由内容来充实”（克罗齐语）。物象就是促成内容与形式浑然一体的中介物。用来治病的“人血馒头”，在鲁迅小说《药》中既是明暗两条线索的交接点，又映照着华、夏两主人公的命运，从革命者夏瑜的献身精神、华老栓一家的麻木，到刽子手康大叔的残忍，都在这面聚光镜中留下自己的形影。同时，这个蘸着革命者鲜血来为落后群众享用的“人血馒头”，又是小说主题的象征物，作者用它把“群众的愚昧，和革命者的悲哀”（鲁迅语）联系起来，以惊人的洞察力大声疾呼地向时代和革命提出了一个问题：革命何以失败了，怎样才能医治群众的愚昧而使革命的鲜血不致白流？这正如黑格尔老人所说：“内容非他，即形式之转化为内容；形式非他，即内容之转化为形式”③也。物象作为内容和形式的中介，其结构作品的审美意义即在于组合和转化。

结构不为小说所独有，任何事物都有它的“结构”。小说结构之所以是内容和形式的有机结合，在于它有一种结构力。结构力是小说诸多因素中，支撑整个作品成立并决定作品以某种结构形式存在的一种或一种以上因素对其余因素的凝聚力量。小说的结构力来自内在的意蕴，表现在内容与形式的交接点或转化关节上。这交接点或转化关节即作品的焦点。“艺术的事就在于找出焦点并把它显示

① 贺拉斯：《诗艺》，《西方文论选》（上），上海译文出版社 1979 年版，第 109 页。

② 高行健：《现代小说技巧初探》，花城出版社 1980 年版，第 78 页。

③ 黑格尔：《小逻辑》，商务印书馆 1981 年版，第 278 页。（着重号为原文所有）

出来。”①在形式——内容转化的关节,物象往往充当凝聚作品结构力的焦点。苏联作家纳吉宾《冬天的橡树》,写一个山乡男孩常常上学迟到,并在课堂上坚持“冬天的橡树”是一个名词。放学后,女教师让这个男孩带她去家访。他们走着走着,穿过一片树林,林中有一片空地,空地上突兀地出现一棵特别大的橡树。男孩子兴奋地指给她看,橡树周围蛰伏着许多小生命。女教师被这充满了生机的、高大的橡树,以及积聚在它周围的那么多生命吸引住了,她仔细观察着她不曾知道的神秘的林中生活,忘记了一切。她突然领悟:这个男孩为什么迟到,他为什么坚持“冬天的橡树”,以及自己教学语言的贫乏、枯燥和对人的不了解。她不去家访了。在往回走的路上,不时回头望望那沐浴在夕阳里的橡树,看到它下面站着一个小人儿:那男孩没有走,他从远处保卫自己的女教师。女教师心头充满了温暖。她忽然理解到:在这林中最奇妙的不是橡树,而是那个“穿着破烂的毡靴和朴素地打满了补丁的衣服的小人儿,奇异而神秘的未来的公民”。情节的发展,人物关系和情感的变化,作品艺术情境和人物心理情境的熔铸都奔流、汇集在这棵“冬天的橡树”上。物象既组合作品各要素形成一完美整体,又是作品题旨和思想倾向的象征。它本身就是内容和形式浑然一体的凝聚物。

作为题旨和思想倾向的象征,物象使作品在其直接描写的实体以外,给人以深远的启示和无穷的联想,使作品具有深厚的意蕴和寻绎不尽的韵味。茅盾曾认为,一部作品的深刻程度,要看它暗示的幅度有多么广阔,它透视的深度有多么深远。邓刚《迷人的海》抒写两个海碰子与大海搏斗的奇异生活,可在这海面上所盘旋的,却是一种思索的、锐意进取的活力与不畏艰险的气魄,一种以具象形态出现的、但又是抽象的精神力量:它可能是一种悠长而富有现实气息的民族性格,也可能是一种不屈不挠的时代献身精神,或可能是一种变革时期所独有的人生气概,甚至可能是一种特定的,沉积着新陈代谢的苦痛与喜悦的人类进程的交响乐……还有人说,它并不象征什么,而是表现一种征服自然的瑰丽理想。歌德说:“优秀的作品无论你怎样去探测,它都是深不到底的。”物象的审美意义就在于:它作为凝聚作品的结构力,抒写既不脱离具象,又诗一般地超越具象,实体大于观念,形象大于思想,给题旨的多元多义性开辟了无限的艺术天地,使作品内涵丰富,具有高容量。物象之所以具有这种审美价值,是由于它暗示多于解释,含蓄多于畅尽的发挥,而美即是一种“能唤起许多思想而又没有确定的思想,即无任何概念能适合于它的那种想象力所形成的表象”②。这由于艺术是一种表情达意的符号,作

---

① 《列夫·托尔斯泰论创作》,漓江出版社 1982 年版,第 76 页。

② 康德:《判断力批判》,宗白华译,商务印书馆 1964 年版,第 55 页。

家运用语言进行创作时,往往言不及义,语言不能表达情感于万一;创造一种"深文隐秀,余味包曲"(刘勰语)的艺术境界,直接的正面描写,有它无能为力的地方。

二

如上所述,在一些古代和当代大师如莫泊桑、契诃夫、鲁迅、茅盾的作品中,在一些当代作家如王蒙、邓刚等人的创作实践中,已经在自觉不自觉地运用物象结构作品,组结情节,刻画人物,表达倾向,已经注意物象在小说创作中的审美意义了。作家、艺术家逐渐意识到:现代小说的表现艺术,越来越从外向的行动转向内心世界;从情节的构造转向性格的刻画;从社会现实转向心理现实。这是因为处于科技革命过程中的现实生活、自然条件和人都发生了巨大的变化,文学如果依然用传统的艺术手法写传统的人物和传统的冲突,是无法表现丰富复杂的现实生活和精神世界的。物象的审美意义在小说题旨象征化、结构内容散文化、情节淡化、艺术情境诗化的发展趋势中,越来越显露其价值了。但理论界却对其认识不足。这一方面是由于艺术理论是创作实践的概括和总结,它常常是落后于实践的;另一方面,理论家囿于偏见,习惯于把眼睛定在传统的艺术手段和构成因素上。由于对创作实践缺少深入研究,人们常常把物象与细节或环境描写混同。

物象和细节都是对一桩细微事物的具体描写。但细节是一种动态写照,是人物外部动作和内在心理行为发展演变过程的具体描写,物象是一种静态观照,是映照人物思想性格的"道具",是作家的艺术意念与客观事物的同态契合。物象与细节相结合刻画人物,细节,就更富有特征。特征越鲜明,形象越典型,艺术表现越有力。王润滋在《内当家》中写"内当家"李秋兰与相离三十多年的老东家刘金贵重逢的瞬间,刘金贵紧张中把水烟袋失落在地,李秋兰"走前几步,弯腰拾起","用手抹去水烟袋上的泥土",又送给他,三十年前刘金贵曾用这个水烟袋毒打过她,至今额角上还留有疤痕。这个细节之所以具有鲜明的特征,"用最小的面积,惊人地集中了最大量的思想"(巴尔扎克语),生动地揭示了人物之间的复杂关系,激起感情的巨大波澜,就是因为这支水烟袋是生活的凝聚点。它勾起了双方对三十余年生活沧桑和时代变动的回忆。所以内当家"盯着那水烟袋","嘴唇打颤,扶在门框上面的手指要抠进木头里去了!"刘金贵看到"她额角上的疤痕","蓦地,他那双浑浊的眸子里,闪出一道恐惧的光,手哆嗦了,水烟袋'哐啷'一声掉在地上。"这支"还飘着一缕青烟的水烟袋",就是沟通现象与本质,个别与一般,历史与现实的桥梁。作者通过李秋兰"轻轻地抹去"这个小小的水烟袋上的历史"泥尘”,传神地写出了一个过去的奴仆,现在的主人的农村妇女的质朴,善良而又渗透着时代精神的宽广胸怀。李秋兰以民族大义为重的传统美德,刘金贵作为历史罪人的炎黄子孙的自责与惶愧,在这一瞬间,全都活灵活现,跃然纸上。在这种特定的艺术情境里,一支小小的水烟袋,就是细节的支撑点,矛盾的纽结点。如果当时失落的不是这支水烟袋,而是其他生活物件,也能表现重逢的气氛。但是这个细节由于缺少特征,也就失去生活的凝聚力,无力表现昔日仇人、今日“亲人”,昔日主人、今日客人的复杂的现实关系,难以收妙想天外的艺术效果。

物象与环境描写既有区别,又有联系。客观的自然事物只不过是环境描写的一个个细小的“零件”,但是在特定的艺术情境里,由于意识的介入,物象却比一般的环境描写具有伏采潜发的暗示性。茅盾在《腐蚀》中通过赵惠明的特殊感受所记述的“大风暴之前,一定有闷热,各式各样的毒蚊,满身带着传染病的金头蝇,张网在暗陬的蜘蛛,伏在屋角的壁虎:嗡嗡地满天飞舞,嗤嗤地爬行嘶叫,一齐出动,世界是他们的!”这显然是雾重庆各种鬼魅横行的险恶社会环境的象征。黑格尔说:“外在的因素对于我们之所以有价值,……它里面还有一种内在的东西——即一种意蕴。”①马克思说:“具体之所以具体,因为它是许多规定的综合。”②在“精神沉入物质”,“意识对现实介入”之后,在特定的艺术情境里,在内在和外在的复杂关系中,一个司空见惯的普通的自然事物、生活现象,就立刻变为组成本质的个别标志。此情此景,它具有两种属性:外在形象极其生动、独特,内在意蕴极其深刻、丰富。物象这种矛盾统一的属性渗入环境描写中,会使环境描写成为渗透着时代精神、具有鲜明地方色彩的风俗画。在茅盾的《春蚕》、《当铺前》、《霜叶红似二月花》中屡屡出现的小火轮,作为地方风物的点染,固然是逼真的,写实的。但是它的形象力量显然要宽广得多。那威严的小火轮沿着官河驶进宁静的山村,逼得乡下的“赤膊船”赶快拢岸,船上的人揪住了泥岸的茅草,船和人好像在那里打秋千,这幅江南水乡风俗画,不是对于半殖民地中国社会的形象写照吗?物象的诱发、启示,不使人联想起老通宝等个人悲剧深远的社会原因吗?物象这种鲜明、具体的事物和广泛、普遍的意蕴融为一体的特点,作为环境描写的独特“零件”,它的成功运用,会加强环境描写的典型性。因为典型环境乃一个性与共性的辩证统一物,它是通过个别、独特的生活画面表现时代本质,反映社会发展总趋势的;物象乃是作家对时代的感受、作家的时代意识迁想于客观自然物的结果。

典型环境和典型人物是有机联系的,环境影响人物性格的形成和发展,反过

① 转引自朱光潜:《西方美学史》,人民文学出版社 1979 年版,第 480 页。

② 《马克思恩格斯选集》第 2 卷,人民出版社 1972 年版,第 103 页。

来,人物又作用于环境,促进或延缓环境的改造和变化。典型环境是典型人物生活于其中能反映出时代的某些本质的环境。客观自然物之所以是美的,乃是我们从其自然形态“想起人来(或者预示人格)的东西”(车尔尼雪夫斯基语),物象具有审美意义乃是由于它是体现了人的本质的自然形象。所以,在小说创作中,物象的成功运用,还有助于“真实地再现典型环境中的典型人物”(恩格斯)。《红楼梦》里的潇湘馆,在黛玉住进去以前,只是一座游廊曲折、翠竹掩映的小巧院落。贾政喜欢它,是要“月夜坐此窗下读书”;宝玉喜欢它,因是一幅“有自然之理,得自然之趣”的“天然图画”。这时,它还没有被赋予灵魂。林黛玉到来,它开始有了生命。在宝黛两小无猜的那个春天,潇湘馆里的竹子破土而出,萌发新的嫩芽;“凤尾森森,龙吟细细”,伴着暗暗透出的一缕幽香和情不自禁地细细长叹,黛玉把潇湘馆的竹子当作知己,倾诉着心中的隐秘,“不识香痕渍也无?”竹子那临风玉立的神态,那斑斑点点的泪痕,那岁寒不改的忠贞,就是潇湘主人的写照和化身。《子夜》里吴公馆的那只金丝笼中的鹦鹉,装点了吴公馆的华丽雍容,它不时地叫出“不成腔”的话语,使吴少奶奶“从惘想中惊醒”。它的存在,除了强化典型环境,还使人在吴少奶奶和鹦鹉之间引起某种暗示性的联想:吴少奶奶在华丽客厅中的情境,不正和那只关闭在金丝笼中的鸟儿颇有某些类似!这种暗示具有深远的弦外之音、象外之旨的意韵;隐喻和象征的魅力把人们的审美感受引向对人的命运——人生意义的思考!

综上所述,物象作为小说的一个重要构成因素,它独立存在而又渗透在其他诸因素中,成为人物的“道具”,情节的纽结,结构的因子,环境的“零件”,细节的支点。它独立存在,因为它本身就是个别和一般、现象和本质、自然和人、精神和物质统一的可见物。它是个别的一般,精神的、人的东西寓于自然物质中。一句话,它是一个观念和形象的复合。所以它具有鲜明性、独特性、象征性和暗示性。正由于物象具有这种品格,所以,当它渗透于别的因素中,其他因素即刻就发生质变:细节具有了特征,富于内涵;环境充满暗示性,富有时代和地方色彩;人物形象更加典型化,富于象征意味;情节更集中生活的矛盾;结构具有了内向力,焦点更易形成……而物象的审美价值,更重要的,是它的组合和转化作用:把各因素组合为一有机整体,使“其中最微末的元素最微末分子都要为整体服务”(丹纳语),使平常的事物升华到辉煌的顶峰。它使外在的材料、方法、技巧转化为内在的因素,导向题意,流露出倾向;使主题思维外化为鲜明、生动的艺术情境和艺术形象,思想倾向灌注于物质形式中。物象作为小说的一个构成因素,它对小说其他因素的渗透、组合和转化作用,有类五官感觉之外的第六感觉——通感对于五官感觉的渗透,交叉、融合和替代作用。

三

文艺作品是生活的反映和概括。这种反映和概括是对生活现象浓缩、夸大、变形、改造的结果,是作家审美意识的外化,艺术构思的物态化,是精神创造的伟大成果。从作品的静态结构看,物象是作品内容和形式的中介;从作品的动态生成过程看,物象又是联系主观和客观,意识和存在,主体和客体、人和自然的桥梁。因为艺术创作是一个客体对象向艺术家主体提供素材,艺术家主体对客体对象进行审美观照和反馈的双向过程。物象作为自然存在物,它的本质是客观的,作为人的精神的沉入,它的本质又是主观的。小说文本的静态结构由动态的艺术构思生成,其构思的功能,效果又反作用于艺术构思。世界上的一切事物、现象和过程之间都是相互联系和相互作用的。"相互作用是事物的真正的终极原因"①,"原因即因其在这一联系里是原因,所以同时是效果,效果即因其在这一联系里是效果,所以同时是原因。"②了解物象在小说构成中的审美意义,不能只停留在对作品本体作单向的静态分析,还应进而放在生成系统即艺术构思过程中做动态考察,才能充分认识其美学价值。

恩格斯说:"辩证法在考察事物及其在头脑中的反映时,本质上是从它们的联系,它们的联结,它们的运动,它们的产生和消失方面去考察。"③那么,在小说艺术构思过程中,物象是怎样在意识和存在、主观和客观,主体和客体、人和自然、历史和现实之间起桥梁、中介、联结、组合,转化作用,从而集中和概括生活,创造出完美的艺术品呢?

1. 物象是灵感君临的触发剂。

一篇小说的产生,触发是非常重要的。触发是构思的起点。当代小说家高晓声说:"触发——一切创作之母"④。

所谓触发,就是作家的思想情感与客观外物的同态契合。按照美国格式塔心理学家的观点,艺术形象、艺术境界产生于作家的思想情感与客观外物的异质同构关系。这种异质同构关系即刘勰《文心雕龙·神思》所说:"神用象通,情变所

---

① 《马克思恩格斯选集》第3卷,人民出版社1972年版,第552页。
② 黑格尔:《小逻辑》,商务印书馆1981年版,第321页。
③ 《马克思恩格斯全集》第20卷,人民出版社1971年版,第25页。
④ 高晓声:《谈创作》,花城出版社1981年版,第24页。

孕。物以貌求,心以理应”;萧绎《金缕子·立言》所云:“捣衣清而彻,有悲人者,此是秋士悲于心,捣衣感于外,内外相感,愁情结悲,然后哀怨生焉”。神因象通,内外相感,作家的思想感情方能借外物而喷发。与作家的思想感情没有契合关系的外物,对于作家,都是过眼烟云;巧遇或者捕捉住了与思想情感具有同构关系的外物,便有了灵感的君临。但这时“外物”,已不是一个纯客观的自然物,而是一个移注作家思想情感的心中意象——物象了。

构思受灵感触发,灵感由物象催化。物象唤醒作家的情绪记忆、形象记忆与思考记忆,从大脑储存的无穷无尽的神经模型里检索出需要的信息,把现实的感受和积存心中的旧有感受融为一体,于是情变所孕,“悟”从中生,产生新的艺术发现。此即《乐记》所谓“凡音之起,由人心生也。人心之动,物使之然也”。

物象触发灵感的事例,在古今中外名著创作中,不胜枚举。

列夫·托尔斯泰在1896年7月19日的日记中这样记述他受一丛牛蒡草的触发,产生创作《哈泽·穆拉特》的灵感:

> 昨天,我走在翻耕过两次的休闲地上,放眼四望,除开黑油油的土地——看不见一根绿草。尘土飞扬,灰蒙蒙的大道旁却长着一丛鞑靼木(牛蒡),只见上面绽出三根枝芽:一根已经折断,一朵乌涂涂的小白花垂悬着;另一根也已受到损伤,污秽不堪,颜色发黑,脏乎乎的颈杆还没有断;第三根挺立着,侧向一边,虽也让尘土染成黑色,看起来却那样鲜活,枝芽里泛溢出红光。这时候,我回忆起哈泽·穆拉特来,于是产生了写作欲望。

王蒙在《漫话小说》一文中谈他在物象触发下产生写《夜的眼》的灵感时说:

> 我刚从边疆调回北京以后,有一次为某单位办事而碰壁,给我印象最深的是我所去的迷宫一样的住宅区的一盏昏黄的灯。《夜的眼》就是这么来的,小说的题目也是这样来的。没有这盏灯就没有这个题目,没有这个题目就没有这篇小说。

没有物象的触发,托尔斯泰年轻时在高加索炮兵部队供职时听到的关于哈泽·穆拉特的无数英雄传说,在记忆仓库里躺了半个世纪。有了触发,“一盏昏黄的灯”把王蒙从边疆回到北京的无数观感统摄了起来,二十年的内心体验也都活动了起来。在这一个夜晚的一双“眼睛”里,映照着我们时代社会风貌的某些重要侧面。物象是把瞬间感受与作家一生的经验、体察相联系的桥梁,是把“现实和理性、和思考、和民族与人类的悠久、深厚，博大的文化传统相联结的一座桥梁”①。对于善于利用物象这一沉入精神的物质媒介的作家，一草一木、一砖一石，都会放射着人类文明与智慧的光辉；而不善于利用物象这座桥梁的，只能就事写事，就人写人，就现实写现实，作品自然缺少历史的厚度、哲理的深度和艺术的独创了。

2. 物象是笼罩整个创作构思、统摄作者情感基调的伴奏曲，定音钹。

艺术构思“在一个作为整体（即作为结构）来看的系统里，空间的、时间的、持续的和瞬时的秩序现象，经常互相转换”②。因为整个构思过程是一个万象萌发、意境纷呈、变幻莫测的过程。但总的特点和趋势却是“情曈曈而弥鲜，物昭斯而互进”（陆机语）的，人物形象、艺术情境乃至小说的情节结构由模糊而清晰，由笼统而具体，由朦胧而明朗，而作为情和景，人和自然，历史和现实“中介”的物象，在系统内部却不停地改变其形态和功用。随着构思的深化和外化，它或物化为作品的独立成分，或转化、消融于别的成分、因素中。一般地说，在传统小说中，物象多潜入作品的形式因素中，在现代心理结构小说中，物象则可直接转化为作品的题材，构成内容因素。触发托尔斯泰写《哈泽·穆拉特》的那朵牛蒡花演化为作品的引言和结束语，保留在结构形式中；但在王蒙《夜的眼》、《春之声》中，物象一一物化为作品的内容，直接构成表现人物心理意绪的材料。陈杲、岳之峰的触物生情，实是作者物我感应借语言媒介直接外化——物态化的结果。作品的结构样式、作者惯用的艺术手段决定物象在作品中演化、组合的形态，物象又反作用于作家构思和作品的情感基调。随着构思的深化，作品的人物、环境、情节乃至细节逐渐清晰、鲜明、定型，而物象却始终是一个朦胧，模糊的存在。在艺术构思中，人物、环境等等由生活实体迅速衍化为作家头脑的想象物，交织成鲜明生动的艺术情境和形象体系，通过语言媒介还复到现实世界中，而激发作家创作冲动的物象却由朦胧、模糊而消失。触发罗曼·罗兰写《约翰·克利斯朵夫》的罗马城郊外霞尼古勒山上那道闪光，随着约翰·克利斯朵夫的“前额从地下冒起”，“身体在以后的年月中逐渐而从容地涌现”，“那序曲开始的几声和弦”③，也就溶化在整个交响乐中，消失了。

在构思过程中，物象虽然是具有中介环节瞬间测定的易逝性、朦胧性、模糊性，但作为情感体验的形式，却始终左右着作者的情绪和心境，决定着作品的基调

① 王蒙：《漫话小说》，《小说林》1982 年第 12 期。

② ［比］J·M·布洛克曼：《结构主义：莫斯科—布拉格—巴黎》，商务印书馆 1981 年版，第 19 页。

③ 罗曼·罗兰：《内心旅程》，第 733 页，上海远东出版社，1986 年。

和旋律，指引艺术构思沿着既定的方向演变。主题物象隐喻主题思维。所以巴乌斯托夫斯基在《金蔷薇》中谈他创作小说《猎犬座》时说道：“当我写这篇小说的时候，我始终努力保持那种夜里山间吹来的寒风的感觉。这好像是小说的主导旋律。”这个笼罩整个创作构思、左右作家情绪和心情的主导旋律，当作品完成时，表面看来，它似乎消失了，没有转化为作品的一个独立成分，但仔细玩味，就会发觉：在作品的物化过程中，它实际上已潜入作品的字里行间，成为贯注全篇的“文气”——语言背后的情感暗流，决定着小说的基调。

3. 物象是艺术构思发生质变的诱导剂。

王蒙说：“愈是缺乏经验的新手，愈不会改造、发展，变化生活给自己的原始触发”①。改造、发展原始触发，目的是为了恢廓小说的艺术容量，寻找一个不同凡响的艺术构思。这不是逻辑推理所能奏效的。它须借助想象，将理性溶解于感性知觉中，以思维质变的形式（形态）呈现于意识面前。物象正是这种思维质变发生的媒介和诱导剂多因为物象作为精神对物质的沉入，意识对现象的介入，它本身就是一个理性、精神的和感性、物质的浑然一体的存在，所以苏联作家乌斯托夫斯基在《金蔷薇》中叙述他构思另一短篇小说《电报》时说，在一个秋天，他到梁赞的乡下去住，他并没有特别去记住秋天的征象，而秋天的悲哀同心灵的轻松和平凡的思想却奇妙地结合在一起，“重要的是秋天的感觉，与秋天所引起的感情与思想状态。而一切所谓材料的东西——人物、事件、个别的详情细节——按照我的经验，没用到以前，都很妥善地保藏在这个秋天的感觉里。”小说构思是一个综合多种心理因素，心理功能的复杂而艰巨的探索过程。随着构思的深入，物象作为主题、思想的象征物，在内容与形式之间，象征者和被象征者之间，声音、形象和意义之间，会产生奇妙的异化效果。这是因为，在一个动态生成系统中，“系统并非**有**一个中心，它任意地和按照变化着的需要，**为自己创造**中心”②。因此，随着构思的深入，物象会不断地变幻其形态和作用，不断地丰富其暗示性内涵。这是由于，在万象萌发，意境纷呈中，运动往往会“在被孤立地对待的存在物中，或在加以比较的几个存在物之中，建立起极其繁多的惊人关系，”③这就容易从偶然中见到必然，找到象征和表现的理想方案，捕捉住不落常套的艺术构思。从维熙在《创作随想录》中说，他在创作《雪落黄河静无声》这篇小说时，“一根毛茸茸的公鸡翎毛，

① 王蒙：《漫话小说》，《小说林》1982 年第 12 期。

② ［比］J·M·布洛克曼：《结构主义：莫斯科—布拉格—巴黎》，商务印书馆 1981 年版，第 19 页。（着重号为原译文所有。）

③ 狄德罗：《论美》，《文艺理论译丛》第 1 集，第 32 页。

不知触动了我哪根艺术神经，它就像孙悟空吹猴毛遍地变成小猴子一样，面前出现了劳改队的鸡舍和一群群的'澳洲黑'、'莱亨'鸡、中国种儿的'芦花翅'，"于是"劳改队鸡场上那些昂然阔步、旁若无人的公鸡和走起路来蹒蹒跚跚的母鸡，硬是走到稿纸上来。"结果，原来的艺术构思被打乱了，小说的背景由农田变成了鸡场，小说的主人公也由种稻人变成了养鸡人，并且由此波及自然景色、次要人物的更迭。老舍《月牙儿》中的月牙儿伴随着小说主人公悲苦凄惨的心境，形成了作品哀怨、愤懑的基调。相似情境一再重现，不相关现象一再巧合，真实细致地展示了人物感情发展和心理变化的演化轨迹。以意逆志，它也是统摄作者创作心境和思想状态的一种情感体验形式，是深化主题并使构思异化的媒介。刘勰《文心雕龙·神思》谓"独照之匠，窥意象（即心中之物象）而运斤，此盖驭文之首术，谋篇之大端"，这是具有独到见地的创作经验谈。

但刘勰又说："写气图貌，既随物以宛转；属采附声，亦与心而徘徊。"①在作家创作过程中，物象与作者的心理图景——臆想中的形象体系，是相辅相成的，对立统一的。在对立统一中，物象对艺术构思起触发、定调，促使思想质变等等媒介即中介作用。物象在艺术生成过程中的审美意义恰恰表现于它在艺术与生活、主体和客体、人和自然之间中介性的转化、组合中。

人们对物象在小说构成、构思中的审美意义认识不足，归根结底还是由于人们对中介环节在矛盾结构中的地位和作用认识不足所致。这种认识不足集中表现为对其"亦此亦彼"和"非此非彼"的性质，对其从属性、易逝性和独立性、相对稳定性的辩证特点，对其渗透、转化、组合作用等等缺少哲学的考察，心理学的探讨，对其在文体流变中的作用，更缺少诗学的历史比较研究。列宁说："要真正地认识事物，就必须把握、研究它的一切方面、一切联系和'中介'。我们决不会完全地做到这一点，但是，全面性的要求可以使我们防止错误和防止僵化。"②这就是我们对物象在小说中的审美价值认识不足乃至视而不见的认识根源。

---

① 刘勰：《文心雕龙》。

② 《列宁选集》第4卷，人民出版社1960年版，第453页。

横截的艺术意义

——现代小说结构美学分析(一)

胡适在《论短篇小说》中说:“短篇小说要应用横截面的描写法。”这话颇有见地。说其颇有见地,是因为它道出了短篇小说的某些艺术特点和写作的基本规律。

短篇小说的最大特点是简短集中。简短指篇幅,集中表现于情节、人物和场面。情节集中,是因为它不像长篇小说那样,放置在广阔的社会背景中,多方面地描绘生活面貌,表现波澜壮阔的历史进程,而只截取生活的某一断面,且往往只以一个中心事件作为主干,故而线索清晰,单纯明了。短篇小说集中描写的主要人物往往也仅只一两人,而不像长篇小说那样同时展开一组组人物活动;即使这一两个人物,也不像长篇那样在错综复杂的社会关系中,多方面地展示人物性格,而是将笔墨集中于人物的主要性格特征上,加以突出地刻画。既然短篇小说一般只以一个中心事件作为全篇主干,所以故事发生的场地也就比较集中,而不像长篇那样,场景变换频繁,人物活动的范围广阔;因为如果在数千字的篇幅内让故事演绎的场所经常变换,则势必结构松散。所以,短篇小说虽不必全像独幕剧,只设一个场景,但总是尽量地将故事情节、人物活动控制在较少场景中,以达时间、地点、场面、线索的高度集中。凝练,是短篇小说的一大特色。唯其凝练,所以“要应用横断面的描写法”截取生活片断,方能集中笔墨于着力之处。

短篇小说虽然篇幅简短,但优秀之作,其思想意义与艺术价值却不逊于某些鸿篇巨制。究其原因,盖由于它能以小见大,见微知著,“以一当十”也。这正如鲁迅所说:“借一斑窥全豹,以一目尽传精神”,“在巍峨灿烂的巨大的纪念碑底文学之旁,短篇小说依然有着存在的充足的权利。不但巨细高低,相依为命,也譬如身入大伽蓝中,但见全体非常宏伟,炫人眼睛,令观者心神飞越,而细看一雕栏,一画础,虽然细小,所得反更为分明,再从此推及全体,感受遂愈加切实……”所以,鲁迅、契诃夫和莫泊桑,多以其短篇小说创作的成功而确立其在文学史中的地位的。

那么,如何做到“以一当十”、“借一斑窥全豹”呢?用横截的艺术手法精细刻画能展现全过程的某一关键环节,能透视人物一生的某一邂逅际遇,能显示整体社会面貌的某一瞬间生活。所谓“以目传神”，即从眼睛里可以窥见人物的神情风貌、思想性格，引申开来，一个瞬间场景则可透露出时代社会乃至某些历史的信息。这一成功经验在现代中外的优秀短篇中比比皆在，不胜枚举。

意大利小说家皮蓝德娄在《西西里柠檬》里写一个名叫米库乔的乡村笛手，设法变卖财产，将未婚妻苔莱季娜送至那波里音乐学院深造。哪知对方成名以后立刻背弃前情。此类故事若平铺直叙可以衍化为中篇乃至长篇，不仅拖沓，而且落入俗套。作品现在从两人最后一次会面写起，让米库乔带着西西里柠檬前来苔莱季娜的寓所探望。他被佣人安置在厨房中等候。已往种种通过等候时的回忆倒叙出来，过去和现在形成强烈对照：客厅里，她谈笑风生，笑语喧哗；厨房中，他焦虑难耐，恍明真相，悲愤交集。这个凄婉的短篇由于横截成功而形成的结构紧凑、情节精炼而扣人心弦。

莫泊桑在短篇小说《海港》里写一个法国水手杜克洛个人及其全家在三年半的时间内所遭受的惨重灾难和一连串的变故。但作者只选用了一个咖啡馆的场景，集中写了一个兄妹相逢的事件，深掘锐求，取得了撼人心灵的艺术效果。原来由于灾难的折磨，兄妹双方在生理上和心理上均有巨大变异，同胞骨肉相见竟不相识。兄妹的重逢竟以水手、妓女邂逅的形式出现，在命运的捉弄下，亲兄妹之间居然做了“不该有”的事情！兄妹各自的不幸，他们的辗转相晤，令当事者倍感辛酸，使千百年后的读者为之战栗。

作品中的各种因素——人物、情节、场面、情景、意蕴、艺术手法等等一旦组织在特定的结构中，它们就不再是一个个孤立的个体，而是处于一种相互制约、相互渗透和不断转化的整体关系中。结构是将诸种小说因素组织成为一种整体关系的微妙秩序，是内容和形式的一种有机组合。无论内容或形式，在特定的作品结构里，都有表层和深层之别。作品的意义结构与社会生活结构存在着某种对应关系。历史内涵往往潜伏于作品的深层结构中，时代思潮则浮现于作品的表层题旨里。鲁迅的《阿Q正传》的深刻性在于它的深层结构里有一种说不尽的历史内涵。例如它对辛亥革命的批判，直到今天，仍有现实意义。同时，作品的形式和内容、表层结构和深层结构，无论在其生成（创作）过程或被读者阅读鉴赏过程中，均处于不断的变化或相互转化状态中。其转化或变化的契机在于作品中有一股思想和艺术之流——神韵贯穿着；是它，作为中介，使形式因素转化为内容因素，使深层意蕴呈现于语言表现形式里。横断的意义在于，它通过阻隔和剪裁，使作品的思想和文脉往深层结构潜伏，而不至于在表层蔓延。优秀的小说家深明此中奥妙，无经验的作者对此则漫不经心。鲁迅就是一个善于横断的大师。《孤独者》截取“我”所见所闻的魏连殳的几个生活片断，连缀成篇，忧愤深广，撼人心脾；《故乡》只截取闰土少年的英雄稚气与老年的迟钝木讷作对照，在与“我”的关系中，展示了人间的隔膜以及中国农民在半封建、半殖民地的社会里身受剥削、压榨之苦。

在某种意义上，长篇由于人物众多、情节复杂、头绪纷繁，更需横断，才能集中笔墨于主要人物、重要的和重大的事件上。所以，胡适先生认为“短篇小说要应用横截面的描写法”，虽有见地，但不全面。他尚未真正地把握住小说创作的艺术法则及其美学内涵。巴尔扎克的名著长篇小说《高老头》截取高里奥这个靠饥荒牟取暴利而富有的面条商寄寓在伏盖公寓的最后岁月展开描叙，是因为这个暴发户晚年的穷困潦倒，更易显示社会的世态炎凉，更能揭露金钱统治的罪恶。这集中表现在高老头和他两个女儿的关系中。大女儿仰慕富贵，他让她成了雷斯多伯爵夫人；小女儿喜欢金钱，他让她当了银行家纽沁根的太太。由于他给两个女儿每人八十万法郎的陪嫁，他在两个女儿家受到了上宾的待遇。但随着他拥有的钱财日益减少，他的地位也就每况愈下：从每周有一两次在女儿家作客，到每月一两次，最后竟被闭门不纳。高老头有钱的时候，她们喊好爸爸；高老头没有多少钱了，她们便怕别人看出父女关系；等到榨干了高老头的钱袋，他便像挤干了汁水的柠檬一样被她们扔掉。高老头被两个女儿逼得中了疯，临终前，他渴望见女儿一面，但她们为了参加舞会，“即使踩着父亲的身体走过去也在所不惜”。面对这残酷的现实，高老头终于醒悟：她们爱的只是他的钱！他意识到：如果当初留着财产没有分给她们，她们就会用亲吻来舐他的脸。高老头于是悲愤地喊出：“钱能买到一切，买到女儿。”对此，作家深有感触地说：“没有一个讽刺作家能写尽隐藏在金钱珠宝底下的丑恶。”巴尔扎克之所以截取高里奥寄居在伏盖公寓最后的日子这一生活横断面，还由于这一座落在巴黎偏僻的街区、外表不堪入目的私人寓所，住着形形色色的人物，除了这位落魄潦倒而又是雷斯多伯爵夫人、银行家纽沁根夫人的父亲高老头外，还有外省贵族青年、野心勃勃的穷大学生拉斯蒂涅，令人捉摸不透的议论家伏脱冷，被父亲遗弃的泰伊番小姐，阴险的老小姐米旭诺和她的影子波阿莱……他们的活动从伏盖公寓伸展到四面八方、社会的各个阶层、生活的每一角落，从专门引诱青年上钩、榨取巨额金钱的“万字帮”集团到警察、密探，从巴黎的下层社会到各样的上流家庭。唯其如此，这部长篇的思想触角才得以从社会现实（揭露统治阶级的卑鄙嘴脸和拜金主义的种种罪恶）伸展到历史深处（形象地再现了贵族阶级逐渐被资产阶级取代的历史过程），成为巴尔扎克作品中的一个艺术高峰，在《人间喜剧》中占据十分重要的地位。

“艺术积淀是形式，生活积淀是艺术”（李泽厚《美学杂谈》）。一位与时代共呼吸的作家，一旦熟练地掌握了某种艺术形式，往往会自然而然地创造出一些既有思想价值又有艺术魅力的佳作来。他的创作物之所以具有思想价值，是因为它能透过时代表象，深入到社会历史深处，潜藏着寻绎不尽的意蕴；它的艺术魅力，不仅由于它的艺术运用不落后于时代艺术的发展，而且其艺术表现浸透着思想，而其思想内涵又与艺术形式互为表里,不可分割。因此,一些优秀之作不仅使同时代人受到深深地感染,而且会使千百年后的读者激动不已。然而,艺术形式一旦从生活中抽象出来,它又有相对独立性。说它具有相对独立性,是因为它的发展、完善、被广泛地运用,或者被改造或被舍弃,不仅有其表现生活内容的需要,而且在艺术形式里也往往存有生活的投影。横截描写法在近代小说中,短篇虽已普遍地被运用,中长篇则只是偶尔为之,或者只为个别作家所常用,因为那时,小说的故事、情节因素,仍是作家注意的中心。到了现代,随着小说情节的淡化,“横截面的描写法”不仅在短篇,而且在中长篇小说里,也被广泛地运用着。在一部作品中,连续不断的横截,就会形成辐射状的立体开放性结构,于是演绎故事的传统封闭的小说叙述模式,便被打破了。这种小说立体开放性结构的形成与广泛的运用,自然与现代生活、现代人的审美心态的立体开放性有直接的关联;因为文学作品,无论是现实主义,抑或是现代主义的,它无一不是生活的折光,作家审美心态的外化。

其实,任何成功的艺术品,都只能以客观事物、生活的某一点或某几点象征性地表现生活、事物的整体、全过程,其余环节或方面只好留在言外、象外,等待欣赏者结合自己的生活经验去补充和发挥。因此,以小见大、“乘一总万”(刘勰)实乃是一切艺术品的一个根本性的特征。横断、割切对于小说之所以重要,乃由于:生活中人与事的关系是错综复杂的,一个人和许多人有因缘,一件事和许多事有牵连,如果把这些关系辗转追溯下去,可以推演无穷。一篇小说乃至一部鸿篇巨制,它也决不能把人在整个时空的一切活动、社会的方方面面,完整无缺、巨细无遗地照录下来。所以,一篇或一部小说,只能在人物的无穷关系中,事物的无限方面里,割切出一个片断、一个方面来,使其自成一个独立自足的世界,其余与所要表现的无关的方方面面、事事物物,都需斩断撇开。只有如此,才能赋予素材以完整的有生命的形式。素材是一堆混沌未凿的原始材料,作家的创造是在这纷纭熙攘的现实世界中,以审美情思发现某种现象所包蕴的特别意蕴,而使原始材料中的某些部分在作家的艺术处理中销落掉,另一些则在作家的放大、扩充和发展中成为小说的主体。生活现象纷纭万象,只有经过作家的简化、组合,转化为审美意识,再经过理性的梳理、消融,才能转化为特定的审美对象,构成小说的世界。作品不是生活的实录和确证,而是作家以审美情思对生活观照的结果。作家观照生活、构思作品的一个重要环节就是将现实中那些无意义的、有碍读者审美情趣涌现的现象汰洗而去,以便将那些具有特定意蕴的材料经过渲染、描绘,构成小说的世界,使其以一种异彩纷呈、风光无限的审美情感的对应物而出现。所以,人们一旦从现实世界进入小说的艺术世界,就即刻感到有一种徘徊难舍的、意味深长的东西蕴蓄其中。只有将那些无意义的、不具备审美价值的生活表面的东西斩断撇开,才能在具有审美价值的、有特定意蕴的地方精细刻画、放肆笔墨。这个艺术创造的审美辩证法,是人人皆知的常识。

因而广泛地运用横截描写法使情节淡化,把读者阅读的兴致引入小说事理情态世界的深层境界中,而不再追逐情节的惊奇险怪,逗留于小说的表层世界,乃是小说艺术发展的内在规律使然,并不是某几位小说作者的心血来潮,艺术偏好。

横断描写、情节淡化,立体开放式结构取代线性闭封的情节结构,这种小说艺术的发展趋向,还与读者阅读接受水平的提高和审美旨趣的变化有直接关系。意象派诗人、结构主义文艺理论家艾略特在谈及人们对莎士比亚的一出戏的欣赏所得时,说过一段极其精辟的话:“头脑最简单的人可以看到情节,较有思想的人可以看到性格和性格冲突,文学知识较丰富的人可以看到词语的表达方法,对音乐较敏感的人可以看到节奏,那些具有更高理解力和敏感性的听众则可以发现某种逐渐揭示出来的内在的意义。”①随着改革开放的深入、文化事业的发展,人们的艺术欣赏不仅范围在逐渐扩大,而其审美旨趣也在潜移默化地改变着、加速提高着。现在多数中等(相当于高中)以上文化水平的人欣赏戏剧、电影,已不像十年文革期间那样,单纯追求情节的离奇、故事的生动、评判人物的好坏优劣。阅读小说亦然。他们要走进人物的内心世界,进入小说的艺术境界,观赏其间的山光水色,领略其“逐渐揭示出来的内在的意义”;一些文学知识较丰富的人,例如文科大学生们,甚而把小说的语言表达作为审美对象来揣摩、观赏。接受美学家把文学活动视为一大过程,这个过程由两部分构成,其一是作者——作品,即创作过程;其二是作品——读者,即接受过程,这两个过程合在一起构成一个完整的文学过程,苏联学者梅拉赫称之为“动力过程”。在接受美学家看来,驱使文学活动运转的内在动力,当然是读者。因为读者的能动作用不仅表现在它能够影响甚至决定文学作品在不同历史时期的评价和地位,而且还表现在它能够间接地影响于文学的创作。接受过程不是对作品作简单的还原复制,而是一种积极的反馈和再创造。读者在阅读后的反思过程会提出一系列艺术、美学和伦理的新问题,要求作家在新的创作中做出反映。因之在“作家——作品——读者——作家”这一循环往复的文学活动过程中会逐步引起旧的主题、题材、形式和表现技巧的死亡、淘汰,新的主题、题材、形式和技巧的产生和运用。文学正是在这种生产和接受的复杂交错、无限延续的过程中不断“进化”和进步的。横断描写在小说创作中广泛的运用对小说发展的艺术意义,为当代接受美学理论提供了一个新例证。如果仅从作家创作角度而不从读者的能动反映、审美旨趣变化的高度来审视,就难以圆满解释当代小说结构的变化。果真如此,则艺术——美学理论,就真正是灰色的了。

---

① [美]韦勒克《文学理论》279页,三联书店,1984年。

横断描写、情节淡化所促动的小说结构的变化还有更为深刻的美学——哲学观念更迭的原因。传统哲学在两极对立的思维方式中,总是力图获得一种绝对的终极性的真理认识。它向自己提出的问题是:“什么是绝对的真”“什么是至上的善?”“什么是最高的美?”在传统哲学看来,只有当哲学为人类揭示出这种绝对的真、至上的善和最高的美,人类才能得到关于世界的完整而正确的科学知识,才能在伦理社会生活中进行真实而有效的实践活动。“这在致知取向上,就是固执于绝对之真的追求;在价值取向上,就是执着于对至上之善的向往;在审美取向上,就是沉湎于最高之美的幻想。而从根本的思维方式上看,则是把世界分割为真与假、善于恶、美与丑的非此即彼、抽象对立的存在”。这是一种反历史、反现实的形而上学的思维方式,因为“它把哲学所追求和承诺的‘本体’视为某种超出人类或高于人类的本质,把‘本体’当作一种自我存在的、与人类状况(历史、科学、文化、语言、利益、需要和物质生产条件等等)无关的实体”,①这实则是一种虚幻的空想。所以现代哲学站在历史主义的立场排斥对绝对确定性的终极真理的追求。马克思提出:“辩证法在对现存事物的肯定的理解中同时包含对现存事物的否定的理解,即对现存事物的必然灭亡的理解;辩证法对每一种既成的形式都是从不断的运动中,因而也从它的暂时性方面去理解。”②在这里,马克思对每一已经生成的形式、形态是从它暂时经过的方面和过程——运动的流中去理解的。人类在自身的历史发展中所形成的具有时代特征的关于真善美的认识,既是一种历史的进步性,又是一种历史的局限性,因为它孕育着新的历史可能性。真善美永远作为中介而自我扬弃。因而现代美学认为,美是一种以人为尺度,以人的社会实践为中介的流动过程,是一种“在文化流程中展开的独特的社会审美图景”。③ 哲学和美学是对时代现实生活反思与审美的结晶,文学艺术是时代哲学——美学思想的艺术表现。即使艺术形式,也凝结着时代哲学——美学思想的痕迹;因为“形式决定于内容的逻辑,而内容的逻辑则植根于此时此地的具体历史情境”④中。“现代诗歌形式的变迁深深植根于现代物质环境的变化之中”,⑤现代小说以“横截面的描写法”从一点、一个环节、一个生活片断象征性地表现生活(客观外在与主观内心的)的整体过程,无疑清晰地深潜着现代哲学、美学观念,而古典小说那种线性的封闭结构,追求“善恶各得其所”的结局,则是传统哲学追求至上之善、最高之美的思想在艺术形式中的沉淀。

---

① 孙聿《从两极到中介——现代哲学的革命》,《哲学研究》1988 年第八期。

② 《马克思恩格斯选集》第二卷 218 页,人民出版社,1972 年。

③ 皇甫晓涛《美的文化系统与空间景观》,《社会科学战线》1989 年第 2 期。

④ 吴康《论西方马克思主义的文学总体批评模式》,《文学评论》1990 年第 2 期。

⑤ 同上。

穿插：附庸蔚为大国

——现代小说结构美学分析（二）

在传统的故事型作品中，穿插主要起情节、事件的交代、照应作用，它只是结构形式的构成因素；在现代情境性作品中，穿插主要用以表达某些接连不断的联想与流动变幻的心理意绪，它是表现主题的材料，丰富作品意蕴的手段。反复穿插占据叙述的中心，小说结构便发生了骤变：连接结构被时空颠倒、交叉、叠合的组合结构所取代，按人物经历安排情节的一维和顺序性的封闭式的叙述方式被多维的、共时的、多角度交叉的立体叙述方式所取代。穿插是突破单一、封闭性的情节型结构，向立体、开放性结构演变的重要因素或主要手段。法国“新小说”派重要作家之一米歇尔·布托尔的名作《变》是一典型例证。这篇小说写一次乘火车旅行，借主人公的回忆勾连起以往的多次旅行，有三天前，一月前，一年前两年前，三年甚至20年以前的，加上对下次归程的想象，由一条铁路主干派生出八条支线，而这些又切割成无数小段混杂在一起，一忽儿现在，一忽儿过去，一忽儿将来，一忽儿梦境，一忽儿是最近的过去，一忽儿是最远的过去……小说叙事由时间的承接向空间并列转移，于是，一反传统小说直线式叙事结构的垄断局面，复合式、礼花式、螺旋式、辐射式、网络式等多种时空交错形式争妍斗艳，“叙述不再是一条线，而是一个面”。① 在现代小说家手中，穿插于是从偶尔为之的“附庸”地位，跃居叙述的中心，纵向的情节线索退居次要地位，甚而仅只充当由穿插组成的交错呈现、纷纭繁复的横向结构的“系带”与“过门”了。

这种由穿插所引起的小说结构的质变，是一些小说家玩弄技巧的结果吗？如果不是，那么，它的产生和发展有无艺术发展的必然性？这种小说结构的变化意义何在？

---

① 布托尔《对小说技巧的探讨》，载伍蠡甫主编《现代西方文论选》，上海译文出版社，1983年。

心理小说的发展是穿插得以广泛运用并由此引起小说结构发生质变的一个重要的艺术土壤。传统小说力求通过人物的行动刻画其思想性格,接连不断的行为组成故事情节,所以高尔基有句名言:情节是人物性格“成长和构成的历史”。作家致力于人物性格外在特征的细致刻画,势必精心安排情节,布置故事,在这类小说中,穿插以及一切艺术手段,都是为了故事情节的发展以再现人物的思想和性格,“插曲太多分散注意力”,“你写的一字一句,都须用以叙述故事”。① 心理小说则不然,它不致力于借助人物的言谈举止、表情姿态、行为细节再现丰富多彩、千姿百态的客观世界以展示人物的生活和性格,而是按照心理结构的原则,凭借人物的主观直觉和思绪来组织素材,历史与现状、过去与未来在人物意识的屏幕上相互交叉,客观的人生、世态与主观的意念、情感相互渗透,彼此融合,从而揭示人的内心世界的微妙复杂。20世纪心理小说呈多元态势发展,意识流、新感觉主义、精神分析、心理现实主义等各种形式并存。但它们有一共同特点,即以表现人的内心活动为其主要内容。在这类小说中,“外在世界已退缩为相对来说不那么重要的对象和事件的轮廓”,“退为背景”,其“重要性降低了,除了它能被上升到象征的高度”。② 由于记叙生动情节、讲述完整故事的兴趣让位于表现人物内在心灵世界的兴趣,让人物在川流不息的自由联想中,用无声的语言道出自己的思想感受、情感意绪,如此小说结构便暗自发生这样的变化:意识中“成千上万片断像不间断的雨水”(伍尔芙),“两条或更多的情节线索被分割成许多短小的片断,它们很快地和变化多端地出现,即是说几乎是同时的”。“在两个情节流中,对于同时性的进一步接近,是通过不断插入涉及另一情节流(同时性的)那个情节流的语言母题的描述而达到的”,因而“恰好在叙述所涉及的时间的几种不同层次的深度上,回忆的事件就常常变得可以看见了”。③ 不断地联想、回忆、内心独白,势必频繁地运用穿插;频繁的穿插又势必引起时间的分层次变化,横断面场景把原来的故事线索分割成许多短小的片断,“这都极大降低了作为结构形式基础的情节过程最初的按年代排列顺序的重要性”。④ 穿插彻底打破传统小说一维的时空顺序和线性的情节发展序列,于是重新组合作品的结构,就是势在必行、顺理成章的事了。

然而,由穿插生成的小说结构的质变还有更为内在的小说文本构成的艺术美

---

① [英]安·特罗洛普《谈小说创作》,《文艺理论研究》1982年1期。

② [西德]弗·K·斯坦泽尔《论现代小说》,《文艺理论研究》1988年6期。

③ 同上。

④ 同上。

学原因。

现代小说虽不精心编织故事,创造典型性格,但却着力经营作品内在深层的意蕴。意象派诗人庞德曾说过,现代诗歌意象表现的“是一团或一堆相交溶的思想”(《关于意象主义》)。现代小说所表现的更是某种“一团或一堆相交溶”的多层次的立体思想,而由穿插所组合的时空交错正是表现这种多层次立体思想的最适宜的对应形式。法国诺贝尔文学奖获得者克洛德·西蒙获 1967 年美迪西奖作品《历史》,所叙故事非常普通——一个人去银行,遇一无赖,在餐馆用午餐,把家具出售给古董商人。但这个普通平常的故事却展现了一部家族史、民族史乃至人类社会的历史:随着叙述者从抽屉中找出的旧日的明信片,受明信片内容与画面的激发,通过书中人物根据他记忆深浅程度的不同而产生的联想,时隐时现地描绘了这个家庭中的各种人物。这些明信片打开了叙述者记忆的闸门,于是不再有国界的阻隔、时间的界限,这个家族的历史被分割成一小部分、一小部分地,时序颠三倒四地出现在作品中,各种人生经验交错复合地融合在一起:家族的历史与西班牙内战联结在一起,家族的历史淹没在人类历史的洪流中,人类的历史体现在家族、个人的历史中……如此将作家个人的经验与人类群体的经验熔为一炉,意味深长,意蕴无穷。现象学美学家杜夫海纳认为:艺术对象只能是被感知的艺术品,它是艺术作品与读者审美知觉相加后形成的“审美要素的组合”。在审美对象的诸多要素中,作品的“意义”,是关键性的构成因素。审美对象充满了意义,几乎达到了饱和的程度,它能招引人们集中注意力于各个审美要素,唤起人们强烈而深刻的审美感受。虽然现代小说尚未创造出传统文学所要求的那种具有典型意义的思想性格,但从总体上看,现代小说在反映社会现实的深度、展示人物内心世界、挖掘人的潜意识方面,都大大超过传统文学作品。现代文学发现和开拓了一个展现人物内心意识活动和作品意义结构的新领域。

艾略特曾说过,“创造一种形式并不是仅仅发明一种格式、一种韵律或节奏,而且也是这种韵律或节奏的整个合成内容的发觉。”现代小说立体开放结构的各审美要素——艺术形式要素之间、形式要素与内容要素之间、各要素的表层与深层之间,有一种相互激发、互相转换以沟通历史与现实、主观心灵与客观世界、艺术世界与生活世界的、艺术对象与审美主体的优化组合功能。

穿插形成时间叠合,空间场景的近景、次景和远景连续急速地移动。“一切在空间的移动将意味着重新组织时间结构”。① 因为人们的某些储存于心灵中的特别强烈的生活经历(场景、事件、活动等等)一旦重新浮现出来,与现在的意识交织

① 布托尔《对小说技巧的探讨》。

在一起，就会无视时间的距离而把它们当作活生生的现实加以体验，这样便会把时间重叠起来重新组织人的时间感。过去、现在和未来彼此穿插颠倒，现实、历史、幻想互相交融渗透，“新的时间维度存在于时间的宽度中（每个事件的同时性），存在于时间的深度中（‘持续时间’，过去影响现在），存在于时间流动的方向上（可转换性或年代悬搁）”；①而同一的人、事、场景在不同的历史——现实——将来的时间流中感觉、思考它，又会有不同的内涵。时序颠倒的用意之一就是为了突出历史与现实的因果关系，因此，西德小说理论家弗兰兹·斯坦泽尔认为，“小说中的时间作用是双重的：即作为主题（时间的经验）和作为结构因素（小说即描绘时间的艺术）。二者紧密关联，因为时间结构的描绘可以暗示时间经验的特性，”“时间经验是一个时代思潮、文化风气的一部分。”②英国意识流作家伊丽莎白·鲍温认为：“时间同故事和人物具有同等重要的价值。”“所谓时间计算，或者指某些场面的延伸——把几分钟的时间扩展到好几页，或者把一段较长的时间加以压缩，尽管作者并未着意交代，我们也会感到这段时间确已过去。从某种角度上看，小说家在写书时可以像一把扇子似地把时间打开或者折拢。”“一篇好的故事是一连串效果极强的‘现在’——如果你愿意的话，叫它场景也未尝不可。”③由于小说家把各种场景穿插、汇集到当前这一时刻来集中加以表现，取得了一种特殊的戏剧效果，因此，鲍温称它为“戏剧性的‘现在’”。现代小说之所以全神贯注于时间和空间场景的变换，乃由于：时间是无穷的，空间是无限的，正如恩格斯所说：“时间上的永恒性、空间上的无限性，本来就是，而且按照简单的字义也是：没有一个方向是有终点的，不论向前或向后，向上或向下，向左或向右。”④无限、无穷而且各具宽度和深度的时间空间重叠交错，相互转换，自然会发生无尽的意蕴，所以现代小说比传统小说更具内涵。

法国新小说派作家布托尔在论及他的小说时说，它是座迷宫，“不仅是座空间的迷宫，也是一座时间的迷宫。”⑤这不仅是布托尔和法国新小说派小说的结构特点，而且也是大多数现代小说的结构特点。现代小说结构中的时间是一张复杂的网络，过去、现在、将来糅合在一起，叙述和追忆交替出现；空间关系的组合，真实空间和意象空间交替重叠，扑朔迷离，似真似幻。呈现在读者面前的，是一环套一环的回忆，一幅幅遥远而又切近的生活画面。阅读现代小说，犹如步入迷宫，读者

---

① ［西德］弗·K·斯坦泽尔《论现代小说》，《文艺理论研究》1988年6期。

② 同上。

③ 转引自廖显桥主编《西方现代派文学500题》160页、464页，辽宁人民出版社1988年。

④ 《马克思恩格斯选集》3卷89页，人民出版社1975年。

⑤ 转引自廖显桥主编《西方现代派文学500题》464页，辽宁人民出版社1988年。

在一环套一环的连环式的回忆性的描述中闻到芳香,作品的氤氲气氛催人入梦;读者在惟妙惟肖的幻境中寻绎作品的饱满内涵,获得不尽的美的享受。

穿插形成时空交错;时空交错又优化了穿插组合作品的结构功能。时间和空间相交错,历史和现实相叠印,现实与回忆融合,宇宙性的展望为历史性沉思张本。"哀我生之须臾,羡长江之无穷","一去紫台连朔漠,独留青冢向黄昏",这类在时间的空间化、空间的时间化的错综变化中所表达的人与无穷时空关系的浩叹,便显得别具哲理内涵,格外怆楚动人。由穿插形成的时空交错加速了现代小说诗化即散文化趋势,小说的散文化又势必扩大作品的意义容量。王蒙《春之声》所叙述的客观时间是工程物理学家岳之峰所乘火车的两小时47分钟的行程,但主观时间则持续了从主人公童年到渺茫未来的50余年;概念空间是一节闷罐车的有限范围,但知觉时间却是浩瀚宇宙的无限范围。双重的时空在主人公的意识流动中交织,以时间流动为经,以空间转换为纬,纵横交错地伸展着情绪的伏线。穿插的内容也不再只是客观外在事件的描述,而多是一种在人物意识中流动的、深刻的、多层次的"感觉中的现实",这种多层次的、复杂的、内在的"感觉中的现实"作为作品题材的构成大量、频繁地使用,反过来又提高了穿插的叙述质级,优化着小说多维立体结构的思想和艺术负载,穿插于是由作品结构的表层表现技巧潜入作品结构的深层组合中。

作品就其存在形态说,不过是某种结构关系的标志。这种结构关系首先是欣赏主体与艺术对象的审美关系,其次是艺术对象的审美结构。但二者又是互为因果,相互折射的。审美结构召唤读者的审美观照,审美观照又反过来生发审美结构的艺术意义。穿插作为作品审美结构的要素之一,在现代小说中,有其独特的艺术意义。穿插对组合作品的艺术作用有二:其一是截断,其二是间隔。截断又有休止和省略两种艺术效果。省略一方面删剪枝蔓乃至故事"主体"的无意义成分,另一方面为情感、意绪的发展寻找一个新的起始点,以使新的层出不穷的意思从这个新的起始点再次蔓延出去,生发开来。休止化实象为虚象,酿就一种"超以象外"(司空图)的诗情境界,使作品具有空灵、浑茫之美,为读者的回味、思索留下一定的艺术空白。艺术的休止是艺术的重要组成部分。刘大櫆《论文偶记》云:"管弦繁奏中,必有希声窈渺处;"史坦尼斯拉夫斯基说:"最重要的表演片断,往往不在台词中而在台词间隙的停顿中。"有画处可以成为赘疣,无画处可以形成妙境:"弦凝指咽声停处,别有深情一万重"(白居易)。艺术的休止对艺术本身,不是行动的中止,而是另一行动的继续。休止是由作品表层结构转向深层意蕴,由外在行动转向内心世界幽深渺茫处的一种内在连续。休止,对艺术本文,是"秘响旁通,伏采潜发"的"义生言外"(刘勰),对审美主体——读者,作品中融涵着的空白点,将在不同环境、不同情感介入的再创造中产生不同的意蕴。阅读既是领会原意,又是创造新意的过程。欣赏者再创造的艺术境界相似又不同于作者想象和理解的生活——艺术世界。所以,一千个人心目中有一千个阿Q和哈姆雷特。由于形象大于思想,实体大于观念,不同读者赋予作品的意义,往往为作者始料所不及。当代作家阿城介绍小说创作经验时说,他常常有意“使作品留下大量的空白,让读者根据自己的经历去填充”。睿智的休止往往胜过千言万语。它把欣赏者的思绪引向深邃的超然思幻的艺术境界。在特定的艺术情境中,休止、省略、空白,反倒“此时无声胜有声”。间隔也有两种艺术效应:一是反复穿插——间隔会形成作品多条线索(客观世界的和主观心灵的)平行交织、明暗重叠,使作品具有繁复充实之美。空灵与繁复相互生发,作品意蕴自然丰硕;因为反复的穿插描叙,多种意念的综合、多重内涵的辐射,错综见意会造成作品题旨的含蓄多义,从而引起读者“仁者见仁,智者见智”的复杂反响。二是因间隔而形成悬念,从而调动起读者期待、猜测、疑惧、惊骇、迷惘等一系列阅读心理的积极因素,激发读者投入形象、意境、意蕴的再创造之中。所谓悬念就是作品的情致或冲突发展到某一引人入胜之处,作者“忽然”把它拦腰截断,又落笔去写与此无关的另一些东西,而让读者去悬想这一矛盾发展的可能运动方向和结果。因此,悬念是割断作品某一情境发展的连续性而在读者心灵中引起的一种审美效果。不仅“一出戏是一连串的悬念和危机”(A·琼斯《戏剧的规律》序),所有叙述性作品都充满着由悬念而造成的阅读者期待、猜测、焦灼等心理“危急”的。心理“危急”牵动着读者的审美探究。因此,法国新小说派作家西蒙认为“一切叙述都会带有某种探究”。[①] 在叙述中,一句问话的发生,一个令人担心的行动的开始,一个心理意念的闪现……只要作者不立即向读者宣布结果,而在中间作稍事停顿,都可以造成悬念——探究的心理期待,穿插是现代小说造成悬念——探究式的“心理危急”的最大量运用、最有成效的艺术手段。反复的穿插叙述,把单一的故事横截成一个个片断,时空交错,“空室生白”(庄子),把思维的触角伸向内心世界的底层,伸向社会生活的内部,伸向历史的纵深处,从而建构起现代小说多层次交叉重叠的立体复合结构。由于某些瞬间、画面被作者浓描细写,成了重要意义的负荷,发挥着创造和扩大作品意义的功能,它们也就鲜明地刻印在读者的记忆里,在事情过程被淡忘之后,恰恰是它们迅速洞开你的想象闸门,使你恍然悟到作品蕴含的许多意义。

促动现代小说审美结构从传统小说母题中脱胎而出,归根结底还是出于表现内容的需要。现代小说立体结构具有审美意义在于它与作品的思想内涵有一种

① 克洛德·西蒙《关于小说的问答》,《文论报》1986年6月21日。

相互构成的关系,亨利·詹姆斯说过:“唯有形式才具有内容,并且占有和保住它。”①现代小说的立体开放性结构是展开现代生活、表现现代人的思想性格、容纳作品饱满内涵的恰切形式。毛姆《刀锋》的叙述结构是漩涡式的,人物性格关系结构是网状式的。漩涡式的叙述结构不断地转换叙述的人称。但这种转换不是任意的,每一章各节之间的叙述总以这一章的主角为中心由外向内或由内向外构成章节的节奏。例如第一章用第一人称叙述,叙述角度以主角拉里为中心,角度每转换一次,就向拉里接近一步。从毫不知情的毛姆转到拉里的朋友索菲,到拉里的保护人纳尔逊医生,再到拉里的未婚妻伊莎贝尔,最后到拉里本人,叙述角度绕着拉里转了一个螺旋线。第三章则反过来,由内向外。于是形成了漩涡式的多角度叙述结构。这种叙述结构复杂多变,但变化中有统一,那就是不断变动着的叙述与人物性格关系相互吻合,取得了良好的艺术效果。漩涡结构以其特有的连贯性把松散的人物性格关系缀合成一个整体,把一个个分散的天涯海角的人物拉到一起。这种被缀合的整体不再是受三一律限制的现实生活的再现,而是一个超时空的意识群落。这个意识群落以其自身的凝聚力把分散在天南地北、过去和现在的人物性格的碎片缀合成富有艺术特征的整体画面。一个个角度不同的叙述画面缀合在一起时,又产生了它们各自单独所无法达到的艺术效果。就每一个叙述角所叙述的画面看,那形象是支离破碎、模糊不清、肤浅有限的,甚至还存在种种歪曲:艾略特把拉里视为无赖,伊莎贝尔把拉里视为童贞,格雷把拉里视为圣者,苏珊视拉里为无为而为的古怪人物,而当我们读完全书时,则发现拉里是一个性格复杂地走在时代前面的有独特个性的美国青年。这种漩涡结构的每一叙述者的有限性正起到了悬念作用,它有藏有露,明暗交织地激发读者的好奇心,调动起读者的想象力,促动读者积极参与文学的创造活动,使《刀锋》这一部近乎哲学的长篇小说读来兴致盎然,余味无穷。语言难以达到的艺术效果,结构可以达到。人物性格关系的网状结构给每个人物一情境,然后让人物按自己的自由意志去行动。他们曾在某一时刻、某一地点相识,又像网一样四下张开,各走各的路。有时,其中的某些人又碰到了一起,然后再分散。每次聚合和分散的情境各异,组合成小说艺术情境的大千世界。众多人物的自由意志一旦行动起来,必然编成一张复杂的不规则的性格关系网络,而不是同步地向着一个方向流动。凸现当代人的个性是构成人物性格关系的网状结构的艺术出发点,而网状结构则是凸现当代人的个性的有效的结构形式。《刀锋》人物性格关系的网状结构是对当代人性关系的本质的艺术再现。人物性格关系结构是作品的内在结构,它的结构逻辑是现实

① 伍蠡甫主编《现代西方文论选》97页,上海译文出版社,1983年出版。

生活和人物的思想性格提供的，有深厚的生成基础；叙述结构是作品主要的外在结构，它的结构逻辑是作者的创造精神建构的，有巧妙的组合能力。人物性格关系的网状结构具有扩散的特点，它使作品具有张力内涵；而叙述的漩涡式结构则有凝聚的特点，它充分体现了作品外在结构的凝聚力。两个层次结构相互作用，互相生成和渗透，构成了《刀锋》总体结构立体、多层次交错重叠的复合特征。因此，现代小说立体、多层次结构是容纳其饱满意蕴的最恰切形式。形式和内容有机融合，你中有我，我中有你，使其具有高度的审美价值，是现代小说蓬勃发展、能够获取更多读者的奥秘所在。

一种艺术样式审美结构的变迁乃是艺术发展的内在规律和读者审美旨趣变化使然。穿插由传统小说的一种结构的外在技巧发展成现代小说结构的重要组合成分，成为沟通时间和空间、历史和现实、艺术世界和生活世界、客观世界与主观心灵的主要手段，与现代小说散文化的整体发展趋向密切关联着；现代小说散文化的艺术发展，又与读者审美旨趣的变化有密切关系。现代读者的阅读心态已由追求故事的离奇、英雄人物的悲壮结局转而欣赏作品所建造的艺术情景世界，寻绎其哲理内涵了。这是人的现代发展、文化素质提高的结果。审美旨趣的变化作用于作品的构成，"叙述实际上变成了主要的主题"，"叙述者的诱导作用在任何地方都是显而易见的"。因而现代小说"其基本结构的统一并不是冗长的情节的连续，而是片断，通常是突然插入和同样突然结束的较短的情节段落。由于片断之间并不存在说明变化的段落，所以，借助'然后'、'因为'或'所以'来联结各叙述段落的常规方法不再起作用了"，①而贯通作品的是一种由"流动的现实"所构成的气韵。现代小说审美结构的形成是小说的散文化的一个硕果。

① ［西德］弗·K·斯坦泽尔《论现代小说》，《文艺理论研究》1988年6期。

组结的艺术

——现代小说结构美学分析(三)

小说是横切的艺术,但连缀一个个横切面而成篇章——文本体系,靠纽结。

纽结是把小说的各种构成因素缩联成为一个结构整体,使其充分发挥艺术表现力的一种结构方法。它不是作品的矛盾冲突,而是集中矛盾、激发冲突的一种契机,是集各种光线于一处而又发射各种光线的地方,是一种变素材为题材,把各种各样的短章插曲、旁文逸事拉向中心,使其如叶附枝、如枝附杈、如杈附干、如干附根,在各种不同的层次上向大于自己的要素靠拢的艺术组合功能。

纽结的美学就在它的艺术组合功能上。它把两个或两个以上互不相干的事物凝聚在一起,使其相互辉映,从而产生惊人的艺术魅力;它使作品的各个构成因素相互生成、相互转化,从而产生一种微妙的结构秩序,散发着艺术的光辉。纽结作为小说的一种结构手段,它的审美意义首先表现在按照艺术规组合作品要素,使其成为一个完美的有机构成,从而使自己也获得艺术生命,具有美学价值。

文学作品系一整体,由功能不同的各要素构成,各素之间的联系形成文学的艺术性和美学价值。作品的各要素不是一堆率然杂陈的堆积物,而是一种按照组合规律有秩序的构成。这意味着作品的结构要素是处在不同的层次上,发挥着各自不同的组合功能。纽结作为一个结构要素,一种结构手段,它又由诸多子要素构成;它的结构功能是通过其子要素的活动而实现的。

文学是人学,"人是社会现实的焦点,是生活的主人,所以抓住了人,也就抓住了现实,抓住了生活"。[①] 现实生活是错综复杂的,各种联系即矛盾夹缠在一起,其中有大的矛盾和小的矛盾,这方面的矛盾和那方面的矛盾,内部矛盾和外部矛盾,然而,仔细审视,你会发现,各种各样的矛盾往往自成一个纽结。文学作品的

① 钱谷融《〈论"文学是人学"〉一文的自我批判提纲》,《文艺研究》1980 年第 3 期。

纽结其实是生活纽结的艺术再现。既然文学是人学，作品的纽结是生活纽结的艺术再现，所以，人和人的活动自然是构成小说结构纽结的一个重要因素或手段，高明的作者是不会放弃利用人和人的交往来结构作品、凝聚小说结构的焦点的。

巴尔扎克《高老头》中形形色色的人物，活动于两个舞台：巴黎的贫民窟——拉丁区内的伏盖公寓和第一流贵族居住的圣·日耳曼区的豪华沙龙。伏盖公寓散发着一股霉烂酸腐气味，蜷缩着一批穷愁潦倒的失意人物，他们蠢蠢欲动，演着各自的悲喜剧。灯红酒绿、纸醉金迷的贵族沙龙和贫穷的伏盖公寓遥遥相对。巴黎上流社会里一群"最出色放肆的男人"和"最风雅的妇女"，正在沙龙里放荡不羁……小说中的一个重要人物——拉斯蒂涅，穿梭于两个舞台，沟通南辕北辙的两极，使截然对立的贫穷愁苦与富贵欢笑相互衬托。随着拉斯蒂涅在伏盖公寓和贵族沙龙这两个舞台之间穿梭往来，阴冷的伏盖公寓和富丽的贵族沙龙也仿佛变成了两个有生命的人物，和拉斯蒂涅结伴同行。伏盖公寓像鬼魂一样缠在拉斯蒂涅身上，随着他走进珠光宝气的贵族沙龙，造成一种喜剧意味的不协调；珠光宝气的贵族沙龙又在拉斯蒂涅身上投下一道彩虹，随着他回到阴冷的伏盖公寓，又造成一种悲剧意味着不协调。贵族沙龙在他身上留下的虹彩，更反衬出眼前的凄凉，显示了金钱法则的冷酷无情。在这两种生活的强烈对比中，在冷酷无情的金钱法则的刺激下，渴望财富荣誉的拉斯蒂涅，浸泡在钻心刺骨的贫穷里，好比火上加油，更炽烈的燃起了黄金梦的欲火；人物的性格，也就在这种对比异常鲜明的奇特环境中得到充分的发展与表现。现实主义大师巴尔扎克就是这样利用拉斯蒂涅这个人物把两极的社会生活纽结在一起，使作品的各种结构因素充分发挥其艺术的表现力的。

刘姥姥"三进大观园"是利用人物活动纽结作品结构的又一著名的成功例证。《增评补图石头记》眉批曰："刘姥姥亦是此书眼目，"所指出的正是此人的结构职能。"且说荣府中合算起来，从上至下，也有三百余口人，一天也有一、二十件事，竟如乱麻一般，没个头绪可作纲领。正思从哪一件事哪一个人写起方妙？却好忽从千里之外，芥豆之微，小小一个人家，因为与荣府略有瓜葛，这日正往荣府中来，因此便就这一家说起，倒还是个头绪。"《红楼梦》通过这个村野老妪三进荣国府，连接起了这个封建贵族大家庭由盛到衰的全过程。其中以二进荣府接触人物最多，展现场面最广，尤其让这个老婆子在酒醉饮饱之后撞进怡红院，扎脚舞手地滚进宝二爷的锦被绣褥之上熏了个满屋子的酒气臭屁，使得两种无论从哪方面看都迥然异趣的生活发生了奇妙的交叉重合，读来叫人拍案叫绝。

经常充作小说结构纽结的另一要素，是场景。这由于场景是人物活动的空间。

伏盖公寓的餐桌就是巴尔扎克《高老头》乃至其全部《人间喜剧》的一个重要纽结。我们之所以把伏盖公寓的餐桌看作一种场景，是因为这张餐桌上坐满了十八个人，其中有七个是住客。这七位住客是伏盖妈妈的宠儿，餐桌上的核心与精华。他们共同敞开一张无形的网，将整个巴黎社会都收进网里。美男子拉斯蒂涅将网撒向巴黎上流社会。他到巴黎猎取功名富贵，和声势显赫的鲍赛昂子爵夫人攀上了表亲。在子爵金碧辉煌的客厅里露面，就等于取得了一纸阀阅世家的证书。一朝踏进了这个门禁森严的场所，拉斯蒂涅就成了巴黎上流社会沙龙的座上宾。他马上即可通行无阻地闯进老贵族、新贵族、暴发户银行家的宅第，深入名媛贵妇的香闺，窥探新老贵族和金融巨子家庭的内幕，领着我们漫游巴黎社会的迷宫。在伏盖公寓餐桌上受尽嘲笑的高老头，将网一面撒向巴黎上流社会，另一面撒向高利贷者的魔窟。他虽无法混进圣·日耳曼区老贵族府邸，却有资格进入唐打区新贵族和银行家的厨房，因为他毕竟是新贵族雷斯多伯爵夫人和银行家纽沁根夫人的不受欢迎的父亲。所以，如同拉斯蒂涅一样，他也在巴黎穷富两极之间来往奔波。当他还没有被两个宝贝女儿榨干最后一滴血之前，为了替大女儿偿还风流债，替小女儿安排偷情的香巢，他踽踽独行，几次去放高利贷的犹太人高勃赛家中，这让我们知道巴黎的阴暗角落里还盘踞着这种吸血的毒蜘蛛，透露了巴黎社会的另一隐秘。维多莉·泰伊番小姐和古的太太这两个人物由伏盖公寓的餐桌通向百万富翁泰伊番家中，从另一方面描绘出资产阶级的冷酷。古的太太在餐桌旁痛心地倾诉泰伊番父女相会的场面，展示了资产阶级无情地撕毁家庭关系温情面纱的图景。与以上四位住客不同，伏脱冷将网撒向巴黎神秘的黑社会。这个高等窃贼集团——万字帮的首领兼军师，苦役犯中的拿破仑，有自己的警卫组织，爪牙密布，神秘莫测。他替手下十万苦役犯保管钱财，预备他们逃出后使用，或者交给他们的家属。有了这样一位角色，伏盖公寓的餐桌又与监狱、犯罪集团呼吸相通，显示了巴黎社会的地狱本色。有矛必有盾。在同一张餐桌上，伏脱冷的背后潜藏着一个窃听集团。老姑娘米旭诺和她的情人波阿莱则堕落为巴黎警察局的密探，使伏脱冷中计被捕。天才作家让这样两个丑恶人物和警察部长阁下发生瓜葛，显然是对波旁王朝的国家机器给予轻蔑的嘲笑。因此，聚集在餐桌周围的这七位住客，通向巴黎社会结构的各个层次——新老贵族、金融家、暴发户、高利贷者、监狱中的苦役犯、黑社会的窃贼集团、警察局的监视网等。这七位住客在各个层次之间穿针引线，演出了一幕悲喜剧。不仅如此，伏盖公寓餐桌上的人物，还通向《人间喜剧》的整体。伏脱冷虽然在餐桌旁被捕，但不费吹灰之力又逃了出来，多次在《人间喜剧》中出现，在《交际花盛衰记》中居然成了巴黎秘密警察厅长。拉斯蒂涅后来飞黄腾达，与纽沁根合谋搞银行倒闭的骗局，他本人一次赚了

40 万法郎(《纽沁根银行》),最后还当了部长(《不自知的喜剧演员》)。对于这些人物,伏盖公寓的餐桌是他们漫长人生旅途中的一个重要驿站。他们从这个驿站出发,前后几乎活动了半个世纪。一张小小的餐桌,经过天才作家的巧妙安排,在空间上扩展到了全巴黎,在时间上前后影响将近半个世纪。《人间喜剧》九十一部作品,在其中不少章节里都会感到这张餐桌的存在,这真是艺术的奇观。一张小小的餐桌竟然对作品结构乃至文本①产生这么大的纽结作用,不能不令人叹为观止。

常常作为小说结构纽结的,还有事件和物件。之所以把它们放在一起,是因为二者实难分拆开来。例如曾使罗瓦赛尔夫人幸福地眩晕了几小时、又痛苦地劳作了大半生的“项链”,作为一件舞会上的装饰物,是物;而罗瓦赛尔夫人借项链和丢失项链又是一个事件。一个中心事件或主要事件一旦发端之后,有经验的作家不会轻易地放过它,而定要千方百计地用它作为一个结构纽结来吸附更多的人物、事件、因果联系、叙事单元的。这种用某一事件来吸附众多头绪,收散乱于整一,集单一为丰富,使内容达到饱和程度的结构方法,在《红楼梦》中可以说达到了炉火纯青的地步。为人熟知的宝玉挨打、秦可卿之死,纠集了多方多重的矛盾,似江海浪潮,千头涌起,汇成洋洋大波。

比起一般性的事件来,作品中的物件往往更为具体可感,它能将人物、事物、场景、各种各样的材料,甚至作品的整个意蕴都聚集在某一焦点上,变有限为无限,使作品散发出诗意的光辉。斯特林堡的《半张纸》,这个短小仅千余字的小说,却记叙了主人公与他妻子两年来从恋爱到结婚再到妻子难产而亡的全部历史。篇幅与容量之间的矛盾,奇迹般地全凭小小“半张纸”而得以解决:主人公中年丧妻,完殓之后,要告别原来的那个叫人触目伤情的住所,移步之际,看到墙上钉着半张纸,不禁令主人公怦然心动——那曾是幸福的记录,上面一条条简短的记事,虽三言两语,前后不连贯,但却不断提醒主人公对已逝岁月的追忆;而作者又总是单起个头就又吝啬地砍断,不肯在字面上让主人公的追忆完全展开,留给读者可填补的大量空白。如此,这“半张纸”既是眼前生活的实的组成,又是已逝岁月的虚的概括,抒写既不脱离具象,又诗一般地超越具象,创造了一种“深文隐秀,余味包曲”(刘勰)的意蕴美。

---

① 文本一词是接受美学和结构主义文学批评家常用的一个批评术语,它的含义有二:一指作品本文;二指一类文学作品系统关系。[法]罗兰·巴特《从作品到文本》(《文艺理论研究》88 年 5 期)一文指出:“文本的基本活动是跨越的,它能横贯一部或几部作品。”笔者在这里借用这个批评术语,意指巴尔扎克整个作品系统。

物象也常常作为小说结构的纽结。物象与场景、物件都是小说环境的构成因素,但后两者一般不具有象征性,物象则具有象征意义。正因此,它充作结构的纽结,往往更容易深入到作品的内在关系之中。

英国作家罗伯特·史蒂文生的名作《金银岛》中有一只鹦鹉。它有一个怪名字——“弗林特船长”。这个名字本身就蕴含着整个故事的背景材料。原来金银岛上的黄金白银,都是老海盗弗林特生前埋下的。弗林特生前曾带领一批凶神恶煞似的海盗,打出黑底白骷髅的海盗旗,驾驶着海象号帆船横行海上。如今,他虽然早已离开人世,但是目前这艘寻宝船的鹦鹉居然也叫弗林特船长,仿佛那个海上魔王的鬼魂化身为毛羽斑斓的巧嘴鹦哥,也来参加远航,要去探望他生前埋下的巨大财富。于是,以鹦鹉为媒介,弗林特的阴影始终笼罩着这次航行,成为一个时时在场的角色,这次远航探宝,也就成了弗林特海盗船冒险史的续篇。当年跟随弗林特的那伙海盗党羽,都伪装成善良水手,参加这次航行,暗中酝酿着叛乱。一只小小的鹦鹉把这些若隐若现的情节线串联起来,把虚写的故事背景和实写的远航寻宝纽结成一个有机整体。

这只老鹦鹉身上不仅凝聚着老海盗弗林特的鬼魂,而且是新的海盗首领西尔弗的影子和化身。西尔弗以前是大海盗弗林特的军师,弗林特本人也畏他三分。但他和一般海盗不同,剽悍凶残之气深藏不露,表面上文质彬彬,待人殷勤有礼,实际上口蜜腹剑,心狠手毒。现在,他也混进了这只探宝船,当了厨子,暗中在运筹帷幄,是群盗的智囊和舵手。作者特意把他写成这只鹦鹉的主人,让鹦鹉时常栖息在他的肩上,构成了一幅奇异的肖像画。这等于给他一个富有象征性的特殊标记,形象地显示出这个独脚的厨师是海盗帮中天字第一号人物,相当于过去的弗林特船长。对于西尔弗来说,这只鹦鹉就是老海盗首领弗林特掷给他的海盗王国里的权杖和皇冠。一只小小的鹦鹉又把死者和生者——两个海盗首领融为一体,纽结成一个人。

一只鹦鹉之所以会把两个海盗首领联为一体,是由于它是高度人化了的。作为一个人化了的物象,它还参与了人的行动。当伪装水手的海盗公开叛乱之后,少年霍斯金的伙伴们与海盗两军对垒,生死相搏。一天夜晚,霍斯金误入敌营,就是这只鹦鹉突然从黑暗中响起一阵尖锐的叫声,惊醒了的海盗纷跳起来,把霍斯金当场活捉了的。

作为结构的纽结,这只鹦鹉不仅是某一类人的象征,而且又是作品题旨意蕴的象征。寻找金银财宝的航行结束,霍斯金平安地返回故乡,在平静的生活中,却常常在噩梦里听见那只鹦鹉呼唤西班牙银币的凄厉叫声。《金银岛》的故事,就结束在噩梦中听到这凄厉的呼唤声里。鹦鹉对金钱的呼唤是全书的主题歌,它暗喻地唱出了资本是满身血污来到人间的，像英国这样的海盗国家，当年在开拓殖民地、发展资本主义的过程中，曾经满身血污进行公开地海上掠夺的。现代小说结构的突出特点是故事里面套故事，纽结之中有纽结。

人物、场景、事件、物件……这些纽结作品结构的因素、材料或手段，无论长篇或者短篇，往往是多种因素、几种构成手段并用的。但古典小说多用人物、事件、场景纽结作品结构，现代小说多用物件、物象纽结小说结构。这是因为古典小说是在情节中展开小说世界，现代小说是在情境中展开小说世界。无论古典小说还是现代小说，成功的纽结往往从作品的外在联系直透作品的内在关系中。这在古今中外名篇中，不胜枚举，上述作品之外，再如鲁迅的《风波》，一切因辫子而起，一切由辫子而终。在辫子的去与留、盘起与放下中凝聚着当时中国政局的风云变幻。有经验的作家，纽结作品结构集中注意力于内在关系中，缺乏经验的作者则往往为故事的外在因果关系所吸引。

纽结在古典小说中常常处在两三条线索的交接处，或者两个故事的连接点上，在现代小说中，则处于螺旋形的结构的回旋处或者网络形结构的网点上。这种交接处、网络点往往是多重矛盾、各种关系的汇聚处，具有将四面八方的思想意蕴收拢、凝结在一个焦点上而又渗透、放射到四面八方的艺术功能。这种凝聚和放射功能产生一种语言张力而使作品具有某种“言尽而意无穷”的艺术效应。艺术结构的纽结一般不是情节的高潮，而却往往是语境和语境之间相互折射而形成的意味网络的网络点。在这种纽结处、网络点上，一句普通平常的话，由于语境的凝聚激发和相互渗透，不仅回味无穷，而且会产生某种动人心魄的艺术力量。例如“你放着吧”，这本是一句很平淡的家常话，但在《祝福》中由四婶之口说出，对祥林嫂却具有勾魂摄魄的作用，祥林嫂听了，“像是受了炮烙似的缩了手，脸色同时变作灰黑……第二天，不但眼睛凹陷下去，连精神也更不济了”。为什么这句话有这么大的震慑力量呢？因为其含义远远超过字面的意义。它的舷外的语境意义是：一你是个不吉利的人，一个人克死了两个丈夫，手脚是不干净的，你拿过的东西，祖先、神明是不享用的。你还是赶快把酒杯和筷子给我放着吧。在祥林嫂用积蓄了两年的钱捐了土地庙的门槛，自认为已经赎了罪，理应享有一般常人该享受的待遇之后，一听这句话，所受的打击是无比深重的。这就是纽结作用于意味网格——作品结构内在的深层关系所产生的语言的张力效应。因此，法国诺贝尔奖获得者克洛德·西蒙认为：“文学作品的完整与统一，其关键不在于有无完整的故事或统一的情节，而是在文字之间相互折射、呼应的能量而产生的向四面八方伸延的螺旋形结构。”①他创作中追求的,便是这样具有魔力的最大限度地表现能力。西蒙所说的螺旋形结构,不是指结构形式,而是指存在于作品中回旋往复的内在情势或旋律。

当然,不是所有的纽结都能触动作品结构的意味网络。纽结也有表层或深层、作用于作品结构的外在关系与内在关系之别。例如传统小说中的情节线索,在现代小说中,多只起连接艺术情境的系带作用,这种纽结,只能作用于作品结构的外在关系。

现象学美学家英伽登说:“艺术品总是按其结构和特性扩展,超越自身的物质结构和基质。”“艺术价值——如果它们确实存在的话——属于作品本身,并主要在于作品固有的某种功能及其某些要素和特性;这种功能一方面影响观赏者,唤醒他们的审美体验,另一方面构成审美对象(即艺术作品——引者)所显示的审美特性的基础。”②作品的价值首先由作品本身艺术和美学的有意义的要素所构成,为作品本身内容和艺术质量所决定。当纽结由小说结构的外在联系深入到作品结构的内在关系之中,使作品“超越自己的物质结构”,产生一种无穷无尽的言外之意,或惊心动魄的艺术魅力,作为一种结构要素,它就由一种艺术手段上升为审美构成了。这是由于它“构成审美对象所显示的审美特性的基础”而具有艺术的美学价值。

---

① 见王泰来《文字的魔术师——克洛德·西蒙》一文,载《读书》1986年12期。

② 英伽登《艺术的和审美的价值》,见《英国美学杂志》1964年7月号。

单纯明净深层的象征体系

——现代小说结构美学分析(四)

现代小说的一大特色是追求单纯明净。福克纳的《喧哗与骚动》没有贯穿的情节线索,班吉、昆丁、杰生三兄弟反复讲述着同一个故事——康普生家的败落离散。契诃夫的《草原》也没有跌宕起伏的故事线索,作者全然无意把读者带到某种紧张不安的悬念之中,他只是随着马车的颠簸,向我们拉开一幅幅画幕——俄罗斯草原的万种风情。在这个中文译文七万余字的中篇中,事件本身是淡泊无味的,引人注目的是草原,它的辽阔雄浑,神秘葱郁,它和周围的一切交织出的诗一般的境界,它的令人迷惘、使入神往的诱惑力。鲁迅的《示众》非但没有情节,更没有故事,作家所描绘的仅止一个示众的场面,一群无聊看客的神情。

虽然只是一个简单的场面,一幅幅连续的画面,几许心理情景的呈示,但却意蕴无穷,情韵无限。《示众》中看客们各种各样的木然神情乃是数千年传统文化孕育而成的近代中国民族精神的写照,集体心态的缩影。作品"示众"的,不是那个被示众者,而是这般熟睡着的芸芸众生的灵魂。他们聚集在一起互相吸引,相互"研究",没有目的,毫无意义。这聚光镜下的一群,结构成一个麻木者的大展览。契诃夫笔下的草原,也不止于客体形象的表面意义。它的青青草色如同俄罗斯农民一样平凡质朴,默默无闻,它们在烈日下焦枯萎靡,在寒冬里凋零肃杀;然而,他们生的力量深深地植根于大地之中,一滴雨露,一阵春风,便又青翠一片。草原又是祖国的象征。这个作品中的中心形象具有广泛的象征意蕴,它的广袤无垠,如同俄罗斯辽阔的国土;它的郁郁葱葱,如同俄罗斯不朽的活力;它的丰富蕴藏,如同俄罗斯美好的前景。这里虽没有奇秀峭拔的峰峦,没有五彩缤纷的虹霓,也没有天鹅绒般光柔的草毯,天空、平原、矮山、墓地都没有出众之处。就在这片举目茫茫的大草原上,契诃夫以他的杰出描写,让我们感到其中蕴藏着的无限生机,看到农奴制废除后俄罗斯农村社会关系变动的图画。草原的形象,不仅包含了作者对祖国命运的坚定信念,也表现了他对未来生活的美好憧憬。《喧哗与骚动》的意蕴更其深刻复杂,它是一曲对一个南方古老贵族世家总崩溃命运的挽歌,还是送葬曲?是对历史现实的痛苦反思,还是对人类精神的未来的祈望?昆丁,这个肩负着传统道德重荷的哈佛大学的学生是在无意义地堕落,还是在有意义地毁灭?他的乱伦意识是对社会恶行的愤怒和复仇,还是对家族传统道德的亵渎和践踏?他的自杀,是一个信仰破灭的弱者的无力挣扎,还是一个勇者坚定的通过死亡而进入永恒?这一切在这一部“天才的神品”①中都兼而有之。这部小说的意蕴是一个多重意念集合的张力结构。暗示多于解释,含蓄多于畅尽的发挥,单纯、明净而又具有某种象外之旨、言外之意、韵外之致,是现代小说的一种共同的审美追求。这种对诗意性质的追求,是一切文学艺术的共同特征;因为文学是“人性和人的本质力量的一种展开形式”,②艺术的功能不是观念的图解,真理的佐证,而是人类创造的一种结构。这种结构是人类用来体验人生价值的一种特殊的象征符号,这种象征符号以其内在的深刻意蕴、隐约的指归指向作品形象之外的广阔深邃的世界,无限延伸的时空,启示人们去联想,去追索,去领悟人生的深层意蕴。这种人生的指向性和哲理的启示力乃是艺术命脉之所在。

文学的诗意是一种以“少少许”胜“多多许”的艺术表现法则。现代小说的诗意追求对文本建构具有两种艺术效应:其一是情节由繁复趋向单纯明净,叙述由单向而演化为多向。情节的淡化必然使大量事象留在言外,所以作品具有“象外之境”叙述的多向性,变情节的时间线性运动的流程为结构的空间画面组合,一方面画面之间留有空白,给读者以思索和回味的余地,另一方面,空间的多向性和意蕴的无限性对应,单一意念的主题扩散为多重意念的组合,艺术形象隐含它自身之外的意义,所以作品具有“象外之旨”。情节的淡化,叙述的多向性是对文学的至高无上的目的论的一种机智的反驳,因为“世界并不是按一个情节组合的,生活也不是‘有头有尾’的,人们的情绪也不能用旋律的线性发展所规范。线性的完整,对于网络式的充满机性的大千世界来说,恰恰是最不完整的”。③ 现代小说诗意追求对文本建构的另一艺术效应是描写由逼真性、精确性变为隐约性、不确定性。不仅情节淡化,人物、背景也淡化。现代小说的两个常见特征是人物来历不明,人物活动的年代、地域也常常不明。邓刚《迷人的海》中老海碰子的名字、出身不得而知,小海碰子的经历及探海缘由也不得而知。海底的瑰宝是什么?他们最终是否战胜了鲨鱼?以及故事发生在什么年代、什么地点……这一切都模糊不

① 威廉·范·俄康纳《美国现代七大小说家》156 页,三联书店 1988 年。
② 毛时安《淡化:一种艺术现象》,《当代文艺探索》1987 年 2 期。
③ 同上。

清,但又绝不是作家的疏漏。不着意于具象造型的精雕细琢,乃至背景的淡化,究其实,不过为了创造一种诗的境界和气氛,以便使读者的感悟从具体形象中迅速脱颖而出,领会其中只能意会而难以言传的某种艺术意味。隐约性、不确定性还带来艺术的神秘性。在卡夫卡的《城堡》中,不仅那个土地测量员 K 永远进不去的城堡是神秘莫测的,而且作品中出现的所有人物以及他们的行动也被笼罩在一种神秘氛围之中。我们只知道有一种潜在的神秘的力量阻止着 K,使他永远无法进入城堡,无法得知这城堡中的秘密,但是这种力量到底是什么,来自何方却很难说清楚。读者和作品中的人物一道,只是在冥冥之中感到某种力量的摆布,充分体验到它的存在,但却只能隐隐约约地"看到"它。正因为如此,《城堡》使人感到一种莫可名状和无法摆脱的压抑感。这种压抑感不是来自某一具体人物或具体机构,而是整个社会这种关系造成的最终的后果,是社会构成一种可怕的神秘的存在,对人行使着莫名其妙的支配力量,玩弄着人的生存。

于是,淡化与诗意追求在现代小说文本建构中形成了一种良性循环。在具象与艺术内涵的关系上,淡化它的表现层次,反而强化其深层意蕴;诗意的追求势必淡化具象的逼真性。手段层次的淡化,正是为了目的层次的强化,更加扩大艺术内涵的广延性、深刻性、思辨性和抒情性。一些简单的故事往往成为对人生的某种带有哲学意味的隐喻;一些表面上看来无甚意义的淡淡描叙,仔细品味,却情韵无限;情节越单纯,作品的意蕴越深邃。作品的艺术意义,往往不是由某个具体人物、某一具体事件表现出来,而是通过某种浑然一体的氛围,或者难以完全言传的意绪表现出来。因之,象征和隐喻常常就是这样不知不觉地进入了小说世界。请看路东之的《!!! !!!》(载上海文艺出版社"文艺探索书系"《探索小说集》):

车站旁有一棵婆婆的老树。

老树下面两个孩子做着游戏——

"我们都是木头人,不会说话不会动。一不许哭,二不许动,三不许交头接耳听。看谁的意志最坚定。"

我欣然——这是一个古老的游戏了。

"我们都是木头人,不会说话不会动。一不许哭,二不许动,三不许交头接耳听。看谁的意志最坚定。"

我哑然——这是一个古老的游戏了!

车不来。孩子们依旧做着——

"我们都是木头人,不会说话不会动。一不许哭,二不许动,三不许交头接耳听。看谁的意志最坚定。"

我陶然——这是一个古老的游戏了!!

"我们都是木头人,不会说话不会动。一不许哭,一不许动,三不许交头接耳听。看谁的意志最坚定。"

我惘然——这是一个古老的游戏了!!!

车不来。孩子们依旧做着——

"我们都是木头人,不会说话不会动。一不许哭,二不许动,三不许交头接耳听。看谁的意志最坚定。"

我慨然——这是一个古老的游戏了!!!!

"我们都是木头人,不会说话不会动。一不许哭,二不许动,三不许交头接耳听。看谁的意志最坚定。"

我愕然——这是一个古老的游戏了!!!!! 车依旧不来。孩子也依旧做着……老树下——我已怆然!!! !!!

这个短篇没有故事情节,只有一种递升的一唱三叹的心理意绪。随着"我"的情绪递升,叙述层面的叙述语(两个孩子做游戏)和独白的象征意义也在升值。当你看到两个幼稚无邪、好奇爱动、喜欢幻想的孩子在那棵毫无生机的老树下,泯灭了儿童的天真以至人的全部感情、陷入如此麻木的境地而不自知、心甘情愿地不说不动不哭不听,竟然试比"谁的意志最坚定"时,你的灵魂难道不为之震颤?象征是宽泛的、多义、多层次的。显然,路东之这个短篇所隐喻的,不仅仅是对儿童的教育方式问题,它的深层内涵是社会现实乃至民族历史的深刻写照。

在现代小说中,象征和隐喻几乎无处不在。闻一多先生早就预见到:"现代艺术底趋势渐就象征而避写实"。黑格尔说:"'象征'无论就它的概念来说,还是就它在历史上出现的次第来说,都是艺术的开始。"①那么,这个发轫于原始宗教和神话的象征,为什么到了现代,特别为文学所青睐,尤其是在小说中被广泛地运用以至从艺术的表现手法发展为一种艺术形态存在呢?这与象征的艺术特点、艺术品格有关,也与现代人的审美追求与对艺术的理解有关。

现代人的审美追求摒却繁冗而追求简洁,审美关照力求透过表面现象而直逼内里,所以现代艺术舍具象而趋抽象,简洁而又深邃莫测。这也由于凡艺术无不努力摆脱窠臼而追求创新,避一览无余而追寻无穷无尽。在文学中,当人们讲够了、读腻了、看厌了一个又一个没完没了的故事时,诗意的追寻,"就象征而避写

① 黑格尔《美学》第2卷第9页。

实”，就势在必行了。象征在现代小说中广泛运用而成为一种艺术形态存在，是这一艺术的表现手法与现代人的审美追求、艺术发展趋向相契合所结的艺术硕果。

闻一多先生说：“西洋人所谓意象、象征，都是同类的东西，而用中国术语说来，实在都是隐”。① 隐在形象的刻画上，一方面要简约，以一当十，神龙见首不见尾，另一方面要虚幻，“艺术品越接近真实则它的象征性便越稀薄”。② 灵幻缥缈，扑朔迷离，弥漫着某种神秘气氛，是象征的一个重要的艺术特点。所以，歌德说：“如果特殊表现了一般，不是把它表现为梦或影子，而是把它表现为奥秘不可测的一瞬间的生动的显现，那里就有了真正的象征”。③ 歌德所说的“奥秘不可测的东西”，主要地不是指象征形象的虚无缥缈，神奇怪异，而是说它于扑朔迷离中寓有一种神秘的意蕴。象征的隐约另一重要内涵，是它在“显在内容”之外有一“潜在内容”，象征形象较之通常的艺术形象有着更为复杂的、多层次的隐意。象征之所以为现代作家所乐用，乃由于它是“一种以极简单的语言表现一个极复杂的思想的方式”。④

象征之所以有这种艺术功能，从语言修辞学的角度看，乃是由于象征的两造（喻体和喻指）往往只出现象征物，而喻指则不出现；比喻的两造之间是“异中之同”，喻体和喻指多多少少总有点相同之处，象征的两造之间往往没有相似点，它们的联系主要靠各种原因特别是文化传统所形成的联想来联结。按结构主义语言学和文艺学的观点，作品文本无论短章小品，抑或鸿篇巨制，都是一个句号——某种语言修辞格的放大。用象征这一修辞手段营造作品，象征物被放大成作品的形象体系，它就不是一种纯客观的自然存在物。艺术作品中的象征体经过艺术的改造和作家主体心灵的浸润，它本身就是一种艺术创造。它其实是作家的意识、情感、心绪（通过一定的艺术表现手法）的外化，那它就必然包蕴着主体的诗情、理想乃至艺术体验。所以艺术的象征是作家通过想象力与知解力的作用，把异质的客体同化为与诗情、与意义融为一体的新质。客体实在本具无穷的多面性，“一切关于对象的知识，不论它多么完善，都不可能把对象本身给予我们”；⑤事物的特点是多侧面的，它必然还有其它一些与所象征的意义不相关联的性质，而且该事物的自身内容也不可能与欲象征的意义完全叠合。不同社会观念的渗入，可使同一象征体具有各种含义。红，以它热烈的色调象征喜庆，但也可以象征鲜血，甚至

① 《闻一多全集》卷一，《神话与诗·说鱼》。
② 姚一苇《艺术的奥秘》150 页，漓江出版社 1987 年。
③ 见朱光潜《西方美学史》下册，第 417 页。
④ 姚一苇《艺术的奥秘》143 页，漓江出版社 1987 年。
⑤ 肖巍《关于宇宙生于“无”的断想》，《中国社会科学院研究生院学报》1986 年 6 期。

还可以象征屠杀与恐怖;绿是交通的通行信号,又可象征植物乃至生命的盎然生机,还可象征爱尔兰人的爱国主义,它甚至也可以同嫉妒相联系。龙是我国远古时代的部落图腾,具有神圣、强大等多种含义,到了封建社会则成了皇帝的代名词,而今人们又赋予它新意,象征着中华民族的腾飞。在北美印第安人中,吸烟斗非常普遍,这一行为同时意味着从和平转入战争,从战争转入和平,意味着从生到死和从死到生,意味着从疾病转入健康,从干晴到下雨,从插秧到收获。作家运用某一象征体进行艺术创造,其喻指是有一个隐约的指向的,但由于同一象征体具有种种内涵,读者的领悟是“仁者见仁,智者见智”的。象征会“对不同的人产生不同的意义”。[①] 对此,劳·坡林有生动的描述,他说:“从象征里放射出意义来,好像太阳周围闪现出日冕;”象征又“好像蛋白石,它的光能在慢慢转动的不同角度放射出不同的光彩”。[②] 象征之所以具有这种艺术品格,究其实,乃由于艺术形象的各侧面特征之间,形象与意义之间交错穿织,于是外显的感性形象内蕴着多层次的意念内容,从中产生多种的暗示性、多样的指向性。所以象征是高度暧昧的。正因此,具有不同文化素质的欣赏者在不同的社会历史环境和个人境遇中,从不同的角度和侧面作审美观照,自有不同的会心和领悟。例如对爱尔维尔的《白鲸》就存在着种种不同的解释和领悟,它被解释为善与恶的对立,一种相生相克的宇宙的奥秘或秩序,某种白种人的心灵状态和欲望,一种性欲的象征,等等,种种解释层出不穷。甚至《白鲸》的“白”在不同的场合也具有不同的意义,对不同的心灵带来不同的感受,是纯洁?是高贵?是恐惧(如死人的惨白)?是邪恶?它的象征意义同样是无法确定的。但这一切无法确定的意义都隐约地指向一个方向——人生的真谛,社会的底蕴,历史的深处。所以,象征往往通向幽邃的哲理境界,哲理则凭借象征载体而显现。

象征具有哲理的启示力,就需要凝聚,需要抽象,“抽象性越大,真实性越稀薄,主观的成分越多,越形成一个象征的世界”。[③] 象征的哲理意蕴不是以训诫式的语言,抽象的纯理性的形态出现的,而是渗透在形象体系中,融解于某种氤氲的氛围里,浸润于诗一般的艺术境界中而显现的。“所谓象征是借有形寓无形,借有限表无限,借刹那抓住永恒,使我们只在梦中或出神底瞬间瞥见的遥遥的宇宙变成近在咫尺的现实世界,正如一个蓓蕾蕴蓄着的烂漫芳菲的春信,一张落叶预奏

① 姚一苇《艺术的奥秘》145 页,漓江出版社 1987 年。

② 劳·坡林《怎样欣赏英美诗歌》73 页,北京出版社 1985 年;劳·坡林《波特的象征》,《世界文学》1981 年 2 期。

③ 姚一苇《艺术的奥秘》155 页,漓江出版社 1987 年。

那弥天漫地的秋声一样”。这乃由于“它所赋形的,蕴藏的,不是兴味索然的抽象观念,而是丰富、复杂、深邃、真实的灵境。”①诗情是象征的基因,哲理是象征意蕴的升华,诗情与哲理在象征中结伴联姻,所以现代小说能以少胜多,单纯明净而又意蕴深邃,真实充盈而又超象空灵。

现代小说诗意的哲理启示力令读者回味无穷,还由于现代小说的象征是“一种表现理念和情感的艺术,它不是直接对理念和情感进行描写,也不是用具象通过比喻来解释它们,而是利用不加说明的象征,经过读者头脑中的再创造,来暗示那些理念和情感是什么”。“在这方面,具象不是被当成诗人内心特定的思想和感情的象征,而是一个深广而普遍的理想世界的象征,现实世界仅仅是这个理想世界不完善的体现”。②(着重号为引者所加)现代小说所努力建构的是一个与现实世界迥然不同的充满诗意和哲理的艺术的理想世界,象征在现代小说中被广泛地运用而成为一种艺术形态,是作家艺术思维把握世界方式的实践尝试。这种艺术把握世界的方式“坚决摒弃那种把艺术变成生活的简单的反映的创作方法,并坚信真正的艺术作品除表象的具体内容外必须包含另一些更为深刻的东西,象征主义者把融汇着许多含义的艺术象征来替代确定地表现一种现象的艺术形象”。③这种融汇着许多含义的艺术象征不诉诸人们的知性,而“诉诸我们底感觉和想象的堂奥”,④正如奥登所说,“一个象征之能被察觉是在任何可能的意义能被自觉地认识之前;那便是说一件东西或一件事物它在感觉上所产生的重要性甚于急于去解答它的理由。”⑤由于现代小说的象征是用暗示的方法诉诸人们的感觉,所以有时候,这种象征意味隐藏得好像特别深,特别难以确定。这种隐藏的特别深的意味,有时即使作家本人也说不清楚,但是读者却往往能够从中悟出它的深刻含义。小说家对所写的东西自己都搞不清楚,在传统文论家看来是不可思议的,但是在现代小说家那里却是一种普遍的可以理解的事实。这是因为现代小说的象征,不仅是对理性的思想和观念的诗意化、形象化,而且更突出地表现为对人的非理性、对世界偶然性的显示。在现代小说家看来,他们所写的这个世界及其一切生活现象,任何时候都存在着现在说不清楚乃至永远也说不清楚的东西。现代逻辑主义的鼻祖维特根斯坦曾不止一次地声称,语言是我们的界限,确有不可言说的东西,这就是神秘的存在。这个不可言说的“神秘的存在”老子认为是“道”。

① 梁宗岱《象征主义》,见《诗与真》,外国文学出社 1984 年。

② [英]查尔斯·查德威克《象征主义》2-3 页,麦修恩出版公司 1971 年版。

③ 转引自曾逸主编《走向世界文学》464 页,湖南文艺出版社 1986 年。

④ 同①。

⑤ 姚一苇《艺术的奥秘》144 页,漓江出版社 1987 年。

“道可道非常道,名可名非常名”,在老子看来,真正的“道”是说不出来而强以名的。人们的内心更是一个难测量、不可言说的“神秘的存在”。从“大象无形”的“道”,到人们的日常生活以及人的内心深处,普遍地存在着这种难以言传的神秘的东西。艺术作品之所以美,就是由于它有某种难以言传的神秘性。象征不同于寓言,就在于前者隐含着难以言传的神秘意味。对于此,美国大作家海明威是于心向往之的,他在与友人的信中说:“真正优秀的作品,不管你读多少遍,你不知道它是怎样写成的。这是因为一切伟大的作品都有神秘之处,而这种神秘之处是分离不出来的。它继续存在着,永远有生命力。”①凡此种种,是象征这一艺术掌握世界的方式被现代小说乃至整个现代文学所青睐的根本原因,艺术哲学的根据。

现代小说的象征是一结构。结构即形成这一象征秩序的构架。它的艺术存在形态是艺术品的形象秩序与它的象征意义之间的关系,是作品各个部分、各种成分或要素之间的相互结合的方式。它的内涵是指艺术品各个组成要素之间相对稳定的排列顺序、组织方式、结合形式,是艺术品的各种成分有机组合能够产生艺术力量的全部内容和形式。具备某种性质并且有一定数量的要素,是形成结构的基本前提;但是要素之间存在的个别联系,还不能形成系统的结构。只有要素之间相互联系、相互作用的总和,才能形成结构系统。结构系统是以层次的方式存在着的,系统内的各个层次、各种要素亦自成结构。艺术的象征结构主要由象征的形象关系和象征内涵构成,二者相互联系、相互作用构成作品的微妙秩序,形成现代小说象征结构的斑驳形态,放射着璀璨的光辉。

现代小说的象征内涵是一个意义结构。这个意义结构是一个多方位多层次的构成。时代社会的个人体验,作家自觉的创作意图,作品的题旨,往往是它的表层意义;历史人生的哲理领悟,作家的潜在意念,作品的朦胧指归,往往是它的深层意蕴。鲁迅《阿Q正传》的表层象征意义是当时社会流行的民族失败主义,而它的深层象征内涵则是国民因长期受奴役而形成的变态反抗以及反抗屡遭失败而沉积成的精神胜利式的畸形集体无意识心理;它还潜伏着一个更为深刻的隐喻,一种震撼灵魂的人类悲剧,即世界人生的荒诞性以及随之而来的人性的扭曲。现代小说的象征意义是一个杂多统一的二重组合结构,意义之间的关系不仅是层层深入的,而且是相互映射乃至相互辐射的;甚至可能是相悖而又相成的。美国南方文学女作家卡森·麦卡勒斯《伤心咖啡馆之歌》就是一篇喜剧与悲剧二重组

① 董衡巽编选《海明威论创作》152页,三联书店1985年。

合的杰作。悲剧性和喜剧性“既然同时并存又始终相互排斥;它们彼此突出了对方”,①这篇作品的人物和环境都充满象征意味。小说描写的环境是美国南方的一个荒凉而沉静、寂寞而忧郁的小镇,“房子非常古老,它身上有一种古怪的、疯疯癫癫的气氛,很叫人捉摸不透的是怎么回事”;咖啡馆是全镇最大的建筑和活动中心,“房屋向右倾斜得那么厉害,仿佛每一分钟都会坍塌”。这个“非常偏僻、与世隔绝”的哥特式无名小镇象征着现代社会的精神荒原,也暗示了人类处境的尴尬和前途的暗淡。环境是畸形的,人物从外貌到性格及其相互关系也都是畸形变态的。他们在孤寂的环境中张开了节奏舒缓的爱的翅膀,“孤独与爱”构成了强烈的反讽对照,作品的构成秩序呈现一种非逻辑的动态循环的结构形式:男性化的女店主爱密利亚莫名其妙地对新婚丈夫马文·马西恨之入骨,大打出手,却爱上了矮小瘦弱、女人气十足的远方穷表哥驼背李蒙(另一个自我);丑陋弱小的李蒙不领爱密利亚小姐收养之情,却迷恋上情敌——粗野强悍而俊美的马文·马西(另一个自我);流氓恶棍马文·马西不买驼背的账,多方讨好新娘爱密利亚(另一个自我)。三个人组合成一个怪圈:各自均有强烈爱欲和交际需要,也有自我理想的爱恋对象,但都爱非其人,很难匹配,动机与效果适得其反。麦卡勒斯把悲剧和喜剧这两种对立因素组合在一起,使其相反相成地形成一种动态的平衡,产生一种艺术的张力,从而使《伤心咖啡馆之歌》这篇作品具有多重的象征意蕴:比喻上是奇形怪状的现代社会的缩影,心理上是神秘莫测的人生迷宫,寓意上则是整个人类社会的历史面貌。

象征内涵之所以是一个二重乃至多重的意义结构,从艺术本体看,现代象征型小说不同于传统具象型小说的是,它的意义不是消融于形象之中,以形象显示出意义,而是由某一象征体经过艺术的渲染构成一种诗的境界放射出意义,如此,它所包容的意蕴空间远比传统小说大。再者现代象征小说的作者不着意于刻画典型性格,而着意于经营作品的意义结构,正如卡夫卡所言,“我总是企图传播某种不能言传的东西,解释某种难以理解的事情”(《致密伦娜的信》),如此,作家的审美感知、艺术理想、爱憎情绪、理解认识等等比传统小说会更多地熔于象征的艺术形象体系——诗意境界中,甚至作家感情和理智的矛盾也会自觉不自觉地渗透其中,象征的形象体系成为创作主体各种心理因素的集合体,致使象征意义既有理性的,也有情绪、心灵的。这就自然形成象征意义的宽泛性、多义性甚至相互悖论。象征的意义结构是一个活动的世界,它生生不已,光景常新。象征意义的转换、更新,并不囿于历代读者所赋予的部分、范围,而是按照结构内部的自律规律,

---

① 尤内斯库《戏剧经验谈》,《外国戏剧》1983 年第 1 期。

从表层意义一直渗透到深层意蕴,这因为一方面象征的意义结构"并非有一个中心,它任意地和按照变化着的需要,为自己创造中心"。① 另一方面,读者的审美感悟是直逼作品的内蕴的。因时代社会意识的不同对作品意蕴的理解和解读常常千差万别,所以优秀作品的意义会遂历史发展而增值,历久弥新。

文学作品的意义是通过一定的艺术手段所创造的艺术形态展现的,象征的意义是通过象征手法创造的象征性作品的艺术秩序而显示。象征形态的作品必须运用象征手法而经营,但动用象征手法不一定能营造出具有象征形态的作品。文艺作品的象征手法,作为一种结构方法,它是语言修辞学的象征方法的艺术放大;但文艺作品的象征手法又不等同于语言修辞学的象征方法。艺术的象征手法除与语言学的修辞方法有渊源关系外,从艺术发展史看,它还与神话、寓言、比兴有渊源关系。

黑格尔说:"在象征里应该分出两个因素,第一是意义,其次是意义的表现。"②象征艺术手法就是这"两个因素"的中介。是它,作为作品具象与抽象的居间环节,营造艺术表现,又把具体的艺术表现转化为抽象意义的。但是象征的艺术手法作为表现与意义的中介,它的创造,首先须是象征形态的作品,才能从一般的艺术表现手法上升为"象征结构"的"要素"。

那么,象征形态的作品与具象写实性作品有什么根本性区别呢?

黑格尔说,象征型艺术的特征在于"使人意识到的却不应是它本身那样一个具体的个别事物,而是它所暗示的普遍性的意义"。③ 朱自清说过:"象征诗派要表现的是些微妙的情境,比喻是他们的生命;但是'远取譬'而不是'近取譬'。所谓远近不指比喻的材料而指比喻的方法;他们能在普通人以为不同的事物中看出同来,他们发现事物间的新关系,并且用最经济的方法将关系组织成诗……没有看惯的只觉得一盘散沙,但实在不是沙,是有机体。"④结合黑格尔和朱自清的论断,笔者认为象征性与具象写实性作品的根本区别在于象征型作品个别表现一般主要地不是靠典型的人物性格再现某种思想,而是熔铸一种难以言传的微妙情境暗示普遍性意义;这种微妙情境又不等同于中国古典诗歌的意境,而是卡夫卡所说的"图像,仅仅是图像,别无其它"。⑤ 所谓"最经济的方法",即象征图像既摒弃

---

① 布洛克曼《结构主义:莫斯科——布拉格——巴黎》24 页,商务印书馆 1986 年。

② 黑格尔《美学》第二卷第 10 页。

③ 同上,第 11 页。

④ 朱自清《新诗的进步》,见《朱自清全集》第 2 卷第 320 页,江苏教育出版社 1996 年。

⑤ 转引自叶廷芳《现代艺术的探索者》100 页,花城,1986 年。

繁复的情节、故事,又淡化具象描绘,而是以他人没有发现的“事物间的新关系”组织成诗的有机体——图像式的结构秩序象征“某种不能言传的东西”。这种图像式结构秩序具有辐射性,它包含多重的意念,集中最大的意义量,但又影影绰绰,时隐时现,难以确定。象征图像既不是某一具象形象,又不是某种抽象观念,而是由作品中的意象、人物、场景及其相互关系所发生,活跃于读者的想象中,它其实是一种审美图景。例如王蒙的《活动变人形》的象征意味就是在一系列扑朔迷离的人生片断中展开的。如果把“活动变人形”看作是对人生和历史的一种象征的话,那么这种象征是由作者所描写的生活过程,而不是这种过程的结果显示出来的。

象征型的作品有时也刻画人物,它所刻画的人物也可以具有典型性格。但它所着意经营的却是人物性格关系所形成的“图像”。例如卡森·麦卡勒斯《伤心咖啡馆之歌》中爱密利亚、李蒙、马文·马西三人个个性格鲜明,且具有典型性,但显然,这并不是作者着意经营的。作者着意经营的是由这三个人物关系所形成的西方畸形社会的图像(非具体图景),以至整个人类社会的隐喻。故此象征型小说与写实性小说的根本区别在于:象征型小说不像写实性小说那样着意刻画典型性格以表现某种思想,而着意经营人物、事物的关系从而酿成象征性图像以暗示某些难以言喻的普遍性的意义;这些普遍性的意义不是某种生活的概念的图解,而是抽象上升至具体的哲理启示。所以象征性小说从营造图像出发,往往能使一些简单的故事、片断的心理意绪成为对人生的带哲学意味的隐喻,象征型作品又可以说是哲学意念的形象化。

艺术象征手法成为“象征结构”的中介要素,还须一条件,就是它的结构功能是作用于作品结构的整体而非部分。它的活动结果能使作品结构的艺术秩序成为象征的。《红楼梦》的“太虚幻境”是象征的,从其中的诗词、人物(警幻仙姑)到艺术境界都是双关、多义的,对全书主题、人物均有影射、暗示意义。但不是这部现实主义艺术杰作的结构要素。鲁迅《药》中的“人血馒头”、“花环”这两个物象对作品题旨均有饱满的象征意义,但它们最终并没有改变这篇小说的具象写实性质,作品的结构秩序没有发生实质性变化,作品不存在一个“象征结构”,局部的象征没有在结构系统整体、总和上起作用。在现代小说中,有的象征内含于情节的程度较深,一方面,它相当圆满地同情节编织在一起,成为情节发展中不可缺少的一环;另一方面,它又会突然跳出情节角色而指向一种超越意义。由于这类象征比较隐蔽,往往容易被粗心的读者所忽略。丢失这种象征,作品的意义就会被局限于过于实在的具体社会层面上。但细心的读者却会循着蛛丝马迹,发现其超常性的一面,从而感悟到一个宽阔、深邃的意蕴世界。

象征的艺术表现是象征手法的创造物,它形成象征型作品结构的艺术秩序。象征的艺术秩序是象征结构的另一重要的结构要素。它的艺术功能是酿成隐约的诗一般的象征图像以暗示某种超常的无尽象征意义。但象征的艺术秩序是一种抽象内在的东西,它须物化为作品某一确定的艺术形态,才能酿造象征图像暗示象征意义。象征作品的艺术形态千姿百态,但又有迹可循,这因为艺术形态是具象的,可以分类的。

现代小说象征艺术形态,近世以来创作实践积累,笔者见闻所及,大致可以概括为这样三种类型:

其一是情境象征型。以小说的整体情境象征某种人生哲理,其"显示的特色是:哲理的诗情化。小说的诗化通向象征,使小说的容量和艺术涵盖面更向深广发展,更向精神境界的深层次突进"。① 这是现代小说象征的一种常见形态,兹不例举。

其二是情节象征型。这类象征形态比象征内含于情节中更进一步,它从一个完整的故事引发出超越意义,或者象征与情节全面叠合,以期情节的全面象征化,这就带来作品表层趋于寓言化,不同程度地呈现情节淡化、线索单一、矛盾冲突集中、人物性格单纯、形象抽象符号化等特点。苏联作家 B·阿斯塔菲耶夫的短篇《鱼王》写主人公伊格纳依奇在叶尼塞河上捕获一条大鱼的独特遭遇,同时插叙主人公童年时代对捕鱼生活的痴迷,青年时代对姑娘格拉哈的恶行以及现在颇为顺遂的生活。这些描述虽是片断性的、粗线条的,但却生动地展现了主人公性格的某些特征,赋予他足够的生命力。然而这部作品的价值主要不在对"这一个"的独立观照,而在于借助"这一个"的活力,展示某种哲理,这种哲理构成作品的核心与灵魂。作品一方面使我们被故事本身所吸引,另一方面又使我们分明感悟到一种外在于故事,同时又与故事具有某种亲和关系的纯净意义。这说明作品在整体上包含着一种象征结构,而且这种象征结构从作品的表层直透深层。作品的主体部分——主人公在河上的历险过程只出现两个角色:主人公和鱼;事情始末非常简单:主人公用排钩偷捕到一条大鱼,但在同这条鱼搏斗中自己也陷入排钩,差一点丢掉性命。情节单纯、明净,但整个历险过程从故事到语言都被涂上一层童话色彩,而且童话与神话、寓言相融无间。凡此种种都提示读者,须从一时一事跳开,去体味某种普遍意蕴——人与鱼冲突的丰富意义。作品在表层描写中采用种种象征手段以深化象征意蕴。首先引导读者从伦理道理角度来感悟人鱼相搏的象征意义。鱼王的神性提示我们,大鱼是鱼类、水族、动物界,甚至整个自然界的象

---

① 张德林《象征艺术规律探索》,《上海文学》1986 年 11 期。

征,主人公对大鱼的伤害使人联想到了人类对一切有生之物乃至整个自然界的伤害。主人公的失算和被惩罚使人联想到自然界对人类的报复。这样,人与鱼的冲突具有远比惩恶扬善更为丰富深邃的象征意义。

象征结构的艺术表现与象征意义互相作用、相互映辉,从艺术的表现秩序中生发哲理意义;而哲理意义一旦生成,则又反照艺术的表现秩序,使其向意义生成。例如在传统写实性小说中认为是游离于情节的插叙、嵌入等,在现代象征小说中,由于象征意义的辐射反照,则是作品结构的有机构成。这是现代小说从纯情节型向情节象征型演化的艺术发展轨迹之一。再如《伤心咖啡馆之歌》的结尾:12 个戴着脚镣的苦役犯人在公路上一边做苦工一边唱歌。这从具象写实型小说家和评论家的艺术眼光看,是游离情节的附加物。但现代小说评论家则会认为这是成功运用象征手法的一个范例:这 12 个人也许是整个人类的象征(耶稣的门徒不是刚好 12 个吗?),“他们穿插着唱各种各样的歌,有忧郁的,也有轻松的”(人生也有喜怒哀乐),他们拴着脚镣工作(人类不是被无穷的欲望和有限的力量与生命枷锁锁着吗?),为什么他们受苦还要唱歌?因为“这种音乐能使人心胸开阔”,上帝给了人类以苦难的命运,却提出了要经受考验的苛刻要求;上帝给人类以憧憬向往的本性,却又让人们对幸福可望而不可及。现代小说的象征结构把具象与抽象、诗情与哲理熔为一炉,给作者的哲学思索寻找到了一种艺术的存在方式。这是象征从情节母体中脱颖而出,最终又改造了“母体”,使其成为一种小说的象征类型的根本原因。

三是象征组合型。这类象征形态不是内含一个象征,而是由一系列象征组合而成。每个象征体都有独立的象征意义,融为一体又生发出更加宽泛更为深邃的意蕴,或者其中一个象征物处于众多象征的中心,在更高层次上包容众多象征内涵。《变色龙》中的巡官奥楚蔑洛夫和那条咬人的白色小猎狗都具有象征意义和独立观照价值,它们组合在一起,又是旧俄人情关系乃至整个社会关系的写照和缩影。有人称契诃夫是现代小说的奠基者,他是当之无愧的。这种象征形态的当代代表作是苏联享有盛誉的青年作家艾特马托夫的《告别马焦拉》。这篇小说的情节性很弱。马焦拉将葬身水府一事并没有被编排成环环相扣的紧凑故事,而却被铺叙为蕴含着内在激情的缓缓行进的生活流。马焦拉既是一个岛,又是一个村。岛是生命的象征;岛的毁灭,意味着一个生命王国的毁灭。人在对大自然的狂热征服中存在着不可逾越的界限。岛主、树王、鲍霍杜尔、老房子——是马焦拉上的生命或精神的象征,具有独立的审美观照意义。而马焦拉又是一个含义更广、概括力更强的象征。作为一个完整的象征形象,它既包括难舍难分的感情色彩,又象征着某种对土地、历史、精神道德以及生命力量、生存意义等等的哲理理解。向马焦拉告别实际上是向过去、历史、传统、母亲、家园、死亡告别，走向新生，走向未来，而未来又是莫测的。历史、传统是进一步发展的基础和动力，又是继续前行的障碍；向生养、熟悉、可亲可爱的母亲、家园马焦拉告别，在感情上虽然难舍难割，但在理智上又必须断然决然。小说象征的诸般艺术形态及其发展趋向意在寻求一种以最小的艺术面积表达最大的思想内容的艺术秩序。

波特莱尔有句名言："诗是象征的森林"。这句名言是这位大诗人对自己也是对现代诗歌创作经验的总结和概括。因为诗是"文学的最高形式"（高尔基语），是一种最为凝练的文体，而象征是一种"以极简单的语言表现一个复杂的思想的方式，是艺术上的一种最精练的方法"。① 但是，我们也应正视这样的一个事实：在现代文学中，象征在诗歌中所取得的成就远不如小说令人瞩目。正因此，英美新批评派研究诗歌文体的理论家重隐喻而轻象征。个中原因，从文体特点看，恐怕与小说语言比诗歌明净有关系。

诗歌是一种以最小的语言面积惊人地表现最大量的思想的文学样式，因之，象征作为一种艺术表现手法，也最早为诗歌所青睐，象征主义诗歌于是在近现代形成一个影响巨大的诗歌流派。但随着前期象征主义（19 世纪 70 至 90 年代）到后期象征主义（20 世纪初至 30 年代）从感性象征发展到理智象征，象征派诗歌也就从朦胧走向晦涩；其审美趋向从对诗的意境美的追求走向对神秘的崇拜乃至对读者理解能力的嘲笑。于是象征在诗歌中走向了它的反面而步入下途。这正如意象派大师庞德所说："象征——我认为恰当完美的象征是自然物体，诗人如果使用象征，必须注意到不使象征作用强加于人。这样，对于不理解象征本身的象征作用的人——例如鹰就是鹰的人来说也不会失却任何意义。"②然而回顾世界文学，达到庞德标准的象征诗却为数寥寥，但在现代文学中，明净自然、寓意深邃的象征型小说，则不胜枚举。鲜明的对比是艾略特的《荒原》和海明威的《老人与海》。《荒原》这首被誉为 20 世纪西方文坛划时代的诗作，1922 年，当其发表伊始，不少人，包括一些著名的文学批评家，都认为这首诗根本无法读懂。在作为单行本出版时，艾略特应编者的要求加了 50 多条注释，但对一些不了解自古希腊开

---

① 姚一苇《艺术的奥秘》，漓江出版社 1987 年，143 页。

② 庞德《回顾 · 信条》，《文艺研究》1985 年第 4 期。

始的欧美文化传统的人，仍难“破译”。①《老人与海》描写老渔夫桑提亚歌连续84天捕不到鱼，最后终于捕了一条大枪鱼，却又被鲨鱼吃掉的经历，暗喻人类在与大自然和外界力量搏斗中难免归于失败的哲学思索和悲观意识。但这一象征意义隐藏得那么深，渔夫的行动和心理活动描写得那么真切、那么细腻，以致即使不明白象征作用的读者，依然能在阅读中获得巨大的艺术享受。象征诗之所以由朦胧深奥而走向晦涩难读，象征型小说之所以由繁复的情节而淡化得单纯明净又意蕴丰富，有时代社会、审美趋向的原因，但起决定作用的是这两种文体语体风格的差异。比之诗歌，小说这种散文文体更便于叙述和描写，更便于创造某种氤氲的气氛，更擅于艺术地刻画象征的“客观对应物”②，使主体意识得以完美地对象化，从而为象征这一艺术地掌握世界的方式找到适宜的土壤发展成熟起来。说清楚这一问题，须将象征与神话、比兴、寓言作比较，考察它怎样从原始的简单象征遵循艺术发展的内在规律在现代文学特别是在小说中发展为一种复杂的结构体系的。

象征在现代诗歌、小说中被广泛地使用着，几乎成为现代文学的一个显著特征。但，作为一种艺术表现手法，它又是源远流长的。远古神话就是象征的。只不过远古神话是原始人不自觉地在运用象征，现代作家是在自觉地运用象征构筑文本。神话是先民对于他们所处世界的诸种现象（从自然界到人文界）的解释和体认，是人类在自身的狭隘世界以外所创立的另一个世界——区别于人的世界的神的世界。在这个世界中，空间是无限的，时间是运转的，又是永恒的。它是人类通过想象在极端虚幻的假设条件下所建立的一种全新的完美的秩序，是人类创造的一种符号。它超出一般的思想范畴，超乎一般的经验科学概念之外，它是“非理性”的又具有可以理解的意义。这是人类所创造的第一个象征的世界；因为原始人在神话中赋予他们周围世界——宇宙万物以意义，用我们的术语来表述，即象征意义，所以神话是象征的。但是“原始的人类不是创造一个象征的世界来表现他们的意念，而是更重要的通过它来显示他们的感情与感觉；是他们对于自身的生命与外在的世界的感情与感觉”。在这个象征世界里，一方面，“那一威仪赫然

---

① 接受美学家把作品视为由一系列艺术“密码”编排而成，把阅读看成一种“破译密码”的活动。在这里用“破译”一词还由于著名后期象征派诗人马拉美在理论上总结象征派诗人的创作经验时曾说过：“象征主义就是由这种神秘性构成的，一点一点地把对象暗示出来，用以表现一种心灵状态。反之也是一样，先选定某一对象，通过一系列的猜测探索，从而把某种心灵状态展示出来”（《关于文学的发展》）。

② 艾略特提出象征是“思想的客观对应物”是在理论上发挥波特莱尔这一观点：自然界的草木风云都是可以向人们发出感应信息的“象征的森林”，因而无诗不是象征的。

的宇宙万物,无一不是生命的化身,又无一不与自身的生命相翕合;另一方面自迸发出来的感情与感觉之中显示出这一民族的精神”。① 原始人通过神话来显露他们的情感、表现他们的想象,正如我们通过艺术作品来表达我们的情感、表现我们的想象一样,所以神话的世界又是一个艺术的世界;因为它具有艺术的基本特征,是人类精神或心灵的化身,又“是多义的或暧昧的,从而可以容纳各色各样的解释,这种解释是不能穷尽的,将随着人类的文明的拓展而层出不穷”。② 所以,神话是“艺术之母”,艺术上各色各样的象征实已包含于神话世界之中。形象性与多义性是神话构成艺术象征的两个基本条件。但是原始神话中的象征仍然是非常简单、非常粗糙的,正如黑格尔所说:这种象征“与其说是真正的表现力,还不如说只是图解的尝试”。“在这种类型里,抽象的理念所取得的形象是外在于理念本身的自然形态的感情材料(原注:例如原始民族用自然的木块或石头象征神,或是这木石虽经加工,但还是非常粗糙的,显不出它们的神的概念),形象化的过程就是从这种材料出发,而且显得束缚在这些材料上面。一方面自然对象还是保留它原来的样子而没有改变,另一方面,一种有实体性的理念又被勉强黏附到这个对象上面去,作为这个对象的意义”。③ 因此,原始形态的象征,象征客体(“自然形态的感性材料”)与象征意义(主体意识,即理性)的关系是勉强粘贴、简单附加的。象征客体是未经主体观照和变形的简单自然物,观念不能完美和谐地显现于客观形象之中。这种比附式的象征,只是反映人类早期相当低级的审美水平,不属于现代意义上的象征范畴。

神话亦是现代文学的宠儿,不过现代文学运用神话传说是“在一个旧的符号中注入了新的意义”,“这一幻想的外壳就如同一件五色缤纷的衣服一样包裹着的是现代人的意义”。④ 美国文艺评论学者约瑟夫·莫佐尔认为苏联作家艾特玛托夫的小说《白轮船》便是“有意识地力求从现实主义和神话两个平面描述人类的处境和冲突,在现实主义的基础上用神话的形式构成和阐述情节”⑤的。所谓“在现实主义基础上用神话的形式构成和阐述情节”,就是运用整体思维——象征框架,以多元组合的方法进行艺术构思。《白轮船》展示了三个独立而又互相关联的世界,即孩子的童话世界——理想世界,莫蒙爷爷的神话及民族传统的世界——过去的世界,以及阿洛斯古尔强权奴役的现实生活世界。这三个世界是一组包含在

① 姚一苇《艺术的奥秘》,漓江出版社 1987 年,130 页。
② 同上,131 页。
③ 黑格尔《美学》第一卷,商务 1982 年,95 页。
④ 姚一苇《艺术的奥秘》,漓江出版社 1987 年,136 页。
⑤ 《外国文学动态》1983 年 10 期。

共时性的现实时空之内的三个历时性世界。由于过去的世界与未来的世界接近，共同与现实世界处于对立状态，三个世界的整体格局便构成了一个以现实为平面的锐角三角形。这种不稳定的、要求三者重合为一的结构，具有极度不平衡、极度压抑的美学意义，因而形成悲壮、阴暗、凄凉等等"交响乐式"的复杂的艺术张力效果和审美感受。

现代小说运用神话传说结构作品，常常不是将其安装在一个单一的神话或传说的框子中，而是采取一种极为复杂的揉合形式。其间糅合了神话、传说、古代祭祀仪式、现代童话以及历史和前人的作品，往往很难将其一一剖离开来。这种糅合形式的结构功能是打破时间与空间的限制，变古今为同一顷刻，如此"便构成一种现代的最复杂、最暧昧的式样，一种最复杂的象征的形式"①。艾特玛托夫的另一篇小说《花狗崖》就是这种糅合形式的象征结构的一个典型例证。作者在谈到这篇小说时说，作品中的"小船就是一个世界"。② 这是指小船为作品的整体提供了一个共时性的艺术环境而言，实际上小船上存在着三个独立而又生死与共的世界。在小船上的四个尼福赫族渔猎人中间，奥尔根老人是"渔女"神话世界的支柱，孩子基里克斯则不断地编织着未来的童话，是童话世界的支柱。艾拉姆英和他的兄弟梅尔贡属于现实生活世界。从结构的整体格局看，奥尔根老人的归宿是同"渔女"结合，返本求原；艾拉姆英和梅尔贡则葬身大海，献身于现实；孩子基里克斯获得新生，走向未来。四个人物在三个历时性世界构成的共时性结构里，形成了一个对称的菱形结构。结构整体呈优美的流线型状态，处于动态平衡中。这个动态平衡结构的所有意象无不隐含着人类社会的一个永恒的奥秘——人为什么活着又为什么死去。

从上述鉴赏分析中可知，《白轮船》和《花狗崖》的共同的结构特点是：情节单纯，轮廓分明清晰，组合简约集中，但却视野广阔，即超越现存的时空限制又容纳在统一的现存时空之内，从而构成了一种高度浓缩的艺术结构，复杂的象征体系（关系）。从中给我们的启示是：现代小说不仅其文本存有一个象征的结构体系，象征这一艺术表现方式也是一个结构；它潜存于现代小说中，也潜存于现代诗歌、戏剧以及一切文学样式中。艺术的象征结构是文学象征体系的基因，它本身随着文学的发展有一个从简单到复杂的发展过程。它在不同的文体中，例如诗歌和小说，随着文体的语体风格的变化，有着不同的结构功能和艺术表现特征；即使同一文体，随着这一文体的历史发展，例如从古典小说到现代小说，象征对文本的结构

---

① 姚一苇《艺术的奥秘》，漓江出版社 1987 年，168 页。

② 艾特玛托夫《作家——时代的良心》，见《苏联当代作家谈创作》，北京师大出版社 1984 年。

作用也是迥然不同的。

从原始简单的不自觉象征发展到现代复杂的自觉象征,中间的过渡形式是比兴和寓言。

寓言中的寓言是从寓言故事中必然地、逻辑地显示出来的,寓言和故事之间已有内在的联系,这种内在的联系是通过物体的变化(人化)来实现的。这是一个关键性的转变。它表明在主客体的关系上,重心已转移到主体意识(即寓意)方面来。这个特点使寓言基本上克服了黑格尔批评的原始象征的两个缺点:"一方面自然对象还保持它原来的样子而没有改变,另一方面一种实体性的理念又被勉强黏附到这个对象上面去。"但它又毕竟不同于现代象征,因为寓言故事与寓意的关系往往被点破,作者明确地说明这个寓言所蕴含的哲理,从而取消了客体的独立自足性;同时,也使两者之间的距离变得过于切近,联系过于简单,客体单纯地、直接地指向主体意识,没有象征所必需的象征客体的独立性和象征意义的宽泛性、不确定性。

比兴比寓言距离象征更切近。"比之与兴,虽同是附托外物",但"比显而兴隐"①。然而在实际的艺术运用中,往往比中带兴,兴中有比,二者是很难截然分开的。不但比兴难以截然区分,比兴与象征也往往难以判然划清,所以《诗经》、《离骚》中的一些篇章,有人说是比兴,有人则说是象征。这因为比兴与象征同属"意在言外"。这是它们比寓言在艺术表现上高一层级的重要特征。"但自比喻中所流露出来的意念,极容易找得,亦极易确定,其间丝毫没有含混之处;但象征则不然,象征中所蕴含的意念不容易觅取,即使找获,亦不易确定,至少不能十分地确定,有时表现出高度的暧昧"。② 比兴是将情感附托外物,象征是为观念寻找某种对应物。比兴多用于行文修辞上,是建筑艺术形象的砖瓦;象征则是整个艺术形象或艺术境界的概括和结晶。因此,象征远比比兴复杂,它是比兴的延伸和扩大。由于象征中观念占统治地位,远远溢出其对应符号,因之读者可以"引而伸之,触类旁通",从而获得超出符号形式自身的理性内容。象征的意义"明确地看作是要和用来表达它的那个外在的形式区别开来","普遍意义本身占了统治地位,凌驾于起说明作用的形式之上"。③ 但是,比喻,特别是现代隐喻却能造成一种反讽的张力效应。正如新批评派理论家威廉·维姆萨特所说:"在理解想象的隐喻时,常要求我们考虑的不是喻体如何说明喻旨,而是当两者被放在一起并相

---

① 郑众《毛诗·关雎传·正义》。

② 姚一苇《艺术的奥秘》,漓江出版社 1987 年,127 页。

③ 黑格尔《美学》第二卷 31-32 页。

互对照、相互说明时能产生什么意义。强调之点可能在相似之外,也可能在相反之处,在于某种对比或矛盾。"①因此象征与隐喻并用,则可造成作品意蕴由多重矛盾相互折射酿就的无尽的多解意义。

原始象征艺术中的客体还未经变形,仅是比附式地与观念连在一起。寓言中的客体虽已变形,但这种变形无论采取多么怪诞离奇的形式,其意义则往往是单一的。在寓言中主客体的联系是单层次、单角度的,现代象征主客体的联系则呈现多层次、多角度的特点。比兴所寄托的情感内容不可抽象为某种观念符号,象征则能。比兴所寄托的客体,作为与情感相融的艺术存在物,是主体的对象化;象征客体,作为观念的对应物,是客体的观念化。寄托是直接的隐喻关系,象征是间接的借代关系。比之寓言、比兴主客体联系的单向性,现代象征的客体形象与主体意识呈双向建构势态:象征客体主观化与主体意识客观化往返运动,象征意义又必须充分地、多方面地呈现出主体意识。因之,象征作品在对客体形象精细的描绘中,自然会显示出比客体本身更为丰富的内涵。《老人与海》虽然始终贯穿着客观化的描写,但在海明威笔下,具体的真实的描述不是为了再现现实生活,也不是通向个性的塑造,而是为了达到某种超越时空的象征——孤寂而令人绝望的人生。作者对人生的看法被赋予了普遍的意义。现代象征是把哲学和诗融进小说的一个绝妙的艺术表现方式。象征发挥小说善于叙述、描写的长处,小说利用象征"含义大于其本身"(劳,坡林语)擅长暗示的特点,删削繁杂的情节,创造空灵的境界,作品的表现材料虽然单纯、明净了,内在意蕴反而更其丰富充盈了。两者相得益彰,在艺术的实践过程中,既改造了小说这一文学样式的存在形态,又发展了象征这一艺术表现手段。所谓"单纯明净深层的象征体系",其实指的则是象征结构与小说文本结构在体与用的相互关系中所表现的艺术结构功能,所隐含的艺术发生、发展与演化的内在规律。

---

① 维姆萨特《象征也隐喻》,见《〈新批评〉文集》,中国社会科学出版社,1988 年。

复调小说对小说艺术发展的意义

——现代小说结构美学分析(五)

复调小说是苏联著名文艺理论家巴赫金1929年在《陀思妥耶夫斯基的创作问题》一书(此书1963年经过修改更名为《陀思妥耶夫斯基诗学问题》)中提出的一个理论概念。由于这一理论深刻地剖析了陀思妥耶夫斯基小说的根本艺术特征,确切地概括了小说艺术发展的某些实质性问题,对现代小说创作实践具有深远影响,引起苏联国内外许多文学理论家、批评家和作家的广泛兴趣,大大地提高了陀思妥耶夫斯基在世界文学史中的地位,巴赫金因而享有世界声誉。那么,陀思妥耶夫斯基的作品对小说结构艺术的发展做出了哪些历史性贡献?巴赫金的复调小说理论对现代小说诗学又有何意义?本文拟对此作点美学的分析与探讨。现代小说结构的形成,在欧洲,如果追溯到16、17世纪的流浪汉体小说,主要是用独白形式写成的。其典型代表是无名氏的《托姆斯河上的小拉撒路》(1554年,中译本名《小癞子》),这部作品可以说是全面独白型的,其中即使有对话,也是通过主人公的所见所闻说出来的;这类小说,故事多半带有传奇色彩,比18世纪启蒙时期的小说要复杂得多,虽然像勒萨日《吉尔·布拉斯》、菲尔丁《约瑟夫·安德鲁斯》一类小说仍然受流浪汉体小说的影响,写冒险的故事,但同时日记体、书信体小说开始流行起来。这后一类小说逐渐摆脱了冒险、奇遇的情节,.而专注于主人公感情的抒发与解剖,如斯特思《感伤的旅行》、卢梭《忏悔录》、《新爱洛伊丝》等。但这类小说对话中的主、客体,作者设置的痕迹十分明显。到了19世纪,小说广泛地采用第三人称,出现了对话和独白的综合,史诗和抒情的融合,叙写与心理的自我剖析融于一体,叙述、日记、书信与戏剧因素熔为一炉的情况。狄更斯、巴尔扎克、屠格涅夫为建立小说艺术的完整世界,各自做出了杰出的贡献。陀思妥耶夫斯基的创新在于减弱了由作家安排的有头有尾的故事形式的封闭性、小说基调的单一性,用一种极为接近于生活形式的独特的心理分析,加强人物意识的复杂性、情节发展的平行性和小说基调的多重性;陀氏实为现代小说从情节模式因果相连的线性叙述结构蜕变为多重的立体交叉式结构,使小说在多元的结构层面上,成为更好地表现丰富多变的人物心理、纷繁复杂的社会生活的先声。巴赫金的复调理论是对陀思妥耶夫斯基小说艺术创新的创造性读解。

复调,原是音乐中多声部并列的一种"对位法",它的每个声部既具有独立性又彼此谐和。巴赫金用以评析陀思妥耶夫斯基小说"艺术形式的独特性",①内涵甚为丰富。其一指一篇小说、一部作品可以由不同的笔调组成。巴赫金认为,小说结构的不同成分之间贯穿着一种对话关系,这种对话关系有如音乐中的"对位法","对位"表现为"不同的声音各自不同地唱着同一题目"②,形成"多声部性",即复调。陀思妥耶夫斯基的《地下室手记》由三章组成,初看起来,章与章的联系似乎不够严密,作品的笔调不一。陀氏在给其哥哥的信里谈及这部小说时,说道:"你知道音乐中的'中间部分'是怎么回事吗?这里也正是这样。第一章表面看来全是废话;但突然在后两章里这些废话都以出人意料的悲剧转折结束了。"③这话的意思是说,小说是有意运用不同的调子来写的,它通过类似音乐中的"中间部分"的过渡办法,完成了从一个调子向另一个调子的转变,不过唱的是一个题目。这里"题目"的内涵不是指题旨或主题,而是一种基本情调、情感或态度。托尔斯泰曾说,他写《哥萨克》时,曾用"四种不同的笔调"来写,各写了三卷便搁笔了。"不知道该选择哪一种呢?还是设法把它们融合在一起,或是应该全部抛弃"。"因为可以用来写出这些事物的笔调是多种多样的"。④ 如若果真把"四种不同的笔调""融合在一起",自然就是复调了。然而,小说复调的表现形态却是千变万化、不拘一格的。除上述陀思妥耶夫斯基《地下室手记》一章一个笔调外,现代小说中的复调现象常常表现为作品的语言表现结构——笔调和作品的深层结构——情调呈悖逆状态。契诃夫的《凡卡》,从儿童的眼光叙事,表层的天真和深层的悲悯判然可分。鲁迅的《伤逝》,冷峻的历史目光,透辟的世事见解化为青年恋人的个人忏悔和罗曼蒂克的抒情,作者的情调和作品的笔调,深层和表层,相去甚远,现代小说的艺术发展,荒诞、反讽、夸张等等手法并用,情调和笔调,深层和表层,抑扬不同,褒贬各异。作品表层的笔调常常变形,而深层的情调则是统一、贯穿的。唯其笔调的千差万别、笔调与情调的悖逆,才形成现代小说文体的千姿

---

① 见巴赫金《陀思妥耶夫斯基诗学问题》第1章,《世界文学》1982年第4期。以下凡引本书均不再注明。

② 转引自论文集《陀思妥耶夫斯基的创作》1959年莫斯科版,324页。

③ 同上,344页。

④ 《托尔斯泰和俄国作家通信集》上卷248－249页,文化艺术出版社,1989年。

百态、异彩纷呈。

巴赫金复调理论的另一重要内涵是复调表现为结构上的平行性。陀思妥耶夫斯基在谈及《白痴》的时候,写道:“总的说来,故事和情节……应该选定并在整部小说中整齐地平行进行。”①在陀氏的小说里,一般不写原因,也没有事物的缘起,人物的思想性格不从过去、环境影响或教养里求得解释。主人公的每个行为全属于现时,而不被事先规定。即使主人公的回忆,也被安排于现时的需要。陀思妥耶夫斯基喜欢把杂然纷呈的形形色色的矛盾,置于同一平面上进行描写。《白痴》的第一部即是一例,它在十多个钟头之内聚拢了那么多人的矛盾和冲突,迅速地在一个画面上爆发了出来。巴赫金由此提出陀思妥耶夫斯基小说是一种横向的艺术描写,究其成因,巴氏分析,陀思妥耶夫斯基所理解的世界是一个多元的世界,在这个世界里,一切同时并存,相互作用。多元化和同时并存的思想使陀氏对世界的观察和思考主要集中在同一空间而不是历史时间上,他“几乎完全不用相对连续的历史发展和传记生平的时间,亦即不用严格的叙事历史的时间”,“他总是力图把理解到的思想材料以戏剧对比的形式,组织在同一时间里,使之分散地展现”。流浪汉小说多以一个主人公为中心写一个或一连串完整的故事;现代小说则把两个本来可以各自独立的故事交互结合在一起,构成一个浑然一体的艺术品。当两个不同的故事情节复合在一起的时候,自然会产生新的、第三种意义;因为在一定的结构关系中,两个结构成分的总和所产生的新质,不是“2+2”,而是“2×2”。于是产生了小说主题的模糊性、多义性。更为重要的是,复合小说所带来的小说结构自身的深刻变化,诸如情节线索的平行、故事的复合使作品的情节和故事分离,情节常常不再是故事的有机体,它常常表现为单元的性质;在一篇作品中,独立的单元多了,人们的思维也必然相应地发生变化,它要求人们多层次、多角度、多侧面地思索,小说意识也因而随之发生变化。再如平行、复合带来时间的无起始、多间断、空间的无限定,人们再也难以用过去那种“故事发生在某时某地的一个……”这样的模式来复述作品。人们感到的是没有头绪,又处处是头绪,作品的结构呈放射状态,意义空白增多了。结尾往往表现为意犹未尽,故事似乎没有结束。复次,时间的开拓、独立单元的增多,使得作品呈现出非和谐性;然而每一单元、每个层次又都在作品整体中起作用,于是呈现为一种“多音的和谐”(罗曼·英加顿),理想的复调和声。因此,作品结构的平行性和情调、笔调之间,有着深刻的内在联系,二者同为小说复调的结构要素。

从单一的故事情节发展为多主题、多层次、多笔调的复调和声,是小说结构从

---

① 转引自论文集《陀思妥耶夫斯基的创作》1959年莫斯科版,344页。

历时性到共同性的一个带有根本性质的巨大变革。说这种变革"带有根本性质"，是因为它是现代小说区别于古典小说的一个艺术标志。在这一小说的艺术变革中，首先在创造中作实践尝试而且取得卓异成就的，是陀思妥耶夫斯基。巴赫金的复调理论主要是通过对陀思妥耶夫斯基的小说分析而形成，是对陀氏小说创作实践的创造性阐释，也是对现代小说艺术发展的及时的理论概括。

巴赫金对陀思妥耶夫斯基小说创作的阐发，不仅独具特色地分析了陀氏小说的艺术世界，而且深入地分析了他的思想世界和作品所表现的生活世界。在巴赫金的复调小说理论中，"对话"常和"复调"并提，"对话"是复调理论的基础，是巴氏复调理论的核心范畴。巴赫金认为，生活本身是一种对话性现象，人们之间的相互关系是一种对话关系。他说，"两个声音才是生活的基础，生存的基础。"人们生活，意味着相互交往，进行对话和思想交流。巴氏认为，这种对话关系，"几乎是一种无所不包的现象，它渗入到人的所有语言和人的生活的所有关系之中，凡是一切有意义和有价值的方面，它都要渗入"；如果对话结束了，那就一切都完了。"对话"是巴赫金对社会生活的一种哲学理解，他以这种哲学理解分析陀思妥耶夫斯基，认为陀氏把对话看作是真正的、人的生活关系，"人真实地存在于'我'和'他人'的形式中"，"我不能没有别人，不能成为没有别人的自我，我应在他人身上找到自我，在我身上发现别人，我的名字得之于他人，它为别人而存在，不可能存在一种对自我的爱情"。① 在俄国资本主义社会里，人与人的关系被彻底物化了。陀思妥耶夫斯基看到了这种现象，他"描写阶级社会中人的痛苦，他的被侮辱，不被承认，人被剥夺了承认、姓名，被赶入压抑的孤独之中"。② 但是，陀思妥耶夫斯基认为，人的孤独是一种虚幻，人的存在就是为了别人，通过别人肯定自己；人的存在是一种深刻的交往，他体察自己的内心，同时也透视他人的内心，并用别人的目光来看待自己。巴赫金说，这不仅是陀思妥耶夫斯基关于生活的哲学观点，而且也是这位作家感受、认识人的生活的艺术观点。巴赫金认为，在陀思妥耶夫斯基的小说里，"只有能被理解为同时呈现的一切，只有能被理解为同时发生的一切，只有这一切，才能进入陀思妥耶夫斯基的世界。"这种把现实中人们之间的真实关系转化为对文学形式的思考，并由此形成小说的叙述理论，是相当深刻的。在一定的时间、空间里，生活的本来面目可能就是这样：几个互不相干的单元呈共时状态，事物可能是相关的，也可能是互不相干的，线性的因果关系并不能牢

① 巴赫金《语言创作美学》312 页，艺术出版社，莫斯科，1986 年。

② 同上。

笼生活的一切,"伟大的艺术作品体现出其它作品中可能都没有的'形而上的性质'",①它正存在于理想的复调和声之中。

巴赫金叙述理论的独到之处在于,他在分析陀思妥耶夫斯基小说时,发现陀氏创作的是一种"全面对话的小说",以此引导人们深入到这位作家的艺术世界中去,发现与了解他的别具一格的艺术特征。巴赫金指出,陀氏小说的不同成分、要素之间,无不存在着一种对话关系,它渗透于陀氏小说的整个艺术结构中。如果细加分析,则可发现,陀氏小说中的对话关系由大型对话和微型对话构成。大型对话主要表现为结构线索的平行性、多声部性,微型对话往往表现于人物结构和人物心理结构中。巴赫金复调理论对陀思妥耶夫斯基小说艺术世界的剖析,最精彩、最独特的,是对陀氏小说微型对话的阐释。

巴赫金微型对话理论建立在人与人的对话关系、人的自我意识的双重性的基础上。这是他的生活哲学和文艺心理学观在艺术分析中的具体运用。巴赫金认为,陀思妥耶夫斯基作品中的人物是被资本主义扭曲的人,作家从他们的被扭曲了的意识形态中,发现了它的矛盾的两重性,广泛地反映于他的创作中。陀思妥耶夫斯基小说的主人公观念成分极强,"自我意识"是"主人公结构中的主要艺术成分"。一般小说要告诉主人公是什么人,他们是谁,陀氏小说里的主人公与一般小说不同。他们没有工笔的肖像描写,没有专门的身份介绍。他们热衷于自我分析,对陀思妥耶夫斯基的主人公来说,不是他是谁的问题,而是世界、现实对他来说是什么。主人公深入伦理、道德、宗教、社会问题的探索,精神痛苦不堪。他们是一些冥思苦想的人,"每个人都有种'伟大的却没有解决的思想',他们全都首先'要弄明白思想'";他们经常想到的是别人会怎样看待他们,会怎样议论他们,由此而进行种种内省,即自己与自己的内心对话。在陀氏的小说里,主人公自己在探索现实和自我,主人公的思想意识成了作家艺术探索和描写的主要对象。因此,"陀思妥耶夫斯基的主人公,是思想的人,这不是性格,不是气质,不是某一社会典型或心理典型"。所以,要说出陀思妥耶夫斯基作品中的人物是什么人物性格是困难的,他们是一种思想形象,是一种复杂意识的综合体。巴赫金把这看作是陀思妥耶夫斯基的一个发现,他把思想看作是"超个人的超主观的,它的生存领域不是个人意识,而是不同意识之间的对话交际"。思想希望被人理解,被人听到,"恰恰是在不同声音、不同意识相互交往的连接点上,思想才得以产生并开始生活",所以"思想就其本质来讲,是对话性的"。巴赫金认为陀思妥耶夫斯基擅于

① 韦勒克《西方四大批评家》复旦大学出版社1983年,126页。

描写他们的思想，他善于把人物放在人们相互关系的事件布局上、自我意识的横剖面上，把思想摆到对话交锋的不同意识的边缘上，描写那种不脱离开个人而自我发展着的思想。思想形象同人物形象结合成不可分割的统一体，“在每一思想中，都似乎表现了整个一个人”。这种共时的横向艺术，对特定瞬间的理解力达到异乎寻常的敏锐程度：“在别人只看到一种或千篇一律事物的地方，他却能看到众多而且丰富多彩的事物，在别人只看到一种思想的地方，他却能发现、能感到两种思想一分为二。别人只看到一种品格的地方，他却能揭示出另一种相反品格的存在。一切看来平常的东西，在他的世界里变得复杂了，有了多种成分。在一个声音里，他能听出两个相互争论的声音；在每一个表情里，他能看出消沉的神情，并立刻准备变为另一种相反的表情。在每一个手势里，他同时能觉察到十足的信心和疑虑不决；在每一个现象上，他能感知存在着深刻双重性和多种含义”。“陀思妥耶夫斯基的视觉，封闭于这一多样展开的一瞬间，并且停留在这一瞬间之中，使这个瞬间的横剖面上纷繁多样的事物，各显特色而穷形尽相”。这是巴赫金对陀思妥耶夫斯基主人公的主体意识矛盾两重性及其在创作中的艺术体现的最精彩的描绘。他抓住了这位作家的“瞬间”的艺术特征，瞬间的矛盾冲突，瞬间的双重意识，瞬间的表情转换，瞬间的心理爆发，全在瞬间的横剖面上展现，显示了共时艺术的极大的表现力，揭示了小说艺术时空关系的新变化和人类艺术思维的重大进展。陀思妥耶夫斯基以其强大的艺术天才而显示了极大的艺术表现力，巴赫金对陀思妥耶夫斯基小说艺术及其主人公心理特征的描绘与把握，理解得甚为透彻，阐释极富卓识，因而在现代小说叙述理论中独树一帜，影响深远。

巴赫金的真知灼见还表现在：他更从文艺美学角度分析陀思妥耶夫斯基小说微型对话的艺术类型，提出，“未完成性”这一文学艺术批评概念，及时地揭示了陀思妥耶夫斯基复调小说所导致的小说性质的深刻变化，准确地概括了现代共时性小说的艺术美学特征，为当代世界文艺理论界广泛接受，实开接受美学、现象学美学批评的先声。

巴赫金对陀思妥耶夫斯基小说独白中的对话，对话中的对话的多种类型的“微型对话”的描述和归纳，触及了陀氏小说语言微妙之处，达到了洞幽烛微的地步。

独白中的对话是一种包含对话的独白，即在一个人的内心独白中，先后同自己、同别人交叉对话，这实则是一种在独白中不断变换人称的对话。在《罪与罚》的开头，拉斯柯尔尼科夫收到母亲的来信，信中诉说家境艰难，他妹妹杜尼雅为了设法资助他继续求学，不得不忍气吞声，受人侮辱，并准备嫁给为富不仁的律师卢仁为妻。这一切，使这位在京城过着清贫生活、愤世嫉俗、很有一些平民傲气的穷大学生痛苦不堪。这时他的内心独白便自由地转为对话和辩论,心里在说:“这里的中心人物不是别人,就是罗季昂·罗曼诺维奇·拉斯柯尔尼科夫。他不是么,他可以得到幸福,可以继续上大学……可是母亲呢?这关系到罗佳,她的宝贝,长子罗佳的一生!”接下去,独白里又引进了一个为了一家生计而不得不卖笑街头的索尼雅。拉斯柯尔尼科夫一面把自己的母亲和妹妹同索尼雅的遭遇相比,一面在内心与亲人对起话来:“你们可充分地估量过这种牺牲、这种牺牲吗?杜涅奇卡,你们跟卢仁先生一起生活的命运决不会比索尼卡的命运好些……你们到底想使我成为怎样的人呢?杜涅奇卡,我不要你们的牺牲!我不要,妈妈!”“不让这门婚事成功,你有什么办法呢?你去阻止吗?你有什么权力?”在主人公的内心独白里,我们听到,他一会儿把自己当成第三者,一会儿又与母亲对起话来,并马上又转为第三者,把母亲语调中的亲昵色彩摄取过来;一会儿与母亲、妹妹同时对话,一会儿又与妹妹单独对话,然后自身分裂为二,相互对话。作家善于在一切地方,“在被认识和理解的人类生活的一切表现中倾听出对话关系来”,善于把“一个人身上的每个矛盾变为两个人”,“在旁人看见一种思想的地方,他会找到、探摸到两重思想、双重人格”。所谓“复调”,在此即那种在主人公内心独白中发现的对话、辩论,这正是他内心极度痛苦,整个精神失去平衡的产物。正是“复调”,才能窥见人的内心深处。

对话中的对语更为复杂,它可表现为一个主人公当面回答另一主人公隐蔽于内心的思想的对话,又可表现为一种表现虚饰而又充满暗示的对话。前者如在《白痴》中娜司塔谢在决定自己命运的那天晚上,有好几个人向她求婚,包括梅思金在内。当她心痛欲裂地诉说自己被凌辱的身世时,公爵对她说:“您没有一点过错……我要尊敬您一辈子……”这一评语正是女主人公在长期的屈辱生活中所梦寐以求的:“难道我不想嫁给你这样的人么?我猜得对,我老早就梦想着了。当我孤孤单单地在乡下,在托慈基家,住了五年的时候,就一直在那里思索,在那里做梦,老想嫁个像你这样善良、诚实、带点傻气的人,他一定会跑来对我说:‘您没有错,娜斯塔谢·费里帕夫娜,我崇拜您!’我有时竟想到发狂的地步。”对女主人公这种长久埋藏于内心的尾白的呼应与公开的回答,是一种感应式的心灵接火,它引起了她的感情的熊熊火焰,使她的心灵剧痛直露于外。所谓尾白,一般指戏剧中一个角色在一个地方说出的最后一语,另一角色在另一个地方凭以接着说,所以尾白含有对语、转意、反诘诸种含义。陀氏小说尾白式的对话的另一类型——表面虚饰而实充满暗示性,于关节点上突然急转直下,揭示事情真相,如波尔菲里和拉斯柯尔尼科夫的三次会见时的对话就是。两人的对话,开始带有一种不着边际的虚饰色调,但双方又都心里有数。因之,那种似乎随便说出来的一句话,往往是一方有意,充满暗示,一方无意,可以随时收回,作为偶尔失言,而在读者听来却带有叩击心灵的重感。波尔菲里通过对拉斯柯尔尼科夫隐蔽思想的探察,理论文章的了解,病理现象的窥测,确认对方就是凶手。拉斯柯尔尼科夫犯案后,人格早已分裂为二:一个要装得若无其事,犯法有理,犯罪不是为了钱财;一个则躲在这种反抗意识的帷幕后面,但为良心、道德折磨得痛不欲生。波尔菲里同拉斯柯尔尼科夫谈话,就是要迫使他说出隐藏在内心的、又是他最不愿意说出的话来。在第三次会面时,两人似乎仍在谈论"第三者"。波尔菲里说:"我心里想,现在这个人是会来的,他自己会来的,不久就会来的,既然他犯了罪,那他一定会来报案的。别人不会来,可是这个人是会来的。"波尔菲里的话,句句针对拉斯柯尔尼科夫关于犯罪问题的论文中那些闪烁其词的思想、犯罪后的一反常态和侥幸心理所引导的内心尾白。果然,这"第三者"听后,再也无法镇定,开始哆嗦,因为自己的隐情已为对方洞察,对于自己内心活动中不断出现的尾白,对方已做出回答,于是拉斯柯尔尼科夫上气不接下气地问:"那么……是谁……杀的呢?"主人公的这一发问,正是他长期隐于内心的尾白的迫不得已而又是无意识的外露,是他想听到而又最害怕听到的回答的提问。可是这也正是波尔菲里的期望与最后的等待。所以,当听到这一发问,"波尔菲里·彼得罗维奇,甚至急忙闪开,往椅背一靠,仿佛冷不防这一着,被问得愕然了。'怎么是谁杀的?'……他说,仿佛不相信自己耳朵似的。'罗季昂·罗曼诺维奇,是您杀的?就是您杀的……'他用近乎悄声而又十分确定的语调补了一句",并劝对方投案自首,对于这时的拉斯柯尔尼科夫说,防线顷刻崩溃,帷幕砉然坠落。原来那种富有暗示、虚饰的对话发生急转直下,单刀直入,猝不及防,其紧张动人之处,大有令人透不过气来的感觉;曾经发生了虚脱、好些日子总是神不守舍的主人公,此时形神逐渐合二为一。在陀思妥耶夫斯基小说里,这类扣人心弦的"微型对话"极多,而且各具特色。正如巴赫金所说,在陀思妥耶夫斯基小说里,"到处都是公开对话的对语与主人公们内心对话的对语的交错、和音或间歇;到处都是一定数量的观点、思想和语言,合起来由几个不相融合的声音说出,而在每个声音里听起来都有不同"。这些不同类型的"微型对话",一方面深刻地显示出人的复杂性、意识的多层次性,另一方面艺术地赋予了每个人物以无限发展的可能性、未完成性、不确定性。巴赫金认为,陀思妥耶夫斯基小说的"未完成性",表现在人物对话中,是永不给对方一个最终的、完成了的评语,因而形成人与人之间的关系的非封闭性。"主人公的语言和关于主人公的语言,是为他对自身和别人的非封闭性的对话关系决定的"。因此在陀思妥耶夫斯基的小说里,人物相互之间不作"背后的"评语,即使互有看法,也只存在于对话中。陀思妥耶夫斯基小说的"未完成性",不仅表现于人物对话、人物关系结构中,而且表现于故事发展上，似乎没有一个结束；表现在小说结构上，如前所述，把杂然纷呈的矛盾置于同一平面上作横向描写，于是形成多线索、多主题各自发展而互相交叉的特征，作品结构呈放射状态，意义空白大量存在，结尾意犹未尽，等等。纷繁的对话形式，横截面的艺术描写，"未完成性"显示出陀氏小说交响着多种声音和意义，形成复调小说的真正独特性，这同时也是巴赫金复调小说理论的最精彩、最有价值、最具影响之处。

巴赫金的真知灼见更在于，他并从现代语言——文体学角度剖析陀思妥耶夫斯基小说"微型对话"的艺术表现力。巴赫金探讨陀思妥耶夫斯基小说的语言艺术，把双声语作为研究的主要对象，从中展现陀氏小说令人惊奇的种种"微型对话"的艺术世界。这由于：既然巴氏的"微型对话"理论是建立在陀氏小说中到处存在的人与人对话关系、人的自我意识双重性的基础上，因而主人公的这种自我意识便每时每刻都紧张地面向自己、面对别人，于是形成了极富特色的"双声语"；这因为语言、思维与客观世界存在着平行对应关系，"文体是思维的浮雕性、可感性，在文体里表现着整个人"。（别林斯基）巴赫金指出，在陀思妥耶夫斯基小说主人公的语言中，"明显占优势的，是不同指向的双声语，尤其是形成内心对话关系的折射出来的他人语言，即暗辩体、带辩论色彩的自白体、隐蔽的对话体"。他的"纷繁的语言类型经常处于突然的交替之中，出乎意料地由讽拟体忽转为隐蔽的对话体，再由隐蔽的对话体转为仿格体（模仿普通生活中平稳安宁的格调），由这里重又转向讽拟体的讲述，最后归之于极度紧张的公开对话"。陀思妥耶夫斯基把上述各种体式配置于作品的结构之间，串缀交织，使得"何处开头、何处结束，都难以捉摸"，从而形成了语言上的各种波澜起伏。陀氏小说由不同指向的双声语所形成的语言文体风格的奇谲多变，一方面是其小说人物自我意识的双重性在语言上的涂染与投射；另一方面，这种文体上的奇谲变化与小说情调和语调之间存在着深刻的内在联系。现代语言学和思维科学的发展业已证明："语音在语言运用和思维活动中的作用远过于我们以前对它的认识。这就驱使作家们进一步去发掘文体声音层面可能隐藏的各种审美功能。的确，在语调中存在着具体人物、情节、场景无法承载的精神秘密活泼生动的宣示"。① 故此，有论者认为"小说文体的深层并不是小说内容，就是说，它不是情节、人物、主题等等。它是作者对小说内容表现出来的基本态度、看法、情感……它只是一种基本情调"，当然，"这种情调有待于化为语调"。② 文体语调、尾白与复合结构、放射结构的深层联系亦是

① 郜元宝《对小说的文体批评》，《批评家》1988 年 1 期。
② 李国涛《小说文体的深层与表层》，《文艺研究》1987 年 6 期。

“未完成性”与“意义空白”的内在关系,其相通和中介是由“转意”所形成的意在言外。如此种种,形成了陀思妥耶夫斯基小说“微型对话”与“大型对话”互为协调、交相辉映的盛况,汇合为陀氏小说艺术的复调奇观。这一复调现象对现当代小说创作的影响是深远的,正如有论者所言:“各种不同基调的文学风格,表现手法甚至文学体裁一概杂糅在作品之中。像《百年孤独》,研究者说它将直率与诡诈、现实主义与魔法和神话、政治热情与非政治的艺术、人物塑造与漫画化、幽默与恐怖等等因素的综合贯彻始终,确实形成了巴赫金所说的许多独立的、不相混合的声音和意识以及各种有完整价值的声音所组成的真正的复调。叙述学的一整套仅在作品内部打转的技法,显然无法应付这类瞬息万变、内涵复杂的当代文学的写作模式,而只会委屈这些出自伟大的思想家和天才的艺术家之手的具有顽强生命的创作”。①

总上分析可知:复调小说并不是一般所谓由多线索组合而成的复合小说,它是一种由不同的体裁、笔调、风格、情调、表现手法、单元层次、各自独立的思想意识、人物心理结构所组成的多声部小说。复调小说的美是一种急管繁弦、八音克偕的美。这种小说的肇始者,是陀思妥耶夫斯基;对陀氏复调小说作淋漓酣畅地发挥的,在当代,有拉丁美洲国家的一些“爆炸文学”的作者如马尔克斯、略萨、富恩特斯等。在关于陀思妥耶夫斯基的论著中,苏联老一辈的研究家如什克洛夫斯基、格罗斯曼、吉尔波金等,已提出“复调”、“多声部”现象,并有所阐发,而总其大成、形成完整的“复调小说”理论的,是巴赫金。他说:“有着众多的各自独立而不相融合的声音和意识,由具有充分价值的不同声音组成的真正的复调,这确是陀思妥耶夫斯基长篇小说的特点。”“在他的作品里,不是众多性格和命运构成一个统一的客观世界,在作者统一的意识支配下层层展开;这里恰是众多的、地位平等的意识连同它们各自的世界,结合在某个统一的事件之中,而相互间不发生融合。”巴赫金认为陀思妥耶夫斯基有三大发现:一是创造了人物形象的全新结构,陀氏小说的主人公不同于一般小说,他们自我申诉、相互辩驳,“不只局限于普通的刻画性格和展开情节的实际功能;与此相同,主人公的议论在这里也非作者本人的思想立场的表现”。其二,陀思妥耶夫斯基使独立的思想观念成了艺术描写的主要成分。三是小说的全面对话性。上述三点是说,复调小说的主旨不在于开展情节、人物命运和性格,而在于展现那些有着同等价值的各种不同的独立意识;在复调小说中,没有作者的统一意识,它是由不相混合的独立意识、各具完整价值

① 冯季庆《叙述的参照》,《外国文学评论》1991 年 1 期。

的“声音”组成的对话小说。巴氏认为,如果说,过去的小说是一种受作者统一意识支配的独白小说的话,那么,陀思妥耶夫斯基创作的是一种“多声部”的“全面对话”性小说;在这种小说里,作者自己的声音只是与作品中人物的声音平行并置的多种语音的一种,人物相互辩驳、彼此争议的话音挣脱了原来包容一切的作者的话音,他们在作家完整的艺术构思中获得了极大的自由和独立性。所以,人物自我意识的独立性——对话性,是理解巴氏复调小说理论的关键之点、中心范畴。这种对话性表现于小说结构中,是指小说各种结构成分,诸如线索、情调、风格、手法、体裁等等的错综对位关系;表现于人物形象结构中,则指人物思想、性格、意识的“多声部性”及主人公与主人公的平等对话关系。巴赫金复调小说理论所谓“全面对话性”,还包括主人公与作者的平等对话关系。巴赫金认为,陀思妥耶夫斯基小说中的主人公大都是一些“思想者”的人物,他们有独立意识,爱探索和思考;在主人公与作者的关系上,主人公的意识与作者的意识具有同等的价值,所以,二者处于平等的对话关系中。于此可知,在巴氏复调理论的体系范畴中,其中心范畴“对话性”的实际内涵,在大型对话和微型对话之间,还有一对关系范畴,即在作品中主人公与作者之间存在着某种对话关系。

从小说发展史上看,巴赫金认为对话小说取代独白小说,是小说艺术发展的一大进步。巴氏把陀思妥耶夫斯基以前的小说都称之为“独白小说”,以为只有陀思妥耶夫斯基才创造了真正的“对白小说”,即“对话小说”。他认为在独白小说中,人物意识只属于作者,人物与作者不是处于平等地位。所以在这类小说中,只存在一个声音,其中人物虽然众多,而在行为中却表现为“同音齐唱”;因为作者统一、高亮的声调盖过了笔底人物相对零散、低暗的语音,作者的叙述包纳了人物的最后一句对话或独白。陀思妥耶夫基的小说则不同,“主人公在思想上自成权威并具有独立性,他被看作为一个自身有充分完整的思想观念的创造者”,他们各自为自己的观点辩护,如此形成主人公与作者之间的一种平等开放性关系,即“对话关系”。在陀思妥耶夫斯基的小说里,主人公“不是作者言论的客体”,人物对自己、对世界的议论,与作家的议论有同等价值,在这些议论、辩护中,作者的观点远非占主导地位,他们绝非作家的传声筒。“陀思妥耶夫斯基就像歌德的普罗米修斯,创造的不是默不作声的奴隶(如宙斯所创造的),而是自由的人们,他们能够和自己的创造者处于平等的地位,不同意他的意见,甚至起而反抗他”。作者如有影响,也只有进入对话,通过其他主人公的对话的诱发方式达到。如此,便导致小说性质的深刻变化:一方面,作家的哲学思维寻找到了一种艺术的存在方式;另一方面,作者对人物的客观描写,如社会环境的描写,人物成长的描写,主人公与主人公关系的专章描写,大大减少。这类描写的减弱,自然使原来小说的作者的叙事作用相对弱化，而使主人公的议论、思索、对话的主体意识大大加强，以致使人觉得，好像主人公在叙述自己的故事，他们变得与作者本人平起平坐了。陀思妥耶夫斯基小说创作的革命意义在于：他的复调小说改变了传统小说由作者统领全局的局面，从而带来叙述方式的种种闪展腾挪的变化，诸如由叙述语式形成的小说视角的诸多变化，由叙述语态形成的小说文体风格的变异，以及由叙述中作者与人物、隐含作者与隐含读者、叙述者与叙述对象所形成的小说的特殊结构关系，等等。陀思妥耶夫斯基的创新不仅用“复调”丰富了19世纪的小说艺术，而且对20世纪文学的发展亦具深远影响。不同思潮、流派、倾向的作家，都不同程度地感受到他的影响。在欧美，既有托马斯·曼、罗曼·罗兰、德莱塞这样的批判现实主义的巨擘，又有卡夫卡、纪德、加缪这样的现代主义名家。巴赫金的对话理论与当代文论诸如接受美学、现象学美学、法国结构主义叙述学①的承转关系，更是明显的事实。

① 法国结构主义叙述学三大批评家之一罗兰·巴特在《叙述分析异论》中将叙述作品划分为三个层次：第一是功能层次，研究基本的叙述单位及其相互关系；第二是行为层次，研究叙述作品中人物分类及其结构模式；第三是叙述层次，研究叙述者、作者和读者的关系，研究意义的产生、过渡与实现问题。这与巴赫金复调小说理论大型对话、微型对话、主人公与作者对话三层内涵具有异曲同工之妙。

结构主义诗学对现代小说艺术发展的历史性贡献

在小说由传统封闭型向现代立体开放型发展的过程中，结构主义诗学做出了不可磨灭的历史贡献。

结构主义是20世纪二、三十年代兴起的一种科学方法论。结构主义哲学家由对语言符号系统性的研究入手，努力穿透事物分散、孤立的表象，进入事物内在联系的方式，在相对稳定的结构把握中，寻找事物形式的普遍性。奥地利哲学家维特根斯坦在《逻辑哲学论》一书中表述了这样的见解："世界是许多'状态'构成的整体，每一个'状态'是一条合乎众多事物组成的锁链，它们处于确定的关系中，这种关系就是这个'状态'的结构，也就是我们研究的对象。"结构主义作为一种科学方法论，与自然科学对物质构成的研究由宏观进入微观，又由微观组合的基本结构扩大到物质运动形式的宏观规律的发展趋势同步，正体现着人类认识的一大进步。"从结构的角度研究事物系统性联系的思想，和唯物辩证法世界普遍联系性的思想是吻合的。"①

结构主义方法现已广泛地运用于语言学、社会学、人类学、心理学、文艺学乃至天文学的研究中，成果累累。对小说创作的影响表现在两方面：一是理论的，主要表现于小说哲学——美学观念的更新上；二是创作实践的，主要表现于小说"结构革命"上。这两方面互为条件，相互作用，促进小说艺术的发展。

在传统小说创作中，结构问题基本上是属于形式和技巧方面的问题，这由于传统小说创作是以承认存在本身具有某种固定的本质、意义与价值为前提的，小说的结构只是与存在本身固有的本质、价值和意义相对应，是被动的，被决定的，因而是形式、是技巧。内容和形式的二元论便由此产生，内容决定形式的艺术原则亦由此确立。在这种决定论观念的笼罩下，结构作为知性的表现形态，其潜在的能动性是不会被意识到的。结构主义文论家和作家认为，作品的意义不是存在本身所固有

---

① 季红真《文学批评中的系统方法与结构原则》，见《文明与愚昧的冲突》，浙江文艺社1986年。

的,而是作家给定和创造的,因为同一对象或同一材料不同人讲述就会产生不同的意义和价值:有的美,有的丑;有的生动感人,有的枯燥乏味;有的意蕴深邃,有的则浅显直露。语言和作品结构不仅仅是表意,它本身可以创造意义。人们的兴趣中心从“写什么”向“怎样写”转移,不仅是对“怎样写”的重要性的强调程度的加强,更重要的是,它标志着人们对文学与世界的审美关系的认识开始发生某种根本性的变异:写的“什么”本身不是无穷无尽的矿藏;“怎样地写”,才决定那个“什么”不断地产生新的意义。“怎样写”决定着被写的存在是个怎样的存在,“写”,使存在获得了自己的丰富性。换言之,存在不再是一个拥有固定意义和价值的自在物,它只是在被表述时,在被表述人按照自己的理解呈现为一定的结构和语境时才产生出某种意义和价值。这就为文学研究提出一个至为重要的问题:究竟是什么因素在文学作品的构成中起重要作用以及如何起作用? 为探索和解答这一文学理论的关键性问题,于是结构主义诗学的一个分支、一种新的发展——叙述学应时而兴。

叙述学主要研究各类叙事作品——小说、叙事诗、神话传说、民间故事等——的叙述技巧、叙述模式以及与其相关的各种理论问题;它集文体批评之大成,通过对叙事作品内在构成要素及其组合规律的分析,力图总结出一套分析这类作品的理论模式。由于这一对文学的形而下层面的研究避免了过去那种对文学形而上问题的无谓纠缠,使理论的建设落到了实处,加上当代西方重视科学实证和条分缕析的学术环境的影响,所以,它一兴起迅即成为领一代风骚的佼佼者,以致发展成为代表世界范围内文学理论的一种新的趋向。正如美国文论家华莱士·马丁在其《当代叙事学》一书中所言:“在过去十五年间,叙事理论已经取代小说理论成为文学研究主要关心的论题。”这一对文学的形而下的研究却不期然而然地(实乃必然地)解决了一个形而上诗学的哲学问题,即这种视野的转变迫使人们承认,文学乃至世界的“现实”,本质上不属于物自身,而属于我们在事物之间发现的关系;艺术的本质特征不是再现而是表现。这就是结构主义作家进行小说“结构革命”的艺术哲学根据。

“怎样叙述”的核心问题是个结构问题。结构主义对现代小说艺术发展的贡献,一在小说文本表层结构的创新,二在小说文本深层结构的营建。受结构主义理论影响或者可以作为结构主义诗学例证的,有拉丁美洲结构现实主义和法国新小说派、新新小说派作品,比外还有卡夫卡、福克纳、安托尼·柏吉斯以及当今一些美国小说家的作品。①

① 参见陈光孚《“结构现实主义”述评》,《文艺研究》1982 年 1 期;[英]库勒《文学中的结构主义》,张金言译自《20 世纪文学百科全书·补编》,译文载《国外社会科学》1982 年 2 期。

结构主义小说结构的突出特点是其特有的“立体感”。为了创造小说的立体感,结构主义小说家往往把一个故事中的一条或几条线索,切割成若干小块,然后打乱时空关系,重新加以组合,由此产生的“多面性”自然也就有了立体感。所以这种立体小说又称为“全面体小说”。结构主义小说家的结构创新就在立体组合方式上。立体小说的创造是在这样的原则指导下进行的,即:在任何既定情境里,一种因素的本质就其本身是无意义的,它的意义由它和既定情境中的其他因素之间的关系所决定,不同的组合关系,会产生或创造出不同的意义。二次世界大战后,第一位在小说结构上有所突破的作家是危地马拉著名文学家,诺贝尔奖金获得者米盖尔·阿斯图利亚斯。他的著名短篇小说《危地马拉周末》率先采用立体交叉手法。他有意识地将全篇劈成两大部分,再合拢在一起,以其新颖的结构引起了文学界的注意。小说第一部分写美国中士彼得·霍金斯在危地马拉执行任务——将秘密空运到该国的武器用卡车偷偷地运到城内,以支持酝酿中的反革命政变。由于霍金斯唱得醉醺醺,武器全部丢失于途中,事情败露,报刊纷纷谴责帝国主义者干涉危地马拉内政。第二部分描写女大学生密诺卡莉晚间的奇遇。她走在路上,疾驶而来的卡车将她的衣服卷起,司机误以为撞死了人。就在他下车寻尸的时候,被密诺卡莉在暗中认出是美国人。她乘机藏进帆布车篷,于是亲眼见到了司机迎接飞机,将武器装在车上的情景。出于爱国义愤,她一一将武器沿途推下卡车。前半部是霍金斯的自述,丢失武器使他百思不解;后半部是女大学生的自述,将中士的疑团一一解开。作品结构如两块犬牙交错的板块,合在一起则严丝密缝。结构主义小说大多不是通过典型人物的塑造,而是通过人物之间的关系、形象体系表达作品的意义。而且作品中的人物也不是那些叱咤风云,对社会起着重大影响的英雄人物,相反,是一些受着社会制约的芸芸众生。

结构主义作家对小说结构的创新基于这样的一种小说观,即他们认为塑造人物、编织故事情节不是小说的中心任务,对事物形态的描写或对内心意识活动的叙述居于更重要的位置。结构主义小说很少用顺叙、倒叙这些传统小说常用的叙述手法,更多的是用“章节穿插法”形成交叉式、重叠式、循环式、预见式等等比传统小说复杂得多的结构方式。反复穿插占据叙述的中心,按人物经历安排情节的一维和顺序性的封闭式的叙述方式便被多维的、共时的、多角度交叉的立体叙述方式所取代。法国新小说派作家之一、诺贝尔奖金获得者西蒙在《弄虚作假者》中开始试用以描写主人公生活最重要的时刻来代替传统小说按时序的叙述方式,他用一种螺旋形的结构以表现在内心活动的空间中不断重复变动的感觉、回忆、想象的混杂。被评论家认为代表西蒙创作转折点的《风》(1957 年),副题《试图重建祭坛后面的巴洛克式的画屏》,通过像巴洛克式①线条那样的结构形式,把过去和现在同时表现出来,把对生活的感知、想象、回忆和客观现实交织成多幅的、多层次的、像画那样富于立体感的场景。据作者自述,他在创作《风》时,深切感到感知世界所缺乏的连贯性与文学作品所需求的连贯性之间存在着矛盾,而过去传统小说的写法却制造出一种假象:感知世界展现于有条不紊的秩序中,因而小说的叙述也是连贯的。在这部小说里,作者试图通过人物生活破碎混乱的场面,揭穿传统小说的这种虚假性。他反对"那种在19世纪登峰造极的文学模式",反对按照因果关系导向一个被称为"小说逻辑结果"的终局,从而显示作者对人物、社会、历史等问题所得出的结论的合理性。结构主义者是一种"客体主义者",他们相信把完整的对象打破,将这些碎片重新组合,就会通过语言的空间发现并创造出意义。正如结构主义文论家罗兰·巴尔特所说:"把客体一分解,就发现了它的松散碎片,在这些碎片间有着产生某种意义的细微区别。碎片自身无意义,但它们一旦被组合起来,其位置和形式上的最小变化,都会引起整体上的变化。"②

结构主义作家对小说结构的创新还基于这样的一种文艺社会观:他们认为现代社会复杂多变,且人被物淹没,人在社会面前是无能为力的。西蒙1963年答巴黎《快报》记者问时说:"我们知道的一切,就是世界在变动,在不断地变动,生活就是持续不断的变革,持续不断的拆建。昨天是真实的,今天就不再如是了。……在这种情况下,我认为唯一值得做的事,就是坚持不安于现状,不断地对已被接受或已固定的结构与形式——不论是艺术或社会——重新提出问题。"在他看来,艺术家"只能表现世界和事物(或更确切地说,一种世界和一些事物)的面貌,而不能提供解释。"作为小说家,只能通过文学,把支离破碎的生活感受组成一部结构完整的文学作品。抱着这种观点,他们自然反对那种"作者试图以一种最能打动人心的方式来表明他的道德准则、论断、观点或告诫教谕"的传统小说。法国另一新小说派作家和理论家米歇尔·布托尔在《作为探索的小说》一文中提出:"很显然,我们生活的这个世界在迅速变化,传统叙述技术已不能把所有迅速出现的新关系都容纳进去",因此在寻求新的表现形式和语言,而这种探索,会使我们在传统小说固定的叙述方式之外重新找到被掩盖或隐藏着的事物。在这种文艺社会观的指导下,结构主义作家各自以自己独特的表现和叙述的方式,革新小说结构。法国新小说派作家罗布——格里耶用

① 巴洛克艺术是文艺复兴衰落后形成的一种艺术样式。公元16世纪末至18世纪初流行于欧洲。"巴洛克"原是"歪曲的珍珠"之意,是为区别于文艺复兴时期艺术的端正性的。此种艺术绘画上的特点是色彩华美,线条曲折多变,建筑则以活泼轻快的旋涡形曲线著称。

② 罗兰·巴尔特《批评文集》,转引自布洛克《结构主义:莫斯科——布拉格——巴黎》43页,商务,1986年。

"物本主义"与传统文学的"人本主义"对立,因为他认为现代的人处于物的包围之中,不是世界的中心;另一新小说派作家娜塔丽·萨罗特着重描写未认识的意识底层下的心理活动,以开辟一个新的领域,"感觉心灵不在意的、无防备的领域",因为在她看来,构成我们生活真谛的本身,构成全部人与人关系的肉眼看不见的网络,是那些不断的变化,"几乎难以觉察的、微妙的、转瞬即逝的、前后矛盾的、逐渐消失的内心活动,轻微的心灵颤抖……"。拉丁美洲"结构现实主义"作家们则把人物作为零件塑造社会。略萨说:"我叙述的是一群人物的故事而不是一个人物的故事,主要角色常常是以小集团身份出现的。"科塔萨尔说:"使我们感兴趣的小说不是把人物放在环境(社会)之上,而是把环境放在人物之上。"①

作品是一结构,社会亦是一结构,二者存在着深刻的内在联系。"和作品客观的内在结构一样,社会历史大系统也是以一定的功能特点,组成结构框架。它不仅在作品内在结构的形成过程中,作为条件,经过作家的中介起着生成作用。而且它自身的变化发展也直接或间接地影响着文学结构的转化和发展。"②故而后期结构主义文论家"把作品放在历史和社会中去理解,历史和社会本身又被看作是作家阅读的作品,"③因为"历史亦即我们对于过去的看法本身就是一个文本。"④正像皮亚杰的结构主义发生心理学被看成是对马克思主义认识论的发展一样,后期结构主义"从作品结构到社会结构"的观点也被有的论者认为是对泰纳以来文艺社会学的一大贡献。⑤ 虽然有的研究者认为结构主义文论首先取自马克思的反映理论⑥,但结构主义理论家则认为作品结构与社会结构不是反映与被反映的关系,而是一种对应关系。这种对应关系表现于"文学作品与世界的关系不在于内容上的相似(小说描写一个世界,诗歌表现一种经验),而在于形式上的相似。"⑦他们坚持这样的结构原则:凡结构(文学结构、社会结构、经济结构、心理结构、生理结构等等,无一例外)都是由诸要素按照一定的组合规律有秩序地构成的整体;要素之间、各组成部分之间互为条件、相互转化;结构的意义由要素的组

---

① 转引自陈光孚《"结构现实主义"述评》。

② 季红真《文学批评中的系统方法与结构原则》,见《文明与愚昧的冲突》,浙江文艺社1986年。

③ 克里斯特娃《符号学:为一种结构分析做的研究》144页,瑟伊出版社1969年。

④ 晓风、晓燕《新历史主义批评对解构主义的超越》,《外国文学评论》1991年2期。

⑤ [法]齐马《从作品结构到社会结构:形式主义和结构主义对文学社会学的贡献》,见《现当代本文文艺社会学探索》,海峡文艺社1987年。

⑥ 季红真《文学批评中的系统方法与结构原则》,见《文明与愚昧的冲突》,浙江文艺社1986年。

⑦ 库勒《文学中的结构主义》,《国外社会科学》1982年06期,张金言译。

合方式决定，要素的意义又被结构的整体关系所制约和规定。所谓结构，就是系统内各要素的联系方式和作用形式；结构内部要素之间处于不断地更替、转变中，结构自身以及结构与环境的关系（即—结构与其更大的结构之间）都在不停地建构与解构中。这些观点与方法的活力在于：它促使结构主义作家潜心寻找小说结构的新的组合方式与其构成意义；促使结构主义诗学家潜心探索作品结构的内在构成规律以及文学作品结构与社会历史结构的对应关系即其内在关联性。这一方面从理论批评的宏观视野上推动了新历史主义批评的产生和文艺社会学的发展，另一方面在创作实践中不断地推动小说艺术的发展，结构的创新。结构主义作家对小说结构的创新，除多方面综合运用小说艺术手段，还借用电影、电视、绘画、音乐的表现手法，组合作品。西蒙的《佛兰德公路》就是采取“纵横发展”的绘画式写法，先勾勒出草图，然后这里一层，那里一笔，远景粗描，近景细绘，层层加厚，笔笔加深，由主干向四面八方扩展，使得线性发展的文字叙述具有绘画般的共时性和多面性。在这部作品中，西蒙用巴洛克式的螺旋形来组织结构，以人称和时间的频繁转换来展示广阔的历史画卷；他试图通过画面的组合、线条色彩的处理来结构小说的空间，在小说结构的自身寻找意义。阿根廷著名作家胡利奥·科塔萨尔的短篇小说《护士柯娜》的结构则似一出电视剧。小说的场景是医院的一间病房，作者通过一个15岁男孩住院治疗一事，多方面地描绘护士、病人、病人家属和医生等等人物的生活侧面。科塔萨尔的写法与众不同的是，他以第一人称“我”展开情节，但他借鉴了电影蒙太奇和分镜头的技法，把这个“我”扩大到每个出场的角色身上。每个人都以“我”的口气叙述身世，发表感想。于是这个“我”就随时变换主人，从甲的身上突然跳到乙的身上，颇像电影特写镜头的移摄。他把病人、母亲、护士、医生的话相互穿插，从不同的角度描绘同一事物，但由于作者掌握了人物的不同思想、性格和态度，说话者的语气、用词都有不同的特征，虽不象看电影那样配以视觉形象，但读者也毫无混淆杂乱之感。例如读到埋怨院方不准家属陪患过夜的牢骚时，马上知道这是病人在说话；当你读到安慰护士并提及家务等等的亲切话语时，立刻意会讲话的是护士的丈夫。诸如此类的独白和对话贯穿在整个作品中，从病人入院、手术到死亡，从护士对病人的厌烦到同情，无论情节发展还是各类人物的心理感情，都给人以生动、厚实的立体感。以上两例可知，无论法国新小说派，还是拉丁美洲的“爆炸文学”，他们都在不约而同地将小说文本结构由时间结构向空间结构营建，以图通过语言的空间组合创造意义，构筑小说自身的价值世界。这种把对象世界打破，将支离破碎、五光十色的生活感受组成一部完整的文学作品的努力无疑受以毕加索为代表的“立体主义”绘画影响：画一个人的正面头像，除了有脸部口、鼻、眼等之外，还出乎意料地将后脑勺和后颈也翻转过来与口、鼻、眼并列在一起。毕加索可以说是一位结构主义画家,他的立体表现主义绘画的影响不止于造型艺术。西蒙的《三折画》、《导体》、《脚印》、《钢丝绳》、《春天的祭礼》都程度不同地受毕加索绘画的影响。在这些作品中,传统小说的叙述方式几乎完全被排除。《三折画》的"文字结构像七巧板一样拼成",三个在不同地点发生的故事靠内在的因素联系在一起,作者在这里探索的不是小说的时间而是空间。他的另一部中篇《法尔萨勒古战场》的结构既像一幅三折画,又像一首乐曲。他在1973年7月29日致斯图亚尔·锡克的信中就分析了这部小说的音乐结构。西蒙的这一观点代表了一大批现代作家的看法:"小说和绘画一样,它的意义再不是在于某一重大主题有某种关联而是由于它像音乐一样体现某种和谐。"①无论是毕加索或结构主义小说家,他们均被一个这样的艺术意念驱使着:现代人生活十分复杂,由各种因素组成,而这些因素组合的可能性是无限的;一件艺术品的结构意义取决于一系列因素的相互联系及其组合方式。

结构主义批评家有一著名论点:"结构主义,对于一切能够运用它的人来说,在本质上是一种活动。"②小说的结构活动,不仅表现于作家的创作构思中,而且表现于文本结构中,尤其表现于读者的阅读过程中。

小说"文本"本身就是一个活动系统,它内在地存在于某一时代、思潮、流派、类型的作品中。某一具体作品的结构只是文本结构活动链条的静态表现。文本的结构活动当然受结构主义的一般法则(原则)支配,即其中某一要素的变化会引起整体结构的消鲜,整体结构的重建也会相应地改变系统内各个部分的联系方式和作用形式。例如穿插这一小说技巧的频繁使用就是传统小说结构消解、现代小说结构营建的起点,横截这一小说艺术手法的普通运用就使现代中篇小说乃至长篇小说具有短篇小说谜语式的(无结尾)或诗意(言尽而意不尽)的特点,如福克纳的《押沙龙! 押沙龙!》、卡夫卡的《城堡》、海明威的《老人与海》。

小说的结构是一个不断变革的活动过程,这种小说结构观是促使结构主义作家"结构革命"的理论支点之一。这种"结构革命"还基于这样的一个基本事实,即文学作品是为读者创作的,它的社会意义和美学价值只有在阅读中才能表现出来,即在结构主义作家看来,小说的"结构活动"是从作者、作品一直延续到读者的接受过程的。一部新小说作品可以有各种不同的读法,各种不同的解释或体会,读者完全有选择的自由。结构主义作家小说创作异彩纷呈,其中一个缘由,就是要与读者建立

① 西蒙对《快报》记者的谈话,见《弗兰德公路》中译本263页,漓江出版社1987年。
② 罗兰·巴尔特《批评文集》,转引自布洛克《结构主义:莫斯科——布拉格——巴黎》21页,商务,1986年。引文着重号为原译文所有。

新的关系。布托尔在《作为探索的小说》一文中提出:当代作家不能像在传统小说中那样决定一切,他的目的是要发挥读者的主动性和想象力;当代作品的本质只能被逐步地阅读和理解,而每一位读者可以通过自己的途径进入作品的内部。他强调,“作家应通盘掌握作品的各种不同的表达方式,像雕塑家一样对雕像的每个角落负责,任凭人们从每个角落拍摄。”奠定科塔萨尔在拉丁美洲文学史地位的《掷环游戏》,以新颖的章节安排而闻名欧美。这部小说不但使他获得拉丁美洲第一流作家的声名,而且使他一跃而登上世界文坛。美国文学批评家和小说家 B · 布赖恩认为这是二次世界大战以后在国际上出现的一本最富有感染力和幻想的百科全书。这部结构主义小说一反传统小说的特点,故事情节没有时间和空间的界限,从不同的章节开始阅读,都可以读到不同的故事。作者这样结构作品就是为了充分调动读者阅读的主动性,尊重其“进入作品内部”的能动性的。科塔萨尔善于将现实与非现实、真实与幻觉、具体与抽象以及多种体裁混杂在一起,建构一个迷宫般的小说界世界,所以他的小说深受广大读者喜爱,被誉为“现代小说的典范。”①略萨把这种结构的创新更推进一步。他的《酒吧长谈》由一种“对话波”构成。这种对话波由主人公圣地亚哥和安布罗修的对话为主轴,引出六七十个人物。每组对话波都是情节的一部分,由一组或若干组相互交叉在一起的、不同场合的对话组成,最多时甚至由 18 组对话构成。这种作品初读让人眼花缭乱,有不知所云之感,但读者一旦抓住了结构的编码,就会被作品情节的真实性和安排上所制造的悬念抓住,产生一种非一气读完不可的愿望,从而从作品结构的表层进入深层。略萨是一位迭次获得拉丁美洲和世界最高文学奖的作家,他被视为拉美小说“结构革命”的代表人物。据其夫人讲,“从文学角度衡量,《酒吧长谈》是他生平最喜爱、最得意的作品。”②

结构主义还在发展着。结构主义小说作家的探索与实验有成功,也有失败,有的甚至走进了死胡同。但这一小说流派在小说艺术发展史中的地位却是不容忽视的。它继意识流小说之后,着意于潜意识描述,多层次空间重叠、和声式或绘画式结构的营建,对事物或事件多角度、多重性的叙述,多种文体的混合运用,语言叙述的“历险”,这一切都有力地推动了现代小说散文化的发展。结构主义小说“结构革命”的历史功绩是不容抹杀的。

---

① 见徐玉明《拉丁美洲的“爆炸”文学》一书,复旦大学出版社 1987 年。

② 见《世界文学》1987 年 1 期。

意象组合与其表现功能

——《红楼梦》叙事结构解读(一)

每一文学意象在漫长的文化历史发展中,均一一逐步确立其特有的思想情感内涵,定格为人类某些共同情绪的载体,含有特定的人文内容。如“长亭短亭”寓送别,“秋扇”意为“离弃”,“冷香”或“暗香”指梅花,“杜鹃”含有啼血或归家之意;“大雁”多用来借代对故地的思念,而“雁字”则为故人的来信。“松”、“竹”、“梅”、“兰”等花卉植物可代喻坚贞、淡泊、高洁、冷傲的气节品格,“秋声”含有肃杀、悲凉之气,刘彻在《秋风辞》中则进一步将“秋”与对生命的思考联系起来。“秋风起兮白云飞,草木黄落兮雁南归……欢乐极兮哀情多,少壮几时兮奈老何!”在此后源远流长的中国文化中,逐渐沉淀出“悲秋”的情结,“秋声”作为饱含生命意识的特定意象,在诗词散文中,不断被历代文人所抒写,欧阳修的《秋声赋》便渲染了秋山之寂寥,秋草之零落,秋色之惨淡。所以,每一文学意象都是我们民族在不同时代的共同、特定的思想感情的结晶,历代文化积累的成果。

《红楼梦》中的“红楼”意象,便是一个具有丰富的人文内容的叙事母题,它是宫廷王室、闺阁宅第、猎苑怡园、歌楼酒肆、寺庙道观、仙山琼楼的概括和升华,是一个有着深厚的历史文化内涵的复合意象。

“红楼”作为一种文学意象,它最早出现在唐诗中,用以抒写友谊、恋情、哀怨或寄托人生际遇的慨叹等等。试看李商隐的《春雨》:“帐卧新春白袷衣,白门寥落意多违。红楼隔雨相思冷,珠箔飘灯独自归。远路应悲春晼晚,残宵犹得梦依稀。玉珰缄札何由达,万里云罗一雁飞。”诗人描写了主人公在春夜思念自己的情人,心中一片迷茫,惆怅满怀。诗借助了飘洒迷蒙的春雨,融入主人公迷茫的心境,依稀的梦境,烘托别离的寥落,思念的真挚,构成浑然一体的艺术境界。“红楼”是这首诗的中心意象,它赋予爱情以优美动人的形象。李益《诣红楼院寻广宣不遇留题》中的“红楼”则是寺院:“柿叶翻红霜景秋,碧天如水倚红楼。隔窗爱竹无人问，遣向邻房觅户钩。”红楼院即唐长安安国寺寺院，原系唐睿宗宅第。广宣是位善诗的僧人，宪宗穆宗两朝皆为内供奉，赐居红楼院。他与韩愈、李益、刘禹锡、白居易常诗酒唱和，过从甚密。一个天高气爽的秋日，李益来到红楼院，适值广宣外出，不得入内，但又不忍离去，遂于门外观赏院内景色。诗人举目望去，首先映入眼帘的是一片红艳夺目的柿林，再抬头仰望，湛蓝湛蓝的天空，像水洗过一般明净，把巍峨的红楼衬托得更加清晰壮丽。诗人以瑰丽的色调，清新的语言，绘出绚烂秋色，创造出碧天、红楼“气势两相高”（杜牧《长安秋望》）的寥廓境界。访友不遇，本应返回，诗人却反宾为主，在主人不在的情况下，设法开门，乍看似乎不近情理，仔细咀嚼，却又合情合理，极富韵味。“爱竹”之“爱”，透露出诗人的倾慕之情，表现出诗人高雅的情趣，同时又可见，诗人对院内景色十分熟悉，对主人的举止行动非常了然，连户钩放在何处都清清楚楚，他便不避嫌疑擅自开门入室，于此可知他们相知之深。这样丰富的内涵，这种超乎寻常的友情，却没有通过“喜遇”之类的正面描述来表现，而是通过“不遇”时的一个举动使人思而得之。

刘禹锡的《陌上赠美人》：“骏马骄行踏落花，垂鞭直拂五云车。美人一笑褰珠箔，遥指红楼是妾家。”写调情，或是写男主人公的豪情，女主人公对爱的大胆追求，这里的“红楼”是家居庭院。

刘禹锡另一首诗《春词》：“新妆宜面下朱楼，深锁春光一院愁。行到中庭数花朵，蜻蜓飞上玉搔头”，写宫怨，这里的朱楼是宫庭。

李商隐的另一首诗《风雨》（“凄凉宝剑篇，羁泊欲穷年。黄叶仍风雨，青楼自管弦。新知遭薄俗，旧好归良缘。心断新丰酒，销愁又几千”）中的“红楼”（青楼）是妓院，抒写的是理想与际遇的矛盾，羁旅漂泊的人生感受。

王昌龄的《青楼曲》二首很奇特，红楼（青楼）能指将军府第，所指则是一种少妇的心态，夫妻关系，生活方式，人生理想。

白马金鞍随武皇，旌旗十万宿长扬。
楼头少妇鸣筝坐，遥见飞尘入建章。

驰道杨花满御沟，红妆漫绾上青楼。
金章紫绶千余骑，夫婿朝回初拜侯。

上举诸诗中的“红楼”意象包容广泛，写尽社会生活的方方面面，楼室主人上至宫廷怨女、皇室贵胄，下至世俗各色人等。它是社会各阶层，特别是士人的生活理想，身心栖息地。无论穷富，各有其红楼梦。它既是一种生活理想，又是一种生活方式，同时，它又有其层次和等级：形而下的关注物质、性欲层面；形而上的，是一种精神追求,哲学境界。而这种精神追求赴诸实践,便外化为中国历代社会集约的红楼景观。这种集约式的红楼景观曾被杜牧生动的描绘在一首小诗《江南春》中:

千里莺啼绿映红,水村山郭酒旗风。
南朝四百八十寺,多少楼台烟雨中。

在这里,世俗和宗教、自然美和社会美融为一体:辽阔的千里江南,黄鹂的歌声不绝于耳,丛丛绿树映着簇簇红花;傍水的村庄、依山的城郭,迎风招展的酒旗,一一在望;在迷茫的春雨中隐现于红花绿树、水村山郭之中的,是重重的楼台殿阁:"红楼"就是对这种文化背景、人文环境的诗意抽象。这是一种"三教合一"的中国式的人和自然,人与社会和谐统一的东方人文环境。儒家追求人与社会的和谐统一,道家讲究人与自然的和谐统一,释家反省人类理性,追逐一种"常"、"乐"、"我"、"净"的"涅槃"世界。三教相互影响,互相渗透,孕育了辉煌的魏晋南北朝隋唐文化。这一文化绵延千余年,以其璀璨的光辉形成了中国式的东方人文环境。红楼意象是由多种文化融合所形成的环境行为的诗意概括,是一种由抽象上升为具象的文化景观。这一文化景观不仅存在于作者所处的中唐社会,在文化传承上,它上迄魏晋六朝,往下一直延续至明清。

《红楼梦》中的大观园便是"红楼"意象具象化和集约化地展现,它的虚化形式便是太虚幻境。

大观园是一个具有中国文化环境特色而又各具一己特点的"红楼"集结地。一座座闺阁楼台彰显着居室主人的生活方式、人生理想、性格特征乃至行为方式。潇湘馆幽雅、芜蘅院质朴、陇翠庵高洁、秋爽斋文化味强烈、秦氏的卧室性感十足,而总居大观园"红楼"之首的怡红院则极尽奢华之能事。这一座座"红楼"集结起来,排列开来便构成中国式的"人间仙境""诸艳聚居的伊甸园"。①

太虚幻境是贾宝玉梦中的仙境。这是一个清净,幽雅,"朱栏玉砌,绿树清溪","人迹不逢,飞尘罕到"的美妙境界,一个自由、平等、和谐、友爱、充满诗意的天地,一个专供那极尊贵极清净的女儿们居住的纯洁、明净的"女儿之境"。在这里,没有男尊女卑,没有欺诈压迫,更不是一个"无情的""空幻"世界,乃是一个充满了人的感情的幸福乐园。请看:"转过牌坊",便是一座宫门,上面横书四个大

① 宋琪《论大观园》,于 1972 年 3 月 31 日,在香港中文大学中国文化研究所举办的《红楼梦》研讨会宣读稿。

字，道是“孽海情天”。下有一幅对联，大书云：“厚地高天，堪叹古今情不尽；痴男怨女，可怜风月债难还”。情是“红楼”意象的核心内容，上引唐诗中的闺情，宫怨、友情、爱情、夫妻之情、羁旅之情………天不围绕一个“情”字。“太虚幻境”中的天是“离恨天”，海是“灌仇海”，山是“放青山”，洞是“遣香洞”，处处是一片感情洋溢的世界。再看这里的人物，她们不是参禅悟道缁衣素袍的尼姑道婆，而是一群“娇若春花，媚如秋月”，姿色艳绝，柔情缱绻的天真少女。难怪神游的贾宝玉一到她们中间，便“喜跃非常，”“自是羡慕”，感到无比“销魂”了。这是一个理想的士人身心栖息地。正如哈斯宝所评：一部《红楼梦》所写，不过是“仕与情”两端而已。①

贾宝玉游太虚幻境，优于已往记梦之作的，是它所提供的大量的文化信息，丰富的思想内涵。

太虚幻境主人警幻仙姑为何把情与淫联系在一起，称贾宝玉的“情痴”为“意淫”呢？原来自明中叶以来，激进的文人鼓吹“好色人皆所欲”，以与宋明理学家“存天理，灭人欲”的以理杀人的“理”相对抗，以一“色”字否定了传统儒家修、齐、治、平的理想，而向个体欲望——闺阁欢爱逃逸，这一逃逸透露出追求个性解放的进步意义。警幻以“淫”与“情”相对应，称宝玉是“古今天下第一淫人”，乃是对明中叶以来文人叛逆姿态的肯定，并对“饰非掩丑”标榜“好色不淫”、“情而不淫”极尽“巫山之会”，云雨之欢的假道学——“皮肤滥淫”之辈极尽诋谕之能事。然这一“淫”字，后来又逐渐失去了叛逆性，显露了以“好色”来鼓吹叛逆的虚幻性。历史的惯性驱使鼓吹者渐次走向反面。正由于“欲”在与“理”对抗中有追求个性解放的近代意味，所以王国维在叔本华哲学影响下在其《〈红楼梦〉评论》中认为《红楼梦》一书的精神是写“生活之欲之痛苦”，即写宝玉由“欲”所产生之苦痛及其解脱之途径。王氏的评论虽有以偏盖全之虞，但从某一角度或侧面看，却又是切中肯綮的。因为《红楼梦》的确塑造了一个放纵自身欲望、挑战传统男性社会的典型形象，那就是王熙凤。这与《红楼梦》的思想密切关联，所以她列入金陵十二钗正册。作者在她身上花费的笔墨，仅次于主人公贾宝玉。

情是淫的净化，欲的升华。明末清初“情”作为反理学的武器，逐渐从“淫”字中脱颖而出。汤显祖就明确宣称：“情有者理必无，理有者情必无”（《寄达观》）。他自谓创作传奇是“以情作使”（《复甘义麓》）。在他的代表作《牡丹亭》中，即有意以“情”与“理”的冲实贯穿全剧，塑造了杜丽娘这样一个“生生死死为情多”的“千古情痴”的美好形象。“情”在《牡丹亭》中表现为人的青春觉醒和爱情追求，

---

① 郭豫适编《〈红楼梦〉研究文选》，华东师大出版社，1988年，上海。

“理”则是以程朱理学为思想基础的礼教观念和家长专制。《牡丹亭》以“情”反“理”，最后以“情”胜利结束，这是当时以李贽为代表的鼓吹个性自由，反对道学禁锢的进步思潮是一致的。在大观园中，贾宝玉大旨谈情，他将儿女真情发展到了极致，终于在李贽童心说的浸润下建构了一个洁净的、纯真的、乌托邦式的女儿世界，与欲望横流的男性世界相对抗，为厌倦仕途功名的士子们营造了一个心灵的憩息地。

警幻概括贾宝玉的情为“情情”和“情不情”，即“意淫”。杜丽娘和贾宝玉都在用儿女真情消解风月传奇，闺阁欢爱。不过前者是用青春和生命，后者在“情不情”中则有将女儿视为圣物，人格上的平等、自由、尊重，思想、趣味、格调上的高度契合等等含义，这在男尊女卑、视女人为祸水的世道中是破天荒的，大逆不道的，所以引来“百口嘲谤，万目睚眦”。更其超时代的是，贾宝玉的“情不情”所表现的“泛爱之情”(博爱思想)，体现的对理想的人性的向往，与其对传统儒家价值体系乃至市民意识的对立与否定。

然儿女真情与风月之情，在世俗的观念里，界限是模糊的。对同一种“情”也是见仁见智，各自有其是非。所以，在太虚幻境里，才以“孽海情天”警示。在“大旨谈情”中，有贾宝玉的“情情”、“情不情”，也有王熙凤情与欲的放纵，更有贾珍、贾琏之辈的皮肤滥淫。在太虚幻境里，作者渲染的，则是青春、女性之美，她们的悲剧命运，和以“情”贯穿的美好境界，士人们理想的精神栖息地。

对于这个理想的精神栖息地，作者并与现实世界作对照，作了哲学的概括：“假作真时真亦假，无为有处有还无”。前句语义双关，既表达了佛家的基本观念，又对现实社会和本书文本的叙述结构作了高度概括。佛教无论大乘小乘以及各宗派，都认为佛法基本不外乎“虚”和“实”两个方面。华来宗就明确说过“事虚而理实”。所谓“虚”，即是“假”。在佛家看业，现实世界的有形之物，原本都是“虚”的，“假”的，而彻悟超脱之后所达到的精神境界，才是“真”的“实”的。但若从社会现实——社会学角度看，这种“真假”倒置，“乱哄哄你方唱罢我登场”，则是一种典型的社会异化现象，所以本书文本以甄贾(真假)宝玉作为叙事脉络。后句则以道家的自然无为思想对书中主人公贾宝玉的形象和女儿们的悲剧命运作出哲学概括和解说，那就是顺应事物的自然本性，返朴归真，拒绝异化，葆其质朴的天性，回归到大荒山青埂峰无稽崖。“人法地，地法天”(《老子》)，人道的“无为”即是一种合乎自然的“有为”；小我的生命化为大我即宇宙的生命，“天地与我并生，而万物与我为一”(庄子《齐物论》)，从而获得了永恒的整体生命，这便是“有还无”。这副对联利用中国古体诗对仗的诸多特点，是一组巧妙的词语组合，同时，它又是一个优化的叙述结构，前句的第一层意义与后句对应，强调了道家与佛家的共同哲学追求——虚无,即空;但道家的思辨显然比佛家更胜一筹。“言空未必空”,“空”涵有丰富的思想文化内涵。这副对联同时也是对中国士人们的理想生活方式——谈禅悟道的隐喻描摹。前句的第二层意义与后句对应,说的是儒道的对立互补:真假错位、是非颠倒,道德沦丧等等社会异化现象是长期的专制统治和末世儒家酿就的;对抗这种社会异化的哲学武器,便是道家学说。作者承继王弼、何宴的贵无论,阮籍、嵇康的自然论,利用道教的神话传说,干脆让书中主人公贾宝玉和女儿们返本复初,回归到宇宙自然和神仙世界中。既是无稽崖,它即并非特指某一山崖,而是宇宙自然的一个象征符号。对于个体生命来说,返朴归真,没有伪饰,不为物役,逍遥任性,这种无为,便是保存自我天性的大有,而这种顺任自然之性本身又是在向无回归,故曰“有生于无”,“欲将全有必反于无(王弼《老子》四十章注)。无为本,无是全,是无限。它包容群有,使群有各得其自然之性。太虚幻境中“假作真时真亦假,无为有处有还无”这付对联融儒、释、道为一体,是本章(回)的眼,也是全书叙述结构的主旨所在。它表明以贾宝玉为代表的中国士人们所追求、向往的平等、泛爱、率性而行、自由自在的伊甸园,在专制统治下,只存在于乌合之乡的太虚幻境中,它只是书中主人公贾宝玉的红楼一梦而已。

鲁迅说:“中国根底全在道教”。这由于,道教有一种容纳汇合的精神,道教之兴,上溯远古,兼容百家,是多种文化融合的产物。道家哲学理论是道教的主要思想来源和精神支柱,是中国哲学的最高境界。道家而外,道教形成,从来源上说,还有中国古代的传统宗教,有秦汉神仙方术、黄老道家,有阴阳五行学说,有儒家思想和谶纬经学,有民间传说和医学养生学,它们在长生求仙,济世度人的主旨下,汇合熔冶成道教的思想体系。在以后的发展中,道教继续以开放的姿态有选择地吸收墨家、医家、科技家,天文地理家、佛家和民间信仰,不断地重新解释道家的思想著作,继《老子》之后,《庄子》、《淮南子》、《文子》、《列子》皆成为道教重要经典,又在其发展后期吸取佛教禅宗和宋明理学的思想,形成内丹养生之学。在中国历史上,虽然儒、佛、道(道包括道家和道教)三教合流是中国文化发展的主导趋势,但其中却以道教的容量最大。这因为,道教在其发展史上从未停止吸收外部营养,使其自身不断充实,与社会各种文化领域相互贯通,所以,道教正式教徒虽少,其文化影响却能远远超出教徒的范围而达于中国文化的全局。

太虚幻境中的警幻仙姑是一个融汇中国文化——从三教到民俗的全息图像(形象),但她主要是一位道教仙子,红楼梦中世界的女主人。所以这个形象的核心是一个“情”字。佛教密宗认为从大染到大洁的通道是爱(情),因为有爱,众生才能从污浊通向光明;律宗排斥情,认为情欲是到达圣洁的孽障(所以太虚幻境的横批“孽海情天”对举);禅宗力主顺其自然。道家则把人的爱(情)自然化、非人化,从而解构了人,认为道法自然,人与草木、石块无异。《红楼梦》作者撷取密宗教义、儒重亲情、道法自然的思想,综合提升,把纵情于天地的爱,视为人生的最高价值,与明中叶以后所形成的“以情至上”的文人精神、文化思潮相呼应、相生成。此即构成警幻这一形象核心——“情”的历史——哲学渊由。阶级论者认为警幻受荣宁二公之托,规劝宝玉“留意于孔孟之间,委身于经济之道”为“反面形象”、“封建贵族阶级代言人”等等,实属皮相之见。梦是现实的曲折映象,而现实既是社会的,又是历史的。既然“太虚幻境”是以虚幻形式表现以贾宝玉为代表的中国士人们的红楼梦想,而中国社会发展的主导思想则是儒家伦理意识,这一意识的主要内容是重亲情,重血缘和家族事业的承传。设若警幻只是引导贾宝玉看到“金陵十二钗”册子,听了“红楼梦”十二支曲子,最后终于坠入迷津,那么,这个梦幻便没有摆脱一般神仙故事,男欢女爱的窠臼,它对全书文本只有结构作用,而非关“主旨所在”。警幻仙姑这一形象令人感动而倾慕的是围绕一个“情”字所汇集的许许多多的中国文化信息,所散发的丰韵之美。所以,脂砚斋评警幻嘱宝玉“委身于经济之道”这些话,说:“亦腐矣,然不得不然耳!”真乃一语中的。脂砚斋感到“腐”,读者感到有气无力,实是处于末世,儒家伦理已无力回天的自然反映,人们只能眼看着“忽喇喇似大厦倾”,嘘吁喟叹而已。

作为太虚幻境的主管,警幻仙姑的职责,是专“司人间之风情月债,掌尘世之女怨男痴”,是位婚恋之神。可这位婚恋之神不是民俗中传颂的月下老人,或送子观音(娘娘),而是一位“远惭西子,近愧王嫱”,“瑶池不二,紫府无双”的美女,完美至善无与伦比的神女。她乍一出现,作者就用一篇小赋,铺张扬厉、淋漓尽致地描绘了她的肖象,这是一位可以和屈原《九歌》、曹植《洛神赋》中山鬼、洛神媲美的神女形象;但她却不是自《诗经》以来的可望而不可即的“伊人”,而是一位亲切动人,平易近人的绝代佳人。这位混合着民俗因素的绝代佳人,没有世俗宗教中“玉皇”望而生畏的威严或“菩萨”冲天四射的金光,而是一位平等待人、可亲可爱的“多情种子”(脂批语)。宝玉对她“昵而敬之”,而非“敬鬼神而远之”,这还由于警幻又担负着对宝玉人生启蒙,促使其性成熟的职责。所以她“携着宝玉的手”,以令妹相许,满足了他的性愿望,故此警幻仙姑是一位融汇中国各种文化因素的人神合一的艺术形象。她既是天国女神,而又不高高在上,脱离尘埃,是位有着热烈真挚感情,现实中理想的红楼佳人。

正由于融汇了中国各种不同甚乃似乎相悖的许许多多的文化因素,警幻仙姑这一艺术形象即异常丰满、复杂,具有多层次、多侧面性。她既是神,又是人;既司婚姻,又司爱恋;行事既传统,又具有新的思想意识,且志趣高洁,能辨“意淫”与

“皮肤滥淫”之别，等等。因此，她在文本中也就具有了多种叙事功能：她既是一个活脱脱的艺术形象，又起着至关重要的整体结构作用，她对书中主人公贾宝玉这一艺术形象的评价是理解贾宝玉形象的一把钥匙。警幻提出的“意淫”概念是破天荒的，爆炸性的；它在两性关系中突破了中国文化传统的种族繁衍、多子多孙的藩篱，从而使性爱具有了某种个性意义。正如俄国哲学家索洛维约夫所说：“爱是一个人否定自我，确认他人，并通过这种自我否定来实现他最高的自我确认。”①整部《红楼梦》即在叙写贾宝玉“心劳日拙”（鲁迅语）地“否定自我，确认他人”，从而实现“最高的自我确认的”的悲壮行程。

儒在社稷，道在山林，佛在天国。三教合流，熔铸为中国哲学“天人合一”的理念。这里的“天”，既指神秘、缥渺、无垠的天国，又指广袤、明丽、山重水复、千里莺啼的自然界，甚至还包涵某种哲学的精神境界；这里的“人”，自然是指人自身和人化的社会事物、景观，乃至民风民俗。太虚幻境及其主人警幻仙姑的活动，生动地展示了中国哲学的最高理念——天人合一的人生境界，“红楼”意象丰富的思想意蕴。

小说叙事从古典转为现代，一个根本性的标志是叙述对象由客观世界的物质生活转入人的主观精神生活。完成这一转变的关键性的艺术手段是将诗的意象引入小说叙述，使小说叙述哲理化、情境化，将人物、主题、情节、故事乃至题材象征化，从而开辟了一个“散文体小说的伟大时代。”②现代主义小说对小说发展的贡献乃是：内心独白、心理分析、多重意识流错综交替，表现人物性格和思想感情的复杂丰富、日常生活的纷繁多变，跳跃式联想、时空颠倒与融入、梦与梦魇的连锁，以突出潜意识、无意识活动的繁复、紊乱，从而大大开拓了小说叙事的（题材）范围；意象的诗意组合、思想的知觉化、象征隐喻为作者的哲学思索提供了艺术表现的手段和场景；时空交错打破时间顺序和空间界限，用“心间时间”取代“空间时间”，把音乐和诗的效果移植到小说来，使小说叙事成为各种艺术的结合体，将历史、现实、神话、梦幻、追忆融为一炉，多层次结构和多角度叙事使现代小说结构发生了“革命性”的变革，叙事写作成了一种文体追求。

现代主义小说的一个显著特征是把小说与哲学结合起来，“以小说家的方式进行哲学性思考。”论者认为“这种小说家式的哲学思考代表了20世纪现代主义小说一个基本取向，如卡夫卡、萨特、加缪、西蒙、波伏瓦、黑塞、博尔赫斯……都有

---

① 《索洛维约夫文集十卷本》第二卷，圣彼得堡，1911年，第310页。

② ［英］伍尔芙《考察现代小说》，见《文学大师创作随笔——窥探魔桶内的秘密》，广东经济出版社，1999年第一版，广州。

这种倾向。"①所谓"以小说家的方式进行哲学式思考,"其要点是:"小说拒绝答案,拒绝结论","只提出问题","提出质疑";小说不描写世界的确定性,"小说之所以存在的理由就在于呈示世界本来的模糊性和不确定性";小说思考存在,小说家是"存在的勘探者","小说不研究现实,而是研究存在","小说家发现人们这种或那种可能,画出'存在的图'(米兰·昆德拉语)。"②所以法国新小说派作家西蒙说:"对我来说,小说不是时间的故事,而是从某一点,从某一图像出发,由这个图像引起的插曲所构成的无主题故事。"③这个"图像"——"存在的图",实即意象或意象组合。意象,作为思想的对应物,无论在意识屏幕——心理的"内在现实"或作品文本中,它都是模糊朦胧,象征多义和流动易变的。只不过,"作为创造过程的第一因素,"④它在意识屏幕——心理的内在现实中比客观外在现实或作品文本中更其"流动易变"。它"总是在朝一个方向或另一个方向运动,处于不断形成与变化"、"凝聚于融合"⑤中。"意识流"即"意象流"。"有多少种感觉方式,也就有多少种类意象方式"。⑥ 意象的这些特性决定现代主义小说比古典小说在叙事上更有深度,更多隐喻,可作多种解读。因之,现代小说家将诗的意象引入小说叙述,从而引起小说的散文化的"伟大"变革,实乃小说叙事艺术发展的必然。

当然,现代主义小说自有其缺陷和困惑。其一是,小说家沉溺于主观心理意识的抒写,往往忽略对小说中人物形象、环境和细节进行细致入微的描摹,难以再现典型环境中的典型人物,故有论者评曰:"新小说派给我们带来一大堆作家和评论家的名字,却没给我们留下哪怕一个记得住的名字!"⑦是切中肯綮的。其二,寻找到表现其哲学思索的恰切意象或图像,对现代主义小说家来说,是个艰难的探寻。所以,现代主义小说常常会出现能指和所指即主题、思想、意义与形象、情景、意象、题材和艺术形成不符乃至悖谬的现象,典型的例子如博尔赫斯的名作《交叉小径的花园》。这篇小说中的"迷宫"意象如果是在隐喻"人生就是迷宫":"人生活在世界上,就像走进了迷宫,既丧失了目的,也找不到出路"⑧,尚属恰切;

---

① 吴晓东《记忆的神话》,新世界出版社,2001 年 9 月第一版,19 - 21 页,北京。

② 吴晓东《记忆的神话》,新世界出版社,2001 年 9 月第一版,51 - 54 页,北京。

③ [法]西蒙《小说:无主题的故事》,见前页注②《文学大师创作随笔》。

④ [美]希尔瓦诺·阿蕾蒂《意象》,钱南岗译,载《艺术研究》1990 年冬季(总第 25 期),天津艺术研究所主编。

⑤ 同上。

⑥ 同上。

⑦ 董强《昆德拉的欧洲视野》,2003 年《中国随笔年选》,花城,2004 年 1 月。

⑧ 袁可嘉等编《外国现代派作品选》第三册(上),377 页,上海文艺出版社,1985 年 10 月,上海。

然而作者立意要它“承载一个关于宇宙和世界的幻想性的总体图式”,“正在拓展着,正在变化着的分散、集中、平行的时间的网”,“而作为空间存在的迷宫正象征着这种时间的多维与无限”①,等等,未免牵强。个中缘由是这个侦探故事的题材所镶嵌的“玄学楔子”,难以表达作者对于宇宙和时间玄思的宏大主题。故此,昆德拉终其一生都在寻求和探索恰切表现其哲学思索的“具象”,以便“打入人物内部”,在“忘了形之后直接抓住其神”②,但往往难以如愿。这个“从内部去‘照亮’人物”③的“具象”即是由“抽象上升为具象”(马克思语)的意象或曰“存在处境”、“存在的图”。然而创作于200多年前的《红楼梦》,却成功地克服和避免了现代主义小说上述诸种缺陷和困惑,一方面创造了一系列典型人物、典型的社会环境,另一方面又为各式各样人物找到了表现和统摄其灵魂的恰切意象,并使二者互相照亮,互相充实,“一方面,不断为‘名’提供‘实’,……另一方面,不断为‘实’提供‘名’,从而创造出真正有力的小说人物”④来,这真是中国乃至世界文学的一个奇迹。特别是书中主人公贾宝玉与表现其灵魂的“石头”意象互相照亮,相互充实的关系,更具典范性。

富贵闲人是贾宝玉形象的基本特征。出身贵族,才学出众,傲视权贵,愤世嫉俗,苦闷彷徨,等等,与俄国19世纪文学中的从奥涅金(普希金《叶甫盖尼·奥涅金》)、毕巧林(莱蒙托夫《当代英雄》)、别里托夫(赫尔岑《谁的罪过?》)、阿加林(涅克拉索夫《萨莎》)到罗亭(屠格涅夫同名小说主人公)、拉夫列茨基(屠格涅夫《贵族之家》)一系列“多余的人”类似,但19世纪俄国文学中“多余的人”,是厌倦了富贵生活的觉悟了的贵族知识分子,而此前一百余年的贾宝玉,则是一个想过贵族生活而不得的富贵闲人。然而生活在专制制度淫威下一事无成、不为社会所用或自弃于社会,成为多余的人,是他们共同的际遇。是“石头”意象所蕴含的思想贯注其中,和现实主义的精确描写相结合,使贾宝玉这个富贵闲人活灵活现,血肉丰满,成为一个不朽的艺术典型,一个14——17世纪中国贵族社会中的“这一个”。

周策纵教授在《红楼梦“本旨”试说》中说:《红楼梦》“故事的叙述者固是那石头,但此顽石却也是小说中的人物,而顽石化成通灵宝玉,这通灵宝玉表面上只不过是贾宝玉的佩带之物,可是与生俱来,实际上像是他的灵魂、性灵和人格。更如

---

① 2003年《中国随笔年选》85页,花城出版社2004年1月版,广州。

② 同上。

③ 同上。

④ 董强《昆德拉的欧洲视野》,2003年《中国随笔年选》,花城,2004年1月。

贾母说的,是他的‘命根子’”①。有论者更认为,“已刊行的全部《红楼梦》无一字不是在写一块石头的生命。”②所谓“灵魂”,狭义地释义即思想,从叙述学角度,广义地释义,可衍生为作品的思想内涵和形象意义。《红楼梦》的思想内涵,见仁见智,深者所见识者深,浅者所见识者浅。从浅层次说,或者从文艺社会学的角度看,它是在写宝黛的悲剧和贾、史、王、薛四大家族乃至封建社会的悲剧,它在反应社会生活的广度和深度上,是一个前所未有的作品,然而从深层次说,或者从历史哲学和生命哲学看,贾宝玉躲在大观园里,混迹于女儿群中,乃是抗拒社会异化,是对青春美、女性美的赞美和追求,他是在“以生命的‘情’对抗儒的‘礼’、道的‘无’、佛的‘空’”③。贾宝玉的出家,石头返归大荒山无稽崖,乃是在漫游人生后,回归自然,返朴归真之举。“富贵闲人”是薛宝钗送给贾宝玉的雅号,“无事忙”是宝钗对宝玉的评语。此评语甚为恰切,因为作为“无事忙”的贾宝玉,他念念不忘的是“见心明性”,他竭力想追求的,正是那颗“无心之心”,他“‘无事于心,无心于事’,俨然是个‘富贵闲人’。”④女娲“炼石补天”的天,从历史哲学看,也不是有的论者所谓“封建社会的天”,而是中国历代士人所追求的“达则兼济天下”的社会理想和抱负,是社稷苍生。但是在长达数千年的中国历史中,真正能实现“兼济天下”的人,则寥寥无几,绝大数人则被社会摒弃或自弃,往往碌碌终生,或者隐居于江湖之上,自生自灭,不为所用。宝玉口衔的那块大荒山无稽崖上的弃石,就是眼看要为“补天”所用,转眼又被遗弃的多余之物。而在末世,这种“经世致用”的理想与抱负,又往往为诸般追逐名利之徒用来作为钻营的“装点”,“乱哄哄,你放唱罢我登场”,这一群,一批批被社会异化的芸芸众生,到了宗法社会后期,即使在“盛世”,却异化到连原先最神圣、最壮志、最纯洁的东西都被亵渎的地步,所以,贾宝玉不屑与之为伍。故此,贾宝玉这个富贵闲人形象,蕴有丰富的社会历史内涵。《红楼梦》的思想内涵是个难以穷尽的“未知结构”,随着社会的发展,研究的深入,人们整体文化素质的提高,会对其有愈益深刻的认识。

营造《红楼梦》思想内涵这一“未知结构”的,从艺术表现看,其叙述的基本结构,就是意象和人物形象的相互生辉。其表现形态异彩纷呈,千姿百态。“风月宝鉴”这一意象笼罩贾瑞,但又辐射贾珍、贾琏、贾蓉,“芙蓉”意象照亮晴雯,但又映衬黛玉,而与黛玉这一形象相互补充、生辉的既有仙国的绛珠仙草,又有凡间的幽

---

① 周策纵《红楼梦案》,89 页,文化艺术出版社,2005 年 2 月第一版,北京。

② 任洪渊《主语的诞生,词语红移的曹雪芹运动》,《大家》1995 年第三期(总第九期),云南文学出版社大家文学杂志社,昆明。

③ 同上。

④ 李哲良《随缘漫笔》,151 页,四川人民出版社,1998 年第一版,成都。

兰、湘竹、霜菊、芙蓉乃至桃花、海棠等等一系列花的意象。前者意在彰显黛玉的纯洁，来历非凡，并隐喻其悲剧人生，后者则从诸方面、多角度映衬黛玉的思想性格、人生命运，并表明，神话时代已成遥远的过去，“木石前盟”难抵家族的企望。意象既具象征、隐喻、多意的特征，那么，它的集结、组合，它与形象相互补充、照射，其所产生的思想意蕴，自然难以穷尽。何况，从接受美学的视角看，随着社会、历史的发展，它又会有新的增值呢！在《红楼梦》中，几乎所有重要人物，特别那些青春女性，几乎都有与其形象相互生发的意象，作为艺术符号，显示其性格特征，隐喻着思想内涵。然而在《红楼梦》群星灿烂般的意象群中，有一个意象居于核心地位，它组合其它意象，照亮人物形象，疏导作品的思想走向，在文本的叙述结构中，起着非同小可的作用，那就是女娲炼石补天遗弃在大荒山青埂峰无稽崖上的那块顽石，后又幻化为佩戴在贾宝玉颈项上的那颗五彩晶莹的美玉。

石头在《红楼梦》叙事结构中至关重要。它原本徜徉在大荒山上，经僧道引渡到人间，阅历了荣华富贵，“因空见色，由色生情，传情入色，自色悟空”，然后又回归于大荒山，依然过着它先前的那种“天不拘来地不羁，心头无喜亦无悲”的仙家生活。这个神话故事是全书的母题，它既是全书叙事的总体框架，又是全书的思想母题，它融汇儒释道的精髓：“补天”是儒家思想的精髓，“色空”是佛家思想的精髓，回归原初、本真是道家思想的精髓。神话故事的主人公——石头，既是全书故事整体叙事的叙述者、见证人，又是书中主人公贾宝玉的灵魂主宰者。然而，一块石头，怎么会成为一鸿篇巨制，主人公灵魂的主宰者呢？“自色悟空”是否意味着书中主人公贾宝玉真的就“无喜亦无悲”了呢？答案恰恰相反，全书的题旨则“大旨谈情”。为了突出这一题旨，也为隐喻顽石“假宝玉”和书中主人公贾宝玉这一而二、二而一的绝妙关系，作者在借用第一则神话的基础上，又巧妙地重构了第二则神话，一个“还泪”的故事：西方灵河岸上，三生石畔，长着一株绛珠仙草。这时，赤霞宫的一位神瑛侍者，每天灌以甘露，使仙草修成女体，称为绛珠仙子。一天，神瑛侍者动了凡心，要到尘世“历劫”。绛珠仙子听说，也要跟他下凡，以一生的眼泪还他，报以甘露灌溉之恩。于是，引起太虚幻境中一干风流冤家，陪他们一起到人间“历劫”，这就是大观园中其他上上下下一批女子的来历。这则拟神话告诉我们：首先这是一个情情的还泪故事，并非空无。其次，他还告诉我们：贾宝玉与大观园中一个个“风流冤家”相比，更为不凡的是，这位“神瑛侍者”从娘胎里出生时，就口衔一颗“鲜明、莹洁”的“通灵宝玉”（为大荒山青埂峰顽石所变），“瑛”即有“美石”一义，“宝玉者，即宝玉也”，神瑛与顽石原是同类乃至同一物的对应形象，贾宝玉这一艺术形象的塑造，从整体上说，体现着“无才补天”的“顽石”一面。所以，顽石乃是贾宝玉“真我”的象征，是其“本性”的体现，两者是一而二，二而一的。当“顽石”作为《红楼梦》故事的叙述者、见证人时，他们是一而二的，但当他们“历劫”、“受享”时，又合二而一，表现着灵与肉的一体性。即使在石头作为故事的叙述者、见证人时，它与书中主人公也是不能截然分开的。例如第十七、十八回写元春归省、进园看到园中种种豪华时，石头有一段话：“此时自己，回想当初在大荒山青埂峰下，那等凄凉寂寞，若不亏癞僧跛道二人携来到此，又安能得见这般世面。”顽石作为见证者的身份发此番感想，实则也是贾宝玉的态度。他在元妃省亲过程中的冷漠、旁观，即可证明。这比之宝玉在园中面对一个个少女美丽的灵魂、容貌，“情不情”地全身心地投入，欣赏，品味，是多么鲜明的对比。其次，这则神话还告诉我们，这是一个情情的还泪故事，并非空无。泪水在林黛玉意味着无尽的期待，在贾宝玉意味着不断地净化；林黛玉泪尽之时，便是贾宝玉彻悟之日。这个还泪故事更告诉人们：它不直承《金瓶梅》以欲为主，而以情至上；它也不如《西游记》中的石猴，志在功名，迷失本性，丧失自我，出卖童稚和纯真，这块顽石则拒绝成人世界，崇尚无用，痛恨经济仕途，守护的是自我的灵魂和童真。两则神话完美结合，昭示着石头的叙说直承《山海经》所记远古传说，开辟鸿蒙，一派初始性情；老子的权术、孔孟的伦理道德，已是很久很久以后的事了。这写法本身就意味着对历史的颠覆。

综上可见，石头这一意象在《红楼梦》的叙事结构中具有多重身份、多种功能、多重象征意义：它既是小说主人公贾宝玉思想、人格、性灵的象征，又是全书叙事总体框架的结构者；既是故事的叙述者、见证人，又组合关联意象，刻画人物群像，共同营造全书的思想意蕴。“木石前盟”和“金玉良缘”就是与主人公贾宝玉人生命运密切关联的两组有关石头的意象，一为前生、一为现世，二者相互映衬，作为与全书叙事主线平行的暗线，照射林、薛两主人公的悲剧人生。值得注意的是，“木石前盟”的“石”是“神瑛”，“金玉良缘”的“玉”则是“弃石”（顽石），在这里，作者显然是把二者合而为一，视为同一物的。

神话乃是民族远古的梦和人类文化的根，同时它又是一种语言，意象的运用是凭借这种语言得以运行的。石有灵性，具有多种神秘功能，这一神话传说，在中国古籍从《尚书》、《周礼》、《春秋左传》、各种史书到稗官野史、笔记小说中，多有记载。所以，它往往成为迷人的文学母题。然，曹雪芹之所以以石为贾宝玉形象的对应物，更为主要的是，石在中国文化中，是士人耿介坚贞、孤高自诩、不同流俗等等人格的象征，这在宋元明清文人诗词绘画中有大量表现；而人们贞心自保的内在追求则未必会得到理解肯定，如虞世基《赋得石诗》所言：“徒然抱贞介，填海竟谁知”的情形，比比皆是。不俯仰随流、趋炎附势，一介书生寒士的自身价值每每遭到毁弃。这种种都与贾宝玉形象有同构关系。所以,顽石意象将贾宝玉形象置于一种物态文化与精神文化的交织互补、庞大深远的中国文化背景中,引领读者阅读品味,故此,此书甫一面世,即在社会各阶层特别是士人中广为传抄,读者在接受中不断为其增殖,光大其思想的光辉。

营造《红楼梦》的思想意蕴的第三个支柱性的意象,便是“花”。顽石意象是一特指意象,花意象是个泛指的概括性意象,与红楼意象类同。但概括性并非概念性,它仍是个具体可感的具象。“感时花溅泪”(杜甫)、“冷月葬花魂”(林黛玉),这些诗句中的“花”,都不是一般性的概念,因为它灌注着诗人的思想情感。同为泛指,花意象与红楼意象不同的是,它还包有众多与书中各个青春女性对应的万紫千红的特指意象。

伍尔夫在随笔《电影》一文中论及意象时说:“一个诗人的意象不能用青铜铸造出来,或用铅笔勾勒出来,它们是千百万意蕴的合约,而人们所见的仅仅是其最明显和最上层的部分。”①在论及古典艺术的表现功能时,西方人彪炳(典型)形象,中国则标举意境。意境与意象虽然只一字之差,然而这两个概念对美与艺术生态品格的概括,是迥然有别的。意境是意象流动环节的一定时空背景中的产物,意象是意境归结的生态品格与审美形式。从作品的表层情节或艺术情景看,意象是形象(典型)的构成因素,然而从形象得以产生的历史和文化哲学看,意象是形象的审美归结,它对形象具有统摄作用。其对形象的审美归结超越情节结构所构成的实体关系,形成相应文化意蕴的逻辑记忆、情感症结、叙述结构等等隐喻性的功能形式和符号系统。我们所谓的意象非指一般所说“意与象”的简单融合,它是一个历史的发展过程。意象是一种浓缩着一定历史时期民族整体美学信息的类化结构,一个民族审美情感方式的文化积累过程。意象本身有它自己的逻辑过程,这个逻辑过程构成它的生态品格;意象的生态品格构成文学的发展过程,它与历史行为不是同步的。意象的意蕴合约有一个民族的历史文化的积累过程,更有一个审美的发生和发展历程,特别是花意象。审美起点是人类自身面对过重的自然压力而生的生存恐惧及其繁衍、发展的种族、宗嗣的生命渴求。于此不难理解,为什么上古文学比兴意象多为动物和一般性的草木植物,而鲜有花月楼阁。远溯神话时代的图腾,更是几乎各类动物齐全,狰狞而繁盛。直至大汉帝国,仍是以电光石火般的马踏飞燕而见出富于速度、力量和信心的蒸蒸日上的农业文明景

① 转引自杜扬生《名家的手稿》,载《广州日报》2002年10月6日第六版“理论·品书”栏目。

象。近年山东、河南、四川等地出土的汉化石、汉化砖也多为蛇、马、玉兔、蟾蜍、猪、鸡等。有意味的是，西方哲人柏拉图在论及美的本质释例的意象亦是动物——一匹母马。这一随意拈来的意象暗示出人类生命的起点——美的追求的文化母题，即：种族繁衍与生存忧患。经历漫长的中世纪，人类在一定程度上认识、驾御了神秘的自然力量后，才有自然美的发现，于是出现了相对轻松环境下的古典艺术。她开始超越人类的生命起点，以其迷人的微笑迎接一个灿烂无比、繁花似锦的时代。于是鸟语花香、莺歌燕舞以及云霞闺阁成为诗文以及其他艺术注意的中心，人类终于从中发现了第二性——艺术女神的青春魅力以及永恒人性等古典文化母题。在中国，第一个迎接这一时代到来的是唐代诗人张若虚，在他的身后是一个花团锦簇的古典艺术时代。《春江花月夜》中轻烟般的惆怅与莫名的骚动是对这一青春觉醒时代生命意识的历史归结和东方女性美永恒魅力的审美发现。西方是先有蒙娜丽沙的微笑，然后才出现拜伦、卢梭、歌德等繁花似锦的大自然颂歌。他们是先发现人，发现人的自然美，尔后发现自然中的人性容量和文化意蕴。中国古典艺术则是先发现了自然，而后发现了女人，女性“梨花一枝春带雨”般的自然美。花的意象的出现，艺术女神的诞生，标志着人类对美的关注已由生命起点深入到青春、爱情以及永恒人性的文化母题。这一意象结构的文化母题遂成为人类走向美的自觉的一个重要的时序标记。《红楼梦》即以花的意象为审美内核，成为闺阁怨词的极致，从而完成一个惊天动地的古典悲剧的。

比之意境，比之典型形象，意象是更为内在的民族审美情感的归结，作品中特别的叙述结构。在《红楼梦》这部伟大作品中，花的意象是东方女性美和神韵的载体与象征，它的外化、分化和转化，创造了群星灿烂而又各富个性的东方女性形象和一个个应接不暇、使人留恋忘返的艺术境界。正如有的红学学者所描绘的：“在《红楼梦》中，如此众多的少女形象，是以那样一种多彩多姿而又仪态各殊的风韵，像一座百花坛似的呈现在读者的面前。那一朵火红的野味未脱的山茶，是晴雯；而那‘有刺扎手的’‘玫瑰花儿’，是探春；那直径大叶、色彩明快的风荷，是史湘云；那有着清冷的白色、喜欢开放在僻静角落的雏菊，是惜春；而那弯弯曲曲，攀着柱子往上爬的紫藤，又是袭人。那有着风姿艳色，可使玉堂生春的牡丹，自然是薛宝钗；至于林黛玉的‘风露清愁’和‘孤标傲世’，则又浑似摇曳在霜晨月下的竹影兰魂。……”论者并且指出：“在《红楼梦》中描写的最多的是妇女，而着力最多的又是那些年龄相近，生活方式相近而又处于一个生活环境里的少女。无疑，这种情形会给描写带来很多困难。然而，曹雪芹不仅能够异常分明地写出她们各自不同的特点，而且对于某些看上去比较类似或相近的性格，也能把她们最细致的色泽，最微小特征，纤毫毕露地镂刻出来，从而显示出它们之间的差异，从不使人感到模糊或混同。譬如,平儿的温顺柔和与袭人的温顺柔和不同,史湘云的豪爽与尤三姐的豪爽又不同;而林黛玉与妙玉都是孤高成性,但她们又不同:一种是傲世的孤高,一种是出世的孤高。在林黛玉的孤高中,使人感到热;而在妙玉的孤高中,则使人感到冷。……"①如此群芳荟萃而又异彩纷呈,不仅在中国文学史中,即使在世界文学中也是罕见的"例外"。它的独特性,它的艺术和美学价值,它对世界文学的突出而特别的贡献,也正在此。耐人寻味的是,西方美术对世界艺术宝库的突出贡献,是它对人体美的欣赏和创造,然而西方文学却没有创造出像《红楼梦》这样群芳荟萃的作品,这是中西比较史学的一个值得认真研究的课题。贾宝玉的泛爱实则是基于对女性美及其神韵的欣赏而对青春、爱情以及永恒人性这一文化母题的发展和发扬。有些论者认为《红楼梦》"对宝玉等年轻人性意识的描写,则具有个体解放的意义"②,它表达了"男女间平等的、非掠夺的性欲要求"和"对作为人类本性的'人欲'的强烈尊重"③。这可以看作对李贽、戴震等进步思想家批判儒家理学的思潮的反应,而从批判的深度和社会观方面看,《红楼梦》不仅发展而且超越了这些思想家的传统。

从文艺社会和作品表层情节结构看,《红楼梦》中有些形象,诸如宝钗、袭人、秦可卿乃至探春、尤三姐是丑的、否定的,或是有争议的人物,而从历史文化哲学、意象的深层审美内核审视,则这些人物却各个神采飞扬,别具风韵④。这正如有的论者所言:"住在大观园的小姐与有名字的丫鬟","都是高度美化了的"。"曹雪芹盼望她们美丽,多于盼望她们真实。他费了很多功夫来美化她们。""他写她们怎样高才","他在爱情的角度美化她们,让读者看见这些都是多情可爱的女子,而且又有含苞待放的纯洁。"⑤作者这种创作心态是以花的意象为审美内核形成的文化母题——对艺术女神的青春魅力及永恒人情的审美关照这一集体无意识心理的自然流露,潜意识表现。正册,副册,又副册,把这样众多的女孩子作为审美对象来刻画描写,这在中国文学史乃至世界文学史上都是仅有的。《红楼梦》这部伟大作品的诞生是中国近代启蒙运动所张扬的注重人的尊严、人格的崇高和人性的美丽等等以及中华民族审美心态的历史发展与中国抒情表现文学的繁荣昌

---

① 蒋和森《红楼梦的艺术特色和成就》(下),《红楼梦研究集刊》第二辑,上海古籍出版社,1980年3月。

② 韩慧强《〈红楼梦〉中性观念及其文化意义》,北京大学《研究生学刊》1988年第一期。

③ 罗伯特《〈红楼梦〉一书中的儒家力学暴虐》,1978年,《亚洲学考通报》4卷1期。

④ 聂绀弩先生在《略谈〈红楼梦〉中的几个人物》(见《红楼梦研究集刊》第一辑)中独具慧眼地指出宝钗是个"封建制度下牺牲"的"好女孩子",袭人"有崇高的灵魂","作者为她写出了最美的篇章。"

⑤ 孙述宇《〈红楼梦〉的传统艺术感》,载胡文彬、周雷编《红学世界》,北京出版社,1984年。

盛这三种力互相作用的结果。

意象有抽象、内在的性质,又有具象的一面。这种具象性显示于某一具体作品中,从艺术的表现形式看,它似乎是形象或意境的某种构成因素。作家之所以选择这一意象而摒弃另一些意象,有其艺术思维习惯、欣赏旨趣等个性因素,但归根结底,还是一定民族文化审美心理发展的归结。形象典型化的原则是"从具象到具象",意境化的原则是"从实像到虚像",意象的外化则"从抽象到具象"①。在具体作品中,意象从抽象到具象物化时,它或者与形象、意境重叠、融合,或者与其相互辉映。意象具有象征性,当其与形象、意境交融时,抽象、具象、实象、虚象相互折射所产生的艺术张力会使作品的艺术意蕴具有广泛、深刻的包容性。《红楼梦》中的大观园,以花的意象为中心,与山水林木、亭廊楼阁结合成一广阔奇妙的审美客体,其中一草一木、居室住所乃至整个园林形象,都充满象征意味。它们与纷纭复杂的现实中的人物的思想性格巧妙地组合成一个富有民族特色的东方人文环境,酿成一个个美不胜收的艺术境界。作品的意义不仅仅蕴含于一个个艺术形象中,而是渗透、消融于意象、形象、意境的相互关系中,诗一般的艺术境界中。《红楼梦》艺术表现的成功就在于它善于以意象组合统摄形象、意境,从而使后二者也染有难以言喻的象征意味。闻一多先生说得好:"西洋人所谓的意象、象征,都是同类的东西,而用中国术语说来,实在都是隐。②"正因为《红楼梦》里充满着象征的隐意,所以大观园才不仅是人物活动的环境、舞台或场景,而具有"作者所赋予的特殊意义"③,这本书才被誉为是封建社会乃至中国文化的百科全书,"越看越深"④。这个以花的意象为审美内核的绚丽多彩的东方人文环境的创造,不仅是作家个人天才的表现,而更是中国文化长期积累的硕果,中华民族审美情感的历史归结。

《红楼梦》与中国文学的关系,与其说,它是中国传奇小说和世俗小说的突破和发展,莫若说,它与中国古典诗文具有更为亲密的血缘关系。与中国传统小说相比,一个显然的事实是,《红楼梦》不以惊奇的故事情节取胜,而以诗一般的艺术境界引人。《红楼梦》的艺术境界是唐诗宋词抒情境界的扩大和拓深。这种扩大和拓深不仅表现于那些抒写宝黛缠绵爱情的章节,也不仅表现于那些描写大观园"花柳繁华"和闺阁少女"春恨秋悲"的章节,而且表现于它善于在那些看似平常

---

① 顾祖钊《人类创造艺术至境的三种基本形态》,《文艺研究》1990年第1期。

② 《闻一多全集》卷一,《神话与诗·说鱼》。

③ 宋淇《论怡红院总一园之首》,《红楼梦研究集刊》第8辑,上海古籍出版社,1980年3月。

④ 痖弦等《〈红楼梦〉研究的未来方向》,《红学世界》,北京出版社,1984年。

的日常生活中展现出它的不平常意义。“在《红楼梦》中,从那些纷繁复杂的日常生活细节描写,常使人感到充满了美学的、心理学的、社会学的内容。”①《红楼梦》抒情境界的艺术特色和成就在于:它善于以平朴的笔墨将浓郁的诗情渗透于日常生活中,又善于从平常的生活中发掘其诗意的哲理内涵。

《红楼梦》是一部高度象征的作品,又是一部高度写实的作品。它是象征与写实的高度统一,有机结合。它的写实,已经达到西欧后期现实主义的成熟水平;它的象征隐喻,也不逊于西方现代文学的艺术成就。可是,曹雪芹却比托尔斯泰、巴尔扎克、狄更斯、福克纳、卡夫卡这些名闻全球的的艺术大师早一两个世纪登上了世界文学的高峰。

① 蒋和森《〈红楼梦〉的艺术特色和成就》(上),《红楼梦研究集刊》第一辑,上海古籍出版社,1980年3月。

中国古代山水田园诗文的美学价值

——探本溯源

“山水诗是有闲阶级游山玩水的产物。”

“田园诗是表示士大夫脱身仕宦‘归去来兮’的心理的；或地主官僚过腻了富贵生活想换个‘农家风味’的作品。”

“桃花源里可耕田？”

在“生与死的阶级搏斗”中，一般文人逸士寄情山水、笑傲人生、远离社会，玩世不恭；那些写田园风光的诗文，“于平原绣野，风和日丽中，群歌互答，余音袅袅，若远若近，忽断忽续，不知其情之何以怡，而神之何以旷！”这些人的行踪和作品只能引人逃避现实，或起粉饰社会矛盾，消弭斗志的作用，有什么价值可言？

这是过去几十年中人们受某些社会思潮，政治观点的影响而提出的论点或问题。本文拟就山水田园诗文在中国的产生和发展，探本溯源，寻幽抉微，对其美学价值作点分析，或许有助于解开某些疑窦，窥见其“庐山真面目”。

一

山水田园诗产生于晋宋，谢灵运是第一个写纯山水诗的人，陶渊明为田园诗人之祖。严格意义上的游记散文体裁产生于唐，使游记散文定型成熟的代表人物是柳宗元，元结起了承前启后的作用。他的《右溪记》，仅 190 余字，却将一条小溪写得意趣横生。清人吴汝纶称为“放姿山水，实开子厚先声；文字幽渺芳洁，亦能自成境趣。”奠定散文游记产生基础的是晋宋。王羲之的《兰亭序》，鲍照的《登大雷岸与妹书》，陶弘景和吴均的叙景短札，郦道元的《水经注》，虽是一些书信短札或地理著作，尚未形成游记散文的独特的文学样式，但均是在对自然的深厚体验中产生的优美的写景文字。所以，晋宋一代被视为我国游记散文的开创阶段。

游记、山水田园诗文开创、产生于晋宋,是时代意识的艺术表现。

汉末魏晋六朝是中国历史上一个重大变化时期,无论经济、政治、军事,文化和整个意识形态,包括哲学,宗教、文艺,等等,都经历转折。战国秦汉的繁盛城市和商品经济相对萎缩,八王之乱、五胡乱华、南北朝分裂,酿成社会秩序大解体,旧礼教的总崩溃,思想和信仰的自由,艺术创造精神的勃发。这是中国政治上最混乱、中国人民生活史上最多悲剧,也是思想上极自由,极解放,最富于智慧、最浓于热情的一个时代。几百年间人格上、精神上的大自由、大解放,人心里面的美与丑、高尚与残忍、圣洁与污浊,都发挥到了极致。这是继周秦诸予以后第二度的哲学时代,也是最富于艺术精神的一个时代。这是一个突破数百年的统治意识重新寻找和建立理论思维和审美意识体系的解放历程。

那么,从东汉末年到魏晋六朝,这种意识形态领域里的新思潮即新的世界观、人生观反映到美学——文艺思潮上的基本特征是什么呢?

(一)山水美的发现,对自然美的欣赏,成为时代的风尚

晋宋是中国山水情绪开始与发达的时代。阮籍登临山水,尽日忘归。王羲之既去官,游名山,泛沧海,叹曰:“我卒当以乐死。”《世说新语》载东晋画家顾恺之从会稽还,人向山水之美,顾云:“千岩竞秀,万壑争流,草木笼其上,若云兴霞蔚。”这几句话不是后来宋元山水画境界的绝妙写照吗?晋人对自然美的发现,为董源、巨然、米芾的山水画奠定了审美心理基础。

晋宋是个玄学盛行的时代。晋宋人欣赏山水、体会自然,由实入虚,步入玄境,乃能表里澄澈,一片空明,创造了一种晶莹的美的境界。王羲之说:“从山阴道上行,如在镜中游!”心情的朗澄,使山川影映在一片光明净体中!《世说新语》载:“司马太傅(道子)斋中夜坐,于时天月明净,都无纤翳,太傅叹为佳。谢景重在坐,答曰:‘意为乃不如微云点缀’。太傅因戏谢日:‘卿居心不净,乃复强欲滓秽太清邪?’”这不就是张若虚《春江花月夜》“江天一色无纤尘,皎皎空中孤月轮”的境界吗?

晋宋人对大自然不仅意趣超越,而且“一往情深”!王子敬云:“从山阴道上行,山川自相映发,使人应接不暇。若秋冬之际尤难为怀!”好个“尤难为怀”!正因为晋人富有这种宇宙的深情,所以,他们能以新鲜活泼自由自在的心灵领悟世界,使触着的一切呈露出一派生机。由于它们对自然新鲜发现时身入化境,达到浓酣忘我的境地,所以他们写诗能境与神会,真气扑人,随手写来,都成妙谛。因此,陶渊明的纯朴天真,后人不及;鲍照,吴均,陶弘景等人的书信短札,也都是最优美的写景文学。

（二）人物品藻，人的觉醒

玄理的辩论和人物的品藻，是这一时期社交的主要内容。

哲学思辨所达到的深度，是空前的。以天才少年王弼为代表的魏晋玄学，不但远远超过烦琐和迷信的汉儒，而且也胜过清醒的机械唯物论者王充。

哲学的思辨带来了人的觉醒。人的觉醒的核心是对人的尊严的维护。内在追求和外在否定联系在一起。人的觉醒是在对两汉经术谶纬、宿命迷信、道德节操、传统价值标准的怀疑、对抗、破坏和否定中产生的。曹氏父子破坏了东汉重节操伦常的价值标准，正始名士进一步否定了传统观念和礼俗。

晋人向外发现了自然美，向内发现了人格美。一方面企图在大自然的怀抱中去寻找人生的慰藉和哲理的安息，另一方面在清谈中拿自然美来形容、品藻人物品格的美。如“轩轩如朝霞举”，“朗朗如日月之入怀”，“濯濯如春月柳”，“萧萧如松下风”，“若登山临下，幽然深远”，“清风朗月，辄思玄度”，“时人目王右军，飘如游云，矫若惊龙”，“稽叔夜之为人也，宕宕若孤松之独立；其醉也，傀俄若玉山之将崩”（《世说新语》）。这种种夸张地对人物风貌的形容品评要求以美如自然景物的外观体现人们的内在智慧和品格。脱俗的风格神貌和内在精神的美成为一代审美理想。《世说》载：即便是女子谢道韫，亦神情爽朗，奕奕有林下风。为维护做人的尊严不惜以生命冒犯统治者；即便被杀头，殉道时亦从容而美丽：“嵇康临刑东市，神气不变，索琴弹之，奏广陵散，曲终日：‘袁孝尼尝请学此散，吾靳固不语，广陵散于今绝矣！’”这个因“非汤，武而薄周、孔”被杀头的嵇康竟然被时人嵌进了地下庙堂的画壁，取代了帝王将相、忠臣义士而受到人们的顶礼膜拜。时代意识的变迁，人的觉醒，真有些类乎欧洲“文艺复兴”了。

自然美和人格美的融一，这种时代意识的艺术表现，就是谢灵运、陶渊明、谢眺等人写下的大量的山水田园诗取代了枯燥乏味的玄言诗，鲍照、吴均、陶弘景等人自觉地写了一些以自然景物为对象的抒情短札。其中艺术成就最高、对后世影响最大的是陶渊明。他在芸芸众生为物欲所控制的社会里，在众鸟争逐的险恶环境中，不追求外在的功名利禄、轩冕荣华，独以保存自己心灵的完美为最大的快慰，把人的觉醒提到了一个远远超出他的同时代人的高度，所以，他能“豪华落尽见真淳”。山水草木在陶诗中不再是一堆死物，而是他的本性的自然表现；自然景象在这里不再是外在的游玩对象，不是追求玄远的手段，而是生活、心境、意绪的表现和象征。因此，在陶潜的笔下，各种普通的，非常一般的自然景色，都充满了生命和情意，而且表现得那么自然、质朴、平淡无华而又生趣盎然。

艺术作为精神的创造物是作家的自我表现；山水田园诗文是自然美的艺术再现，而自然美的核心、自然美的价值是人的价值的表现，是激起人们从“自然的美……想起人来(或预示人格)的东西"①。自然美是体现了人的本质的自然形象,是"自然提供材料,精神提供形式"的人的作品,是社会属性和自然属性在具体形象上的统一。美是对审美对象作为美的本质的最高概括,是一种精神、情感方面的价值判断。作为自然美的艺术表现,山水田园诗文的价值在于它的产生,是一定历史阶段人的本质、人的价值、人的自由精神的外化,它的生产,也一定会通由种种迂回曲折的途径弹奏出社会历史变迁的音响。

晋宋人沉溺山水实际上是用清幽的山水之美和虚静的哲理来排遣现实的矛盾冲击而积郁心头的痛苦,貌似超脱玄寂的山水田园诗投下浓重的现实政治阴影。

李白的《蜀道难》,《梦游天姥吟留别》是"郁积于心的失望、悲哀,愤懑的总爆发,它是作者在经历了一番大幻灭后谱出的血泪交织的乐章,因而它是对李唐王朝阴暗面的揭发和批判。"②

柳宗元"投迹山水地",就有"放情咏《离骚》"之意,所以他的山水游记于"凄神寒骨,悄怆幽邃"的自然景物中渗透着自己的凄苦心情,是作者被排挤、受迫害的身世遭遇的写照。

欧阳修的《醉翁亭记》于"负者歌于途,行者休于路,前者呼,后者应,伛偻提携,往来不绝"的欢畅情景中寄寓着作者深沉的政治理想,浸透着作者被贬失意的特殊心理感受……

作为历史变迁的音响,诸如盛唐气象、安史离乱、宋元之际国土沦丧的忧愤、明清之际的民族正气乃至东晋与两宋谈玄穷理的风气、各时代各阶层从朝隐到闺情的思想意绪,在山水田园诗文中都有或婉曲或淋漓的弹唱。每个时代的人对待自然形式美的态度,正是该时代人征服自然的客观程度的一种微妙而可靠的标记。山水田园诗文不仅再现了中国社会历史发展变化的脉络,而且生动地再现了时代社会变迁投射在人的性格和心理的印记,人的价值观和精神形式的变化,人的自由本质、审美特质和自我实践的活动。美学可以说是一门精神价值学说。山水田园诗文作为美的对象,它的价值就在于:它是人的审美感觉和审美对象的历史性融合,它表现了中国社会和民族心理的深层历史结构。如果没有山水田园诗文这朵奇葩,我们如何悉心谛听中国社会历史变迁音调的余韵远响,窥视时代意识的风云变幻和民族心理、性格的多姿多彩?

作为历史变迁的音响,山水田园诗文还是一支牧歌,它唱出了我国封建庄园

① 车尔尼雪夫斯基:《艺术与现实的审美关系》,人民文学出版社1979年版,第10页。

② 安旗:《〈蜀道难〉新探》,《西北大学学报》1980年第4期。

经济繁盛和自足的一面。从日出而作、日入而息的悠闲而又忙碌的生活，丰年留客、把酒桑麻的淳厚质朴的民风，桑柘影斜、箫鼓追随的春社俗习，到村头田野的旖旎风光，万里河山的雄奇秀美，在从陶潜、李白、杜甫、王维、孟浩然、韦庄、刘禹锡、范仲淹、欧阳修、王安石、陆游，辛弃疾、范成大、杨万里直到明清公安派、竟陵派、桐城派的山水田园诗文中，都有充分的反映。没有山水田园诗文这朵奇葩，我们如何形象地了解我国社会历史丰富多彩的生活，祖国万里河山在“人化自然”的历史演变中的多姿多骄呢！

二

中国古代山水田园诗文兴于晋宋，有深远的社会和哲学的根源。

古希腊人多半把建筑本身孤立来欣赏，他们对庙宇四周的自然风景似乎还没有发现。西欧人直到18世纪才发现自然美，英人汤姆森（1700－1748）的《四季歌》是欧洲最早的一首以自然景物为对象的山水田园诗。在17世纪英国诗人眼里，山，不仅不美，而且它根本是一件丑的东西，更不用谈灵秀了。这一看法受基徒教义的左右。基徒教义认为大洪水以后在地球上出现的山，破坏了造物主造物的完美（对称、节制、整齐等），所以称山为自然界的“羞耻和病”。

中国人宗教观念薄弱。中国人在奴隶社会便从对大自然的恐惧、敬畏转化为一种物我感应的泛神论：“山林皋壤，使我欣欣然乐”（《庄子·知北游》），“风行水上涣，即有文章”（《易》涣卦大象）。

晋宋人发现自然美，与“人的觉醒”、“人的发现”有直接关系。追本溯源，晋宋人的觉醒，乃导源于先秦理性精神。先秦哲学，作为一种世界观的自觉理论体系，人的自我反思体系，它发源于、孕育于中国社会发展的深处。中国哲学导源于远古图腾崇拜和对于外在神祇的恐惧、敬畏转化为一种自觉的和有意识的努力，一种要求驾驭自己命运的乐观进取精神。这种主体观念的先期确立终于发展为“知其不可为而为之”，“天行健君子以自强不息”的积极人生态度；对大自然由迷信、服从也转化为顺乎自然而行了。顺乎自然，可表现为孔子“敬鬼神而远之”的怀疑论，也可以演化为庄周“体尽无穷而游无朕”的泛神论，更可以发展为荀子顺应自然规律“制天命而用之”的无神论。这就是中国社会宗教观念淡薄，原始时代血缘氏族宗法关系得以保存的原因。宗教观念淡薄，主体观念确立，随着自然的人化进程，于是从自然转向人生，生发出“以天下为己任”的社会责任感，开始了人的觉醒。而在等级森严的宗法社会中，先觉者、远见卓识者往往遭谗被妒，改造社会的才能、补察时政的抱负常常不能施展、实现。但他们却“寂兮寥兮，独立而不改”（老子语），显示着自尊自爱的伟大人格力量。这种人格力量，一方面表现为孔孟“三军可夺帅也，匹夫不可夺志也”、“富贵不能淫，贫贱不能移，威武不能屈”的磅礴正气；另一方面演化为庄周“彷徨乎尘垢之外，逍遥乎无为之业”，遗世绝俗的理想人格。所以，中国哲学无论“儒”或“道”，都偏于“实践理性”，他们的共同点是追求道德完善、强调精神的自由。中国哲学是内省的智慧，它重视的不是确立对于外界的认识，而是致力于成就伟大的人格。因此，儒、道这两种同出于“实践哲学”精神塑造的人性美可以汇流、融合，“兼济天下”与“独善其身”，悲歌慷慨与愤世嫉俗，“身在江湖”而“心存魏阙”，积淀为一种传统的文化心理结构，成为历代有为有识之士相辅相成、矛盾统一的性格特征与艺术意念。而第一个完美体现这种人格理想的，就是楚文化的杰出代表屈原及其作品《桔颂》、《离骚》。

塑造这一理想人格的“实践理性”者的宇宙观是“万物皆备于我”、“唯道集虚”、“虚空生白”，天地万物皆为正气所钟。这种宇宙观表现在物我关系上，是从“生命本身”体悟“道”的节奏，在物我交感中体察天地万物的浩瀚流衍，窥见自我心灵的自在自由。“乾坤万里眼，时序百年心”（杜甫语）客观景物是“我”主观情意的象征，山川草木具有人的灵气。以我观物，“八级可围于寸眸，万物可齐于一朝”（左思），视点不拘于一两个具体物象。因我人情思起伏，仪态万千，只有大自然全幅生动的山川草木，云烟明晦，才足以表象胸襟里无尽的灵感气韵。这种哲学观点极易以审美态度观照宇宙万物从而发现自然美的。更何况由“唯道集虚”、“万物皆备于我”所生发的美学思想是“天人合一”，“大乐与天地同和，大礼与天地同节”呢！这种美学思想不重认识的模拟，再现的可信，而着意于对象节奏、韵律、情趣、意蕴的把握，内在生命意兴的传达。导源于这一哲学，美学思想的我国山水田园诗文，适遇晋宋品藻人物，纵情山水的最佳气候，土壤，早于欧洲一千余年应运而生，就是必然的了。

由此可见，晋宋人对自然美的发现，我国山水田园文学的兴起，有深远的哲学——美学渊源。它发于中国社会深处，是我民族性格和文化心理结构在一定历史阶段的外化。它一旦产生，就积极参与我国民族性格、民族魂魄的塑造工作。李白、杜甫、陆游、辛弃疾等人，像屈原一样，作为一位政治家是失败了，但作为一位文学家，塑造自我性格、民族灵魂的伟大工程师，却取得了无比的成功。试看杜甫的《秋兴八首》之七：

昆明池水汉时功，武帝旌旗在眼中。
织女机丝虚夜月，石鲸鳞甲动秋风。

波漂菰米沉云黑，露冷莲房坠粉红。
关塞极天唯鸟道，江湖满地一渔翁。

和西方诗画单向透视的传统相反，诗人的眼光不拘于具体物象，而飘瞥于上下四方，一目千里，身在四川夔府，心向国都长安；和这一空间意识相适应，在时间上，“诗人之眼上观千年，下观千年”（金圣叹语），由夔州想到长安昆明池，由昆明池又想到汉武之功，由汉武之功又想到当今国势衰颓……浮想联翩，抚今追昔，不胜感慨。诗人借昆明池之秋景寄寓百年世事之感。“织女机丝虚夜月，石鲸鳞甲动秋风”，一“虚”、一“动”，一种落空无成、动荡不安的感觉，无限伤时念乱的情绪，于政无望、于时不靖的种种感慨和盘托出。而这种物是人非、国家盛衰之感是放在历史的长河中去考察、历史的天平上来衡量的，盛唐气象、祖宗功德、民族基业废于一旦。这就增强了慨叹的深度和分量。这深沉的历史——时代的忧思倾注于池畔衰败的菰米，零落的荷花之上，又给这黍离之悲抹上了一层苍凉的气氛。国家兴亡，匹夫有责，而自己当前的景况呢？关塞隔阻，羁旅漂泊一渔翁耳。这真正“忧端齐终南，澒洞不可掇”了。

如果说，《秋兴》八首是杜甫忧国忧民，“身在江湖，心存魏阙”的思想写照，那么，《秋雨叹》（其一）“雨中百草秋烂死，阶下决明颜色鲜。著叶满枝翠羽盖，开花无数黄金钱。凉风萧萧吹汝急，恐汝后时难独立。堂上书生空白头，临风三嗅馨香泣，”就是杜甫“寂兮寥兮，独立而不改”的伟大人格的写照了。诗借决明（一丛植物）在“雨中（喻误国害民恶势力）百草秋烂死”的情况下，仍然亭亭翠立，着花满枝于堂前阶下，暗喻一种独立不羁的思想品格和坚贞的情愫，再现自己的内心世界，这真有点“世皆混浊而我独醒”的味道了。

在实践哲学的熏陶下，中国人的性格是热烈的，又是内向的；有识有志之士忧国忧民，又超脱旷达，洁身自好。中国人的热情不导向外在世界的冒险，而致力于完成德行化的人格；不是欲海难填，彷徨不安，而是“穷年忧黎明，叹息肠内热”，以天下为己任。中国哲学不希求彼岸天国的幸福，而执着人生，企求理想政治的实现。

因此，中国哲学——艺术对大自然不刻意描摹，追求其真，而只作为社会理想的寄托，人格、心境的写照，哲理思索的借体，内心经历的外化，忧国之思的化身。自然景象不过是一种启示，一种象征，山川大地乃社会人生、宇宙诗心的影现，抒情表意的媒介，借以返照自我的意义与价值。

这与我们以“天地为庐”的宇宙观有关。“天地入胸臆，吁嗟生风雷”（孟郊语），“大壑随阶转，群山入户登”（王维语），天地万物为我所用，我在自然中放纵旷达,我借自然“养吾浩然之气”。“浩然者,乃天地之正气也。”“天地有正气,杂然赋流形。下则为河岳,上则为日星。予人曰浩然,沛然塞苍冥。”(文天祥《正气歌》)人有浩然正气,即能“居天下之广居,立天下之正位”;“先天下之忧而忧,后天下之乐而乐”,统“兼济”、“独善”于一身;即能“说大人则藐之”,“道不行”,则“乘伐浮于海”;即使成为阶下囚,其精神是自由的,人格是凛然不可侵犯的。

时穷节乃现,忧愤出诗人。艺术是诗人思想性格的外化。

中国山水田园诗文的诞生与发展,早于欧洲一千余年,千余年中,作为文化心理的一个结构层次,一种精神素养,它在塑造中国人的灵魂、熔铸中华民族性格的过程中所发挥的历史作用,是难以估量的。这种从对大自然的欣赏、返照中沉积的执着人生、忧国忧民、自尊自爱、大气凛然、不屈不挠、独立不改的内在人格以及天人合一、一以贯之的美学理想,是我民族文化的精髓。

三

中国山水田园诗文的产生和发展,是在实践哲学精神的孕育下,文艺与时代意识——审美心理互为对象的发展的自然成果。

钱钟书说;“诗文之及山水者,始则陈其形势产品,如京都之赋,或喻诸心性德行,如山水之颂,未尝玩物审美。继乃山川依傍田园,若鸟萝之施松柏,其趣明而未融……终则附庸蔚成大国,殆在东晋乎?”①所见甚精辟。先秦诗歌很少有以自然景物为主要描写对象的诗篇。自然景物往往只起“比”“兴”作用或者只是人物活动的背景。《关雎》兴起的是诗人对“窈窕淑女”的爱慕与追求;“桃之夭夭,灼灼其华”使诗人联想起处子待嫁时的青春风采和“宜室宜家”的期待。《椒聊》、《隰有苌楚》看来似乎是写景物,其实也为了功利:《椒聊》中诗人着意于子椒的实蕃子大是因它想到了丰收,想到子孙的繁衍;《隰有苌楚》虽然写了苌楚的枝、叶、花、实,然而使诗人赞叹不已的却是它的“无知”、“无家”、“无室力”(从羡慕苌楚的无忧无虑可以感到人世的艰辛),它们的自然美并未受到诗人多少注意。《楚辞》里《九章·涉江》“山峻高以蔽日兮,下幽晦兮多雨”,《九歌·湘夫人》“嫋嫋兮秋风,洞庭波兮木叶下”,也不是专写山水,只是作为屈原涉江的陪衬,如人物画的背景然。这时大自然成为人们审美对象的条件尚不具备。普列汉诺夫在《论艺术》中说:“为什么一定社会的人正好有着这些而非其它的趣味,为什么他正喜欢

---

① 钱钟书《管椎篇·全汉文卷八九》。

这些而非其他的对象,这就决定于周围的条件。”我国约到东周后半期才普遍地使用牛耕,到战国时才广泛用铁器做农具。沉重的劳动,贫困的生活,落后的文化,受奴役的地位,使农业劳动者很少有欣赏自然美的心情。对于处在这种生产水平与生产关系下的劳动者,大自然唤起的往往不是美感,而是痛苦的联想:高山让人想起旅途的艰辛,人困马乏(“陟彼崔嵬,我马虺隤”,“陟彼砠矣,我马瘏矣,云何吁矣”);江河让人想到大川难渡(“江之广矣,不可泳思,江之永矣,不可方思”);旷野让征夫想起自己走兽般的“朝夕不暇”的生活(“匪兕匪虎,率彼旷野,哀我征夫,朝夕不暇”)。当然,自然也会给人带来一些喜悦,如《诗经》中的《葛覃》和《驺虞》,以喜悦的心情赞美茂密的葛和葭(芦苇),那是因为葛将为人们多提供一些绨和绤,葭中有禽兽可供猎取。人们对自然的态度是“功利”的,而非“艺术”的。

这正如普列汉诺夫所说,自然界“对我们的影响是随着我们自己对自然界的态度的改变而改变的,而我们自己对自然界的态度是由我们的(即社会的)文化的发展进程所决定的;”“在社会发展的各个不同时代,人从自然界获得各种不同的印象,因为他是用各种不同的观点来观察自然的。”①在汉赋中,山水已不是其他事物的陪衬,而有了自己的地位。枚乘《七发》是汉大赋形式的第一篇作品,其中有一段极精彩的描绘波涛的文字。其精采处在于写出了波涛的变化,从开始、少进、到波涛涌起,两岸滂渤,都做了穷尽其态的描绘。特别引人注意的是,作者盛赞波涛的雄伟壮观对人的“发蒙解惑”作用,赞自然对人的精神的陶冶,已露欣赏的端倪。《七发》之后,司马相如《上林赋》有两段文字以铺张扬厉的手法极赞上林山水之胜以表现上林苑的宏富壮丽。是生产的发展,社会的进步,审美意识开始从功利目的中萌发而促进文学的这一变化。汉高祖刘邦结束了秦末的混乱局面,社会发展渐趋稳定,与先秦相比,社会统一了,政权巩固,经济也繁荣发展起来,至汉武帝,汉王朝进入极盛的阶段。《史记·平准书》载:“汉兴七十余年之间,国家无事,非遇水旱之灾,民则给家足,都鄙廪庾皆满,而府库余货财。京师之钱累巨万,贯朽而不可校。太仓之粟陈陈相因,充溢露积于外,至腐败而不可食。”社会的富庶,农业、手工业、商业的巨大发展,出现了很多大的商业城市,其数量之多,规模之大,都远远超过了战国时期。随着生产的发展,生活的奢侈,皇帝开始用自然景物装饰自己的宫苑。据《西京杂记》截:汉高祖的未央宫极其富丽堂皇。其中有“池十三,山六”,以供玩赏。汉武帝的日泉宫、建华宫、上林苑等,或有意模仿自然,或将自然山水囊括子宫苑中,形制宏伟为前代所无。苑囿由原来的射猎场逐渐成了供皇帝游乐的御花园,山水开始作为观赏的对象了。随着经济的发

① 普列汉诺夫:《没有地址的信》,人民文学出版社 1962 年版,第 31-32 页。

展，商业城市的繁荣，出现了一大批城市居民。文人学士也纷纷聚集到城市，或在朝廷供职，或为王侯的座上客。他们生活优裕，既有文化，又有余暇，当他们偶从喧嚣的城市回到山水的怀抱，便感到大自然的清新、可爱了。同时皇帝对巡游，宫苑的爱好，也对文学侍从们产生深刻的影响，在他们的笔下，山水开始以新的面貌出现了。

但山水之于汉赋，也只是一幅长的画卷中的一段。汉赋是歌功颂德之作，它的主旨在于夸饰宫室的富庶豪华、皇家建筑的富丽堂皇，它还不是一幅山水画。当时有专写山水之作，如董仲舒的《山川颂》，但他用山川来比品德，不是欣赏它的自然美。真正以自然作为对象而欣赏其美的，是曹操的《碣石篇》。但由于社会条件还不具备，《碣石篇》却没有对山水田园诗的形成发生重大影响。山水田园诗文由附庸蔚成大国，成为一个时代文学的代表，还须待晋宋欣赏自然美成为时代风尚的时候。晋宋人欣赏大自然，一由于避政治的险恶，以求从山水田园中求解脱；二是审美心理的发展，园林游宴之乐已不能使他们满足，因为园林再精美，总敌不过大自然的辽阔壮丽，变化多姿。

追究审美心理发展的原因，除了文学渊源、社会经济、时代风尚诸因素外，还须溯源于哲学。哲学作为时代意识的升华和概括，它受社会经济发展的制约，又必然影响艺术的审美意识(艺术就是审美意识的物化形态)。山水田园诗之兴于晋宋，与魏晋哲学——玄学的兴起有密切关系。

魏晋玄学的昌盛实质是道家哲学的中兴。儒在钟鼎，道在山林。在中国思想和审美意识发展史上，儒家思想较多地渗透到和积淀在政治关系和伦理规范方面，道家思想较多地渗透到和积淀在艺术形式和审美观念方面。魏晋玄学在理论上成就最大，最有代表性的是王弼和郭象。王弼的代表作是《周易略例》、《老子指略》和《〈老子〉注》，郭象的代表作是《〈南华真经〉注》。他们的哲学观点成为中世纪思维的经纬，直透兰亭诗人，达于庾阐、谢灵运、陶渊明。

道家哲学齐物顺性，“道法自然”，①拒绝把人的假定视作宇宙的必然。“物各自然”，自然就是真实，就是本性、天理，就是“道”。庄子所谓“天籁”，不是一种脱离宇宙现象的神秘的东西，而是万物“顺物自然”的自由兴作。郭象的注很能代表庄子的看法：“籁，箫也。夫箫管参差，宫商异律，故有短长高下万殊之声。声虽万殊，而所禀之度一也。然则优劣无所错其间矣。况之风物，异旨同是，而咸自取焉，则天地之籁见矣。……夫声之宫商虽千变万化，唱和大小，莫不称其所受各当其分。”这和王羲之《兰亭诗》“寥固无涯观，寓目理自陈。大哉造化工，万殊莫不

① 《老子》二十五篇。

均”所表现的哲学意识简直如出一辙;王羲之的诗就是郭象注的艺术表达。郭象对道家思想中兴的贡献在于他肯定和澄清了庄子“道无所不在”,道是“自本自根”的观念:“无既无矣,则不得生有……生生者,谁哉,块然自生耳。”山水自然之值得浏览,可以直观,是因为“万殊莫不均”,“目击而道存”;山水自然即天理,“寓目理自陈”,诗人自我融入自然万象的变化中,与自然化而为一,随万物的自由变化而进入无极(“圣人游于变化之涂,放于日新之流,万物万化,亦与之万化。化者无极,亦与之无极”——郭注),方能得物之理。这样,自然山川就不再如《诗》中的溱洧,楚辞中的草木,赋中的上林,仅作为其他题旨(形势产品,心性德行,等等)的比兴、背景,居次要地位,起衬托作用,而成为美学的主要对象,占据诗人的整个意识活动。

说山川景物占据诗人整个意识活动,却不全是审美意识,就其实质看,主要的还是哲学思辨。在晋宋人的意识中,“山静而谷深者,自然之道也”(阮籍《达庄论》);“阳降阴生,一替一兴,流而为川,滞而为陵”(挚虞《思游赋》);山川景物都是“自然”(道)之形。“方寸湛然,固以玄对山水”(孙绰《庾亮碑》)。因此,“得鱼忘筌”,“得意忘言”(庄子语),因为“言者所以明象,得象忘言;象者所以存意,得意忘象”(王弼《周易略例》)。其积极作用,是写山水不再如扬雄的《冀州箴》或傅玄的《华岳铭》以训诫垂教为目的,而于迷恋山水中领略玄趣,追求与道冥合的精神境界,这是中国人意识发展中的一大质变;其消极作用,影响于文学的,则是玄言诗应运而生。

但晋宋人谈玄还强调“尽意莫若象,尽象莫若言”(王弼《周易略例》)。王弼在《老子指略》中一方面说,“道”是“听之不可得而闻,视之不可得而彰,体之不可得而知,味之不可得而尝”的东西,是无形无状,无声无响之物;另一方面,他接着又指出:“然四象不形则大象无以畅,五音不声则大音无以至。”精神的、无形的、虚的东西,总要借助一定物质的、有形的、实的东西来表现。晋宋玄学家们依据这种思辨方法,一方面在思想意识深处把他们不可能摆脱的现实世界与所企慕的玄虚境界沟通,从对外在自然的沉迷、欣赏中暂时解脱内心的痛苦;另一方面要求文学“以形媚道”、“极貌以写物”,把山水形象作为表达玄理的最合适的媒介。于是,“理过其辞,淡乎寡味”(钟嵘《诗品序》)的玄言诗,终于让位于早期的山水诗;孕育于“善”(功德比附)和“真”(哲理探索)之中的审美意识,终于由“附庸蔚成大国”。

由于早期山水田园诗说山水则苞名理,是用形象来谈玄说道的,所以,在诗中对自然景象的生动刻画中仍然贯穿着理性思辨过程的展开,隐伏着“物各自然”的思考的痕迹,这表现在上面王羲之的《兰亭诗》中,更表现在谢灵运的《登池上楼》、《登江中孤屿》、《于南山往北山经湖中瞻望》等一系列诗作中。就是陶渊明的创作，也无例外地反映了这一趋势。这是因为整个时代对抽象自然的追求远未消歇。这种理性思辨在谢灵运那里，甚至被格式化，定型化。正如近人黄节先生所说："大抵康乐之诗，首多叙事，继言景物，而结之以情理。"①例如《自石壁精舍还湖中作》：

昏旦变气候，山水含清晖。清晖能误人，游子憺忘归。出谷日尚早，入舟阳已微，林壑敛暝色，云霞收夕霏；芰荷叠映蔚，蒲稗相因依。披拂趋南径，愉悦偃东扉。虑澹物自轻，意惬理无违。寄言摄生客，试用此道推。

诗人朝发石壁精舍，夕暮归家，诗中描写了一路上随着位置移动而看到的景物，在一连串的叙事、描写之后突然以"我"所"感"收篇。诗以"我"的行止开始，以"我"所"见"展开，"我"是连结山水和玄理的纽带，玄理的思辨由"我"所见、所感而领悟。这是谢灵运诗中常见的格式。黄节所说"叙事"一节，在谢诗中常有各种变化，或前或后，或有或无，唯这"景语"之后必结之以"情理"（玄理），则是谢诗必循的规律。出于表现玄理的需要，谢灵运不能不留心刻画不同的山水形象；由于始终服从于理性思辨的需要，所以谢诗缺乏鲜明的个性和感情色彩。

然而文学发展自有其规律。田园山水诗既已诞生，它便排除"知性"、"理性"的干扰，遵循美的规律发展起来。

美的规律是人的特定的本质力量对象化的规律，凡对象的本质都表现为人的主体性。文艺作为人的创造物是作家，艺术家的自我表现，陶渊明首先在他的田园诗中表现了自我的感情和个性。

美必须有内涵，尤其要有哲理内涵，但内涵的哲理不以思辨的方式、解说式的语态出现，而是渗透在形象的刻画、意境的熔铸中。这就是严羽后来在《沧浪诗话》中所总结的："诗有别材，非关书也；诗有别趣，非关理也。然非多读书多穷理则不能极其至，所谓不涉理路，不落言筌者，上也。"艺术创作中的形象思维具有深刻的理性内容，但这个"理"却不能抽象地存在着，它必须化为艺术家的血肉和灵魂，任物象自由兴现，让想象力自由驰骋，出有入无，不着痕迹而暗与理合。

刘勰所谓"宋初文咏，体有因革，老庄告退，而山水方滋"，并不是说山水诗取代玄言诗，诗的哲理内涵告退了（这点刘勰是明白的），而是摒却说教化，排除知性的侵扰，剔除刻意经营、用心思索的自我，以一种寂静清澈的心情、审美的态度，审视自然，逍遥游放，无为自得，让理性完全消融在景物的描绘之中。在晋宋山水诗

① 黄节：《谈诗三札记》。

文中最先进行这一尝试的作家,便是庾阐。且看他的《三月三日》诗:

心结湘川渚,目散冲霄外。清泉吐翠流,渌醽漂素濑。悠然盼长川,轻澜渺如带。

大约正是从这一事实出发,范文澜在其《文心雕龙·明诗》注三十四条案中把庾阐列为写山水诗的第一诗人。中经陶渊明,谢朓、鲍照、沈约、吴均、王融,玄理思索、解说陈述的痕迹逐渐减除而达到纯然的倾吐,至唐王维、孟浩然、韦应物、柳宗元,山水田园诗文完全成熟,审美意识占据中心,道德说教,谈玄悟道的分析、演义性的语言完全被剔除,达到"素处以默,妙机其微"(司空图语)的境地。

王维的诗以视觉明澈、层次色泽分明、超旷空灵著称:

荆溪白云出,天寒红叶稀。山路元无雨,空翠湿人衣。

——《山中》

人闲桂花落,夜静春山空。月出惊山鸟,时鸣春涧中。

——《鸟鸣石间》

作为一个熟谙禅学的佛教徒,王维也谈禅悟道,但他诗中的禅意却表现为一种空、寂、虚、静的无我境界,是摒弃了种种思想累赘之后的"万物归怀"。在这里,"观念在形象里总是永无止境地发挥作用而又不可捉摸,"①思想化为"精神感觉",甚至错觉:"江流天地外,山色有无中;""郡邑浮前浦,波浪动远空;""远树带行客,孤城当落晖。"美,就是客观化的审美感觉。

柳宗元的山水游记也具有这种清幽静寂、明彻如画的美。且看他的《小石潭记》:"坐潭上,四面竹树环合,寂寥无人,凄神寒骨,悄怆幽邃。以其境过清,不可久居。"四周景物构成一种幽静的境界侵入自己的精神,自己的身心融化到幽静境界里达到"心凝形释,与万化冥合"的境地。像这样把身、心融化到自然景物里写出自己的心境和个性,是柳宗元山水游记的特色,为鲍照、吴均等所没有。

中国山水田园诗文由晋至唐,由巧言切状表现哲理,写形图貌为观念服务,发展为"以形写神"、"气韵生动",乃至神、形、情、理和谐统一,是审美意识发展的又一质变和飞跃。

艺术生产审美心理结构,审美心理结构外化为艺术。山水田园诗文的美学价值还在于,它的诞生和发展证明:艺术创作有其自身固有的规律,艺术"按照美的

① 歌德:《关于艺术的格言和感想》,程代熙、张惠民译,中国社会科学出版社,1982年。

规律”来创造是不可遏止的客观趋势。中国田园山水诗文“按照美的规律”发展起来,为宋词元曲以及宋元山水画的诞生作了充分的审美心理准备。

中国山水田园诗文为宋词元曲、山水画意境提供了审美心理准备,读张孝祥《念奴娇·过洞庭湖》,便可了然:

> 洞庭青草,近中秋、更无一点风色。玉界琼田三万顷,著我片舟一叶。素月分辉,明河共影,表里俱澄澈。悠然心会,妙处难与君说。
>
> 应念岭表经年,孤光自照,肝胆皆冰雪。短发萧骚襟袖冷,稳泛沧溟空阔。尽挹西江,细斟北斗,万象为宾客。叩舷独啸,不知今夕何夕!

这是作者性格、心境的写照,时代风云的凝聚,中国哲学思想(“万物皆备于我”)、美学理想(“天人合一”)的艺术再现,但又绝无知性的干扰,思想的累赘!美的价值判断是心灵体验,诗人“以追光摄影之笔,写通天尽人之怀”①,这“雪涤凡响,棣通太音,万尘息吹,一真孤露”②,不就是王维超旷空灵的极致发挥吗?没有李杜的阔大忧深、王维的空寂静远、柳宗元的“心凝形释”,会有这首词的问世吗?

这说明了:艺术作为精神文化的积淀物,它是审美感觉与审美对象的历史性融合。美国艺术理论家冈姆布雷奇(Comblich)曾以大量事实证明:即使像莫奈那样天才的艺术家所画的画,也不是即时的和本能的情感经验的产物,他在不知不觉之中其实早已采用和继承了古代和当代大师们的经验图式。③ 于此可知,山水田园诗文对于宋元诗画境界构成的美学意义了。

四

山水田园诗文对美学理论的贡献是:它促进了中国山水画散点透视理论的形成,为中国古典美学和古典文艺理论的一个创造性贡献——意境理论的形成奠定了艺术实践的基础。它在“天人合一”美学理想的哺育中产生,它的发展又促使“天人合一”这一美学理想具体化、理式化。发展就是行动。山水田园诗文的发展繁荣就是一部活的、行动的美学史。

---

① 王船山:《诗绎》。

② 同上。

③ 冈姆布雷奇:《艺术与幻觉》,纽约,1960 年出版,第 320 页。

（一）山水田园诗文对中国山水画"散点透视"理论形成的贡献。

中国山水画不同于西方传统画以"一定时间"、"一定角度"的单向透视，而是采用散点透视（或多重透视、回环透视）的方式经常转换角度，从不同视点、不同时间、不同季节看同一个或同一组山。这正如宗白华先生所概括："中国画的透视法是提神太虚，从世外鸟瞰的立场观照全整的律动的大自然，他的立场是在时间中徘徊移动，游目周览，集合数层与多方的视点谱成一幅超象虚灵的诗情画境。"①这种多角度、多重透视的画法后来宋人郭熙在他的《林泉高致·山川训》中总结为三远论：

> 自山下而仰山巅谓之高远，自山前而窥山后谓之深远，自近山而望远山谓之平远。高远之色清明，深远之色重晦，平远之色有明有晦。高远之势突兀，深远之意重叠，平远之意冲融而缥缥缈缈。

三远法给画家经营位置以广阔天地。画家可以在画幅上综横交错地使用三远法安排形象，特别是长卷，更能使景物有起有伏，有隐有显，有开有合，时而雄峰突兀眼前，时而群山尽收眼底，时而又平畴无际，渺茫不辨。

中国山水画并非不讲透视，郭熙就说过："远山无皴，远水无波，远人无目。"然而中国山水画又不受透视规则的限制，它以自然真实为基础，又高度合乎主观情感愿望。它的空间意识是按照美的规律加以巧妙的布置：一是利用间隔解决空间问题，"山欲高，尽出之则不高，烟霞锁其腰，则高矣。水欲远，尽出之则不远，掩映断其脉，则远矣"（郭熙语）。二是移远就近，如"透迤南川水，明灭青林端"，"山中一半雨，树杪百重泉"，真实地绘出了客观景物映现于眼帘的主观感觉，辩证地解决了远近，大小的透视关系。这里不像西方画那样，远处流水在地平线上缩短缩小，而是远处流水挂于青林、树杪之端，不向下而向上，不向远而向近，似伪而实真；甚至"百重泉"在树杪上互相重叠的错觉，也是极其真实的，因为它准确地表现了视线目睹远物的感觉。所以中国画"折高折远自有妙理"。三是中国画以流盼的眼光飘瞥于上下四方，一目千里，把握全境的阴阳开阖、高下起伏，目所绸缪，身所盘桓，咫尺千里。

中国山水画这种"游目周览，集合数层与多方的视点"，饮吸无穷时空于自我的艺术意识，除了哲学原因外，显然受中国山水诗文意境构成的影响。

谢灵运在他的《山居赋》里已经得出了网罗天地于门户，饮吸山川于胸臆的空

---

① 《美学散步》，上海人民出版社 1981 年版，第 110 页。

间意识;王羲之《兰亭诗》"仰视碧天际,俯瞰绿水滨",《兰亭集叙》"仰观宇宙之大,俯察品类之盛,所以游目骋怀,足以极视听之娱,信可乐也",更表现了俯仰观照、万物皆备于我的胸襟和气象。移远就近的例证在晋唐山水田园诗中比比皆是,例如:

窗中列远岫,庭际俯乔林。

——(六朝)谢眺

远树带行客,孤城当落晖。

——(盛唐)王维

多角度、多重透视,由高转深、由深转近,综合高远、深远、平远,用俯仰往还的视线,"集合数层与多方的视点谱成一幅超象虚灵的诗情画意",例证有如王维的《终南山》:

太乙近天都
连山到海隅(远看、仰视、整体呈示。瞬间一)
白云回望合(从山里走出回头看,烟霞锁断。瞬间二)
青霭入看无(走向山时看,写感觉真实。瞬间三)
分野中峰变(在最高峰俯看。瞬间四)
阴晴众壑殊(深远,高空俯瞰或同时在山前山后看。瞬间五)
欲投入宿处
隔水问樵夫(平远,下山后附近环境的呈示。瞬间六)①

王船山《诗绎》论王维诗说,"右丞妙手能使在远者近,抟虚成实";在论到谢灵运诗时又说,"神理流于两间,天地供其一目"。晋唐人把这种观照方法递给画家,中国画的空间境界遂打破透视的三维空间,使得物象呈现多方、多层次的视点关系,起伏隐显、开阖之间溶汇成一幅含蕴微茫、超象虚灵的诗情画境,与西方传统画大异其趣。

中国山水画兴于隋唐,成熟于宋元,它的成熟晚于山水诗文整整一个时代。"艺术史提示我们,文学的发展演变,往往先于美术而且常常影响于美术。"②山水诗与山水画虽属两个艺术领域,两种艺术形式,但都导源于同一哲学思想,都是以

① 该诗分析摘自叶维廉《中国古典诗中和英美诗中山水美感意识的演变》一文,见《文学评论丛刊》第9辑,第242-243页。

② 葛路:《中国古代绘画理论发展史》,上海人民美术出版社,1982年版,第36页。

反映自然美为对象的艺术,而且自唐以来,诗画结合蔚然成风,宋代画院考试并常以诗命题。诗画结合乃至成为我民族艺术的一个特色和优良传统。因此山水田园诗文对山水画创作实践及其理论形成产生巨大影响,就是自然的了。

(二)中国山水田园诗文对意境理论形成的贡献。

意境理论及其在文艺创作中的实践,是我国古典美学、古典文艺对世界美学理论,文艺宝库的一个创造性的独特贡献。意境说的提出与我国表现艺术的发达特别是抒情诗和山水画的繁荣密切关联,它在理论形态上也随着抒情诗词和山水画的成熟而逐步形成体系。随着封建社会的历史发展,哲学,政治思潮的变迁,文学艺术的演变,艺术意境在文艺作品中呈现为多种历史形态,唐诗的出神入化、宋词对心情意绪的抒写,宋元山水画的无我之境都达到了光辉的不可企及的高度。与文艺的创作实践相比,意境说在理论思辨、理论体系的表述上,却贫乏很多。直到清人王国维,才明确地提出意境(境界)这一概念并加以理论的阐发。因此,弄清意境的美学特征以及它所揭示的艺术欣赏与创作的审美规律,不能只考察它的理论概念的演变。

意境理论形态的产生和理论体系的形成与山水田园诗文的产生和发展几乎是伴生的。所以研究山水田园诗文在不同历史时期的意境状态,对弄清意境的理论内涵,探讨艺术的发展规律,进一步明确山水田园诗文的美学价值,是大有裨益的。

如果说,唐代山水田园诗文的出神入化把晋宋顾恺之、谢赫,姚最所提出的"心师造化"、"以形写神"、"气韵生动"的理论发挥到了极致的话,那么,宋人的贡献就在对艺术意境哲理内涵的开拓和发挥上。意境有深邃的内涵才能有寻绎不尽的意味,才能经得起审美判断。杜勃罗留波夫曾慨叹:"把最高尚的思维自由地转化为生动的形象,同时,在人生的一切最特殊最偶然的事实中,完全认识它的崇高而普遍的意义——这就是一种到现在为止,还没有什么人能够达到的,使科学和诗完全交融在一起的理想。"宋人的贡献就表现在:把科学和诗、哲理和诗情、理趣和韵致交融在一起,开拓了诗的境界。

试看叶绍翁的七绝《游园不值》:

应怜屐齿印苍苔,小扣柴扉久不开。
春色满园关不住,一枝红杏出墙来。

从一枝红杏领略到满园热闹的春色,感受到满天绚丽的春光,彩笔一点,境界全出。可是读者不会停留在这诗情画意上,因为"柴扉不开"与"红杏出墙"的对立形象还暗含着某种哲理:你可理解为冲破阻难,脱颖而出;也可理解为新生事物具有无穷的生命力,扼杀不掉,压制不住,封锁不了。再看王安石的七绝《登飞来峰》:

飞来峰上千寻塔,闻说鸡鸣见日升。
不畏浮云遮望眼,自缘身在最高层。

这首诗句句写登高,又句句有寄托,从整首诗所显示的境界可以窥见诗人的胸襟、抱负和精神状态,但其哲理内涵却是宽泛的,境遇不同的人读此诗可以联系自己的身世、遭遇、职业特点作出种种不同的理解。

在宋代山水田园诗文中,追求意境的哲理内涵、开拓诗的境界取得最大成功的,是苏轼。在他的诗文中,传达了一种人生空漠之感,不是阮籍、陶潜那种具体的政治哀伤,不是《春江花月夜》那种对人生自我意识的少年式的概叹;而是“对整个存在、宇宙,人生、社会的怀疑、厌倦、无所希冀、无所寄托的深沉喟叹”①。在苏轼那里,对人生理想的追求已经深化为对整个人生、世界、宇宙目的、意义和规律的探究了。这种哲理的探究和深化有深刻的社会历史原因,即宋代中后期,内忧外患,盛唐气象早已成为有待追寻的美好回忆了。人们对事功、行动的追求只好转化为哲理的思辨,精神的探索了。也有具体的哲学原因,如情景,形神、意象、物我契合所生意境,受老庄“自然之道”和佛理领悟的启示。庄周的“自然之道”既是宇宙万物的本源,又是宇宙万物变化发展的规律;佛理的“寄言出意”就是只可意会、不可言传的。但是宋代诗人们在诗中表现哲学并没有写成玄言诗。这是因为文艺发展到宋代已经“郁郁乎文哉”了,心境、意绪的表达,诗的韵味的追求,已经成为一个时代的文学风尚。还有文艺理论的因素:那就是司空图的《诗品》、严羽的《沧浪诗话》为代表的美学理论提倡在文艺中对韵味,意境、情趣的讲究,反对“以议论为诗”,“以文字为诗”;在意境的营造上提出“味外之旨”,“象外之象”,“状难写之景如在目前,含不尽之意见于言外”等等,要求文艺创作捕捉那种种可意会而不可言传,难以形容却动人心魄的情感、意趣、心情和韵味,都更深地接触到艺术创作的美学规律。因此,宋代以苏轼为代表的优秀山水田园诗文在意境营造上对哲理和韵味的追求是在更高层次上对晋宋哲理思辨的复归,是从晋到唐排除知性干扰,由“以形写神”,“气韵生动”发展为神、形、情,理和谐统一的基础上的再一次质变和飞跃,而白居易的讽喻诗“卒章显志”,却是文艺按照审美规律发展进程中的一种回流和倒退。

意境理论形成于唐,成熟于宋,广泛运用并发展于元明清。

元明山水田园诗文在创作实践上发展了司空图,严羽“言外之意”、“象外之象”、“别裁”、“别趣”的理论。到了清代,形成了完整的理论形态。意境在构思上

① 《美的历程》,文物出版社 1981 年版,第 162 页。

表现为实境和虚境的统一。所谓实境是直接呈现的特定艺术形象,所谓虚境既包含无涯的画外虚境,又包括“笔着于纸有虚有实”的笔中之虚境(或日“虚笔”,实境中的虚境)。象外之意与言外之象的统一就是意境,意境的特质是无声有声。明清山水田园诗文在意境创造上特别注意通过减少言内意而生发更多的相对言外意,特别注意减少画内的实境而生发出无涯的画外虚境。如明人袁宏道的《晚游六桥待月记》:

西湖最盛,为春为月,一日之盛,为朝烟,为夕岚。今岁春雪甚盛,梅花为寒所勒,与杏桃相次开发,尤为奇观。

周望数为余言:“傅金吾园中梅,张功甫玉照堂故物也,急往观之。”余时为桃花所恋,竟不忍去。湖上由断桥至苏堤一带,绿烟红雾,弥漫二十余里。歌吹为风,粉汗为雨,罗纨之盛,多于堤畔之草,艳冶极矣。

然杭人游湖,止午未申三时;其实湖光染翠之工,山岚设色之妙,皆在朝日始出,夕舂未下,始极其浓媚。月景尤为清绝;花态柳情,山容水意,别是一种趣味。此乐留与山僧游客受用,安可为俗士道哉?

作者叙述雪里花发的奇景,形容湖上游人的冶艳,都是为了衬托月景的异情别趣。把独到的意象提空留在画外,生发出无穷的言外象、象外意,让读者自己去发挥,去想象,去补充,去创造。这种尽量少写实境而更多地生发虚境、尽量少写言内象与象内意而更多地生发象外意、言外象,从而创造出含蓄蕴藉、韵致深远的艺术境界的艺术表现方法,在欧阳修的《醉翁亭记》、王安石的《游褒禅山记》已经透露了消息。中国山水田园诗文和山水画在实践中对艺术意境的发展,对意境理论体系的形成,各自作出了自己独特的贡献。

从文化学视野看《诗经》几首爱情诗的审美意义

北京大学出版社编《名作欣赏》精华本推荐词

欣赏一篇作品的前提是理解,而理解则需要相关的大量知识和社会经验。皇甫先生从民俗学的背景对《诗经》中这几首诗的欣赏,首先是对先民生活状态的认识和理解,然后才是对诗中所表现对象的理解,对作品的欣赏。这篇文章也许会对读者如何阅读欣赏远离我们的古代文学作品,有潜在的启发。

《诗·郑风·女曰鸡鸣》写一对青年男女从热恋到初定婚约的过程,在简短的对话中隐伏着情节的发展,刻画了人物性格,充满艺术谐趣。但国内学人却把这首诗理解为夫妻对话①。如果理解为夫妻对话,诗的第三章——赠佩,则是多余的败笔。而这一章非但不是赘笔,而且是诗的高潮:无论诗的外在情节线索,抑或主人公内心的情感历程,至此均达到顶峰。在这高潮中,作者省略了一切不必要的叙述描写,充分发挥了语言表情达意的功能,淋漓尽致地表现了女主人公热烈而细腻的感情变化。“杂佩”是古人用珍贵的玉、石、珍珠串起来佩在身上的装饰物,常被青年男女用作定情之物,“赠佩”一章显然是初定婚约。但从诗中所描写的艺术情境看,又显然是写男女在同室而居中幸福而和谐的对话,应该怎样理解这一现象呢?原来诗中主人公所经历的是一种从母权家族制到父权家族制这一漫长历史时期,先从妻居、后从夫居的过渡婚姻形式中试验婚或阿注式望门居的自由浪漫的爱情婚姻生活②。

---

① 见余冠英《诗经选译》第76页,作家出版社1957年;陈子展《国风选译》第172页,古典文学出版社1957年;金开诚《诗经》第49页,中华书局1980年;毛时安《幸福的对话》,《名作欣赏》1986年第5期。

② 乌丙安《中国民俗学》,辽宁大学出版社1985年,第231页:“阿注,是男女双方互称的名词,是‘朋友’的意思。它是以女系为主招夫,男不过门,只到女家偶居为特点的一种古老婚俗。”“试验婚……是自愿婚的一种萌芽形式。其流行范围广至东南亚一带,当地各少数民族中有建立‘未婚舍’,正式结婚前同居的习俗。我国佤族、怒族、彝族阿细人、撒尼人都有不同的试婚阶段。”

《女曰鸡鸣》这首诗截取这一爱情婚姻生活中的一个片断，真切地再现了一对青年男女在共同的游猎生活中所形成的无拘无束、情真意密的爱情关系。全诗稚气朴人，生动地描绘了封建的伦理观点尚未形成以前，青年男女在游猎中所度过的天真烂漫的生活，再现了氏族公社遗风表现于爱情婚姻关系中的某种自由的天性。流动于诗中的，是某种喜剧性的期待。诗的开头"女曰"、"士曰"规定了这首诗是由若干组对话构成，时间过程在对话中消逝，事件进程在对话叙述中或在对话叙述以外展开。整个涉猎场面和涉猎过程被诗人巧妙地做了幕后处理，但在兴高采烈的对话叙述中，读者却隐约地感到这个场面曾经存在。更为巧妙的是，对话既把无法容纳的大幅度动作留在话外，又将三章诗组成一个完整有机的整体。同时，在事件进程中，既展示了男、女主人公丰满的性格，又暗寓着这对恋人情感发展的心理历程。如果把这首诗人物的对话理解为夫妻对话，则诗的第三章"赠佩"，非但构不成戏剧性的高潮，反而是多余的败笔了。

《女曰鸡鸣》具有重要的民俗学意义，也只有从民俗学角度欣赏它，才能确切把握其内涵。中国训诂学偏重语义的研究，既没有像现代西方释义学那样从语言着手理解此文，将对此文的研究上升为一种历史哲学，又忽略人类社会中无处不在的民俗因素，它的阐释仅仅停留于对作品"语言的具体含义，进行形象的描绘、说明"①，而不能从整体关系对作品作历史哲学的形而上的沉思性的分析，或者把作品放回当时固有的历史环境——民俗生活的广阔天地中对其做真切的形而下的审美描述。民俗生活是辐射面最广、牵动人心最多的一种生活形态。民俗现象在人类社会中是无处不存在的，没有风俗，人的生活也就不可想象。民俗是人类生活中普遍存在而具有特殊本质、性能和地位的一种社会现象，它对人类社会众多领域均有很大影响。文学作品更不例外。"诗歌是为达到一种审美目的而用有效的审美形式，来表示内心或外界现象的语言现象。"②它"不仅是文学领域的活动，而且也是个人生活和人民生活的基本活动"③。诗的阐释和鉴赏，特别是古典诗歌的阐释和鉴赏，如果忽略甚至无视民俗因素，势必导致对诗作的曲解。

《诗·郑风·野有蔓草》本是一首写野合之美的诗，朱熹认为这是一首淫诗，当代诗歌鉴赏家仅抽象地谈论它是一首爱情诗。这都是抛开当时民俗的阐释。野外艳遇，自秦汉封建社会确立和巩固以来，被认为是淫乱的，但在一夫一妻制确立后的一个相当长的历史时期内，在某些特定的季节或时间不仅被礼法和风俗所

① 陆宗达《训诂简论》第 8 页，北京出版社 1980 年。
② 格罗塞《艺术的起源》第 175 页，商务印书馆 1987 年。
③ 同上。

允许,而且笼罩着一种神秘和神圣的气氛。《周礼·地官》云:“仲春之月,令会男女。于是时也,奔者不禁。若无故而不用令者,罚之。”这种野合的时节在古希腊是祭酒神的狂欢节,在中国是“春社”之日。这种习俗在近代日本很多村落,在现代南太平洋的许多岛屿上,都曾经或仍然普遍地存在着①。这正如恩格斯在《家庭、私有制和国家的起源》中所说,是“在一个短时期内重新恢复旧时的自由的性交关系”。《墨子·明鬼》所记载的:“燕之有祖泽,当齐之社稷,宋之桑林,楚之云梦也,此男女之乐而观也。”古人之所以“在一个短时期内重新恢复旧时的自由的性交关系”,并长期保存这一风俗,从浅层社会生活看,与庆祝生子与丰收的礼仪有关,从深层社会心理看,它可能潜伏着“人们希望过去的传统的秩序、法律以及在此派生出的家庭模式、个人权威,在祭祈的昼夜里或短期内崩溃瓦解,再产生新的社会秩序、传统、权威”②的内心要求。格罗塞在《艺术的起源》一书中说,“没有一种表现方式对于人类有像语言的表现那么直接的”,“没有一件东西对于人类有像他自身的感情那么密切的,所以抒情诗是艺术中最自然的形式”。这首写野合之美的诗正是人类渴求打破传统社会秩序、追求精神自由的外化形态。它以感性力量驱使语言像喷泉一样喷发,两章重叠,看似语义重复,实则反复递进地传达了那热烈而缠绵的无拘无束的青春萌动!这是一首青春的美、圣洁的自由性爱的赞歌,其审美意义在于它展示了原始遗风不伴有任何政治功利目的的两性爱情美的晶莹纯洁。欣赏这首诗,一个前提条件,首先要纠正被汉儒特别是宋明理学家所歪曲了的性的美,被儒家后期文化所亵渎了的人类童年期爱的自由、纯真。

民俗兼有文化意识和社会生活的双重特性,文化是民族的生活形式,是器物、风俗、制度、心理四层次的总称。泰勒(E. B. Tylor)认为:“文化是个复合整体,它包括知识、信仰、艺术、道德、风俗和作为一个社会成员所获得的一些其他的能力和习惯。”③现代美国文化人类学家和社会学家克拉克洪认为:文化包括各种外显或内隐的行为模式,“文化”一词意味着一个民族的生活方式的总体和个人从其集团所得到的社会性遗产,“一种‘文化’,指的是一群人的独特生活方式,他们完整的生活样式”④。所以,重视作品理解和阐释的民俗因素,实际上也就在从文化(学)视野鉴赏文艺作品了。

美国著名民族学家和社会学家莱斯利·怀特的文化理论别开生面,他认为文

① 见大井正《性与婚姻的冲突》第24~29页,吉林人民出版社1988年。

② 同上。

③ 见麦基《文化的意义和要素》,《现代外国哲学社会科学文摘》1988年第6期。

④ L. A. 科塞尔编《社会学理论(原著选读)》,麦克米兰公司,纽约,1976年。

化是象征的总和,而“象征是所有人类行为和文明的基本单位”,“只是由于使用了象征,所有的文明才被创造出来并得以保存。正是象征,它把人类的一个婴儿变为一个人…… 人类行为是象征行为,象征行为是人类行为。象征是人类的宇宙”①。另一美国文化学家麦基(J. B. Mekee)更进一步认为:“‘文化’一词是指通过社会互动建立起来的各种意义和理解的符号世界。文化就是符号的意义和理解的一种有序系统。”②文化既是一种象征符号系统,又是由具体物象及种种象征符号所表现出来的人类群体的思想方式、行为模式、制度型式等等的整个生活样式。从这一角度思考文艺现象和文艺作品,就可以发现,文艺是一种典型的文化事象,一种文化的载体,其文化学内涵体现为:文艺作品是一定的文化社会关系的产物,作品的艺术情境、人物、事件,乃至每一细节、意象,都是一种文化象征物,具有特定文化的特定意义,欣赏者只有了解这种文化背景和内容,才能理解其中的文化意义,同时欣赏者又是处在自己文化背景之中的,他会从一种新的角度看出作品别一种意义来。

《诗·关雎》篇,注家蜂起,众说纷纭。青年学者何新在《诸神的起源》中考证由于古代曾实行过一种隔离两性的学宫(辟雍)制度,互相爱慕的青年男女,由于被河水隔断而难以自由相见,因此,“在较宽广的文学意义上,我们当然也可以把诗中所说的‘水’看做一种广义的象征符号——暗示爱情所遭遇的各种困难。但这些诗歌(《关雎》、《蒹葭》)在情感和句法表现上的质朴和真纯,却使我们倾向于形成这样的一种看法:它们实际上……又是一种纪实——从而表明了被辟雍——学官制度隔离开的思男、思女之间的恋情和心声”。由此看来,《关雎》原是一首经过加工的民间情歌,其基本表现手法是“赋”,是根据不同情境赋予事物以其本身不具有的某种意义的象征能力,是“所有人类行为和文明的基本单位”,在讽喻和颂扬帝王之业成为一代思潮的汉代,今文学派的《齐》、《鲁》、《韩》三家(包括司马迁、刘向)从其文化视野认定这首诗意在陈古刺今,讽周康王,“失德晏起”。古文学派的《毛诗序》为了同三家诗唱反调,其实是从同一文化情境的另一侧面,认为这首诗是歌颂“后妃之德”的赞美之辞。这种引申,当然不无牵强,但无论今文学派、古文学派,均无例外地以象征的眼光鉴赏《关雎》。于是这首诗的基本表现手法,在汉人眼里,也就由赋转为比兴象征了。这一转化,在后代读者的审美感受中,立即韵味深长起来。《关雎》表现手法的这种转化,与汉赋由直陈转化为象征,几乎是同步的。文化并非一个先验的、古今如一的框架,文艺作品,作为一种文化

---

① L. A.科塞尔编《社会学理论(原著选读)》,麦克米兰公司,纽约,1976年。
② 见麦基《文化的意义和要素》,《现代外国哲学社会科学文摘》1988年第6期。

象征物，其内涵会随着文化结构的变化而变化，呈现丰富复杂的层次性。《关雎》的审美意义就在其随文化结构的变化而积淀的文化内涵的丰富深厚。

文化是一种不同的现象序列，“任何文化现象的意义都是在一定关系及其运动过程中产生、发展和变化的”①。正如人类学家格尔茨（C. Geertz）所指出的：“文化是意义的结构。”②文艺作品，作为一种典型的文化事象，它的意义“不在于作品使用的字、词、句本身的意义，不在于个别作品的形式，而在于字与字之间、词与词之间、句子与句子之间、作品中人物与人物之间、情节与情节之间或作品与作品之间等各种意义所形成的关系中。它存在于一个相互联结的网络结构中”③。欣赏一首诗，了解它的原义和引申意义，就是把它放在文化的意义结构中，放在作品与作品之间所形成的意义关系中，来鉴赏它。一首诗，一部作品，在进入公共欣赏的“流通”过程中，它的原义或被挖掘光大，或被曲解、误解。这被挖掘光大或曲解误解的原义，对它以后的作品，都可能沉积为一种母题或原型性的东西。试想，如果没有《诗·关雎》诸篇的原义及其象征意义的文化滋养，会有曹植的《洛神赋》、杜甫的《佳人》、李商隐的爱情诗等源远流长的发展吗？但这里有一个前提，即以不淹没而是光大其原义为前提。诗的本义是作品深层结构发展的契机，是作品内在结构由以发展的潜在因素。遗憾的是，由于民俗学、文化学兴起于 19 世纪中叶以后④，中国古代文学鉴赏家不能从文化的视野以审美眼光看《诗经》中的《溱洧》、《女曰鸡鸣》、《桑中》、《野有蔓草》等篇章，加上秦汉以后封建礼教的禁锢，汉民族的自由天性没有得到充分发展、尽情展示，致使《金瓶梅》、《牡丹亭》、《红楼梦》这类不朽之作迟至明中叶以后才相继问世。《关雎》和《野有蔓草》这两种曲解对中国文学发展的正负作用，是一个更加值得深入思考的文化学问题，限于篇幅，只好另文探讨了。

---

① 李航《话语——权力——作者：富尔后结构主义理论管窥》，《文学评论》1987 年第 4 期。

② 见麦基《文化的意义和要素》，《现代外国哲学社会科学文摘》1988 年第 6 期。

③ 同①。

④ 维克多·埃尔《文化概念》（上海人民出版社 1988 年 79 页）引《美利坚百科全书》云：“文化作为专门术语，于十九世纪中叶出现在人类学家的著述中。”钟敬文《民俗学的研究对象、范围、方法及其他》（《文史知识》1985 年第 6 期）云：“民俗学作为一门科学，它的抬头是在十九世纪中叶的英国。”

锲而不舍的艺术追求

——从崔颢《黄鹤楼》到李白《登金陵凤凰台》

昔人已乘黄鹤去，此地空余黄鹤楼。
黄鹤一去不复返，白云千载空悠悠。
晴川历历汉阳树，芳草萋萋鹦鹉洲。
日暮乡关何处是，烟波江上使人愁。

崔颢这首《黄鹤楼》是古人极口称赞的一首唐诗。严羽《沧浪诗话》云："唐人七律当以此首为第一。"元人辛文房《唐才子传》记李白登黄鹤楼本欲赋诗，因见崔颢此作，竟为之搁笔，说："眼前有景道不得，崔颢题诗在上头。"李白在武昌虽然敛手，后漫游江浙，到了南京，却拟崔颢诗，写了一首《登金陵凤凰台》：

凤凰台上凤凰游，凤去台空江自流。
吴宫花草埋幽径，晋代衣冠成古丘。
三山半落青天外，二水中分白鹭洲。
总为浮云能蔽日，长安不见使人愁。

二诗同为浑然天成、名传千古之作，但又各自闪耀着艺术的璀灿光辉；特别是李白，摹拟前人而又不囿于前人，表现出自己的卓异来，自有其艺术经营的苦心在！

表情达意　各具风采

崔颢《黄鹤楼》写的是乡思。览胜景而动乡思，主题习见，但表现得气概苍莽，风骨隽上，表情达意出神入化，遂使此诗成为千古绝唱。黄鹤楼因其所在地武昌黄鹤山(又名蛇山)而得名。传说古代仙人王子安乘鹤过此,又云三国时费祎在此驾鹤登仙。诗从楼的命名由来着想,借传说落笔,然后生发开去,以流转自如之笔,在无限时空中抒写了一种人去楼空的寂寞之感,为"乡关"之思作了充分的心理意绪的准备。仙人乘鹤,本属虚无,现以无作有,说它"一去不复返",就有岁月不再得、古人不可见之憾;仙去楼空,唯余天际白云,悠悠千载,传达了一种世事茫茫之慨。古人不可见,世事两茫茫,人在寂寞中,一草一木都会牵引起对家乡的无限思念。历历晴川,萋萋芳草,牵惹起心灵的微妙悸动;暮色笼罩,烟波江上,何处是归程?愁绪如浩渺的一江水,难遣难排;物与人、情与景错综交织,愁肠一日而九回!崔诗气象阔大,思致渺茫,情景交融之妙,有难以言语形容者。所以清人沈得潜称赞它"意得象先,神行语外,纵笔写去,遂擅千古之奇"(《唐诗别裁》)。

李白《登金陵凤凰台》写家国之忧。寓情于景,抚今追昔,寄慨深沉,意蕴丰富。起句摹拟崔诗,但只用两句就概括了崔诗两联的内容,所以次联便有余力写吴、晋历史陈迹,把思考引向历史与现实的深层关系中。"凤凰台"在金陵凤凰山上,相传南朝刘宋永嘉年间有三只五彩缤纷的凤凰翔集于此山,乃筑台,山和台由此得名。在封建时代凤凰是祥瑞的象征。李诗的旨意不在渲染当年三凰争鸣、众鸟飞附的太平兴盛景象,所以第二句就笔锋一转,折入"凤去台空"的凄凉冷落的意境之中。"凤凰台上凤凰游",表面上是吟咏凤凰台的传闻佚事,实则以当年凤凰台的绮丽景象暗喻六朝金粉的一时繁荣。然而这一切今已荡然无存,只留下了那东去的江水,依然日夜不息地奔流着。作者面对因时代变迁而改观的凤凰台和万古长流的江水,思绪翻涌,感慨系之。"江自流"三字,既写眼前景物,又巧妙自然地转入对历史、人事的描写,大有"逝者如斯夫"之喟叹:六朝的繁华一去不复返了,大自然的存在才是永恒的。因此,开头两句意蕴丰硕,感情的转折、跌宕很大,在结构上提携全篇,把诗的描写规定在自然永恒与人事消逝,有限与无限对立统一的情境之中。文字简洁了,但内容却比崔诗深远了。

中四句直承"凤去台空江自流"一句,抓住金陵龙盘虎踞、六朝古都这一地理和历史的特点,铺叙开去,由"台"的境界扩展到整个"金陵"的境界,比崔诗更有地域色彩。这四句表面上写登临所见,实则寄寓深远。"吴宫"两句就"凤去台空"进一步发挥。诗人感慨万分地说,吴宫的美女,东晋的达官贵人都一一进入坟墓,曾经繁华一时的六朝,终因统治者的宴安耽乐而转瞬即逝了,这正如凤凰台再也见不到凤凰一样,一时的煊赫究竟在历史上留下了什么有价值的东西呢?在深沉的历史慨叹中隐喻着对当时邪佞蔽贤的政治局面的忧愤,在深广的忧愤中暗含着对富贵繁华幻灭的嘲讽。"三山"两句是"江自流"的形象化写照。登临凤凰台,远山近水,仪态万千:金陵西南长江边上三峰并列,南北相连,"杳杳有无中"

(陆游语),在天边云海中若隐若现;白鹭洲把长江分割成两道,被江流围裹着,碧玉般青翠。浩瀚苍茫与清晰明丽和谐统一,构成一幅秀美雄浑的南国山水画图。诗人从对历史的凭吊中把目光投向大自然。中间两联同是写景,同为景中寓情,但却形成鲜明的对照,对照中交织着历史与现实的无尽画卷,萌动着对大自然的永恒与人类历史的消逝、有限与无限的深沉的哲理思索。诗人站在凤凰台上俯仰观照,金陵城阙周围的山光水色、历史遗迹尽收眼底,思想往返于历史与现实之间,不禁生发出江山永在、岁月无情之叹:金陵啊,凤凰台!想当初,凤凰在你身边聚集,吴晋两代在此建都,江山如画,胜景空前;如今大江依然在你脚下奔流,你的容貌依然娇美非凡,但昨日的轩冕荣华而今安在?六朝遗迹犹在,往事可鉴,如不从前代的成败兴衰中汲取教训,还会再演"吴宫花草"、"晋代衣冠"的悲剧。想到这一切,诗人焦躁而沉痛地吟出:"总为浮云能蔽日,长安不见使人愁!""不见长安"暗点诗题"登"字,触境生愁,寄寓言外,余韵无穷。

李白《登金陵凤凰台》一说是作者在天宝年间,被排挤离开长安,南游金陵所作,一说是作者流放夜郎遇赦返回后所作。依前说,表现了诗人对时局的忧虑,依后说,表现了诗人报国无门的痛苦。后说成立,是对安史之乱的历史检讨;前说成立,则是这场大乱的预言了。无论前者或后者,都表达了诗人以浩茫的心宇对国事的关注。

崔诗和李诗,一高华空阔,潇洒清丽,一深沉阔大,豪放飘逸。李诗高明之处在于以挥洒自如之笔表现了诗人蕴含丰富的心境。黑格尔曾说过。"抒情诗的原则""首先要达到表现的深刻"。李诗深刻之处,在于诗人表达的是某种时代、社会的思绪,是一定时代的社会意识,连同他的局限在内,相比之下,崔诗的清空,就未免有点空疏了。作为登临吊古之作,李诗更有自己的特点,它把历史典故、眼前景物和诗人自己的感受交融在一起,抒发了忧国伤时的怀抱。他的感受,既是个人的,又是时代的、历史的。

章法经营　各臻其妙

诗以语言为抒情媒介,二诗脍炙人口还表现为以圆转流畅的语言经营章法,天然成韵,表现了各自独特的风格。古人评论诗文讲"以气为主"。所谓"气",就是作家的性格、才气、文艺气质表现在作品的风格、气势上。诗文的气势,以神为主,以意贯通,表现于音节,字句上。

崔颢《黄鹤楼》律中带古,不重平仄,信手写去,自然成章。前四句看似随口说出,但却力透纸背,气韵酣畅。“黄鹤”二字虽再三出现,却因其气势奔腾直下,读者无暇觉察它的重叠出现。诗人也好象忘记了自己是在写字字皆有定声的七律,不仅首联五、六字同出“黄鹤”,而且第三句几乎全用仄声,第四句又用“空悠悠”这样的三平调煞尾,三、四句亦不对仗,用的全是古体诗的句法。在当时七律已经定型的情况下,崔颢依据诗以立意为要的原则进行艺术实践,才写出这样七律中罕见的高唱入云的变格诗句。前半首用散调变格,后半首就整饬归正,回到格律上来。倘一味不拘常规,就不是一首七律,而成为七古了。此诗前后似成两截,其实文势是从头到尾,一气贯通的,中间只不过换了一口气罢了。这种似断实续的连接,从律诗的起,承、转、合来看,也很有章法。元人杨载《诗法家数》论律第二联要紧承首联时说:“此联要接破题(首联),要如骊龙之珠,抱而不脱。”此诗前四句正如此,叙仙人乘鹤传说,一、二两联相接相抱,浑然一体。杨载又论颈联之“转”说:“与前联之意相避,要变化,如疾雷破山,观者惊愕。”疾雷之喻,意在说明章法上至五、六句应有突变,出入意外。此诗转折处格调上由变归正,境界上与前两联截然异趣,恰好符合格律诗章法的这个要求。叙昔人黄鹤,杳然已去,给人以渺不可知的感觉;忽一变而为晴川草树历历在目,萋萋满洲的眼前景象,这一对比,烘托了登楼远眺者的愁绪,也使文势因之波澜起伏。《楚辞·招隐士》日:“王孙游兮不归,春草生兮萋萋。”诗中“芳草萋萋”之语亦借此而逗出结尾乡关何处、归思难禁的意思。末联以写烟波江上日暮怀归之情作结,使诗意重归于开头那种渺茫不可见的境界,这样回应前面,首尾环抱,也很符合律诗的法度。

李白《登金陵凤凰台》摹拟崔诗从写凤凰台传说入手,十四字用了三个凤字,却不嫌重复,音节流转明快,而又严格遵守律诗格律和章法规定。杨载《诗法家数》“登临”条说:“第一联指所题之处,宜叙说起。第二联合用景物实说。第三联合说人事,或感叹古今,或议论,却不可硬用事。或前联先说感叹,则此联写景亦可。但不可两联相同。第四联就题生发感慨,缴前二句。”杨载的概括,是从无数登临题材的七律中提取的,李白这首诗完全符合这一艺术实践的总结,就连中间两联对仗,也是律诗的常规。此诗章法布局有凤头、猪肚,豹尾之美,即开头两句起得美丽,中间两联四句铺写得浩浩荡荡,境界深沉阔大,结句有如晨钟暮鼓,清音有余;语言更吸取了民歌表现手法,清新流畅,音调谐婉。此诗的艺术匠心、艺术追求更表现为结构严谨而气脉洪大,在严谨的结构中表现着豪放飘逸的风格。全诗深沉浩大,一气贯通,写“凤去台空”,写“吴宫花草”、“晋代衣冠”,写山河壮丽,都是为了逼出一个包容着时代和历史内涵的“愁”字来。这正如唐人李裕德在《文章论》中所说:“气不可不贯;不贯则虽有英词丽藻,为编珠缀玉,不得为全璞之玉矣。”如果说,崔诗有一种突破格律、“不法而法”的美的话,那么,李诗便是一种掌握了必然的“那种内在的丰满和自由”(黑格尔语)。只有李白这样的大诗人才能做到驾驭规律而又超越规律,“开阖变化,惟我所为”①。

李白何以没有题诗黄鹤楼

从上述对比赏析中,可知李白《登金陵凤凰台》受着崔诗深刻的影响。由于李白豪放飘逸,所以他以歌行、古体最为擅长,律绝近体不多,七律尤寥寥。但在他写得不多的七律中却一再摹仿崔颢的《黄鹤楼》,可见这首诗对李白影响之大。这里有一桩千古悬案,即李白为什么没有题诗黄鹤楼,到了南京却写下了《登金陵凤凰台》这样摹拟崔诗而又超越崔诗的千古绝唱?由于这一悬案难以解答,人们或抬高崔诗,贬抑李白,或否认《登金陵凤凰台》曾受过崔诗的影响,这都不实事求是。李白诗才高于崔颢,又是一位即事成篇的大家。他应邀写诗,往往“援笔三叫,文不加点以赠”,而在黄鹤楼,他竟为之敛手。这确是一个千古之谜。

李白在黄鹤楼没有立刻步崔颢诗韵,我以为原因是多方面的。

王安石曾用李白的两句诗比李白的风格:“清水出芙蓉,天然去雕饰。”杜甫比他以“清新庾开府,俊逸鲍参军。”李白自己曾说过“临风怀谢公”、“中间小谢又清发”。他对前人是充满敬仰之情而又不甘于示弱的。诗是感物言志(情志一也)的抒情艺术。王夫之在《姜斋诗话》中说:“情景名为二,而实不可分,神于诗者,妙合无垠。”从上述我们对《黄鹤楼》与《登金陵凤凰台》的比照分析中可以看到;李白如果题诗黄鹤楼,在情景妙合上,实难超出崔诗天造地设的艺术境地。艺术表现不能超过崔诗,主题又是习见的乡思,就难以创造出自己的独特了。这是像李白这样的大家莫为的。他要学习前人而又超出前人,就必须在诗的意蕴上下功夫。深刻的诗的意蕴的获得,不完全凭借诗人的才气,它是时代精神与物象契合的结果。即,它是客观景象与诗人内心对时代社会的深刻感受交接融合的硕果。这种触发灵感的物我契合条件,在武昌黄鹤楼不具备,李白只好把自己的艺术冲动按捺下去。到了金陵,壮丽的河山与六朝的遗迹融化为一幅幅生动的历史画卷,特写镜头式地推向诗人眼前。这一幅幅无限展开的历史画卷与诗人对时代社会生活变迁的感受融汇在一起,积郁于心中的愤懑之情找到了喷发的火口,寻得了寄托的借体,或者,金陵的地理形势和历史遗迹唤起了诗人盛衰之感,抚今追昔,一个深邃的诗的意蕴诞生了。

---

① 刘熙载:《艺概·诗概》。

《登金陵凤凰台》的产生,是偶然寄寓必然的范例。其必然性是大诗人李白学习前人而又超越前人的艺术意念强烈地追求实现,积郁心中的报国无门,忧政伤时的怨悱寻求喷发,偶然性是六朝古都金陵的地理、历史环境正与他的时代社会感受相契合,于是心中的郁懑有了喷发的机会,艺术的追求也得到了满足。

不朽的作品既表现着作家的艺术追求,体现着作家的个性和风格,又是时代社会意识的艺术结晶。从艺术的折服到艺术的探新和创造,遵守规律又超乎规律,"进乎技矣"地运用语言媒介,利用律诗的章法、韵律和节奏,把自己的思想、感受不失时机地借外物对象化,显示着独特的风格和神韵,艺术技巧、手法、形式与艺术内容融为一体,读者为它所表达的内容所吸引,甚至想不到去赞美它的技巧、手法、形式和风格。这就是大诗人李白锲而不舍的艺术追求在《登金陵凤凰台》一诗所达到的造诣。

《黄履庄小传》的象征意蕴

——文学作品深层结构“意义空白”抉微

戴榕《黄履庄小传》是一篇传记性的散文。文学作品不只是作家个人经验的表现，而且还是文学传统和时代思想的再现。传记作品尤其如此。一件艺术品本身就是一个体现种种价值的自足的体系，有其独特的生命。作品的意义蕴蓄于以语言为媒介的结构中，它的价值在艺术结构所包含的信息因素及其美学功能。

文学作品的艺术结构有深层结构与表层结构之别。表层结构即作品的表现层次。这篇小传的表现层次是围绕着奇才制奇器这个中心来写的，先概括叙述黄履庄为人之奇：“少聪颖，读书不数过，即能背诵。尤喜出新意。作诸技巧……”黄履庄之奇带有某些天赋成分。接着叙说黄制奇器之奇和他的思想之奇。这两段的叙述逻辑地归结为一个哲理：奇器“不能自奇，必有一至奇而不自奇者以为源”，亦即思想之奇是制作物之奇的根源；黄生之奇不只技巧，尤在思想！第四段承上文“惊其言之大”进而写黄履庄沉静喜思的性格和求则务得的钻研精神。一方面，用黄的行动证明他的“独悟”精神，深进一层刻画这一奇才的性格特点（非夸夸其谈者）；另一方面照应起始段，说明这一奇才并非自天而降，而是努力不懈的结果。结句似转实承：“黄子之奇，固亦由思而得之者也，而其喜思则性出也。”行文千回百转，一波三折，最后仍扣到“性”（天赋）上，回抱开头。综上分析可见，全文的艺术表现结构以严密的思想逻辑与变化多姿的语言风格相统一刻画黄子的思想性格特点，集中到一个“奇”字上。

作品的结构是内容和形式统一的中介，它除了外在的表现层次，还有一个内在的意义和价值的层次。“艺术品中通常被称为‘内容’或‘思想’的东西，作为作品的形象化意义的世界的一部分，是融合在艺术品结构中的。”①作品的结构是具

① 雷·韦勒克：《比较文学的危急》，载雷·韦勒克、奥·沃伦著《文学理论》，上海三联书店1984年版，刘象愚译。

体和抽象、外在和内在、表层和深层的统一。这个内在的抽象的深层结构，西方文论家叫它“意义空白”，中国的诗论家叫它“言外象”、“象外意”。“言者所以明象，得象忘言，象者所以存意，得意忘象”（王弼《周易略例》）。作者写作，寄言为了出意；读者阅读鉴赏作品，不会停留在语言所描绘的形象的表面意义上，而是为了探求作品的内在意蕴与其美学价值。作品的内在深层结构即“意义空白”，不完全等于作家自觉的创作意图，它更多的是作家所不意识或模糊、朦胧的意识，但恰恰是这个层次对作品整体的美学效果起决定作用。鉴赏家更重视发现作品结构中无意识成分。即使作家自觉创作意图所刻意经营和表现的，其意蕴和价值也是随历史变迁而变化。黄履庄的“奇”，是作者全力赞颂的，但我们今天读者却从中品尝出某种悲剧意味来。明代缓慢发展的资本主义萌芽，因清人入关而遭破坏。由于政治对经济发展的干预，统治阶级内部分化的无力，农民与土地顽强的结合力和文化思想的惰性因素，封建关系又得到加强。在这种封建关系所形成的思想文化气氛中，黄子“因闻太西几何比例轮捩机轴之学，而其巧因以益进”，但他的发明创造不能用于生产，用于社会，却只能“作小物自怡”。所以，作者愈赞黄履庄的奇才，我们愈为封建社会所埋没的这一奇才而惋惜。黄履庄如果生活和活动于“科学爆炸”造成连锁反应的19世纪的欧洲，时代和社会会把他造就成一代科学伟人。因此这篇传记，内在的深层结构中包涵着这样一个意蕴，即美国哈佛大学教授、著名的心理学中学者波林在《实验心理学史前言》中论证近代科学的起源时所阐述的一个普遍性的规律：重要的发明或真知灼见须“等到时代精神准备接受它时，才能降临，否则它如果走在时代精神前，来得过早，就将为人所淡忘抛弃，一直到了文化转过来准备给它欢迎时，它才重现于世”。《小传》从传记文学的角度，形象地表现了这个主题。由于人和时代和社会的矛盾是人类已往、现在和将来都存在的矛盾，因此这一主题具有永恒性。它启示我们：为使埋没人才的悲剧不致反复重演，时代和社会应为之创造一切必要条件，作好充分的精神准备。《小传》的这一内涵是我们站在当代思维层次上，透过表层结构，对作品深层意蕴的发掘。鉴赏和批评是对作品固有价值的发掘，但作品的全部意义，它的思想和艺术价值，是不能完全发掘出来的。这一方面是因为作品价值不能以作者和作者同时代的人的看法来界定，它是一个积累的过程，另一方面，鉴赏家和批评家一般地都以自己时代的需要重新评价过去的作品。优秀作品既是永恒的，又是历史的，它永久葆有某种特质，又随历史的发展而增值，丰富其美学价值。所以，拥有无数鉴赏和批评性阅读价值的作品，在它的周围便形成一个夺目的光环，葆有盛誉。因此，有的研究者认为，文学是活动的系统，其中一项是常数（作品），另一项是变数（读者的世界与时代），即是说作品的美学价值在作品固有特质与读者具体化的交汇点中不断变化着,优秀作品因读者的文化教养、生活经验、美学观点、思维方式、社会地位及时代感受的不同而“常读常新”。接受美学即是研究作品在各种不同的历史、社会背景中各种不同的意义结构的。《黄履庄小传》中的黄生的“奇”是一项常数,人和社会、主观和客观的矛盾是作品固有的特质,但对黄子之“奇”所包含的社会,历史意义的领悟,对作品固有特质——人和社会、主观和客观矛盾的主导方面的感受,今后的读者会因时代、因人而异的。各时代读者对《小传》固有常数的领悟和感受所形成的“意义结构”,为作者始料所不及。

文学作品是社会生活的反映和概括。这种反映和概括是异常复杂和曲折的。社会生活是共时性与历史性的辩证统一。在社会历史这个大系统中,阶段性的社会生活是它的表层结构,决定着文学作品的特定内容,常常和作品的表现结构相对应。在共时性即阶段性的社会生活内容中,积淀着一定国家民族和人类历史发展的文化成果,集结着人类全部发展过程的本质性矛盾,是社会历史的深层结构。社会历史的深层结构与文学作品的深层结构相对应,制约着文学作品内在的美学价值。《黄履庄小传》的美学价值在思想内涵上,不仅体现着时代社会的认识功能,而且蕴蓄着民族传统的历史内容。黄子之奇,尤在思想,黄子的思想性格深深地打上了历史文化传统的烙印。他“独悟”的思维方式深受老庄哲学、魏晋玄学、宋明理学的影响;他“性简默”,喜“独坐静思”,于老庄、佛禅之外,又渗透着儒家“三省吾身”的实践理性精神。所以,黄子的思想性格和思维方式是中国文化传统熏陶出来的“贤者”模式,而不是西方传统所造就的“智者”模式。贤者偏向内心反省和感受,思维内容向个人内心道德修养和个体人格精神的完善方面发展;智者注意探索宇宙的构成、世界本源和物质精神现象的本质规律。黄子思想的基本倾向是静思内向的感性顿悟。然而,“思想在文化内是继续发展的,文化的势力是极其复杂的,多重的原因才是规律”①。黄履庄“因闻太西几何比例轮捩机轴之学”,他的思想触角曾伸向宇宙的本源,如他所说:“动者如天,静者如地,灵者如人,赜者如万物,何莫非奇?然皆不能自奇,必有一至奇而不自奇者以为源,而为之主宰,如画之有师,土木之有匠氏也。”但由于他的思维是通过直觉的“心象”来解释世界,所以其思维特点不是纯思的抽象,而是具象的抽象,不是通过严密、精确的逻辑推理,揭示本质,显示规律,而是通过一系列具象事物的排列展示抽象思维过程;其思想指向不是欲海难填,对无穷空间的探索和追求,而是返归自我,“恶剧黝”。总之,黄子的思维和思想性质没有超越中国传统文化的藩篱和封建士子的道德规范。黄履庄的这种思维和思想性格决定他的发明创造不会用于改造社

① 波林:《实验心理学史》,商务印书馆 1981 年版,第 26 页。

会,造福人类,只能作小物以自怡;因为他不齿于创业生财之道,封建士子洁身自好、“不耐人事”的思想旨趣决定他只能把自己的创造物当作自我欣赏的对象。在人和时代和社会的关系中处于不自觉的被动状态,是造成黄履庄悲剧的主观因素。

《小传》内在、抽象结构的深层意蕴还表现为:黄履庄的思想性格、思维特点从某种意义上说,就是我们民族文化的象征;他的悲剧也就是近三百年,特别是近代中国悲剧的象征;传记作品的真实性更加强化了传记作品人物的象征意味,消弥了社会历史的深层结构和文学作品深层结构之间的界限。历史唯物论的常识告诉我们:“人是一切社会关系的总和”,社会关系不是独立于或凌驾于人的抽象实体,而是人的活动的具体历史形式;人既是社会关系的产物和承担者,更是社会关系的主体和创造者。自先秦《周易》以来的文化积累所形成的中国人的致思内向的思想性格和直观具象的思维方式,造就了丰富的辩证哲学和高标独秀的抒情写意的文学艺术,是历代封闭的“亚细亚”式的大一统国家的稳定因素。① 但是,这种直观性、经验性、臆测性的思维方式不注重概念的研究,难以建构象欧几里得《几何原本》那样的公理演绎体系的科学理论;热衷于社会人伦的自觉反思,在伦理治道上消磨剩余精力的结果,中国士子以“穷则独善其身,达则兼济天下”作为自我最高的道德信条,缺乏西方人那种热烈外向的冒险精神。人是生产力的首要的和活跃的因素,人的活动是自由和必然、创造和适应的统一。如果说,先秦以来的社会历史发展和文化传统所塑造的中国人内向直观的思想性格和思维方法曾创造了光辉灿烂的古代文化,是中国封建社会长期发展和繁荣的活跃和稳定因素的话,那么,在封建社会趋于没落、资本主义新的生产方式萌生之际,这种思维方式和思想性格,就是历史进一步发展的障碍了。人类的某一特定的思想性格和思维方式和某一特定的社会形态一样,在历史发展过程中,有能动性和创造性一面,也有保守性和“惰性”的一面。内向的直观致思的思想性格和思维方式保守性和“隋性”的一面,是后期中国封建社会长期停滞,近代中国生产力和科学落后的直接的和基本的原因。黄履庄形象的象征意蕴,它所隐含的启人深思的哲理内涵,就在于此。

总上分析可知,文学作品深层结构的“意义空白”是由一张纵横交错的网络编织而成。从横断的作品静态结构看,“意义空白”是潜藏在作品表现结构背后的象征意蕴和哲理内涵。在时代认识价值中沉淀着超时代的永恒意义,在经作者审美

① 侯外庐:《中国思想通史》第11页云:“亚细亚的古代是从家族到国家,国家混合在家族里面,叫做‘社稷’。”

意识过滤的直接社会生活,内容中积淀着历史发展的文化传统。从纵向的读者接受历史看,"意义空白"是一个以作品固有美学价值为核心,随着社会发展而不断增值的功能概念,即它是一个通过鉴赏和批评而不断发现新意的主题延续过程。作品深层结构的"意义空白"是优秀作品只可意会、难以言说的内在意味,是艺术境界得以无限延伸的情意因素。读者只能接近它,却不能穷尽它。《黄履庄小传》就是一个例证。一篇真实的人物传记尚且如此,那些文学长廊中经典的宏篇巨制,自不待言。冯友兰先生说:"研究(孔子)这个形象,可以帮助人们了解中国古代。对于中国古代的了解,可以帮助人们了解中国的现代;对于中国现代的了解,可指导中国走向未来。"①文艺欣赏是以自我的生命去接近艺术生命,在对象中肯定自己本质的能动过程。《黄履庄小传》这篇散文作品一再被编入各种选本,是因为我们在品尝其内在意味时,从黄履庄身上发现了自我,并照见了我们民族的过去、现在和将来。

① 冯友兰:《孔丘、孔子、如何研究孔子》,《团结报》1985年1月19日。

荒诞形式与悲剧内涵的有机融合

——汉乐府《十五从军征》结构分析

十五从军征，八十始得归。
道逢乡里人："家中有阿谁？"
"遥望是君家，松柏冢累累。"
兔从狗窦入，雉从梁上飞。
中庭生旅谷，井上生旅葵。
烹谷持作饭，采葵持作羹。
羹饭一时熟，不知贻阿谁！
出门东向望，泪落沾我衣。

这首民谣式的歌具有巨大的思想和艺术容量。

诗中主人公，一个老态龙钟、衣裳褴褛的老兵，度过了整整六十五年兵役的漫长岁月，今天才得以回家。六十五年的种种苦难，以及像他这样成千上万的人所经历的一切艰辛，全都推到屏幕背后。也就是说，诗对大半个世纪频繁的战事、复杂多变的社会生活，没作具体的描述，全留在言外，让人去想象。诗一起始，就给读者留下了一个硕大的空白。

空白是诗的结构基础，意义空白是诗的一种"本质结构"。诗的本质结构，中国古代诗论家有的认为是"味"（司空图），有的认为是"妙悟"或"兴趣"（严羽），有的认为是"神韵"（王士祯），西方诗评家称之为"有机结构"或"内在结构"。诗的结构是由韵律、意象、语意象征系统的有机组合而形成的"能够产生艺术力量的全部内容和形式"①，是由诗的各部分、各组成因素而构成的整体关系、微妙秩序。意蕴、兴趣、神韵等等，作为诗的本质结构，它流动在诗的整体关系中，表现于诗的

① 王润华：《诗的结构》。

象征情境中，它是内在、抽象的，又是可以扑捉的。黑格尔就曾说过："艺术的最重要的一方面从来就是寻找引人入胜的情境，就是寻找可以显现心灵方面的深刻而重要的旨趣和真正意蕴的那种情境。"①意义空白是蕴蓄意义的内在形式、空间结构，是一种深层、内在的"象外之意"、"言外之旨"。但这种内在、深层的象外意、言外旨，又是表现于由诗的整体关系——微妙秩序所构成的言语情境中。《十五从军征》这首叙事诗就是将主人公在六十五年中所经历的种种苦难、一切艰辛以及大半世纪的战乱带给人们的万般磨难浓缩在回到"家"中的暂短时间所见所感而形成的象征情境中，让读者透过诗中言内意象去想象，去补充、去领悟其言外意蕴。

诗的结构可划分为语言表现结构和深层情意结构两大层次。深层情意须以语言表现结构为媒介化为诗的情境，方能为读者所感知，领悟。诗的艺术情境介于诗的表层结构和深层结构之间，是二者的中介物。所以，有经验的诗人结构诗篇时，无不在经营艺术情境上下功夫。意境深远，才能余味包曲，意蕴无穷。美国批评家布鲁克斯(Cleanth Brooks)认为"矛盾情境"(Paradoxical situation)是最好的诗的结构，另一位美国诗人兼诗评家阿伦泰特(Allen Tate)认为好的诗结构是有"张力"(tension)的。所谓"矛盾情境"是指诗里的一个意象、一句话或一种情境，表面看来不近情理、荒谬而且矛盾，但它却具有确定的真实性；所谓"张力"是指诗的各种元素形成一种完美秩序有机整体时，会因语境相互渗透、折射而放射出一种冲击力，使诗具有无穷的言外意、无尽的韵味。《十五从军征》就具有这种好的诗结构的特征。

这首古代叙事诗的"矛盾情境"首先表现于人物心理情境的冲突中。此诗的表层表现结构的语言系统由五个突出点组成。据此可以划为五个段落。头两句为一段。它除了概括主人公生平、截取其最富启示性的一段经历，并将社会巨变推向空白处外，还有这样的一个结构功能，即在叙述中暗含诗主人公少小应征、老大还乡的欢愉、兴奋之情。这从"始得归"三字可以窥见。三至六句为第二段。这段与前段相互映衬，构成一种矛盾情境：正当他步履轻快，遥望家门、沉浸在亲人团聚的幻境中时，岂料朝思暮想的亲人已全部死去，老屋如今已变成乱坟堆堆，热切的希望顿时化成泡影，喜悦转为辛酸。第三段用类似现代电影蒙太奇手法，追随人物的行动足迹，由远镜头"遥望"拉向近镜头叠印式特写："兔从狗窦入，雉从梁上飞。中庭生旅谷，井上生旅葵。"四句虽短，但满目荒凉的景象一览无余。某种自然景象和某种心灵状态具有同构关系。这满目荒凉实则暗示着这位老兵的

① 黑格尔："《美学》第1卷，商务印书馆，1982年版，第254页。

内心世界已由惊异、辛酸转为悲戚。此情此景与归家途中因团聚的渴望而升起的幸福憧憬形成了更大的反差。第四段写老汉定神之后着手用杂谷野菜做饭蔬,但“羹饭一时熟,不知贻阿谁!”六十五年压在心底的悲愁哀怨,一齐涌上心头;无比的孤独凄怆,全盘托出。至此,他再也控制不住自己的感情了,“出门东向望,泪落沾我衣”。面对着荒凉的景象,身受着这惨苦的境况,他孤苦至深,悲哀至极,感情发展到了顶点。“东向望”,是望归程,无归宿,人生绝望的心理表现。这个下意识动作凝聚着无数的心理图景、情感内容,就近因说,归家后所见所感形成的心理冲突,从远因看,用一生的甘苦精心编织的梦及其破灭,全部凝注在这个表情动作上了。这个“望”字饱含丰富的象征意蕴。这里的“沾”是无言的饮泣所致。老泪横流,无心揩拭,任其淋湿衣裳,足见其内心的极度悲伤。须知,这样一个见过无数流血和死亡的经历丰富的老兵,是不轻易掉泪的。

这首诗把这位老兵一生的坎坷经历浓缩在一段暂短时间里,通过其心灵情境的矛盾冲突表现人生的悲苦,是极其真实、非常成功的。但这真实,又是以荒涎的形式表现的。荒涎者,光怪离奇、违反常态也。诗的开头,“十五从军征,八十始得归”,就是荒诞的。“兔从狗窦入,雉从梁上飞”,说明旧屋仍在、院落尚存,然这又与“松柏冢累累”叠印在一起,岂不荒诞?在我国,特别是中原一带的民风民俗,居址是从不与坟冢相连的。“遥望是君家,松柏冢累累”,是一种艺术的夸张,而且这夸张到了荒诞的程度。但这种荒诞式的夸张,却以诗的方式,逼真而又高度简洁地再现了大半世纪的历史变迁和这位老兵家人死绝的悲惨景象,荒诞成分相反相成地加强了诗的悲剧效果。读者被其巨大的悲剧内涵吸引,甚至不觉它的荒诞。荒诞与悲剧真实的有机统一,是这首诗“矛盾情境”的言语表现形式。

言语情境与心灵情境的融合,酿就诗的象征世界。这首诗的象征已经超越了原始的比附式象征(这种象征,客体与象征意义的联系是勉强粘贴、简单附加的,客体是未经主体观照和变形的简单自然物,在审美上没有独立自在的价值),也超越了古典的寓言式象征(这种象征以客体直指主体意识、象征缺少宽泛性为其特征),它已具有本体象征的基本特征。本体象征以诗中的艺术世界的一切从整体上隐喻整个客观世界,象征具有多重指向性。读者从“十五从军征,八十始得归”这一老兵自然地联想起千千万万同类老兵的遭遇,从他的无家可归联想到千家万户的悲欢离合。就其以诗中的象征情境与客体世界整体对应这点来说,已接近现代象征了。但它和西方现代象征派诗歌中的象征还是不同的。法国象征主义诗人波特莱尔曾说过:“你先把你的情绪、欲念和愁思交给树,然后树的呻吟和摇曳也就变成你的。"①西方象征派诗人主张"索物以托情",他们的象征是主观结构的象征;中国古典诗歌讲究"触物以起情",是一种客观结构的象征。但就意义大于形象,为读者提供一个驰骋想象的审美境界,使诗具有深刻宏厚的概括性和由此及彼的暗示性这点看,二者还是有其共通处的。

一首诗,意味着"诗人能够将诗中互相冲突的各种技巧、思想及各种元素形成一种完美的秩序"②。在《十五从军征》中,将各个意象组成一象征世界,把自然景象和心灵世界、荒诞形式和悲剧内涵组成一微妙秩序、有机整体的,是诗中主人公的"视点"。诗依人物回家的程序,从"得归"到遥望家园,到走近家门,到走入家屋,而后又步出家门,由远而近,依序描写,层次分明地展现"我"返回家园所听到、看到、感到的家破人亡的情景。人物感情的波动,也随着描写的顺序,逐步引向高峰。他的注意所在,反映出、影响着他此刻的心境状态。荒诞的景象,是"我"的目睹;种种心灵感受,由"我"亲口道出。诗的主人公是事变的见证人,他的希望、辛酸、悲苦和绝望,不期然而然地传染给读者,这就增强了本诗的真实度和说服力。特写性的再现和象征性的表现高度统一,使这首诗具有丰盈的内涵。接受美学家认为,最好的作品,就是能提供最广泛的联想,最能激发读者想象的"框架"。波兰美学家罗曼·英伽顿称这种提供读者广泛性联想的空间框架为"召唤结构",它召唤读者参与再创造,使作品的潜在意蕴得以实现。这首诗的第一人称"视点"带领读者逐次进入作品所描绘的象征情境中,读者跟随主人公的"视点",透过作品所描绘的艺术景象进入人物的心灵世界,透过心灵情境窥视当时社会。从诗表层结构的视角位移,深入到人物的心理空间,再扩展到广阔的社会现实、历史深处,这就是本诗结构"张力"的奥妙所在,也是本诗荒诞、形式与悲剧内涵有机融合所取得的艺术效应、所达到的美学功能。

这首叙事诗上承《诗经·东山篇》,下启杜甫《无家别》。如果放在中国诗歌发展史的系列中进一步考察它的创作成就,其艺术和美学意义,会更加彰明。限于篇幅,本文就不再作探讨了。

---

① 转引自肖驰:《中国古典诗歌的自然意象》,《诗探索》1982 年第 2 期。

② 王润华:《诗的结构》。

后　记

这本集子是在《美学与艺术构思》的基础上，又精选了近20年所写部分论文增订而成。书的易名透露了笔者研究兴趣的变化。初版时，笔者研究的兴趣在写作构思，所以写下了《直觉思维规律探析》、《直觉在艺术创作中的作用》、《写诗构思要新》、《散文构思诗意美》、《小说的第六要素——物象的审美意义》等篇什。这次增订，比原书文字扩张了一倍多，更名反映了随着研究的深入，学识的增长，笔者的兴趣转移到文体诗学，即站在哲学——美学高度，研究文体的叙述规律上来，所以写下了《诗意象随想》、《散文潜结构及其泛化中的现代哲学倾向》、小说散文化即小说叙事结构由传统到当代的转化等一系列文字。这就涉及文体叙事学的一系列问题了。叙事学是当代哲学的一个分支，它的根本特点是把哲学从形而上的追思转移至形而下即叙事问题的研究中来，这恰与作者的哲学探讨——“理性极限及其突破”力主哲学应以“当下社会生活”为对象相契合。于此可知，作者对文学叙事研究兴趣的转移乃非偶然。

本书中有的篇什，如《散文潜结构及其泛化中的现代哲学倾向》、《抒情结构与反讽框架》系笔者与皇甫晓涛的合作，《理性极限及其突破断想》、《意象的生发转化与古体诗词的当代写作》系笔者与吴秋野的合作，所以，从某种意义上讲，这本书是家族学养的结晶。

这次再版增订，从搜集佚稿到打字，二稿校对，均是吾妻吴秋野代我完成的。特别感谢文史出版集团的谢力勤先生、焦春华先生。本书这次再版，原稿的许多文字错误，均得两位先生一一订正。

皇甫修文

2014年5月15日